2005

2010

21世纪年度小说选

短篇小说

人民文学出版社编辑部／编

人民文学出版社

图书在版编目（CIP）数据

2016 短篇小说/人民文学出版社编辑部编选. —北京：人民文学出版社，2017
（21 世纪年度小说选）
ISBN 978-7-02-012794-8

I. ①2… Ⅱ. ①人… Ⅲ. ①短篇小说—小说集—中国—当代 Ⅳ. ①I247.7

中国版本图书馆 CIP 数据核字（2017）第 101371 号

责任编辑　王　晓　文　珍
装帧设计　马诗音
责任印制　王重艺

出版发行　人民文学出版社
社　　址　北京市朝内大街 166 号
邮政编码　100705
网　　址　http://www.rw-cn.com

印　　刷　三河市西华印务有限公司
经　　销　全国新华书店等

字　　数　346 千字
开　　本　880 毫米×1230 毫米　1/32
印　　张　13　插页 3
印　　数　1—4000
版　　次　2017 年 9 月北京第 1 版
印　　次　2017 年 9 月第 1 次印刷

书　　号　978-7-02-012794-8
定　　价　38.00 元

如有印装质量问题,请与本社图书销售中心调换。电话:010-65233595

出 版 说 明

我社自1977年起,即每年编选和出版年度短篇小说选和中篇小说选,两种年选曾经深得读者的喜爱,在文学界和读者中具有广泛影响。1994年后,这项工作一度中断。21世纪肇始,根据文学界人士和读者的建议,我社决定恢复中、短篇小说年选的编选和出版工作,以便及时总结年度中、短篇小说创作的成绩,向读者集中推荐优秀的中、短篇小说,也为新世纪的文学积累做出我们的贡献。

恢复出版的中、短篇小说年选总冠名为"21世纪年度小说选",以示我们一百年不动摇,长期做下去的决心。"21世纪年度小说选"分中篇小说和短篇小说,各编一册,于次年元月出版;编选范围为当年全国各报刊上发表的中、短篇小说,入选篇目的排列以作品发表时间先后为序。

"21世纪年度小说选"的编选工作得到许多著名文学评论家和编辑家的支持和帮助,他们应我社之邀,对当年的中、短篇小说创作状况进行深入、广泛的研讨,提出许多极有价值的选目。我们在广泛阅读的基础上,充分参考专家们的意见,严格进行编选。在此,谨向诸位专家深表谢忱。

人民文学出版社编辑部

目　录

畜生	麦　家	1
暴力倾向	高　远	20
浮生	任晓雯	32
万用表	苏　童	52
拥抱	鲁　敏	69
阿玛尼	王　手	87
白夜照相馆	王苏辛	104
私了	东　西	123
抒情消亡简史	周嘉宁	134
六户底	王祥夫	150
灰鲸	须一瓜	158
欢笑夏侯	陈世旭	184
出警	弋　舟	206
九眼石	次仁罗布	225
深度安静	林秀赫	242
枪手	韩少功	260
朋霍费尔从五楼纵身一跃	蔡　东	274
去宽窄巷跑步	周李立	291
手肴	房　伟	310
革命者	朱山坡	324
亲自遗忘	杨少衡	336
AI	李静睿	347
棋语·搏杀	储福金	364
暗夜行路	李云雷	381
我不知道她的名字	东　君	398

畜　生

麦　家

我在满嘴酒气的恶臭中醒来,发现两只老母鸡正对着我胸膛咯咯地叫着,一边欢快地啄着我呕吐出来的午饭:有鱼,有肉,笋干、盐鸭蛋,还有粽子糯米。它们经过我胃酸的腐蚀和酒精的涨泡,变得稀里糊涂,黏糊糊,滑唧唧,臭烘烘,像阴沟里的秽物。这是一九七四年端午节这天下午,我记忆中的第一次喝酒、第一次酒醉、第一次呕吐,都在这个老母鸡对我开怀大笑的下午发生了。

都是爷爷害的!

爷爷一边端着汤碗,一边指着我满脖颈的痱子说:"你看,你身上每一个汗毛孔都长了痱子,难看死了。知道你为什么长痱子吗?因为你整天像头水牛一样泡在溪坎里打水仗,骨头里进了水,身上湿气太重。"爷爷喝了酒就高兴,高兴了就会拿我寻开心,他把酒碗递给我,"来,喝一口,杀杀你身上的湿气。"

我不喝。我说:"小孩子不能喝酒。"

爷爷说:"没让你喝酒,这是药。杨梅酒可是除湿祛寒的灵丹药,以前杨贵妃都年年要喝的。喝吧,当药喝,这时节喝最灵。什么东西都要当季吃,现在喝是仙药,到冬天它就是毒药了。"

我先是像喝毒药一样,怕死地抿一小口。发现这酒像蜂蜜水一样甜,就放开喉咙吞了一大口,又一大口,把半汤碗杨梅酒喝了个精光。

爷爷骂:"你疯了!谁让你喝这么多,不把你醉死才怪。"

我真的醉了，饭还没有吃完，就像瘟鸡一样，头晕得不行，身子骨瘫散，连凳子都坐不住，一头栽倒在地上，要死了。酒精把我身上的痱子全点燃，我身子像着火，又红又烫，像块烙铁。

爷爷把我抱到篾席上。每到夏天，爷爷都会在他住的厢房门前铺一张篾席睡午觉。篾席下面是打磨过的青石板，光滑，凉爽，睡在这里，最热的身子都会凉快下来。篾席本来的颜色是青灰色的，但爷爷的汗水把它染成褐色，像用酱油煮过。爷爷说，汗水也是油漆。这张篾席的年纪比我还大。当然，这也是爷爷说的。爷爷还对我说过，时间会叫油漆褪色，又会给没有油漆过的东西上色。

爷爷总是爱跟我说这说那的。

那天下午，在我失去知觉前，我听到爷爷对我说："你个十三点，本来今天可以带你去看热闹的，现在你就老老实实睡觉吧，这碗酒保你可以睡到明天天亮。"

但我只睡了一个多小时，两只老母鸡在我身上又是啄，又是叫，把我吵醒了。事后爷爷说，主要是因为我及时把酒吐出来了，否则就是老虎吃了我也吵不醒我。也许吧，反正我醒了，而且除了浑身痒和有点头痛，没有其他恶果。没有胃出血，没有酒精中毒，没有瞎掉眼睛，没有失去记忆。总之，我没什么大问题，倒是村子——整个村子出了大问题，没人了。一个人没有。

村子空了！像课本里说的，好像日本佬刚来过。

我从自家屋子里开始寻，寻到隔壁三爸家，阿木家，国根家，水水家，铁匠家……挨着门一家家寻过去，一条弄堂寻到底，喉咙叫破，眼睛拉直，也没见到一个人影，听到一丝人声。

再寻一条弄堂，还是一样，见不着人，只看见鸡啊，狗啊，猫啊……它们在空荡荡的村子里，显得比平时要多，胆量也更大，见到我一点不害怕。水水家的狸花猫最气人，跟水水这人一样，贼精，好像知道我心田里也长满痱子，在着火，管不了它，居然放肆地当着我的面，恬不知耻地叼走了铁匠家的半条带鱼。我想去追它，可想到如果大家真出了事，谁还要半条带鱼？一拖拉机也不要了。人死了，只要木头做棺材，谁要这些东西？

当时我确实有这种担心,村里人都死光了。

寻到祠堂门口,终于看见一个人,是富根瘫子。村里人都晓得,富根瘫子年轻时跟东山寺里的一个老和尚练过武,有轻功,火车像脱缰的野马一样冲来,他噌一下就上去了,噌一下又下来了,像野猫爬墙头。他爬了几年火车,家里要什么有什么,连机关枪都有,身边的男人都怕他,女人都爱他。爷爷说,那时光他住在城里,花花世界,好看的女人跟我们溪坎里的鲫鱼一样多,一样容易弄到手。没人说得清爽,他到底睡过多少城里的女人,反正很多很多,一节火车装不下。他把城里的女人睡了个够,也把身上的力气睡散了,然后有一天就从火车上摔下来,被飞奔的铁轱辘切掉双腿。

爷爷说:"轻功是个力气活,力气稀松,身子就重了,像块湿毛巾。以前,富根瘫子是块丝巾,可以跟风一起飞。"

等他被人抬回村里时,湿毛巾也不是,只是一团烂棉絮,那些以前的女人、钱财,都变成一身虱子。为了养活这些虱子,他不得不变卖掉父母留下的茅草屋,一年四季吃住在祠堂里,像只癞蛤蟆。村里有句口头禅:他的家在祠堂,他的鸡巴比腿长,说的就是富根瘫子。鸡巴比腿长,就是没有腿;把祠堂当家,就是没有家。他其实什么都没有了,除了一条命、一件烂棉袄、一身臭虱子。他日里夜里瘫在祠堂门口,有人给他什么就吃什么,没人给他就吃身上的虱子,喝屋檐水。

爷爷说:"世上最惬意的事是鸡变凤凰,最作孽的事是龙变虫子。富根瘫子四十岁前是最惬意的,睡过的女人一火车都装不下,四十岁后是最作孽的,吃的香烟都是人家丢的烟屁股。"

尽管爷爷不准我叫他瘫子,但只要爷爷不在身边,我从来都只叫他瘫子。对吃烟屁股的人,小孩子也瞧不起他的。

我说:"瘫子,村里的人呢,怎么都不见了?"

他说:"你把那两个烟屁股给我捡过来,我告诉你。"

午后的阳光白亮白亮的,铺在杂色的拳头大的鹅卵石上,噬噬地冒着热气。我顺着他的目光看过去,一会儿在石头缝里看见一个烟屁股,却怎么也瞅不见另一个。

我说:"只有一个。"

他说:"转过身,朝我走过来,在台阶上找。"

总共三级台阶,我在第三级台阶上发现另一个烟屁股。可这级台阶他是看不到的,除非他的目光会拐弯。

我奇怪了,问他:"你坐在那里,怎么看得到这个烟屁股?"

他说:"我闻到的。"

我拾起两个烟屁股,交给他,要他告诉我。他却跟我耍赖,要我再去给他寻几个才告诉我。我骂他,踢他,朝他吐口水,逼他马上告诉我。但他根本无所谓我踢啊骂的,好像是一只石狮子,好像烟屁股把他开心死了。他一边专心点着烟屁股抽,一边嘿嘿地笑:"快去找吧,晚了你什么都看不到了。好家伙,几年才看一次呢,全村人都去看了,你没看到会后悔死的。"

我想起爷爷在我昏睡之前说过,本来今天他要带我去看热闹的,现在他也这么说,看来这是真的。那么在哪里?是什么热闹?我狠狠踢他,骂他,逼他,他就是不说。"快去给我找烟头,否则你打死我也不说。"他说,"我已经死过好多次,怎么会怕死?没有烟抽,比死还难过。"

我只好忍着气,顶着炎炎烈日,像只一路嗅寻自个儿尿水的小狗一样,埋着头,伸着脖颈,瞪着眼,去寻烟屁股。寻了两条弄堂,总算寻到三个。这回我学了聪明,把烟屁股亮在手板心里,只给他看。我要他先告诉我。他眼睛射着一道蓝光,盯着我手板心,盯得我手板心发烫,像三个烟屁股在燃烧。

我催他,"你说啊,他们去哪里了。"

他故意找我碴,像语文书上写的,皮笑肉不笑地对我说:"你急了是不是?可是你才找了三个就让我说,没这么便宜,除非你再答应我一件事。"

我真想掐死他,可心里确实急得很,只好问他:"什么事?"

他说:"今天是端午节,你家里一定有粽子吧,晚上给我送两个来。"

给你送个鸡巴!别以为我是小孩子好欺负,你死瘫子一个谁怕你。可嘴上,我答应得很爽快又坚决,"好的。"我说,

4

"一定。"

他说:"要有肉的。"

我说:"当然。"

骗人谁不会,我想。小时候经常听大人说,骗人会长长鼻子。我敢对天发誓,这也是骗人的话。骗人的人多着呢,我也经常骗人,可从来没见谁鼻子长长。大人们用骗人的话教育我们小孩子不要骗人,真是太滑稽。瘫子就更滑稽,鸡巴比腿还长,一个活死鬼,居然还欺负我。这么想着,我怒气冲天,对他大声说:

"瘫子,快告诉我,否则我把烟头全扔到阴沟里。"

他这才告诉我:下午镇上开公判大会,要枪毙人,他们都去看杀人了。

我一听胸膛怦怦地跳起来,好像要杀的人是我。我怕了,然后拔腿就跑。我不是怕被人杀,我是怕错过杀人的当场。去镇上有五里路,我小孩子脚步小,就算一路快跑也要半个小时,万一赶不上怎么办?好几年才一次呢,错过了,鬼知道什么时候才会有。

爷爷说:"日本佬作威那些年,杀人跟杀鸡一样,随便看得到,偶尔去镇上说不定就能撞见;解放头几年里也不难见到,十里八乡每年总要杀几个土豪恶霸,跟杀猪差不多;现在世道太平,杀人跟杀牛一样,几年都遇不到一次,稀罕了!"

确实,我长这么大从没见过杀人,只听人说过。经常听。我当然想亲眼看一次,我们小孩子都想。其实大人也想呢,要不村子怎么会空?想到全村人都去看了,我有可能成为今后全村唯一没有见过杀人的人,我又怕又羞,好像犯了什么恶罪。

我一路狂奔,像只尾巴被刹的小鹿,冲啊冲,勇往直前,跌倒爬起,奋不顾身,身上的痱子像热锅上的蚂蚁,都狗急跳墙,在我身上疯狂乱窜,兴风作浪,裤裆里,脚板底,胳肢窝,全都成了蚂蚁窝。我觉得我要痒死了。但我不怕死。我宁愿死也不想做一个全村唯一没见过杀人的人。

运气不错,半路上我遇到一辆拖拉机,戴着一顶大黑烟帽子,向我嘭嘭开来。我看见车斗里塞满了人。我不知道他们是哪个村的,但我已想好——下定决心!不管哪个村的,不管车上挤着多少人,我都要爬上去。

我不像富根瘫子一样有轻功,会爬火车,但爬个拖拉机绝不在话下。我们经常爬,有胆子,也有经验。我先迎着拖拉机跑过去,以我的经验,开拖拉机的师傅一定会破口大骂,同时也一定会放慢速度。放心,没哪个司机敢撞人的。再说,就算敢撞也撞不上,等拖拉机开过来,还有十来米距离时,我会迅速闪开,掉头往前跑,然后趁着拖拉机追上我时,迅速扑上去。这时间非常短,只有一两秒钟,必须快,必须集中精力,斗大胆,豁出去,怕不得。怕会让手发软,抓不住车斗边,抓住也会被甩掉。抓住车斗边口后,不能马上起跳,要跟着拖拉机跑一阵,一边跑一边理顺脚步,然后纵身一跃。什么时候起跳很关键,早了,脚步没理顺,有力使不出来;晚了,力气跑光就无力起跳。还有,最好别在车轮前起跳,应该在车轮后,这样摔下来也不会有危险,顶多摔一跤,磕破膝盖。否则摔下来,正好被车轮轧着,那就不是磕破皮肉,而是要出人命的。

爷爷说:"和我们小时光比,你们这代孩子多一样童子功,就是爬拖拉机。"

我觉得爷爷说得很对,我们不但会爬树、扒墙、游水、摸鱼、抓蛇,还会爬拖拉机。包括水水,女孩子,照样会爬。蜘蛛生来会吐丝结网,我们生来会干这些事。我们在摇篮里就学会这些事,就像美帝国主义的孩子在摇篮里就会说叽里咕噜的外国话一样。

上车后,我得知,一车人都是去镇上看杀人的。他们是骆驼村的,离我们村很远,几十公里,快挨着邻县肖山。水水母亲就是这个村庄嫁来的,说话腔调跟我们完全不一样,是短舌头的肖山腔。水水说,她最讨厌去外公家拜年,像上天一样难,走公路一天走不到,走山路虽然近一些,但山路很难走,来回一趟新鞋子就变成破鞋啦。水水确实经常穿破鞋子,脚指头钻出来,像个野孩子。

其实水水不野,娇滴滴,连毛毛虫都怕。可她鬼点子多,贼精,像他们家狸花猫,眼睛一闭,一个鬼点子像她脚指头一样钻出来,搞得我们都不爱跟她玩耍。几个月前她曾经偷看我撒尿,被我发现后她怕我报告老师,当着我的面脱下裤子,也让我看她撒尿。我说我不要看,她说我已经看了,而且还恶人先告状,向老师报告说我偷看她撒尿。从那以后我再没有理过她,我恨她,连她一家人都恨,恨死!没想到,开拖拉机的师傅还是她大表哥,让我很失落。爷爷说,这叫冤家路窄。不过想到他们这么远都要赶来看,开着拖拉机来,又让我有些激动,好像我们是战友。

我感激和他们相逢。

拖拉机以最快的速度把我们送到镇上。

开始,我们不知道去哪里。但很快知道了,因为传来高音喇叭的声音。高音喇叭刚响起时,停落在高压线上的一长串麻雀一齐射向天空,像挨了枪打。拖拉机循着高音喇叭的声音开去,开进镇子,开出镇子,最后停在镇中心学校附近的一块刚收割完油菜的空地上。这里停满拖拉机和脚踏车,也堆满油菜秆。油菜秆引来成群蜻蜓,满天飞,四处停,好像蜻蜓也赶来看热闹。

我从来没见过这么多人,像蜂箱里的蜜蜂,一层层,满当当,角落落都是!大人大多挤在操场上,像筷子一样,插得密密麻麻,风都钻不进去。小孩子,五花八门,各显神通,有的跨在篮球架上,有的爬在电线杆上,有的像猴子一样攀在树上,有的像野猫一样钻在屋檐下。围墙上更不用说,排满人,像书架上排满书。

我知道,我必须上围墙。只有登上围墙,我才可能看到前面发生的事情:谁在讲话,谁在挨斗,谁要被枪毙。可围墙很高,必须要大人把我抱上去,同时上面的人必须要愿意给我挤一个位。谁这么好?只有熟人。我们村的人。我沿着围墙一路寻去,一大圈下来,没发现一个熟人。既然我们村子空了,他们当然都在这里。可我找不到他们。他们像山上的落叶消失在满地的树叶里,像空气消失在空气里。

我急得要哭。

我真的哭了。

突然,我透过泪水看到一双熟悉的破鞋子。是水水!她坐在围墙上,小腿挂下来,前后荡着,像坐在水渠上戏水。我忘记了恨,大声喊她,让她给我匀个位置。她很慷慨,不但给我匀出位置。还把她父亲从人堆里叫起来,帮助我爬上围墙,挨着她坐下。

我首先看到的是一片黑压压的后脑勺,冒着白色的热气,发出嘤嘤嗡嗡的声音。越过人头,我看到一个临时搭的木台子,插满红旗。没有风,红旗不飘,耷拉着,像被太阳晒蔫的大红花。和红旗相比,挂在台子两边的两只绿色高音喇叭显得特别起劲,发出的声音震耳欲聋。因为声音太大,我们反而什么都听不清,只有嗓门声和吱吱吱电流声。对着麦克风讲话的人,是个大个子,穿着白色短袖衬衫,臂上箍着红袖套,手里拿着一份稿子,一会儿念稿子,一会儿抬头看我们。

水水说,他是公社领导。

领导站在台子最前面,背后是一排被批斗的坏蛋,有五个;每个坏蛋背后立着两个民兵同志。民兵都威风凛凛,穿着绿军装,戴着绿军帽,扎着宽皮带,端着枪,一动不动,像木头桩子。五个坏蛋中有一个妇女,头埋在胸前,长头发披散,盖着脸,像个吊死鬼。另外四个男的,一个是老头,精精瘦,头发雪白;一个坐在凳子上,水水说他腿断了,刚才是被民兵架上来的;一个小年轻,剃着光头;一个矮佬,光着脚,赤着膊。他们都被麻绳反剪着双手,胸前挂着大牌子,上面打着叉,写着大字。因为距离远,隔着两个篮球场,我只能看清叉,看不清字。

五个坏蛋,最牵我注意的是那个赤膊赤脚的矮佬,其他四个坏蛋都是垂头丧气、低头认罪的样子,只有他一直昂着头,东张西望,一会儿看台下,一会儿看天上,一副无所谓的样子。而且,我觉得他有点像我们村里的木金傻瓜——我们都叫他木瓜。

水水说,就是他,木瓜。

我仔细看,确实是他。没错,就是他!想想看也是,只有木瓜这种人,才会在被批斗的时候还这样昂首挺胸,东看西看,像在演戏。因为他是傻瓜嘛。傻瓜是不知羞耻、不识好歹的,以为上了台,就在当演员。

爷爷说:"听不见话里有话叫笨蛋,分不清鸡蛋鸭蛋叫傻瓜。"

关于木瓜我是熟悉的,他跟我们家是一个生产队的。即使不是一个生产队,也不会不熟悉他,他是我们村的"名人"。关于他的笑话和故事,已被杏林瞎子编成词,男女老少都能扯上几句。我能全部背下来,是这样说的——

木瓜木瓜
木金傻瓜
无爹无娘
断子断孙
光棍一个
养牛三头
一天吃一顿
夜里跟牛困
牛说木瓜好
人说木瓜瓜
不晓得白醋酸
不知道加法算

我从小知道,当然是爷爷告诉我的,木瓜是民国二十九年那年,当时我们村里的私塾先生从镇上捡回来的。先生是个大麻子,满脸黄豆,难看死,虽有满肚子墨水,却没一个姑娘愿嫁给他,五十多岁还在打光棍。那年夏天,他被日本鬼子抓去镇上写标语,回来时一手牵一只大奶子母山羊,一手抱着个哇哇哭的小人儿。人家问他,先生这是谁家孩子?他说,茅坑里捡的。人家说,兵荒马乱的你做什么好事?他说,我要靠他养老送终呢。先生用羊奶喂他,养他长大,教他识字算数,希望他接过衣钵,养家糊口,养老送终。先生十年如一日地教养,他十年如一日地白养,十岁还不认得自己名字,不会算一加一等于几,气得先生天天翻白眼。

爷爷说:"人各有命,先生是断后的命,养个儿子是傻子,等于白养。"

我问他:"木金是什么命?"

爷爷说:"贱骨头,死不了的命。"

听说他死过好多次,五岁时吞过锋利的剃头刀,第二天跟血一道屙出来;九岁时被洪水卷走,以为必死无疑,结果几天后他拖着一只洗脚桶回来,毫发无损;十三岁那年他在家玩火,把房子烧燃了,火光冲天,家里东西都烧成灰,连猫也被烧个半死,他一个傻子反而躲在水缸里逃过一劫,只是头发被烧成阴阳头。先生一气之下把半瓶敌敌畏倒进稀饭里,准备和他一起见阎罗王。结果先生走得利落,魂飞魄散,他只是肚子苦痛几天,又活蹦乱跳,生龙活虎。奇怪的是,从那以后他再不长个,横着长,小腿像大腿,大腿像腰身,腰身粗过水桶,肩宽长过腰背,胸脯厚得像坨铁疙瘩,身板硬得像堵水泥墙,一身蛮力气,可以把一头犍牛掼倒在地。

虽然力气大,但做农活,样样不行,给庄稼除草,他把庄稼一起拔掉;插秧,他把秧苗倒着插;播撒麦种,他手抖,长出来的麦田像个癞痢头。连割稻收麦这种最简单的农活,我们小孩子都会做,他也做不好。我跟他一起割过稻子,我割完一畦他才割半畦,因为他是坐着割的。他腰太粗,弯不下来,只能坐着割,笑死人。

爷爷说:"他可笑的事多着呢,远的不说,就说你大姑亲身经历的。几年前你大姑家造新屋,当时溪坎还不通桥,拖拉机开不到你大姑家,运来的砖头只能卸在堰口,然后要靠人工搬。遇到这种事村里人都会叫木金去做,因为这是个力气活,他干活卖力,一个人可以顶两个用。你大姑就去请他,忙碌整整两天,肩膀脱掉一层皮。你大姑看他干活真的卖力,收工那天烧了两只菜,又去小店打了一斤白酒送他。酒是番芋烧的,便宜,才四毛钱。你大姑买酒的同时还买了一瓶白醋,用的是一样的瓶子,回到家不知怎么回事,弄混了,把白醋当白酒送给了他。不过一个小时,你大姑发现后,连忙去找他换,结果他已经把整瓶白醋当白酒喝个精光。他什么事没有,胃不痛,肠没烂,倒是你大姑心痛了几天,因为一瓶白醋要九毛钱,比两瓶白酒还贵呢。"

我说:"白醋酸得要命,他怎么会喝不出来?"

爷爷哈哈大笑:"要不大家怎么叫他木瓜?要是一般人,鼻子一闻就知道。"

我说:"我喝一口白醋胃都会反酸,他一整瓶怎么喝得下去?"

爷爷还是大笑道:"要是一般人,就算喝得下去也得要送医院,胃一定疡掉了。可他屁事没有。他喝敌敌畏都没事,醋算什么。他确实是个木瓜啊,不是一般人。"

因为是木瓜,不是一般人,一般的农活做不来,队里只好安排他放牛。我们生产队有三头水牛,一头公牛,两头母牛。这可是我们生产队最宝贵的财富,百十亩水田旱地,每年都要靠它们犁田、翻地。爷爷说——其实不只爷爷一个人说,所有大人都在说——死一个人不算事,死一头牛是天大的事。前两年,三爸他们小队的一头牛犯羊癫风,满山野疯跑,从悬崖上跌下来,摔死。我亲眼看见,他们队里几十个大人都赶到现场,像小孩子一样哭,那伤心的样子比死任何一个人都严重。

听爷爷说,水牛容易犯两种病,一种是羊癫风,一种是黄疸病。犯黄疸病是因为经常肚皮饿,吃不饱,长期营养不够;犯羊癫风是因为经受什么刺激、惊吓。牛从来低着头,看不到天,如果让它抬头看到天,它就会害怕,甚至受惊、发疯。村里每个小孩子都知道,牛最怕看红色的东西,所以上山时绝不能让它看到红色。因为上山时牛眼朝上,红色会放大,变成一片天。这时候它一定会受惊,夺路而逃,满山遍野疯跑。我们队里的牛从来没有犯过这两种病,因为木金管牛管得特别周到细致,每天定时放牛出去吃草,定时给它们洗澡,定时带它们回家。

爷爷说:"人总有一用,木金是给牛用的。"

我经常看见,每到傍晚时候,木金总是一手提着镰刀,一手扬着鞭子,赶着三头牛回到村里,每头牛背上驮着一捆青草。这是给牛准备的早饭。木金自己从来不吃早饭和中饭,一天只吃一顿夜饭。因为他是光棍汉,没人给他烧饭,索性一顿吃个饱,反正他的胃神奇,一次可以吃下半头羊。村里人都说,木金对牛比对自己还要好,他是牛的爹、牛的妈。我觉得他对牛比有些爹妈对自己小孩都还要好,包括我,父母老是打我,他从来不打牛,甚至都不骑。其他生产队放牛的人经常骑着牛回家,他一向不骑,至少我没见过。有人说,那是因为他个子矮,骑不上去。也许吧。但也不一定,也可能他是不忍心骑。他把牛当作爹妈,谁会去骑爹妈呢?我真的觉得,我们小队的三头牛真是福气好,有这么一个体恤孝顺它们的"好儿子"。

但是一个月前,木金突然被公社抓走,说是因为他糟蹋牛。怎么糟蹋?我问爷爷,问父亲、母亲,问过好多人,他们都说你小孩子管这些事干什么。爷爷为此还骂我一顿,说我不学好,整天想些不三不四的事,不准我以后提这事。不提就不提,反正跟我没关系。其实我也能猜测到,糟蹋牛还能怎么着,无非就是打嘛。牛有时很讨厌,偷吃庄稼,发飙伤人,你去管,它不听。什么叫牛脾气嘛,就是它不听招呼,死活不听,非把你急得揍它。放牛的人都揍过牛,有人揍得很凶,有一次我看见一个老头用带刺的梨树枝,一鞭子一鞭子抽,抽得那头牛皮开肉绽,最后眼泪汪汪地跪倒在地上。我想木金这次一定是这样,一定是哪头牛犯浑,把他逼急了,逼他下了毒手,把那头牛揍伤,不能下地干活了。

爷爷说:"有些人是刀子嘴豆腐心,平时常冒火星子,但从不会放火烧人,下毒手。有些人是不叫的狗,最会咬人,平时闷声不响,蔫不拉唧,但一旦发作起来会比谁都凶,凶神恶煞,杀人不眨眼。"

木金就是这样,平时总是傻呵呵、笑嘻嘻的,几乎谁都可以欺负他,寻他开心。包括我们小孩子也经常捉弄他,有一次他在水库洗澡,我们把他衣服偷走,挂在牛脖子上,后来牛把衣服弄丢,他只好挨到天黑,光着身子回家。第二天,他依旧对我们笑嘻嘻,像什么事没发生。但是有一回,我三爸儿子,就是我堂哥建军,把他烤得喷香的一只野兔肉偷吃了,他居然提着斧头找上门,非要三爸赔他,不赔他要杀人,最后只好赔他两条带鱼鲞。

爷爷说:"兔子急了也要咬人,偷他吃的等于要他命,他会跟你拼命的。"

我想牛这次会不会是偷吃了他的粮食,所以叫他发了狠,下了毒手。这很可能,牛最爱吃稻谷麦子。牛还爱喝老酒,一次能喝一脸盆,我亲眼见过。木金没有家,牛棚就是他家,他的粮食一定也藏在牛棚里,牛完全可能偷吃得到。我越想越觉得事情就是这样,牛像我建军堂哥一样,因为嘴馋闯了祸,挨了毒打。想着牛遍体鳞伤的样子,我忍不住想去看看,于是有一天放学我特意溜去牛棚。结果很失望,三头牛都好好的,一头母牛还肚皮鼓鼓的,奶子大大的,好像怀着小牛崽。总之,我没发现哪头牛受伤。我又想,也可能受的是内伤,看不见的。

但是再怎么说,毕竟牛没有死,也没有残,哪至于把木金也拉到这里来批斗?我想他是不是还有其他错误。我问水水:"木金犯了什么错?"水水头别开去,不理我。我以为她没听见,又问她:"嗳,我问你呢,木金犯了什么错?"她一下脸红了,对我气呼呼地说:"你干吗问我,我不知道!"我说:"你不是早来了?"她突然骂我:"我知道你故意问我的,你跟木金一样是个流氓!"

这么说,我想木金是犯了流氓罪。我不在乎她骂我,我在乎的是木金跟谁耍流氓了。当我这么问她时,她生气极了,对我吐一脸口水,大骂我:"滚开!你个大流氓!待会儿跟木金一样把你拉出去枪毙!"

她这么生气反而引起我瞎想,我想木金会不会对她大姐耍了流氓?水水有三个姐姐,大姐最漂亮,本来村里有很多年轻后生想娶她,可她一个都看不上,非要嫁个居民,谈了几个都泡汤。居民看不上农民的,就像我们看不起木金一样。

爷爷说:"人啊,一定要知趣知足,高不成,低不就,只有当吊死鬼。"

水水大姐虽然没有当吊死鬼,但也差不多,她后来害上花痴病,经常一个人穿一身花衣服、头上插着鲜花去镇上寻男人,见男人就傻笑,就送花。傻笑的样子跟木金有点像。所以有人开玩笑说,他俩是半斤八两,天造的一对。我觉得除去水水大姐,木金也不敢对谁耍流氓,要耍只有对她,傻瓜对痴子。这么想着,我有点幸灾乐祸,也有点替木金可惜,因为为水水大姐被枪毙实在不值得。

果然,大会结束,其他三个罪犯被县城来的公安同志押上吉普车带走,木金和那个坐在凳子上的犯人则被四个持枪民兵架着押走,说是要拉到后面山上去执行枪决。顿时,会场里的人像泥石流一样往一个方向拥去,就是后山的方向,学校后门。我的地方离后门很远,就算近,我也不敢去挤,这么多大人在挤,像牛发羊癫风一样左冲右撞,我们小孩子挤进去一定会被踩死。

我想完了,今天白来一趟。

突然高音喇叭又响起来,声嘶力竭,震耳欲聋。他在发命令,用的是一种比刚才公社领导还要高亢严厉的声音,讲的是普通话,口齿伶清,我听得清清楚楚。

"所有人!都给我听着!大家从大门走!大门!大门!任何人不能往后门走!不能去刑场看热闹!任何人都不能去!谁敢去我们就抓谁!听见了没有你们!都给我回头!回头!从大门走!快!回头!从大门走!"

像往火堆里泼一盆水,骚扰的人群瞬间安静下来。他一遍接一遍地说,人群开始往大门方向蠢蠢移动起来,树上、电线杆上、篮球架上,包括我们围墙上的小孩,也陆续被大人接到地上。就在水水被父亲抱到地上的同时,我意外地发现,围墙上有些孩子顺着围墙在往后山方向走。我猜他们是要去后山刑场,便不顾水水父亲劝阻,跟他们走了。我们走到后门那道围墙上,纷纷跳下去。

总共有几十个孩子,都比我大,都是我不认得的。我们像游击队员一样,猫着腰,钻进树林,躲着民兵巡逻的视线,悄悄往山里挺进,最后看到一个废弃的石塘。这里曾经是一个采石场,半个山坡被挖空,留下一个巨大的塘,塘里乱石成堆,杂草丛生,还有一个破烂不堪的工棚。有人说,这里就是刑场。有人说,这里没人不可能是刑场。前面那个人说,人会来的,他们还在路上。后面这个人说,他们应该比我们早到才对,因为我们走的是野路,绕了圈。前面那个人说,有个罪犯腿断了,要人抬上来,所以走得慢。我觉得他说的有道理,何况另一个罪犯——就是木金——是个矮脚佬,也是走不快的。

果然,没过多久上来好多人,由两位公安领头,后面跟着乱蓬蓬一队人,有哭有叫,乱七八糟。开始我们都躲在树林里,看到有小孩子跟着,而且并没有人驱赶他们,我们也就从树林里钻出来,跟着他们一起走。那个腿断了的罪犯确实走不了,全靠几个民兵拖着走,一边啊哟啊哟叫着,嘶着,好像女人生孩子。相比木金一点声响没有,我也看不见他,因为他人矮,被人押着、围着,顶多只能偶尔看到他光着的脚。他的脚像牛蹄子一样粗壮,也像牛蹄子一样沾满泥土。

突然听到有人叫我,原来是我堂哥建军!我很高兴,终于有了伴。更高兴的是,堂哥下午来得早,什么都知道。他告诉我,那个腿断了的罪犯是镇邮电所所长,犯的是流氓罪,就在办公室里把他一个手下"那个"了,而女人的丈夫是部队上一个营长,知情后千里迢迢赶回来,把所长暴打一顿,然后把他拖到公社,交给政府。

堂哥说:"他腿就是这样被打断的。"

堂哥又说:"他破坏军婚,笃定要枪毙。"

至于我们村木金,犯的也是流氓罪。"你知道他跟谁'那个'了?"堂哥说,"你绝对猜不到。"我说:"是不是跟水水大姐?"他马上摇头,用一种嘲笑的口吻对我说:"水水大姐烂番芋一个,就算'那个'了她也不会是死罪,顶多坐牢房。"他让我再猜,看我越猜越不对头,终于忍不住说:"行了,别瞎猜了,我告诉你吧,他跟牛'那个'了,牛!我们生产队的牛!"怎么可能呢?我不信。"你骗人!"我说。他说:"骗你我被枪毙好了。"并马上拉住旁边一个孩子,让他做证明。

那人毫不犹豫又斩钉截铁地做证明,让我不得不信,甚至让我一下想到那头怀着小牛崽的母牛。我不知道这跟木金"那个"它有没有关系,这不是我一个小孩子能知道的。我不知道,不!

我突然非常恨木金,气愤地说:"牛是生产队最宝贵的财富,比人都金贵,他糟蹋牛简直罪大恶极!"堂哥说:"是啊,所以他也笃定是死罪。"我说:"他该死!"堂哥说:"他马上就要死了。"我说:"最好对他多开几枪,把他打个稀巴烂。"堂哥说:"这不可能,子弹要收费的,他连收尸的人都没有,政府收不到钱,怎么愿意浪费子弹?顶多给他一枪。"

确实,我们只听到两声枪响,应该是每人一枪。谁开的枪,对犯人哪个部位开的枪,都没看到。看不到。行刑在石塘深处,在那个烂工棚里头,我们在石塘口,有点距离,关键是那个工棚刚好挡住我们视线,什么过程、细节都看不到。当时我们跟到石塘口时,放哨的民兵把我们全拦住,只放进去三个老百姓,一个是头发花白的老太婆,另外两个是壮劳力。堂哥说:"那老太婆是邮电所所长的妈,他们是去交子弹费的,然后收尸。"老太婆一路上都在呜呜呜哭,枪响之后哭声一下爆炸,直冲云霄,听着瘆人,好像子弹钻进她身上。我一下想起爷爷说过的一句话。

爷爷说:"世上再没有比白发人送黑发人痛苦的事情。"

当时我想,老太婆这么痛苦还会交子弹费吗?听说一颗子弹要五毛钱,不便宜的。堂哥说:"敢不交?不交就收不了尸。"我问:"那木金谁替他交?"堂哥说:"他光棍一个,谁要他尸体?没人要就可以不交。"

后来发现堂哥讲得并不对,一个公安从石塘里走出来,先问站岗的民兵:"你们有没有谁跟那个矮脚鬼一个村的?"看民兵都摇头,他又走到我们一群小孩子面前,问我们同一个问题。得知我和堂哥跟木金同一个村,他对我们说:"你们回去通知他的亲人来收尸。"堂哥说:"他是光棍汉,没有亲人。"他说:"那就通知你们大队领导,让领导派人来收。"堂哥问:"要收钱吗?"公安说:"什么钱?"堂哥说:"子弹费。"公安说:"什么子弹费,有钱就给他买口棺材好了。"意思很明确,不收子弹费。

我们回去后找到大队长,把公安的要求向他如实反映,并专门强调不收子弹费。大队长听完后冲我们骂："你们管什么闲事,你们说的什么我都没听见。这个畜生!鬼才愿意去给他收尸,倒贴钱也没人去。"后来我跟父亲说,父亲也这么骂："日他先人!一个畜生还收什么尸,叫谁去谁都觉得丢人。"我问："我们不去收,公安会不会不高兴?"父亲说："有人会去收的。"我问谁,他说："野兽、野狗,它们会把他啃得一根骨头都不剩。"我听得毛骨悚然,不敢再吱声。

我还是担心公安会不高兴,又去同爷爷说。爷爷以前对木金不错,经常给他送吃的,说他很可怜。人老了总是这样,喜欢关心人,同情人。我想爷爷可能会发慈悲,帮我们找人去完成公安交给的任务。我把来龙去脉告诉爷爷,想不到爷爷居然说:"我才不管,我还想再活几年,不干这种缺德事。"我说:"爷爷,你以前不是教育我要同情木金,不能欺负他。"爷爷:"以前是以前,现在是现在。"我说:"现在他死了。"爷爷说:"死了好,这种人,早死早了。"我说:"你以前不是说他命硬,死不了。"爷爷气愤地说:"以前他是人,现在他是畜生,该死的畜生!"

这天是端午节,家家户户要吃粽子。中午吃晚上还要吃。粽子分肉粽、糖粽、黄粽、白粽。白粽最不好吃,里面只有糯米,像饭团子。黄粽是里面夹着咸鸭蛋的,因为蛋心油黄黄的,所以叫黄粽。最好吃的当然是肉粽,我答应给富根瘫子的就是这种粽子,里面夹着咸腊肉,喷香,爽口。可我是骗他的,这么好吃的东西我自己都吃不够,怎么可能给一个死瘫子吃?

吃完晚饭,我和堂哥又去寻人,我们还是想完成公安交给的任务。走到祠堂门口,富根瘫子大声叫住我,眼睛里射出万丈光芒,向我要粽子。"两个肉粽,"他说,"你下午答应我的。"堂哥在边上,我胆子更大。我说:"粽子没有,有石子。"说着捡起一块石子,向他扔过去,正好击中他的下巴。他啊哟啊哟叫,一边摸着下巴,一边骂我:

"你个小畜生!毛还没长就这么坏,长大了一定要被枪毙,像木金一样。"

"你才是畜生!"我骂的声音比他更大,"老畜生!"

光骂不解气,我想找块大一点的石子再打他。

堂哥拉住我说:"别理他,他整天吃烟屁股,喝阴沟水,连畜生都不如,你跟他啰唆什么。走吧,我们有事。"

是的,我们有事,我们要完成公安交给的任务。这天晚上,我和堂哥一直在村子里瞎转悠,想寻个人替木金去收尸。夏天的夜晚,屋子里闷热,弄堂里凉快,大人孩子都在门前屋后纳凉、闲聊天。作为木金被处决的仅有的见证人,我们每到一处都受到欢迎,大家十分乐意听我们讲述公安在石塘里行刑的经过,问了很多细节。但提到公安要求替木金收尸的事,所有人的态度都惊人一致,认为木金是畜生,村里不会有一个人去做这种丢人现眼的事。有人甚至怀疑我们听错公安的话了,后来我们自己也怀疑,并为自己替木金这个畜生四处张罗收尸感到难为情。

第二天上午,我们正在上语文课,突然接到通知,说我们生产队的三头牛不见了,要求我们都去找。这是大快人心的事,可以不上课。我们都欢天喜地冲出校门,像鸟兽一样四散在漫山遍野。我对找牛实在没兴趣,对木金经过一夜抛尸有没有被野兽吃掉很感兴趣。其实昨天我并没有看到木金尸体,太远了,看不见。我决定去看看,跟几个同学说,得到一致响应。我们说走就走,跋山涉水,熟水熟路,不费任何周折,顺顺当当到达石塘。

叫人意外的是,简直不可思议!我们一到石塘,老远看到有三头牛在石塘里,在那个烂工棚往里一点的地方,听到我们的声音,有一头牛哞哞地叫,好像在吆喝我们过去。我们过去,走近看,发现这确实是我们生产队的牛,它们所处的位置好像就是昨天行刑的地方。夜里下过大雨,石塘里积满雨水,公牛和一头母牛各占一潭积水,惬意、懒散的样子,见了我们既没有叫也没有动,无动于衷;另一头鼓着大肚皮的母牛,很机警的样子,密切注意着我们的动向。

爷爷说:"母老虎打得过狮子,下蛋的母鸡斗得过老鹰,所有怀了崽的动物都特别凶残好斗。"

这头牛就是这样,看我们越来越近,它越发警觉,最后霍的一下立起身,掉转头,对着我们哞地大叫一声,分明在抗议我们靠近。我们才不怕它,我们只怕人,大人,这些畜生根本不怕。当然意外发现牛我们很高兴,但我们目的不是来寻牛,而是看木金尸体。我知道尸体大致方位,应该就在牛附近。我们继续靠近,那两头躺着的牛也警觉地立起身,对我们叫。这时我们终于看到一具尸体,趴着,一只手压在身子下,另一只手搭在后脑勺上,好像那儿是伤口,伤口在流血,他捂着伤口,想堵住血流出来。尽管看不见脸,但我们都认得这是木金的尸体,尤其是两只像牛蹄一样的脚,我一看就知道是他。

我注意到,尸体趴的位置正好是刚才两头牛躺的中间,好像牛刚才在陪木金睡觉。我们想把牛赶走,走得更近地去看尸体,看枪口在哪里,甚至还想找子弹壳。但牛不走,走也是绕着尸体走,不肯走远。它们不停地对我们哞哞叫,好像是怕我们扛走尸体,又好像是希望我们扛走尸体。我们要尸体做什么?我们只想看看,然后把牛赶回去接受大人的表扬。牛似乎知道我们不想带走尸体,对我们很凶,越来越凶,最后甚至发起牛脾气,用角抵我们,吓得我们只好逃走,表扬也不要了。

我们不能冒死去要一个表扬对不对?

据说牛是下午被大人赶回村的,同时牛背上还驮回来木金的尸体。我是在夜饭桌上听爷爷说的;这天晚上村里每一户人家的饭桌上都在说这件事,说去赶牛的人本来不想把木金尸体驮回来,但牛围着尸体不肯走,死活不走,坚决不走,打死它们也不走,直到把尸体架到牛背上后,它们才肯走。

爷爷说:"都说狗通人性,看来牛也是通人性的。"

我说:"爷爷你说得不对,木金不是人,是畜生,怎么叫通人性?应该叫通畜性吧。"

爷爷哈哈大笑,说我讲得对。可我觉得我讲得并不对,因为……怎么说呢,我不知道我要说什么,这件事给我留下的疑惑太多,我要说的只是一个个问题,比如……比如……比如……我不得不承认,我还小,知晓的事情太少啦。

(原载《十月》第 1 期)

暴力倾向

高　远

怎么不用枪击毙它！你是警察呀,你不会用枪吗？

对峙的时间久了,人群中有人这样质问刘警官。

通常的情况是,当你面对困局束手无策,脑子里充满焦虑、绝望,最后又无所适从时,往往会想到一些简便、极端的手段,犯罪学里把这叫暴力倾向。刘警官明白这一点。刘警官还明白,其实每个人都有暴力倾向,像毛茸茸的种子埋在身体某处,只等着催生它们的合适的土壤。

眼下的情形正是如此。人群被墙角的家伙给激怒了,身上的火苗直往上蹿。一个大个子中年人不顾众人劝阻,手里拎着两块砖奔过去,甩手扔向了墙角。墙角里的家伙忽地从地上一跃而起,吼叫着向人群扑来,人们惊叫着四散而逃。大个子男人逃跑中踢翻了路边的水果摊,卖水果的女人一边收拾残局一边大声抱怨。人群退后有二十多米,停下来回头再看,那家伙仍在马路中间立着,项上的一圈毛发松针般竖着。先前,它一直安静地蹲在墙角,只有偶尔听到响动时才会昂起脑袋环视一下四周。显然,它现在也被激怒了,尾巴高高翘起,像一根愤怒的旗杆。刘警官在人群中大声警告围观者,叫大家立即停止危险的挑衅行动。

大家看仔细了,这不是一条普通的狗,刘警官说,这是一只藏獒,搞不好是会咬死人的！

没有人知道这只藏獒是从哪儿蹿出来的,什么时候来的。

按照小区门卫的说法,他十点钟去对面商店买烟时,门口还没有这只藏獒。最早发现它的是住在小区三号楼的张大夫。张大夫退休后在家照看孙子,他这天用童车推着孙子从湖边闲转回来,走到大门口时,孙子忽然放声大哭,两只脚在童车里乱蹬,一双小手使劲揉自己的眼。张大夫挺诧异,停下来看了看童车周围,完了又把孩子从童车里抱起来,去检查屁股下面的坐垫。就在这当口儿,一个黑乎乎的东西从一侧移动过来,他听到了粗重的喘气声,接着又闻到一股腥味,下意识地抱起孙子就跑,一头冲进了门卫室。张大夫事后回想起来仍万般庆幸,幸亏他身板硬朗腿脚灵便,否则后果不堪设想。他当时就叫门卫给片警刘警官打电话。门卫是个二十多岁的小伙子,虎头虎脑的,看着惊魂未定的张大夫觉得很奇怪。光天化日之下,什么东西能把这老头吓成这样?他走出门卫室,一眼就看见了大门口的家伙。它身架壮大,牙齿尖突,身上披着一层长毛,毛发褐中透黄,看起来像一只狗,却是他从来没有见过的那种大狗。他立即吐着舌头退回来,末了,又不死心,推开门卫室的门冲着大狗吆喝。他试图用吆喝声把它赶走,结果非但没有奏效,反而引得它扑过来,对着一面玻璃门嚎叫了半天。

现在,人们在刘警官的劝告下暂时安静下来,藏獒也从马路上重新回到小区门口,在门外的墙角处蹲下。它丝毫没有要走的意思,或者说,根本不知道该往哪里走,因为周围都是围观的人群,围得密密匝匝水泄不通。刘警官去商店里买了几块面包,朝墙角扔,他想用小块面包做路标,把它从门口一点一点带离。但它对扔过去的奶油面包没有丝毫兴趣,倒是一直歪着脑袋,专注于刘警官那只胖乎乎的手。这让他很是无奈。小区里有七八栋楼,四五百住户,眼看着到了午饭时分,想出去的人被困在门内,想进来的人则堵在了门外。大家看不到解决问题的希望,里外的人群不久又骚动起来。

刘警官摘下肩上的对讲机,呼叫邻近社区的片警老张。老张是他刚到派出所上班时的师傅,干了近二十年警察,算是见多识广的。不到十分钟,老张风风火火赶过来,手里拎着一根棍叉。老张原本想,对付一只游狗还不简单?用棍叉先卡住脖子,然后用胶带纸缠住嘴,往后备厢一扔就了事。他现在拿着棍叉站在了马路上,看了看大门口的藏獒,又瞥了一眼手中的棍叉。

简直就是一头牦牛,老张说。

很显然,想用一根轻飘飘的棍叉制服眼前的庞然大物,完全是痴心妄想。

这么大的家伙,叫我有什么用?为什么不叫防暴队?老张问刘警官。

这事刘警官早就想过。他当然可以向指挥中心汇报,请求出动分局防暴队。微型冲锋枪、催泪瓦斯、烟幕弹、网枪,防暴队里一股脑儿全有,他们来后既可以当场击毙,也可以生擒活捉。但那样一来,不是等于承认自己无能?说白了蹲在墙角的不过是一只藏獒,不是杀人犯,也不是恐怖分子,完全没有到大动干戈的程度。虽然只是一名参加工作不到五年的新警察,但怎么说他也不能让自己栽在一桩狗事上。再说了,叫来防暴队击毙它容易,后边的麻烦事怎么办?

一只藏獒少说也值万把块钱,到时候谁来赔偿?刘警官问老张。

老张就不吭声了,老张遇到过这样的事情。有一年街道组织打狗队收拾流浪狗,老张夜里一棍打死了一只德国黑背。第二天,养狗的女人在派出所门外叫骂了一天,为此又上访了将近半年。此事实在叫所里的领导闹心,不忍心叫老张赔偿,不赔偿事情又无法了结。后来只好想了个折中的办法,由所里给女人赔偿了德国黑背的损失,同时又扣罚了老张一个月的值班津贴。

现在,老张回车上拿来警戒线,和刘警官一起扯开,在门口围出一片禁区。事情终究是要解决的,但眼下的问题是不能叫大家随便靠近,以防发生意外。门内门外的住户更焦躁了,斥责两个警察说,你们究竟是要保护一只狗,还是保护群众安全?刘警官很尴尬。刘警官说,大家不要激动,要相信我们会找着妥当的办法的。

事实上,刘警官真没有办法。即便是叫来防暴队以暴制暴,一枪击毙不了,或者网枪打出去卡壳,怎么办?那时候藏獒必然拼命反扑,一旦伤了周围的无辜群众,事态就愈发不可收拾。以往的经验和教训都告诉他,处置这类突发事件只能万无一失,不能有丝毫差错。

经过两次电话催叫,社区的董主任才赶过来。董主任在上边开会,他气喘吁吁说,他是借口上厕所才溜出会场的。我总不能撇下领导,说这里有一桩狗事等着我处理吧?董主任说。刘警官问董主任,养狗不是要在社区办理登记吗,这到底是哪家的藏獒,应该查清下落叫主人立即把它牵走。董主任摊了摊手,说,上面规定养狗需要登记,没有要求登记藏獒。

但不管怎么说,这桩麻烦事还是发生在自己社区,总不能视而不见。董主任挠着头想了想,给张、刘两位警官提了个建议。董主任说,世界上的事物是一物降一物的,咱们社区有个叫赵大有的,大伙儿都叫他赵半仙。这个人有一张好嘴皮子,能说得让蛇作揖、让青蛙唱歌,不是我随口乱说,好多找他祛病消灾的人都亲眼见过。兴许把他请过来,事情很轻松就解决掉了。

刘警官强忍住没笑,但董主任的话确实能让人笑掉大牙。什么半仙,不就是电视上常揭露的那种大师嘛,谎话连篇,坑蒙拐骗,这种人怎么靠得住?

我在和你商量捕捉藏獒的事,别半仙不半仙的,靠嘴皮子能捉住它吗?刘警官指着墙角的藏獒,问董主任。

董主任不以为然,说,个别人身上有神秘力量,这事你得承认。就说这个赵大有,他能让蛇作揖、叫青蛙唱歌,你和我就不行。

又是一个骗子,老张说,这世界奇怪了,到处都是骗子,而总有人甘愿上当受骗!

问题是我们是轻易上当受骗的人吗?董主任说,我也只是听说而已,并没有眼见为实,今天不正好是个机会嘛,真真假假叫来一试不就全清楚了?

董主任说着话,拿出手机给那个叫赵大有的人打电话。他反复在电话里给对方申明,这次完全是公益活动,相当于免费广告,因此一个子儿的报酬都不会有。

打完电话,看着两位警官嘲讽的神情,董主任也自嘲地打哈哈说道,死马当作活马医!你们也是没招儿了才找我不是,我也没招儿所以只好找他。

此前,刘警官在摸底重点防控人员时,已经发现片区里有两个半仙,一个是下岗女工,一个是退了休的老教师,却没有听说过赵大有。

屠夫,董主任说,从前是食品站杀猪宰羊的屠夫,后来又在陕南的屠宰场给人杀马宰牛,再后来五六年不知去向,等到重新回到清泰街,成赵半仙了。每日里迎来送往,门前车水马龙,日子好不逍遥……

人群外开过来一辆黑色小轿车,一个身体壮硕的男人从车里钻出来。这人五十多岁,眼睛挺大,眼珠子又圆又亮,一头灰白的长发披在脑后,飘飘洒洒,颇有些不凡的派头。他拨开人群大大咧咧来到警戒线边上,董主任介绍了刘警官,又介绍了张警官,这个叫赵大有的人一伸手,握住了刘警官挂在腰间的警棍。这世道好,警察都不用配枪了,只挂个玩具就能糊弄人。赵大有说。这话叫刘警官很讨厌,刘警官说你不是大师吗?你们大师们更厉害了,靠一张嘴就能糊弄人。赵大有咯咯咯笑了,赵大有说,你算是说对了,从前我和你一样,糊弄人的方法也很复杂,现在不用了,有一张嘴就行。

董主任给赵大有指墙角的藏獒,说,今天你很荣幸,两个警官请你来制服那只藏獒,你要好好显显你的本领。

赵大有不拿正眼看墙角的藏獒,也不接董主任的话茬,自顾说起另外一些事情。赵大有说,很多人见过我让蛇作揖、叫青蛙唱歌,他们不明白为什么。蛇爬一会儿就想起立,立累了又想趴下,这是天性。我这张嘴没什么特别的,就是能唤醒它们的天性。清泰街口的老人们都见过我杀猪宰羊,谁见过我在陕南杀马宰牛?杀猪宰羊那阵子我三十来岁,浑身有的是力气,所以才能把它们按倒在案板上。后来杀马宰牛就不行了,我做事喜欢一个人单干,可一个人哪有那么大的力气扳倒它?我在终南山崇云岩拜过师傅,我师傅告诉我说,做事靠蛮力不行,得学会用嘴皮子。

赵大有说着话,咧开满是黑牙的嘴对着刘警官哈了一口气,刘警官摆摆手,脑袋歪到了一边。刘警官不喜欢这种江湖人,对这种人他是怀有职业警惕的,他随身携带着一个笔记本,就专门用来搜集辖区内的这类人员。

那是二十世纪九十年代的事儿了,赵大有说,出山后我又做了几年屠夫,出力就少了些,动手前我会和它们唠叨,跟它们说话,因为动物也是能听懂人话的。

你是八哥嘴会口吐莲花,能把猪马牛羊说得躺倒一片,是这样吧?老张揶揄赵大有说。赵大有不在乎他的揶揄,他说,动物是能听懂人话的,就看你怎么和它说。

赵大有始终不拿正眼瞧那只藏獒,这让刘警官心里很不舒服。以前,刘警官参加同学聚会时,老有同学给他提意见,说是自从当了警察,他和人说话时从来不拿正眼看对方。这是一种什么心理状态呢?自大、睥睨,还是心不在焉?那时候的刘警官口上否认,心里却明白,大部分时候他只要用眼睛的余光瞥一下对方,就什么都清楚了,用不着正眼去端详。这是当警察后的职业习惯。他现在不明白赵大有怎么也会有这种职业习惯。

赵大有从口袋里摸出一根烟,点燃后夹在嘴唇上吸着,好像在慰劳自己的嘴。他边吸烟边给董主任说,人生最高的境界,就是君子动嘴不动手。

董主任说,我叫你来是解决这只藏獒的,不是请你来说大话的,吸完这支烟你就给我动手,别老耍嘴皮子。

赵大有慢条斯理地吸着烟,看着马路上的人群,目光又穿过人群,看马路对面的一排商店。他扔掉烟头,从人群中走出去,走进一家杂货店。从杂货店出来后,手里拎着一盘白亮崭新的绳子,回到警戒线边上,他一抬腿从警戒线上翻了过去。

干什么,干什么?刘警官问。

拿根绳子就想拴住它,你这不是送死吗?老张说。

赵大有低头看了看手中的绳子,说,藏獒我真没有捆过,我只捆过猪羊马牛。

你不要装神弄鬼,董主任警告赵大有说,藏獒是肉食动物,吃生肉长大的,没把握你就提前说,没有人会强迫你。

刘警官有些紧张,刘警官说这不是强迫不强迫的问题,也不是闹着玩儿,你得先告诉我准备怎么对付它了再过去。

我说了,就靠我这张嘴。赵大有说,要不要我立个生死文书,后果你们概不负责?

人群里响起一阵惊叫声。大家看见赵大有手里拎着绳子跨过了警戒线,大踏步朝墙角的藏獒走去。藏獒从地上立起来,对着尖叫的人群嚎叫了几声,声音像从地底下钻出来的,高亢、沉闷,如同敲打在地面上的闷锤。它脖子处的毛发又竖起来了,嚎完后扫了几下尾巴,眼睛直勾勾瞅着走过来的赵大有。赵大有边走边抖动那盘绳子,藏獒的耳朵一闪一闪的,像同时在听绳子抖动的响声。它目光移到赵大有脸上,盯住了他的脸。赵大有却不看它,赵大有歪着脑袋,旁若无人般朝前走,边走边看左侧马路上的街景。前方的十字路口正在堵车,两辆车擦剐在一起,一个留着运动头的女人从后车上走下来,对屁股稀烂的前车嘟囔。赵大有走过大门前的水泥地面,脚步又踏上右边的道沿。他知道藏獒在正前方站着,正瞅着他,但他依旧不拿正眼瞧它。为什么要瞧它呢? 它不过是自己绳索里的畜生、案板上的肉,不看也知道它此刻正血管紧绷,肌肉一阵一阵收缩。大凡畜生都是一样的,见过猪等于见过羊,见过猪羊等于见过马牛,驴、骡子、鸡、鸭、狗、兔,说到底都是一样的。这些玩意儿比人简单多了,赵大有想。他咧着嘴想笑了。不做屠夫这些年,他一直学着和人打交道。他希望人也像动物那样能听懂他说的话,或者说,他嘴皮子动一下就能明白他的意思。但人是一种更复杂的动物,在谋营生的这些年他为此没有少费周折,而效果时好时坏,也时常令人沮丧。他看见一个男人从屁股稀烂的车上跑下来,一下车就给留着运动头的女人迎面一拳,两个人厮打在了一处。交警从马路一侧走过来。离藏獒剩下不到五步,藏獒又嚎叫起来,弓起的背上毛发簌簌抖动,周围搅起一股冷风,飕飕的风吹动赵大有的衣襟、头发,还有手中的绳子。赵大有咳嗽了一声,从远处收回目光,边走边看着藏獒的脸。这是他第一次郑重地、带着一丝审视的威严端详它的脸。它的脸上眉目不清,嘴巴又尖又细,面部没有丝毫美感。在他的打量下,藏獒一对涩滞惶恐的眼珠开始闪烁晃动,浑浊的泪水在眼球上淤积,很快就溢出了眼眶。赵大有嘴里的咕哝声大了些,自从咳嗽过后,他嘴里一直那样咕哝着。离藏獒只剩下不到半步,脚眼看着要踩到前爪上,藏獒忽然腿脚一软,"扑通"一声瘫在了地上。

围观的人们吓出了一身冷汗。刘警官从口袋里掏出一沓餐巾纸,擦了擦额头,完了又拭了两下鼻梁。他感觉脊梁骨发冷,不停在脑子里翻腾书本上学到的那些知识。招安、怀柔?还是威胁、控制?答案似乎是明晰的,又似乎很模糊。但有一点是清楚的,他看见赵大有对着藏獒说话了,他的嘴一直在咕哝,藏獒就是被他的咕哝声弄得精神崩溃的。

是大师吧?董主任很兴奋,问站在身旁的老张。老张的神情和刘警官一样茫然,自己也搞不清为什么。他不想说话,抬头看了看天,又看了下手腕上的表。时间接近下午两点了,年过四十后他变得一顿饭都不能耽搁,不然就心慌手颤浑身发虚。

远处的赵大有提了提藏獒的耳朵,把手里的绳子散开,一头拴在藏獒脖子上,另一头拎在手中。

我已经答应它今天不杀它,赵大有冲刘警官喊道,所以得暂时关在你们派出所。

事后,刘警官问董主任,这个赵大有究竟对藏獒说了些什么。这回轮到董主任强忍住没笑。董主任说,他回到清泰街大半年,一张嘴不知骗了多少人,我哪里晓得他说什么呢?或许因为是屠夫,动物见了都怕也说不定。至于说了什么话,能信吗?不过是装神弄鬼的把戏!

但是对刘警官来说,这始终是一个问题。亲眼看见他用咕哝声制服了一头藏獒,如果是对着人咕哝呢?会发生什么?赵大有将是他管区的隐患之一,他有必要追根刨底。他又问片警老张,他说赵大有一定对藏獒说了什么,因为大家都看见他嘴皮子动了。老张压根儿不想再提这件事儿。老张说,这个世界上神人太多,我当时后背上发凉,感觉比看着拿枪打死藏獒还瘆人。

后来在派出所里,刘警官也询问过赵大有。他说,好吧,我承认你是大师,但是你得告诉我,你当时嘴里咕哝咕哝到底在说什么。

什么也没有说,赵大有说。从捉住藏獒的那一刻起,赵大有忽然变得谦逊起来,见了人就双手抱拳做出打躬作揖的样子。我没有说过我是大师,他说,我说到底就是个杀猪宰羊的,不过是动物们都肯听我的话而已。

你当时说话了,你到底说了什么?刘警官问。

赵大有在他肩膀上拍了一下,说,我六十好几的人了,下半辈子就靠这张嘴混世界,你还年轻有为着呢,听那些话没意思。

刘警官却丝毫没有放弃的意思,拉过一把椅子请赵大有在办公桌对面坐下,又给他面前沏上一杯茶水。赵大有看他不肯善罢甘休,只好说,其实我早告诉过你了,那会儿我就是对它说:我今天心情还好,所以不想杀你,你得学乖点儿。就说了这么多。

临出门时,赵大有捋了捋脑后灰白的长发,冲刘警官眨了下眼,诡秘地说,你现在明白了,动物比人要听话些,我给它们说什么它们听什么,只要能唤醒它们的天性。但是人不行,人有时没有天性,只有各种各样的奇怪想法,我实在没有脑力顺应那些想法!

动物保护站的人来到派出所,把藏獒装进一个铁笼子里。赵大有解开藏獒脖子上的绳子,把绳子又盘成一盘。绳子依然白亮崭新,他要去杂货店还给人。

赵大有是将近下午三点离开的派出所,不到半个小时,小区门卫又给刘警官打来电话说,大门口又出事了。刘警官开上车,把先前给藏獒买的面包一边往嘴里塞着,一边开车往小区门口赶。他赶到时,门口又聚了一堆人,赵大有捂着半张脸歪坐在马路上。小区的张大夫在边上站着,正在给他赔礼说好话。看见刘警官,张大夫一个劲儿地埋怨儿子,说都是儿子酒后撒疯打了赵大师,该赔的医疗费他一定会赔,只请求刘警官能宽大处理。张大夫的儿子在台沿上蹲着,他说,我是打他了,但他真不是个好东西,今天是存心来找打!

小区的门卫和摆水果摊儿的女人一直在现场,他们看到了事情的整个经过。据门卫说,张大夫的儿子开着车到了小区门口,被张大夫拦住了,张大夫还叫大家帮着自己一起拦。张大夫说儿子和儿媳在家吵了几句嘴,儿子喝了半瓶闷酒又下楼去开车。醉醺醺的怎么能开车出门呢?就算不考虑别人的安全,自己出了意外怎么办?所以,张大夫坚决不让儿子出门,儿子却执意要开车走。父子俩在大门口谁也不肯相让,后来张大夫就趴在了车头上。张大夫说,要走你就辗死我吧,只当你没有我这个做父亲的。当时围观的人都很担心,生怕他开车辗过去。要知道,一个醉鬼是什么事都做得出来的。结果,他果真往前猛冲了三次,那时候张大夫仍在车头上趴着。最后一次竟冲出有一米多,差点把张大夫从车头摔了出去。

如果他再不踩刹车,这老头早就没命了。摆水果摊儿的女人说。

刘警官问,说了半天都是他们父子之间的事,怎么会扯上赵大有的?

女人说,这事得问张大夫的儿子,他忽然从车上下来揪住姓赵的就打,姓赵的脾气倒好,虽然长得人高马大却丝毫没有还手。至于为什么,他儿子嘴里叽里咕哝说的那些话,我是一句也没有听清。

张大夫的儿子从台沿上站起来,对刘警官说,我承认我当时是气急了,正生我爸的气,不然姓赵的也钻不了空子。

他招你惹你了吗?为什么要打人家?刘警官问。

这个人想控制我!张大夫的儿子说,听说他那会儿在门口控制了一只藏獒,你猜怎么着?他接着就想控制我!看着我爸的样子,我当时又急又气,他却在边上不住地对我说:辗过去!

辗过去!他怂恿我辗死我爸,亏他想得出来!

你不要听他的浑话,张大夫说,他一个人喝了半瓶酒,现在没有一句话是真的。

我真看见他嘴皮子动了,不停地说"辗过去,辗过去",他儿子说。

摆水果摊儿的女人不住地摇头,说,我不知道他在说什么,我当时也在车门边上站着,但是啥也没听见。

也真是奇怪了,他一咕哝我脑子像钻了蜂开始嗡嗡,忍不住就想踩油门,幸亏我当时还有一丝清醒,不然后悔也来不及了!

张大夫的儿子说完话,拿眼瞪了瞪坐在马路上的赵大有,又远远冲着他啐了一口唾沫。

门卫和摆水果摊儿的女人一起对着刘警官摇头。他们说我们当时离赵大有不过一米,脑子里并没有嗡嗡。看热闹不嫌事多,谁都有这个心理。但人家确实什么也没有说。

车仍在小区门口停着,驾驶室的门大开着。刘警官过去看了看现场,回来看赵大有时,赵大有已经从地上站起来。赵大有嘴上受了伤,嘴唇肿得老厚,一股鼻血又红又黑流到了嘴角处。他用袖口在嘴上胡乱抹了几下,双手抱拳冲张大夫和刘警官点了点,转过身就走。张大夫不让他走,拉住胳膊要带他去医院检查。张大夫说,你别就这么走了呀,医疗费我全认还不行吗?

赵大有不吭声。赵大有甩开了张大夫的手,才说,这点小灾小难我能对付,用不着上医院。说完,拍拍屁股上的尘土,独自向自己的黑色轿车走去。

刘警官看着赵大有的背影,本来想跟上去和他说几句话。他不想和他再谈藏獒的事儿了,只是想问问他:你敢不敢承认,你刚才是说那句话了?

但是他很快就放弃了这个想法。他看见赵大有站在了黑色轿车边上,愣了有一分钟,忽然弓起后背伸长脖子,对着那辆轿车一阵咕哝。他从身上掏出一个黑色笔记本,在上面写上了赵大有的名字。完了,心里纠结了一阵,又缀上几个字:涉嫌使用极端语言暴力!对他来说这是个新名词儿,还是他不久前在一本新版犯罪学教程上读到的。

(原载《当代》第 1 期)

浮　生

任　晓　雯

江秀凤

人人都说,江家三小姐酷肖宋庆龄。一帘垂丝刘海,髻发绾低在后颈窝。她五岁练毛笔。及至上学,文章写得周正。十三岁,由老师带领,出去抵制日货。江老爷恰路过,见女儿站在杌子上,和男同学一起,高喊"打倒日本人",怒极,替她退了学。江秀凤垂手诺诺,偷哭一场。

江家初住镇江。地方军变,逃至苏北姜堰。江老爷垂亡,对江秀凤说:"八个子女里,我最对你不起。你识字最早最快,本该去苏州,读个女子中学。你心肠太软,文化最低。务必找户好人家,乱世里撑着你。"

江秀凤十八岁成亲。婆家开当铺。丈夫孙震东读过私塾,高中毕业,在洋行上班。逾数年,时局颠簸,职业不稳。他跑去泰州,与人合开影院。钱财骗失殆尽,暂搬至岳母家。

少时,日本人来。满街火药味,扎得鼻孔黏燥。孙震东不顾内兄反对,携妻挈孥,逃到沙港子。当地传言:"孙震东是江纯甫女婿。江纯甫在南通做过大官。家里的袁大头、孙小头,用麻袋装。法币堆得一屋屋。"孙震东被绑票三次。江秀凤从大哥处,求得两次赎金。第三次,她拖着四儿二女,跪在绑匪家门口,嗷啕喊穷。绑匪不忍,放人。孙震东见到妻子,兜头一耳光,

"你做的好事,把我面子都落光了。"

他们回姜堰。受四弟资助,开一爿店,取名"镇太和"。从大店批了日用百货卖。江秀凤坐店理账。做警察的远房表哥,帮忙罩护。孙震东想重振当铺,未遂。他从自家店里拿酒,喝得醒醒然。时或詈骂江秀凤,说她和表哥走动太密。扯住她前襟,抖筛似的,甩来晃去。

江秀凤悄悄拜托二姐,"他再没工作,就要毁了。"彼时,二姐夫留美归来,就职于上海工务局,把连襟介绍到芜湖信托局。孙震东对妻子道:"我就说吧,只要是人才,总有人求上门。你还想去托关系,哼,也太小看我。"江秀凤唯唯。

此后一段太平日脚。孙震东颊颐滚圆起来。他爱把孩子拢在身边,来回数点,"我养了四只光榔头,三根小辫子。家子婆亦有功劳。"江秀凤匿笑。她已鬓角藤灰,眉毛疏淡,面相比丈夫年长。

春杪,局势暧昧。信托局同事纷纷南逃,劝孙震东同往。弗肯,举家回上海,借住五弟家。上海一夜翻天。孙震东没有工作,去做了登记。人民政府将他派至宣城,当小银行职员。工资五十五元,补贴完父母,每月寄回三十元。儿女渐长,家用不够。江秀凤到街道当扫盲夜校老师。

年余,"三反""五反"。孙震东被人揭发,旧时待过洋行。"五反"队自安徽来,搜查"孙震东贪污的金首饰"。江秀凤上交一把银勺子、一根红木文明棍、一只英国奶粉铁皮罐。给丈夫写信,叮嘱服从国家,回音渺然。

七年后,孙震东回沪。牙齿落半,踽踽有老态。"我是清白的,他们啥都没审出来。"又说,"是我自己辞职,不想干了。他们反复挽留我。"翌年,他脖颈水肿,胸腔疼痛,查出肺癌晚期。

冬至,后夜,月光冷黄,窗框摇动。孙震东呼吸如鸣笛。江秀凤抱紧他,感觉他浑身震颤。似有猛兽挣扎,要从轻瘦的骨骼里出来。江秀凤的耳朵,凑向他墨灰的嘴唇,听见一字一噎说:"政府晓得冤枉我,赔了两百块钱。我怕人偷走,没告诉你。"

孙震东落葬不久,扫盲夜校解散。江秀凤抠挖墙脚。果真埋有人民币,裹了数层油纸。油纸遭鼠啃,边角残缺。里头钞票张张霉湿,一碰即烂。江秀凤抓了废钱,撒在亡夫遗像上,"孙震东,孙震东,我忍了你一辈子。"

江秀凤找街道干部,求一份工作,"我啥苦都能吃。"旬余,如愿。到新单位报到,着阴丹士林蓝布旗袍,大美华绣花软底鞋。同事嗤笑:"收个垃圾废品,还要穿旗袍。"江秀凤回家,拆却旧衫,缝制劳动装。她初次穿两截头衣裤,感觉仿佛赤身裸体。

废品站二人一组。一人称废品,一人付钱。江秀凤同组的同事,以前是个阔少。因政府动员劳动力,被迫出来工作。他说:"我堂堂大学生,竟和家庭妇女一样工资。"终日枯坐废品站内,捧一本《新名词辞典》。

江秀凤独自出站。拉着板车,在徐家汇兜转。双目曝光,扎痛流泪。后颈晒伤起泡。脚底老茧厚硬,被撕剥得坑坑洼洼。一次,上门收废品,遇故人。对方瞩视良久,忽道:"三小姐,是你吧?"她赧红了脸,仓皇下楼,缩立于墙边,放任自己哭个够。俄而摇摇小铃,起车前行。

江秀凤收了十年废品,光荣退休。住大儿家,朝北小间,一床、一椅、一马桶。她把孙震东遗像挂在床前,又裁开月历纸,书写兄弟姐妹名字,粘到墙壁上。他们都不在了。大哥殁于"镇反";二姐五弟六妹亡于"文革";四弟在"五七干校"病重不治;小弟远赴西双版纳,在原始森林里,被一棵大树砸死。

江秀凤不明白,自己明明最没本事,怎就一不小心,活得最长。孙子孙女们,个个比她高了。她久患白内障的眼睛,望见万物模糊发黄,渐次褪色。她开始对空气说话。叙往事,发牢骚,叹平生。有时蓦然住嘴,环顾左右,似为身外存在真实事物而震惊。

忽一日,江秀凤头脑清透,水洗似的。甚至想起幼时,母亲教自己折锡箔。她对大儿道:"锡箔要买不掉粉的。元宝不必太大,但一定要折成实心。"大儿嗯哈敷衍,回头说:"老娘糊涂了,脑筋搭进搭出。"

江秀凤拈尽碗底米粒,端端正正躺上床。她已九十七岁,知道日子将至,因而安心。她闭上眼睛,睡了过去。

曹亚平

曹亚平至今记得那个夏天。他看完《柏林情话》,定在胜利电影院门口。天野已然玄青,对街牙白色楼顶上,镶了一丝浅粉。散场和入场的人,同时从前后冲刷他。吃纸杯冰激凌的女学生,将他挤动起来。他捂着两腋痱子,走过七站路。一个新鲜的人生理想,在身体里持久震荡。

高三将毕业,曹亚平报名上海戏剧学院表演系。收到准考证,压在桌玻璃下,不时看一晌。彼时,就职国棉十七厂的大哥,反复谈论大字报;念中学的小妹,常带《青年报》回家,誊抄转载的社论。他不及留意,直至五毛钱报名费,被兑成邮票,退了回来。

两年后,曹亚平乘友谊号客轮,至崇明东风农场。翌年成为"修地球"能手。插秧、施肥、耙地、锄草、间苗、采棉、割稻、挑担、脱粒。他肤色微黝,两肩硬茧。头顶大草帽,腕缠白毛巾。走在人群中,扎高半头,得"长脚"称号。女知青们注意他,说他肖似梁波罗。

曹亚平擅讲故事。收工后,空酒瓶插了野花,置于行李箱拼成的桌上。倚桌开讲《绿色尸体》《基督山恩仇记》《安娜·卡列尼娜》。室友冯军间歇演奏小提琴。宿舍挤满人,听完犹自不去。卸下门板当饭桌,拎一只洋火炉,烹几道小菜。气枪打了麻雀,与面疙瘩同煮。稻田放水时捡的鲫鱼,高筒套鞋装回做汤。手电筒裹上红布,诱捕整整一面锣螃蟹,蒸得膏黄喷香。兼佐农友探亲带回的辣酱、炒麦粉、大白兔奶糖。轧轧三胡,咪咪老白酒。

吃到酒气冲头,齐吼《知青之歌》。吼罢,眼底浮泪。点一支牡丹烟,怅怅然轮抽,掏起私房话。说陆续有人上调。冯军道:"曹亚平,哪天咱们都回去了,我骑着老坦克,到你楼下喊,长脚,下来啦,上班去。"曹亚平哽声道:"我不上班,我要念戏剧学院。我的人生理想是当演员。"邻室王红旗接话:"屁精才当演员。"曹亚平一拳击中他鼻梁。众人两厢劝开,煞兴而散。

次年,场部来了工作组,发动"一打三反"。讲故事的曹亚平,被定为"宣扬封资修毒素的黑势力"。隔离、批斗、监督劳动、办"学习班"。大字报贴满食堂和宿舍屋山头。没人敢搭讪,唯目光相接,默递一支烟。

王红旗检举,冯军是曹亚平小兄弟,同属一个小集团。一日,冯军趴在床上,用小提琴弓毛套住自己脑袋,钩到床头横档上。室友发现时,他已身体僵硬,双脚青紫,看似一条被命运拉紧项圈的狗。

运动骤然开始,悄然结束。如洪水扫荡而过,留一地荒碱。曹亚平佝了背,缩了脖。满颌胡楂,犹如苔藓。白天扛泥络担,拖两脚泥水,在开河工地里走。夜晚睁大眼睛,听岛风拨拉白垩墙缝,呜呜作声。门后挂晾的汰脚布,无人取用,冻得硬邦邦。想起是冯军"畏罪自杀"遗物,偷偷收好。

室友渐次回城。当交警、进航道局、做中学老师、入工矿企业。新来者叽喳嬉闹,春游似的。笑言绑行李的草绳藏藏好,今朝下乡,明日上调。曹亚平嫌他们粗鄙,怏怏寡交。逾数年,上调骤减,渐而悄悄取消。开始顶替政策。知青们通关系,找门路。病退、困退、商调。花样百出地离开。

宿舍空了泰半,长起蘑菇和霉斑。留守者疯野了。吃酒、旷工、斗殴。曹亚平的新室友,每晚打大怪路子。经他抗议,移去路灯下。打过通宵,意犹不足。每人五分洋钿,凑足一元整,赌吃煤球。真有人煤球兑水,一饮而尽。还打赌吃油肉、喝酱油、荡竹竿。仿佛玩掉性命才好。

曹亚平父母早已退休,顶替无望;参加高考,得分二百八十五,因"政治表现不佳"被刷。年复一年,面皮如鼓皮,抻得松弛了。才犹犹豫豫,起念成家。

梁惠珍是场部小学老师。父母皆在场部医院。母亲跟小姐妹抱怨:"姓曹的大珍珍十多岁,除了几分皮相,啥都没有。珍珍吃死爱死,还要闹自杀。是我帮她洗的胃,眼泪水流光,只得同意下来。"

曹亚平和梁惠珍,领好结婚证,敲下大喜日。梁家老夫妇换了新衣,坐船至吴淞码头,转乘公交车。花费一星期,给上海亲友逐家递喜帖。又在绿杨村大酒店,预订十二桌。曹亚平也做忙碌准备状。梁惠珍一到,室友嚷嚷:"新娘子来啦。"跑个精光。

少时,传闻将有"拷浜"(上海话,指把河里的水排干再抓鱼虾,一点也不剩下)政策,单身知青统一回沪。有人漏给曹亚平。曹亚平捽住他衣领,拎得双脚离地。那人嘴唇抖抖道:"保不准是谣言呢。"曹亚平狂奔而出,不知所往。清晨归来,鞋袜尽失,满腿沙板土,颊颐明显凹瘦了。

隔日,梁惠珍来,商议定做西装。见他恍恍不语,便说:"你是喝过墨水的上海高中生,跟我结婚,亏了是吧。今天把话讲清楚。"曹亚平讶然抬眼,铆牢她的小圆面孔,一字一顿道:"我不想结婚了。"

言罢,任由她半跪于前,道歉哀求。她哭,他也落泪。面皮赧红,却不松口。入暮,梁家父母同来。父亲道:"请你讲讲真实想法。"母亲推开老伴,戳着曹亚平额头,骂他政治落后,作风腐败。言辞越难听,曹亚平越释然,"不离也行。婚礼我不来,你们更没面子。"

僵至第五日,女方让了步。曹亚平斗劲一懈,反觉空落落。曾经的丈母娘,逢人控诉,说他害女儿自杀两次。还反复申明,两人并未同居。室友不理睬曹亚平。女同志当面啐他"陈世美"。他撑着一口气,发誓返城之后,不与旧人来往。

月余,"拷浜"文件下达。知青骚乱起来。撕褥子,砸热水瓶,扔搪瓷面盆。拥抱、哭泣、互留传呼电话。唯曹亚平躲进蚊帐,数日不出。他是离婚人员,不在政策里头。俄听有人至床前,掐了嗓门道:"早知如此,不如乖乖当个新郎官。"引一室哗笑。

大部队走后,曹亚平调至场部棉纺织厂,当辅助工。拉纱、摆纱管、上棉卷、推粗纱车。工余不与人交往。搬只杌子,枯坐路边,面朝南门码头方向。他发际线逐年潮退了,眼皮耷拉成三角。松细的胳膊腿,将关节衬得凸大。整个人支支棱棱。

同事暗呼他"老疯子""老花痴""老哑巴"。也有说:"他不哑,有次撞见他哼《柏林情话》呢,还蛮好听。"旁问:"《柏林情话》是啥?"答:"老里八早的民主德国电影。那时还叫民主德国。你们小年轻,不懂。不说也罢。"

姜维民

初见罗春萍,是在阶级教育展览会。女生多穿的确良白衬衫,乔其纱碎花半截裙。唯独罗春萍,一袭改良"江青服"。娃娃领犹如花萼衬花苞,衬着她的脸。满脖子蜂花檀香皂气味。

三年后,姜维民中学毕业,考大学未遂。逢纺织局招工,分配到蜜蜂绒线厂。罗春萍念完卫校,进区传染病医院化验室。有人告知母亲:"看到你家萍萍,坐在男人自行车后头。"孙彩凤研诘一番,禁止交往,"姓姜的没文凭。以你的卖相,起码找个大学生。"

罗春萍谎称报了夜校。每周三五晚,去外滩情人墙。姜维民早早占位。就着昏昧与水臭,厮磨一晌。有次误了点。墙边人头麻麻,插不进足。便辗转至甜爱路,勾着"小三角"。倏有电筒光柱,一搠一搠。怪笑声乱起,"又抓一对。"臂缠红袖章的联防队员打起围来,搜摸讯鞫。罗春萍哭,咬定是自愿的。写过检查,通知单位。

孙彩凤骂一回,劝一回,押送她上下班。姜维民天天到罗家楼前"站岗"。逾半年,被发现。孙彩凤招来满屋亲友,绑住女儿,逼她告姜维民耍流氓。罗春萍说:"外头开始严打了,你想让他死吗。当初你跟爸爸划清界限,现在我跟你划清界限。"双足乱蹬,哑声嗷啕。孙彩凤流泪道:"罢罢,我不认识你。滚去姜家吧。"

姜维民骑"老坦克",接罗春萍。遥见她站在街口。幸子衫,格纹裙。新烫了头发,刘海吹成"招手停",一额发胶闪闪。他鼻头酸热,想说什么,说不出。拍拍她脑袋,把刘海拍瘪了。她噘着嘴,跳上车。车头扭几扭,驶起来。倏觉有人跟着。那人往电线杆后避。信号灯翻绿。灰的人形,灰的电线杆,在灰色路面退远。

姜维民问:"坐稳吗?"

罗春萍答:"孙彩凤跟踪我们。"

车过桥顶,加速下滑。姜维民的衬衫后襟,被风鼓满,猎猎颤动,仿佛一张自帆。罗春萍帮他掖好,手臂箍紧他腰。再回头,母亲的小点身影,已然看不见。

姜家六口,居二十平米。腾出角落,拉起布帘,给二儿做新房。姜母与街坊喊测,说罗春萍下不了蛋,还像个皇后娘娘。买小菜、拖地板、倒马桶,全归姜维民。甚至帮洗月经带。罗春萍哭诉。姜维民跟母亲吵,跟大哥吵。搪瓷面盆、钢种镬子,摔得咣咣响。

第六年,姜家小弟买了商品房,接走父母。姜维民辞职,由小弟带入行,到凤城路地板市场摆摊。未几,罗春萍有孕。休完产假,岗位变成日夜翻班。要求换回常日班,不允。反将她从验血处,调去验大便。罗春萍在院长室拍桌子,"我男人当老板了,稀罕你这点塞×的钱啊。"也辞职。

女儿取名爱晶,意为"爱情结晶"。晃眼长大。凤城路市场搬迁。姜维民撤了摊,欲赴日本打工。罗春萍弗肯,继而又同意,"十年生意下来,忙得像只赤佬,没赚几个铜钿,还砸了铁饭碗,只好出去闯闯。"

姜维民借凑六万元,办理商务签证。同行者在人民广场会合。车过半途,发现忘带护照。咬牙叫辆出租车,回家取了,调头直奔虹桥机场。罗春萍一路看手表、催司机、骂丈夫。六万块打水漂了。全家喝西北风了。自己瞎掉狗眼,为个窝囊废,亲妈都不要了。姜维民缄默。及至登机入座,懊悔没有话别。

亭午,抵大阪关西机场。姜维民一行,冒充公司团队。出关时被疑造假。身后三人被截。姜维民逃进厕所。中文广播反复唤他名字。他缩在马桶盖边沿。双脚并拢,来回蹭碰。想象脚上的缚带皮鞋,一只是罗春萍,一只是自己。

两小时后出来。同伴已不在,行李不知何处。他怕被人发现,翻起滑雪衫帽子,捂着一背热汗,在机场兜转。入暮,秋风紧起,天色骤黑。他往门外看,门玻璃映出他脸。颊颐凹了,嘴唇裂了,目光跳闪不定。忽有普通话声喧聒。他转身狂奔,"中国人帮中国人。"扎进人堆,掣住导游不放。导游助他买了电话卡,打给上海签证公司,安排再次接机。

到住处,已是后夜。摸摸索索,吞半只馊面包,灌一肚自来水,和衣躺下。床上已有人,另一"黑户口"。咂着嘴,抻着腿,将后来者顶至床沿。姜维民翻身不得,一侧耳朵汪在泪里。翌日,有人送来行李,"公司这边两讫了,以后得靠你自己。"

姜维民找黑工。见室友赌百家乐为生,跟去试运气,输掉五万日元。旬余,听闻东京机会多,伙着俩黑户口同往。找到搬钢材的短工。又拆房子,造自动扶梯。最后跟定福建人,在建筑工地做。日薪一万三。月攒三十万,寄回上海。

姜维民清晨四时起。电饭煲里舀两碗饭。买最便宜的鸡皮和卷心菜,炒一炒带走。中午放在日头下,晒热了吃。夜间八时回家,剩菜拌冷饭。

他模仿日本人,头发染焦,耳垂打洞。仍怕警察识破,工余闭门不出。任由电视机响着。抽烟,发呆,写日记。无事可记,写罗春萍名字。写得一页页。扔了笔,以头撞墙,边撞边号。

唯一的朋友,是个上海老阿姐。常来包馄饨,轧三胡,留下过夜。姜维民絮絮讲述罗春萍。老阿姐道:"春萍这人听起来,漂亮活络又娇气。你把她丢在国内六年多,肯定出事体。"姜维民扇她一掌,命穿衣走人。

月余,姜维民擀了馄饨皮,拎去看望老阿姐。出地铁口,警察盯视他。他直起脖颈,径自往前。一冲不过,被拦下盘问。关到入管局,月后遣返回国。

姜维民做梦似的,在浦东机场落地。空气黏凉。满地煤烟色梧桐叶,被踩得糟烂。出租司机问:"先生是华侨吗?"姜维民不语。密匝匝的楼，补丁似的广告牌，油绿色高架隔音挡板，接次晃过车窗。一牛仔裤少女走在应急通道，也晃过去。姜爱晶亦是这般大吧，谈朋友没。母亲会不会管。罗春萍竟有四十五了。失业多年，平日做什么？胖了吗？变了吗？姜维民浑身一抽，不敢想。合眼仰向座椅背。

杨敏安

那年季春，空气清透，弹格路的石缝绿了。梧桐新芽宛若婴儿手掌，沿街招摇。杨敏安登上楼顶，挥舞晾衣叉，感觉过节一般。

"老鼠奸，麻雀坏，苍蝇蚊子像右派。"学校放假十天，命每人上缴老鼠尾巴十条、麻雀脚爪十对、蝇蚊全尸各一百。九岁半的杨敏安，伙着双胞胎弟弟杨敏泰，拿药条粘光公厕苍蝇。帮母亲把水泥糊灌入鼠洞。消灭蚊子的滴滴涕，要用嘴巴吹出喷雾，父亲不让碰，说危险。给了两只锅盖、一根晾衣叉，让弟兄俩赶麻雀。

楼顶挤满人。鞭炮、旗布、扫帚、毛巾、面盆、锣鼓。杨敏泰咣咣敲锅盖。杨敏安磨住个小年轻，借气枪玩。学了样，唇间噙弄铅弹，双手摩拭枪管。上膛时，保险失效，压气杠杆骤然回位。他的左手食指，被弹得甲面崩裂。啊呀摔下楼去。

杨敏安多处骨折，腓神经受损。愈后脚掌不平，跛足而行，跟骨日夜疼痛。他不再与弟弟一起上学。未曙而出，垂暮方归。就着光色昏昧，独自瘸瘸拐拐地走。他听不得"腿"字。继而"脚""裤""袜"等，皆成禁忌。豁到一耳，就赧红了脸，狠掐自己大腿。某次，杨敏泰见他吃力，上前扶掖，被他打一拳。另次，他见同学遥遥窃语，疑似嘲讽自己，便拿弹弓射他们。再次，他读着报纸，蓦地趴软在地。经母亲再三诘问，泣道："怎么麻雀又不算'四害'了，这不是出尔反尔吗。"

十八岁上，杨敏安比弟弟矮一截，肩膀也窄，衬得脑袋奇大。仿佛扇上一掌，整个人会风向标似的，滴溜转起来。停课闹革命后,当了逍遥派。家中藏书翻熟,又去撬校图书馆门。管理员怜他蹇跛,口头警告作罢。

杨敏泰道:"看书有啥用。听毛主席话,革命去。"

杨敏安道:"瞧你,听风就是雨的。头脑简单,四肢发达。"

杨敏泰乜斜他的腿,不语。

杨敏安耳尖一颤,额角青筋虬起,推搡道:"你多有出息,还来可怜我。"

自此兄弟殊道。杨敏泰领了红袖章和盖戳的学生证,到处搭乘免费公交,又全国串联。再报名去西双版纳。临行跑到派出所,改名杨爱彪。继而从云南来信,宣称再次改名,叫杨卫东。

杨敏安愈发窝缩起来。读书、昏睡、发怔。配了赛璐珞眼镜。看人也跟看书似的,脖颈前抻,眉眼皱紧。他用鞋盒养过一只麻雀。喂食小米粥和熟蛋黄。旬余,将它抠了眼睛,烧了羽毛,扔在畚箕里。还常半夜摸黑而起,站到床边,默默看父母睡觉。母亲让他服用朱砂安神丸。他说:"早点翘辫子才好。混吃等死的,也没个尽头。"

逾数年,杨卫东顶替回城。杨敏安不肯同去接火车。向晚,过道喧哗。他从书页上匀出一眼,见两位老人,拥着个面皮焦黄的乡下人进来。啊呀一声,"杨敏泰,你从垃圾堆钻出来的吗。"湿了眼睛,相顾握手。握得手背一条白,一条红。

半年后,杨敏安进遵利金属制品厂,手工装配订书机。员工多为残疾,也有家庭妇女。忽听闻恢复高考,他心念大动,又怕落败见笑。偷偷买了书,想先温习几年。一日,同事凑来问:"看的啥玩意?"他夺回书本,"关你屁事。"同事哼道:"算你识字比我多。还不跟我一样,在街道工厂当个下等人。"

杨敏安顩顣,说不出话。裁了一条纸,写"虎落平阳被犬欺",夹在书中。决定当年就报名。在单位盖过章,瞬即全厂皆知,纷纷道:"杨敏安想要跳龙门啦。"更或模仿他快走的样子,一扑一纵。

杨卫东帮他抢购数理化自学丛书,在新华书店门口通宵排队。临考前十余天,杨敏安开始失眠。母亲彻夜坐守,用冷毛巾给他敷额。考试当日,父亲租了机动三轮车送他。杨敏安攥住他道:"求你别走,我不考了。"父亲给他买了汽水,抹好风油精,搀至门口。

杨敏安考到二百七十分。因身体残疾,未被录取。他病过一场,给中央领导写信。自述是为国家利益而残,希望国家给个机会,让他发光发热。落款为"身残志坚的忠诚战士小杨"。寄出后,天天丧魂似的,往来于邮局和弄口电话亭。母亲说:"领导人太忙,立时三刻回不了信。"又说:"除了考试,别的大事也重要。你弟媳都快生孩子了。"杨敏安道:"猪猡活一辈子,就为吃喝下崽。我又不是猪。"

抵不住母亲哀求,相过几回亲。一次,女方智障,不停痴笑。他戳着筷头道:"你们给我介绍的,不是老寡妇,就是缺胳膊少腿。现在索性塞来个白痴。难道我是废品回收站吗。"满座震惊。痴姑娘嘴唇抖抖,倏然落泪。杨敏安动摇了。事后对母亲说:"再给我三年,不行就娶她。"

两年后,英语列入高考科目。杨敏安只学过俄语。买了教材,跟着电台,从 ABC 补起。忽一日,将收音机撩在地上,"现在记忆力变差了。"父亲道:"早让你别学,学了也没用。你是残疾人,要认命。"即刻懊悔言重。捡起收音机,帮儿子调到《业余英语广播讲座》,故意嗞嗞开响。杨敏安推开道:"你说得对,我再也不学了。"

母亲即刻扎起教材送人。拎了苹果和麦乳精,上痴姑娘家定亲。请人打好五斗橱和夜壶箱,添置一台水仙牌洗衣机。领过证,没摆喜酒,草草搬作一处。婚后,杨敏安不与妻子说话。时或枯坐桌前,腾着双手,似读一本看不见的书。

过半年,看新闻,说高考录取体检放宽。杨敏安赶去区教育部确认,又梦游似的回家。见了妻子,撩手一掌,"都怪你,毁我前程。"到厂里兜兜转,逮人便说:"我向中央领导上书,建议改革高考制度。他采纳了,也不早点回信告诉我。"众人笑他脑子坏脱,又道:"反正讨了一只戆女人。一疯对一戆,正正好。"

袁跟弟

十二岁上,袁跟弟第一次见美元。父亲袁德才引她至阿蒂克风格的屉柜前,轻启一屉,"给你长长见识。这是阿美利加钞票,道勒(dollar)。一沓子捏在手里,能把人耳朵割下来。"过道窘窄,父女惶惶然逃回客厅。

袁德才,滨海县人,木匠。听闻上海遍地黄金,便舍了薄田,举家迁沪,以修补家具为业。经人介绍,给个美国女人当长工。逾年,央着雇主,把做童工的大女儿,弄到俄罗斯犹太人家帮佣。邻里喊测,"好好的工厂不做,跟罗宋瘪三搅和。"袁德才说:"他们懂什么。卖大母(Madam)说了,在阿美利加,女人是有志气的。跟弟,你也有志气,以后像卖大母一样,到外国走走看看。"袁跟弟的男主人,是犹太人医院的会计师,女主人在国际饭店当大班。袁跟弟给他们带小囡。婴儿学说话,她跟着学,很快会了俄罗斯语。还尝试烤蛋糕、煮罗宋汤。逾数年,老家娃娃亲逼婚。袁跟弟跪泣一晚,"我是开过眼界的,回不去了。"袁德才赔二十斤猪肉钱,退掉亲事。女主人听闻了,帮忙撮合对象。

张鹏生,海门人,读过私塾。在犹太人医院,做牙科助手。玳瑁眼镜,派克式发型,笑起来眉眼酷似赵丹。他带袁跟弟到兰心大戏院,看俄罗斯舞蹈团的《天鹅湖》。袁跟弟问,为何不学俄语。他道:"学那个干吗,医院有翻译的。"第五年,时局飘摇,雇主举家回国。袁跟弟歇工结婚,未几有孕。新房在长乐路,一格亭子间,十二平米,张家用两条小黄鱼顶下。春杪,弄堂里的男式衣服纷纷遭窃。风传是败兵所为,换下的国民党军装,扔在街角花园。一日清晨,袁跟弟拎了菜篮,趔过路口,见上街沿睡满士兵。布鞋,布腿,短檐圆帽,灰白制服。各户收音机,齐唱《东方红》。袁跟弟跕着脚回家,见丈夫亦站在收音机前。相顾懵腾。张鹏生道:"不搭界,该怎么活,就怎么活。"

岁余,孩子断奶。袁跟弟复出,找了个新雇主。卖葡萄酒的白俄老太。袁跟弟给她封酒瓶。印度软木塞,煮酥,插紧,渍一下釉水。时或帮忙喂狗。牛肉、面包、洋葱、马铃薯、胡萝卜混煮,拌几只鸡蛋。老太误将"跟弟",念成"凯蒂"。出示沙皇照片,"凯蒂,你看,这是俄国皇帝。"横掌做抹脖状。袁跟弟诺诺,回家与夫言。张鹏生道:"外国反动分子,你千万别搭理。否则出了事,我不管你的。"居数月,白俄老太起意去澳洲。行李众多,兼带两条狼狗,想让"凯蒂"陪至香港转乘飞机。袁跟弟办了赴港手续。张鹏生道:"你一去不回了怎办?"袁跟弟骇异,"我为啥不回。""别装戆。以前你朴朴素素,穿个大襟衣服,脑袋上扎块爱国布。现在呢,衣服是缎子的,头发烫得七绕八弯。都腐蚀成啥样了,巴不得奔往资本主义花花世界吧。我妈早说你心思活络,不是个过日子的。我后悔不听老人言。"袁跟弟哭一场。推辞了白俄老太。翌年,洋人纷纷离沪,犹太人医院解散。张鹏生领了五百元解散费,失业在家。两年后,熬空家底,命袁跟弟一同回乡。袁跟弟道:"我是上海长大的,不会做农活。"张鹏生道:"要么回去,要么离婚。"争吵数日,袁跟弟妥协。

在海门,张家有砖瓦房一幢,田地四十亩,被定为中上农。张母攒着稻麦,不舍得与人分食。孩子们饿到肋骨可数。袁跟弟去仓中偷米,兑了水,放进砂罐,在灶膛里慢慢煨熟,给二儿一女吃。张鹏生嗜好烟酒,耐不住乡居清淡,半年后独自归沪。少时,袁德才来信,说三星糖果厂招工,让女儿也回去。张母道:"刚来就想走,当这里什么了。"袁跟弟让她拿粮食换船票。张母拍腿喊穷。袁跟弟道:"我种地不利索,拖了三个小囡,真会把你吃穷的。"张母这才嘀嘀咕咕,匀两袋麦子。轮船甫离南通码头,袁跟弟开始呕吐。到家时,满嘴苦胆汁,下巴都脱臼了。张鹏生醺醺然道:"怎就回来了,谁允许你的。"袁跟弟口不能开,泫泫泪下。去医院,查出腭软骨挫伤。每天拿一把扁勺,塞饮白水和粥。逾日得知,糖果厂要求技术考试。袁跟弟买半斤方糖、半斤圆糖,练习包糖纸。考取为正式员工。病一场,瘦得坐骨突棱,起立不安。硬撑着白天家务,夜间上班。怕自己瞌睡,故意抢重活干,在电炉上熔蜡。年末被评为先进工作者。开春,糖果厂迁至南京。袁跟弟对张鹏生道:"你也没工作,不如一道去。"张鹏生面皮赧红,"你肚皮又大了,不好好养着,去南京那种乡下地方干吗?"又道,"哪有男人跟着女人跑的。"袁跟弟辞了职。张鹏生打零工,读夜校。每月学费二十元,花光妻子积蓄。终于考上执照,在家开诊所。牙科椅占掉半间房。拆去大床,全家打地铺。

袁跟弟生了女儿,断奶后,到波兰人家帮佣。一做三年,学了点波兰语,在侨民中名气渐长。一日,患阑尾炎,东家到医院探望。即刻有人上报。彼时,洋人被禁止随意走动,亦不能拜访国人,家佣须得专门指派,以防泄露国家机密。工会调查,袁跟弟是私人介绍的,没有经过组织。袁跟弟出院后,被工会约谈。说她违反法律,勒令她编个理由辞工。袁跟弟据实以告,东家欲帮她去工会补办手续,被拦下。"他们就是恨我会外语,跟你们关系好。"工会盯了她五六次。又找张鹏生,做思想工作。张鹏生整日咻吚,不许妻子出门。袁跟弟只得辞工。少顷,居委会介绍来一名劳动局干部。自称姓邓,穿便衣,反复研诘:"你在波兰人家做过什么?讲过什么?"晚饭后方走。张鹏生道:"早让你和洋鬼子划清界限。看看,惹麻烦了吧。信不信我也跟你划清界限。"袁跟弟淡然道:"随你,我无所谓。"张鹏生吃瘪。翌日清早,邓便衣复来。继而上班似的,天天报到。自带茶叶和搪瓷杯,讨要开水冲泡。啜茶,咂嘴,剔牙,问这问那。无话可问了,玩弄假牙模型,或拧开红灯收音机,躺到牙科椅上,哼哼唧唧听电台。

稍后,政府拟将张鹏生的私人诊所,并入静安区牙防所,允诺每月三十元补偿。袁跟弟提条件,要求解决自己就业。两相僵持。张鹏生瞒着她,签了字。及至诊所器械搬走,被告知补偿减为十元。又说张鹏生没有正规医学文凭,工资降到六十八元。袁跟弟说:"你就是胆小,这下误事了吧。"张鹏生说:"你自己没工作,倒有脸说我。"

袁跟弟翻出失业证,兜头甩给邓便衣,"你在我家坐着,有吃有喝,有工资拿。我却喝西北风。要不你帮我介绍工作,我保证每周陪你谈一次。否则我自己出去寻生活。"她指使孩子们,上前捽衣抱腿。邓便衣磨不过,介绍她到北京西路的劳动服务队。自己跑去滨海县,找袁家阿舅探问。阿舅说:"我一九三八年参加的八路军,我外甥女小时候做童工,政治上都清清爽爽。倒是她那个男人,给犹太医院跑过腿,可能有点资产阶级思想。"翌年,劳动队辞退袁跟弟。领导说:"邓同志只让你做一个月。我见你工作卖力,才留了这么久。现在搞整顿,你没介绍信,我们不好办。要不你自己找找邓同志。"袁跟弟到劳动局,发现没有姓邓的人。去居委会,又至派出所。派出所说:"邓同志是外事处的,他有他的工作。"袁跟弟吵起来,"我成坏分子了吗?干脆把我铐走算了。"最后街道出面,安排她到通用制药厂,做外包工。两年后,工厂缩减人员。袁跟弟又失业,辗转数月,至上海十七漂染厂。每日忙到天黑,与小组长一起关窗户、切电源。张鹏生讥诮道:"临时工一个,这么卖力。不知道的人,以为是劳动模范呢。"袁跟弟翻起眼白,"反正我做啥,你都看不惯。"张鹏生不语,少时,道:"你太要强了,跟个男人似的。"

来年,袁跟弟转为正式工。参加厂里扫盲班,学习写汉字、做算术。三学期后,能佐着《新华字典》,阅读《毛主席语录》。或问:"你天天待在教室,不回去陪家人吗?"她答:"跟家里人没话讲。"路灯跳亮,袁跟弟合上本子,松松腿脚。灌一口自来水,啃两只白馒头,独自走去公交车站。帆布书包上,悬一只小算盘。满盘松木珠子,随了脚步,沙沙滑移。仿佛小学生。她模模糊糊有了触动。此后上班下班,日脚安稳,直至大儿从黑龙江插队归来。

袁跟弟提前退休,让大儿子顶替进漂染厂。在家无事,练毛笔字。央视开播《跟我学》后,又购入教材,自习英语。揣一本《工作手册》,记满单词,时时背诵。张鹏生道:"你吃饱饭没事干了。"她道:"保不准以后有机会,去美国看看呢。我外文名字都是现成的,叫'凯蒂'。"张鹏生哈哈不已,当个笑话,说与邻人,还"凯蒂、凯蒂"乱叫。袁跟弟让他别叫。弗听。袁跟弟掇了鸡毛掸,敲一通桌子。又召集家庭会议,宣布要离婚。儿女哗然,"老妈疯了吧,搞啥花头精。""屁大的事,也值得发火,是不是肝脏不好。""老两口吵吵闹闹,不都熬了一辈子。"袁跟弟流泪,"就因为熬了一辈子。"喧过几天,袁跟弟突然中风。愈后双手哆嗦,口齿含混。张鹏生哼道:"让你出去飞呀。"袁跟弟缄默。忽一日,唤来大儿,"樟木箱底有一件长袍,掩襟口袋里有张道勒,我很多年不敢拿出来。"大儿依言,果然寻到一张1934年版美元。捋平褶子,递过去。袁跟弟眵泪模糊,使力捻一捻,点头道:"是这样的。"

曾雪梅

曾雪梅七岁时,喜欢趴在窗槛上,仰面数飞机。飞机跟小鸟似的,翅膀不动滑过去。时或起一记嘘声,仿佛有人吹口哨。地平线轰然颤动,团起一扎扎乌云。曾雪梅觉得像是过年放鞭炮,便拍手欢呼。母亲兜头一掌道:"看啥西洋景,东洋鬼子投炸弹呢,把闸北炸平了,还在南京路上开枪杀人。回头捉牢你这种不听话的小囡,扯成两爿,蘸蘸腐乳吃掉。"

是年,曾雪梅已开始念书。父亲说:"女小囡学点文化,以后不被婆家欺负。"送她到私立小学,读至十三岁,又报名爱国女子中学。尚未入学,校舍被日本人炸坏。曾家弃了房产,逃到法租界,在寺庙院子里搭个滚地龙。

曾雪梅断续上了四年夜校。父亲道:"家里情况不好,你相帮分担点吧。"她便辍了学,由邻居引荐,到日本人厂里做工。厂子在川公路,叫福助洋行。曾雪梅定在门口,不肯进去。邻居反复诘问,她才憋红脸道:"日本人,会吃小囡吗?"

曾雪梅过了考试,因为识字多,被派作车间记录员。每月工资三十多元,外加大米、菜油、黄豆各十斤。逾数月,养得颊颐圆润,头发也黑了回去。工头二本松是日本人,一对近心眼,腰背微微佝偻,走起路来,拖着两只扁脚。他的夫人千代子,也在车间工作。一次,邀了几个中国女工,去她家吃饭。曾雪梅走过南京路,浑身觳觫。谎称不舒服,让同事们先行,自己坐到上街沿,掏出用来送礼的苹果,边啃边想心事。食罢,核子一扔,反身往回走。

旬余,有个机修工来车间做工,嘴巴不清爽。曾雪梅道:"钟阿宝,我又不上车子,机器坏了关我啥事。你再说话不二不三,我就骂你八格牙鲁了。"钟阿宝不怒反笑,"曾雪梅,你觉得中国人好,还是日本人好?"曾雪梅睃一眼围观同事,道:"宁波猪猡,我才不上你老当。"钟阿宝跌足道:"大家都是中国人,又是同事,屋里厢也住得近,说话做啥这么难听。等着,有你后悔的。"

曾雪梅回得家来,说与母亲。母亲道:"当然中国人好,有啥不敢讲的,随他告到东洋拿摩温那里去。"曾雪梅道:"我也不晓得。听说中国工头都打人的。二本松不打人,也不拖欠工资。日本大班来视察时,还给每人发十块洋钿奖金。"母亲嘴唇一抖抖道:"小恩小惠的,就把你收买了。不是鬼子杀人放火,你爸还在四马路小菜场卖甲鱼呢。我们家就不会穷,你就会一直念书,保不准念成个挺括的女大学生了。"曾雪梅默然一晌,问:"那为啥让我去日本工厂做事?""喊,赚鬼子的钞票,也是爱国啊。"

旋至月头,发了工资,曾雪梅背回大米和黄豆。母亲借了一座台秤过磅,忽道:"好像少脱了。"曾雪梅听得口齿有异,抬眼见她嘴巴㖞斜,唇角拖下一径涎沫来。"妈,怎么了?"母亲想伸手去擦,感觉天花板一动,面孔已然贴倒在地。

一日工间休息,千代子问曾雪梅,是不是有心事。曾雪梅犹豫一下,说:"我妈跌了跤,半边身子僵掉了。找过郎中,不见好。现在她不肯吃饭,说要早点死掉,帮我们节省钞票。"千代子取了六十块钱,让她给母亲找西医,补营养。曾雪梅推却着,收下,回去说与家人。母亲回光返照似的,嗓门铿铿响道:"我是个强硬的人,不讨日本人便宜。"一口气接不上,眼乌珠翻了白。曾雪梅扑近去,见一滴浊黄的泪水,爬过母亲的太阳穴,在鬓边略作停滞,啪嗒滴落于枕上。

曾雪梅把钱还给千代子,自此避开她和二本松。母亲过世不久,大哥和一个电话公司女职员结婚,住上公司分配的大房子,把父亲也接了去。阿嫂给曾雪梅介绍了在南华酒家当厨师的老乡。谈了一年多,请亲友在扬子饭店吃一顿饭,算是把婚结了。

婚后,丈夫建议曾雪梅辞工。犹豫间,日本投降,福助洋行解散。曾雪梅归得家来,专心养胎。忽一日,老邻居捎来二本松的信。她才晓得,厂里的日本人,都被关到了提篮桥。她瞒着丈夫,买了六包稻香村鸭肫肝,找来几张连史纸,学千代子的做派,将点心盒子包起来,用绢带扎个蝴蝶结。

曾雪梅拎了鸭肫肝,去提篮桥探监。登记、盘问、等待。听到喊她名字,已是入暮时分。晃眼见一个灰发女人,穿着空阔的囚服,挪着碎步出来。曾雪梅啊呀一声,汪起半眶泪。千代子坐下,咬咬嘴唇,微笑道:"我们快被遣送回日本了。以后没饭吃,到上海来讨饭,你会给点吃的吗?"曾雪梅奋力点头。千代子深鞠一躬,泪水甩在点心盒上,连史纸的颜色一摊摊深起来。是日临别,千代子送了一包童装,都是亲手缝制的。她本来以为,自己会在中国生孩子。曾雪梅怕丈夫见怪,留了一件电机纱短裤,其余送去典当铺。

三个月后,曾雪梅开始做母亲。将电机纱短裤给大儿穿,很快短小了,便收起来,转与二儿穿。怀第三胎时,解放军来了。派出所唤了她去,"日本人撤离前,把工厂机器运到吴淞口,扔进海里了。你晓不晓得这件事。"她说不晓得。派出所道:"听说你跟日本人关系好,会得讲日本话,经常骂中国人八格牙鲁。"曾雪梅道:"放他娘的狗臭屁,我顶顶恨东洋鬼子了,我妈就是给他们气死的。不信把钟阿宝叫来,当面问问。最讨厌男人家背地嚼舌头。"派出所道:"不是钟阿宝讲的,是人民群众普遍反映。"又盘问几句,才放她走。

曾雪梅把弄堂里玩耍的二儿揪回家,闭紧房门,剥了他身上的电机纱短裤,剪成一条条,混着废报纸烧掉。二儿号啕不已,被她甩了一巴掌,"哭你个魂灵头。日本鬼子良心忒坏,啥人稀罕他们的破烂衣裳。"二儿道:"你说千代子阿姨蛮好的。""呸呸,什么千代子万代子,乱话三千。当心日本鬼子把你撕成两片,蘸蘸腐乳吃掉。"二儿嘶了一声,不再说话。

(原载《南方周末》2015年8月27日—2016年7月2日)

万 用 表

苏 童

一

大鬼第一次看见小康,是在红旗瓷厂的宿舍里。

小康当时正站在窗边。大鬼推门的动作很野蛮,吓到了小康,他的身体颤了一下,脑袋向后转,转一半,又坚定地拧回去,对准窗外了。看小康的身形,还是个少年。一头乱发灰扑扑油腻腻的,脖子细长,背部稍显佝偻,他穿着肥大的深蓝色西装,衣袖是挽起来的,手在西装的口袋里掏,掏出了一个东西,是小孩子吃的那种彩色果冻。大鬼看着小康用牙齿咬开塑料封纸,吐掉,然后是哧溜一声的吸食,那一小团橙色立刻消失了,剩下一个空瘪的果冻壳,被他随手扔在地上。大鬼叫起来,往哪儿扔?小康僵住,慢慢蹲下来,捡起果冻壳放在墙角的字纸篓里。大鬼哧地一笑,说,你是小弟弟还是小妹妹,喜欢吃果冻的?

等不到小康的回应。大鬼坐下来换鞋,瞥见对面的床铺已经铺好,花布被子和花布枕头,都是用旧了的色泽,看起来脏兮兮的,枕边放了一只铝皮手电筒。床底下已经塞满,两双旅游鞋,一双黑色的在地上,里面窝着袜子,一双白色的应该是新鞋,隆重地放在纸箱上。有一只鼓鼓囊囊的红白条蛇皮袋很抢眼,袋子中央用墨汁写了个大大的"康"字。大鬼咳嗽了一声,说,你就是老康的儿子?到窑上做加料工?好,你前途无量嘛。小康在吃另一个绿色的果冻了,又是哧溜一声,他似乎在犹豫是否要回应这次搭讪,大鬼已经失去了耐心,拍一下桌子:你是哑巴还是聋子?你他妈的只会吃果冻,不会说话的?

小康终于回过头来,目光像一只惊鸟撞过来,撞在大鬼的脸上,稍作停留,又匆匆飞走了。大鬼听见了小康的嘟囔声,说什么?我不说话的。

并不像他父亲。小康的面孔算得上白净,清秀,唇上一圈又黑又密的胡须,不知道是刻意蓄留的,还是因为懒得修剪,看起来那是男性荷尔蒙张贴的告示。他的无礼,甚至是那圈胡须,都冒犯了大鬼,但那张脸上的少年稚气无可隐藏,它提示大鬼,对方几乎还是个孩子,不必过于计较。

说几句话会把你累死?大鬼脱下袜子,在空中啪啪地摔打,他说,老康是你爸爸不是?老康那么懂礼貌,见人三分笑,怎么会教育出你这么个儿子?你是扮哑巴还是学高仓健?你到底是不是老康生的?

这次,小康说话了,小康对着窗外说,驴日的二尿货。

大鬼确定小康是在用方言骂人,只是不太相信自己的耳朵。他走到窗边朝外面瞟一眼,窗外并没有人迹,大鬼搭住了小康的肩膀,问,你刚才在骂我?二尿货,是你们那边的骂人话吧?

小康要扒开大鬼的手,没有成功。手放开。小康说,我没骂你。我没跟你说话。

你没跟我说话,那你在跟树说话?你没骂我,那你在骂树?树是驴日的二尿货?我请教你,什么驴能日出一棵树来?

小康转过脸,避开大鬼的眼睛。我没跟树说话。他说,我也没跟你说话。

窗台上放着一只搪瓷碗,面条早被大鬼吃光了,汤和葱花还在碗里,大鬼端起来闻了闻,怪笑一声,我们食堂的面条汤,很香吧?猝不及防地,大鬼将搪瓷碗扣在了小康的脸上。面汤四溅之际,小康愣在窗边,大鬼甚至有时间欣赏酱色的面汤在小康脸上流淌的辙痕。大鬼说,怎么样,香不香?小康的嘴边有一撮葱花,他对着地上啐了一口,忽然跳起来,像一头疯牛朝大鬼俯冲而来。小康的脸像一块石头,尖锐而沉重地撞在大鬼的手臂上。而且,小康咬了大鬼一口。

咬得很深,也很精确。小康的牙齿似乎长了眼睛,恰好咬在大鬼的刺青部位上。事情顿时就严重了。大鬼的刺青在瓷厂是著名的,它是上下结构,内容互相冲突。上方一只虎头,下方一个文字:忍。它们代表虚无的荣耀,也是最通俗的座右铭。现在,一排牙痕镶嵌其中,虎头开始刺痛,荣耀在破碎,"忍"字开始刺痛,座右铭在摇晃。大鬼把小康推到了门边,轻易地掐住了小康的脖子。从小康脆弱的喉结上,大鬼感受到了自己非凡的腕力。小康挣扎了几下便不再抵抗,他在窒息中流出了眼泪,目光绝望地瞪着大鬼的手臂。大鬼不清楚小康是在欣赏自己的牙痕,还是在品味刺青的意味。虎头。忍。大鬼说,现在,你还能不能好好说话了?小康的喉结在大鬼手里蠕动,大鬼听见他艰难的声音,我,忍。大鬼说,不是你忍,是我在忍。我问你,你到底为什么不跟我说话?大鬼看见小康闭起了眼睛。

再睁开,那双眼睛里的泪水已经干涸,小康的怒吼冲出了大鬼五指的封锁,我偏不说话,驴日的二尿货!

二

大鬼在瓷厂当电工,已经很多年了。

他的家在城北桑园里,离瓷厂不算很远,照理说没有资格住集体宿舍,但他自称家庭关系不睦,看见父亲就想骂,看见弟弟就想打,家里不宜久留,总是赖在厂里。他原本带了条毯子在各个宿舍打游击,东睡西卧,是模具工老秦给了他机会。老秦患了白血病,常年住在医院里,大鬼趁机占了他的床铺。那间宿舍还住了杨会计,人很文静,又要求上进,平素醉心于各种自学考试。他不敢驱逐大鬼,只能向有关领导诉苦,说跟大鬼住一起,他度日如年,已经连续两门自学考试没有通过了,再这样下去肯定影响工作,瓷厂的账目若是出了差错,怪不得他。厂里的领导对大鬼都有所忌惮,不想惹他,又格外器重杨会计,便专门在阅览室里为他隔出一个小房间,供他学习。杨会计起初是回宿舍睡觉的,回宿舍便会受到大鬼的骚扰。有时候骚扰以谈论国家大事为名,有时候是黄色笑话,有时候是半夜咕咚咕咚喝啤酒的声音。最离谱的一次遭遇,缘于杨会计不屑于回答大鬼的一个问题,大鬼问他,你怎么不交女朋友?问了三遍不回答,当天夜里大鬼便动手,扒了杨会计的内裤检查,说,你问题不大,就是包皮过长,割了就可以了。杨会计忍无可忍,第二天就把床铺被褥也搬去了阅览室。过了很多天,杨会计没有回来,也没有其他人愿意做大鬼的室友,大鬼便用红色墨水在宿舍门上写了两个大字:鬼屋。既是宣示产权,又威胁了别人。久而久之,别人的集体宿舍,便被大鬼独占了。

小康搬进来之前,后勤科来过人,带来一瓶油漆,刻意用白色油漆刷了宿舍的门。"鬼屋"两个大字被盖住了,门板上隐隐泛出些红色,像是两朵被埋葬的大红花。大鬼没有追究此事,他心里清楚,这个小康无处可去,从此以后,他必须与小康朝夕相处了。

他们之间的敌意是一场暴风雨,来得猛,去得也快。应该说,这是大鬼的功劳,他觉得与小康这种山里人较量,总归是杀鸡用牛刀,还落个欺负人的名声,没意思。大鬼当时正与东方电影院的一位女售票员恋爱,那姑娘有个美妙的绰号,叫东方梦露。每逢周末他都要去与东方梦露约会。这样的早晨,他的心情总是很好,盥洗完毕便来到小康的床边,用牙刷刷小康的唇须,嘴里还用英文喊早安,古德毛宁!古德毛宁!那把牙刷被小康打飞了好几次,直到有一次,小康不再还手,只是在枕头上转过脸来,打量着大鬼脚上锃亮的尖头皮鞋以及身上时髦的丝光T恤衫,突然问,你女朋友,见过你的刺青吗?大鬼一愣,说,你难得说句话,我怎么听不懂?小康转过脸去说,要是在我们那儿,正经姑娘不敢跟你的。大鬼明白过来,咯咯笑起来,真是乡下人。刺青算什么?人家是东方梦露,该见的不该见的,都见过啦!

大鬼对小康的热络,多少显得鲁莽。这一点,大鬼自己也是清楚的。他的与人相处之道一向怪诞,若是作恶,一切便自然而然,若是善意或友爱,偏偏就表达不当,弄不好就令人生厌,成为别人的负担。对于小康来说,这负担便是骚扰式的交谈。小康终究不是哑巴,渐渐愿意跟大鬼说话了,只是谈话不对等,通常大鬼说了半天,只能等到小康的只言片语,不是否定,便是拒绝。大鬼最擅长的黄色笑话,有一半小康听不懂,再三提示解释之后,才能勉强博他一笑。大鬼觉得无趣,邀请小康一起到别的宿舍打扑克,小康说,不打。大鬼说,你不会打扑克?小康说,你们赌钱,我不赌。又邀请他一起去外面的卡拉OK唱歌,小康摇头说,我不会唱歌。大鬼说,你不是陕西的吗,陕西人不会唱歌?山丹丹开花红艳艳不会?小康茫然,谁说陕西人都会唱歌?我就从来不唱歌。我们那里,男人不唱歌。大鬼同情地看着小康,问,那你会什么?看电影总会的吧,我陪你去东方电影院?美片港片,枪战片警匪片武侠片什么都有,不花你一分钱。小康想了想,似乎有兴趣,最终却还是摇头,反正都是瞎编的,算了。小康说,我明天还要上班。

遇到发薪水的日子,大鬼都要出去与东方梦露约会,有一次不知为何留在了宿舍里。他邀请小康一起去瓷厂后面的新丰村走一趟。小康说,去那儿干什么?大鬼对他挤眼睛,那儿有个洗头房,叫夜巴黎,对面还有一个维纳斯,洗脚的,你不知道啊?小康说,花钱去洗头?花钱去洗脚?不去。大鬼怪笑起来,你是真纯洁还是装糊涂,你不知道夜巴黎维纳斯有小姐?小康眼睛一亮,闪避着大鬼的目光,你去过了?犹豫了一下,又问,你跟你女朋友,吹了?大鬼挥挥手说,小姐归小姐,女朋友归女朋友,你别管我,我看你憋了一脸青春痘,为你考虑呢。看小康僵在窗边,大鬼先发制人地说,别再跟我说不会不会,打炮你总会吧?这件事情,你总会的吧?小康对着窗子说,不打,我的钱不往那儿扔。大鬼说,我就知道你不舍得钱,我请客,你出炮我出钱,这样总行了吧?小康拿起窗台上的水杯,咕咚咕咚喝了一大杯水,忽然正色道,请客也不行,犯法的,我不做那种事。

大鬼很失望。无论是作为他的马仔,还是作为他的哥们儿,小康都没有培养前途。毕竟不是一路人。大鬼对小康有一种恨铁不成钢的遗憾。有时候他尝试与小康认真地说说话,谈谈瓷厂的前景,谈谈各自的前途,谈谈爱情的困扰,甚至严肃地谈谈女人的肉体,一看见小康多疑而警惕的目光,他就泄气了。他知道自己在小康的眼里,已经丧失了严肃与认真的资格。

三

窑上有人告诉大鬼,说小康已经结了婚,老婆在老家的山村里,是个民办教师。还说看到过他们的结婚合影,小康的老婆虽然土气,但有一双乌溜溜的大眼睛。

这个消息让大鬼很惊讶,在他的眼里小康还是个少年,怎么也没想到,小康竟然已经结了婚。大鬼多少有点悻悻然,想想别人居然能够看到小康的结婚照,他跟小康朝夕相处,他待小康那么友好,却享受不到任何信任。小康那天下班回宿舍,顺手从桌子上拿他的香烟抽,大鬼拍了下桌子,那是谁的烟?要抽烟自己买去!小康不知所措,看看他的脸色,又把那支烟塞回香烟盒里去了。大鬼冷眼注视着小康,这样过了几秒钟,他的表情缓和了一些,但也显出一丝异样的严峻,他说,小康,我要和你好好谈谈。小康眨巴着眼睛打量大鬼,眼神里渐渐有了一种惧色,他下意识地转过身,嘴里嗫嚅道,谈什么?你能跟我谈什么?大鬼怪笑一声,谈你,谈你的事。大鬼走过去,一只手重重地搭上小康的肩膀,小康慌张地甩脱了他的手,但大鬼的手不依不饶,又在小康的头皮上拍了一下,然后手掌摊开,对准了小康的脸。结婚照拿出来!大鬼以命令的口吻说,你的结婚照,还有你的老婆,拿出来让我欣赏一下!

小康的表情与其说是腼腆,不如说是一种不安。他垂首思考,起码过了一分钟,从墙架上抽出一本杂志,抖出来一张彩色照片。看就看吧。小康的目光在照片上一跳,弹起来投在大鬼的脸上,忽明忽暗的,像是在期待什么。也像是躲避什么。

但大鬼用手掌把照片捂住了。大鬼闭上了眼睛,一副享受悬念的样子。听说有一双乌溜溜的大眼睛？大鬼夸张地做着呼吸的姿势,啊,激动人心的时刻到了,我要深呼吸。小康的脸已经涨得通红,要看就看,少来那一套,你女朋友是东方梦露,我老婆一个山里女子,土里土气的,有什么可激动的？

　　说不定你老婆是山里梦露呢。大鬼盯了小康一眼,嘴角上仍有笑意,但揶揄的目光几乎有点凛冽了,小康,你要跟我比老婆吗？小康一惊,想说什么又没说。他紧张地瞪着大鬼的手,目光缓缓爬行,爬上大鬼手臂的刺青部位。虎头。忍。昔日的牙痕已经消失不见了。小康抱住了脑袋,喉咙里咕噜一响,他说,不该给你看的,你快点啊。

　　大鬼的手慢慢移开了,他低下头,以一种庄严的姿态欣赏照片。是那种典型的县城照相馆风格的结婚照,背景是一片蓝色幕布,有两根白色罗马柱,一片粉红色的玫瑰,两个飞翔的小天使悬在空中,手里拿着爱神之箭。他看见小康穿着那件肥大的深蓝色西服,喜悦之色被拘谨与腼腆遮蔽,看起来接近无助的状态,他的脸上当时没留胡须,显得格外稚气。旁边的姑娘穿一件红色的呢子大衣,黑色健美裤与白色球鞋,怀里抱着一束鲜花,仔细看,她烫了头发,戴了一个红色的发箍,容貌稍显老气。两个人站在一起,是各自僵立,谈不上甜蜜,也谈不上亲密,似乎一切都只是强人所难。姑娘的一双眼睛确实很大,很黑,但因为紧张地关注着摄影师的镜头,眼神凝滞,并没有多少神采。大鬼是忽然狂笑起来的,乌溜溜的大眼睛？乌溜溜倒是乌溜溜,眼袋怎么这么大？你养过金鱼吗？那是乌溜溜的大水泡啊,哈哈,山里梦露！她只比你大一岁？你要不说,我还以为是你妈！

　　只是一刹那的震惊。小康瞪着大鬼,面孔发白。他在辨别什么,很明显他从大鬼脸上发现了某种深刻的恶意,但并不确定它的来历,这使他的眼神出现了短暂的迷茫。那一丝迷茫很快消退,有一片隐隐的泪光,交织了羞耻与痛楚,开始在小康的眼睛里涌动。小康突然朝大鬼扑过来,夺下了大鬼手里的照片,小康嘴里发出一声莫名其妙的冷笑,你们这些二尿货,我骗你们的。这不是我老婆,是我姐姐！

四

大鬼知道自己伤了小康,伤得不轻。

做错了事,他心里有歉意,只是没有道歉的习惯。照片事件过后的第二天,他特意买了一包中华烟,趁着小康上班时放到他的枕边。傍晚,那包香烟原封不动出现在桌子上,大鬼猜小康是不接受他的歉意,不接受他就自己抽,拆开烟盒抽出一支,叼着香烟去食堂吃了晚饭。等他回到宿舍,发现桌上那盒香烟不见了。他好奇,擅自去检查小康的抽屉,抽屉上了挂锁,勉强还能打开一条缝,大鬼看见了那包中华烟,它已经躺在了小康的抽屉里。

锁好了那包香烟,并不代表小康接受了大鬼的歉意。小康变回了哑巴,好多天没与大鬼说过话。直到有一天,大鬼下班回宿舍,发现小康正摆弄他忘在桌上的万用表,神情专注,像一个孩子在钻研新鲜玩具。大鬼莫名地高兴,说,这是万用表,要不要教你用?小康没有搭理他,过了一会儿,突然丢下万用表,轻蔑地说,不就是测个电吗,凭什么叫万用表?

大鬼本能地维护起万用表的名誉,凭什么?我告诉你,这玩意儿不光能测电,它什么都能测,所以才叫万用表!

小康笑了笑,笑声也是轻蔑的,他懒懒地躺到床上,用左脚挠着右脚,还能测什么?好人坏人能不能测出来?穷人富人能不能测出来?谁要是得了癌症,能不能测出来?

很少听到小康一口气说这么多话,口齿如此流利。大鬼依稀觉得小康在发泄什么,影射什么,同时,似乎向他发起了某种挑衅。他不习惯这样一个小康,先是有点恼怒,继而莫名地亢奋起来。万用表还能测什么?大鬼的想象力经过了一番茫然的飞翔,之后忽然下坠,大鬼的目光也下坠,嗖地滑向了小康的裤裆,测那些有什么意思?大鬼说,我先问你,你搞过多少女人?

小康愕然,怒声道,你问这个干什么?

我研究这个。大鬼说,其实不用你告诉我,你搞过几个女人,自己说了不算,我拿万用表一测就知道了。

你自己测自己吧。小康冷笑了一声。

看起来,小康再也不会上他的当了。大鬼拿着万用表在小康身边绕了几圈,没有造次,最后将万用表的端子搭在了自己的两侧腹股沟上,你看着,我很诚实的,不像你假正经。大鬼一本正经地说,你看你看,看见了吧?我搞得太多,一测就爆表了。

小康当时就笑了,只是笑得不甘心,为了不让大鬼看见他的表情,他朝墙的一侧翻了个身,并且补充一声:二尿货。大鬼听见他又在骂人,这次是笑着骂人,大鬼没有计较。不管怎样,他在小康面前的表演总算成功了一次。

说起来,那是大鬼在瓷厂的最后一个春天了。

最后这个春天,大鬼失恋了。他与东方梦露的恋爱开始得容易,结束得更加容易。为了一只来自法国的包包,他们在百货公司赌气分手,分手以后东方梦露就再也不愿见大鬼了。大鬼痛定思痛,将一切归咎于他拮据的荷包,他动了下海经商挣大钱的念头。曾经有几次,大鬼很想与小康探讨女人的心,探讨下海挣钱的各种方法,但只要他正经起来,小康便高度防范,用戒备的眼神告诉他,别来这一套,我不上当。有一次他拿出一张裸女照片。试图让小康辨认,那是夜巴黎还是维纳斯的小姐,小康居然从抽屉里拿出一张纸,用圆珠笔写了几个字:谢绝交谈!一眨眼,那张纸已经被小康张贴在宿舍的门背后了。大鬼一时张口结舌。小康的目光从他脸上一掠而过,眼神里是刻意张扬的厌恶之色。大鬼清楚地意识到,那不仅仅是冒犯,更是一种绝交的宣誓。他当时心寒,说了声好吧,走出宿舍去厕所撒了一泡尿,撒尿的时候他嘴里还骂骂咧咧,之后就想通了,想想这个春天他不仅放弃了爱情,还准备放弃工作,难道还在意放弃一个小康吗?

大鬼骗取了病假单,跟着几个朋友到广东福建的沿海地区走了一趟,在广东的时候他有心贩卖电磁炉,转到福建晋江一带,他决定参与朋友们的走私服装生意了。回到瓷厂已经五月将尽,他径直去了厂部办公室,办好了停薪留职的手续。之后,大鬼到宿舍去收拾他的东西,首先发现了门的变化。他不知道门上的油漆为什么会发生如此奇异的剥落现象,白漆到处都是好好的,唯有"鬼屋"那两个字,脱颖而出了。大鬼看着自己当初的杰作,一时竟然有点心惊。他把耳朵贴在门上,听了听里面的动静。对于大鬼来说,这是一个极其反常的动作,大鬼自己都难以解释,那动作代表了对小康的关注,还是意味着某种忌惮。他甚至不清楚,自己到底是希望小康不在,还是希望遇见小康。

迟疑了一会儿,大鬼终于拍了下门,大声问,屋里有鬼吗?

小康一定在窑上上班。宿舍变暗了,也变乱了。凝滞的空气里弥漫着一股浓烈的香烟味,混合着腐烂的水果与运动鞋散发的臭气。一条破床单被两颗图钉钉在窗框上,强充了窗帘。大鬼留在床底下的一双名牌新运动鞋,虽然还在原处,但鞋头反了,他敏锐地发现了问题,摸一下鞋垫,还湿湿的,很明显,那是被小康穿过的。大鬼有点惊讶,半个月的工夫,小康成功地把这间宿舍变成了他一个人的世界。大鬼去扯窗上的床单,发现窗玻璃上多了一张电影海报,是玛丽莲·梦露撅着臀部,在风中捂着裙子。梦露。好莱坞的梦露。大鬼有点惊讶。他不清楚小康的动机,他把原版的梦露请到窗玻璃上,是为了瞻仰她,还是为了亵渎她?是为了比较什么,还是为了反省什么?大鬼走到门背后,摘下他的电工包,发现那张纸条还勉强地粘在门背后,谢绝交谈!四个大字仍然透出一股锐利的寒意。大鬼心里忽然有点难受,难受过后是愤懑,他揭下那张纸团了团,扔到小康的床上。纸团落在小康的枕边。大鬼看见自己的万用表替代了原先的手电筒,它正静静地躺在小康的枕边,闪烁着一小片矩形的幽光。

大鬼有点惊讶,他不明白小康为何对万用表如此着迷。万用表总是有用的,他决定把它带走,留作纪念。大鬼拿过万用表扔到电工包里,食指上粘了一根软软的乌黑发亮的头发。毫无疑问,那是小康的头发。大鬼对着头发吹了一口气,那根头发飘进了他的电工包,仍然粘在万用表上。应该说就是一根柔软的头发,让大鬼动了恻隐之心,他最终把万用表放回了小康的枕边。

五

大鬼的创业生涯是从锦绣街开始的。

锦绣街在我们这个城市算得上是个热闹去处,大鬼随时随地都会遇到瓷厂的熟人。熟人们给他带来瓷厂的种种消息,大鬼并不在意,一切都与他无关了,小康也淡出了大鬼的生活,但偶尔有人谈起小康时,大鬼还是有兴趣听。人们告诉大鬼,他一走,小康就跑到厂部要去顶他的缺,厂里当时没有答允,后来听说是送了礼通了关系,现在他跟着贾师傅到处爬上爬下的,开始做电工了。人们指着大鬼脖子里的金项链说,小康脖子上最近也开始挂金项链了,不知是真货还是地摊货。有人断言大鬼是小康心里的偶像,小康从发型到穿着都模仿大鬼,甚至走路的样子,现在都有点像了。大鬼摇头说,怎么可能?我老寻他开心,他都恨死我了。但持此观点的熟人越来越多,大鬼相信了,得意之外多少有点迷惑,说,那他不是不学好了吗?他原本可是好孩子啊。

夏天的一个黄昏,大鬼在锦绣街的时装店里看店,发现玻璃门外有一对打扮时髦的年轻情侣,对着橱窗里的模特指指点点的。男孩女孩都面熟,他先认出了谈小菲,她是瓷厂医务室的护士,因为大鬼不正经,她曾经拒绝为大鬼注射青霉素。然后,男孩摘下了墨镜,也就是这个瞬间,大鬼几乎惊叫起来,那个染了一绺金发的墨镜男孩,那个穿着红色无袖衫和夏威夷短裤的时尚男孩,竟然是小康。

大鬼不敢相信,他的离开如此有效地改变了小康,甚至加快了小康的成长发育。小康长高了,变魁梧了,大鬼清晰地看见小康结实的大臂肌肉,上面文了一个醒目的硕大的刺青,是彩色的,是一条张牙舞爪的飞龙。

他迎出去的时候,谈小菲的身影在旁边的巷口一闪,不见了。小康也想走,一条腿跨下台阶,身体却留在台阶上,转过来面对着大鬼。有一丝不自然的表情在小康脸上掠过,很快他就坦然了,主动向大鬼伸出手掌,生意怎么样?大鬼潦草地碰了下小康的手,问,谈小菲呢?她跑哪儿去了?小康的微笑看起来有点狡黠,什么谈小菲?大鬼指着小康,脑子里蹦出来一句老话,他说,士别三日真要刮目相看嘛,他妈的。

他们在店门口站了一会儿,谈及瓷厂的现状和未来,小康说,瓷厂迟早要倒闭,我也准备不干了,到时候来给你看店,混口饭吃怎么样?大鬼笑起来,你要给我看店,我不也没饭吃了?做服装生意,赚少赚多全凭一张嘴巴,你不是谢绝交谈吗,怎么替我做买卖?小康略显尴尬,眼睛看着橱窗里模特身上的一条裙子,欲言又止的样子。大鬼说,谈小菲现在越来越漂亮了嘛,很多人追她追不上,没想到看上了你,这不是鲜花插在牛粪上吗?小康不接话茬,眼神里有掩饰不住的骄傲,他的手在牛仔裤口袋里掏了一会儿,又空手而出,手指弹了几下橱窗,问大鬼能否把橱窗里那条裙子先给他,等下个月发薪水再把钱送来。大鬼慷慨地答应了,他把那条裙子包好交给小康,小康抓住塑料袋,他抓住了小康的胳膊,这么大一条龙,让我欣赏一下。大鬼说,我要好好欣赏一下。

大鬼记得小康的大臂肌肉当时绷得很紧,那条龙的眼睛便一下瞪大了,看起来很凶恶。大鬼说,这么大一条龙?不是贴纸?文得还很细,是东门卷毛的手艺吧?小康说,怎么样?刺了二十天,把我的钱都刺光了。大鬼不置可否,忽然捏了一下龙的眼睛,捏得很重,小康一下便把胳膊抽回去了,面露愠色,你捏我干什么?大鬼笑了笑,我没捏你,我捏的是龙,龙眼睛。大鬼端详着小康,神色渐渐严峻起来,我劝你以后注意一点,这么大一条青龙文在胳膊上,出门要小心了,你知道我现在为什么穿长袖吗?大鬼拍了拍胳膊上的刺青部位,声调听起来很诚恳,懂我的意思吗,我知道你是个老实人,别跟人学坏了。小康看着自己的胳膊,伸出左手,揉了揉龙的眼睛,目光斜斜地升起来,射到大鬼的脸上,我跟谁学坏了?你怎么知道我是老实人?大鬼讪笑起来,挥挥手说,我才不管你要做什么人,我现在做服装生意,提醒你一句,你要是到北门一带,千万别穿这种无袖衫,北门的三霸你听说过的吧?他说遇到你这样的人,见一个收拾一个。

小康愣了一下,低头注视着自己的刺青,突然一笑,说,怕个尿,我最近在练散打,我的堂兄是陕西省散打冠军。

整整一个夏天,大鬼都没有等到小康。倒是谈小菲爱逛锦绣街,大鬼在国庆假期期间见过她一次,身边的人不是小康,是一个胖姑娘。谈小菲从邻近的服装店袅袅婷婷地出来,几个购物袋都在那胖姑娘手里提着。路过大鬼这里,她们欲走还留,目光在橱窗的模特身上一番流转,看见大鬼出来,谈小菲脸上浮现出一种嫌厌的表情,扭身便走。大鬼对她喊,你跑什么?我又不找你打针!小康呢?谈小菲头也不回,是那个胖姑娘站住了,愤愤地朝大鬼翻了个白眼,什么小康大康的?我们不认识他!

大鬼没有想到,小康后来真的惹了麻烦。当然他也没有料到,小康遇到了麻烦,会来向他求助。离开瓷厂宿舍两年之后,他终于获得了小康的信任,或许小康最终把他当成了一个朋友,遗憾的是,大鬼不再是瓷厂的那个大鬼,小康怎样看待自己,大鬼早已经不作计较了。

是十月里的一个下雨天,锦绣街上人迹寥寥,大鬼在店堂里与人下棋,忽然有个人头顶一摞报纸,湿漉漉地走进来,站在门边对他哈腰,说,鬼哥,我来还钱了!

又见到了小康。他穿了一件条纹衬衫,手臂上醒目的刺青被遮蔽了,脸上却多出一只大口罩。大鬼注意到他的眼角上有明显的瘀青,过去摘下他的口罩,发现小康鼻青脸肿。大鬼下意识地问,你去北门了?遇上三霸他们?不听我的警告,吃苦头了吧?小康颓然地坐在一只纸箱上,说,我没去北门。是我老婆。我回了一趟老家。让我老婆打了。大鬼想笑,忍住了,观察着他的神色,你回家做什么,去离婚?为了谈小菲?小康不说话,似乎默认了大鬼的猜测。大鬼说,你老婆用什么东西打你的,打得脸上这么花哨?小康沉默几秒钟,说,万用表。大鬼一时反应不及,什么表?小康叫起来,万用表,我们的万用表啊!

大鬼一愣,然后便没心没肺地大笑起来,笑过之后想想此事蹊跷,他又追问小康,我还是糊涂,她为什么要用万用表打你?小康迟疑着,他眼角的瘀青在店堂的灯光下泛出紫色的光芒,我们村里的人没见过万用表,我带回去了,给他们看个新鲜。小康开始躲避大鬼追询的目光,他转过脸看店堂里的试衣镜,捂住了脸孔,又掉转脑袋,望着门外的锦绣街,锦绣街上仍然一片雨雾。我骗她了。她不肯离婚。小康说,谁让她不肯离婚?我测了她,我用万用表测她了。大鬼心里已经猜到了什么,嘴里还是忍不住问,测她什么?小康终于低下头,用手捂住脸,过了一会儿抬起头,用一种怪诞的眼神看着大鬼,测那事。她自己让我测的。小康说,是她自己嚷嚷要测的,还让我当着家里人的面测,说她清清白白,测一百次也不怕。小康抱着脑袋思考了一下,喉咙里似有一阵哽咽,又很快恢复了镇定,我不是故意给她栽赃,我就是想跟她离婚。小康的目光热切地投在大鬼脸上,眼睛开始释放求助的信号,她疯了。昨天她找到瓷厂来了,她要把我拽回家,去给她恢复名誉。我也要被她逼疯了。

  大鬼打量着小康,脸上的笑意慢慢地冻结。他的棋友已经离去,留下一颗烟蒂,还在烟灰缸里燃烧。大鬼穿越店堂,走到小桌边掐灭了烟蒂,他看着残存的棋局,忽然说,小康,不是我把你教坏的吧?

  鬼哥,我没那么说。我从来没那么说过。我是来找你还钱的,那条裙子的钱,还记得吧?小康的表情看起来有点卑下,又有点可怜。他跟到大鬼身边,看看棋盘,看看大鬼的面孔,从口袋里掏出几张钞票,压在棋盘下。鬼哥,你不是认识三霸吗?能不能帮我个忙?小康又掏口袋,这次掏出一盒皱巴巴的中华牌香烟,递一支给大鬼,我老婆最怕三霸那种人,鬼哥你能不能让三霸到瓷厂跑一趟,吓唬吓唬她,让她别闹,赶紧回家去?大鬼斜睨着小康手里的那支香烟,哧地一笑,你好聪明,可惜生意太小,三霸不会做的。小康说,怎样才算大生意?多少钱以上才算大生意?大鬼冷冷地看了小康一眼,动刀子,做掉,都是大生意,做掉你懂吗?大鬼说,你要不要把你老婆做掉?

小康打了个冷战,大鬼清晰地看见他打了个冷战。不,不动刀子,不做掉。小康的声音已经发颤,他说,只要吓唬吓唬她就行了,她一个山里女子,就是犟一点,吓唬一下她肯定就走了。大鬼笑了一声,推掉小康手里的香烟,说,自己吸吧,我现在不吸烟,只喝茶。然后大鬼开始动手泡茶,他只泡了自己的一杯,呷了一口说,普洱茶,养生的。小康茫然地瞪着他茶杯里深红色的茶汁,好,养生好。大鬼又呷一口茶,说,我好像是把你带坏了。你是不是要让我对你负责到底?我就负责到底,干脆我去瓷厂跑一趟,亲手把你老婆做掉,怎么样?店堂里的空气顿时凝固,小康手里的那支香烟掉到了地上。小康瞪着大鬼,似乎在竭力判断那是否是大鬼对他的又一次作弄。大鬼在微笑,那种微笑持续了几秒钟,渐渐露出讥讽的端倪,带着些蔑视,还带着些厌恶,然后大鬼在椅子上欠了欠屁股,对不起,大鬼说,我要放个屁。喝了普洱茶,我老是放屁。

大鬼知道他在刹那间压垮了小康,不仅靠那句话,不仅靠那一个屁。小康忽然蹲在地上,号啕大哭起来,我知道你在耍我,我就知道你又耍我,你这个二尿货,驴日的二尿货!

六

大鬼没有见到小康的老婆。

后来,他也没有再见过小康。

听瓷厂的人说,见到过小康老婆的人寥寥无几。他们只是听见过那山里女子沙哑的哭声,她从早到晚待在小康的宿舍里,从不出来,唯有哭声确凿地证明了她的存在。偶尔几次,小康夫妇用家乡方言激烈地争吵,大多内容是能够听懂的,住在隔壁宿舍里的人,能分析出女方此行的目的,她誓死要把小康带回老家。至于那对小夫妻之间到底发生了什么事情,为什么小康刚回来又必须回去,当时整个瓷厂无人知晓。

有人八卦,以为小康的老婆会去医务室大闹一场,但这样的热闹并没发生。医务室离集体宿舍其实不远,谈小菲也曾经听到过小康老婆的哭声,她还问别人,那是猫在叫,还是有人在哭?有人机智地开玩笑,谁知道,那儿不是有间鬼屋吗?说不定真的是闹鬼了。当时有很多人在场,听到了那个精彩的玩笑。很多人后来都为谈小菲作证,说要相信谈小菲,她与小康不过是普通的朋友关系,什么都没有发生。

大约是一个礼拜之后,鬼屋终于安静,一切都平息了。那天天蒙蒙亮的时候,两个食堂女工去市场买菜归来,看见小康提着一只漂亮的拉杆箱,铁青着脸走出瓷厂的后门,后面跟着一个穿红色呢子大衣的女人,左手右手各提了一只纸箱,对她们谦恭地微笑。食堂女工眼睛打量着她,嘴里问小康,这就送老婆走了?不留她多住几天?小康没有说话。那女人说,不住了,我在这儿待不惯。低头走了几步,忽然对着食堂女工说,我不是小康的老婆,我是他姐姐呀。

瓷厂的人们后来都在谈论这件事。两个食堂女工口径不同,一个说小康的老婆当时流着眼泪,另一个则坚持,小康的老婆说那句话时,脸上挂着不正常的笑容。大家不知道该相信哪一种说法,想想她能说出这样的话,无论是哭是笑,都是正常的。

还有人在她到达瓷厂那天见过她,说那山里姑娘的水泡眼,或许是哭得太多的原因,如果忽略了水泡眼的得失,她看起来并不丑,精神似乎也是正常的,只不过,相比如今的时尚青年小康,那样子确实是有些显老,有些土气了。

没有人料到小康会一去不返。走之前他跟瓷厂请了五天假。五天以后,他打了长途电话给厂里,说家里出了点事,还要过五天才回瓷厂。此后就没有音讯了。瓷厂的生产经营当时已经很不景气,常常发不出工资,少一个人,便少一份负担,所以并没有人去过问小康的下落。过了好久,有个小伙子穿着硫酸厂的工作服,跑到瓷厂的集体宿舍来,说是小康的表兄,受小康委托来收拾东西。人们问他小康为什么不回来,表兄说是家里人不准他回瓷厂了,看别人茫然不解,又补充一句,小康在瓷厂学坏了。有人打听小康家里出了什么事。表兄说,他老婆跳了崖,没死成,落了个全身瘫痪。人们一片惊叫,急着追问究竟。表兄摇头,似有难言之隐。拗不过众人热切的目光,他勉强开口,这件事也不好说,清官难断家务事。表兄说,反正家里人都怪小康,是小康不好,他在瓷厂学坏了。

小康留在宿舍里的东西,都被表兄扔进了一个蛇皮袋里。最后撬开了小康的抽屉,一眼看见一个万用表,静静地匍匐着。表兄也没见过万用表,拿起来问,这是什么东西?是听音乐的吗?旁边有人说,那不是听音乐的,是电工用的万用表。又提醒表兄,那不是小康的东西,是厂里的公物。表兄的手像是被烫了一下,把万用表扔回了抽屉,是公物我就不收拾了。他说,麻烦你们,把它交还给厂里吧。

大鬼有一阵子老是接到一个莫名其妙的电话,对方从不说话,偶尔可以从电话那端听见狗吠鸡鸣之声。查找来电区域,应该来自陕西。大鬼猜到了对方的身份,不知为何发慌,再也不敢接听。有一次恰逢酒后,酒意为大鬼平添几分勇气,他接了电话问,你是不是小康?又变回哑巴了?那边还是沉默。大鬼说,你什么时候回来我给你接风,先喝酒吃饭,再去水晶宫洗桑拿,怎么样?也就是这时候,大鬼听见那边有什么东西掉在地上了,咣地一响,发出清脆的震颤,然后是杂沓的来回穿梭的脚步,伴随着一个女人的哭声。大鬼拿着电话听,一边耐心地等待,终于等来了小康,准确地说,是等来了小康的呼吸。小康急促的呼吸慢慢转变为压抑的哭声,他在哭,哭得越来越响,像个伤心孩子。酒意让大鬼的心肠变得很软,平生第一次,他的眼睛也湿润了。小康,你又不肯说话了?大鬼说,你不肯说话就别说了,我替你说,大鬼是二尿货,大鬼是个驴日的二尿货。

大鬼掐掉了电话。从店堂的试衣镜里,他看见自己的面孔,有点苍白,有点浮肿。他喝了一口普洱茶,想起电话那端咣的一声脆响,是什么东西掉在地上了呢?不是万用表。那不是万用表。大鬼思索了半天,断定那是一只搪瓷扁马桶的声音,是一只搪瓷扁马桶掉在地上了。

(原载《钟山》第 1 期)

拥 抱

鲁 敏

上

"40号！咱们可是打一毕业就从没见过,怎么会突然约我?"她一坐下来就率直相问,他是体育特长生,在校期间两人并无任何交集。她有意用学号指代,生疏又亲切。

"老同学嘛。"答话带着一种被生活压榨过后的紧凑。他的肢体依然葆有篮球中锋的结实,只是体态明显下坠,最令她惊骇的是他的头发,白了,剃得很短,如顶着一头薄雪。

"考考你,也记得我学号吗?"她有意絮叨,拖延着某种揭晓。毕业后他也从不参加聚会,这约会着实莫名其妙。

"13号。"他简单作答,像急于通过这个口令,"你变化太大了,在手机上看到,真不敢认了。"他提到那段视频。前几天,大家去看望一个得了绝症的老同学,随后聚会,喝得比平常更为放肆。23号还录下聚会场面传到同学群,证明彼此还"活着"。那段视频里,她是挺出色,新买的一套碎钻首饰,特别亮。

"总是要变老的嘛。"她自信地,乐于聊这个话题。她知道现在比学生时代强多了。这些年,她总有种弥补的心态,大半的钱和精力都花在"外表美"上。

"不是不是。你头发这样弄,这种不对称的裙子,丝巾这样绕在脖子里……很,很有气质。"40号摸摸鼻子。这动作跟从前在球场上一模一样。球进了就狂拍胸口,不进便懊恼地摸鼻子,女生们既希望他投中,又想看到他摸鼻子,并且都认为他摸鼻子时眼睛是盯着自己的。她不记得自己是否加入过那样的争论,她那时太像好学生了。唉,少年和少女们哪。谁能想到,这会儿,他可是专门对着她一个人在摸鼻子呢。

"丑人多作怪罢了。"一阵虚幻的快意,她随即冷静,得啦,他准是为着什么具体的事,她在晚报做到编委,同学当中,算是个"有用"之人,"你该跟大家经常走动的,互相……"

"我不喜欢聚会。是我的问题。"他迅速认错。

"聚会嘛,无非就是吃呀喝呀、瞎胡闹、发酒疯!"她也替他解围。"就这一次,我还提前走了呢。23号喝太多了,居然建议大家要一个一个抱。喏,他这样,"她模拟口舌不清的醉态,"不容易啊,吃一顿少一顿咧!见一面少一面咧!抱抱,一定要抱抱。男男抱,女女抱,男女更要抱。(掰着手指头、眼皮向上翻着)请听题!如果在座每一个人都要抱到另一个人,那么我们总共要抱多少次?还记得我们学过的计算公式吗?N×(N+1)÷2!还是N×(N-1)÷2?"

"呀。"他礼貌地反应着。

"也不知道他们后来有没有互相抱抱,反正我一听就挺排斥,假装接个电话提前跑了。你别误会,我不是保守。现在谁还拿拥抱当回事儿,再说大家这么多年同学,抱抱也没什么的,只是……"她突然住嘴。近来老这样,得警惕,女人话一多,就显得可怜。

他替她续水。

"要是你在呢?"她看着他的手。记得他能一只手巴着篮球向下,走来走去不掉。

"什么?"他没跟上她的话。

"你在的话,会不会……挨个儿抱?"

"没想过。可能,随便吧。"他含糊地。

她挥挥手,讲解员似的,忍不住要纠正某个概念,"其实,真正的拥抱很难的,可以说是罕见的。我是指那种自然到来的,山洪暴发,非抱不可的拥抱,像要死了一样地去抱紧另一个人——嗳,我这样说话你不会发笑吧——我是觉得,只有这种情况才是值得抱的。所以我极端反感那种社交式的、平均主义的拥抱,像随便拉个手!"又碎嘴子了,她举起茶杯来堵嘴。对40号讲这些干吗,他也许马上就要谈起什么新媒体合作、替上司的小孩发表狗屁秋游作文。

"我今天是……"趁她喝茶的工夫,40号终于开口了,某句话明显到了嘴边,舌头却又偏了,"你看我,都忘了问问,你各方面都还好吧?"

"报社这边嘛,老资格了,就是签版子总要值夜班。反正睡眠也不好。"他只是听着。"父母还在老家,身体不错。我一直没要孩子。"他不动。"嗯,先生被外派在韩国,好几年了。"这也是她在同学间所透露出来的全部信息。实际上,跟先生一起出去的,还有一位女经理,也已婚。但双方所涉四人的态度是一致的:没人打算为此离婚。都嫌麻烦。

40号点头,随后交换他的情况,有点急迫,"我还在体育局,业余替石化厂带一支队打比赛。我一个人带着儿子。"他暂停,也留意她的反应。

她稍感安慰,起码到目前,40号不像是要谈公事。他是班上头一个结婚的,据说新娘是个平面模特,但肚子把婚纱撑得像帐篷。

"儿子两岁时离掉的,我从没跟同学说过这事。儿子今年也十八了,虚岁。"他再次停下,像个缺乏经验的谈判新手。

"那不容易啊。"她被他吞吞吐吐的样子弄得有些慌。莫非40号知道她的婚姻实情,他对她有那种想法,这么郑重其事地约她,还一条条地交底儿?她心里不争气地涌起波澜,忙垂下眼皮,用眼睛以外的感官重新推测他的来意。

有一条是肯定的,这里头没有旧情,最多是身体之需,他一直耗到儿子成人了才采取行动。谁没有身体之需呢。可这种需要常常是悲哀而封闭的,比如她。她接纳不了一夜情。恋上一个小伙子?更做不到。年龄相当的男人,又得靠年轻女孩才能激起他们垂危的性能力。某种程度上说,40号与她,不算太离谱,他们一起度过青春,彼此了解,他们都讲究实际……她控制住不脸红、不流露出心知肚明之意。

"你知道怎么回事?"他突然提一大口气,像要扎个猛子下水,"我儿子有病,两岁时发现的,自闭症,或者叫孤独症。听说过吧? 就因为这个他妈妈才走的,那半年最难挨,几次我都想跟他一块儿死。我不怪他妈妈,要是我先开口,那走掉的就是我了。家里真像个冰窟窿,我到现在还想走呢。"他流畅地说着,并无痛苦,到末一句还稍带笑意。

"知道的。愚人节后一天,四月二日那天就是'自闭症日'。"好像抢答比赛,她恨不能举手。怪不得他从不参加同学会。看看,他剥掉多少层洋葱,一直剥到最里头的芯子上了。真要好好对待。她心里晃荡得不行,无数个僵死的夜晚如大车轮辚辚地在心上辗过。他是怕她嫌弃? 孤独症不碍的,再说都十八岁了。她在脑子里尽可能搜索,像谈论天才,"听说有的生下来就会画油画? 有的听到一首曲子就能分毫不差在钢琴上弹出来,还有的能从头到尾背出电话号码簿?"

他嘴角皱一皱,感谢她知识面够宽,"那是高能型的,我家儿子没那些本事。他就喜欢坐个电梯,我带着他,把全南京各处高楼的电梯都坐了个遍,上去了下来,下来了再上去。对了,他还特能认路,随便去哪里,都能画出一张线路图,我对照过,尺寸比例大致准确的。下次再去同一个地方,他就会指东指西。"像任何一个父亲一样,他有些滔滔不绝了。

"你啊,了不起。"她钦佩了,明白了他这一头的薄雪由何而来。跟他比比,活跃在聚会上的那些男生,显得多么薄情啊。她甚至觉得他有点像高仓健演过的什么角色,那种苦难的男子汉,她真愿意去好好抚慰他! 像一截木桩去抚慰另一截,她脑子里晃过他投中三分球之后的得意模样,心里一阵转弯抹角的疼痛。哎。哎。等一等,她这是干吗? 滑稽了吧,这么快就自 high 上了。要尊重自个儿,也尊重他。她突然严肃地,"假设一下,那天你要在聚会上,估计你也不会的。"

"不会什么?"40号再次茫然。

"不会跟每一个人拥抱的。"她耐心地又描绘了一遍当时的场景,23号的提议,还有那些跟着起哄的男生,"你跟他们不一样。"

"这个……"

她从包里摸出烟。在外面很少抽,怕人家看不惯,"要吗?"像问老熟人。

"我这里有。"他眼里闪过什么,不是反感。他为她点火,随后自己也抽上了。他也需要松弛一下。

"离不开这口了,多少次发狠,总戒不掉,害得我每两个月要洗一次牙。算算都五年了,从他到韩国去抽上的。"不管了,她想说,"他有别人,我没有。你,是不是早猜到了?"

"我没有猜。我跟别的女生打听时……"他顿了顿,"估计她们并不清楚,只是瞎猜。"

她喜欢这个词,"打听"!他老早就在准备这个约会了。她更坦诚了,"我向你承认,其实我想要拥抱的,比他们哪个都渴望。五年了,除了体检,没人碰过我。而体检,你明白吗,医生会检查颈部、搓揉腹部,会仔细地挤捏乳房,还往那里面伸东西,长夹子一样的玩意儿,提取……那总让我特别的紧张,情绪崩坏。很丢人。"烟太细了,不禁抽,"因此我无法忍受23号那个提议。要不是提前走,估计我都能翻脸。他们压根不会理解的。我敢说,你跟我一样,接受不了的对不对? 除非你现在还有拥抱?"她盯着他,语气不容反驳。

40号把烟灰缸往她这边推推,"没有,哪会有? 记得好久以前,我最大的心愿是能抱抱我儿子。可一抱到手上,他就把头扭开,身体往外拧,浑身都架着,像个随时会散的泥人。不要说抱了,连好好看一眼都难,他眼珠对不准人的。估计在他眼里,我都还不如一只绿茶杯呢。他从小用绿茶杯喝水,到现在,就只能用绿色杯子喝水,到哪儿都带着。"他像在说一个笑话。"不过,"他犹豫着,看她一眼,"最近这两年,我能感觉到,他想要抱了,不是我的抱抱,而是你说的那种,男女间的拥抱吧。就算他有病,也懂的。他发育了。"他声音带点羞耻。

"男孩子嘛。你呢,一直没有过女朋友什么的?"她把话题从儿子身上扯回来,"这只是问问……"她晃动手里的烟,表示并不在意,随便什么也不影响这个清晰的事实:二人处境相同,他那个家是冰窟窿,她这边也一样。

他回避了,"带着这个儿子,就等于一直背着块大石头。看到女人时背着,看到同样做爸爸的人背着,看到一个好小孩时背着,看到生病的小孩也背着。我有时希望我儿子是个聋子、哑巴或瘸子,你明白吗,起码他晓得我是谁。最好笑的是,我连看到一只狗都会羡慕死了,小狗还认人哪,主人喊它,'狗儿子哎',那小东西老远就扑上去又舔又亲的……"

"等大了,会好一些的。"她安慰,心里琢磨着,他不愿正面回答"女朋友"一事,正说明他很在意她。

"大了?大了!"他苦笑,稍显放肆地盯着她,看来正问到要害上,"你晓得吗,他现在个子比我都高,比我当年还要壮实。他十四岁就遗精了……这几年比小时候反而难带,他莫名其妙就会乱扔东西,伤了别人伤了我伤了他自己都不晓得。尤其是春夏两季,我都不敢带他上街,他随时会出乱子,裤子都穿不住,没轻没重地胡乱往什么东西上撞……阿猫阿狗都能解决的,他不能。"40号扭开头,用手掌抹了一把脸。

"我以前看过一个外国片子,里面讲到这种上门服务,专门给残障或无能力人士的。"真让人叹息。看看,不论什么话题,他都扯到儿子身上,连性欲都会从儿子说起。他大概都忘了应当如何跟女人调情。她解开丝巾,露出脖子,"说真的,怎么就想起来约我了?你到现在还没跟我说说呢。"是不是有点太主动了?不,已兜得够远的了,他们这是什么岁数了呀,矜持是浪费的,浪费可耻。

40号惊慌地看她一眼,更快地移开。她有些不合适地联想着,这大概就像他儿子那种没有碰撞的眼神。"我这就要说到了,是为了我儿子……"

"嗯?"她不懂,烟吐到半空都卡住了。

"真是奇迹,从第一眼起,我儿子就喜欢上你了。他可从来没有这样过。"他理理桌子上的茶杯、打火机和香烟盒,把它们排列整齐,"就那个视频嘛,我在手机上打开,儿子也在旁边看。视频里共有六个男生、三个女生,还有15号张鹊的女儿,所有的男人女人小女孩,我儿子都没反应,可是只要镜头一到你身上,他就极其兴奋,伸出左手的大拇指和小指,把脸凑上去,脑袋左右摆动,他这一套动作我最懂的:他喜欢你!真难以置信,这是他头一次明确表达出对特定一个人的喜欢。就是对我,也从来没有过这样强烈的反应啊。我试验了好几次,随机播放这段视频,他每次的反应都完全一致。这绝非偶然。"40号语气又重又急,好像这是惊天动地的发现。

她维持面色不变,幸好手上有烟,她吸了又吐。40号这么重视儿子的意见,怎么不去约会儿子最喜欢的绿色喝水杯呢。"那你呢,你怎么看我?"

"我?"40号惊讶了,好像早就交了作业的学生,只好又临时补充几笔,"一开始我就说了嘛,你跟以前大不一样,张鹊还是班花,她女儿也很漂亮,可是你就特别引人注意。所以我儿子才会这样的。他这种喜欢,绝对是天然的,发自本真,就是一个男孩最初的……"

"谢谢。谢谢你儿子。"她打断,担心他不知会说到什么方向上去。不,等等,还是说从一开始,他就在那个方向上?她心里突然开始塌陷,此前的各种细节一起被唤醒,加速了这种塌陷,"你,今天约我到底干吗?"

"就是我前面说的这些情况呀。"他认为她应当已经明白了,"我儿子头一次对一个人这样。我就想着,看有没有这个可能,你帮我个忙。你家里人,我是指,你先生应当不会介意。嗯,我想,不是我,是代表我儿子想,就是说,你跟他……"他抬起两只手对碰,眼神如四处扑闪的蛾子,"见个面,或者说,约会。不,见面,还是叫见面吧。"他无意义地咬着字眼。

她抽烟,两口就到烟屁股了。

"你生气了?对不起。"他露出早就准备好的、无条件的赔笑,好像是他儿子刚刚冒犯了她,他只是负责追上来道歉,"别看他身上哪儿哪儿都成人了,可说到底还是个孩子,并且一辈子都是。你千万不要生他的气。除了我,谁能帮他?无论如何、不顾一切我也要试一下,我逼自己跟你见面,逼自己开口。这个想法是不是太过分?生气了就直说,骂我也成。"

"也谈不上。是刚才我有点迷糊了。"她声音稳定,抽出一根烟,没要他伸过来的打火机。

"我知道这很得罪你,主要大家老同学,在你这儿丢脸不算丢,你也不会真的生我气。"他尽可能地把气氛往回拉,啰里啰唆地解释,"家里从来没女人,他没机会接触,尤其没那种机会,估计他这辈子都不会有了。你前面不是问我的吗,我好办,随便怎样都能对付过去,在外面花一点钱……可我儿子,绝不能的。他还是个孩子,怎么着都是个孩子。"男人也一样,话多了就可怜。

"要我做什么?"她刺耳地问,不加掩饰。

"不要!你不要做什么,哪儿能真的要你做什么呢。"他敏感、激动地矢口否认,像小偷胡乱藏匿起赃物,又露出一角,"我只是希望有个真实的热乎乎的女人跟他……可能的话,你……"他随时准备着被打断的样子,难以启齿,困难地用手指抹过桌面,"你,过来人了……"

她毫不留情地盯着他,不接话。

"我只是说,有可能的话。"笑容像一大团油彩,刚堆上去就开始融化,又勉力地接着堆,声调都走音了,"你一点不要勉强自己,哪怕就抱上一抱……"

"懂了。"她终于收回眼光,"改天我跟你儿子单独见个面,说约会也行。约——会——"她字正腔圆,像在念拼音。

"见面,是见面。"他摇头,歉疚而哀伤地纠正,丝毫没有"谈判成功"的喜悦感。

"怎么说来着,星星的孩子?这算是跟星星的约会吧。"她捏细嗓子,疲惫地笑着。再多的情绪等会儿自己一个人去慢慢消解吧,就像这些年来的大部分时候一样。她擅于此道的——

得去买烟,家里的存货肯定是不够了。

"'星星的孩子'！你不知道我有多讨厌这个说法,一看到报纸上这么写我就生气,怎么能打这么漂亮的比方呢。他们知道什么！"他皱着眉反驳,随即意识到,他这会儿没有权利发火,又低声弥补,"我是说,我儿子不是星星。"

"那我是。我又远又冷又孤独,我是星星,行了吗？"她无所谓地,一边摁掉烟头,"事儿谈完了。散吧。"

他慌忙起身要送她。她却不紧不慢补了口红、重新系丝巾、照照小镜子,最后才收起打火机,拎起包转身。

"嗯,等等。"一直在看着她的他突然跨前一步。

他这会儿离她很近,形成一种动人的身高落差,她都能看到他衣襟上的纤维纹路。她僵住,动弹不得,都没法把转了一半的身子稍微调正。她有个预感,他这是要抱抱她了。整个见面都是南辕北辙,他在谈儿子,她在谈拥抱。这会儿终于算是碰上了嘛,他懂了她一点？也可能仅是出于内疚,远不能算她所渴求的那种拥抱,但她依然是愿意的……她感到胸腔里无法控制的一阵大跳,还有疼得要命的委屈与迟到的安慰感,海浪一样拍打着。

他身体也有点木,面色极不自然,声音极低,像约定一个作弊方式,"嗯,跟我儿子见面时,你能不能,戴上那对又大又亮的长挂坠耳环？就是视频里你戴的那一副。"

心跳、海浪,消失了,统统变作了狂风,呼呼的,怒焰燃炽。她强压住想要撕毁什么的念头。"哦,你儿子喜欢亮晶晶的东西？"她和气地问。没错,那天的聚会只有她戴了一大堆的头面,配套的,惹得班花等几个女生好一阵半真半假的讨伐。

"你怎么知道的？"他脱口而出,随即懊丧,挽救,"哦不是,我想他主要是喜欢你这个人,喜欢你整个样子……"

下

按照40号约定的时间,她来到电影院附近的麦当劳。

计划是这样的:他送儿子到麦当劳然后离开,由她接着陪他儿子一起吃快餐,然后两人一起看电影。票已买好,在他儿子的背包里。他特别说明,电影是儿子看过多遍并乐于反复观看的科幻片,他会很安静。电影散场,40号就到电影院门口来接儿子回去。

这安排简洁大方,并无令人不适的成分。她认为40号已预先调低了对她的某种期望。她不领情:性质还是一样的。

卡座最里头,远远地,她轻易认出了他儿子,或者说,认出了学生时代的40号,多么懒惰的造物主呀,太酷似了,包括额上的青春痘、微微耸起的肩膀。她冷不丁走神了,脑子里像有个长长的滑梯,哧溜一下地甩到了过去,她看到干巴乏味的自己,正毫无把握地去赶赴一个明显高攀的约会……天,这联想真够抽风的,她跟40号压根就没什么,事实上,整个大学期间,她从未有过任何约会。她心底一阵哀伤,并更加涌上某种愤然。她需要调整一下自己,于是转头从洗手池那里绕了一个圈子,迂回地向卡座靠近。男孩正低头在桌子上划拉着,背包没有拿下,桌子上已经摆好了一堆吃的喝的。

她坐到男孩对面,屁股下的椅子热乎乎的,显然40号刚刚点好餐离开,也许这会儿正站在街对角,拿报纸什么的遮住脸。她感到后背一阵灼痛,四肢发硬。

"等了有一会儿吧?"照40号的提醒,她唤他的小名儿。

没有反应,额上一大丛青春痘冲着她。

她敞开外套,露出项链,如果加上耳环、工艺戒指、水晶手镯,亮闪得简直像百货橱窗了。她甚至可以在脖子上挂好几串链子,同一只手上戴好几个戒指——她有的是这类真真假假的玩意儿,一到大小节日,哪怕是不相干的重阳节,她都能赌气般地添置上一大堆,一个比一个亮闪。某种程度上讲,这男孩子能看中她,也算是知音了。她冷冰冰地自嘲。

男孩还在纸上画,隔着桌子看,纸上是一团乱麻——这就是40号所夸耀的线路图?还比例准确?她伸出手去,随便指着,"这条线,通往哪里?"

"去象波乌嘟。"男孩拧起脖子,抬头看她,或者说,看向她这个方位。他浓眉俊目,眼神飘如闪电。嘴巴打开的方式过紧,吐字走样。"什么?我听不懂。"她不客气地皱眉。男孩又说了一遍,更不清晰。

她想起来路上一瞥而过的建筑,试探,"气象博物馆?这条路通向气象博物馆?"她心里一软,语气带上了虚假的鼓励,好像男孩发现了美洲新大陆,"嗬,你可真厉害。"

没有回应,男孩举起一只绿色塑料水杯喝水。水杯很旧、满是划痕,应当就是40号所说的那个。喝水的男孩头部保持着抬起的姿势,一边盯着她的左后方,眼珠像黑弹子那样不断地移动,她能感觉到,黑弹子一会儿移动到她的耳环上,一会儿到项链上、手镯上。她突然一阵害臊,在十八岁男孩的眼里,自己真是太粗糙了。没有发亮的皮肤、发亮的眼睛、发亮的头发、发亮的牙齿。她只是一个挂满发光玩意儿的替代品。

她情绪猛然恶劣了,"你爸爸介绍过我吧?同学,比他小三岁,我算算,那就是比你——大二十二岁吧。真老啊,能做你妈妈了,嗯?不过我没孩子,不知道做妈妈是怎么回事。再说,哼,你爸爸的意思可不是……"她发现自己又碎叨叨了。止住,放慢语速,敌意地诱问,"你知道,你爸爸为什么让我们见面……约会?"

男孩喝完水,挺仔细地把绿水杯的盖子拧好,用掌心盘弄着,心满意足的样子。

算了,孩子知道什么。她沮丧地喝一口可乐,已经温暾了。又一根根拈起薯条,蘸上番茄酱,机械地往嘴里送。男孩留意地俯视她往返移动的手,眼光渐渐变得锋利,像老鹰从空中瞄准似的,她正惊愕着,男孩突然十分准确地伸手过来,一把握住她戴有戒指的右手,力气很大地扯到他那边,把她食指上的那枚装饰戒指,紧紧贴到鼻尖儿上去。她都要半抬起身子,并尽量伸长胳膊,才能配合上男孩。

她没法生气,反而有了小小的成就感:男孩笑了,冲着她的戒指。这是她在他脸上见到的第一个表情,挺不错的。她突然理解了40号谈起儿子的那种语气:疲劳,又夹杂某种小心的感恩。

男孩的手指匀称,没有分寸、没有时间感地托举着她的手腕,眼神带着研究者的纯真,像拥有一个特别的探测器,通过凝视这枚小小的戒指,他穿行于渺茫的太空。

她嘴中发苦,而又心神摇动,感到自己像一尊被求婚的雕塑。是的,求婚,她真的想到这个,动作很像不是吗,连戒指都符合。她心里大声嘲笑着这个联想,可另一个自己,却像个馋猫似的,极不得体地反过来也盯着男孩:从来没有看到过这么单一的、实心实意的眼神,就好像她的手是世界上唯一的宝贝。她心里涌起一阵荒唐的柔软感,简直想放肆哭泣。她觉得她白白地年轻了,然后又白白地老了。从没有一个少年曾经这样对待过少女时期的她。

她小心地调整姿势,尽可能地对准座位侧上方的顶灯,以让自己全身上下的饰物,尤其是手上的戒指和水晶镯子保持熠熠的闪光。她要和男孩一起,专心享用这一段无垠的停滞。她几乎忽略掉背后那可能存在的目光了。

手机突然来了消息,40号的提醒。她看看时间,的确有点迟了。

"怎么去电影院?"她指着纸片上的乱麻求教,像不认路的笨女生,她有点喜欢这种假扮。男孩瞅瞅纸片,这一只手仍然抓住她的手,另一只手抄起桌上的绿杯子,起身就走。她猝不及防,刚好来得及拎起包跟上。男孩手上没轻没重,手镯被他捏得嵌在腕上,有点疼。他带着她,穿过卡座,绕过洗手池,再走过收银台,赶火车似的出了麦当劳。

男孩笔直地沿着步行道上的砖头线往前,他个子比40号还要高出半头,步子迈得很大,她被拖曳得几乎小跑。他们把大部分的行人都甩在身后,速度形成了一股只属于他们的微风,她感到她的头发、长耳环还有丝巾,都小幅度地飘了起来。她用余光睃着左右的建筑和车流,以及三三两两闪过的路人,心里不知为何涌起一股轻浮的甜蜜感。可真有点像个,约——会——

如定点雷达那样精准,到电影院正门口,男孩猛然刹住脚。电影院刚放出来一大批人,如混浊的潮水向他们冲来。她拉紧男孩,不由自主地倚着他,两个身体的定力总归强过一个。男孩听任她靠着,他的目光正越过人们的头顶,咧嘴看着左上方的一个时钟显示屏,里面有一只不停转圈的公鸡,不用说,亮闪闪的。她也看看,哎呀,还有五分钟就要开场了。"我要去一下厕所。"她说。

男孩像接到新的指令,四面看看,线路图立刻生成了。他沿着地上的一条大理石分界线,目中无人,穿过拥挤的人丛,在游戏大厅侧面的通道深处,他站住,松开她的手。她一抬头,哈,男厕所。当然边上就是女厕。

她其实不要小便,她是来洒香水的——这是她原先的打算,一个模模糊糊的打算。出门前,她心里有两个矛盾的方向:一是该表现得特别女人味,肉感和奔放,如40号那未曾明说的诉求;可另一方面,她别扭极了,怎么也不愿承担那种人道主义的"性启蒙"角色。相对应的,她身上带了两种香水,一瓶法国玩意儿,配方精密,说是含有"力比多密码",就差写上"催情"二字了;另一瓶是男用香水,是先生扔在家里的,大概都过期了——如果不想在黑乎乎的座位上发生尴尬,她自作聪明地想着,男用香水也许具有屏蔽作用。

可现在,她的想法有些变了,不是非左即右了。刚才那手牵手的一路小跑,使她的心情有点焕然一新,这个"星星的约会"已不是为了40号或男孩了,倒像是为着她自己了,这是一个漫长到完全变形了的弥补,对应着她整个少女时代的亏空。

她装模作样拉开一间蹲坑,蹲进去,以便好好地考虑香水的事。唉,她怎么就没有带上那瓶茉莉花香水呢,国产的,特别便宜,她夏天洗完澡时喜欢洒上一点,那是她理解中最接近纯真的味道。瞧瞧,现在这可怎么弄,喷哪一种都不对。脚下的池子散发出便溺的腥臊,真担心自己被熏得一身味儿。不行,还是得喷一点。她手忙脚乱把两个瓶子都掏出来,脖子、手腕、耳部,一切挂着闪亮饰物的地方,分别都喷了一点,像调酒似的,先喷两份"力比多",再喷三份"过期男用"。真希望它们会化学反应起来,最终挥发出她最期望的那种茉莉香啊。

调酒失败。她从蹲坑一出来,就猛地打了个喷嚏,她自己都被这过分浓郁的味儿给冲着了。洗手池边有个女孩,真正的少女,一边接手机一边用手捂起了嘴巴,但愿不是因为她这身可怕的味儿吧。她站到镜子跟前,下意识地补补妆,随即又拼命擦拭:该清淡一点才对,她甚至想通通摘掉身上的珠宝挂链,随即又醒悟:她正得靠这些,才能让他"看到"她呀。

男孩挺拔地站在厕所门口原处,专心摩挲着手里的绿杯子。她有点不自信地走上前,男孩的眼光像一把沙子,散漫地迎面掷来,像从来没见过她。她愣住了,明知他本就这样,心里还是一下硌住了。她扭头径直往饮料售卖机那边走,一边骂起自己,都出了声音:"搞笑了,搞笑。神经,神经病。"男孩跟着她,她瞟一眼,冲男孩泄怒,谅他也听不明白,"你说你爸爸多滑稽呀,你不是皇帝,他也不是太监。这算什么呢?我看,他在家整天净琢磨这些事儿对吧?哼,都跟我一样了。"她气呼呼地顺便讽刺了一下自己,"你倒是说说,你真喜欢我?喜欢我这样的女人?活见鬼了。我看你眼里根本就没有人,更别提女人了。"她掏出一张皱巴巴的纸币,上下找着售卖机的投币口。

一只绿杯子突然伸到她眼前,定睛一看,是男孩的那只宝贝旧杯子:他给她喝他的水。男孩子两眼正朝着她,朝着她的耳环、项链、手镯等。

这次轮到她的眼神沙子般散落了,接过杯子的手都差点发抖,好像此前这半生从没有接受过这样大的恩惠。她竭力镇定地拧开盖子,咕咚咚喝了几大口,差点呛着。她已经不能够适应,长久无人的空谷里突然传来并非幻觉的回音,哪怕出自于无意识。

她平静下来,想起了电影,转到男孩后面,从他背包上方放耳机的那个口袋里,摸到两张电影票。F厅9座、10座。

"去F厅。"她试图恢复男孩的主导感,继续由他来牵领她。

男孩呆滞不动,没有反应。看来F厅他没去过。她只得在前面了,一大圈又找又问,竟然在另一层楼才找到。"这是高级定制厅。"引导员用私密的口气介绍,暗中瞅瞅她和男孩,伸手做出"请"的姿势。电影早开始了,正是夜景,银幕内外都黑乎乎的,只有零星的脚灯像星星,是啊,像星星。她记起这个被40号痛恨的比喻,一边竭力辨认。这一看,她吓了一跳,全是两人座的独立包厢,大靠背大扶手的超宽尺寸沙发,简直像一张张被帐幔围起的大床。银幕上突然切换成白天,借助闪动着的反射光线,她看到一对对男女半躺半搂。最近的四只没穿袜子的光脚正绞在一起蹭着沙发布,粉色的沙发布。

她浑身一阵热汗,耳根后刺鼻的香水味加倍搅动起黑暗的空气,简直就要吐出来了。瞧40号这份"精心"。她拉起男孩就往后退,男孩身体挺沉,扭头留恋着银幕上的亮点。她不管不顾地死命弓着身子,动作像纤夫。引导员一愣,小步跟上,"对不起,开场了不好退票的。"

一直到走到明亮的大厅,男孩的步子还有些拖,鞋底摩擦着地面,发出类似篮球运动员在球场跑动的那种滑动声。放弃电影对他并无明显影响,随着她的拉拽,他脖子一会儿扭向左,一会儿扭向右,取决于哪边有更加吸引他的闪亮光源:那可都比她身上的首饰亮多了。她有些气喘吁吁,带着从噩梦边缘滑落的怨怒。略感欣慰的是,身上的鸡尾香水味儿淡一些了。

现在怎么弄?起码得一个多小时电影才能结束。她不想提前通知40号——她恶意地想着——就让他以为她和男孩这会儿正双双身陷于那粉红色的沙发床吧。

她拖着男孩,心虚地不停拐弯,嘴里却假装挺有主意地念叨:"我们换一个地方……"男孩充耳不闻,他在忙他的。他逐帧扫描般地捕捉着视线里的光影,不错过任何亮闪闪的目标。她尝试着把脸转成与他一致的角度,攀沿着他发射出去的目光,从大厅直到大街:资讯滚动的绿色显示屏、冰激凌专柜的雕花器皿、玻璃杯里的冰块、衣襟上的徽章、金属门框、女童手里的荧光棒、转动的轮椅、外墙广告灯、一洼积水里斜映着的半片阳光。

世界果真是亮晶晶啊,并且只剩下这些亮晶晶,其他通通都黑黢黢的不存在。没有韩国,没有皱纹,没有同学会,没有乳房与睾丸。太好了,连她也看得入了迷,甚至感到自己的目光也像男孩那样清澈无物了。40号有没有这样陪儿子看过?别的人有没有这样看过?还是只有这孩子才拥有这份机密的荣耀?

她软绵绵地想到:也许40号有个根本性的、想当然的误会?实际上,男孩根本不需要这狗屁不通的替代性慰藉,他自有他的纯粹与完整,自给自足——是这样的吧?也许是,但愿是。

男孩突然站住,左手的大拇指与小指笔直地伸出来,像一面古怪的小旗帜,晃动着,指向前方:电梯。一架被涂抹成纯金色的电梯门刚刚打开,一堆东西涌出来——亮的眼镜框、亮的手机壳、亮的手表、亮的拉链、亮的指甲装饰——她比男孩还要兴奋,简直如释重负,好了,有地方去了!

他们不约而同地发力往电梯跑去,简直不愿多耽误一秒,好像那是通往外太空的最后一班飞行器。跑动中,她纵容自己分神,贪婪地再次捕捉那细微的甜蜜感,捕捉这种高度一致的心跳、步伐和目标,他们在独一无二的空气里以独一无二的亲密奔跑……

他们刚一踏进去,门合上了,三面都是金色内装潢,耀目的光泽互相折射,朝外的一面,则是个透明的半弧,可供观光。男孩子脸色也有了金光,像一下子加满了特殊燃料,身上有种说不清楚的力量。她看看楼层数字键,最高的三十五层已经有人按过了。她打定主意,就这么坐下去吧,三十五层,一层,三十五层,一直坐到电影散场。

进进出出的人们像调料一样,一会儿撒得极稠,把电梯里变成了一锅气味复杂的浓汤,一会儿则变得稀淡,寥寥三两人像小点数的骰子。她和男孩早就被置换到了最里面,可以很方便地"观光"。但男孩显然毫无兴趣,他背朝着弧形玻璃,严肃而机敏地来回巡视着楼层指示灯与呼叫数字键,好像这一切完全依赖于他的视线在操纵。人们进出、打嗝、抱怨、争执、讲笑话、挤得前心贴后背,抱怨里面手机信号不好。男孩独端庄如一尊小弥勒塑像。

她半呆滞地倚着玻璃看着外面。电梯上升,街上万物慢慢变小变混沌,好像在失去、相互抛弃;电梯下降,它们又一点点重新变大、变清晰,似是失而复得,但也显得芜杂和粗糙。如此反复轮回,一遍又一遍,像是故意地、极其耐心地在筛洗着她的心,她这渴求的、难以平静的心……

突然,脚下看到一个熟悉的身影,电梯正升高看不清,等再次下降——确实了,是40号。她看看表,他提前了半小时。他站在电话亭边,一个已经废弃了的红色电话亭。可能为了节省体力,他刚才还站着的,这会儿蹲下来了。能看到他手里有根烟,吸一口,半眯着眼,麻木地盯着对面的电影院大门,像个无家可归的人。

她悠闲地、充分地俯看着他。她觉得她这会儿应当有点什么感触,对40号,对自己,包括对这件事。她仔细搜索自己的情绪,像男孩扫描一切发光点那样。但没有,脑子里挺平淡的,除了有点馋他手里的那根烟……她哂笑了,随便地决定:以后再不提戒烟了,就一直、一直抽下去吧。

电梯又一次升高,这一趟的乘客尤其的少,除了轻微的滚轮牵引声,轿厢里分外寂静,像夜色至深、生之尽头。又一次开关门,最后一名乘客下去了。

她扭过头,现在只有她和男孩了。

"我刚才看到你爸爸了。他来接你。"她小声说。男孩正谨慎地伸出手,把最上面的三个数字,三十三层、三十四层、三十五层,一一揿亮了。

"我前面说他的话你别介意。我已经一点不生他气了,老同学嘛。"她声音大一点。电梯向指定的目标优美地滑行,无穷无尽地,往云端升,往天际升,往宇宙外升。

"我很孤独。"她声音稍大一些,但只是陈述,顺从、平静,"你爸爸也是,所有人都是。都跟你一样呢,孩子。"

男孩背对着她,一丝不苟继续监视着正上方逐渐变大的楼层数字。她轻轻地靠上去,从后面围拢上男孩。男孩太高了,她需要踮起脚才能勉强够到他的背。她小心地贴在那里,肩胛骨处不大平整,也还没有足够魁梧,但同样能听到澎湃的心跳,血液哗哗地流,骨肉吱吱伸展,一种介于男孩与男人之间的过渡性味道。她闭起眼睛,半真半假地感受,是的,差不多接近了,接近她这辈子从未得到过的那种拥抱。

胳膊里的男孩突然通了电,颤动起来,重心明显失衡,他前后摆动,并在摆动中扭转过身体,猛然膨胀起来的躯干像失去遥控的机器人。这具巨大的身体,面目中带着抽象的欢喜,左手大拇指和小指竖起,热情地伸向她的颈脖处,歪歪斜斜、不可抵挡地向她辗轧过来。

(原载《收获》第 1 期)

阿玛尼

王 手

一

我初中毕业的时候是十八岁。这个年龄,细心的人一看就明白,这厮,一定有什么说说的,要么是长不大的"螺蛳钉",书读得迟;要么是"蒸不熟的黄馒头",在哪个年级里"回炉"了。也确实,一年级的时候,五颗纽扣分三份,我分不出来;五年级的时候,"读书是学习,使用也是学习,而且是更重要的学习",这"而且"是个什么东西?为什么这么重要?我就搞不明白。等我读了初中,母亲就吓唬我,叫你爸早点做辆板车起来,言下之意是,我学校里一出来,就可以去做苦力了。

借我母亲吉言,我确实也做过许多苦力,打桩、做泥水、拉板车,或者,被人呼来喊去地打架。这些信息也告诉别人,这厮有蛮力,或者说,头脑简单。同时,别人也由此知道,我有很长一段时间找不到事做了。一个人有力,没事做,都会想着去学一门本事,什么本事?打拳! 就算你自己没想到,别人也会惦记着你,我父母就说,没事去学门功夫起来,不打人也可以防防身嘛。那些打拳老司也会找你,到我这里来吧,到我这里来吧。有点像现在的"星探"和"引进人才",嘎嘎。

我们家对面山上就有个拳坛,老司叫龙海生,也有人叫他南拳王的。是拳王,一般都有些传说。传说一,说有一天有人找他单挑,他说可以,也不问要比试什么,不动声色地顾自扎下马步,运足气,然后发力身体一坐,脚下的地砖就像开了片的瓷板,嘎嘣嘎嘣地裂开来;还有个传说更有趣味,说他弟弟要"上山下乡",明天就要走了,他表示对政策的不满,早一天夜里把解放路上的垃圾屋全部踢倒。垃圾屋都是水泥的,一路上有几百个,先不说垃圾屋牢不牢、重不重,但一路踢来不歇,这脚力也是可观的。

就这样,我拜了龙海生为师,学两样东西,一是齐眉棒,二是板凳花。齐眉棒讲究左右开弓,板凳花的特点是进退自如,两者都是攻守兼备、实战型的功夫,我喜欢。我不看好死板的、程式化的套路,我觉得,没有器械,光是拳,力是打不出来的。

二

有力,就会有人请。请我的是附近的金龙阿妈。金龙妈我不认识,但我母亲认识她。母亲说,金龙妈很苦的,她有什么事叫你,你只管应来。我就应了。金龙妈找我不是一般"推拉抬担"的小事,而是委我以"重任"。什么重任?这个说来话长。现在,我撑着肩、自我感觉良好地往金龙妈家去。我以前读小学时,每天一早从家里跑出来,像一条关了一夜出来撒欢的狗,跑得很快,还会张开双臂做飞机飞翔状,嘴里还配以"呜啦呜啦"的叫声。叫声像犬吠一样引出了其他同学,他们一个个钻出家门,一会儿就会集起七八个,像一群互相追逐的狗,兴奋地向小学跑去。金龙妈家就在小学的附近,一个裁缝店边上,一条小弄堂进去,里面有很多人家,像某些景区,外面一点也不起眼,里面都是风光。我们这里有很多这样的弄堂,像一个篆书的"竖心",由几条枝杈组成,金龙妈就住在最里面的那间。到了这里我想起来了,金龙,还有银龙,我们应该还是校友呢,这个也等一下再说。

这条弄堂,我以前来过,是初中时随"红卫兵"进来夜巡。巡什么?巡有没有"犯罪"的隐患。小路弯弯,路边有许多物件,是边上的住户随意摆出来的,水缸、鸡鸭笼子、花草罐罐、水泥洗衣台、晾衣的竹架子。我喜欢掉在队伍的最后,最后,等于没有了督促,我可以随机而肆意。用耳朵贴近屋门,听屋里的窃窃私语;在窗前的黑暗里凝神屏气,想象着屋里的大致轮廓;马上,私密一点点地被我嗅出来了。有一下,我还偷窥到露在床外的四只脚,我当时很费解它的样子,后来被同伴"走啦"的叫声拉了出来……现在想来,当时那来不及稳妥的四只脚,可能是在偷情。

金龙妈家是两间平房,一间金龙妈住,一间两个儿子住,还有个半间在弄堂尽头搭出来,做厨房和柴仓。光线很暗,从瓦缝里漏进来的光都是灰尘。儿子的屋里很简单,一张床,一个五斗柜。金龙妈的屋里稍稍的复杂一点,一张八仙桌,一片三门橱,一座老式的踏床,可见金龙妈过去也是有"规格"的。还有个角落用布帘拉起来,不用说我也知道,是屎盆间。我还可以想象,屎盆是带架子盖的,不然,它弥漫出来的气味要浓郁得多。

金龙妈想叫我合伙做一件事。什么事?摆赌庄!抽头薪!为什么摆赌庄?没什么更好的事可做。她一个女人家,大儿子金龙,傻的;二儿子银龙,劳改回来的;她要养着傻儿子,又要安顿好刚回家、找不到事做的二儿子,只有摆赌庄最容易启动。那么,找我合伙就更加简单了,她需要一个愣头青、有点"杠"的人来维持秩序。我前面说过,我长得五大三粗,显得比实际年龄要老;我又在拳坛混过,打齐眉棒和板凳花,那都是在逼仄空间里擅长的功夫,属特殊武艺,再小的余地也可以施展。至于抽头薪,则是对金龙妈提供场地的回报,和对我服务的认可。反正这阵子我也没什么事做。

三

赌博是一门学问,也是技术活。说学问,是这个门类里面样式多、框框多、要求多,掌握起来不容易;说技术,是要求当事人脑子快,能判断,记性好,会计算,不仅运筹帷幄,还要战略战术兼顾。还要有身体天赋,比如眼明手快,像我的手指,石头里凿出来似的,肯定不行。

赌博赌博,赌后面为什么要加个博?说明它深奥。想想也是,任何和"博"字沾边的词,都和广大、深远、丰富有关,比如博览、博物、博大、博学、博爱等等。那段时间,我们听到最多的就是基辛格博士,他的称谓里就带个"博"字,就是那个中美关系的破冰者,他的职位实际上就是个安全事务助理,来中国却是周恩来陪着,毛泽东会面,可见,后面多了个"博"字,就不一样了。

金龙妈的赌庄就这样摆下了。

赌桌摆在金龙银龙的屋里,桌是金龙妈那张八仙桌,凳是散凑的有条凳、圆凳,也有花鼓桶替代的,有一张竹椅搁在桌子边上,是供撤下的人休息的。说是休息,其实心思仍吊在牌上,都还在桌子上激战呢。

开始的时候,赌博的形式是"十三张",这种玩法的过程比较慢。摸牌靠运气,但决胜靠智慧。我不懂拼牌,但也站在边上煞有介事地观看,边看边学,几天之后,总算把大小搞清楚了。十三张的编排有主有次,上面三张是次,中间五张是辅,下面五张是主,相互比每个层面的大小,大小以组牌的难度衡量。比如,最大的是"同花顺",依次是"四条"(四搭一)、"伙儿"(三带二)、"没有顺序的同花""不讲花色的顺子""三条"(三不带二)、"两对""单对""全散"。大小主要看下面,比如下面很大,那上面哪怕很小,也可以自保。这真是一段非常自由、非常惬意的好时光,我就这样看着,也算是一份工作,说是维护秩序,其实很多时候都还是相安无事的。

后来形式又有了提升,主要是嫌十三张太慢、麻烦、费神,打赌人喜欢速战速决,于是就选择了"两张牌"。两张牌比大小,简单,不用动脑筋。但两张牌有难度,扑克五十四张,要拿掉二十二张,剩下的三十二张作为作战的武器。拿掉的是:除黑桃外的其余三张A、除黑桃外的其余三张3、两张花魁、四张K、两张黑的Q、两张黑的J、两张黑的9、两张黑的5、两张黑的2。红多黑少,好看。两张牌有口诀:"天地人和梅长板",老听打赌人挂在嘴上,不知道什么意思。若说是什么比喻,好像解释不通;若说是大小的顺序,好像也不是那么回事。最大的是"双天"(两张红 Q)、第二是"双地"(两张红 2)、第三是"双皇帝"(黑桃 A 与黑桃 3),下面,依次是:两张红 8、两张红 4、两张红 10、两张红 6、两张黑 4,对应"口诀"上的"人和梅长板"。红 Q 和红 9 叫"天九王",红 Q 和红 8 叫"天降",听起来就很有气魄,在单张组合中算大的。牌里也有粗话,比如摸住了红 10 和黑 10,叫"通奸",就像我们现在说的"AV",其实,单张凑成 10 的都有这个意思,算倒霉的臭牌。其他各种各样的组合就更多了,这里说不尽……

四

赌庄可不是一般人能够摆的,要有好的场地,还要有隐蔽的环境。金龙妈有场地,她的家原来还算殷实,只是后来败了,但空余的屋子还有,在居住条件都很逼仄的当时,她的家算很好了。那个"竖心"弄堂的环境也不错,像《地道战》里的地形,适合躲藏和疏散。当然还有服务。金龙妈自己就会服务,她无业,又能干。打赌是个拉锯战,像跑马拉松。赢的人觉得手气好,不肯歇下;输的人着急想翻本,不肯退出,牛皮糖一样;这就要求金龙妈管饭。饭还不能是粗茶淡饭,要吃得可口爽心,肉类不买骨头,水产不买鱼蟹,都是不脏手不烦嘴的东西。在赌博的间隙,金龙妈还会端上一盆爽口美味的榨菜条,那时候吃水果奢侈,吃榨菜条差不多,切得大小适中,适合直接下手,正所谓:睡不如瞌,吃不如撮。所以说,金龙妈的服务是恰到好处。还有技术保障。坐地参与者,是要有名气指数的,聚人气也好,招赌手也好,蛇洞蟹洞,路路相通,银龙是最好的人选。他的脚有点瘸,据说是抓赌时跳楼摔的;他被劳教,据说是因为"出老千";所以,由他来坐镇赌庄,正好是学以致用。还有就是我。赌庄是个有争端的地方,有为脾气争的,有为言语争的,有为一个交流的眼神争的,也有为一个不必要的手势争的,这需要有个人调停处理,这个人就是我。我不光是有力气、有功夫,主要还是有背景。我师傅是龙海生,拳坛摆在后面山上,那里人多势众,个个身怀绝技,说句难听的话,就算我在这里吼不住,到后面山上去打一个呼哨,我的师兄弟们就会拍马杀到。从这一点上看,金龙妈还算是个明白人,知道"寸有所长,尺有所短"的道理,知道这件事独食吃不了,知道只有我们联手了,才能够真正的相得益彰。

金龙妈那天叫我来熟悉屋子,有意在强调一些细节。比如,厨房的柴仓很大,柴禾很蓬松,她是不是在暗示,这里可以藏身?比如,两间屋子都有独门出入,但床后面还有互通的便道,她是不是在说,需要的话,这里也可以回避?比如屎盆间,和我之前的想象一样,撩开厚厚的布帘,里面就是那个屎盆盖子,堂而皇之地摆着。屎盆盖子的功能很科学,一是遮丑,二是捂气味。背后是一张老年画,画的是"桃园三结义",这个作用也很妙,美观,掩饰,其实后面是一扇气窗。气窗外是一条野路,往左往右最终都通往山上。这一带的民居都有点依山而建的味道,之间有蜿蜒的小路,感觉上狭小拥挤,实际上都四通八达。事后想想,金龙妈说这些的意思,是要告诉我,在关键时刻,这里还可以"曲径通幽",不至于走投无路。

她倒没有说打赌不允许,或说这事有危险,她是怕我打退堂鼓吗?这个我才不以为然呢,没什么大不了的,我既然同意了加盟赌庄,心里早准备好了。我倒是考虑了自己的能力,比如,能不能胜任这些场面?人家会不会买账?什么的……

五

金龙妈摆赌庄完全是出于无奈。听我母亲说,金龙爸原来是菜场打肉的,当年张秉贵在北京称糖"一把抓"的时候,他在我们这里打肉也是"一刀准",相比之下,我觉得,打肉比抓糖的技术含量更高,因为那时候打肉都是几角几两的。金龙爸后来是吐血死的。我母亲说,他得的是肺痨,每天大口大口地吐血,人身上的血是人体重量的十分之一,他最后吐了一脸盆,生生地把命给吐没了。金龙妈很早就是一个人带着金龙和银龙,辛苦从她的腰上就可以看出来。她的身体看起来很结实,是那种长年累月干活的结实,但她的腰已经完全地坠了。一般人的腰都是在肚子上面的,但她的腰已经坠到骨盆了,再也上不去了,看起来好像也孔武有力,但已经不是那种挺拔的有力。金龙妈的辛苦还体现在精神上。我现在想起来了,金龙在我们学校也算是半个"名人"的,他说起来比我大那么几岁,但大家都知道,他在我们这个年级也停留了好多年。他不是不聪明,不是读不了书,就是傻。读书是学校照顾他勉强跟跟的,给他一个去处,不然他只能待在家里了。他不是那种一眼就能看出来、全世界都长得一模一样的"唐氏",他的样子看不出来,该像爸像爸,该像妈还是像妈,他只有笑起来的时候,才看出了他的傻。他为什么傻,我们不知道,他这个叫什么傻,我们也不会说。但医生知道,所以医生给他吃一种特制的米、特制的面、特制的奶,吃得很单调。他不能吃其他食品,吃了会越来越傻,甚至有生命危险。因此,我们常常拿好吃的去诱惑他,一块饼干一块糖,都可以让他去扫一个教室。

他弟弟银龙倒是聪明,尤其手巧。银龙说起来也比我大一两岁,但和我同届,在隔壁一个班,也多少有点面熟。说他聪明是有例子的,说下乡拉练时,同学们都被铺干粮的大包小包,但银龙从来不带,没心没肺地跟着,肚饿了蹭饭,想睡了蹭铺。手巧开始是传他会装电灯,会搭半导体收音机,后来长时间没看见他了,问起,才知道他参与赌博,手又快又巧,会出老千,被派出所抓进去了。这又记起了银龙被判的那天,人民广场开公判大会,他虽然还够不上量刑,但公告上有他的名字,排在最后。公告贴在学校门口的那条路上,引得放学的我们堆在一起围看。开始的时候,我们不知道有银龙,我们感兴趣的是一桩流氓案,据说是"鸡奸"!鸡奸是什么?我们不懂,还以为是有人着急了拿鸡做事,新鲜,好奇,所以我们要看看。但另一桩聚众赌博案中有银龙,我们看时,金龙就过来推搡,说不看了不看了,有什么好看的。情急之下,还追打我们。金龙傻就傻在这里,他这样莫名其妙地推搡追打,说明"此地有银",等于泄露了他的秘密,我们就更要看了,结果就看到了公告上的银龙。

多年后我才了解到,金龙的病叫"苯丙酮尿症"(PKU),是一种常见的氨基酸代谢病。人体在苯丙氨酸代谢过程中发生了酶缺陷,使得苯丙氨酸不能转变为酪氨酸,导致苯丙氨酸及其酮酸在体内堆积,并从尿里排出。所以,要控制饮食或限制苯丙氨酸的摄入,只能吃一些特制的"食物",实际上相当于药物。在遗传方式中,金龙的病属于染色体隐性遗传,临床表现主要有:智力低下、精神神经症状、色素脱失、皮肤长期湿疹,甚至身体鼠臭。

现在我们知道了,金龙妈是多么的辛苦。她不仅要积攒金龙的药费,还要每时每刻留心着他的嘴巴,不能让他乱吃东西。还要千方百计地替银龙操心。

现在,银龙劳教回来了。他这样的人,出去没人要,做别的也很难做,帮妈妈摆赌庄倒是轻车熟路,是最便捷的选择。

而我,除"自己动手丰衣足食"外,也算是助金龙妈一把"绵薄之力"吧。

六

抽头薪是打赌人都知道并乐意接受的事情。这个头薪可以有多种解释,也可以有多种理解。可以当享受这个环境,可以当租张凳子坐坐,可以当吃饭或点心,也可以当洗脸喝茶及金龙妈的服务;也可以当维护秩序的保障,也可以当调解争端的辛苦费。总之,这个设置是合理的,需要的。至于每次抽多少头薪,这要看我们心凶还是心平。金龙妈说,我们意思意思,我们细水长流。头薪的抽取具体由我来执行,我知道,这事不能强行,强行了打赌人就不舒服。最好是挑在数额较大的时候、气氛较好的时候、端上美味榨菜条的时候,这样的时候,打赌人心思都不在钱上,我就瞅准了时机恰到好处地抽吧。我抽头薪也是很有讲究的,要抽得少抽得勤,专抽零星碎钱,不做"一锤子"买卖。

至于我和金龙妈的分成,我是这么想的,首先我体谅她的难处,其次她是看得起我,她虽然必须用得上我,但也是照顾我一条赚钱的生路嘛,所以,留出金龙妈买菜烧饭的费用,我们对半分。

当然,抽头薪的可行性,主要是建立在解决纠纷的基础上。平安无事,和谐健康,我的存在就毫无意义,所以,我也是很巴望他们出事的,有事了我的价值也凸显了。

打赌的人都是五花八门的,有的是慕名来的,有的是朋友带来的。若都是附近面熟的人,一般也就没什么大事了。如果这天的赌庄夹杂了生人,如果这天的赌牌摸得别扭,这就要格外留神了。任何引爆,都要有一个导火的过程。如果这一天生人多了、手气又背了、无端地挑剔关系了、开骂爆粗口了,或摸了牌故意唱牌了,那这条导火索就要燃着了。比如,一般人摸了牌都是很隐晦的,不管好坏都装得讳莫如深,但这天他们不矜持了,有意唱牌了,装着大大咧咧要放弃的样子,其实是故意在怄脾气。摸到了4和6,就说"通奸";摸到了6和9,就说"婊子";摸到了10和A,就说"嫖客",这就有点想闹场的兆头了……

争端的发生往往是在庄家改旗易帜的时候,要打扫战场和清点战果的时候,各人把记账的"火柴梗"数出来,居然有人甩出了几根半折的火柴梗!疑问立即像砖头一样抛了出来,怎么有半根的?有声音讪讪地说,就是有半根的嘛!那半根算什么呢?算半脚嘛!我们什么时候玩过半脚的?前面就玩过嘛!小儿科啊?过家家是吧?风背手烂的时候有啊!废话,想搅屎就明说,别瞎来这一套!这就点着了火药桶。这就起了争执。话题开始还围绕着输赢,渐渐地游离了赌博,跑到"手脚"和"做人"的上面,这又牵涉到了"诬蔑"。就像消防队碰到了火灾,值班员赶上了小偷,我既然来了,也需要这样的契机,我得对得起金龙妈的邀请,别让人觉得我徒有虚名!

我介入了他们的现场。我双手摁住了桌上的火柴梗,我说,都看在我的面子上,听我一句话,算了。众人仰起头盯着我,一个说,凭什么呀?一个说,你谁呀?算老几呀?我也耐下性子,我说,这是我的场子,我的场子我做主,你们真的要听我的……

我其实平时是比较口讷的,更没有什么理论素养,这时候要说服赢家或输家都是相当困难的。当然,我也知道,这样的场合不能摆道理,跟打赌人摆道理没用,我得来狠的,以我的方式,来他们没见过的。我回头招呼金龙妈,你家里有尖刀吗?尖刀没有的话螺丝刀也行!金龙妈一头的雾水,但还是很快地找来了螺丝刀。现在,雾水来到了众人的脸上,他们疑惑了。我说,大家都还想玩的话,那场子就请继续;如果谁一定说是少了钱的,那算我欠你的怎样?有人冷冷地说,不欠。我说,那好。我把左手臂搁在桌子上,右手的螺丝刀戳住了左臂的皮肤,我有戳下去的意思,但众人似乎不信,觉得不会,这样干吗,吓唬人的。我就砰的一声戳了下去。螺丝刀立刻嵌入了我的手臂,皮肤变了色深深地往下陷。人的皮肤其实是很厚的,不说比猪皮厚,但起码也会比羊皮厚。我们平时稍稍割破就渗血的那是表皮,表皮下面才是真正的人皮,有一定的硬度和厚度,所以它才会砰的一声。现在,螺丝刀戳在我的手臂上,因为压迫得紧皮肤上并没有出血,看起来并不可怕,倒像是变魔术。这不行,这不是我要的效果。这样想着我就顺势拔出了螺丝刀,血像一颗红豆一样从皮肤内升了上来,晶莹闪亮,接着马上又从手臂挂到了桌上,这才使众人啊了一声,身体也不约而同地仰了一下,并且杂乱地说,这样干吗?这样干吗?我说,还要玩别的吗?有面子的话,这庄就这样吧!我又对那个赢钱的家伙说,对你来说,110和100有区别吗?没有。都是信手拈来、不费吹灰之力的事,何乐而不为呢?说着,我一边用嘴舔去手臂上的鲜血,一边没忘了抽取这一庄的头薪。总之一句话,我喜欢蛮干,蛮干有蛮干的效果,有人好言好语不听,但这一手一般人都会吃的。

七

金龙也被安排起来帮忙,他的任务是"望风"。他傻,行为怪诞点没人在意,金龙妈就让他在这个"竖心"的岔路口待着,至于做什么,都可以。玩玩水可以,逗逗鸡也可以,就是别忘了正事,有"敌情"时发个信号。

"平安无事噢"的信号,用金龙的话回馈给里面就是:"妈,肚饿了!"这句话体现在金龙身上显得尤为经典。一般来说,傻人爱吃,傻人贪吃,傻人是吃不饱的。而金龙喊肚子饿恰巧又是"名正言顺"的。他那个什么苯丙酮尿症,一辈子就这么吃了,吃的什么呀,乱七八糟,一塌糊涂,那些特制的东西,说是食品,实际上就是药,就像掺了水的果汁,分了油的奶,索然无味,越吃肚越荒。所以,金龙时不时的这声"肚饿了",没有人会觉得突兀,而里面赌庄听起来,就像辰夜里的梆声,让金龙妈觉得踏实又可靠。

可是有一天,金龙被人家"摸了哨",赌庄被联防队端了窝。

那天晚上,联防队悄无声息地摸进了"竖心"弄堂。他们也许是接到了举报,也许是早有耳闻。一个联防队探子首先发现了煞有介事的金龙,他也装作神神叨叨地问,金龙,你在这里做什么呀?金龙愉快地回答,我妈叫我在这里放哨。探子说,放的什么哨呀?你又不是儿童团。金龙兴奋地说,里面地下党有活动,我在给他们望风。探子说,现在天都黑了,还望什么风呀,你肚子不饿吗?金龙说,我刚吃过,肚子还不饿。探子说,你那叫什么吃呀,你吃吃我的看。说着探子拿出了两个饼,三分钱一个的葱酥饼和五分钱一个的芝麻饼。黑暗里,金龙的眼睛倏地一亮,嘴里也明显地咂的一声。探子把两个饼塞给金龙,顺便也搭着他的肩走出了弄堂。等在外面的联防队蜂拥而入,像游击队员一样潜进了里面。金龙妈本想用金龙的傻做个障眼法,但她忽略了金龙的软肋是贪吃,两个饼就把他收拾了。我觉得联防队有点不厚道,和金龙的较量也不公平,更不能拿拙劣的手段欺负人,就像和结巴的人吵架,吵赢了又有什么意思呢!当然,这是我后来听说的。

我当时正在赌庄上,正沉浸在"八鸡三扣天二"的氛围中,突然断喝声响起,神兵犹如天降——都把钱放在桌上,把手倒背到脑后,乖乖的一个个走出来!就像战争片里解放军攻占了敌人老巢。大概也就是停顿了几秒钟,三秒或者四秒,突然间,电灯暗了,一暗就是我们的地盘、我们的机会。电灯是谁拉暗的不说你也知道。银龙还坐在赌桌前,他举着双手,像个束手就擒的俘虏。他是主人家,他反正逃不掉。其他人,那就听天由命了。外面有多少联防队我们不知道,但听声音弄堂里已经堵死了。堵死不可怕,只要地里黑,地黑就有希望。我的脑子里飞快地闪烁着逃跑的念头,现在躲柴仓已经不可能了,眠床下也来不及藏了,我悄悄地矮下身,往床后的便道挪去,那里通向金龙妈的屋子,也许还能在什么地里藏一藏。就在这时,黑暗里有一只手捉住我,推了我一把,把我推进了屎盆间,这肯定是一只熟悉的手,但在那一刻我已经无暇顾及了。眼前是金龙妈说的那个屎盆盖,它犹如一张凳子,接着我就嗖地跃了上去,那张"桃园三结义"的年画,此刻正像是一盏闪闪的明灯,照亮了我的前程。我撩开年画,实际上是一把扯下,后面是一扇气窗,气窗不算大也不算小,但已经足够了,我抓住窗架拼命地把头伸了出去,脚下一蹬,身体就像蛇一样游出了外面。这不是我有多大的功夫,这是我训练板凳花的结果。板凳花有一个最典型的动作,双腿一撇,身体从板凳下矮了过去,形成变防守为进攻的正面握凳姿势,这需要柔软的腿功和坚韧的腰功,有这两手,我从屎盆间的气窗上逃脱,就一点问题也没有了。

气窗外是卵石铺成的绵延小路,有一点点坡度,这告诉我它正是往山上的方向。我还记得前方有一个叫作碗瓦槽的地方,那是个长年不竭的暗井,从它的右边拐出去,像遁了地一样,就进入后山了。我飞身疾步,一下子消失在黑暗中。

八

第二天,我伏在家里不敢轻举妄动。第三天,母亲问我,你今天怎么没打拳啊?她不知道我在金龙妈那里摆赌庄、抽头薪,她要是知道了这件事,也不会让我做的,她以为我只是帮金龙妈干个重活,以为我一直就待在龙海生的拳坛上。但她知道,前日子里,有上海的跤手过来切磋过。我就说,这几天龙老司到上海回访去了。母亲说,那你怎么不跟去学呀？我说,去上海坐轮船要八块钱,你舍得给我八块钱吗？母亲不响了。

　　这天晚上,我还是去看金龙妈了,前两天风声鹤唳,我蛰伏不动,相信金龙妈也会谅解我的。

　　我走进那条"竖心"弄堂,不知怎么的,我突然有一种"方勇"去见"阿玛尼"的感觉。对,我仔细想了想,是这个感觉。这是电影《奇袭》里的一个片段:方勇带领小分队要去炸掉康平桥。这一带有曾经救过他的阿玛尼,他要去看看她。镜头回放是这样的:阿玛尼在为受伤的方勇喂食,外面传来了李匪军搜查的声音,阿玛尼赶紧藏起了方勇,阿玛尼嘱咐儿子引开李匪军,儿子往后山跑去,李匪军向后山追去,阿玛尼焦急的表情,画外,后山响起了清脆的枪声,意味着儿子被打死了,阿玛尼痛苦地揪着心,身体摇晃了一下……阿玛尼是著名演员曲云演的,她不愧为中国第一苦难大妈,她演的是那种隐忍的苦、坚韧的苦、百折不挠的苦,让人刻骨铭心。现在,回想起前天晚上的赌庄被端,我觉得金龙妈也是这样的。弄堂里布满了联防队员,门也被堵得严严实实,屋子里一片混乱,打赌人慌乱无序。就在这时,金龙妈不动声色地拉黑了电灯,打赌人训练有素的特质瞬间显现了出来,就几秒钟,毁证的毁证,藏钱的藏钱。我虽然不沾手钱物,但也在那一刻蹿到了床后,想借助便道溜到隔壁,后被一只手推进了屎盆间。这只手肯定是金龙妈,也只有她,会在这时候及时、熟悉地出手相助。也只是在几秒钟后,在一片嘈杂响亮的叫唤声中,手电照过来了,火把烧起来了,那些打赌人也乖乖地举起手,像老鼠一样被串在一起,银龙也被捉走了……我想,那一刻,金龙妈一定也像《奇袭》里的阿玛尼一样,揪着心里的痛,身体摇晃了一下。

　　现在,我敲开金龙妈的门。金龙非常老实地坐靠在自己的床上,前天晚上的端窝,和他的"失职"有关,所以他也非常沮丧,看上去像一个真正的病人。金龙妈倒是已经在桌上糊纸盒了,我知道,是光明火柴厂的火柴盒,一百个一块钱,那时候很多人在家里都做这个。我们坐着,相对无言。金龙妈只管自己做手中的生活,我也机械地看着她在劳作。想起其他打赌人的"凛然",我越发觉得自己窝囊和猥琐。我对金龙妈说,那天真不好意思……金龙妈打断我的话,说,你就是要跑的,你不能让他们抓住。我说,幸亏你推了一把,我才……金龙妈说,不说这个,应该的,我把你叫进来,是让你来帮我,帮我还让你受罪,这怎么行。她这样说了,我就更加惭愧,赶紧转移了话题,我问起银龙,金龙妈说,他没事的,反正他也就这样了,就是在外面,他有什么事好做呢?进去了我还省点心。你不一样,你是一张白纸,进去了,白纸就留下污点了。我说,那还有那些人呢?他们怎么样?金龙妈说,他们没什么,他们油得很,才不怕这些呢。我停了很久,心里五味杂陈,甚至有些疼痛。看着金龙妈利索地在糊火柴盒,脑子里不断闪现出"阿玛尼""阿玛尼",从《奇袭》里的阿玛尼,闪回到《苦菜花》里的母亲,又闪回到《药》里的母亲,都是些苦难的母亲。我说,你接下有什么事,只管说,只管叫我。金龙妈说,嗯,现在没事,我糊火柴盒也挺好,就是慢一些,图个轻松,下礼拜我又接了些尼龙袋……我深深地叹了一口大气,烫尼龙袋,我知道的,那也是个细碎的活,一分钱烫十个,烫一百个一角二。我母亲在家里也烫过。

九

我这人长相老,尽管只有十八岁,但做的都是与年龄不大相仿的事,我母亲也觉得我应该就是这样的。其实,过去的人都这样,出场早,做事大,样板戏《红灯记》里有一句话,叫"穷人的孩子早当家",说的就是这个意思。

我一生做事无数,这和我母亲有关。应该说,我母亲还是很英明的,她知道我读不了书,就早早地叫我爸准备了板车;知道我力气大,就叫我学了点武功。现在看来,这些多少还算得上是财富。比如,我步入社会后,这些财富就发挥了很大的作用。那段时间,我时常被人家请来请去,请去做什么?调解各种纠纷;为什么请我?就因为我力气大。那时候在社会上立足不靠文凭、不靠素养,就是靠力气。什么在路上被人无端地看了一眼,什么隔壁的屋檐水滴进了我家的院子,什么上坟的时间被人家抢了点,坏了彩头,这些事,都是为了一口气,都是要斤斤计较的,都是不能妥协的,于是就争吵,就打斗。但打斗又是多么的麻烦和消耗啊,这就有了请人调解摆平这一说。这是何等风光和惬意的一档事,我们被人请着,尊为上宾,说吃吃,说赔赔,如果赔出的金额可以摆一桌酒或听一场戏,那我们肯定就是坐酒席上方和坐前排中央的贵人。

可是,好景不长。1980年前后,地方上刮起了"严厉打击"的台风,"飞马牌供销员"毙了,"专刺女人大腿"的毙了,"盗撬保险箱"的也毙了,有一个还是和我做一样的营生,也是调解摆平的,不过是名声大一点,事件响一点,给他挂的牌子是"地下公安局",这意思是说,公安都解决不了的事情,他能。这不是给政府拆台吗?这还得了,一粒"花生米"就把他给打发了。我母亲说,你看你看,还好你接的都是小事,你要是和他一样,肯定也要吃花生米了!俗话说,吃坏了只用一口。而枪毙一事,一下子把我吓伤了。

尽管这样,我还是会碰到一些朋友找我做事。有人找我做托运,我犹豫,那可是要和人拼线路的;有人找我做歌厅,我担心,公安要是查来了怎么办;有人找我做拆迁,我不敢,弄不好会拆出人命的;后来,有人要找我做混凝土,这事利益更大,房产、道路、水库、机场都用得着,虽然都是些好赚的生活,但都得要通天的本事与人纠缠,与人争斗,一想起我就心慌,就气短。我母亲说,你还是少吃轻走吧。其实不用她说,我也会马上就想起金龙妈来,想起她当年在混乱中的暗助,想起黑暗中、屎盆间里及时一推的那只手。我会想,我是被金龙妈救下来的,我等于赢来了一条生路,我可不能乱来,不能随随便便地把生路挥霍掉。设想,那天晚上,在那个赌博的现场,我做"保镖"抽"头薪",这样的角色,要是被联防队抓进去,不知道会是什么样的后果,我的人生也许就被颠覆了。我也许是在劳改农场里做砖,也许在做订牌鞋;也许和狱友打架了,也许还把狱友打死了;就算我有幸从里面出来,我也无脸见人,人们也看不起我;我既找不到要做的事情,在社会上也没有立足之地;我在人们眼里就是个人渣,我母亲也早被我气死了……不管怎样,我现在还是好好的,毫发无损。本分的人,都是一生平安的,但也一定是没有出息的。说句不厚道的话,金龙妈保住了我的"名声",但也抽走了我的骨头,我再也不会好高骛远了。我母亲说,已经很好啦,很好啦。

倒是银龙,我一直也是看不明白的。那次"进去"之后,他被判了五年。给他的判词叫"聚众赌博""屡教不改",其实,我们附近的邻居都知道,他家有特殊情况。后来银龙出来了,我们都为他担心,他现在会有人要吗?他往后还有饭吃吗?但银龙似乎一点也不害怕,整天把自己打理得光可鉴人,游来荡去,一副不缺钱花的样子。后来我们知道,他机灵、聪明,在"里面"把老大伺候得舒服,老大就带出话来,要外面的朋友把银龙罩着。

这时候的社会,形态发生了很大的变化,是热闹的,也是混乱的,是前进的,也是跌跌撞撞的,风雨交加,泥沙俱下,价值观也在剧烈地摇晃。就像那句话说的:世界之大,无奇不有。偏偏就有那么些事,就是留起来给银龙这号人做的,一般人还都做不了,像前面提到的那些事,银龙都做得游刃有余,如鱼得水。从里面出来的人都这样,虽说有这样那样的"缺陷",贴了标签,有了符号,但似乎也优势明显,天不怕地不怕,胆大做将军。

现在,顺应时势,银龙又做起了"担保",就是过去的"高利贷"。这些以前被人诟病和嗤鼻的行当,现在都有了新的政策和堂而皇之的途径。但这些生意又不是政策和途径能够保障的——压在他那里的资产"满当"了怎么办?联保的关系户破产了怎么办?到期了不还钱,死猪不怕开水烫怎么办?还得靠胆量、手段、势力!前段时间,就有人借了钱玩失踪的。这种事,办法当然是很多的:软禁那人的家属、占领那人的房子、冻结那人的户头,再把他打入"黑名单"。银龙说,我们是做生意的,哪还有时间陪他玩这个啊。

他先是放出线人找那人的"玛莎拉蒂",人逃,车是没法逃的,尤其是豪车,开哪里都是个惹眼的东西。当初那人就是拿了这车的三百万发票来抵押的。三天后,线人在军分区车库里找到了那辆车。银龙就约了交警过去,带着三百万的发票把车拖了。银龙说,我有办法把他的车挖出来,也就有能力把他的人找到。我之所以没有急吼吼地找他人,还让他留在外面,就是想他还能够活络起来,活络了,他才能把钱转起来。我要是把他逼急了,逼进了死胡同,那他还不是去跳楼啊,我希望他能够领会我的良苦用心,相信他缓过劲来会来找我的。语气和意思都是斩钉截铁的。真是经历锻炼人、造就人呐。

噢,顺便说一下。前段时间,地方上号召治水,银龙甩手就捐了五百万。再顺便说一下,银龙有时候也给我照顾点生意,诸如"拖车""搬运"类似的业务。我们算有来往的。

金龙今年有六十了,还活着,也还傻,这都是金龙妈照顾得好,现在更有了银龙在经济上做后盾。医生说,这种病,没别的办法,但按时"吃药",器质上、生理上是不会有什么影响的。

金龙妈应该也有八十六七了吧,脑子身手都好,平日里喜欢窝着搓麻将,伙计是年龄相仿的隔壁邻居。她一般搓一二三,也就是说,如果设定每张是一块钱的话,第一庄一张,第二庄两张,第三庄就是三张。她一世辛苦操劳,还有这样的岁数,我只能说,仁者寿。

(原载《收获》第 1 期)

白夜照相馆

王 苏 辛

一

很多人无法想象九年不谈恋爱是个什么感觉,但对于赵铭和余声来说,这是稀松平常的。

这两个人,一男一女,彼此没有别的事情要做,除了照相馆的这点事务,也都没有什么业余爱好。余声短发,个子高,远看过去,和赵铭一样是个男人。偶尔她也会走出照相馆,在展春园西路的菜市场和超市逗留。赵铭则会把店里的地板拖得锃亮,窗户和牌匾也擦得很干净。任凭门口的手抓饼摊和炒冷面摊如何热闹脏乱,这块店面仍像是玻璃一样。

他俩来这里很多年了。尤其是余声,时间在她脸上留下许多痕迹。她的颧骨比年轻时要高,本就瘦的脸现在看起来更长了。眉毛画得很细,眉峰有些高。双眼皮打着很重的眼影,可还是遮不住皱纹。

赵铭是第一代白夜照相馆大师傅的弟子,余声在他后面来,大师傅一开始不收她,思虑良久,最终还是收了。他们以前做什么,驿城没有人知道,不过他们现在做什么,驿城人也不是都知道。

人们很轻松就能找到白夜照相馆。

它大概是这座城市唯一不需要打广告便人尽皆知的店铺。从十五年前成立伊始,它就因为收费低廉且拍得一手好全家福闻名全市。但随着照相机的普及,如今也很少有人来白夜照相馆照全家福了。除了几个老熟人,赵铭和余声哪怕一整个白天都躲在店里,也迎不来几个人。

不过,到了晚上,一切就都不一样了。

余声会在晚七点准时从超市回到店里准备晚饭。赵铭则清洗好厨具,二人像老朋友那样端端正正坐下来,面对面吃完一桌菜。八点左右,会有人开车或乘着地铁,或坐着公交车,甚至步行,来到白夜照相馆。

他们一般都很默契,彼此不交谈,坐在外间等号的时候,即使碰见认识的人,也不搭话。整个照相馆的人很多,却又心照不宣地安静着。赵铭和余声则分别记录下来访者的要求、信息,以及登记收费和取照时间。等到一圈忙完,已经接近十一点钟了。

余声会准时把店里的灯灭掉,以防再次有人敲门,赵铭则在通讯录上搜索合适的"模特"——为了拍摄那些特殊客人要求的照片。模特们一般都在外地,只在周末或者节假日集体从外地赶来,有的时候,他们二人会带着设备过去。拍好照片之后,赵铭会长时间躲在暗房。有时候,是余声长时间躲在暗房。反正不管是谁,他们总是分工明确。

因为长期的相处,他们长得越来越像同一个人。很多时候赵铭走在路上会被当成余声,而余声走在路上会被当成赵铭。当他们一起认认真真坐在店里等待客人的时候,才是分离的个体,能代表自己。不必茫然地面对各式各样张冠李戴的提问。这真是奇妙的景象。

只是这天这种景象还是被打破了。因为来了一个"迟到"的客人。

如果按照白夜照相馆的江湖规矩,即深夜十一点之后不接客,那李琅琅是绝对进不到店里的。虽然这座移民城市从来不缺新面孔,但像李琅琅这样的,确实很少见。

她身高一米五,娃娃脸,是去年三月来到驿城的,身边没有什么亲戚朋友。在旅馆住到第三个月才找到工作。做最久的一个工作是在水电站。那阵子,人们时常会在驿城大坝看见李琅琅。她的长发向后飘着,迎着城市新一波的雾霾,看起来扑朔迷离。

后来,随着新的移民渐次到来,新的猜测渐渐碾压了人们对李琅琅的好奇。那时候她已经是驿城幼儿园的一名大班老师。租住在城郊的一座公寓,每天要花近两个小时在路上。去得早,却回得最晚。时常园里最后一个小朋友被接走很久,她还在荡秋千。有时候赶不上末班地铁,还要打黑车回去。问她为什么这样,她都说是因为一个人住没意思。可一个外地女孩子,性格不算热闹,似乎不谈恋爱,没有不一个人住的道理。

——这都是李琅琅告诉赵铭和余声的。

在余声和赵铭从前拍摄的那些照片里,一般还是会有一两个和索照客人相关联的亲属朋友,只是这些亲属朋友不是老年痴呆,就是躺在床上不能动弹,或者与客人属远亲,任凭客人编造一些过往细节,也看不出什么——总之是些永远没机会到驿城来的人。他们是移民到驿城的亲眷摆在故乡的玩具,在需要的时候拿出来展示一下,不需要的时候就继续陈列着。

白夜照相馆的规矩是,客人必须无条件把自己的情况告诉他们,余声和赵铭才能拍出好的照片。可李琅琅要求很多,却没有具体的细节和一两个亲眷供参考——很难想象,这样一个各方面看起来正常的人,说她没有可仰仗的故乡,多少有些怪异。赵铭和余声淡淡地理解成李琅琅不愿意提罢了。一切记忆的伪造都是为了符合现在,过去如果是一片空白,反而更适合他们的"创作"。

"我需要十几个人的照片。有合照也有单人的,最好里面有一个老头儿,还带着个女儿。"李琅琅坐在沙发上,半截身子慵懒地埋在靠垫里,两腿则并直放着,双手不知放在哪里,只能玩着沙发边角。她详细交代着自己的需求,生怕余声和赵铭不清楚。

"还有吗?"余声职业性地问。

"我需要他们都看起来很有钱。"李琅琅一字一顿地说,"费用我会是别人的三倍。"

"下个月三号,来这里取照片吧。"赵铭说。

李琅琅没想到他如此干脆。她站起来,感觉马上走又太突兀,只好不确定地问道:"那个,你们是夫妻吧?"

"不是。"余声说。

"对不起。"

"没事。"赵铭说,"你还是快回去吧,这条街不太安全。"

在李琅琅走向门槛的时候,余声已经在手机上预约好了明天拍照的人选。

"约了几个?"赵铭问。

"十二个。"余声说,"有三个估计得来不了,要另找几个。"

赵铭听完,默默打开了道具箱。

那里面大概是传了三代人的旧衣物,有的在过去也算是高档品的。二人把它们排开,有怀表、钢笔、骑马装,还有遮阳帽以及青绿色的旗袍等。

随着新移民越来越多,这些后民国时代的物品多半用不上了。但李琅琅特别要求,自己不仅需要有近二三十年的亲戚照片,还需要七十年前的。这让储物箱里的古董们终于再次见了天日。余声把它们一件件清洗,等着第二天派上用场。整顿齐全之后,指针已经走向凌晨一点钟了。

二

李琅琅是早晨六点才回到家的。

从白夜照相馆走出来,她先是去了酒吧。说是喝酒,其实就是掺了酒精的红茶饮料。但李琅琅是一点酒精不能沾,大口吞下一杯半之后,已经快要趴下去。然而这天毕竟是个特别的日子。她挣扎着站起来,还给了酒保小费,就踉踉跄跄冲进了晚风里。

她摇摇晃晃的样子很像个小太妹，只是碍于一身紧身衣，动作幅度不敢太大。她把提包往肩膀上拉了拉，步子尝试走得稳健一点。甚至想要在路边拦一辆车。只是她手臂再努力伸直也只有这么短短一截。再努力耸肩，也只有一米五而已。她像是悬挂在街边的道具，身体埋没在路灯的背面，并跟着身旁那个长长的影子飘出了这条街。

酒吧一条街出去是更开阔的马路，李琅琅半截袖子被剩下的小半杯酒打湿，涤纶布料贴着手臂，痒痒的。她把袖子卷起来，可是又觉得冷。只是这一点凉意，倒让她稍微清醒了一点。她抖抖手，又抖抖手提包、钱夹，像是拂掉了一层灰土，紧皱的眉头舒展了一点，又再次拧成麻球。

接着，她就这样在一个打不到车的晚上放声大笑了起来。她感觉自己被丢到了一片阴影里。她站直了身体，迈着正步往家的方向走去。这大概是目前寻觅到的，唯一能让她走得稳妥的方式。她雄赳赳气昂昂地走回了家，绕过像摊煎饼一样横亘在驿城的无数条大路。如果不是全城不关路灯，巡视的警察长夜值班，李琅琅或许真的会在不久之后出现在社会新闻的滚动窗口上。但今天她还是幸运的。

直走到天光泛白，走到这条路从空旷到渐生人烟，再到被上早班的市民挤炸。她像一条瑟缩的鱼穿过人与人的缝隙，冲向她的小屋。但她还是在过红绿灯的时候迟疑了一下。她的右手在口袋里摸了一会儿，才从那团卷着的卫生纸里扒出一张陈旧的一寸照。这照片中人齐耳短发、厚刘海儿，看不出性别——这是过去的她。李琅琅把它拿起来，摆在红绿灯的方向看了几眼。接着，撕成了四半，丢进了身后的垃圾箱。接着，她插上新手机卡，编辑了一条短信：我们完了。然后她把手机卡丢掉，把手机格式化，又插了一张卡，发了一条微信：下个月见一面吧。最后，就像抛弃了生命中什么重要的东西一样，她的后背塌了下去。她大概是那一刻才真正酒醒的。在过马路的这短短几十米里疯狂呕吐。她想起昨夜并没有吃东西，只有那一点酒水进了胃里。它们翻江倒海、跋涉千里，把她最后那点记忆酸水给逼了出来。

有电动车冲到她前面骑过去,骂了一句"他妈的",便绝尘而去。李琅琅只是再次拍了拍口袋和包包的夹层,看到除了几片细小纸屑,再没什么遗漏。她知道,自己是真的空无一物了。

三

余声在早上五点听到了短信提醒。她的诺基亚老人机就摆在床头,但除了一早一晚,毫无看的心情。赵铭的短信只有六个字:今晚回家吃饭。

余声知道,这句话意味着——赵铭此次拍照一切顺利。

进入人生第四个十年,余声感到时间在变慢。尤其这几年,要不是她和赵铭接着黑单,白夜照相馆早就停业了。头头们忙着建新城区,一栋栋高楼在驿城逡巡。很多新房闲置,无人购买。有时候,余声只有在菜市场,才觉得这座城市是拥挤的。其余时候,路上塞满了人,他们和他们之间毫无关系,像两个可以随意交会的点。如果不是照相馆多年积累的一点老主顾还愿意年年来这里拍全家福,余声或许早就忘了驿城别的人都在如何生活。就像别人也忘了她。唯一与之背离的,就是她和新移民的关系,这些崭新的面孔,正以疯狂的速度滋生在城市周围,并向市中心扩散。他们来到白夜照相馆的时候,要求更多,原因也有高有低,大部分不愿意透露。刚开始为了保险起见,余声还会打探他们的事由。后来连这道程序也省了。有些人拿了照片就兴高采烈地走了,有的人拿了照片之后还会时时打电话问余声,该如何在新朋友们面前伪装。

他们总是问得情深意切,丝毫没有索照时的冷静。而余声也平淡地回说:白夜照相馆只负责照相,至于这照片能不能反映事实,而这事实又能不能被人相信,不是她和赵铭能够决定的。

最初,余声每说完这番话总陷入愧疚,后来也逐渐不再这样。她冷静地把每一个顾客归档,在每一套照片中选取一张放在照相馆陈列馆。赵铭负责照相,余声负责做旧。时间久了,照相馆修复老照片的本事在驿城周围声名鹊起。

而他们二人值得信任的理由就是,永远不会把顾客的秘密说出去。日后不管他们过得好,还是过得不好,都与二人没有关系。有人说,只要余声走在路上,总会有一些人自动与她保持距离。余声见过要去跳护城河的女青年,赵铭也看见过民政局前打起来的人,只是他们默契地选择不去揣测、询问。

只一眼,每个人都知道自己的地位。就像此刻,只一眼,余声就知道这条鱼不新鲜。不管是新死一小时,还是新死半小时,都瞒不过她。她用指甲弹了一下鱼尾,鱼儿软趴趴地沉了下去,在腥气弥漫的店铺,露出一只将死未死的眼。

四

李琅琅拿到照片的那个黄昏,刘一鸣已经在咖啡馆等她。驿城的咖啡馆没有名字,就像驿城的酒吧也没有名字。据说,最早之前,连照相馆也是没有名字的。还好驿城有无数条奇奇怪怪的街名,微信上发个位置,总还是能被找到。

那个晚上,刘一鸣就把自己所在位置发给了李琅琅。

她收到的时候恰好晚霞逐渐散去。天空显出一片灰蒙蒙的蓝色。按照惯例,喝杯咖啡,他们会去吃饭。但这天有些特殊。李琅琅包里拿着照片,感觉自己全身变得紧张又轻盈起来。

走出地铁站的时候,她看见夜晚厚实的云层背后显出一条若隐若现的金色光圈。李琅琅想要把它拍下来发给刘一鸣。但他却在这时打来了电话。

"到哪儿了?"

"新街口刚出来呢,等着。"李琅琅不耐烦地挂断,迅速拍下了这片天象。

只是手机突然信号不好,照片怎么都发不出去。李琅琅想到自己可以到了再给刘一鸣看,可她执拗地想现在发。随即她又想到自己明明是要拍照给他看,为什么又要因为他的电话不耐烦。一连两个奇怪的逻辑让她放弃了再次发送的欲望。她关掉屏幕,塞进包里。想着今天多少有些不一样,她不该这样。而刘一鸣似乎也觉得有些异样,李琅琅要告诉他什么,他并不知道。就像他搓着手时,也考虑要不要告诉李琅琅些什么。这让他突然希望李琅琅像她说的那样是个彻底的路痴,但李琅琅很快就出现了。

她打扮得并不入时,可能还有些土气。棒球服和灰白色球鞋怎么看都像是没有洗干净。尤其是那根黑色眼线,像只苍蝇一样拍在刘一鸣的视线中央。

"你和照片上不太一样。"他双手放在咖啡杯两端,右手右侧还有一袋薯条。李琅琅的视线在他两只手上划来划去,直看得刘一鸣把手藏在了腿上。

"你也和照片不太一样。"李琅琅说,"不过比视频上好看点。"

听她这么说,刘一鸣露出了大白牙。李琅琅盯着他下颌的一颗尖牙看下去,觉得上面如果沾上番茄酱会很滑稽。

"你也很漂亮。"刘一鸣局促又心虚地说,"我以为我们会有很多话可说。"

这句话说完刘一鸣就后悔了,他不该说这句话,犯了约会大忌。但李琅琅却视若无睹,她只是把一沓照片放在餐桌上。

"你上次打电话说想看这个吧。"她粲然一笑,露出两只梨涡。

这些照片除了很旧之外,没什么特别的。最后的几张总有个奇怪的小女孩晃来晃去。还有几个老头子和中年人。看起来端正又别扭,还有个老气横秋的女人,穿着过时的旗袍,肚子上鼓起一团,不知道是怀孕了,还是肥胖。

"这是我小时候的全家福,上次你说要看的。"

刘一鸣点点头,李琅琅接着开口道:"你不是有什么要告诉我的吗?"

他这次放平了呼吸。确实是有这么一回事。但是什么呢,其实也不算什么事儿,就是他需要他们有一个真正的约会,至少看个电影,运气好还去公园散散步。他走神了一会儿,感觉李琅琅的目光再次扫过来。他有些紧张,但还是开口道:"我觉得你应该认真考虑一下我们的关系。"

"这有什么难的。"李琅琅笑道,"不过照片你看完了吗?"

"看完了,只是不明白为什么一定要给我看。"刘一鸣脱口而出,而李琅琅则尴尬起来。刘一鸣只是想了解她,也并没有说一定要看照片,可除了这个,她不知道还能跟刘一鸣说什么。

"我不是驿城人,难道你没有调查预备交往对象的习惯吗?"李琅琅说。

"没有。"刘一鸣老实地回答。其实他还咽下了半截话,他也是一个移民。只是在这当口,他却没有说出那句话。他心里觉得李琅琅该洞察一切,应该什么都知道,最好什么都知道。这种回避像一块遮阳板,他视线里的李琅琅不禁逗留在阴影里。只在脸颊处显出一层金色的光芒。他不知道是台灯的缘故,还是外面路灯的缘故。或许都有。他不讲话,李琅琅也故意不讲话,他们都像是在和沉默较劲。直到刘一鸣意识到他可以把电影票拿出来。

李琅琅看出那是最近一场电影院的主题联展票。电影都还不错。从这边过去要半个多小时路程。她盯着刘一鸣看了一眼,接着站起来。把最后一点咖啡喝完。

"我把过去都交给你了。"李琅琅说,像是自言自语一样。

刘一鸣有些尴尬:"其实你也不必这样,我们总是要慢慢发展的。"

"慢慢发展?"李琅琅跳起来,"我出生于台县宋镇大石庄二组,跟母姓,十八岁搬到驿城,父母亡故,亲戚都居外地。未婚无子,无不良嗜好,无遗传疾病。你还想知道什么?"

刘一鸣哑然,这个场景他完全没有预想过。

"我知道了。"他哆嗦道。

"那我们下个月三号结婚。"李琅琅说,"你的照片,我也要看。"

五

赵铭从暗房出来的时候,已经又是黄昏了。

照相馆空空荡荡,没有一个人。就像他刚来的时候那样。余声依然忘记带手机,不过通常那手机也只有赵铭一个人会打,所以只要赵铭在城里待着,手机带不带也无所谓。他们二人,在这城里没有亲戚没有朋友,在外地也没有亲戚,没有朋友。

余声的手机有些年头了。大概在驿城刚开始流行诺基亚的时候,她就买了。那时他们的师傅已经仙逝。师傅和如今这些客人一样没什么亲眷。倒是在驿城名望很高,来了不少人送葬。花圈摆了整个厅堂。赵铭和余声赡养老师傅的事迹甚至还登上过驿城晚报。不过那期报纸太煽情,赵铭羞愧之余跑遍全城,看到有人卖这份报纸,马上就全买下来。他羞愧了很多年,始终没有娶妻。大概是因为没有家庭生活的浸淫,四十四岁的赵铭出没在驿城,仍然有种老男孩的气质,浓眉大眼,穿着卡其色布裤,或者浅蓝色牛仔裤。不管跋涉多久,都能保持裤脚的整洁,也算是很有本事。

他出去拍照的这阵子,余声又接了不少黑单。其中有几套要求拍孕妇的,让赵铭很是狐疑,这样的题材只能余声去处理了,看来下阵子看家的得是他本人了,他倒还很怀念这样的时光。

自从师傅死后,他们一向保持男主外,女主内的作风。虽然二人没有成为夫妻的可能了,但多年工作下来,没有人比他们更了解彼此。余声不喜欢东奔西跑,留在这里帮忙修片、关照店里,没什么不好。何况随着新移民越来越多,统计客人的身份是一件麻烦事。如果赵铭在店里,他们会一起统计。只是这本记事簿,大部分还是统计了余声的黑单。

在第五十二页的地方,赵铭看见她用红线标注了一个人。

这人叫刘一鸣,三十岁。要求拍摄一套三口之家,年代:一九七〇。赵铭皱了皱眉,他很厌恶拍这个时代的东西,但是刘一鸣在要求背后留了一个高出他们市价多倍的数字,赵铭不能免俗地动心了。

上一次看到这么高的价位,是七年前。那时候有一个本家来寻师傅。却不知师傅已经去世。在店里鬼哭狼嚎一番后,说必须拍一套关于师傅的照片。事后赵铭问余声这人是师傅什么亲戚,余声只说别问了,让赵铭一阵窘迫。直到现在他都记得余声仿佛写着"不可说"的眼睛。就像是这些年来打听客人身份和去向的异乡人,他们多露出急匆匆的表情,渴望知道关注人的一切,却在涉及自身隐私的时候讳莫如深。赵铭很讨厌这样的人,想知道一切,还不坦诚。只是他内心厌恶,外表仍温文尔雅。不像余声言辞尖锐地把他们一一轰走。后来,也有人出于气愤往照相馆门前送菊花,或者泼墨,甚至用卫生纸在半夜把照相馆门前搞得像灵堂一角。然,再气愤,赵铭也知道这些人断然不会使什么大招了。毕竟谁都有秘密,白夜照相馆掌握着全城所有新移民的秘密,要是比的话,谁都比不过他们。

想了这番往事,赵铭大笔一挥,把刘一鸣这一页又标了一遍红。

六

余声前脚踏出去买菜的时候,看见照相馆门前蹲着一个颓唐的男人。

这人脚下的皮鞋磨得很破了,衣服袖子都扯破了。白衬衣领口染了很多汗渍,此刻被他没顾忌地往后掀开一角,余声不由得嗅到了一阵汗味,不禁皱起眉。

她锁好门回过头,男人则已经面朝她站着。

余声吃了一吓。男人的正脸还是很有轮廓的,就是两只眼睛非常细小,像是两条缝隙。鼻子倒是高挺得厉害。

"你是给李挪照相的那个人?"

"李挪?"余声眉头皱得更厉害了。接着她想要绕过去不理这个男人。

但男人显然不这么觉得。他突然坐下,甚至把着余声的菜篮子说:"讲不清楚你也甭想走了。"

"你谁啊?"余声说,"你找谁?"

"我找李挪,也就是李琅琅,我要知道她到底把自己的档案改成什么样了。"

"你要想知道,就去找她,我们照相馆不留底,何况这照片也谈不上正规用途,大家拍着玩玩。驿城说大也不大,你要找她总是能找到的。"

说完这一通,余声觉得自己可以走了,但男人显然不这么想。

"我说完就走,她不见我,你知道多少就告诉我多少吧,反正我知道这地方,你们夫妻俩干的事儿也不是没人知道。"

"我们不是夫妻。"余声冷冷地说。

七

收拾停当之后,赵铭见余声还没有回来,便把前面几天的碗筷洗了干净。开始在家里喝茶,直到电话突然就来了,赵铭听了一句就披上外套赶去医院。

驿城的每条街都有所医院,就像驿城的每条街都有个超市一样。赵铭时常不明白,这样狭长的一条街是如何容纳这么多生活职能机构的。很多人说,在驿城住着,只要上班的地方不太远,根本不需要走远路。这里的每条街都有服装店、商店、菜市场……甚至殡仪馆。有的老人说,自己一生都没有走出过驿城的某条街,其实是可以理解的。这些街道成功地把驿城划分为一个个小社会,像摊煎饼一样在全城横行,倒是有点拉帮结派的意味。

余声就被送在街头那家医院。胳膊被缝了七八针,这会儿已经在输液,并无大碍。赵铭可以想见邻居们的议论纷纷,不过目前也顾不了这么多了。

看着余声的盐水瓶,赵铭只觉得一阵恍惚。大概是这些年太风平浪静,驿城人也心知肚明,谁都不会找他俩麻烦。"重新开始"这么诱人的情节,对很多人而言,都具备足够吸引力。只是李琅琅这桩案子,也因为她没有把自己的事情交代清楚,甚至婚礼的时候还给照相馆发了请柬,让赵铭大为光火。此时余声闭着眼,彻底让他断了追问的欲望。多年来,他们就是这样,彼此断了追问对方的欲望,所以才能活得这么相安无事吧。想到这里,赵铭莫名觉得有些难受,随着胃里中午吃的油腻食物,一阵阵翻江倒海,再结合胸闷的心情,他不禁低头对着纸篓呕吐起来。

过了一会儿,赵铭抬起头,看见余声床榻边的柜子上放着一张一寸照。有人把它撕成了四半,但能看出又把它们拼在了一起。四小等份歪歪斜斜在桌上拼成一张照片。偶尔有人开门,来一阵凉风,把它们吹得熠熠生辉。他觉得,李琅琅一定是来过了。

八

余声在黄昏来临之前执意出院,不过约定了每天下午来医院输液。

将近二十四个小时,她在半梦半醒间不断想起男人的脸。她记得,是要带他拿李琅琅的一寸照片——那是客人作为照相馆归档用的。余声破了例,男人也没有客气。把那照片拿在手机端详了很久。他个子很高,在女人堆里不算矮的余声站在他面前都像是一条中型板凳。只是余声一个未留意,男人竟然已经给了她一刀。

"你能跟我出来,肯定也想知道点她的事儿。"男人说,"她不想嫁我,可我就是要娶她,她已经是我的人,有案底在我手里,说出去不好听。可我也不想伤她,只能咬一下你了。多担待。"男人说得冷静,仿佛有十足把握余声会私了,他也没有想错。

余声想起,当年来到照相馆的那个黄昏。如果不是师傅最终决定留下她,她或许能把这里的照片偷了去卖钱,甚至敲诈勒索。只不过,她还没这样做,师傅就察觉了一切。

好人难做。师傅当时说了这四个字。余声记得很清楚,她相信赵铭也记得。她对仇恨的细节总是记忆犹新,但对恩情也没齿难忘。只是回忆到此也戛然而止了,也或许是她不愿再多想。赵铭今天没有来接她是有原因的。因为刘一鸣那套照片,要得很急。

刘一鸣个子不高,按照俗常的说法,是个很猥琐的男人。

头发没有秃顶,也穿得干净利落。甚至服装的配色和材质也够讲究。但是为什么他还猥琐呢?赵铭这样问余声的时候,她沉吟了一下回答——

"他不坦荡。"

余声这样说并不是没有道理。刘一鸣虽然穿得干净利落,但一副领带扎着,加之上半身穿了衬衣和紧身外套,整个人显得更慌乱。就像从乱颤的珊瑚里,蹦出了一条非要站直的鱼。

"她另外那个男人呢?"赵铭抬眼。

"那是个很奇怪的人。"

九

每年六月一号,照相馆都会免费给到店的前十个小朋友拍照,以示宣传。如果在往常,很少有小朋友会来。更多时候,家长们更愿意把白夜照相馆描绘成一个魔窟,作为让小朋友听话的把柄。

只是今年不同,整个下午,来了十几个,还有对双胞胎。

双胞胎的母亲不像本地人,穿着挺时髦但是不够合身的外套。说话的时候双唇一闭一开,像是闸门。戴着深蓝色的美瞳,下巴有些长,像是塞了假体。赵铭愣愣地看着她,感觉她的五官整个像是打了激素的玩物。

妇人看着他,仿佛也咬定他不会做出什么严厉的事情。开始挑剔照片的风格、背景的要求,甚至还要赵铭修片成复古效果。赵铭心里紧张了一下,虽然在他的头脑里,这并不是第一个这样开玩笑的客人,但这是白天,照相馆不允许这样的事情发生。他沉下脸,不说话。妇人也知道自己失言了,只是看着他,眼睛睁得很大,赵铭低头摆弄摄像器材。另外几个小孩和小孩妈妈看气氛不对,纷纷离开了照相馆。

这掉针的寂静只萧条了几秒,妇人坐在沙发上,自顾自倒了杯茶。三个无辜男孩也像是约好了一般,乖乖地去门口玩耍,不打扰母亲和越铭的对话。

"刘一鸣您认识吗?"妇人突然说。

赵铭立在原地不说话。

"刘一鸣——就是我老公刘一鹤,在这里照过相。"妇人开口道,"您知道的,是那种照片。我就想知道,你们这里能不能给我照那种?"

"您是驿城人吗?"赵铭问。

"不是。"妇人说,"有什么关系?"

"那我们不照。"赵铭冷冷地说,"如果您不是移民,就请回去吧。而且这个时间,不是我们接待客人的时间。"

"哈。"妇人笑道,"原来你们的要求还这么多呢。你们伪造我老公照片,冒充未婚,你们这些缺德……"

啪。

这声清脆伴随着笨重的脚步声,赵铭看见余声已经把一根长萝卜甩在了女人脸上。

"刘一鸣已经和您分居多年了,是您一直不肯离婚。"余声说,"该滚请滚。你要骂街我奉陪。"

妇人怔了一下。

"你们会遭报应的。"她边说着,边想张张嘴骂人,又看着孩子觉得不好开口。余声转过头冲他们仨微笑,他们一下又都跑开了。

打发走母子们后。余声沉沉地说:"不然我们不干了。"

"那吃什么?"赵铭说。

"总还是能维持下去啊,那些老主顾,不至于太差吧。"

"我们来这里,难道真的是继承这点'家产'的吗?"赵铭说,

"何况这是我们的家吗?"

赵铭又说:"我们拍与不拍,那些人就不会被抛弃吗?"

这句话说得余声心颤颤。她低下头,盯着自己上衣的一颗纽扣看得出神。这么多移民,他们乘着车或飞机来。也不是不能去别的地方,却偏偏选择了这里。很多事她在回避,不愿想起,也许都不是错。就像他们重塑的这件事,这些崭新的"历史"、光鲜的人,出了这扇门不会再回头看的人。他们能做的也就这样了。识破或者被罚,根本不是他们关注的焦点。

一栋栋新的大楼仍在他们面前拔地而起,他们就算洗手不干,也会有另外一些人这么做。为了守住这个行业的一些尊严,赵铭和余声居然徒生诡异的理想情怀。

十

六月过后,白夜照相馆只在下午才会开了。

随着三栋大楼起建,又有新的人来到移民办,他们有的是不远处的湖民,有的是大坝移民,还有的,是准备久居的外来务工者。他们即将入住驿城之前,多会不约而同来白夜照相馆。以前大家在深夜,现在干脆下午就开始。趁着黄昏半遮掩的余晖,显得比过去诚恳,又仿佛一切都没有发生。

余声把记录簿端端正正摆好,赵铭套上工作时穿的白褂子。

他的白褂子有一道蓝色条纹,余声的则是红色条纹。他们坐在一起的时候,就像是穿了不合身情侣装的两个中年人。最初提出这一点的是个移民小伙子。他头发微卷,鼻头很圆,说起话来有股南方口音。二人只得尴尬地笑笑,再次解释不是夫妻。

他们把每个人的信息记录好,发现任务量足可以排到年底。有几个看起来比较复杂的项目,或许得拖到春节后才能完成。但是外面浩浩荡荡的移民大军其实并没有消停。

因为长期不出门,余声并不了解外面已经堵车到什么严重的境地。有些开车来的新移民被堵在高架上,而高架之下,是不远处大坝修好后,缓缓流动的人造湖水。整个城市结构完整,再也不是他们刚来时候的样子。这真让人哀伤——世界变大了,面积却没有大,新街在建,旧路重修,也和赵铭与余声做的没什么两样。

黑压压扑过来的人们,有的并不知道:在驿城,每个人心照不宣地创造历史,甚至他们的新伙伴也是这样。那些被他们隔绝在故乡的亲人,也会以照片的形式,重新复活在他们的"记忆"中,不管那面庞多么不一样,至少他们也做了努力,让这些面庞都有个共同的名字——亲人。

只是这些荡气回肠的感情,并不能治愈余声和赵铭此时烦琐而让人厌倦的忙碌。

余声把记事簿最后一个空格填满。接着,和赵铭把这些本簿都收藏好,就像在保护自己的过去一样。但关上门的那一瞬间,赵铭听到了一个奇怪的声音。在新移民纷纷抵达的时代,这样奇怪的声音每天都在上演。只是今天多有不同。很久没开上街的洒水车在夜色里浇灌干渴的街道,尘土张开嘴,凉水浇在地下,仿佛把路面都铺宽了。衬得这声音摄人心魄。

那是一个女人发出的一长串大笑。她只有一米五,娃娃脸。她最初只笑了一声,接着又笑了第二声,等到笑罢第三声,仿佛堤坝泄洪般,无休止地笑了下去。声浪一波赶着一波,逐渐连成一片。似山丘,绵延不绝,很快就把她自己越了过去。

接着,两个男人的吆喝在后面追赶来,一个魁梧、鼻梁很高,一个像被陷害的老实人,丧气、爱面子。

路灯把他们的影子拉得很长,一条影子套上另一条影子,很快就把整条街团团围住。他俩看着他们在不远处撕扯,一动不动。余声头低得很深,臂弯似乎能把她的头颅淹没进去。她的下半身似海洋,身体在里面游动。每个人又何尝不是自己的窠臼。

"你爱我吗?"她突然像回到少女时期,"如果我们不干那件事,或者离开这儿,我们会结婚吗?"

"已经都过去了,现在这样,不也很好吗?"赵铭说。

"不好。"她眼睛闪烁,白天强硬的派头此刻全部干瘪。

"你知道的。"他温柔起来,"我们都一样,不到玩不下去的那一天,谁也不会离开这儿。"

十一

赵铭是在出发去外地拍照的上午看到了那桩街头案件。它长在报纸的缝隙里,和旁边的讣告、凶杀没有关联,也不言语,但放在一起看,仿佛是同一个故事。

赵铭一上车,就有人把早报塞给他。他的习惯是寻找上面的招聘和相亲消息。因为这些字句充满着条件。关心这座城市的条件,就是关心它的审美,让赵铭觉得自己永远和这座城市的节奏同步。

此刻,他把报纸摊在自己的腿上。盯着那则案子。

那是当街暴毙的三人,撕扯原因不详,除了其中一个长相奇怪的,另外两个都是新移民,报道上还印出这两人的名字,分别是:李挪、刘一鹤。

刘的表情怯懦,马赛克打住了他的眼。这样形态的男人在驿城时常死去,大概是因为他们太平庸,而城市需要新鲜血液,优胜劣汰,所以必须有死亡。中间那个死去的外地人,没有人说他叫什么。作为一个眼睛细长、高大巍峨的男人,放在哪里都容易被记住。因而索性也没有人遮住他的眼睛,倒是那只伟岸得像东非大裂谷的鼻子被打了马赛克,看起来触目惊心。

他们费尽心机想隐藏的,终究还是在死时被掀开。

而这条报道背面的夹缝,是轰动全市的火灾报道,涉及一整条街。

那条街长得能把驿城拦腰斩开。赵铭一旦去外地取景,还会考虑去那里喝碗咸豆腐脑。他最喜欢黄花菜和木耳。但是今天他没喝到。因为昨晚有火灾。

那个晚上,所有人都睡得死死的。火红色像从天边坠落,从地上扑腾乍起,而那一条街的人,很多都在睡梦中再也没能醒来。

赵铭想着,把报纸折成了四方形。接着撕成了四等份,放进了面前的纸篓。

汽车启动的时候,纸篓颠簸了一下。有几支急支糖浆的空瓶子在里面摇摇晃晃,像几颗坚硬的炸弹。

他对即将去的地方有期待。就像他最初来到驿城时一样。他也曾是白夜照相馆最初一批顾客。他想拍一套照片,甚至还想留在这里学这门手艺。可师傅说,必须告诉他一切,他才能留下来。当然他说了,只是并非全部的真相。那时候想要失踪比现在容易。于是他也便失踪成了赵铭。就像余声失踪成了余声。多年之后,他们也让师傅失踪了。他们接手了这里,却无法原谅对方的邪恶,最终还是不能在一起,想想真是讽刺。

有时候,因为长久的隐瞒,他已经忘记了自己是怎么来的,又曾经经历过什么让他想要忘记。只是这也不重要。他现在走在这里,就是最大的事实。

而列车背后那条长如十几条鲸鱼体魄的、火灾过后的街道,要去往哪里,在哪里结束,也跟他毫无关系。赵铭想起来,那条街其实不是喝咸豆腐脑的那条街,而是白夜照相馆所在的那条街。他想起来这里每条街都是一样的,市内铁路偶尔会穿过这样的街道,有时候还会出现和货车相撞的事件。

每条街都相似,他张冠李戴也不是一天两天了。余声也是这样。他们在迟钝的事物方面常常一致——除了昨天晚上,赵铭发现屋内起火,想要推醒她,却发现她的床上已空无一人。他早该料到了。

只是现在,这些都和赵铭没有关系了。新的故乡向他展开,不管是什么样的大陆,至少此刻看来是新的,就还不错。他清楚,余声必然也是这样想的。

(原载《芙蓉》第1期)

私　了

东　西

　　他把存折轻轻放下。黑色的方桌上搁着一本绛色,很扎眼。她没看存折,而是看他,好像他是一个陌生人,需要对他进行检测。他被检测得心里发毛,低下头,看着凉鞋里十根变形的脚趾。脚趾虽然变形虽然黑,但趾甲里没了泥垢,鞋面也还算干净,这都是进村时在井边仔细冲洗的结果。太阳快要落山了,阳光从门框斜进来,照着他们的下半身,把他们下半身的影子拉长,投射到墙壁上。墙壁上,一个腿影不动,一个腿影打闪。

　　"都十五天了,你说你们封闭。李堂封闭还情有可原,你一个种地的,谁会封闭你?"她的声音不大,却一剑封喉。

　　"能不能先看看存折?"他弱弱地问。

　　"你都回来了,李堂为什么还不开机?"

　　他不答,指了指存折,好像答案就在那里。这时,她才把目光移开。目光移开时"哗"的一声,仿佛撕去一层皮,在他的脸上留下了痛感。她疑惑地看着,那是一本新存折,新得都不好意思去碰。她的手指捏着衣襟,捏了又捏,估计把手指捏干净了,才伸出去。

　　"慢。"他忽然制止。

　　她把手缩回来,又看着他。

　　"在翻开它之前,你得有个心理准备,因为……这不是一笔小数。"

　　"才出去几天,你就把人看扁了,好像我就没见过大数……"她翻开存折的瞬间,声音突然中断,整个人凝固,眼珠子一动不动,呼吸声变得急促。

27年前,她生李堂时差一点就憋死。医生说她的心脏有毛病,能生一个还保命,已是奇迹中的奇迹。从此,她感觉到了心脏的存在。累的时候它重,急的时候它重,来例假的时候它也不轻。每次犯重,她都用右手捂住左胸,仿佛捂住一碗水,生怕一松就漏。现在,她又把手捂在胸口,说:"三层,你是不是抢银行了?"

他摇头。

"没抢银行哪来这么多钱?"

"你猜。"

她忽然感到脑袋不够用,而且头皮还略紧。她首先想到的是彩票中奖,但没等他摇头,她就自个儿摇了起来。她不相信李三层有这么好的手气,更不相信自己有这么好的命水,那么……她"那么那么",也"那么"不出其他可能,就说:"你最好直接把答案告诉我。"

"还是猜吧,答案没那么容易。"他扭头看着门外。

"再猜,我的心脏病就发作了。"

"好东西不能一口吃完,好消息需要慢慢消化。"

"没有答案,再好的消息也折磨人。"

"要不你问李堂。"

"他不是一直关机吗?"

"哦,我差点忘了。"他一拍脑门,仿佛从梦中惊醒。

"他为什么总是关机呀?"

"你先猜钱是怎么来的,然后我再告诉你他为什么关机。"

"讨厌,你都快把我急死了。"

"路得一步一步地走,事得一件一件地办,急不得。"

她重新翻开存折,看了一会儿,"这钱是李堂挣的吗?"

"你说呢?他一个单位里的跑腿,才两年工龄。"

"莫非是你捡到的?"

"我说是,你也不会信吧。"

"天老爷,"她倒抽一口冷气,撩开他的衣襟,摸着他的腰部,"你不会把肾给卖了吧?"

"肾哪能卖这么贵。"

她低头查看。他的腰部没有伤疤。他说他的肾好着呢。她直起身,"那就奇怪了,难道你傍上了大款?"

他把头扭过来,发现她的面肌开始松动,像有一颗石子砸进水面,渐渐泛起涟漪。这是严肃后的一丁点活泼迹象,是由对立走向和解的信号。他稍微放松警惕,仿佛有一根绑着的绳子从身上掉落。他说除非碰上一个刚从牢里放出来的女大款,否则我傍不上。

"你不是说你肾好吗?"

"光肾好有什么用?人家还要看皮肤白不白。"

"想想也是,谁会看上你这副黑不溜秋的皮囊?"她的脸上埋着讽刺。

"但是李堂好白,白得就像水泡过似的,一点都不像我。"

她双手一击,恍然大悟,"莫不是李堂傍上了女大款?"

"你觉得有可能吗?"

"怎么没可能?他一表人才,口齿伶俐,就是县长的女儿喜欢他,我也不奇怪。"

"有道理。"他微微点头。

"这么说我猜中了?钱是那个女大款给我们的?"

"别叫得那么难听,富二代好不好?"

"有区别吗?"

"当然有了。一般女大款年纪都偏高,但富二代年轻。我们家李堂怎么可能为了钱去傍老女人?"

"那是。我们家李堂可讲尊严啦。记得他八岁时,李侯衣锦还乡,给每家的孩子都发了一把奶糖,别家的孩子恨不得要两把,但我们李堂一颗都没要。十岁那年,罗老师把他小孩穿过的一双半旧皮鞋送给他,他硬是没接,虽然他的球鞋都被脚趾顶出了两个窟窿。"

"这叫骨气。"他竖起大拇指。

"所以,不是我们家李堂要傍富二代,而是那个富二代倒追我们家李堂。"她把存折丢到桌上。

"知子莫如母,这事还真被你猜对了,是女方主动。"

"可是,李堂他交了女朋友为什么不告诉我?这么好的事,有必要隐瞒吗?二十多天前我跟他通电话,他也只说旅游,没说交女朋友。"

"他……他想给你一个惊喜。"

"他们是什么时候认识的?"

"你猜。"

她盯住他,像盯住一个怪物,"动不动就'你猜',哪里学来的臭毛病?"

"封闭时学来的。"

"到底是谁让你们封闭?"

"你先猜他们什么时候认识的。"

"神经病。"她骂了一句,朝厨房走去。厨房的灶台上煮着一锅水,现在正"扑哧扑哧"地冒着热气。她往热水里倒了一筒米,用铲子在鼎罐里搅了搅,把多余的水舀出来,然后从灶里抽出两根柴,让小火慢慢地焖饭。他走进来,倒了一碗凉茶,"咕咚咕咚"地喝下。喝茶声比脚步声还响。她扭过头来,"喂,这么多钱,你打算拿来起房子还是存定期?"

他抹了一把湿漉漉的嘴角,"你猜。"

她用手指点了一下他的嘴巴,说:"你能不能不说这两个字?"

他不动,呆呆地立住,看着正前方。正前方一片虚焦,他什么也没看见,只是摆了个看的样子。她扳扳他的下巴,又拧拧他的面肌,但他始终没动,好像变成了植物人。她用力捏他的鼻子,说:"你怎么变傻了?李三层,你是不是吃错药了?"

"你猜。"他还没转过弯来。

"猜你为什么变傻吗?"

"不,猜他们是什么时候认识的。"

她抽了抽鼻子,扭过头去,揭开锅盖。饭还夹生,于是把刚才抽出来的那两根柴又塞进去,灶里多了一抹火光。她走到洗手池,洗了洗手,又抹了几把额头上的汗,看见他还在原地站着,就说:"李三层,我算是服你了。"

"光服不行,还得猜。"

"笨蛋,他们不是三个月前认识的吗?"

"为什么是三个月前?"

"李堂回来过春节时,没说交女朋友,现在突然冒出个富二代,不是春节后认识的那会是什么时候?"

"没想到你还能推理,原来你不傻呀。"

"你妈的,到底是你傻还是我傻?"

"猜。"

"这还用猜吗?"

"时间是猜对了,但你还没猜他们是怎么认识的。"

"老娘没这份闲工夫,改天我直接问李堂。"

"也好。"说完,他转身走出去,走到堂屋,走出大门,一直走到汪槐家,他才发觉自己的手里还拎着那个茶碗。

他逢人便说"你猜"。全村人都知道他变傻了,但谁都不知道他是如何基因突变的。她背着他天天拨李堂的手机号码,但电话里天天都是那个声音:"该用户已关机。"

"李堂为什么还关机呀?"夜深人静的时候,她用手指戳他的后腰。他翻了一个身,"你先猜他们是怎么认识的。"

"说话当放屁。你说过只要我猜出钱的来历,就告诉我……"

"可当时你没乘胜追击,过期作废,现在我得加大问题的难度。"

她踹了他一脚,"你没傻,你是癫。你是被钱吓癫了。"

"必须承认,钱不是个好东西。"

"可一旦缺钱,你什么东西都不是。"

"唉……"他长长地叹了一口气。

她抚摸他的身体。她已经好久没抚摸他了,感觉他的肉越来越少,骨头都多得有点刺手了。她说:"我对你好不好?"

"没的说的。"

"那你为什么还让我猜这么多问题?你知道我最怕动脑筋。"

"我是想让你分享他们的幸福。"

"他们幸福吗?"

他点点头。即便是在黑暗中,即便都平躺在床上,她也感觉到他点了点头。她看着黑乎乎的天花板,脑海里一片花花绿绿。她说:"他们是怎么认识的?是在公交车上或是火车上?既然要认识,总得先有一个地点吧?"

"人家是富二代,既不坐公交也不坐火车。"

"那就是自己开车喽。"

"还用说吗?"

她的脑海浮现一辆小汽车。太好的汽车她想不出,拼尽脑力,也只想象出一辆像王东帮人拉新娘那样的。汽车在她的脑海里"呼呼"地飞奔。她说:"有一天……富二代开着一辆很贵很贵的车,在十字路口等红灯,忽然看见我们家李堂从斑马线走过。你想想李堂那身材,想想他的大长腿,只要往人群里一站,就相当于杉木站在茶林,马上就能吸引别人注意。我要是那个开车的姑娘,眼睛一定会发亮,心里一定会发烫……"

"我认为除了身材,她还看上了李堂的气质。"他打断她。

"还有才华,你别忘了,我们家李堂语文经常在班上考第一。"她说。

"然后呢?"他期待她往下讲。

"那个富二代叫什么名字?"她问。

"叫……叫,叫丽莲。"他"叭叭"地拍着脑门。

"没姓呀?"

"姓马。"

她看着黑乎乎的天花板,仿佛看着城市的街道,"当马丽莲一看见我们家李堂,就觉得过了这个村便没那个店,她不想让机会溜走,跳下车,拦住李堂假装问路……"

"不可能。十字路口不能停车,她走人那是违反交通规则。"他反驳。

"人家一个有钱人,还在乎交通规则吗?大不了罚款。我跟你讲,人一旦爱上人,跳火坑都愿意,更别说跳车。"她争辩。

"那车怎么办?"

"让警察拉走呗,想要就第二天花钱去取,不想要就让它烂在停车场。"

"你不是说车很贵很贵吗?"

"对有钱人来说,贵算什么?感情才重要。"

"也是。她不跳车,怎么能体现我们家李堂的魅力?"他认可这个答案。

但是她忽然产生疑问,"难道李堂不会拒绝吗?"

"为什么?"他张大嘴巴。

"万一她长得不漂亮呢?李堂可不是那种只爱钱的人,他不会因为金钱降低对外表的要求。"

"恰恰相反,她长得太好看了。"

"为什么不带张照片回来?"

"说好要带,临出门又忘了。"

"她长得像谁?有她未来的婆婆好看吗?"

"好看一万倍。"

她用力掐了一下他的大腿。他竟然没喊痛。她说:"这是哪世修来的福?李堂竟然交了一个既有钱又漂亮的姑娘。"

"而且还是倒追,"他赶紧补充,"早上,马丽莲开着豪车送李堂上班;晚上,她又开着豪车把李堂接到家里。"

"他们住在一起了?"

"可不是吗?李堂直接住进了马家的别墅。"

"也就是说他们睡在一块儿了?"

"你猜。"

她沉默。她的沉默让夜晚安静,安静得可以听见虫鸣,听见丝丝的风声,甚至还听到一两声狗叫。她说:"这么重大的事,他也不征求我们的意见?"

"当初我们睡在一起的时候,你征求过你妈的意见吗?"

129

"讨厌。"她又用力掐他的大腿,他还是没喊痛,好像肌肉是塑料做的,和他已没血肉关系。她沉浸在想象中,呼吸变得越来越均匀,很快就睡着了。不知过了多久,她突然"嘿嘿"一笑。他睁开眼,天色已白。晨光从窗口射进来,照着她酣睡的脸庞。她竟然在梦中笑了,这是多少年都不曾发生过的美事。

有那么几日,他们忙于农活,把李堂的事暂时抛到脑后。小暑那天下午,他们决定休息。人一休息,脑袋就放空,脑袋一放空,许多事就奔涌而至。她说:"李三层,你这个骗子,几天前我猜出了他们是怎么认识的,但你却没告诉我李堂为什么不开机。"

"那还得往下猜。"他说。

"凭什么?"她说。

"因为你没抓住机会。"

她转身进了卧室,开始收拾行李。他跟进来,问她想干什么,她说:"既然电话打不通,就得亲自跑一趟,我想李堂了,也想提前看看儿媳妇。"

"他们不在城里,他们出门了。"他说。

"怎么会出门一个多月?而且还关机。"她一屁股坐在床上。

"因为他们要享受两人世界,不希望别人干扰。"他坐到她的旁边。

她用手指点他的脑门,"你呀你……真是个闷葫芦。这么好的事,为什么不一锅端?而像挤牙膏,挤一点,讲一点。"

"我要是一次讲完,今天就没的讲的了。什么事都是一个过程,讲慢点,短的显得长;讲快点,长的显得短。"

"他们去这么久,是出国旅游吗?"

"你猜。"

"猜你个头,再猜我就私奔。"

"可是,我已经给自己定了一个规矩,你不猜,我不讲。"他扭头看着窗口。

一只鸟飞来,落在窗台,好奇地看着他们,但几秒钟之后,它又飞走了。他们的目光追着那只鸟,那只鸟拐弯了,他们的目光没拐,而是直直地落到天边。天边,刚刚还洁白的云朵现在全变成了彩霞。落日悬在远山,像个句号。

"一个月,如果不是出国,那他们就是自驾或是徒步?"现在她才发觉不想猜只是表面现象,其实骨子里充满了好奇。

他摇头。

"难道是豪华游?"她问。

"差不多了。你想想'游'字的偏旁部首吧。"他提醒。

"三点水,他们是在水里吗?是坐轮船。"她预感自己找到了答案。

他点头。

"是不是在海上?"

他摇头。

她一拍大腿,"我想起来了,李堂好像在电话里说过,他要去看长江。"

他点点头。

"哈哈,我终于猜对了。"她高兴得像个刚刚考了一百分的小学生。

"他们订了一个豪华包间……"他忍不住。

"别,还是让我来猜吧。"她制止。

他看着她。她看着窗外。她满脸笑容,这个迟到的消息让她兴奋,激动,好像豪华游的不是李堂,而是她自己。她说:"游费是马丽莲出的,李堂一个穷小子住不起豪华包间。这么说马丽莲真的喜欢我们家李堂,否则她舍不得花这么一笔大钱……"

"她对他好呀,一有空就给他按摩。"他说。

"还三天两头给他炖鸡汤。"她说。

"她给他买了好多好多名贵的衣服。"

"我知道了,上船之前,她肯定还是个处女。他们之所以要豪华游,就是想在船上入洞房。"她有一丝得意。

"你是怎么知道的?"他暗暗佩服她的想象力。

"我猜的。"

"八九不离十。"他说,"一天,船到了中游,两岸的山越来越好看,他们拿着手机来到船边自拍。自拍是什么你知道吗?"

她点点头,"就是举着一根长长的杆子给自己照相。"

"照了几张,马丽莲都不满意,她就坐到栏杆上。不巧,一阵强风刮来,船身一斜,马丽莲掉了下去……"

"啊……"她倒抽一口冷气,"快救她。"

"她在翻滚的江水里挣扎,不停地喊李堂李堂。她的头发乱了,衣服湿了,眼看就要沉下去了……"泪水盈满他的眼眶。

"快去救她呀,李堂。"她攥紧双手,仿佛就站在船边。

"采菊,情况这么紧急,你说救还是不救?"

"救,那么好的姑娘,如果不救,我们会一辈子良心不安。"

"我就知道你是个善良的人。"他抹了一把眼眶,"李堂也是个善良的人,他几乎没有犹豫,就咚地跳到江里去救她。可是李堂忘了,我们也忘了,他……他不会游泳呀!"说完,他放声大哭。

她一愣,身子一歪,往床上倒去。他双手接住,把她搂在怀里。他紧紧地搂住她,一直搂到深夜,她才醒来。醒来时,她长长地叹了一声,"天哪……你怎么不早说呀?你要是早说,我还能见儿子最后一面。"她一边哭一边捶打他的胸口。

"不瞒你说,因为台风,整条船都翻了,死的不光是我们家李堂。你要想开点,这是天灾,不是人祸。"

"那你为什么不让我去见他最后一面?"她继续捶打着他的胸口。

他一动不动,"几天之后,才把他们打捞上来,全都认不得谁是谁了,我怕你受不了刺激。"

"那马丽莲呢,她活着还是死了?"

"你猜吧,采菊……"

她的哭声停了一下,接着是更揪心的哭,"马、马丽莲根本就不存在?"

"对不起,采菊,我只不过是想减轻一点你的痛苦……"他的泪水滴落在她的泪水上。

(原载《作家》第 2 期)

抒情消亡简史

周嘉宁

青决定要带年轻女孩去见杨以后,思索了一会儿(甚至没有超过五秒钟),便坦白说她和杨曾经交往过,那是几年前的事情了——四年,她仔细想了想。年轻女孩轻轻耸耸肩,看得出来她对谈论感情没兴趣,于是青便也抛开了想要就此聊聊的念头。

去年冬天,年轻女孩委托朋友主动联系青。她当时在一间法国人的公关公司上班,促成了青和一个指甲油品牌的合作,用青的三张小画做了一套限量版指甲油的包装。她们之间的沟通都是通过电话,照理说这种来电会让青感觉尴尬,主要因为她不习惯谈论钱,但是年轻女孩逻辑清晰,语气里有着不容推托的确凿。这件事情让青轻松赚到了一笔不错的钱。

接下来年轻女孩又找过青两次。春天,她邀请青参加音乐节,她认为青应该多出来认识一些人,青没有去。初夏,一个快消类的服装品牌通过年轻女孩找到了青,希望青能帮忙设计周边产品。这本身没有什么问题,而且收入也会非常可观,但是合作方要求到青的画室(也就是她的家)拍摄宣传片。当时青的老狗得了重病,她想以"狗的年纪太大,不太欢迎陌生人"为理由拒绝,最后却被年轻女孩说服。拍摄进行得很顺利,狗难得提起了精神,还留下了温柔的合影。

等这些事情过去以后,青想要请年轻女孩吃顿饭,或者买件礼物给她。但是年轻女孩说不用客气,她自己也因为青的事情赚到了不少钱。于是青想,原来年轻女孩并不想要和她成为朋友。

但是不久之后,年轻女孩主动约青一起午餐。青提议不如再叫上年轻女孩的一位同事,那位同事跟进了整个拍摄过程,帮了不少忙。但是年轻女孩说她想要一场单独的谈话。

她们约在一间喝早茶的广东餐馆,是年轻女孩选的。气氛杂乱,工作日的中午,周围都是在谈论股票的中年人。她们要了肠粉,蒸排骨,虾饺,蔬菜,两只乳鸽。"会不会太多。"年轻女孩嘀咕着又要了一碗艇仔粥和一壶铁观音。

年轻女孩穿着一件浅蓝色的男式衬衫,她把短短的头发全部往后拢,露出一张干净的脸(如今杂志上最常见的时髦长相)。单眼皮,眼角下垂,给人一种近乎冷漠和天真之间的印象。宽肩膀,骨头长得匀称好看,尽管坐着,却看得出个子很高,像刚刚度过青春期的男生。她比青想象中——嗯,青其实并没有想象过她的长相。只能说她的长相和她表现出的性格之间没有任何冲突的地方。

青穿着平时在家工作时穿的黑色T恤和牛仔裤,和年轻女孩相比,她反而因为一种标准化的好看而失去了可辨别的特征。更年轻的时候她被笼统地称赞为美,这种美到现在也没有消逝,反而被时间强调得更加明显。然而,她到了这样的年纪,觉得美毫无意义。这种想法无疑也干扰了她的创作,却令她以进入另一种焦虑的方式摆脱了原有的焦虑。她看着年轻女孩想,真是很难分辨比自己小十岁以内的人之间的差别,年轻女孩比她小十一岁,也被她纳入这个范畴。但是反过来,一定是不成立的。对他们来说,每一年都是差别。

青以为年轻女孩有新的工作想找她谈,毕竟她们的交往仅限于工作。和年轻女孩聊天是令人愉快的,她有许多令人赞赏的品质。比如她从不阅读星座专栏,又比如她非常爱钱,也很习惯于谈论钱,但是她没有参与炒股,也就是说她不赞成投机取巧的事情。尽管她仿佛对现在的工作有些不满,却从未抱怨。因为她的不满并不来自于外界的现实问题,而是来自于她对自身边界的探寻。

结果年轻女孩却只是和青说起将要与母亲去香港旅行。她问青哪里能找到好的二手书店，她想买进口杂志和设计书籍，她也希望青能推荐几间好吃的饭店。青尽力回忆起那个黏糊糊的城市。她去过四五次香港，或许更多，却没有留下什么清晰的印象。太吵闹，马路上的人没有礼貌，室内的冷气又打得太足。但她还是推荐年轻女孩去湾仔的星街，她曾经在那里一个朋友的家里住了大半个月。需要走一段上坡路，但是干净，植物很好，咖啡馆也不错。她推测年轻女孩会喜欢，可也说不准。听说南丫岛不错，还有大奥那边的渔村。青都没有去过，她自己对旅行一点不感兴趣。蛇羹很好吃，还有一间米其林一星的路边摊，但是她忘记名字了。年轻女孩说没事，她可以回家查查。

接着年轻女孩说端午节的时候，她和朋友去了附近的一个岛上看海。沙滩很烂，但是海鲜很好吃，贝壳在火上烤到自己爆开。结果回来的第二天就拉肚子。青问她海岛在哪里，她说是嵊泗附近的小岛。青说她几年前也和朋友说好要一起去，结果碰到台风，后来便没有再想起这件事。

"其实是因为我一个月前辞职了。"年轻女孩说。

"诶？怎么没有听你说起过？"

"本来觉得没什么可说的。但是最近又焦躁起来。"

"焦躁什么？"

"你二十五岁的时候在做什么？"

"十年前啊——我从日本念书回来，什么都没做，身边朋友的境遇也都差不多，纷纷打着散工，于是我们就整天在一起玩。这样的情况断断续续持续了三年，也可能更久。"

"有什么好玩的？"

"也没什么具体的内容。但能够肯定的是，那是一段真空到烦恼无法存活的状态。有短暂的伤感，不过称得上是烦心事的，一件都没有。"

"不用担心没有钱吗？"

"不记得了。画画的年轻人都没有钱。后来当大家情况都好起来以后，有人把当时的贫穷作为印记来强调。但是我一点也想不起来了。二十五岁不玩的话,还能做什么呢,什么都做不了。"青认真思索了一会儿,"哎呀说到这儿想起了居易·德波,写了《景观社会》的法国人。"

"听说过。"

"五十年代他提出不要工作。我们都认为他说的就是让大家喝酒,写作,看电影,用怠工来抵抗堕落的社会。因此我们中间很多人喜欢他,觉得我们整日玩耍,其实质却是在抵抗和革命。当然我们那会儿太年轻,并不知道无所事事是需要天赋异禀的。而我们所做的一切与抵抗也好,革命也好,丝毫没有关系。我们生活在二十一世纪初的中国,甚至连失望都没有。失望是后来的事情。"青停顿了一会儿说,"嗯,失望是很后来的事情。当时我们风华正茂呢。"

"你可真是一个奇怪的人。"年轻女孩轻松地笑起来,耸耸肩。

走出饭店的时候,外面突然下起了暴雨。她们都带了伞,但是雨太大,无法步行到地铁站,也喊不到车。年轻女孩说不如去她家里躲雨,也可以喝杯咖啡,她家就在马路对面的弄堂里,只要跑几步就到了。于是她们各自撑着伞,冲进雨里。年轻女孩跑得飞快,青跟在她身后,电闪雷鸣,马路上既没有车,也没有行人。

直到门口,年轻女孩才顺口提起说,还有两个朋友在家,但是没有关系,他们在录歌,不会互相打扰。青感觉冒失,不过这种时候说要走又显得有些不成熟,而成熟是她理应具备的品质。年轻女孩解释说这两个朋友都和家人住在一起,所以想要干活也好,想要玩也好,都会来她家里,他们几乎每天都会见面。

这是一幢老式公寓,厨房是公用的,楼下有个不错的小院子,走进楼道就闻见一股霉味,年轻女孩住在二楼。所有的老式公寓都有相同的问题,地处市中心,外面看起来很美,绿化也很好,四季分明,里面却腐坏了,过分潮湿,而且通常都有鼠患。除了原住民之外,最多的租客就是年轻人和喜欢法租界的外国有钱人(有些内部改造过的公寓租金高得吓人),青的朋友中间既有前者，也有后者。但是不管怎么说，她很久没有去过他们中间任何一个人的家。

两位朋友是一个胖男孩和一个瘦女孩。男孩戴着黑框眼镜，穿着深粉色的T恤衫。他有些拘谨地自我介绍说正在哥伦比亚大学念新闻专业，暑假回来正在做一个采访项目。他说话飞快，语气里有种缺乏经验的急促和羞涩。他有时候转过头去和另外一个女孩说英文。女孩个子高，有张叫人印象深刻的脸，是杂志里常见的另外一种时髦长相，穿着小号的牛仔衬衫和同样颜色的长裤。她帮大家做了咖啡，半途起身接了男朋友打来的电话。

男孩得知青的名字以后顿了顿。青担心他要谈起自己的画（确实她有时候会遇见知道她的年轻人，在有限的范围内她算得上是非常出名），但是男孩接着说，他常常听年轻女孩提到青。青松了口气，这种时候谈论起自己的画只会叫人尴尬。而且她觉得年轻女孩并不喜欢她的画，尽管她们之间的工作都是基于这些画，但她们从未谈论过画本身。这也是青喜欢年轻女孩的地方，仿佛她能够清晰地察觉到作品的问题，因此选择闭口不谈。

嗯。青的作品里自然有一些难以言喻的动人，笼统说来，那种动人大致就是不断受挫的天真。尽管她的进步已经变得非常有限，但是她从未停止过对精神世界的建设，或者说小修小补。她有自己的标准，才华也没有如大部分人一样受到时间的折损。然而对她来说，才华毫无意义。她追求的是自己无法描述的东西。与其说是迷惘，不如说是失望。她能够清晰地看到那件东西——或许能被称为是彼岸的冒险和滩涂——是无法获得之物还是无法抵达之所并不重要，甚至是名词还是形容词也不重要。她的问题是，她无法描绘它，哪怕是最笨拙的临摹，一切试图记录的形式都是失败的。她的停滞便是缘于这种他人（尤其是观众或者读者）根本无法理解的失败。

青喝了一口咖啡，放松地打量起这个房间。房间很小，但是没有任何多余的家具，所以显得并不拥挤。地上叠放着两张床垫,没有桌椅。床头柜上放着电脑和迷你音箱。地上铺着一小块灰色地毯。没有衣柜,衣服都整齐地挂在架子上(数量也非常有限)。没有厨房,洗手间很小,无处容纳的洗脸池被安置在了床垫旁边。

女孩接电话的时候,他们讨论了一会儿《夏日的酒》哪个版本更好听。男孩说他更喜欢拉娜·德·蕾和她男友翻唱的版本,因为更迷人,像个幻觉。然后他征询青的意见。青不知道拉娜是谁,于是说她更喜欢南希的原唱。年轻女孩表示同意,她对青说,"如果我们出生在同一个时代,我们应该是一样的人。"青喝完两杯咖啡,抽了一根烟。男孩也陪她抽了一根。他们始终没有开始录歌,正兴致勃勃地讨论着待会儿去哪里吃日本拉面。

然后雨变小了。年轻女孩建议青不如趁现在去喊车,很难讲待会儿雨会不会变大。青尽管起身开始穿鞋,却冒出如果和他们一起去吃拉面或许也不错的念头。但她很快抛开了这个念头,拿起自己的雨伞。

青在回家路上想起来刚才那个女孩是位模特,她总能在杂志上见到她,不过她和照片里看起来就像是两个人,不是因为脸,脸的话,并没有差别。青还想起一些几十年前的事。很模糊。但是她觉得从具体的细节来说,和现在也并没有多大的差别。

之后年轻女孩没有再联系青,青却不时地想起她来。

这段时间里青交了好运。先是一位德国的收藏家联络她,她在日本的一次群展上看到了青的作品(因为要照顾老狗的缘故,青并没有出席开幕式),想到她的工作室坐坐,并且看看她更多的作品。这位德国女人的助手第二天再次回来,购买了青的五张旧作,这件事情在圈内引起小小震动。接着青接到更多的展览邀约,她拒绝了三个,其中有一个是在伦敦的个展。因为她确实拿不出那么多作品,尽管她很勤奋,但是她是个非常缓慢的画家,而且目前她的工作完全停滞了。她坚持认为此刻旧作的风靡是出于投机和功利,说到底附庸者只对他们根本就不欣赏的成功感兴趣。这些令她感觉羞愧，反过来更提醒着她，她心中无法描绘的——（嗯，她不知道那究竟是名词，形容词，还是动词。）

和公关的相处倒是令人放松的。大众向来不明就里，从某种意义上来说，甚至显得冷酷无情。青习惯于这样的冷酷，她从不需要与他们谈论创作，但问题是她觉得谈论钱也是非常为难的事情。

有一天朋友建议她找一个经济人，一个值得信任并且能够保护她的人。青立刻想到了年轻女孩。于是她毫无迟疑地给年轻女孩打了电话。

年轻女孩表示非常感兴趣，而且她认为青确实应该更好地经营自己。但是她也诚实地表示，她对于画廊方面的事不了解，需要做些功课。另外虽然她辞职了，却和几个朋友合开了一间小型公关公司，代理一些国内的服装设计师。因此不管是哪件事情都无法全部占据她的时间。

"既然你们交往过，你们俩自己谈会不会更好？"
"不不。我没法和他谈工作，工作让我们彼此失望。"
"哦。这样啊。"
"但他是个好人。可能有时候会表现得很蠢，运气也不太好，但他是个好人。"
"你想帮他吗。我总得知道你的意图。"
"他说有个项目。但是他向来对我的画不感兴趣，所以我想可能是其他的事情。如果能帮忙的话当然是想帮他的。"
"但是我也不会让我们自己吃亏。"

青提前二十分钟到达餐厅时，年轻女孩接完工作电话刚刚出门。她总是会迟到一会儿，但是程度又保持得非常合理。这是一间改良过的川菜馆，杨挑选的地方。年轻女孩出现的时候拿着伞，她说外面下雨了——"为什么我们每次见面都下着雨。"——她穿着一件浅色针织背心，黑色的长裤和高跟鞋。头发照旧利落地拢在耳朵后面。显然做了准备。青想,即便是杨也无法判断出年轻女孩的年龄。

"今天你看起来不太一样,怎么回事?"年轻女孩坐下以后却探究地看着青,发出这样的疑问。

"诶?大概是因为用了一点唇膏。"青说。和年轻女孩子不同,青依旧穿着工作T恤。杨不喜欢她这样的打扮,认为她凡事都过分谦逊谨慎,视自己的美为无物对杨说来是一种不合时宜的天真。而青则倾向于故意给人留下"我什么都不打算干"的印象。

"哦,是你的眼睛,你的眼睛闪闪发光的。"年轻女孩继续看着她。

尽管青知道她的语气里没有丝毫指向性(指向杨)或者讽刺,依然感觉不好意思。为了转移话题,也为了让接下来的谈话顺利进行,青再次向年轻女孩强调了一些事情——杨是一个非常好的人,但并不讨人喜欢。他向来以礼貌,文艺和冒险的标准来要求自己,却给人留下暴躁,无趣和功利主义的印象。他喜爱一切漂亮的事物,崇拜年轻人,又不由自主地表现出盲目的热情和目空一切的顽固。这些外界的偏见全都是对的,而且他自己浑然不觉。要命的是,如果一个人能够把偏执的部分发挥到极致,或许也会以另外一种形式将世界击溃。然而,他又被过时的理想和自以为是的情怀折磨,彻底乱了分寸。

年轻女孩问,那么杨的画廊目前经营状况如何。

从表面看起来还行。去年策划了一个项目叫"买得起的艺术",笼络了一批不错的年轻艺术家。项目反响不错,作品却卖得不好。他太容易受到周围人的影响,丧失自己的判断标准。但他靠贩卖廉价的艺术周围产品赚到不少钱。

年轻女孩又问,那和他说话的时候要注意些什么。

嗯。青想起有一天他们坐在车上(那辆旧的黑色丰田雅力士去年终于被青卖掉了),青开着车,杨坐在副驾驶位上。他们正穿过一座长长的跨江大桥,横风吹得很厉害,青不得不使劲握住方向盘。杨放着一张他喜欢的唱片,可能是斯汀或者治疗乐队。然后他打开车窗抽烟，询问青是否闻见了江水的气味（或许是长江）。他已经尽力表现温柔，但是温柔也折磨着他。

青正在思索如何把这句话的意思准确表达出来，杨来了。

杨穿着一件长袖白衬衫，袖口挽起来，露出一截结实的小臂，下面穿着牛仔裤和球鞋。他很少在穿衣上花费心思，所以终年都穿基本色的衬衫。他所有的衬衫都很昂贵，同时他的日常生活却保持着一种九十年代大学生式的清简。而且在他人生的大部分阶段，他都是单身。

"好累啊。"杨说着把双肩包放在旁边的椅子上。

青给他们彼此做了介绍——之前她在电话里和杨提过，会带上自己的合作伙伴，不知为什么她无法说出经纪人这个词语。尽管她知道这一套语系对杨来说非常管用。年轻女孩耸耸肩，没有显出热衷于参与这场对话。但是青知道，年轻女孩身上有种迷人的东西，令人不由想要讨好她。

接着他们为了避免最初的尴尬，各自研究起菜单。杨提议每个人选自己想要吃的菜。青让年轻女孩替她决定，她对食物不热衷也不挑剔。于是年轻女孩不客气地要了炖牛肉，豆瓣鱼，两份凉菜。杨只选了一个蔬菜汤和一碗豌杂面。青又多要了一份蘸水豆腐。青和年轻女孩都没有吃饭时喝啤酒的习惯，于是杨自己要了一瓶冰啤酒。

"这家店是……开的。"杨说了一位插画师的名字。

"诶？大家都在开店呢。我听说老周又开了个面馆，就在他原先酒吧的旁边。"青说。

"酒吧快不行了，现在没有人看现场演出，新出道的乐队大多哗众取宠。"

"也不完全是这样的。"

"噢，年轻人发话了。大概我们都是过时的老派人。现在你们都听些什么乐队呢？"

年轻女孩没有接话，点了根烟，于是杨也点了一根。

"哇，你抽牡丹唉，特别酷。"年轻女孩说，她自己抽的是白万。

"现在很少有餐厅能够抽烟了,就连现场酒吧都弄了吸烟室,世界变得越来越不好玩。"

"画廊现在怎么样?"青出于礼貌提问。

"别提了。园区现在被那些国外回来的富二代搞得乌烟瘴气,还有那些打橄榄球开摩托车的家伙。游客,整个园区里到处都是游客,闹哄哄的,导致房租不断上涨。五年前最早进驻的那批人都走得差不多了。这期间先是和政府的人协商,现在又被乌泱泱的商业概念挤压了生存空间。"

"打橄榄球的?你是说那几个设计师的男朋友吗?"年轻女孩问,"他们每个周末都在体育场训练,确实是一群招摇的家伙。"

"是啊,你看,时代突然就变了。还有投资人。投资人一夜之间都被洗脑了。没有人再对传统的画廊经营方式感兴趣,太缓慢,他们想要集体抛弃。园区的咖啡馆里他们都在谈论互联网思维,不管是谁都想涉足知识产权,但不是我们概念中的知识产权。听那些完全不懂英语的人谈论 IP,只会产生愤怒感。操他妈的。"

"嗯。"

"亲爱的,每个人都被席卷于浊流中。要不就是生活在自以为高雅的绝望里。"

服务员端了菜上来。杨打开了啤酒。年轻女孩说她饿坏了,大大方方地吃起了牛肉。一边惊叹非常好吃。"真是太好吃了!"——谁都没有想到一个插画师开的餐厅竟让餐客们使用了如此简单的形容词。而其他大部分设计师都在装修上花了太多心思,哪怕如此,有些细节他们还是永远搞不定。比如说餐桌之间适合交谈的距离,灯光要不太暗,要不太亮,永远在投诉的隔壁邻居。有一回青在一个咖啡馆的露台上喝酒,晚上九点(并不算很晚)被愤怒的隔壁居民泼了一盆水,所幸大部分的水都洒在了隔离绿化带上。

杨吃了一口鱼,太辣了,他说着放下筷子,掏出手机。

"我刚刚给N打了一笔钱,他的电影现在在众筹阶段。当然都是他女友在操作这些事情,他女友是联合制片人。院线的排片少得可怜,只能靠自己出钱。这是他们最后一场众筹放映了。"

"你总是这样,一边反对谬误,一边又不断地参与到谬误中去。"

"哦,我还以为你会喜欢那部电影。"

"排不上院线是正确的,根本不是值得一提的电影。为什么这些人还在津津乐道于上一个时代的故事,九十年代的青春,为什么我们依旧要对九十年代的青春感兴趣。都是陈词滥调。相似的痛苦,折磨,全部都不值一提。为什么还要反复去说呢。"

"可是你不也在画这些东西吗,相似的痛苦,相似的折磨。你也是在重复。"

"所以我不画了。没有意义。"

"没有意义。我是一个会反省的人,所以我停止了。"青又重复了一遍。

三个人沉默了片刻,青也点了一根烟,只有年轻女孩还在吃东西。她把凉拌牛肉里面的牛肉都挑光了,剩下一大把香菜。然后她说这儿的音乐真好听,听了让人想要跳舞。昨晚上她和朋友跳舞跳到早上四点,接着他们又去了她家里聊天。真累啊。但是尽管如此,她大口吃着食物,看起来却有种少见的郁郁寡欢。

"你从来没有喜欢过我的画,是吧。"

"我早就对画不敢兴趣了,我只是在服务于你们这些画家。"

"那你对什么感兴趣。"

"说实在的,我对什么都不感兴趣。我过去以为我喜欢旅行,但其实不是的。我对任何事情都不感兴趣。但是我依然在追逐一些虚妄的东西,我大概就是对虚妄的东西感兴趣。过去的二十年里,我从无到有创造了一些东西,建立了一些事业,但是最后我都不得不离开。我好像真的是运气差了一点呢。"

"不堪重负。"

"什么?"

"我觉得你看起来不堪重负。但其实不应该这样。"

"但是你为什么不再画画了呢。很多人都画得更加糟糕,但是他们都还在画。你以为这还是一个拼天赋的时代吗,傻姑娘。最后就是比谁在浊流中活得更久一点。"

"那他们是为了什么呢。"

"我也不知道他们是为了什么,大概也是一种消磨时间的方式。大部分人持续地在荒废时间,而不是享受时间。永恒不变的单调正在折磨这个时代,谁都无法逃脱。"

杨的手机响了,他按掉一次,又响了,于是他骂骂咧咧地出去接电话。

"他到底要找你谈什么?"年轻女孩问青。

"不知道。我现在想,可能他并不是想要找我谈工作。"

"天哪,那我在这儿真是太蠢了。而且他不需要吃点什么吗,他什么都没有吃。"

"再忍受一会儿,吃完饭以后我请你喝酒。"

"我觉得挺有意思。"

"但是你看起来没精打采的,像是我们的无聊感染到了你。"

"没有,我只是在想象自己十年以后的状态。"

"再忍受一会儿。"

杨气急败坏地回来,说助理帮他订了明天早晨七点去广州的机票。太早了! 接着他终于吃了几口面条,但又很快放下筷子,点了根烟,再要了一瓶冰啤酒。青知道此刻他并不是真的焦虑,甚至有些放松。他的酒量差得没边,现在也没有长进,稍微一点点的酒精便能让他感觉温柔。今晚在他所有的夜晚里应该算是不错的一个。

"你们啊,你们都太沉默了。"

"那你和我说说,你二十五岁的时候在做什么。"

"哦,真是太久以前的事情了。我大学毕业以后和两个同班同学横跨大半个中国到深圳创业。那会儿的深圳,遍地都是机会。同学的家里有政府关系,我们当时租的办公室就在类似现在国贸 CBD 这样的地方。一层楼。一个月一万块。"——这中间还夹杂着那条 1500 块的牛仔裤的故事(这些事情青都已经听过很多遍)——而结局是,就在他们要签署一笔千万大单的前一天晚上,国家发了宏观调控批文。那是一笔钢材买卖?青觉得连杨自己也记得不是那么清晰。

如果杨获得了成功会怎么样。青想到自他们分手以后,她便再也没有在任何场合遇见过杨。最后一次见面是在北京某个二楼的威士忌酒吧里。杨喝了两杯以后对青说,至少有一点是好的,所有和他分手的前女友之后都迅速成功了——青问他到底什么是你所谓的成功——一部分人嫁了有钱人,一部分事业突飞猛进。他们从来不谈论这些,前女友或者男友。但是青知道他的一任女友是她的同行,之前画画,和杨分手以后转而做观念和建筑,现在是炙手可热的艺术家。

这样说的话,青并没有获得任何意义上的成功。

"所以你们看,我就是这样的人,建造什么,便崩塌什么。"

"如果把这个拍成电影我倒是想看看的。比现在所有的青春片都好看。"

"哦?"

"青春片就应该是冒险和滩涂。"

是啊。青想,或许是这样的。

青从洗手间出来的时候,杨已经结了账,正和年轻女孩站在电梯口聊天。然后他们挤在狭窄的电梯里下沉,青挨着杨,抑制住自己想要向他伸出手的冲动。接下来等他们站在门口告别时,这种冲动又出现了一次。

下着很小很小的雨,像是春天,却其实已经过了立秋。青问杨现在住在哪里(当时杨住在园区附近的单身公寓里,后来听说他搬过一次家),杨说了一个小区的名字。年轻女孩接话说,哦,是个房租非常昂贵的小区唉。杨露出一种略微为难的表情。

和杨分开以后,年轻女孩说要带青去个好地方喝酒,有很飞的电子乐。

"今晚对你来说一定有点难熬。"

"没有。但是我刚刚在想为什么你们不能在一起,发生了什么?"

"我也说不好。"——因为本质上来说,我们对失败有不同的定义。青心想。

"他多大?"

"你猜。"

"三十……八岁?我说不好,他不是那种有明确年龄标识的人。"

"哈哈哈哈。杨今年五十岁了,他是1965年出生的。"

"我有一个前男友,比我小四岁。我们刚刚分手。他爸爸是1970年出生的,会半夜开着敞篷跑车带我们去吃夜宵,唱歌。所以那真是一个无忧无虑的男孩,无忧无虑到令人感觉厌烦。"

"是啊,杨所面临的问题归根到底大概就是,他在持续衰老。"

"唉。他五十岁了呢,我竟然有些同情他。他应该过得更潇洒些。抛弃更多的东西。泡妞,喝酒,不谈论意义。他应该过这样的生活。绝望,绝望是一个多迷人的词语啊。如果他潇洒地沉溺于绝望,我会迷上他的。会想要和他谈一场恋爱,安慰他,然后再被他抛弃。就应该是这样的。"

这时候她们路过一间酒吧,门口站着几个白人,空气里糅杂着大麻和酒精。

"这间酒吧非常有名,老板能定期请到最有名的DJ。"

"阿WING开的?"青问。

"你认识她?阿WING是我的偶像。她搞过很多牛逼的电子派对,跳舞跳到停不下来。两年前的夏天她租下一个郊区的体育场,请了十个DJ过来。午夜到来的时候突然静默了一分钟。所有人都嗨了,但是静悄悄的。能看得到银河。"年轻女孩几乎叹了一口气。

"我们不到二十岁就认识了,在我去日本念书前,那个时候,好像所有人都认识。诗人,画家,吉他手,主唱,作家,摄影师,无所事事者,所有人都认识。"

"她那个时候在做什么。"

"她在北京念书,后来又退学了,和我们的一个朋友谈恋爱。"

青回想起二十岁的阿 WING,最后一次见到她是在露天公园的音乐节上。演出结束以后的深夜,大伙照旧去老地方吃宵夜。一间不正宗的湘菜馆,但是通宵营业,啤酒成箱成箱地搬上来——那会儿所有的地方都不禁烟。南方乐手带着各自的女朋友坐在二楼(青当时交往着一个吉他手),北方乐手则占据了三楼(阿 WING 的朋友大多是从北京来的)。阿 WING 下楼来叫她的男友上去,那位年轻的键盘手觉得不能扔下二楼的南方哥们,拒绝了。整桌人喝掉一箱酒以后,阿 WING 又下楼来叫键盘手,再次被粗鲁地拒绝。五分钟以后,三楼的人从狭窄的楼梯冲下来,北方男孩和南方男孩们从二楼打到一楼,再从一楼打到大街上。

阿 WING 那天穿着灰色 T 恤,没有穿内衣,年轻,是任何男孩都愿意为她打架的年轻。

"你的画里有一些特别的东西。"

"诶?"

"在听你刚刚说起阿 WING 的事情时突然想起来的,之前我一直不知道那是什么。"

"说说看。"

"一种让人不由自主想要去模仿,却又不触发感情的东西。"

"可能是审美的愉悦。"

"我知道什么是审美的愉悦,我能够分辨一切明确的东西。精神,心理特征。不是那些。"

"那就是一种模糊的不可挽回的东西。"

"真伤感呀,不知道怎么的,感觉这是一个伤感的夜晚。"
"可不是吗。"

雨变大了,年轻女孩撑开伞,她们穿过繁华的马路,青想着,待会儿要喝双份的威士忌。

(原载《长江文艺》第 2 期)

六 户 底

王 祥 夫

怎么说呢,村子就是那么个村子,远远望去就像是睡着了,是那样的安静,村子实在是太小了,只有七户人家,村名却叫了"六户底",可见现在比以前还多出了一户。秋天来了,庄稼都收了,地里什么也没了,紫皮的和黄皮的山药早就起了,也下了窖了,它们要在窖里好好儿睡一冬,豆子连棵子一捆一捆地都给人们收走了,还有高粱,都齐根给割走,玉米也一样,先掰棒子,然后把玉米秸再收回去,但山坡上,还有一大片玉米秸孤零零地在那里立着,那是四如家的玉米地,虽然玉米早已经被四如收走了,但那一大片玉米秸,也得被像往年一样收回去啊,它们可有用啦,喂牛喂羊或者可以当柴火烧,是谁说的或者可以当柴火烧?看这话说的,难道玉米秸就不是柴火吗?玉米秸是天底下最好的柴火啦,用它们烧火可旺啦。远远的秋风啊,真是从远远的地方吹过来,但四如家的那片玉米地发出的"哗哗啦啦"的声音让人听了真是难过。它们像是在对人们说话,对谁说?当然是在对四如说,四如把它们种下地,从春天忙到现在,那些玉米们几乎隔不几天就会看到一次四如,当然有时候还会有四如的媳妇。四如来了。来上肥了,四如来了,来把它们又锄了一遍,四如来了,把它们每棵玉米都轻轻摇了摇,让它们花穗上的花粉往下落落,天是那么的热,四如把衣服脱了,在地里,光着个膀子走来走去,还和玉米们说话,说什么话,说你们都给我听着,你们都得努把劲,你们都得给我好好长,别给我丢人。还说,你们都给我听着,都往大了长,长一尺多长才算是玉米,别给六户底丢人。快到秋天的时候,四如还上来掰了一回玉米,每一根青玉米被掰下来的时候都会发出"咕吱咕吱"的声音,那是它们不满意,它们还没长成呢,还没变成金黄金黄的棒子呢,怎么就给掰了呢?是因为有人要吃嫩玉米,所以四如就来掰它们来了,玉米们也看得出四如好心疼那些被掰下来的青玉米,四如还不停地说,还没长成呢,还没长成呢,对不起,对不起。四如用手量量掰下来的玉米,好像还大吃了一惊,说了句,好家伙!后来四如就在玉米地里撒了一泡尿,四如这泡尿撒得真是公平,四如把身子往这边扭扭,再往那边扭扭,往那边扭扭,再往这边扭扭,他是想给每棵玉米都洒点,四如一边撒尿一边还说,我可不偏心眼儿,你们都是我亲爱的玉米。紧接着,四如做了一件真是让玉米们都感羞愧的事,撒完尿,四如低下头做什么?他是在看自己的家伙呢,看还不说,还用手比了一下,又比了一下旁边的玉米穗子,四如一笑牙有那么的白,四如好像是害羞了,四如自己对自己说,又像是在对玉米说,好家伙,可真是比我的大多了!看这话说的,多亏周围也没个别人,多亏四如的媳妇也不在,要是四如的媳妇在四如还不得挨骂。但话又说回来,四如的媳妇就是在也不会骂四如,就像那一次,四如刚刚和媳妇结过婚,他们在地里锄玉米,天真是热,四如把衣服脱了,光个大膀子,那时候玉米还没高过四如,锄着锄着,四如忽然就回过身把媳妇一把抱住了,四如媳妇说,这可是在地里。四如说,我就要在地里。四如媳妇说,这可是咱们的玉米。四如说,我咋不知道这就是咱们的玉米?四如媳妇说,你小心,你要碰倒那棵玉米啦。四如说,好家伙,一使劲,可不是差点碰倒一棵。后来四如的动作大了,四如的媳妇说,小心咱们的玉米,四如就马上把动作收小了。四如媳妇后来一边整衣服一边说,你回家就不行吗?非要在地里做这么一回。四如说,我的地就是我的床。四如媳妇说,下回可不行了。四如说,那可说不定,这地就是我的床,我在我床上睡觉又不是睡到别处。后来四如的媳妇就生下了他们的第一个孩子,这事连地里的玉米们都知道,四如的大小子就叫"大玉",但第二个还没生出来呢,四如说,第二个生下来就叫"二玉"。关于这些事,地里的玉米也都知道。四如和媳妇在玉米地里做过几回那事呢?一回,两回,三回,四回,谁知道到底有几回呢?既然玉米地就是四如的床,他爱做几回就做几回吧,现在呢,秋天是来了,山坡上的地都被人们收拾得干干净净,而唯有四如的玉米地还没收拾,那天四如来拉玉米时还说,当然是对他媳妇说,过两天咱们再来一趟地里也就干净了。四如的话玉米们都懂,四如是要把它们都收回去,但四如呢,怎么还不来?别人家地里的玉米秸可都给收走了,四如呢,啊,四如呢?四如家玉米地里的玉米们"哗啦哗啦"地响个不停,它们好像对四如有了意见,而且这意见可大啦,风从远远的地方吹过来,天瓦蓝瓦蓝的,四如家地里的玉米秸"哗啦哗啦"地响着,它们像是在说,在喊,四如,四如,你快点来吧,再来看看我吧,再来看看我吧,快把我们也都收回去吧。但四如好像已经忘记了它们,不管它们了,不要它们了。这真是一件让玉米们普遍感到不高兴的事,它们不高兴又能怎样呢?它们不高兴也只能在秋风里"哗啦哗啦"响。这声音能传到六户底村子里去吗?能传到四如的耳朵里去吗?玉米秸们好像都已经商量好了,管他四如听到听不到,他听不到它们也要喊。秋天的风啊,也不知道从什么地方吹来的,可能是从村子那边吹来的吧,怎么把吹喇叭的声音吹过来了,六户底有什么热闹?是谁家娶媳妇办事,或者是在办别的什么事?关于这一点,山坡上的玉米们当然不会知道,但这天早上有人出现了,是三个人,他们的手里拿着镐和锹,他们进了四如的玉米地,四如的玉米地的北边有两个土包,那土包下边埋着四如的父亲和母亲。那三个人一来就忙活开了,他们在离四如父母亲的坟旁边挖出个长方形的土坑来。他们挖挖停停,抽根烟再接着挖,又挖挖停停,他们看样子都很伤心,他们都不说话。挖完这个坑,他们就走了。一天,两天,三天,四天,五天,六天,七天,这七天之间六户底村子里的唢呐声和喇叭声就一直没停下来过。到了第七天的头上,山坡上四如家的玉米地里的玉米们都吃了一惊,一大早那唢呐声和喇叭声直接朝村外响过来了,朝山坡这边响过来了,朝玉米地这边响过来了。四如的媳妇也出现了,她被人从坡下扶了上来,穿着白色的衣服,头上是白色的布条子,眼睛红肿得就像个桃子。四如呢?玉米秸子们当然不知道四如是躺在那个大木匣子里被人们抬到山坡上来,而这会儿,四如躺在那个长方形的土坑里了,那土坑又被土填上了,不但填上,还鼓起一个大土包。四如的那个小子大玉还不到三岁,被大人按在四如的坟前磕头再磕头,大玉不愿意,"哇哇"地哭开了,旁边的人说这大玉真是个孝顺的孩子,他是舍不得他亲爹。又有人说才三岁的孩子就懂事了,看把这孩子伤心的。大玉哭得是更厉害了,他被大人按着磕完该磕的头,然后再给那些帮着办事的人一个一个再磕过,大玉就哭得更厉害了。看看这孩子多懂事,往后大家都要好好看待他,就像看待自家的孩子一样,咱们六户底的孩子个个都是好样的,你看大玉这孩子从小就懂孝道。村里的村长老了,一说话就喘,他对帮忙下葬的人们说了一遍,又说了一遍。

真想不到,今年的玉米都卖了,四如却长睡了。有人说,鼻子像是被堵了。

有人劝四如的媳妇,说人的岁数都是天定的,也不能光说他是喝酒喝多了。

我不让他一个人喝那么多,四如说他高兴,玉米都卖了好价钱。四如媳妇说,说悔不该让他去村长的小卖铺一下子就买那么大一卡子烧酒回来。四如媳妇说,一卡子十多斤呢,四如说能喝到天上飘雪花儿。四如媳妇跺着脚哭了起来,四如看不到雪花儿啦,地里的玉米秸还没收回去呢。四如媳妇说。村长在一边说,回头叫几个人帮你收了,我放话出去招呼人,这个你别发愁。人的命天注定,岁数也一样。又有人在旁边把这话说了一遍,说话的人说这片玉米秸大概能拉四五车,另一个人说了,五六车怕也拉不完。村长说,都先回吧,我回头叫几个人来帮忙拉,咱六户底还不差这个人手,我到时也会来的。四如的媳妇又扑到那土包前哭了一回,她哭的时候别人就都在一边等她,男人们的嘴里都冒着烟,烟的味道在玉米地里一点一点弥散开,像是很好闻,又像是很难闻,忽然一下子又没了。秋天的风啊,忽然又从很远很远的地方刮了过来,玉米地顷刻间又"哗啦哗啦"响成了一片,它们好像也知道四如不在了,四如再也不会光着膀子在地里跑来跑去了,再也不会一泡尿这边洒洒那边洒洒那边洒洒这边洒洒。走吧,天不早了,村长又催促说。四如的媳妇这时本已停了哭,忽然就又哭了起来,两个女人,过去搀定了她,四如媳妇的身子软得一点点力量都没了,那力量都随四如去了不知什么地方。人们都出了玉米地,都往山坡下走,人们离玉米地越来越远了,有人回头看看,擤擤鼻子,眼泪出来了,鼻子像是给堵了。咱六户底村子现在是七户人家,应该叫七户底了,不知谁又说了话。四如的媳妇就又哭起来。山坡上的秋草也是黄的,它们给正午的太阳一照就更黄。这真是个好看的秋天,秋蚂蚱飞起来了,也就是在中午它们还能"哂哂哂哂、哂哂哂哂"飞一阵,这可就显得热闹了。人们回头再看看,看看四如的那片玉米地,但他们看不到那个新起的坟包,看不到此刻正在里边睡觉的四如。

　　天真是蓝,怎么就没有一朵云呢?

　　怎么说呢,村子就是那么个村子,因为四如的事热闹了几天,现在又静下来了,这真是少有的热闹,响器班子一年来不了几回,有时候两三年都来不了一回,因为这个村子可真是太小了,小到没有理由能够让响器班子过来,但因为四如的事,响器班子不年不节地来了,这都是托四如的福,可现在六户底又寂静了。响器班子吃完了中午饭就要走,他们可忙呢,所以他们也不再吹了,把响器都各自款款收了起来,那些帮忙的人照例也都要吃完这顿饭,在这个小小的六户底,家家户户的男人们都来了,家家户户的女人们也都来了,家家户户的孩子们也都来了,还有家家户户的狗们和鸡们,它们也都来了,四如媳妇的两个兄弟也过来了。领牲时候杀的那只羊今天照例要吃掉,现在,不年不节的,炖羊肉的香气在空气中已经弥漫开来了。狗们的兴奋远远要大于六户底的那些男人们。四如媳妇的兄弟把那一大卡子四如来不及喝完的酒取了出来,即使四如活着,要喝完这一大卡子酒也不是一天两天的事,也许要喝半年,也许要喝上一年。酒是从村长家里开的小卖铺里打的,度数可真是高,闻一闻眼珠子就给杀得够呛。六户底也就村长家开那么一个小卖铺,那小卖铺里有酒也有烟,还有酱油和醋,还有咸盐和红糖,还有线香和黄表纸,还有纽扣和各种颜色的线团,还有电池和手电筒,还有止疼药片和铁打的铧犁片,如果翻一翻,还会有磨刀石。还有别的什么东西?一下子谁也说不清楚。但村长都在心里记着。村长虽然已经老了,但他还有那么一个纸本本,谁拿走什么就都记在上面。按六户底的规矩,端午节时要结一回账,中秋节时要结一回账,过大年时要结一回账。也没见过有人赖账。

能喝就都喝,能吃就吃。村长说话了,菜已经都端到桌上来,炖羊肉的香气把聚来的狗们惹得火火的,它们发火是互相咬,好像是别的狗都已经纷纷吃到了好东西,便这个闻闻那个的嘴,那个闻闻这个的嘴,忽然就都生起气来,乱咬开,咬一阵,又静下,都看着坐在院里的人们,等待着施舍。鸡们的胆子也真是大,都飞到了墙头上,列队般地蹲在上边,像小学生们在听课,但只要其中一只忽然走动开,其他的就都跟着"咕咕嗒,咕咕嗒"地乱叫。人们在院子里吃开喝开,响器班的人都没动杯,他们吃了饭,算了钱,马上就走了,他们还要赶路去另外一个地方吹他们的响器,他们很少这么忙,但事情都凑在了一起。坐在那里继续喝的是六户底的那些男人,数一数,也没几个。不年不节的,为了四如的事凑在了一起,那就喝吧,四个精壮的男子汉把卡子里的酒已经喝下一大截,但他们还要喝。村长有了岁数,也只喝了一两口,他站起,出去送响器班子的人,把他们一直送到路边,又送到地边,再送到树下,再送到另一条路边。蚂蚱们叫着,像是也要来送,其实它们是想一个劲地往高飞。好,村长说,没下雨。好,村长说,路好走。好,村长说,你们再来。响器班子的老于,麻子脸,双眼皮,人很风流,岁数还不算老,回过头来,说,还说不定是啥时候呢,过年吧,过年你们到县里去听。村长知道,响器班子年年都要在办社火的时候在县上吹那么几天。村长手里拎着个小布袋,一时忘了自己要做什么,袋子里是山里的那种小栗子,比砂糖都甜。村长站在那里,看响器班子一点一点往远了走,村长忽然又喊起来,他忘了把那袋子栗子给老于了,老于又回来一趟,接了袋子,掂掂,离开了。

怎么说呢,村子就是那么个村子,远远望去就像是睡着了,是那样的安静,村子实在是太小了,只有七户人家,村名却叫了"六户底",秋天来了,庄稼都收了,地里什么也没了,紫皮的和黄皮的山药早就起了,也下了窖了,它们要在窖里好好儿睡一冬,豆子连棵子一捆一捆地都被人们收走了,还有高粱,都齐根给割走,玉米也一样,先掰棒子,然后把玉米秸再收回去,这样一来呢,大地都会静下来,一世界的树啊,石头啊,房子啊,水井啊,碾子啊都像是睡着了。但四如下葬后没几天,六户底又再次热闹起来,但这热闹也只是响器的热闹,人们却不再觉得热闹,有人从坡下上来了,抬着四个大木匣子,他们一开始是走在一条路上,上了山坡后就各自闷闷地分开了,他们各自去了自家的地里,各自把大木匣子埋在了自己的地里。六户底的人们都说可不敢再死人了,再死人,明年的地还让谁来种。但没人说喝酒的事,喝酒能把人喝死吗?这种事谁都没听说过。

六户底的村长真是老了,他那个小卖铺忽然关门了,人们忽然到处都找不到村长了,这时天已经很冷了,雪是下了一场又一场。人们早上起来推不开门,雪把门都堵死了,人们只好从窗子跳出去。鸡和狗都给雪封在了窝里,它们可着急呢,都闷声闷气地叫,急等着出去。雪再次消化的时候已经是春天了,人们终于看到了六户底的村长,他在山坡的玉米地里坐着,他坐在那里,一动不动,身边是那个放酒的卡子,大雪把他埋了整整一冬天,他是永远也醒不过来了。春天既然来了,人们又要下地种玉米种山药种豆子了,六户底的玉米长起来的时候,夏天便到了。夏天之后是秋天,秋天之后是冬天。怎么说呢,一到了冬天,村子还是那么个村子,远远望去却像是睡着了,是那样的安详,如果再下几场雪,人们都要看不到这个小小的村子了。

(原载《黄河文学》第 2—3 期)

灰　鲸

须 一 瓜

晚上吃什么？

简单点吧——哦，曼虹带孩子来参加钢琴比赛。晚上陈远他们要请饭，可能我推不掉。

哪个人？……谁啊？

电话里传来丈夫轻微叹息的声音：我们的班花杨曼虹啊。

妻子点头。电话里看不见她的点头，只传递出意义不明的无语。丈夫说，陈远也有叫你……

妻子说，今晚我要去健身。我的年卡快过期了。

丈夫的叹息，变化成一个波澜不兴的深呼吸，浅浅慢慢地吁了出来，他说，好累啊。

妻子有感触地微微点头。电话空白了一会儿，彼此都接收到一种体贴与默契。他们就不再说什么，一起挂了电话。

这是一对平常夫妇。平常的工作、平常的样貌、平常的生活态度、平常的生活品位，经济状况也很平常，儿子上的也是平常的大学。

灰鲸却是不平常的。尤其是西太平洋雌性灰鲸，因为全世界只有三十多头。不比东太平洋灰鲸，西太平洋灰鲸雄雌合计，也不过一百三十多头。作为鲸类研究者，那位妻子的先生，他一直以为这辈子不可能见到灰鲸了。十个月前，那头大灰鲸的尸体横"海"而出时，他的同事小吴触摸着灰鲸布满藤壶的身壁，泪水满眶。他倒没有这么显露的情感,但是,他心里有惆怅:从业二十年,终于见到真身了。从今往后,这辈子,是不可能再看见灰鲸了。他的手掌也在大灰鲸粗糙的皮肤上,情感复杂地抚摸着。二十七吨重的灰鲸,体表上长着当地渔民叫火山口的贝壳状物,这种学名叫藤壶的东西,是节肢动物门蔓足下纲的小动物,长得就像一座座坚硬的小富士山,它在灰鲸庞大的身躯上,尤其在其头胸部,星罗棋布,成为灰鲸著名的身体花纹。所有海洋动物中,恐怕只有灰鲸,能够容忍小动物们在自己皮肤上安营扎寨。而灰鲸的天敌,虎鲸,就没有人敢上去太岁头上动土。即使虎鲸不动杀机,它身上黑白两色的色块,足以令人不安。是不是这样,你就对随和的灰鲸印象良好?

其实不是的,谈不上谁好谁坏了。

杨曼虹又问,那么,灰鲸是吃素的?

不不,它吃鲱鱼卵、群游的鱼类,也吃海胆、海星、寄居蟹……

杨曼虹的声音是她全身唯一没有变老的部分。遥想当年,他一听到她的声音,就会掌心出汗,如果,声源就在他身边,汩汩出汗的掌心仿佛连接着滴水泉。他对自己失控的手掌,沮丧胜于尴尬。其实,这有什么呢,但这就是他的沮丧之处:他从来不觉得那是爱,他只是被她天籁般的声腔惊扰了。当然,如果对方即时回应,是可能会演变成小爱情什么的,但对方自然没有。直到岁月流逝,他更确信当年不过是年少易惊罢了。现在,他的掌心已经干涸。很多人事,都不再令他掌心潮湿了。很多人很多事,永远不见也永不想念。大学同学会,他都意兴阑珊,何况高中同学会。接到陈远的电话,说了老家三十年高中首次同学会的策划。陈远兴致高亢地介绍了组织筹划情况,他要他短信发去准确的地址电话,以建立同学通讯录。他觉得这好像是遥远的无聊之事,但他一直点头,说,好,好的。好,好的。

睡觉的时候,他对妻子说,陈远叫你也去呢。他老婆也去。说四个人正好开一辆车。三小时车程也不累。

神经病。妻子咕哝了一声,我又不是你同学!

他知道,妻子一直不喜欢发达嚣张的陈远。

他睡意蒙眬的时候,听到妻子说,还有兴致搞高中会,真是神经病。都是老嘎嘎的大肚汉、黄脸婆,相见不如不见呢……

妻子的话,像闪光灯,一激灵把他从睡眠的沉沦中突然曝光出来,他有吓一跳的感觉,但瞬间又沉沦而去。耳边依稀有声音在叨叨:他不就是要召集同学们,看看现在他是多么有钱多么成功吗?他那个老婆,天还不冷就穿过膝的貂毛大衣,耳朵吊的、脖子挂的、手腕戴的、指头套的、脚踝圈的,哎呀,这人就是个移动当铺,见一次烦一次……

声音像远方的雾气,缥缈迤逦,他仿佛记得他有低声回应那个雾气一样的声音:……嗯……人家也不容易,一个高中生……打拼房地产……

但其实,妻子没有听到他任何回应,她知道他睡过去了。她自己也很快睡去了。

他是一个人和陈远夫妇回到熹城,参加了同学会。

同学会大会在熹城一中旁边的、正在申报五星级宾馆的熹晟国际大酒店举行,这是一个同学的阔佬舅舅新投资的项目。在一个教室大小的会议室内,本地的同学还张罗了个大红横幅:"熹城一中高二(6)班三十年大聚会"。

班主任是被同学们用轮椅推来的。数学老师英语老师也健在,都衣着整齐、颤巍巍地来了,表情就像孩子过年。有两个女人小心翼翼地踩在墨绿色的吸音地毯上,用眼神窃窃交换了第一次进这高档的场所的不自在。三三两两进来的女人们,让身为鲸类专家的他,暗自诧异。几乎进来的都是陌生妇女,因为知道她们是同学,他就在记忆的大海里勉力打捞,这样才能在她们的脸上,找到一星半点过去的时光中的少女影子。这些中年女人几乎都变得异常活泼,主动出击招惹男同学;而那些男同学们几乎也都形体松如发糕,不是眼皮浮肿就是臀肥乳厚,不是头发稀疏无神就是目光稀疏无神,一个个远不是当年骨骼清健、肌肉紧实的高中男生。除了阵阵夸张的寒暄问候之外,放眼都是一派西风凋碧树的感伤景致。杨曼虹坐到他身边的时候,如果不是她令人心醉的嗓音未变,他绝不能相信她就是杨曼虹。她就像一棵被三十年的时光腌制的大头菜,当年与她流光溢彩的声音相辅的黑眼睛,不只眼角下挂,还透着一种活泼的凶光,抑或是不耐烦,里面流转的波光早已风干,还有那曾经精美逼人的下巴,陷落在仿若发面似的脖子处。那条依然挺秀的小鼻子,却毫无作为地混迹于平庸的脸上。不过,她的身形大抵还行,胸臀有致,虽然第一眼也知道她梗着脖颈子挺拔过分。其实,也不单是杨曼虹,几乎所有的女同学们的下巴颏,都发酵似的蓬松了,有的人直接变成了由字脸、冬瓜脸。一张张无力的大脸,透着对生活的厌倦与妥协。当然,这种久别重逢的兴奋也是真实的。

鲸类专家选了一个角落位置,安静地看着活跃的陈远在热烈接待中。看来本地高中同学也不是经常见面,所以,他们彼此寒暄得也非常热烈;而一进来,本地组织者就在开篇告知大家,本地同学扣除两个在服刑,一个被那个(枪决),一个出差,一个病逝,其余的都来了;在外地工作的十一个同学,除了出国的三个,中风偏瘫的一个,也都来齐了。也就是陈远在开场白时说的,能来的全都来了,高二(6)班的同学们!我们大团圆啦——

迟到的杨曼虹直接走向他的座位,坐在了他的旁边,随手的小夹包还快乐地打了一下他的头。那种只有同学才有的欢心的亲切,其实也令他有点感动。杨曼虹告诉他,梁柳莉最惨,也最蠢!你想不到吧,一个小小的科级,居然受贿七百多万!回头看,真可悲。杨曼虹说,她受贿那么多钱,不过就是让她老公儿子在澳大利亚逍遥,现在只剩她自己在监狱里哭!一个女人,图什么呀!杨曼虹又说,那天整理家,我竟然看到曹子祥给我刻的印章,他给我刻的是寿山石啊,可不是普通的橡皮擦。他是偷他爸爸的石头!你还记得吧,那时他特喜欢刻印章,好像给全班的人都刻过橡皮擦印章——他有没有给你刻过?鲸类专家还没来得及追忆,杨曼虹就接着说,我就是不理解,你说,他那么一个文静忠厚的人,心怎么会那么狠?就算你遭遇了城管啊工商居委会呀什么的,很不公平的待遇,你也不可以拿放学的小学生报复社会呀!七八个小孩当场就死了,受伤的十几个,这不是疯了吗！所以，他枪毙的时候，我没有去看望他妻子孩子，我觉得他太狠了。我反正不能原谅他。柳莉被判刑的时候，我去看了她爸爸妈妈，我觉得柳莉是个愚蠢可怜的女人。

鲸类专家一直点头。他没有看杨曼虹，是出于对那些在发言的同学的尊重，一直点头，也是对杨曼虹的悄然呼应。杨曼虹也知道他虽然只盯着桌上的茶杯，但一直在专注听她说话。当知道他的工作性质后，杨曼虹压低嗓子问了他很多问题。她说她的孩子非常喜欢鱼类，但鲸类专家马上就忘了她的孩子是男孩还是女孩。他反复告诉她，鲸是哺乳动物，不是鱼类。她也一样马上忘记，还是问鲸鱼怎么地又怎么地又又怎么地。同学们在轮流讲话，话筒由一个同学颠东跑西地快乐传递。三位老师说话的时候，同学们还是比较安静，之后，是同学们自由发言。陈远他们规定每人发表感言不超过五分钟。但拿起话筒，总有人忘记时间，有人有莫名的空洞激情，尤其是个别有职场管理经历的人，一见会议的阵势，不由自主地就话痨；也有人有了一些参与各类社团的经验，要大家和自己分享这个分享那个，然后不断合掌感恩；更多的人不知所云、拉拉杂杂地漫谈，总之，滥用配时也无人制止。所以，一些感到发言无趣的同学们，就会与邻近者悄声说着久别重逢的小话。

同学们忽然哄堂大笑，陈远可能说了个黄段子。在杨曼虹不提问的时候，鲸类专家支着耳朵，听了几个同学的发言。这几个男女，都是傻笑着接过前面同学用完的话筒，也基本在"复印"前面人的话：今天我特别高兴。看到大家心情很激动。我也不知道说什么好。祝老师同学们身体健康、心情愉快、心想事成、阖家幸福、万事如意！云云。后面接过话筒的，也大致这么说，或者，换一句祝词。再后面，接过接力棒的同学，也大同小异地这么说。

三十年过去，这些人好像变得脑子简单、表情拘谨，或者是比本来的木然与羞涩更加木然羞涩；三十年前的青葱年华里，一个单纯羞怯的表情，会赢得好感和寄望，而三十年后，生活已经把你腌制如咸菜，依然还是一副简单羞涩的纯真表情，那不是迟钝吗？再怎么也有两句被生活针砭针灸过的酸甜苦辣的味觉痛觉啊？至少你有磨砺过的复杂与斑驳。

哎，你刚才说，杨曼虹压低嗓子：那头大灰鲸的标本做了四个月？要这么久吗？

不是四个月，是十个月。光分离灰鲸的尾部骨肉，就用了三四十小时。

你是说，用那个高温电箱烤化它的皮肉？

只融化肉。皮是我们先用解剖刀一点一点剥下来的，真皮加表皮，都小心翼翼地剥离下来。我们后来做了两个标本，一个是皮囊的，一个是全骨架的。

那多难弄回来呀，十四五米长，要多大的车呀！

不，不，是拆开运回来的。骨头一块块的，我们回来再重新组装；皮，经过浸泡、脱脂后拿回来，也是一块块缝制起来的。一般人看不出来。

真想带孩子去看看啊！哎，你刚才说它的脂肪很厚，脂肪不就是鱼油吗——噢！那是不是就是营养品深海鱼油啊？

哦，不是……

有人在大喊，全班同学冲着他们笑。有个外号叫赞比亚的热心女同学，把话筒塞在他手上。有几个声音在交错地呐喊：美女！美女！美女！更多的声音在爆笑，大家又回到了高中时光。有一个声音在高叫：——我是为了认识太阳而来的！立刻有更多的声音在响亮重复这句话。欢叫声此起彼伏，屋子里到处都是太阳波光。三十多年前，好像还是初中，他的确说过这话：我出生，是为了认识太阳来的。当时，他非常喜欢这一句，出于虚荣心，他并没有告诉同学们，这是从一首诗里看来的。既然是他的原创，自然就招惹同学们更有兴趣的、欣赏式的嘲笑。三十多年过去了，还是有人没有忘记它。

陈远在主持桌上，敲着鲜花铺满的桌子：喂！同学们！从一进门，那两个美女就一直在开小会，嘀嘀咕咕不停。晚上是不是该罚酒？！

大家都叫嚷着：要！！

美女,是他高中时的外号。那时候,只要有人叫,他就恼羞成怒,但他个子小,没有反抗和教训人的实力。他当然不是美女。学生时代的绰号,大多都是羞辱调侃人的。他的确有一双比女人还美的眼睛,睫毛又浓又密,尾梢还带翘,再下面是细腻有致的颧骨,但是,再再下面,就是一张肝破裂一样的厚黑大嘴,门牙缝还大得可以双向进出蚂蚁。他的下半张脸,不说一副肮脏相,也的确乏善可陈,自己看着都经常生厌。所以,当同学叫他美女的时候,他有强烈的被嘲讽感。当然,这是三十年前的感觉了,现在,这些都不能让他情绪起伏了。就像要让他再手心出汗,已经是一件比较不容易的事。

他拿起话筒,环视着大家,其实,他谁也没有定睛细看,他知道他细看也看不出更多点什么。他有礼貌地笑着,最后把眼光虚停在陈远的秃顶上。他说,三十年变化真大,我知道我们大家内在的改变,远比外面看到的还要大,因为有的同学看上去永远不老(一片夸张的笑声,彼此在半开玩笑地恭维身边人),他让大家胡闹了十秒钟,接着说,我当然也不是三十年前的我了,那个时候,我以为我来这个世界,就是为了认识太阳的(同学们看到了他的自嘲的笑,又是一片哄堂笑声)。现在,我早已不这样想了。所以,我想,同学聚会最大的好处,就像标杆一样,帮我们确认我们的改变。好吧,我祝愿大家,节哀顺变,力争越变越自在——哀字用重了,我的意思你们懂的。

杨曼虹瞪大了她的眼睛,她推了鲸类专家一把,看起来有点娇嗔。这亲昵的任性让他几乎起了些微排斥。这一丝反感又立刻让他内疚慈悲。他想,如果时光倒转三十年,他的手心肯定要汩汩出汗的。生活的流年过去,回头看,满地都是水草、泡沫块与肮脏陈旧的珊瑚尸骸,谁的身后还有干净的海滩,撒满退潮后的美丽洁白贝壳?

杨曼虹后来说,她先打他的电话,因为她想带儿子在比赛前先看看他们研究所的灰鲸馆。后来,饭桌上,那少年说,他需要去问候一下灰鲸,考试才能发挥好。结果,他没有如愿。所以,他考得一般般。可是,考前,鲸类专家的确没有接到她的电话。那几天,他都在海上,在做例行的野外海洋调查。按说,海上通讯信号还是稳定的,能通话、能接发短信,只是他们在海上四个队友,两两一组,轮流在观测台观察、记录,注意力都比较集中,所以,都不会玩手机,但电话是会接的。但是,电话确实没有接到。他不明白为什么接不到她一直打的电话。也不好把困惑摊给她看,不然她只会更费解。

那几天天气不算好。风大,忽阴忽阳的。海洋调查,每月必须至少一个航次,一个航次就是在海上四五天,观测范围要覆盖整个南甲海湾,包括东港、石舫岛、安水湾和连云群岛的大片海域。当然没有灰鲸,主要就是白海豚。本来上旬他们小组出海了,但是,第二天就忽遇不测的暴风雨,观测船就近靠岸。随后气温骤降,冷空气南下了。野外调查暂时搁浅,一拖到下旬,直到前几天,一头白海豚浮尸海面。那是谁?资料库里一比对就查出来了。这么多年每月观察记录积累的数据不是放着玩的。他们很快就辨认出来了:青灰地、头部右腹部有雪花斑点、背鳍有小缺刻,没错,南湾种群的一头青年白海豚,NJ037。新机场的爆破清礁,位于安水湾海域的建设用地,处于白海豚保护区。所长怒发冲冠。建设单位说,协议好的,施工方必须使用国际最先进环保的疏浚工艺,使用绞吸式挖泥船挖岩,保护海洋环境,不知怎么落了空,他们还是使用了破坏力最大的炸礁方式。NJ037是一头活泼的家伙,没想到就这样夭寿了。去辨认尸体的时候,他以为小吴会哭。结果还好,他只是鼻子红了,恶狠狠地一句连一句地咒骂粗话。五大三粗的小吴,偏偏生了一颗林黛玉的心。南甲湾这五十多头白海豚,每一头海豚个体特征都有详细档案。而对于小吴,它们仿佛就是他豢养的宠物。第一次发现新人小吴情感脆弱,是第一次带他野外调查。那天风浪并不大,新人却吐得抱着船上棕色的塑料桶不放,小组老人都以为他没力气折腾了,这时候,在天猫屿附近,他们看到了一群白海豚。开始以为它们在嬉戏,一头纯白的海豚,一直用自己的背部,把一头幼海豚托出水面。其他成年海豚似乎也在为这个游戏助兴,甚至帮忙托出小海豚。他们在望远镜中观察了不到两分钟,就取得了共识:是海豚妈妈在救小海豚,而且,能够判断,小海豚已经死去多时。这一个种群,不是在嬉戏,也不是进行葬礼,是在努力救援,它们不承认小海豚已经死去,至少,海豚妈妈不同意,所以,它们集体坚持着,以帮助小海豚浮出水面呼吸。

小吴扔下塑料桶,挤上观察台,抢过望远镜。最后,他们的观测小船慢慢靠上了这群海豚。那个距离,肉眼都看得很清晰了:那头深灰色的小海豚,显然才出生几天,能看得出它小小的躯体正在腐烂边缘。他们的船小心靠近后,一个人把那头依然在妈妈背上的小海豚取了下来。他已经忘了是谁帮忙取下的,但记得是小吴接过了那软塌塌的小尸体。那个牛高马大的新人,来不及说什么,跪下来就吐得泪眼婆娑。再相处一段,风雨同舟,野外小组成员就都知道那天他呕吐物里,不仅有胆汁还有些泪花。这个专业的人,比一般人亲近自然动物吧,但是,伟岸的身体突然来了个林妹妹的心,大家还是有一点冷不防的感觉。那天,观测船带着小海豚,带着白海豚种群的心愿,告别海豚群,慢慢驶远。野外小组成员海葬了那头小海豚。整个过程,所有人都一声不吭。伙伴们都是默契的。小吴似乎一直在呕吐,抑或垂泪。

就是那个时候起,老鲸类专家的他,觉察到自己的老态。十几年前,他应该也会兴致勃勃、情绪饱满。那是呕吐摧毁不了的、超越风浪的"我与你"的连接。现在呢,有点疲惫了,见惯不惊了,有点淡漠了。甚至灰鲸来到。不过,灰鲸那天出现的时候,大家看着发到所长手机里的求证照片,都被惊喜震骇到了:灰鲸!这是他妈的灰鲸啊!

连续驱车四五个小时,野外小组连夜赶到了邻县的大渔村,并于凌晨来到了大灰鲸的身边。它的熟人来了。抚摸、感慨。解剖、去脂。处理好的大灰鲸被迎回来的时候,得到了一个以它为主的隆重聚会。就像为它置办一个人间派对。这起于他们所长的花哨意志。其实就是一个隆重的葬礼,但所长不好意思承认。它这条生命可不容易。所长说,它死于当地渔民在海里安置的定置网。被定置网缠住的大灰鲸,窒息而亡。解剖结果也证实了,它的肺部有水。

所长是这么开始致辞的。鲸类专家一直不讨厌也不喜欢那个嗜酒如命的所长,他不讨厌也不喜欢所长酒后自恋轻狂;他也一直不讨厌所长酒后对女人、对美、对其他物种生命的珍视把赏的奇崛姿态;但他一直觉得,酒醒的所长是虚张声势、天真郑重的。但是,这次,所长要给灰鲸一个告别仪式,或者说一个不知所云的仪式,他内心是宽慰的,说正中下怀也可以。他甚至认为自己一直是蛮喜欢所长的。所长似乎代表了所有那些他喜欢的但不敢贸然展示的做派。

聚会仪式在新办公室二楼的大会议室进行。大灰鲸的遗骸摆在职代会主席台的位置,都是标本散件,骨骼、皮肤、须板。摆出了它生前十四米八的长度。环绕灰鲸的是一大圈随意铺放的怒放的鲜花,百合、康乃馨、松针之类。灰鲸头部骨骼前,还点燃了三支杯口粗的奶黄色的艺术蜡烛。整个研究所人员,都被办公室短信提示:请穿深色正式服装,但不勉强。本地所有的媒体都偷偷来了。他们认定这是灰鲸追悼会。

所长穿黑色西服致辞。

大灰鲸:

你好。对于一辈子只能见面一次的相遇而言,见面即永别,是一件残忍的事。我们以这个方式聚会,令人悲哀。我谨代表人类,向你表示沉重歉意。

除了比人类篮球场还大的蓝鲸,你们是最壮观的地球生命;在这个世界上,你们还是迁徙距离最长的伟大动物,可是,沿海港湾两万公里的洄游,每天近两百公里的跋涉,北上、南下,沿途有多少渔网在等着你们啊。一个伟大的海洋动物,竟淹死于大海——真让人羞于公布你的死因。地球是我们的家园,更是你们的家园。

作为西太平洋朝鲜种群,你们相比于尚存两万多头的东太加州种群,已濒危至极。国际捕鲸委员会 IWC 宣布灰鲸为全球最为濒危的大型鲸类种群。我们甚至至今没有找到你们的繁殖场。我们只找到你们夏季在萨哈林岛的摄食场。偌大的地球上,你们仅剩一百三十多头。今夕一见,此生再难。

再见,大灰鲸。

沉痛致礼,让我们,向一个伟大的生命——致礼。

所长放下稿纸,走出致辞台,向地面的大灰鲸深深鞠躬。

记者堆里有个扑哧的笑声弹出来,尽管忍俊不禁者立刻嗓子刹车,但是,全场还是有点凛然地寂静了一下。他也想笑,但又笑不出来。他看到所长鞠躬动作的僵硬与笨拙。也许他这辈子第一次使用鞠躬大礼。他看到所长的西服腋下后侧沾满白色狗毛。所长有两条银狐犬,一年换两次毛,据说,每次换毛季,他们家都很像是在过圣诞节,客人闻风逃逸。鲸类专家的笑意像一个水中的气泡,上升着,但还没有升上水面,就消匿无踪了。他领会着狗毛与笨拙鞠躬后面的真诚。此外,还有一种氛围,也许和弥漫低回的音乐有关,会议室里始终弥漫着雾气般的、哀伤难言的背景音乐,这音乐让他呼吸破碎。正痛苦地琢磨着是谁布置了这么贴题的旋律,就听一个像是记者模样的小个子,正和巍峨的小吴窃窃私语,他们在谈论的也是背景音乐,那记者恍然大悟地说:啊,《远离地球》? 谁的曲子?

他就走了出去。拔着头发离开地球。他脑子里突然冒出这句话。

包间里,陈远夫妇坐餐桌一边,杨曼虹和那个十三四岁的少年坐另一边。他因为迟到,反而坐到了主位,后来那个少年和妈妈换位置,和他相邻而坐。因为少年要和鲸类专家一起坐。陈远太太说,你夫人怎么又不来? 见她比见市长难。他笑笑说,在加班,赶报表呢。

陈远太太笑,说,他夫人很像安吉丽娜·朱莉。

真的耶?! 杨曼虹表情很夸张,说,同学会的时候,我求他给我看老婆照片,他竟然说他手机里没有! ——原来是怕我们吃醋啊!

就是！陈远太太说，她嘴巴！嗯，那嘴唇特别像！

陈远说，所以嘛，他总是舍不得把夫人带出来。

鲸类专家随他们说笑，脸上也配合着愉快的表情。他心里知道，其实说的人、听的人都知道不是这么回事。他妻子和朱莉有云泥之别。嘴唇是厚的，而且经常忘记闭拢，露着一小块整齐的门牙。这是他很不喜欢的，和性感完全扯不上。他喜欢自然闭合的嘴巴。但是，想到自己肝破裂一样的嘴，便也没有了五十步对一百步的纠正之心。

杨曼虹的这个孩子是二婚还是三婚的结晶，他模糊了，反正同学会就说过了，他不好再问也没那个好奇心。少年的钢琴比赛成绩似乎很糟糕，杨曼虹不愿接陈远太太反复牵起的话头多谈钢琴赛。对于钢琴比赛，少年满不在乎，说他发挥很好，就是水平比其他参赛者差。他毫不见外，居然劝杨曼虹想开点。他甚至说，他根本不是来参加什么破比赛的，他就是来鲸鱼馆看大灰鲸的。少年宣称：我出生就是为了来问候鲸鱼的。因为它是地球上最了不起的动物！知道虎鲸吗？少年问所有人，最后把葵花子似的小眼睛，盯在鲸类专家脸上。他点头。少年说，虎鲸最大的特点你知道是什么吗？海上一霸！超级群居！

少年撇着嘴巴，态度倨傲：海洋唯一霸主！没有之一！如果世上有我妈说的轮回，那我下辈子就当虎鲸！

大家都笑。受到鼓励的少年说，虎鲸是超级话痨！这点像我。因为没有文字，它们就经常开会，信息通报会或问题研讨会。话不投机，它们就吵架，还会讥讽挖苦。你们科学家已经分析出，虎鲸会骂粗话，麻辣戈壁什么的，你们科学家还分析出，如果年轻的虎鲸，合作不到位导致捕猎失败，技术娴熟的虎鲸就会满嘴都是：呼——啾啾——哧！翻译成人类的语言，就是——傻×！虎鲸的声音可以传播百里，所以，协调围捕的时候，满大海都是虎鲸的命令、咒骂声——了不起吧？波澜壮阔吧？

他也笑，假装知道是这么回事地笑着，其实，他一无所知，就像在听鲸鱼的八卦。杨曼虹歪着头，以少女的神态看着他求证：真的吗？

少年代他回答:当然!这是科学研究发现!

我再给你们说灰鲸。很奇怪的,鲸类肯定是人类的远古亲戚,除了误伤,所有鲸类,几乎都不吃人。人类多好吃啊,随便弄一个尝尝,都是自带调味品的。但它们不吃。相反,只要人类救了它们,它们就很眷恋人类。嗯——去年吧,东南海边有几个渔民救了一头搁浅小灰鲸,费了九牛二虎之力,潜水员啊、冲锋舟啊,他们好容易把小灰鲸推回深海时,那小灰鲸居然又游回岸三次,一副眷恋感恩的样子。

他依稀记起多年前有这个事,是哪本专业杂志上看到的花边,似乎没有少年描述的生动。但少年再说的,他又一无所知了。少年说,灰鲸语言很单调,只会"哼哼",有时一小时哼五十多下,二十到二百赫兹,强度达到一百六十分贝!哼什么呢,听上去是叹息和嘟囔。你们科学家就分析说,是群内交流信号,或气象预报,还有就是失偶、失恋的叹息,要不就是发泄愤懑。灰鲸的天敌是虎鲸,知道吗,如果灰鲸一家子遭到虎鲸围剿,爸爸必定战死。为什么呢,因为灰鲸很奇怪,它们是——男的疼女的,男女疼小的,然后,女的、小的都不疼男的。所以,灰鲸群一旦遭遇危机,雄灰鲸一定会奋不顾身勇救雌灰鲸、小灰鲸,但是,一旦雄灰鲸落难,就无人可救了,除非它有好基友。

一桌人又笑了。你懂什么好基友!杨曼虹佯怒地拉人来疯的亢奋少年坐下。陈远太太说,我看辛达雨才是真正的鲸龟专家呀。少年腾地从座位上站起,军人般以手碰额:No!辛雨达!

陈远摇头叹息:哥们儿,原来我们都是雄灰鲸啊,一年到头忙来忙去,女的不疼小的不爱,一有危险,死得最快。

死得最快?陈远太太笑着,我们还在解放路居民楼的那次,半夜小偷进屋,是谁用被子盖头,悄悄说要看你去看的?——谁是雄灰鲸呀?

少年大拇指按鼻孔,四指朝下猛烈扇动,驱屁似的,对陈远做了个无比蔑视表情。杨曼虹一掌盖打在少年的后脑勺上,出手真重,少年的头前送了一下,又故作洒脱地弹起。这回杨曼虹是真的发怒。陈远有一点难堪,但很轻微,因为夫妇俩经常调侃这个话题,他们一次次回到这个话题,太太的笑容包容慈爱,陈远的笑容诙谐宽厚。陈远太太可能也感到自己有点过分,便嬉皮笑脸地对少年说,你陈叔叔也喜欢鱼,我们家养过金鱼、锦鲤。噢,还有更可笑的,知道吗?——陈远太太是真的觉得好笑了,而且她的目标受众是大人。她想消除刚才损害丈夫形象的影响。她巡看着桌上的大人们,春风拂人地笑道,你们知道吧,昨天我们家保姆在清理视听室时,陈远突然拿起本来要丢弃的一堆唱片中的一张,放进CD机,然后,就反复播放其中的一首歌。保姆转了一圈提着垃圾袋回头,说,那这张就不扔了?陈远说,扔!就是要扔我才再听两遍的!我们家保姆说,你好像就听一首歌啊。陈远说,不,我就爱听里面的一句歌词——你们知道他听什么?陈远太太尖声尖气地唱出来:我像只鱼儿在你的荷塘,只为和你守候那皎白月光……

哦——杨曼虹夸张地拖长音,看不出啊,陈远还有这么浪漫的一面,他为谁守候皎白月光呀?

陈远拿起酒杯,示意少年喝一口,说,小伙子,你看,我也曾经是有梦想的一条鱼呢——干杯!

少年满不在乎地喝了一口,说,我是可以喝酒,但我老妈不让!

大家又笑。

少年站起来,转而向他敬酒。虽然是相邻,少年还是郑重地起身正对:叔叔!我最崇拜的就是鲸类专家!

他跟那个少年碰杯。少年把杯子里的可乐一气喝光,又亮杯底给他看。他有点喜欢上这个大脑门、眼小如葵花子、臭显摆的单纯少年。本来今晚真是一点都不想出来,但是,这个少年让他的应酬感不那么强烈了。

城市的另一头,那鲸类专家的妻子,在天尚未黑的时候,进了小区。丈夫的同学夫妇叫吃饭,她从来就不想去。虽然同城就他俩是高中同学。说起来,人家夫妇也从没待她不好过,平时挺客气的,也爱招呼吃饭,有时还送优质大米、进口干果之类。

聚会了几次,她就尽量逃避。没有什么原因,就是她自己看不惯人家。反正就是不想去,她也知道丈夫是不乐意去的。这一周,他搞海上调查,在租来的渔民小船上,吃的都是面包、方便面;她正好在赶报表,加班总是晚归。所以,最近夫妻俩都吃得潦草没营养。今天,本来计划弄点鲜鱼、时蔬,做一顿可口干净的菜,也可以小酌一点红酒,但是,又不能了。他自然是推托不掉,还是去了,她也不拦,人家有那个班花呢。上次同学大聚会回来,看得出丈夫有些微的惆怅:大家都在岁月中变丑、变老、变乏味。彼此都是镜子,照出了大好年华都过了保质期。结实有力的身体、披荆斩棘的理解力、灵敏的感觉、过剩的精力、美好的好奇心,说不清哪一天起,就一样一样通通蛀蚀光了,像一篮子迟早要坏掉的蛋。

妻子开门的时候,预想起丈夫聚会归来的困顿失落的小眼神,不由笑了一下。不过,这只是心底里的微澜,但对门邻居顾姐,却站在家门口,迎接了她的心里的笑。顾姐一手拿着煎饼锅子,一边笑吟吟地说,我马上要做韭菜鸡蛋摊饼了,等一会儿,送你们尝尝!

不不不,我马上要出去!谢谢了。她连忙摇手,另一只手在急促地掏钥匙,因为着急,门锁对了好几次才准。一进门,她毫不客气地马上关门。她知道,稍微慢一点,芳邻顾姐就会很自然地进屋,很自然地跟她谈安利的新产品,就像她以前很自然亲切地让他们夫妇俩买走两份养老保险一样。说起来,这是全小区对她最友善最温暖的人,可是,她一见到她就想躲避。

进门前,她就想好了,先做饭,很简单。西红柿蛋饭,燕丸葱花酸汤。冰箱里有备料,现成的。然后,把两人堆积一周的衣服,涂一下衣领净,塞进滚筒洗衣机慢慢洗去。饭后,她要去嘉庚公园边的那个静心堂别墅,练练瑜伽。她买了年卡,已经快过期了,却总共才去过六七次。今天要去拉拉筋、出出汗。

开门而入,一股不算好闻的,但也绝不难闻的家的气味,扑面而来。她感到自己很想摊手摊脚地歇歇,就像藏身于无人打搅的子宫。今晚就她一个人,有大把的时间呢。可以稍微休息一下吧。不要马上出去,说不定顾姐大门还没关,想着堵她再推销点什么。想着,她去更衣室换了宽松的起居服,顺手抄起扔在床头柜上的iPad,窝进了客厅大沙发。先休息十分钟吧。上上网,看看微博,松弛一下心身。只是她没想到,从iPad上再抬头时,窗外已是乌漆抹黑,居然一下过去了半个多小时了。房间里,只有iPad在荧荧发亮,她得去开灯,可是,开关在门那里,真懒得起来了。晚饭呢,计划好的西红柿蛋饭,好像也没有那么想吃了。算了,叫外卖吧。还有衣服!唉,还有一大堆脏衣服没有洗啊。

说起来,这些天加班,吃外卖真有点腻味了,觉得吃了很多地沟油之类化学毒物。不过,吃外卖可以省下不少时间,吃了还要去练瑜伽呢。瑜伽也不能吃太饱,弄一份沙县小吃的扁肉汤拌面,就好。这么想的时候,她发现自己的手机在电视地柜上充电,要叫小区外面的那家沙县小吃送餐,必须起身去拿电话。必须爬起来,必须走三四米去拿,唉,算了算了,她给了自己一个懒得动的理由:让电话再充一会儿吧,免得去练瑜伽,电不够用。

她又心安理得地拿起荧荧发亮的iPad。屋子里只有那一点荧光勾勒着家具线条,还像闪光灯青森森地映照着她的大白脸。时间不知不觉地又被刷掉二十多分钟。好玩的微博、熟人的微博,都看完了,没多大意思,一个脚印都不留;新闻也看完了,包括最匪夷所思的社会新闻,真的是无聊透顶了,连iPad的荧荧屏幕光,她都觉得扎眼了。她闭起眼睛,有气无力地揉了揉太阳穴:真累呀。要不要叫外卖呢,其实也不饿,不吃晚餐也没什么不好,养生呢,再休息一下,我直接去练瑜伽吧。再赖几分钟,就起来换衣服,走。瑜伽回来,再一起洗衣服吧。

又好几分钟过去了,沙发好像一个柔软的吸盘,牢牢地吸附着她懒洋洋的身子。她有点怜惜起自己来,我真的是累的,没日没夜,键盘敲得我手臂都抬不起来,颈椎僵直,也许我该去牵引了。瑜伽也是很累人的,老师们总说累得舒服,她没有感觉。有个老师结束的时候,总要学员围坐分享感受。那些汗如雨下的学员们,总是像心灵大师,分享自己身、心、灵的种种变化与觉悟。她没有。好不容易,那个星期天的早晨,老师让他们把瑜伽垫子直接铺在院子里的草地上,在最后十分钟仰躺在草地上放松冥想的时候,老师在她的眼睛上,各盖上了一片树叶。分享的时候,她发言说,这个叶子感觉太好了,扶桑叶的气味,让我想起童年。希望每次都这样结束。老师宽容地微笑着,点头。她不明白老师为什么不欣赏这些话,她又想到每次练完筋骨的疼痛与酸胀。其实,练瑜伽是个受刑的活啊,想到这一层,她发现自己其实是不太愿意去练的,是不是正是这样,她才会拖到卡快过期了,还没有去过十次。累呀,心里烦躁得很。不过,前几年,工作压力比现在大,为什么还没有这种焦躁感呢?一个月不过才忙这几天,前两年,工作量是现在的三倍呢。唉,再躺一会儿起来吧。今天本来是想和丈夫一起吃点干净的东西,如果他在,两人一起吃了饭,再一起看两集美剧,有点事做,也就过去了。一个人闲着,好像不行,闲着就生锈。爱疲倦、总焦躁、懒应酬,见什么都烦。是什么毛病吗?反正不是抑郁,她上网做过抑郁测试,她不是,她也从来没想到自杀什么的,甚至每年单位组织的体检,也没什么大毛病。

已经又是一个半小时过去了,她既没有去取手机,也没有去叫外卖。其间,仿佛听到过敲门声,是那种很礼貌的、有节制的敲门声。笃、笃、笃,当然,也许是错觉。她总觉得顾姐不会轻易放过她的。她完全可能虚掩着门,等着她"马上出去"的身影。说不定还有一大盘煎好的韭菜鸡蛋饼?舌下与腮间,涌出一点津液,她觉得是有点饿了。但她依然不想动。是啊,不吃晚饭也没有什么,就当减肥清肠胃吧。很多养生的人,都不吃晚饭呢。有很多出家人过午不食,人家也活得好好的。嗳,再休息五分钟就起来吧!

她换了个卧姿。等一会儿就起身吧,去个厕所,之前需要立刻马上去厨房接一杯水喝。是挺渴的,怎么这么渴呢?这么想的时候,她的手指还在刷屏。她又换了个蜷卧的姿势。所以换姿势,是膀胱已经压力大得不行了。就在这时,电视地柜上充电的手机响了,是电话,不是短信,在黑灯瞎火的这段时间里,短信提示音已经响过七八次,她懒得去看,但是,电话响,她不能不接了。怕单位、怕丈夫有什么急事。

一骨碌爬起来,爬得太急,还趔趄了一下。抄起手机一看,竟然是婆婆的。

真是太讨厌啦,她抑制住满心的不耐烦,接通了电话。

喂,她皱着眉头。

菲呀,我摘了点八角丝瓜,趁新鲜啊,你赶紧过来拿去吃!婆婆笑呵呵,听得出非常开心。她重重拔下充电器,不用不用!我们都不在家做饭的!

不值钱的,你跟我们客气什么!

不!真不需要!她气鼓鼓地去门边开灯。灯光有点扎眼。公公婆婆在天台,种了七八箱的泡沫箱有机绿色蔬菜,每天种菜收菜、翻土施肥捉虫,自得自豪得不亦乐乎。要是送了点菜,就好像给了人多大好处似的。这会儿,她恨透了这个恩惠。

少在外面吃。婆婆在电话里说,自己做饭健康。这些菜是绿色有机……

妈!谢谢了。我好多事呢……她想挂电话,但努力克制住,你和爸爸留着吃吧,我们真不用。要不送别人,邻居也行。她看了下时间,八点十五分。没想到已经这么晚了,就是去瑜伽房也练不了多久了,而且也没有健身的心了。不出门了!没时间啦!还有一大堆衣服没有洗!她把怒气没来由地怪罪到婆婆电话上。但暗暗地又有点轻松,等下就有正当理由,回到沙发上了。也许看两集美剧?

邻居他们哪有少吃我们的菜啊,这次的又……

婆婆的固执,非常非常可恶。她觉得自己要尿失禁了。她的声音有点大声了:

真的不用了!最近很忙,天天加班……或者您先放冰箱,我让你儿子有空的时候过去拿吧。她尽量克制自己的冷淡与烦躁。

婆婆仍然沉浸在大丰收的喜悦中:丝瓜放久了就老啦,要不这样吧,我让你爸给你们送过去,等一下给你打电话,你到楼下来拿一趟就行了。

哎！不用不用！妻子有些惊慌了,我这会儿不在家！

没事,我们有你们家的钥匙,让你爸爸直接给你们放到家里。

她完全傻了。

挂了电话,她发了几秒钟呆,心里充满怨恨。同时,她也非常清醒:她必须迅速出门。立刻离家。因为,骑电动车的公公,最晚十五分钟,肯定进门。这大晚上的,她狼狈逃离自己的家,这太荒谬了,但似乎又是当下唯一的选择。

外面有些冷。这么晚了,到处弥漫着一股烧塑料垃圾的臭味。她不知道该去哪里,选着树影灯暗处走着,怕公公或什么相关熟人看见。她心里空落落地生恨。路过小区大门外的沙县小吃店的时候,她发现自己并不怎么饿。她更担心在里面吃面,万一被眼尖的送菜老头看见,才真叫倒霉。走着、想着、烦躁着,感到越来越冷,应该带件外套的！她的手指头都冷得有点发麻。该死！今天是计划好要练瑜伽的,应该去的！如果现在直接开车过去,晚课最多迟到一点点,可是,刚才惊慌出门,没有带年卡,也没有带瑜伽服。再折回家取也来不及了,公公随时会出现在家里。

她非常懊恼、极度愤恨,想吼又吼不出来。她不明白自己的生活,为什么好端端就遭到摧毁。她心里怒火中烧,却不知道该对谁发脾气。踽踽独行的她,在横过小区门口的不明不暗、不冷清不热闹的大路上走了两圈,她不知道公公进她家没有。为保险起见,还是再等等再回去。大街的两边,很多店面已经关门,即使开着,也都是无趣的小店。五金水暖、电气设备、升降衣架、办公文具、装修瓷砖,还有一个永远点着灰溜溜日光灯的便利店。都是很无趣乏味的破店。混杂其中,略微光亮的就是靠小区大门口的沙县小吃店。店外的水池边,一个女孩,就着昏昏路灯光,恹恹地洗着一大捆葱。也许是尾市收来的烂葱。她看着那恹恹的女孩,觉得更冷了。她身子一紧,打着响亮的喷嚏。翻了一遍手机上的通讯录,竟找不到想与之聊天的人。她深深吸了一口带雨雾的气,又吐出了一口浊气,她闻到自己肺部深处溢出的难闻化工气息。

下雨了,难怪天比傍晚时冷。她把袖子和领子扣子全部扣上,还是冷。如果是白天,就能看出是那种阴沉沉让人想钻被窝、吃火锅的阴惨雨天。雨倒是一直不急,但阴冷茫茫绵绵不绝,把人的热气慢慢抽光。刘海已经湿了,肩膀也潮潮的发冷。后颈因为寒气生痛僵硬。她只好靠在一个打烊的什么店的卷闸门前避雨。开过去的车前灯光,不断照亮她靠着的那个卷闸门,多辆车的灯光,照明白了卷闸门上用喷漆写的狂乱大字:愁你个鬼。她满脑子里想着,等丈夫回来,她一定要歇斯底里发火,狂风暴雨地发作一下:告诉你妈,再也不用送菜来了!浑蛋!我不要她那些破菜!鬼菜!我不稀罕!!她心里想着,丈夫被自己骂了不敢回嘴的样子,感觉舒服了一些。

在冷飕飕、阴沉沉的昏暗路边,又坚持了半小时,她决定回家。她想好了,老人肯定走了。而万一他腿慢,正好和她遇上,她一身风雨,刚加班回来,也说得过去;如果,他比她还晚进门,那她就可以嚷嚷说,哎呀,这么晚!早知道不如我下班拐过去一下,省得您这么辛苦!——太冷了!再不回去,非感冒不可。赶紧回去!

家里居然没有人,和她匆忙撤退时一模一样。她从客厅找到厨房,找到阳台又找进冰箱,到处都没有发现公公送来的菜。还不及她发怒,就在这当儿,她听到门外有钥匙开门的窸窣声。她想也没有想,拔脚直接窜进卧室,几乎是身体的自作主张,她躲进了衣柜。拉柜门的时候,因为动静大,吓得她能听到自己好一阵明显的心跳。

进来的动静,停在客厅。肯定不是丈夫,他总是懒得自己掏钥匙开门,虽然,丈夫进门也是一声不吭的。她凭直觉知道,就是公公送菜来了。她竖起耳朵,又悄悄拨开一点柜门,能捕捉到公公在客厅走动的声音,他似乎把雨伞弄倒了,有啪的一声响,闷闷的。脚步声似乎走进了厨房,很快又退出,然后,好像在客厅盘旋着。她听到茶几抽屉拉开的声音,那两个大抽屉,一个放茶,一个放些糕点小食品。抽屉被很重地关上了,这个熟悉的声音,她确定公公开了他们的抽屉。她很不快,但几乎同时,那脚步声,正在往卧室而来。她一下子停止了呼吸,骤然笼罩的恐惧与慌张,让她一脑子空白。脚步声进来了,他会不会开衣柜的门?

灯亮了。做儿媳的女人死死抓住脖颈,严防死守自己几乎控制不住的尖叫。但脚步声静止了,也许它的主人在巡视他们的床,或者墙上的风景画。那个脚步声,一直是停止状态,而这寂然无声的时间里,一秒钟简直长于一日。柜子里的女人,快被这莫测的寂静给逼疯了。

实际上,脚步声的主人,只是停留了一分钟多一点,那令人窒息的脚步,终于把它的主人带向了客厅,最终,随着大门开启与哐当闭合,它彻底消失在了大门外。

柜子里的女人,从柜子中嗷地扑到自己床上。随即弹起,奔向客厅。丝瓜在厨房灶台上。突然,她想起公公进屋时,会发现屋子里客厅、厨房、阳台开着灯。我们不是都没有回家吗?公公会怎么想?难道他刚才开茶几抽屉、越界进入卧室,是在抓小偷吗?她心里堆积着又惊又气、羞愧又沮丧的情绪,嗯,还有很不痛快的愤怒。

她回到厨房,拿起那兜子丝瓜,直接走向后阳台,手起包落,一整包丝瓜,连着尼龙袋子,一起被甩下了楼。那是一片配电房杂草地。

酒店外夜雨蒙蒙,马路两边的路灯下,都团着白雾。

葵花子眼睛的少年,突然跟他说,叔叔,明天上午我就走了。你带我去看看你们的灰鲸馆好不好?

他瞠目结舌。杨曼虹反应很快:想死啊你!光想着玩!人家叔叔不要回家休息了?!

他说,不不,我没关系,只是展馆人员五点半就下班了,我们进不去的。

咦,不是你们研究所自己的展馆吗?拿钥匙开门进去呗。少年说。

杨曼虹又打了他的后脑勺一掌,气势粗野,但少年只当风吹帽,根本不看他老妈一眼:我非常非常想看看灰鲸,叔叔!我非常非常——

呵呵,理解。只是,展馆部和我不是一个部门的,我不知道钥匙在哪里,也没有那边负责人的电话……

叔叔!我到这个世界上,就是来向大鲸问好的!

他看着少年似笑非笑。众人都觉得他的表情苦涩而推诿,却不知鲸类专家因少年少不更事的一句话,魂魄依稀回到自己青涩饱满的旧时光,他发现自己手心有点潮了。

少年沮丧垂头,马上又亮起小眼睛:叔叔!那带我去看看你的办公室!少年竖起一根细长的指头,目光殷切而狡黠:看一眼就好!就一眼!然后我打的自己回酒店!就一眼!我死而无憾!

少年又开始满嘴过山车一样说话。果然,后脑勺又吃了他妈妈一掌。少年照样无感。看起来,母子经常这样不对称地交流,母亲粗鲁溺爱,儿子轻蔑自负。鲸类专家说,走,跟叔叔走吧。

少年和鲸类专家,冒着霏霏细雨走进海洋研究所大楼前的木麻黄林荫道。昏暗的木麻黄林荫道上,陈远夫妇的车灯雪亮地远去。他们把杨曼虹送回酒店。门岗老阿伯并不诧异这么晚了有人进院子,但是,三栋大办公楼,几乎都是黑的。少年说,那个,灰鲸的追悼会是在这个楼开的吗?

他摇头,手指另一栋楼:那边。少年说,哈,你看过《海豚湾》吗?

他一时没反应过来。少年说,就是那个偷拍日本人疯狂捕杀海豚的——没看过?少年收住脚质询他。哦,是在日本和歌山县太地町吗,美国人路易·西霍尤斯拍的?最后那些勇敢的志愿者把偷拍的片子直送到联合国会议现场的——是不是?

少年赞许地点头,收回了一触即发的蔑视:我说呢,你不可能不关心这个——哼,不算鲸鱼,日本人每年杀死的海豚就有两三万条,在那个小小的太地町每年要杀掉一千五百多条!海水都红了。难怪杜鲁门说:把日本人干掉!——没错,干掉日本人,为海豚报仇!

你喜欢钢琴,喜欢鲸类,还喜欢什么?

最讨厌钢琴!我只喜欢鲸。

能来参加比赛,应该是学得不错啊。

那是当然。有天赋,没办法。但我是被逼的。我老爹老妈附庸风雅——靠!这就是你的办公室?!你们鲸类专家的办公室就这么小?我靠!

还可以啊。

长手长脚的葵花子眼少年,仔细巡看办公室墙上的鲸类照片、进化图表。随后又弯下腰研究他们摞在柜子边的一摞采样箱。鲸类专家打开一件礼品纸箱,抽出了一个有机玻璃相框,那是专家们拍的各类海洋生物照片,他送那少年。少年接过礼品,表情却十分无赖:叔叔,带我去展馆吧!我想看真正的大灰鲸!

你看到的,隔壁大楼都是黑的。进不去。

求你啦,叔叔。此生只为这一天!

少年对他激烈拱手:明年我就初三了,想来也不可能了!叔叔!

这一个晚上,他感到自己一直被少年牵着鼻子走。但隐约又觉得是走在二三十年前熟悉的小道上。就在妻子郁闷地在昏暗的小区外大街上焦躁游走时,他和少年拿着手电筒,来到了灰鲸展馆所在的大楼。楼道是有灯的,他原计划只是看看是否能从窗子照进去,也许能满足少年的欲望。就在他们挨着窗子,拿着强光电筒,往里面照时,意外发现拉窗没有扣死。两人爬了进去。

一千多米的展馆灯,包括各种射灯,被全部打开了。

少年在巨大的骨架标本和巨大的真皮标本之间,兴奋得来回嗷嗷叫。他甚至趁主人不注意,翻进标本护栏,奔向大灰鲸。那只擅弹钢琴的超长巴掌,飞快地摸了一把长满藤壶的灰鲸皮,还提了一下搁置地上的骨色巨大鲸须板。在鲸类专家来不及反对之际,他拥抱了一下灰鲸,又迅速跳出护栏,若无其事。

不要触摸!!他臭着脸,厉色地瞪了少年一眼。少年嬉皮笑脸,说,手感不错,不知道含不含真皮层?

他轻微点头。少年看自己触摸过灰鲸的手,搓捻自己的指头,仿佛追忆追捕着刚才的触感。少年食言了,他并未真的看一眼就走,看完灰鲸的真皮标本之后,他又在灰鲸巨大的骨架标本前,连续绕圈子,嘴里念念有词,有几次偷眼看鲸类专家是否注意他,他估计他稍有疏忽,少年就会再跳进围栏,去抚摸灰鲸骨头。

唯一的浪漫往事。

那真是莫名其妙的浪漫。这么莫名其妙的浪漫,一度让介绍人以为他们一见钟情,其实,他们自己知道,根本不是这么回事。像他们这样的普通男女,哪有什么一见钟情的本钱,无非就是那一个时间段里,他们同频共振了。

浪漫的底牌,真不浪漫。就是那天,介绍人带着他到女方家,女方的妈妈正在将一个五公斤的方形白油桶里的茶油,分装到几个一斤装的小瓶子里,娘儿俩老是瞄不准,油多次要漏出来,只好赶紧停住。油桶又非常重。小伙子进来,这个粗笨体力活自然就由他来援助。小伙子提抱起油桶倒,姑娘扶地面小油瓶。一切准备就绪。没想到,小伙子很费力地提抱着油桶,正斜着大油桶,对准小油瓶口,敛气专注地要往里倒,姑娘突然扑哧一笑。这一笑,小伙子手控的那个茶油细流就歪洒了,小伙子赶紧住手放下桶。

两人清清嗓子,严肃地再来。好容易上下都对准了油瓶口,双方都屏声静气,大油桶也斜得角度很稳了,那姑娘突然又笑了。是那种憋不住的、喷出来的笑声。小伙子立刻又岔气,连忙住手。姑娘为自己不负责任的行为开脱说,我就是觉得会瞄不准……结果,再来。再再来。每次对准了,还没开始倒,她就爆笑。最后,小伙子自己忍不住笑,两人跟轮流爆胎似的,总有一个止不住。到后来,两人只要一抱起油桶,就笑场。地上接油的小瓶子也碰倒了。这个相亲的序幕,没有任何语言,就是反复笑场。有一次,他们全都肃穆坚定,油已经准准倒入小油瓶有十来秒,但是,姑娘的阵线又垮了,她到底没绷住,她一笑,油立刻歪洒到瓶口外面了,姑娘笑得歪坐在地上。

最后,连介绍人、妈妈、姨姨等一拨严肃而困惑的人马赶将过来,考察、整风、助势,没想到,也是看那上下油瓶对准的架势一眼,那些气势凛然的人们中,就总有一个人"扑哧"而笑,最后一个个笑得靠门扶膝,刚裹挟而来的满怀魄力,立刻分崩离析。小伙子再也无法提抱起大油桶,尽管他一再振作精神,但只要一提抱起油桶,必定有更多的人憋不住笑,哪怕没有声音出来,那个快乐发抖的肩头,也会有开心的超声波荡出来,大油桶就怎么也瞄不准那个油瓶口,阵线就垮掉了,结果,好容易屏住气的人们,又一个个哈哈呵呵嘎嘎,仿佛突然都进入了生命不可遏制的喜悦狂欢中。

谁也没有想到,一对普通人的普通婚姻,就这样匪夷所思地笑成了,甚至介绍人还没有出手。

所以,成为夫妇的那个妻子有时会发问:欸,如果那天,我们家不是正好在倒油,你说,我们会走到一起吗?

鲸类专家每次都会在心里回答:不会,肯定不会。但是,他一般还是会自欺欺人地说,会吧。我们有缘。妻子往往会说,我觉得不会。因为,我们都太平淡了。我们这种人,看上去一点意思都没有。

有时候他就会接着说,那为什么倒油就可以呢,难道我们彼此都变得不平淡了吗?

女的就说,是呀,我们都在笑的样子,可能很有意思吧。你笑的样子,让我感到贴心合辙。

结婚十多年后的有一天,她才告诉他,那天,我妈妈给你和介绍人陆老师煮了酒酿蛋花汤。我把你的碗和我们家的碗,叠在一起放进洗碗池洗。陆老师的最后洗。

他听出来,这是说,笑过之后,她对他就毫不见外了。但是,结婚十年的妻子又说,嗯,也许那天,随便一个男人,只要他和我一起那么笑,我可能都会把他用脏的碗和我的碗放一起洗,也许,我都会愿意嫁给他吧。

他听了也败兴。但反过来想想,不正是那个无穷无尽的笑场,让他毫不设防地接受了女人的平凡平淡,甚至,她那让他一贯蔑视的、总不闭拢的厚嘴唇,他也始终没有一点敌对意识升起。如果没有那场上帝安排的笑呢?天知道,他们彼此也知道——两散的结果。

这个细雨霏霏的夜晚,妻子因为心里总是憋闷,总想和丈夫说两句。她蜷缩在丈夫并不伟岸的后背,脑子里盘旋了一句:欸……你说,二十年前,如果,大油桶倒小油瓶,我们很严肃,倒得很准,你说,我们会结婚吗?

可是,她还是懒得问了。

两人渐渐起了均匀的睡眠呼吸声。丈夫一个翻身,一把卷走了大部分的被子,她在拉扯被子中,隐约听到一声含糊的咕哝:灰鲸……

(原载《花城》第2期)

欢笑夏侯

陈 世 旭

一

夏侯阳光是开学好几天以后出现的。

我们学校是全省最牛的重点高中,中考录取分数线、高考升学率从来都是全省的至高点。每到中考招生,校领导那儿就明里暗里挤破了人头。有带着上至中央下至顶头上司的批条的,有带着大大小小的红包或银行卡的,有批条、红包、银行卡一样不少的。之前,主要次要的校领导栽了好几任。现在的校长在品行上也是全省最牛的,除了中考成绩,天王老子也不认,威武不能屈,富贵不能淫,整个一铁打金刚。

夏侯破了例。照他的中考成绩,家里如果不破大财,连一般高中也进不去。但他却进了我们学校。不久全校就知道了,是老省长危老硬把他塞进来的。

危老在省政府工作的时候,夏侯老爸——大家喊老夏——在机关当勤杂工,十几二十年间,每天都是最早到,最晚走,永远都是在闷头做事。机关里大大小小的干部走马灯似的来来去去,换了一拨又一拨,他从来没有麻烦过任何一个人。危老从省长的职位上离休后,有一次在机关大院的小树林遛弯,看见老夏在大树下拔石凳边上的杂草,走过去打招呼,受了惊吓的他猛一抬头,来不及抹去眼角的泪水。

危老回去就给当时的省长写了信,说,考虑再三,还是决定打扰您一次。他恳切地请求省长亲自过问一下一个普通工人儿子的升学问题。他与这位在省政府机关兢兢业业工作了多年的工人同志非亲非故,甚至喊不出对方的名字,更谈不上关心对方的生活。他为此很惭愧。

老夏前面生了两个女儿,赶着计划生育政策下来之前生了夏侯阳光,得了儿子,从此一心望子成龙。老夏上初中时全国学雷锋,给他留下了终生坚持不懈摘抄名人名言的习惯。有了儿女之后,他把那些名人名言用大字抄出来,贴满了家里的墙壁,每天让儿女们早晚背一遍,背熟了,再换一批。

在这些名人名言的熏陶下,儿女们读书都特认真,上课做笔记恨不得连老师的喷嚏也记下来,在家里手上永远抱着课本,每天趴在桌上做作业不到半夜绝不起身。可不知为什么,学习成绩就是上不去。大女儿好歹念完初中,死活不肯参加中考。二女儿干脆就没念完初中,半道退学了。轮到夏侯,宝全押在他身上。中考那天,家里专门给他炖了一只老母鸡,老夏头天悄悄跟人换了班,把一辆动不动就掉链子的单车仔细检修了一遍,早早地载着夏侯去赶考。夏侯上了考场,他就两只手抱着膝盖,一直在校门外的一个角落蹲着,低着头念念有词。他的父亲是水灾后进城要饭的农民,从小没有进过学堂,就指望儿子有一天能出人头地,为夏侯家争气。但他当年没有考上高中,在家待了两年,只好去劳动局登记,报名就业。面相、性格有遗传,过不了中考应该没有遗传!

但夏侯的中考就是没有过。复读了一年再考,还是没有过。

老夏上班,止不住背着人偷偷抹泪,却让危老撞上了。

危老是全省上下知道的人个个敬畏的老领导。"文革"中他的两个儿子一个自杀了,一个下乡插队,后来就一直在公社中学——后来是乡中学教书。不是县里不使用,是危老一直压着:你们要动他,事先必须请示我,这是纪律!每次儿子回家,危老就叮嘱:就你那水平,就在基层老实待着,爬得高,摔得重,不是什么好事。他唯一的孙女很争气,高考被省里的重点大学录取,她放弃了;第二年再考,如愿考进了全国名头最大的大学。危老自己一离休就交出了办公室,搬出了独栋庭院,让办公厅给他在省政府干部大院找了套单元房。请众秘书、医护、警卫、司机吃了一顿饭,感谢他们多年的辛苦,谅解他对他们的种种过失,告诉他们,我这里没你们什么事了,组织上已经同意他的请求,请他们回各自的主管单位另行分配工作。多年来他从不干政,散步遇到跟他一样退下来的老同志发牢骚,他立马脸色铁青。他们只好赶紧住口,从此见了他就远远避开。

对危老的信,省长不敢怠慢,立刻呈报给了书记,书记立刻就批给各位常委传阅,指出,这应该是一个特例。危老的信实质上提出了我们执政方向的命题。落实危老的要求,上升到了政治高度。我们校长再牛也只有执行的责任。

夏侯很对得起这个来之不易的学习机会。他每天最早到校,最晚回家,上课坐得端端正正,一动不动。但让人难以相信的是,他好像是个聋子,什么也没有听见。老师每次点名他发言,总不见回应。必须旁边的同学推他,他才好像是猛然惊醒,一下站起,然后就像棍子一样杵在那里。不管哪一科的老师,也不管提的什么问题,让他回答,他都一概张口结舌。

但夏侯比所有人都优异的地方是他的表情——笑,而且是欢笑,绝对是夏侯的标志。他那张娃娃脸永远是血色丰润,鼻头沁着细细的汗珠,头发里冒着热气,就像刚从桑拿房出来。明亮灿烂的笑容随时随地都挂在上面,黑白分明的眼睛微微眯着,血红的嘴唇里露出整整齐齐的小白牙。不论面对谁,也不论遭遇什么,都永远那样害羞似的笑着,亲切而真诚。凝神听课是那样,回答提问是那样,我老使阴招让他出丑是那样,像棍子一样杵在那里还是那样。课间,教室、楼道、操场,夏侯的帽子或书包,随时有可能被人抢走,然后在大家的手上传球似的抛来抛去。站在人堆中的夏侯,头像拨浪鼓一样转来转去,眼睁睁地看着自己的帽子被踩烂,书包里的东西被抛得散落一地,始终明亮而灿烂地笑着,手舞足蹈,乐不可支。仿佛他不是被游戏的对象,而是游戏中的一员,帽子或书包也不是自己的,是公共玩具。

我们班主任是教生物的,很为夏侯着急。常常把从不举手的夏侯喊起来:夏侯阳光同学,你看见我出的题没有? 连问几遍,夏侯才结结巴巴回答:看、看见了。

看见了那就回答。班主任和颜悦色地走近他。

夏侯别过涨得通红的笑脸,去看周围的同学。

我跟夏侯同座。我轻轻提示:

选 C。

夏侯很警惕,之前我老骗他。迟疑了一会儿,他说:

选 A。

全班哄堂。

班主任出的不是选择题,而是一个填空题。

班主任让夏侯站着,自己回到讲台,说,今天的课先不讲了,给大家讲讲人的一种常见的生理现象——笑:

在人的各种表情中,笑,无疑是最受欢迎的一种。但也不尽然。有些笑是很不好接受的——这还不是指那些同贬义词连在一起的所谓阴笑、奸笑、贼笑、淫笑、狞笑之类——比如广播和电视里的有些广告的笑就很可怕:因为叫卖的常常是假冒伪劣产品,情节编得又很拙劣、很不自然,那些代言的明星笑得很夸张、很没有来由,使人浑身起鸡皮疙瘩。

笑都是有来由的。即使假笑,也有必须作假的理由。演员在演出中的笑大都是为笑而笑,但也有明确的目的性——一是将笑作为艺术,二是将笑作为商品。该笑的时候不笑,或者笑得不合情节的要求,就有可能被导演炒鱿鱼,拿不到表演酬金。

自古以来,无数哲学家和生物学家对笑做了多方面的探究。法国哲学家、物理学家、数学家、生理学家笛卡尔对笑做了一丝不苟的剖析:

"笑是这样发生的:血液从右心室经动脉血管流出,造成肺部突然膨胀,反复多次地迫使血液中的空气猛烈地从肺部呼出,由此产生一种响亮而含糊不清的嗓音。同时,膨胀的肺部一边排出空气,一边运动了横膈膜、胸部和喉部的全体肌肉,并由此再使与之相连的脸部肌肉发生运动。就是这种脸部运动,再加上前述的响亮而含混的噪音,构成了人们所谓的笑。"这段话同学们课后可以在笛卡尔的《论情感》里找到。

显然是由于笑容受到欢迎的缘故,自古就有"卖笑"一说,现如今提倡"微笑",更是成了一种时尚。服务行业甚至将"微笑"列入规范化管理的重要内容。对于看惯了盾牌似的冷脸的消费者,这无疑是一种福音。然而——我要强调的是然而——有些漂亮小姐俨然如同达·芬奇的《蒙娜丽莎》,不管你有没有心情,是不是需要由衷的关切,永远是一副一成不变的"永恒的微笑",你受得了吗?

笑,一旦固态化了,其真实性就大可怀疑了。最起码,人家会以为你面部神经麻痹了,就僵死在那一种表情上。

当然啰,笑到底还是比哭好,笑相到底还是比凶相好。德国哲学家叔本华说过很多错误的话,也为我们奉献了这样一句精彩的格言:"愉快随时带来益处。它好比幸福的现金支付,而其他都不过是一张支票。"只不过,我们对笑寄予了一种期望。期望所有的笑都能像雨果说的那样:"当我们笑的时候,内心深处应该是仁慈的。"法国作家拉伯雷是创造笑的巨匠。在笑的历史上,拉伯雷历数百年而不衰,始终是无可置疑的楷模。因为他的笑纯真、朴实。当一种文明趋向于伪善的时候,拉伯雷的笑因其保持自然的风格而受到千古传颂。

的确,我很愿意像挪威作家韦塞尔那样恳求:"请允许我自己选择唯一的一件好事,那就是永远和笑者在一起。"

但那笑者必须是真诚的而不是虚伪的,是智慧的而不是愚蠢的——而愚蠢的笑简称为"蠢笑"或"傻笑",就是我们现在看到的夏侯的这种笑。

全班再次爆发哄笑,这一次连桌椅楼板也"咚咚"乱响。

在一片混乱的笑声中,夏侯的笑容没有任何变化,无声而明亮,平静而欢快。似乎在执拗地告诉班主任,他的笑不是蠢笑或傻笑,就是欢笑,发自内心的欢笑。

不知为什么,我们在忽然之间都相信了夏侯,相信了那样的笑不论是尴尬,是紧张,是窘迫,是委屈,都不是伪装。那样的笑是装不出来的。那差不多就是婴儿的笑,表明着心地的纯洁无瑕。夏侯的心理世界就停止在婴儿时代,像中国古代哲人孟子说的"不失赤子之心"。

也许就是这笑容征服了大家。

时间一长,大家再不忍心拿夏侯开涮。再毒舌的老师,也不挖苦他了,像我这么贼的人也不给他使坏了。尤其每次家长会,他老爸每次都来,从来没有缺过席。每次都坐在最前面一排的一个角落里。轮到家长发言,他就头一个站起来,先向讲台上的老师九十度弯腰,说:拜托!再向学生座位上的家长九十度弯腰,说:拜托!然后声音颤抖地连说几声:千万千万拜托!完了就哆哆嗦嗦地坐下来,再没有话。大家开始还觉得好笑,很快就严肃了,这有什么可笑?辛酸还来不及呢,中国的父母有几个不是为儿女活着!

而且,除了学习成绩,夏侯的优点是特别明显的。最大的优点是嘴甜和勤快。他管男生一律喊"哥",管女生一律喊"姐";见到同学的家长,不管是不是与他相干,他都会凑上去喊"叔叔""阿姨"。他最乐意的事情是给人帮忙,而且是给所有人帮忙,不管其中是不是有人之前欺负过他。只要有人使唤,他立刻就满脸放光,浑身是劲,像是获了大奖——单是论功课,他什么奖也得不到,大家有需要,对他多少是一种补偿,证明自己还不是那么被人看不起。每天中午给班上不回家的同学买盒饭,一次拿不下就跑两次;大雨天一趟趟地把不想让裤腿和鞋子浸湿的同学背过积水的马路;每天卫生值日的同学有事或借口有事不想干了,他就踊跃替代打扫教室;篮、排、足三大球他一样不会,但每次他都从头到尾陪着,给大家看守扔在场边的衣服书包,买水递水,鼓掌喝彩。

头一个学期结束之前,心有愧疚的班主任提议让夏侯进班委,得到了全班的一致拥护,选他当了劳动委员。

让人惋惜的是,他的学习就是跟不上,怎么给他单独补习、吃小灶也不行。高三,进入高考备战,教室里一片死寂,偶尔有人咳一声,偶尔有一支笔掉地,都会让人心惊肉跳。教室的气氛压抑得像是一口活棺材。夏侯一如既往,一动不动地坐着,偶尔看一下周围。他的一贯的笑容,在不了解他的人看来,会以为是睥睨和嘲笑,但我们都清楚,那是无奈、茫然和寂寞。

因为一直同桌,我更清楚他心里的苦。他压根儿就不是大家在表面上看到的那么混沌未开,死心眼儿。测验和考试的时候,只要有可能,我就给他看我的答案,他从来没有拒绝过。他利用自己桌面上一个节疤脱落空出的小洞,把书本贴在底下偷看,只是每次他都不知道该抄哪一段、哪句话,或是哪个得数。

二

夏侯的高考结果可想而知。他老爸很绝望,差点自杀。我们校长出面,把夏侯弄进了一所私立职业技术学院。校长在大学当教授的一位老同学,兼任着这所学院的院长。学院的简称跟"妓院"完全相同,让许多报考的学生和家长忌讳。夏侯很顺利地毕业,很顺利地拿到了大专文凭。因为跟危老的那一段渊源,省市机关的后勤部门几乎没人不知道他和他爸。省政府办公厅给市政府办公厅打个电话,人家一见夏侯,马上就聘用了。

市政府有一个专门给一批副市级以上领导盖的"818院",管理处特需要高等学历又有服务精神的青年人。因为是政府机构,工资有严格的限制,应聘试用的员工在没有考上公务员之前,收入跟厨房洗碗的农民工大妈差不多。连着几年,前来应聘的大学生问清了工作性质和收入待遇,有的扭头就走了,有的最多干几个月就跳槽了。但对夏侯来说,这是天赐良机!

再没有比这样的工作更适合夏侯的了。他不忌讳被人笑话"伺候人",整天忙前忙后、跑上跑下,被人使唤得陀螺一样团团转,他只会快乐无比。他给人办事,从来不计较人家的语气,温和也罢,粗暴也罢,亲切也罢,鄙视也罢,讲理也罢,蛮横也罢,平易近人也罢,居高临下也罢,他都一样笑嘻嘻地接受。"妓院"毕业么,本来就是来"伺候人"的,他偶尔拿自己打趣。他觉得,能在这样一个有武装警卫、一般人不得擅入的大院里服务,即便是最普通的服务,也是一种莫大的荣幸。

夏侯很快就成了818院管理处,甚至是整个818院最受欢迎的人,人见人爱。他的脸上永远是大晴天,他的嘴里永远在哼抒情歌,这个跟他名字一样的阳光男孩,从外到里热得像团火,见谁亲谁,冷饭冷菜吃得,冷言冷语也听得。只要谁家有事,他忙起来就没日没夜——半夜起风,没关的窗户玻璃碎了;出门忘带钥匙,要着急开锁;老太太菜买得太多了,拿不回家;下水道突然堵了,卫生间屎尿横流;车在路上跟人撞了,赶不回去接幼儿园的孩子;手机掉抽水马桶了,要伸手去掏……这些不在他职责范围的事,只要找上他,他都干得特带劲,从来不厌烦,不抱怨,相反,屁颠屁颠地很享受。

夏侯是个念旧的人。他那儿很自然成了老同学的联络站,隔三岔五他就组织个饭局。本来大家说好了AA制,他很委屈地笑问:你们这点面子也不给我吗?大家说,不是不给你面子,你哪来的钱买单?你一个月那点工资还不够我们撮一顿的。他释然,说,哦,那你们尽管放心,等着掏钱的人有的是。大家起先还狐疑,想想也就作罢。夏侯是818院的人,水应该很深。没有秘密,那就不是他了。

我因为在外省读本科,毕业后接着读研,囊中羞涩,有几年没回家。这次回来,夏侯高兴得很,说是一定要最隆重地聚一次。可时间到了,人到齐了,独不见他人影。几个人连着给他打电话,他连声答应"就来就来",可是等饭局完了,一帮人闹闹哄哄地拥进K厅包房,鬼哭狼嚎了好一阵,他才满头大汗地赶到,满脸堆笑,一个个地跟人弯腰、握手,一口一声"对不起"。"对不起"了一圈,忽然不见了,再出现的时候,领着几个服务生,抱来一堆零食、卤菜、大果盘、整箱的酒。然后,他一杯酒一杯酒地满上,把所有人敬了一遍,摇晃着身子,露出雪白的牙齿,醉眼蒙眬地说:对、对不起,我去机场接我们老板的小姨子了,没有陪、陪好哥哥姐姐,给各位赔不是,请包、包涵……

他还是老样子,一点没变,娃娃脸上挂着害羞的笑,永远长不大。几个走得近的同学中,有人总觉得他弱智:什么年代了,还有这么不要命的人,就算学历条件差点儿,也不至于做牛做马啊。

你们这是什么话,讲点良心好不好!有人当场驳斥,没有夏侯"做牛做马",又是在那样一个地方"做牛做马",我们能得到那么多方便吗?

这倒是真的,夏侯太大的忙帮不了——比如升官发财,或是去号子里捞人,但解决小难题则是分分钟的事——其实对我们这样的平民百姓,这些难题说是小并不小,没人帮你,那个坎你就是过不去——

报上发布了政府告示,祖父母如果是省城正式居民,其省城以外的未成年孙辈可以有一人把户口迁入祖父母家。一个师范学院毕业分到外县中学当老师的高中同学,欣喜若狂地带着那张报纸和刚满月的儿子的户口赶到父母所在地的派出所,问遍了所有人:有这事吗?所有人都回答:上面不都写着吗?又问:那我们能办吗?又答:你们自己应该知道。再问,就没人接腔了。

旁边有人指点,兄弟你连条烟也送不起吗?这年头有你这么干手沾芝麻的吗?

那同学在我们班上是出了名的二杆子,天王老子也不买账的,虽然到了底层,好歹也是人民教师,却教养不见长,倒是长了江湖气:卧槽,政府不是明明有法令了吗?草泥马戈壁!

甩甩手扬长而去。

中午,在夏侯那里用餐,说起上午在派出所的遭遇,夏侯说,看把你气成这样。随手抓起拍在桌上的手机,拨了个号码。一会儿把手机拍回桌上,说:吃完饭,你先在我这儿的酒店睡个午觉,下午三点,你再去那个派出所,直接找他们所长给你办。

卧槽,神了!那同学后来跟大家说,那天他按时去了派出所,所长又是让座,又是泡茶,一再叨叨:您跟我们局长是朋友为什么也不说一声啊?临走,还从文件柜里抓出两条软中华,硬塞进我的烂包里!草泥马戈壁,他在河里捞,我在他箩里捞!

知道了夏侯的神通,高中就出了名的几个赌鬼也有恃无恐。

有天半夜他们鏖战正酣,忘乎所以,实在不堪其扰的邻居打了举报电话,一帮警察突然袭击,把桌上的赌资一扫而光。赌鬼中一个人冷冷说:收好了,别急着瓜分,明天一分钱别少给我送回来。一个警校刚毕业的小警察哼了一鼻子:那你好好等着吧。

小警察打死也不肯信,那帮赌鬼还真是一分不少地等回了那笔钱。

扭转乾坤的自然是夏侯。几个赌鬼办了饭局感谢夏侯。夏侯难为情地笑着:莫、莫,是你们给我面子。

倒成了他该感谢那班赌鬼了。

有了夏侯,K歌就没意思了。

老板的小姨子?你摸人家手没有?

没有摸手。

那是摸胸了。

没有摸胸。

那是摸哪儿了?你倒是说明白啊。

没有摸哪儿。

问题的出处明显是"领导吃饭你转桌,领导小蜜你乱摸"。但夏侯是直肠子,吃什么拉什么,根本没有幽默感。你怎么逗他,他都是正面回应。

别逗老实人,不好玩,言归正传,听夏侯的吧。

众人等不及了。每次聚会最大的热点就是听夏侯讲官场八卦。一帮人围定了他,众星捧月。每到这时候,夏侯就格外意气风发,本来就通红的脸更是艳若三春桃花。不远的几年前,他还是大家寻开心的对象,现在他是大家的中心。

夏侯最崇拜的官员是市委况书记,夏侯口口声声称作"我们老板"。

"我们老板"是有生活厚度的人,举重若轻,时不时会发些短信给包括夏侯在内的年轻人,诸如:

"群处守嘴,不惹祸;乱处守心,不出错;抬头做人,俯身做事;修好自己的心,立好自己的德;思想要丰富,心灵要纯净;让别人幸福,让自己优雅!"

"越是有故事的人越沉静简单,越是肤浅的人越浮躁不安;成功不仅是才华横溢,更是平和低调诚实让人信任。"

"不要总显示比别人聪明,敬人等于敬自己;树一个敌,等于立一堵墙。"

"能干事不是本事,不出事不是本事,能干事、干成事、不出事才是本事。"

"一等人有本事没脾气,二等人有本事有脾气,三等人有脾气没本事。"

"自然界里的一切都是相互依存的,一荣俱荣,一损俱损。在这个世界上,人与人之间无非就是一份缘、一份情、一份心、一份真。风轻云淡时,一句问候;细水长流中,一个惦记;郁闷困惑时,一丝安慰;穷困潦倒时,一些给予;孤独无助时,一臂之力;落魄失意时,不离不弃。"

还有不少,都是金玉良言。夏侯奉为人生圭臬,并且连同他激情点赞的"我们老板"的所有讲话和文章要点及时转发到微信的朋友圈,让大家共享。

每次八卦,"我们老板"都是"三突出"的形象——所有人物里突出正面人物;正面人物里突出英雄人物;英雄人物里突出一号英雄人物。

"我们老板"是从中央机关空降的,一开始许多人不鸟他。夏侯刚到大院管理处上班,遇上抗洪,"我们老板"让市委市政府机关凡能抽出的人都上第一线。那天,况姨——就是"我们老板"的夫人,让夏侯顺便带点东西给几天没回家的"我们老板"。夏侯坐快艇上了指挥船,正赶上"我们老板"在拿手机打电话,一船人静悄悄的,大气不敢出。

"请您放心,我现在就在第一线,人在堤在!"

"我们老板"站得笔直,脸色严峻,声音坚定而柔和。按级别,他不可能用这种方式跟对方通话的。这一下,谁都看出,"我们老板"是通天的。从那以后,再没人敢在下边对"我们老板"阴阳怪气地说长道短了。

朝里无人莫做官。我们说。

夏侯没想到他本来以为的惊人内幕会引出这样负面的结论,急了,说,"我们老板"的领导魄力也是超强的。

年中,一位国家领导到基层考察新农村建设,头天下午省里突然通知,原定的考察点临时改变,第二天上午要去我们市下面最偏远县山区的一个村子。那个村恰好是我们市里最落后的一个贫困村。

"我们老板"晚饭前就赶到了那个村子,现场办公。一个晚上,那个村子所在的县乡几百干部把村子清理得干干净净,墙面粉刷一新;牌坊屋头树上装灯结彩;从市里直接调拨,给家家配上了电话彩电冰箱洗衣机;集中附近乡村的牛羊鸡鸭,填满了全村子的牛栏羊圈水塘……

早上太阳出来,一个焕然一新的村庄神话般地闪闪发光。

这不是骗人吗?

有人困惑。

是政治。

夏侯笑着点拨。

你们老板就靠这"政治"升官?一定还有秘籍。别跟我们保密啊。

夏侯低下头,犹豫了好久,终于抬起头笑得很紧张地看了一眼包房的门:

我要是说了,你们一定给我保密。

那当然,弟兄们还能害你?

我们老板是有高人指点的。

夏侯吞吞吐吐,让他的笑看上去有些吃力。

夏侯说的"高人"叫"莫大师",是个传奇人物。因为莫大师,夏侯见识了许多先前只能在电视电影里看到的气度不凡的高官,享誉世界的富豪,家喻户晓的明星,这些人一个个对莫大师恭敬得五体投地。也难怪,七十几岁的人了,平时住在深山老林的一个独院里修炼,汽车道蜿蜒通到山外的河边,河上特地架了一座汽车能过的木桥。桥头照电影里的样子挂着一排大红灯笼,数那些灯笼就知道平时有多少女人跟着他过日子。此外,还时常有从银幕银屏走下来的明星大美女找上门来,整天整夜跟他在床上修炼种种神功。

莫大师非佛非道,自成一家。早年在老家乡下跟人打赌,从远处遥控,让公社书记的老婆当街脱光了衣服。江湖上称作"仙人脱衣"。事后以流氓罪送去劳改。三年困难时期,连劳改农场的"政府"——就是管教人员都饿出了浮肿,他半夜出去拉尿,总是打着饱嗝喷着酒气回来。第二天,大家总是在屋角发现一堆吃剩的鸡鸭鱼肉骨头。跟踪了几天,发现他并没有走远,就蹲在屋角那儿"咯吱咯吱"大吃大喝。他背着身子,你也不知道那些香气扑鼻的酒菜是怎么来的。只好报告"政府"。

"政府"连夜审问,磨叽了好半天,他交代:你们保证,我坦白了你们不给我加罪——那些酒菜都是从附近城市的餐馆凭空搬运来的。

审他的"政府"拍案说:鬼信你的话!离劳改农场最近的县城也有好几十里呢。除非你当场表演,让我们亲眼看见。

莫大师说,"政府"桌上那只水杯可以借我一下吗?

"政府"说,可以。

莫大师伸手抓过那只杯子,问,这里是半杯凉白开,对吧?

"政府"说,不错。

莫大师又问,"政府"想喝点什么?酒,茶,还是糖水?

"政府"想了想,说,老三花吧。

"老三花"是劳改农场早年自酿的谷酒,因为粮食紧缺,酒厂已经有两年不酿酒了。

莫大师把抓在手上的杯子重新放回原处,说,请吧。

"政府"端起杯子,先前的那半杯凉白开一点没多,一点没少,只是凉白开已经不是凉白开,是度数极高、让喉咙火烧火燎的老三花了。整个过程也就是一两句话的工夫。

这是小意思。这样的小技只能在各种高级别的宴席上助领导的雅兴。

莫大师的绝技是通灵,草野生灵他一呼百应——铺满地毯的豪华宾馆,随手抓几张纸,用火点着,反扣在脸盆下面,过一会儿掀起脸盆,便有一群蛇四散窜出。那都是莫大师当场从山林召唤来的。

你亲眼见过?我们其实已经信了,只是习惯使然,忍不住质疑。

当然,我们老板带我去看过,夏侯说,每次有领导来市里视察,我们老板都会请莫大师来表演。回回满堂彩。我们老板跟莫大师交情很深,拜了莫大师为师。莫大师山里的房子、汽车道、桥,都是我们老板让当地政府修的。莫大师也给了我们老板特别的指点。这些年我们老板的运势很顺,步步登高,都跟莫大师的指点分不开。

怎么个指点,能举个具体的例子吗?我们追问。

大粒的汗珠从夏侯的额上滚下来。他终于鼓足勇气,说,你们千万千万别害我,这样绝密的事,传出去不是好玩的。反正出了这间房子我就不认账,谁传谁负责!

行行行,我们这帮屌丝谁也没有当官的命,晓得秘籍也用不上,决不会传的。一帮人信誓旦旦。

前年,夏侯压低声音,有位中央领导路过,在市里的宾馆睡了个午觉。我当时正在818院管理处上班,我们老板从那个宾馆给我打了个电话,让我过来盯着,中央领导离开后不准任何人进那个总统套房,一切必须保持原样。包括散乱的被子、床上的毛发皮屑、咳在地上的痰、喝剩的茶水、掀开了没冲水的马桶……都不准收拾,手指头碰一下也不行。房门必须紧闭,不让一丝气息透出来。干脆,你就端把椅子给我在那个门口坐着,不准任何人踏进那扇门一步。谁问你,你就说有特殊任务,什么也不准多说。什么时候见到我,什么时候你才可以离开。

这就是莫大师给我们老板许多指点的一个——在中央领导睡过的床上睡一夜,可以凭借中央领导留下的强大气场,大幅度提升发展能量。

当时我们老板还不是副省级。在那床上睡了一夜之后不到半年,就进省委常委了。

这类故事在社会上早已传得沸沸扬扬,现在听夏侯说出来还是不一样,夏侯毕竟是有现场经历的人,可信度高。一帮人听得入神,怔怔的,虽然半信半疑,心里还是怯怯的,似乎面对一种让人畏惧的不可知力量。这让夏侯有极大的成就感。接近权力让他觉得也拥有了权力,成了有分量的政治人物。他还是那样无邪地笑着,但那笑里多了内容。

三

读研毕业我就留在那个南方城市了。春节后回单位,正是春运高峰,火车站以及全市各个车票代售点人山人海,我唯一的选择就只有找夏侯搞票。夏侯那天酒喝得有点高,但心里跟明镜似的,清清楚楚地记着临别时对我的许诺,没问题,我来办。

夏侯第二天就给我来了电话:一块儿吃个饭,顺便把车票给你。就我们两个,好好说会儿话,人多太吵。

约好的那天,夏侯在门卫那儿等着我。我扶着单车随他进大门的时候,心里有点发紧,毕竟是头一回来这种地方,侯门深似海,挺森严的。没想到那个农村来的小兵腼腆地对我点了点头,很意外。夏侯说,我们刚才正聊你,他崇拜死你了。他们山里有个在外面读研的回去,全村办酒席,县长都来贺喜。

饭前,夏侯领着我在这个外界说得近乎缥缈的神秘大院转了一圈。的确是个好去处——一个清波粼粼的大潮,卧在一大片林木葳蕤的丘陵中间,湖对面是群楼雨后春笋般拔地而起的城市新区,请欧洲园林专家设计的浓密树林掩蔽着整个大院,树林外来来往往的人很容易忽略掉树林后面的那个世界。一栋栋间距很大的欧式小楼,各自带着小花园,悄无声息。

"这里居住的是我们这个城市的心脏和大脑。"这是我进来时听我们主任说的第一句话,夏侯说,笑容里充满了自豪。

看来你很喜欢这里。我说,心里有种小人物的泛酸。

当然。夏侯沉浸在自豪里,你肯定看过美剧《纸牌屋》,里面有句台词我觉得特精彩:权力就像房产,越接近中心就越有价值。

我一下站住,睁大眼睛看他。他的笑依然带着稚气,他的髭须依然是毛茸茸的,但我就像忽然听到一个幼儿园孩子嘴里说出的是老于世故的政客的心得。

夏侯完全没有注意我的表情,那顿饭他一直在跟我讲这些年他对权力的感受。

权力是很威严的。

夏侯应聘后接受的第一个工作任务是为将上任的市委副书记准备房子家具。提拔前他是县委书记,那个县在他的任期内变化很大,从一个穷县进入了省内强县行列。他由此成为政治新星。市政府明年换届,他是市长候选人。

省委任命的正式文件还没有下发,副书记就来报到了,还带了满满一卡车行李。夏侯这里的准备工作还没有完成,只好在管理处库房清出一块堆放行李的地方,副书记则暂时住进市政府的接待宾馆。

放下行李,副书记就给省委老大家里打电话。他的这次调动,是老大点的名,现在人到了,头一件事自然是给老大请安。得知老大昨天从基层视察回来受了风寒,吃过早饭上医院了,就向管理处临时要了辆车,紧赶慢赶跑去探望。

管理处送他去医院的司机后来回忆,副书记上楼不一会儿就几乎是像逃窜一样下来了,脸色惨白得跟死人一样,五官变了形,魂魄都散了,很吓人。

当天,副书记就带着那满满一车行李,回了他来的那个县。不久,就传说他生病住院了,肝癌晚期。

市政府换届前,没上任的副书记——先前的市长候选人死了。

关于他的市委副书记任命的突然撤销,正式文件的说法是纪检部门发现了他在县委书记任上有受贿贪污行为。同时,群众对他之前上上下下跑官的不正当活动反映强烈。下边的议论则很邪乎,说他报到那天在高干病房省委老大的专用套间猛然撞上了不该看到的事,或是听到了不该听到的声音。回到县里一直到死,他嘴里翻来覆去叽里咕噜就三句话:怎么会那么兴奋？怎么会那么冲动？怎么会那么冒失？

　　这在一定程度上加强了关于老大私生活的流言蜚语。

　　他其实是吓死的。

　　典型的官迷，笑死人。夏侯"哧哧"笑起来。

　　会所的小餐室其实是个书房，极简朴，除了兼作餐桌的茶几、沙发，就是一整面墙的书架。没有恶俗的名人字画、插花盆景、仿古瓷之类。外面是一个探出湖岸的水榭。一大群色彩斑斓的鱼在下面欢快地游动，不时"哗哗"地溅起水花。

　　我们老板好像有点洁癖，特反感花哨摆谱。我甚至觉得，他也很不喜欢官场应酬，这地方弄好后他来过几次，就想一个人清净清净。他难得清净啊。

　　我对官场毫无兴趣，每次听人津津有味地谈论官场，我总是找理由起身离开，实在不得不陪坐便直犯恶心。我打断夏侯的话头：

　　说说你自己吧，怎么样，是不是又有新欢了？

　　在大学里，夏侯特有艳福，每个寒假和暑假，都会有一个不同的女生做他的驴友。高中同学发给我的手机邮件每言及此事，我几乎都能听到他们羡慕嫉妒恨的切齿声：真是想不到啊，倾头鸡单吃谷头米啊，咬人的狗不叫啊，之类。

　　夏侯笑而不答。

　　哪儿的？

　　就这院里。

　　同事？

　　不是。

　　直接交代吧，别卖关子。

　　夏侯甜蜜地咧着嘴：

　　记得那天我跟你们说去机场接人吗？就是她。

　　你老板的小姨子？

　　我恍然大悟：

　　那我得好好听听，你怎么上人家的。

　　不是我上她，是她上我。

夏侯有老板家的钥匙,老板家的杂务都由他监督打理。老板小姨子接来的第二天,一上班他就过去,看看有什么需要。

客厅里只有老板的小姨子:

你叫我姐什么?况姨?她是姨,我是什么?

小姨啊。

小姨?我有那么老吗?你看着我!她在京城读大四,来姐姐家度寒假。

夏侯不敢看她,血一下涌上来,脑袋轰轰作响。

过来……过来呀……再近点……怕我吃了你啊……

她真的就吃了。

我不会把你啃得只剩骨头的。

她一边啃,一边忙里偷闲。

够劲爆的,我说,但这不像是一场认真的风花雪月啊。

为什么一定要是认真的呢?是一场风花雪月就够了。

夏侯很可爱地龇着雪白的牙齿,有些害羞地笑着,只是没有了青涩。

他去年提上了管理处副主任。主任是市政府办公厅一个副主任兼的,管理处日常的当家其实就是夏侯。他对"我们老板"直接负责,办公厅那个副主任兼的主任也就是个摆设。

那个帮你上高中的老爷子还在吗?

我突然问。

夏侯完全没有思想准备,愕了一下,说:

你是说危老吧?死好几年了。我爸在时每年清明都让我去扫墓,后来我爸也走了,我也忙,这两年就顾不上了。

也顾不上给你爸扫墓?

夏侯坦然笑着:

当然也不完全是没时间。危老这个人,怎么说呢,太高大神圣了。他这辈子多数时候都是各个级别的一把手,离休前还有一段是省长、省委书记一肩挑。可儿子退休前想调回省城,也方便照顾他们二老,求他给组织部门打个招呼。他说什么也不肯:我危某一生没向任何人低过头,别指望我打这样的招呼。

训儿子也就罢了,有些事做得太绝,很伤人——省里组织老同志出访,他从不参加,说把出国考察当福利是不正之风。有一次去法国,他破例参加了。到巴黎的第二天,他跟同行的一个人打了声招呼,说巴黎他来过,请转告领队不用找他,就不管不顾地独自去了日程上没有安排的拉雪兹公墓,在欧仁·鲍狄埃的墓碑前坐了差不多一整天,天黑才回到宾馆。当晚就让改签机票,一个人提前回了国。这样的不随和、没人情,把一个团的人弄得很不爽。

我们老板有回参加完一个捐款仪式,仰在车后座上,忽然没头没脑地问:看过清代小说《二十年目睹之怪现状》吗?我没作声,我知道这样的问题不需要回答,这是他思考时的一个习惯。他接着就说,书里第十二回有句话:"真是人心不古,诡变百出。"太深刻了!看看现在,"玩高尚"也成了时髦——玩慈善,玩助人,玩见义勇为,玩高风亮节……不过也不奇怪,马斯洛的第四层次——"尊重的需要",说白了,就是精神享受。

这样别致的高论,我头一次听到。看着眉飞色舞的夏侯,我瞠目结舌。

夏侯没有注意到我的惊讶:

危老走了,还有危阿姨。两口子一个脾性。这院里那栋副书记没住成的小楼原来是分配给她的,不用花钱买,将来子女也可以继承。她不要。给我们老板上书说:"……我和我已故丈夫一生从来没有向组织提过任何与个人利益有关的请求,如果这封信提出的请求算是的话,那这是唯一的一次——我的请求是向领导表明:我不需要新房子,请组织上另作考虑。好心人劝我迁就,都接受了嘛!但人家是人家,我是我。迁就就等于自甘堕落。同时,我郑重声明:也决不许任何亲属打我的旗号,来要这栋房子。我现在住的房子在我死后也交回公家。我们留给后代的遗产是极为丰厚和宝贵的,那就是我已故丈夫的精神品格。此外,我还有一点点存款,全部用于我的后事开销,尽量不给组织增加负担。"

这封信里的别扭和较劲谁看不出来?可她不了解我们老板

的水平。我们老板当即就在信上批示："老一辈革命家的高风亮节给我以深刻的教育,为她的无私精神深深感动。相信对于我们广大干部,这封信也会是一份思想道德的好教材。"并且用市委红头文件转发到市委市政府以及下面各县区的所有部门和单位。

危阿姨后来又自费出了一本书,是危老生前剪报编辑的一本诗集。我们老板又让办公厅通知市委市政府以及下面各县区的所有部门和单位订购,必须做到人手一册,让危阿姨得到一笔相当可观的正当收入。没想到危阿姨不但不接受,还大发了一顿脾气,当面让我们老板下不来台。事后,我们老板不但不介意,反而是一开干部大会就拿这诗集说事,对危阿姨大加颂扬。喏,就是这本。

夏侯从那整面墙的书架上取出诗集,递给我。

我一页一页翻着,心一阵一阵发紧:

……

范　园

武可安国文定邦,
千秋浩气立平冈。
范园存亡无足论,
山川大地共华章。
注:"范园",范仲淹祠。"华章",《岳阳楼记》。

……

焦　桐

手植焦桐五十年,
三人合抱已参天。
自是裕君人去后,
桐林漫漫阔无边。
注:"焦桐"为焦裕禄手植,后人名之。

……

本　质

质本洁来还洁去,

未肯逐流堕泥沟,
此去黄泉归旧部,
昂首挺胸自不羞。
……

作为当时在任的封疆大吏,如此的沉郁激昂,诗发表时如同电光石火,朝野震动,现在读来只能是历史的祭品了。

危阿姨为诗集写了一个后记:

诗集即将付梓,我痛彻骨髓。死者长已矣,生者常戚戚。但我永远不会忘记老危弥留时抓着我的手说的话:我俩老骨头,即使顶着崩塌的泰山,也要走到正路的尽头。

我抬起头,对面欢笑着的夏侯的明眸皓齿一片模糊。我突然站起来说了声"告辞",就往外走。我不想让夏侯看见我失态。

四

夏侯出事是在他那个"我们老板"出事之后。我先是在电视下边的滚动栏看到那位市委书记被移送司法机关的消息,不久就收到老同学告知夏侯被捕的微信。

夏侯是那个案子突破的关键人物之一。单是经过他的手转给"况姨"的银行卡、支票上的数字就不是我这样的书生可以想象——尽管他当时并不知道那些密封件里装的是什么。他对领导忠心耿耿,做梦都不会觊觎领导的秘密,更不会想从中捞一把。最多就是让那些托他给"我们老板"传话的官员和企业老总报销他招待我们这些狐朋狗友饭局、K歌的费用。要不"我们老板"不会那么放心用他。

办案人员根本不信夏侯会那么干净。夏侯说,你们不信我也没有办法,反正我到死都只认我爸的话:在政府做工一定要记住两条,一不要多上级事;二不要沾冤枉钱。

夏侯交代的时候,脸上的笑容一如既往。让人觉得他嬉皮笑脸,狡猾。传出来的他交代时说的那些话,只有我们绝对相信,但法律无情。

我特地回了一趟老家。一帮老同学邀齐了去探监。

给夏侯判的刑很重。我们以为会见到一个萎靡不振的夏侯,没想到被警察领着出来的时候,他浑身上下收拾得干干净净,除了穿着囚服,除了隔着铁栅栏,除了有点老成,就像他最早被他老爸领着出现在我们班上一样,咧着嘴,露出雪白的牙齿,有一点害羞但绝对是灿烂地笑着。

一个女同学失声大哭起来,喊:

夏侯阳光,你个白痴,你只会傻笑啊?你不会哭啊?

铁栅栏后面一脸笑容的夏侯哽咽说:

我哪里笑了?我没有笑啊。

(原载《北京文学》第5期)

出　警

弋　舟

　　大学四年,从警五年,算起来,迄今人生已经在架子床上断断续续睡了九年。没什么意外的话,可能还得隔三岔五地睡九年。躺在上铺往窗外瞧,夜色氤氲,所门口的警灯无声闪烁。对面超市门前的投币木马也旋转着同样的彩灯,没谁玩,它也播放着儿歌。这让人产生错觉,仿佛我们是一家游乐场的守夜人,身后有摩天轮隐现或者七个小矮人出没。

　　此刻要是从宿舍冲进夏夜,不啻于跳进沸腾的大锅。和冬泳一个道理,那得有点儿勇气。楼下值班室的电话响个不停,好在没什么大事需要出警,但谁也说不准。外面太热,晚上好像更甚,地面蓄积了一天的热力开始蒸腾。暑气弥散,像是黑夜对白昼的反攻倒算,还好所里给装了空调。去年夏天,宿舍还是靠风扇降温的。

　　报纸上说这个夏天的高温破了六十年的纪录。我还不到三十岁,反正长这么大我没被这么热过,小吕却认为这在他们家乡根本算不得什么——如果他们家乡的夏天是一百度,现在我们承受着的,顶多才六十度。小吕是新疆人,住在火焰山脚下,那儿真会这么热吗?他的说法让人感觉大家是被扔在同一口大锅里的青蛙,但一般苦,两样愁,有人已经将要被煮熟,有人却还在惬意地蛙泳。

　　我还是挺爱值班的,因为接着可以休息一天。再过一周,我就要去封闭集训,市局组织篮球赛,我被挑中了。那样一来,就有段日子不能回家了。小吕和我心思一样,他是想值完班就能多出一天时间去陪女朋友。小伙子正在热恋,女孩刚刚大学毕业,还没找到工作,有大把的时间需要有人陪着一起打发。而我是想在家多陪陪我妈。

我们每隔四天值一次班。我是主班,小吕是副班,还带着几个协警。他警校毕业分配到所里,我们就成了搭档。我算是他师傅。值班当天,小吕会提前准备好休息日的便装——这像是吹响了他约会的预备哨——牛仔裤什么的,能让他摇身一变,精精神神地去约会。他长得帅,个头和我差不多,要不是单薄些,肯定也会被抓去打篮球。因为个儿高,有几次我俩还被法院临时借去押嫌疑人上庭。都是大案子,电视台要播新闻,两个高大的警察上镜,将嫌疑人夹在当间儿,那效果不言而喻。

值班的时候小吕很快活,一副随时会唱上几句的高兴劲儿。其实我也是这样的心情,一般早早地就让妻子做好了我妈爱吃的东西。这种精神状态不会影响工作,因为我们都感觉有了个近在眼前的盼头,心里得到了鼓舞。人的盼头很多,但近在眼前的却很少。

那天一共接警二十多起,跟高峰期比要少得多。按规定,要是没有突发事件,我们可以在夜里十一点睡觉,凌晨五点再爬起来出警。那时我们已经躺在宿舍的架子床上了,我跟他聊起片区的老奎——就是被报社记者写进文章里的那个主角。小吕听了我讲的一切后,陷入了沉思,他肯定受到了不小的启发。后来他就跳进了外面那口沸腾的大锅,等他回来,晨光熹微,黎明已近。他好像完全忘了还要摇身一变这档子事儿。

我们这一行也是师父带徒弟。我的师父是老郭。他教会了我怎么做警察,可惜三年前查出了喉癌,提前退休了。前段时间我去看他,老头看来已经挺不了多久了,整个人出气多,进气少了。我进所的时候他可健康着呢,黑脸,皱纹像是用刀子削出来的,胸脯拍上去,让人相信能听见金属发出的咣咣声。我觉得他长得很像写《白鹿原》的那个作家,都是那种典型的关中老汉的样子。

老郭烟瘾大。后来满世界开始禁烟,所里也禁,他得空只好跑到院子里,找个拐角蹲着抽几口。有时候太忙,他忘了这茬儿,嘴里不小心叼上了烟,结果被所长撞到,挨了批评还得罚款。这规矩不太通人情。要说喉癌可能跟吸烟会有点关系,可我觉得要是放开让老郭抽,他没准儿现在还带着我巡街呢。烟就像是老郭的口粮,每天在所里抽根烟都跟做贼似的,可能就叫度日如年吧。真是委屈了老郭。他在所里干了一辈子,架子床可是没少睡。

我们这个派出所在城乡接合部,高楼大厦的背面弄不好就藏着块儿菜地。咖啡馆里坐着的,经常是光着膀子打麻将的人。一开始,要是老郭不带着我到片区走一趟,我肯定得迷路。那就是一个迷宫。有的窄道楼挨着楼,只容得下一个人通过。如果迎面也有人走进来,脾气不好的话,往往就会形成对峙的局面,搞不好还能腾挪不开地打一架。上帝说通往天堂的是窄门,每次从这种窄道挤过去,我都幻想会有一个天堂等在前面。有一回,一个女孩走进窄道里,没遇到歹徒,却遇到两条流浪狗,一前一后,前后夹击,预谋好了似的。女孩被吓惨了,打电话报警。等我们赶过去,她裙子尿得湿漉漉的。于是我挥舞着套狗杆,又充当了一回打狗人。对付流浪狗,也是我们的工作。

我师父老郭跟谁都熟,谁见着他都会给他让烟,有点儿妇孺皆知的意思。很多不吸烟的人,见了他也能摸出一根皱巴巴的来,像是专门为了见他备了好几天似的。他有一个铝制的烟盒,上面刻着天安门前的华表,看上去恐怕有些年头了。收了递上来的烟,他就放进铝烟盒里。巡逻一圈回来,差不多能装满一盒。他也给别人让烟,但收到铝烟盒里的他不会再让出去,递给对方的,肯定是他自己的烟。这里面就有了原则和讲究,是一种德行,也是一种从警之道。我觉得,我就是从这种你来我往的让烟里,开始领悟做一个警察的真谛。老实说,这和我入行时的想象不太一样。我师父老郭穿上警服也还是个大爷。何况,现在跟警服差别不大的制服也太多了,所里的协警,超市的保安,跟我们站一起,没点儿专门知识,你分不清谁是谁。巡逻的时候我腰里会有警具,可保安的腰里也有根棍子呢。

每个辖区都会有几个狠角色,我们的专业术语叫"重点人口"。对这些人,你得盯着点儿。老奎就是这么个人物。我到所里时他已经七十出头了。在我眼里,他要是还能算得上"重点",顶多也就是上路碰个瓷,伏地不起,讹点儿钱什么的。可我师父老郭不这么看,他跟我说:"别看这老汉走得慢,腰里别的都是万。""万"就是"万货",方言里指"东西"和"玩意儿"。好像老奎腰里缠了一圈暗器,随便亮出一件,就能吓你一跳。

我觉得老奎和老郭长得也有点儿像。第一次老郭带着我上门"认人",我都以为他俩是亲戚。他们两个对坐在老奎家被烟熏得四壁焦黄的客厅里,彼此互不搭理,都埋着头使劲抽烟。烟是老奎自己卷的。他把烟丝铺在两指宽的报纸上,搓成棒,用舌头舔一遍,递给老郭。老郭接了,点上,反手也给他递根自己的烟。老奎应该比老郭大个二十多岁,但除了腿脚没老郭利索,背驼得厉害,看上去两个人没多大差别。也不知道是老郭显老还是老奎显小。可能关中男人上了岁数都像是一个模子倒出来的吧,跟兵马俑一样。他让老郭坐在沙发上,自己搬张板凳,矮上那么一截地坐着。老郭跟他介绍我,他瞟了我一眼,就像瞟了眼他的孙子。他可没孙子,就是一个孤老头。

按制度,对重点人口,每个月走访一次就行。可老郭基本上每周都会带着我上老奎家转一趟。有时候巡逻遛到了老奎家楼下,他也要上去歇个脚。我猜老奎沾着唾沫卷出的烟,挺对我师父的口味。

他们第一次当我面说起老奎的案底时,我已经不算个新人了,已经习惯了偶尔上街去打打狗什么的,也不再盼望窄道的尽头就是天堂。老奎闷头抽烟,突然来了一句:"早知道当年把人弄死算屎了,活着就是受罪么!"这话跟他嘴里的烟一同喷出来,格外呛人。他的老底儿我知道,故意杀人,致人残疾,被判了十八年。可我没料到时隔多年,他还能放出这种狠话。

老奎说完扔了手里的烟卷,伸出穿着懒汉鞋的脚使劲蹍。

旁边就有烟缸,可他故意这么干,说明他是意欲摆出一个凶狠的态度。我静等老郭发话。我猜他会训一顿老奎,至少脸色会严肃起来,低沉地说:"你这么想不对,想早死也不能拿别人的命垫背么。"老奎呢,就会垂下脑袋说:"对么,你说得对。"因为我已经训过不少家伙了,基本上没遇到过跟我顶着干的。我想,此时老奎要是不垂下脑袋挨训,我会让他把刚刚跐灭了的烟头捡起来吞下去的。然后老郭会说:"有问题就跟政府说么,你现在有啥困难?"然后老奎就会诉诉苦:肉价太贵,假货满天飞,乃至人心不古,女孩子穿得太暴露什么的。老人们经常就是这么跟我抱怨的。疏导民意也是我们的职责,这么一番对话,是我心里的套路。我算是个内心戏比较多的人。

可老郭压根儿没接茬。他只是递了根烟过去,然后就聊起医保、天气和附近即将拆迁的居民楼。老郭平时也不是个话多的人,这有些难为他了。他有一出没一出地说,老奎有一句没一句地听。说什么可能也不重要,就是有人说话有人听。说到拆迁,老奎身上也有劣迹。他家老屋拆得早,是这一带最先被开发了的。也就两间小平房,当年硬是被他置换成了两套一居室的楼房——不能得逞的话,他扬言就要再杀一次人。说到做到,他天天敞胸露怀坐在自家门口,地上撂着把杀猪刀,随时要给谁开膛破肚的架势。这都是老郭告诉我的。

那天老郭跟他东拉西扯了半天,临走还给他扔下半包烟。出门时我回头看了眼老奎,怎么看,埋头坐在小板凳上的这个老恶棍,都只是个与世无碍的废物了。脊柱都像是被重锤给敲弯了,还咋呼什么?

从那以后老郭带着我去的次数更多了,隔三岔五就得去看看老奎。在我看来,这事好像被搞颠倒了。老奎放了句狠话,老郭没教育他,反而像是被他吓住了。退休前老郭还专门叮咛我,让我没事也多去瞅一眼老奎。后来我一个人上门,老奎听我说老郭得了癌,那眼神,就像是挨了一棍子似的。他当时的表情,让我相信了,这厮其实早就被我师父驯服了。

我不抽烟,跟老奎没法坐一块儿。我师父跟他坐一块儿,即使没话,也是心照不宣和意味深长。我跟他可没什么默契。他干脆连句狠话也不给我撂。我自然也就没去落实老郭的叮咛,顶多每个月去看一眼,例行公事而已。

我太忙了。派出所警察干的事情,说出来你能当笑话听。更多的时候,我们就是个片区里跑腿的,而且谁都能使唤我们。没了老郭带着,同样的事,我干起来手忙脚乱。那些鸡零狗碎的小案件、小纠纷,老郭处理起来就是烟来烟往,举重若轻,可是让我来,怎么就有了疲于奔命的感觉。如今我成了小吕的师父,我该拿什么给他言传身教?

小吕这个人挺爱自己琢磨事,责任心也挺强,就是跟我才入行时差不多,想象力还没落到地面上。在他心目中,警察就该是神探,破大案,捕顽凶,除暴安良,跟打狗赶鸡没半毛钱关系。我想这可能跟他正在谈恋爱有些关系,男人在谈恋爱的时候,可不都会把自己想象成一个英雄吗?否则好像就配不上一个美人。这情绪我也有过。直到今天,我也不太跟妻子说我每天都忙活些什么。我不做英雄梦了,但希望我妻子还接着做,那样回了家,我才可以心安理得地喊累。所以有时候遇着邻里纠纷之类的事儿,我都不忍心让小吕去处理。我怕这会过早地消磨了一个男子汉的英雄气。小吕和我不同,我是跨了专业,半路出家,考公务员干上的警察,他却是从火焰山脚下走出来的正规警校毕业生。我愿意看到他成长为一个我从前想象过的那种警察。

把那天我俩的值班情况捋一捋,你就能明白现实跟梦想之间有多大的差距。

早上八点半报到,户籍室打来电话,要进行境外人员办证提醒。这事让小吕来,他英语不错。但是有个别电话已经停机,只有等方便的时候上门找人了。

打完电话开始巡逻。一看油表,发现油箱存量不多,先开到加油站加油,免得在半路上抛锚。我可是吃过这种亏。

十点多,接到报警,公墓边上的苗圃有人打架。到现场才知道,昨天早上两个工人为小事动了手,其中一个吃亏大点儿的,睡了一夜气不过,醒来后索性报案。秋后算账,当事人都是一副养精蓄锐后的样子,精神头十足,谁也不让谁,只能拉回所里处理。回去后跟他们掰扯了半天,俩人还是要较劲。我当然又想起了老郭。可能这事他用两根烟就打发了,而我就得把自己弄得口干舌燥。

正感慨,有人报警,说是接到了反动电话。我让小吕出警,过了会儿他把人也带回来了,是个满头大汗、一看就知道警惕性很高的那种大妈。询问,登记。兹事体大,要向上级汇报。

处理好已经过了饭点儿,食堂打饭的窗口空无一人。幸好食堂阿姨还在,不然又得上对面的小饭馆吃油泼面。那面不好吃,就是便宜。

刚端上碗,接到有人打架的报警。我让小吕接着吃,自己带了几个协警过去。路远事急,报案人情绪激动,像是要出人命的架势,上车后于是一脚油门踩到底。边上的协警落实当事人的具体方位,对方却报出了邻近派出所的辖区。这叫错报,汇报给指挥中心,掉头回去接着吃。

也就是刚放下碗,所长指示:最近辖区盗窃案件多发,最好召集几个小区的物业开会通通气,想想对策,同时给居民拟一份"警方提醒"。这活儿我干吧。说实话,我不太好意思让小吕去趴着写安民告示。

才开了个头,接到报警,某公司门口发生纠纷,小吕跟着我一起赶过去。烈日之下,一派安宁,压根儿没什么状况。街面上几乎没有人影,别说人影,连阴影都没有。正午的艳阳直射着,马路明晃晃的宛如一匹发光的银练。跟公司的门卫打听,原来人已经走了。"就是小两口闹别扭。"门卫的答复听上去还有点儿幸灾乐祸。

回到所里,有报案人等着,是个姑娘,说是"心爱的"电动车被盗了。她说不出电动车的型号,只说得出电动车对她的重要性——男朋友送的生日礼物,"是世界上最漂亮的电动车",小吕耐着性子做笔录,我继续写安民告示。

刚写好,有人报警在饭馆被偷。还没赶到现场,又接到报警,一家塑胶公司发生了纠纷。兵分两路,小吕去处理饭馆盗窃案——好歹这也算是个刑事案件。我到了塑胶公司,却是一场劳务纠纷。打工的觉得老板给得少了,双方不同意调解,我只好告知他们可以到劳动仲裁部门处理。

　　回所的路上接到社区的电话,说他们晚上有个群众活动,可能参与的人比较多,需要我们帮助维持秩序……

　　差不多就是这些事。

　　黄昏的时候稍微消停点儿,小吕自己去了片区。有人报警说邻居在家里制毒,我没怎么考虑就把这案子交给了小吕。开始他挺兴奋的,像是张网以待,翘望已久,终于来了条大鱼。涉案的那栋楼我知道,教育局盖的,里面住的都是中学老师。报案人是位退休的校长,信誓旦旦地说,以他对化学知识的丰富掌握,完全能够通过阳台上飘来的怪味儿做出判断。他的邻居也是一对教师,两口子带着个十多岁的孩子,女主人倒还真是个教化学的。可查来查去,一点儿证据都没有。小吕不太甘心,加上老校长半年报了五十多次警,这个案子就成了小吕的心事。他不觉得我们就只能写写安民告示、追回一辆"世界上最漂亮的电动车"。倒也是,前几天别的片区还发生了大案子,几个女孩把个酒吧老板捅了足有几百刀。

　　回来后小吕眉头不展。他说他又趴在老校长家的阳台上闻了半天,隔壁飘来的只有红烧肉味儿。我想的却是这会儿的阳台上怕是得有五十度的高温。不知怎么,在这个夏天我总是觉得夜晚比白天更难熬。白天的热正大光明,不由分说,但晚上的热却显得没有道理。没有道理,就热得更加令人不堪忍受。

　　那天晚上社区的活动就是广场舞表演,实际上围观的人并没有他们想象的那么多,他们高估了自己的风头。过去后看了看情况,安排几个保安维持秩序,我和小吕徒步去人员密集的场所巡逻。小吕懂事,他以见识过真正酷暑的火焰山人的善意,让我尽量钻到商场里去,巡街的苦差由他来干。真是热啊。巡逻时还得扎起腰带、戴上帽子。从商场走到街上,我感觉会被烫一下,从街上进到商场,我又感觉会被冻一下。每次进出,心里都一惊一乍,让人畏缩。我本来是农大毕业的,"解民生之多艰"是我们的校训。眼下干的活儿,冷热交替,打摆子一样,让我觉得真是"多艰"。

那天算得上是平安无事,我们本来可以睡个好觉。顺利的话,第二天早上八点半交了班,小吕就能摇身一变,去会女朋友了。我也可以带着冻好的饺子去看看我妈。我爸去世得早,年前我妈起夜时摔了一跤,摔断了股骨头,手术后就卧床不起了,只好找了个小保姆陪着。结果当我说完了老奎的事,小吕又跑出去忙活了大半夜。他不在,我也没睡踏实。一开始他可能并没留意听我说话,躺在下铺憧憬第二天的约会。可我是故意要说给他听的,就一直往下说。他果然听进去,领会了我的苦心。我只是没想到他会那么雷厉风行,当机立断就跑去印证自己的猜测了。

老郭退了休,我按部就班,每个月顶多到老奎家转一圈。后来有一次我再去的时候,家里却没人了。我当时也没怎么放在心上,下楼顺便问了句,一个老太太告诉我有日子没见着老奎了,"不知道死哪儿去了。"她这么一说,我就有点担心。老年人鳏寡孤独,死在家里都没人知道,这事也不是没发生过。回去跟所领导做了汇报,我喊来锁匠打开了老奎的家门。屋里空空荡荡,家徒四壁,死的和活的都没有,但看得出有日子没人烟了。

老奎他失踪了。这看上去也不能算是件事儿。老奎有老奎失踪的自由,谁也没规定他只能窝在屋里卷烟抽。我猜他没准出门旅游去了。他的经济状况还过得去,有套房子出租给别人。如今这一片的房价可不低。我让锁匠师父换了新锁,给邻居留了话,关上了老奎的家门。

我去看我师父老郭时,把这事跟他说了。他一听就有些要跟我急的样子。"旅游个屁!他老奎要是会去旅游,我就会去逛窑子了!"老郭冲着我吼。我一下子没太听明白,但我不想惹老郭生气,他正在进行保守治疗,效果如何,谁都没底儿。"你去申请协查一下,看看市里有没有发现无人认领的死尸。"他这么说我就听懂了,他是担心老奎真的死在外面了啊。"也去收容站问问,人老了糊涂,说不定遛个弯儿自己就找不回去了。"老郭接着指示我。

回去后,这两件事我一一落实了,但都查无其人。就在我发愁该怎么给老郭交代时,半个月后,老奎自己冒出来了,而且冒出来的方式完全出乎人的意料。一天夜里,他竟然打报警电话,说是自己在家摔倒了,现在根本爬不起来。赶过去的路上我还纳闷,新锁的钥匙在我手里,他是怎么进的家门呢?

老奎家的门虚掩着。我推门进去,以为会看到卧地不起的老奎——年前我妈摔断腿就在地上躺了一夜。我妈常年独居,电话又不在手边儿,第二天早上邻居听见屋里有人哭才发现出了事。看到我后,我妈委屈得像个孩子那样号啕不已。我从没见我妈哭得那么凶过,她真是伤心极了。可是老奎佝背坐在小板凳上。客厅灯泡的瓦数太低,就照亮着他头顶那一圈,其他角落一派昏暗。他就像是孤零零坐在一个黑暗的舞台上,被追光灯示众般地圈定着。

老奎三十岁才娶上老婆,当时这块地方还是一片良田。他就没干过什么农活。换一个时代,他能在梁山上谋个差事。入狱前他就是村里的混混。三十五岁的时候,他终于把自己混到大牢里去了。十八年后回来,老婆孩子都没了。二十多年过去,良田变成了高楼,姑娘们的裙子越穿越短,当年的村霸一个人坐在了三十瓦的灯泡下面,就这么苟延残喘着老去了。

他并没摔跤,更谈不上爬不起来。说白了,老奎报了个假案。可我不知道他意欲何为。看到我,他也没话,并不解释自己的作为。我拉下脸批评了他几句。他就那么听着,过了会儿,开始卷烟。卷好后,下意识地给我递过来。我猜他把我当成老郭了。递烟的手在半空有个停顿,随即他醒悟过来,缩回去塞到了自己嘴里。点火,手哆哆嗦嗦,看着让人着急。想到了老郭,我就对他客气点儿了。问他这段日子跑哪去了,他也不吭声,就是埋头抽他的烟。间或把一口痰吐在地上,然后用脚尖蹭。我没话找话,问他怎么进的家门。他不屑地回我一句:开个锁费啥劲么?我去看了看,门已经换了锁。这钱我得给他,毕竟前面那锁是我给他换的。他不说要,也不说不要。我没什么耐心了,塞给他二十块钱。我的手跟他的手相触的那个瞬间,他连钱带手一起抓住了我,像是激起了某种动物性的应激反应。可能不到一秒钟的时间,但我有着突然被什么抓牢了的感觉。

这事还不算完,几天后老奎又报警了。还是说他摔得起不来了。即使知道这回八成还是个假案,我也得上门去看看。果然,老奎照旧坐在小板凳上,臊眉耷眼,像个坐在黑暗舞台中央的老猿猴。不同的是,这回他竟然泡好了茶等着我。茶泡在一只破搪瓷缸子里,我闻了闻,可能是那种需要熬制的砖茶。我像是能听到熬茶时发出的噗噗声。那么好吧,既然请我喝砖茶,老奎你总得跟我说说干吗老折腾我?他不作说明,倒是跟我聊起他前段时间跑出去干吗了。我从来没听过他说那么多话。其实,我差不多就没怎么听过他说话,但这天晚上他却对我打开了话匣子。

老奎说他是去找自己的闺女了。

他先去了重庆的云阳县。循着记忆,他看到的却是一片滔滔江水——当年这里不是连绵的青山吗?那一刻,他以为自己真的是老糊涂了。原来那里如今已是三峡库区,昔日的村落十几年前就搬迁了。这就叫天翻地覆,沧海桑田。老奎不甘心啊。他走了那么远的路,孰料已经换了人间。他在江边硬是坐了三天,好像那样就能等来一个水落石出的奇迹。三天后,他动身前往上海。他打听到了,当地的移民都是迁到了上海的青浦镇。上海滩带给他的冲击恐怕不亚于滔滔江水。想必那里的一切对于他来讲,就是光怪陆离的另一个世界。溜门撬锁他不在话下,可是要在上海找到个人,这事儿他根本办不到。青浦镇倒是找着了,但当年移民来的人,十有八九继续流动,早已四散。他还是不能甘心。青浦镇西面是上海最大的淡水湖,十万亩烟波浩渺,他又在湖边对着水面海枯石烂地坐了三天。他没找到闺女,感觉是从天而来的大水带走了所有的人间消息。

我对他的家事没什么兴趣,也搞不懂他干吗跟我说这些。

但我看出来了,可能说什么对他也没那么重要。重要的是说话本身。他的嘴巴就像是台生锈了的老机器,重新运转,吱吱嘎嘎地颇为费力。而这费力的运转,却能带给他不一般的快感和惊喜。他矮一截地坐在我对面,边说边吞咽口水,润滑着他喉咙里那尘封已久的轴承。他的眼神混浊而又迷乱。没错,他有点儿亢奋。我在想,这老头大概有许多年没这么滔滔不绝地跟人说话了吧。他都快把自己给说醉了。一边说,一边打着气味难闻的醉嗝。为此,我耐心地喝了两缸子茶,权当自己听了个没多大意思的故事。我猜,最后他会提出要求,让我们帮着他找闺女。他要是真这么要求,我就又多了件事。我都想好了,回去先跟上海警方联系一下。但临了他也没跟我提这茬。

破天荒地,这回我走的时候老奎还送了送我。他趿拉着懒汉鞋,颤巍巍地趸到门前替我开门。手伸出去,捞一把,又捞一把,第三把才捞到门把手上。我就知道了,这老头是真的老到头了。明摆着的,身体已经不听使唤了。

又是几天,还是在半夜,老奎的求助电话又来了。他好像专门找我值班的日子这么干。我让一个协警过去看看。小伙子回来跟我说,老奎点名要我去。这我的气就不打一处来了。问明白他没什么事儿后,干脆就置之不理了。谁知第二天一大早老奎竟然找上门来。

我刚在值班室坐下,打算整理一下头天的值班记录,一抬眼,看见老奎隔着窗子矮一截地出现在我面前。他不说话,我也懒得理他,自顾干事。过了会儿他敲了下玻璃。我抬眼看到他翕动着嘴在嘀咕什么,模样就是动物园里跟游客隔窗龇牙咧嘴的大猩猩状。我低头继续忙活,他继续敲玻璃。这下我听见他说什么了。我以为自己听错了,歪着头瞅他。他的嘴在张合,但隔着层玻璃,让我感觉那是声腹语。一只看不见的手把老奎的肚肠搅和得翻腾不已,发出了不受他支配的神秘气声。他又咕哝了一遍。没错,他就是说"我要自首"。

不管真的假的,事儿来了。我用手示意他进来说。隔着窗子,我看他扶着墙往里走的时候,脸上竟然有股掩藏不住的幸福感。

直接说了吧,老奎二十四年前从监狱里一放出来,转身就把自己的闺女给卖了。

就在老奎出狱的前一年,他老婆跟人跑了。对此我挺怀疑的。那个时候,老奎已经五十多了,他老婆也不会年轻到哪儿去吧?谁会带着她跑呢?要跑,也是自个跑了的吧?可老奎认定他老婆就是"跟人跑了"。好像不如此,不足以强调他内心的愤怒。可即便这样,他被强调起来的怒火也还是难平。坐了十八年的牢,他肚子里可是没少憋着邪火。所以他才有资格做个"重点人口"。这种家伙仇视万物,是该盯着点儿。老奎重返社会,举目四望,十八年过去,世界变得跟火星似的,让他老虎吃天,根本无从下嘴。但他有邪火,要抗议。没个泄愤的地方,就盯上自己闺女了。

老奎的闺女那年二十三岁。你都能想到,这种家里长大的孩子会有什么好?倒不是说那女孩品行不端,她挺好的,就是太单纯孤僻。怎么能不单纯孤僻呢?老爹坐牢,老娘撒手跑了,换了谁可能都一样。女孩小学毕业就辍学了,在路边摆了个菜摊,冬天还卖烤白薯。按说老奎回家了,当钉子户搞到了两套房子,守着闺女过日子也挺好,可他偏不这么干。人性不就是这么叵测吗?否则也用不着警察这个行当了。我听说南方有钱人还盛行吃婴儿呢。虽然我每天面对的都是些鸡零狗碎,走的路也多是窄道,但仔细想想,世态炎凉,里面确乎有惊涛骇浪。比方说,妻子跟踪丈夫,丈夫跟踪妻子,这些事儿,让你都不知道世界到底怎么了。但你能感觉到,它们正在改变那些赋予你生活意义的重要信念。

老奎在监狱里有个狱友是重庆云阳县人,服刑时跟他开过玩笑,说出去后要把他闺女买了当老婆。想到这茬,邪火攻心的老奎开了窍。他联络上了这个人,带着闺女上路了。坐了两天两夜的火车,到了地方,老奎一看,山清水秀,适于人居——这可能是他最后的一点儿良心了——当即拿了那人两万块钱,撂下闺女就走了。他跟我说他压根没打算在那人家里过夜。我想我明白他的意思。他的邪火发到这儿就算到头了,再烧下去,会把他也活活烧死。两万块钱多吗?这恐怕不是个问题。钱不是他的目的,没准两百块钱他也要这么干。他就是想报复,至于报复谁,他都说不清楚。人性中那块最为崎岖陡峭的暗面,早把他黑晕了。他想要报复的对象,是他老婆,是带走他老婆的某个人,是世道和人心,没准,连他自己也能算在里面,那是种连自己都一并仇恨厌弃的情绪。他跟我说,那钱直到今天他都没动过。当年他转身而去,走在山路上,脚底发虚,轻飘飘的像是腾云驾雾。后来还跌进了沟里。旷野无人,他在野地里昏睡了一宿。醒来后,山风浩荡,感觉像是死过了一回。

当年老奎的女儿不见了,群众都想当然地认为女孩是找自己的亲妈去了。谁知道背后藏着个天大的秘密。

不折不扣,这是罪行。

可是怎么处理呢?却非常棘手。拐卖人口罪,最长的追诉期是二十年。不放心,我还特意又查了下刑事诉讼法。就是说,时光已经赦免这桩令人发指的罪行了。如果要把老奎绳之以法,得报请共和国的最高人民检察院核准。他肯定还够不上这资格。我做完笔录,上楼去给领导汇报。出门时老奎喊住我,问我干吗不把他铐起来?我瞅了他一眼,用指头点点他,意思是你给我等着。至于等着又如何,我也不知道。在我眼里,他当然是个混蛋。可是我还没见过这么老的混蛋。不是吗,一个混蛋老到这种地步,混蛋的程度都要打折扣了。

所长听了我的汇报,跟着我去了值班室。他也只能歪着头瞅了半天老奎。但毕竟是领导,一开口就问出了我心里面纠结的疑惑。

"我说老奎,"所长捏着自己的下巴问,"你咋今天才想着要来自首呢?"

老奎活动着嘴。刚才他说了不少,肯定也说累了。但他只是活动嘴,像空转着的马达,就是不启动,让人干着急。

他是为了逃避打击吗?那么他压根就不需要跑来认罪。是他的良心终于发现了吗？看起来也不像。你从他脸上根本看不出痛苦和悔意，反倒有股兴奋劲儿。就像那天晚上他跟我滔滔不绝后一样，脸上洋溢着的，是一股"可是给说痛快了"的惬意。我都想踹他一脚。

所长拍板，让老奎先回去。他却不走了，无论如何也要让我们把他先关起来。关起来谈何容易！对于这种根本不能批捕的案子，你没法把人送进看守所去。留在所里更是不可想象，等于是弄来了个祖宗，得专门派人伺候着。怎么办？急中生智，我想到了老郭。

一段时间没见，老郭真的瘦成了一张纸片。他像是飘到所里来的，让我不禁一阵心酸。看到老郭，老奎一下子就蔫了。刚才他看上去还得意扬扬的——好像回光返照，又成了当年那个臭名昭著的滚刀肉。但老郭只给他递了根烟，他就像条老狗似的，佝背塌腰地跟着老郭走了。他们一同消失在派出所的门廊前，飘进炽白的光里，就像是羽化成仙，遁入了虚空当中。

我以为这事就算完了，至少是可以暂时搁置起来了。但过了大概有半个月，报纸上居然登出了报道，题目是——老浪子昔日卖女，今日终于投案自首。还配了照片，老奎在镜头里正说得眉飞色舞。然后就有不明就里的群众往所里打电话，义愤填膺地质问我们，干吗不把这没人性的老东西逮起来？所长被搞得恼火，指派我专门答复这样的质询。好像这事儿是我惹出来的一样。我当然更恼火，每天的琐事已经够多的了，还得在电话里苦口婆心地普法。同事们也故意逗我，一接到这种电话，就大呼小叫地喊我。

是老奎自己跑到报社爆的料。他像是专门要给我找事。

这事闹了有小半年，我被折腾得够呛。后来有一天我在家休息，中午时老郭给我打来了电话。他让我找辆车，马上到老奎家去。我到了的时候，他们已经等在楼下了。两个老头都蹲着抽烟，旁边撂着一捆包袱。老郭得病后就戒了烟，我看出来了，这会儿他也就是做做样子。好像不做做这个样子，就不能跟老奎打成一片。

上了车，我才知道这是要把老奎送到养老院去。地方是老郭找的，离得也不算远，还在我们派出所的辖区里。这家养老院是私营的，规模不小，据说条件不错，住进去不容易，有的老人已经排了两年的队。天知道老郭是怎么搞定的。我想这事儿，怕是不会像让两根烟那么轻而易举。这就是我师父。他除了跟老奎长得像点儿，俩人之间既不沾亲又不带故。再说了，他已经退休了，自己还在跟喉癌死磕。

两个老头都不说话。我偶尔回头，看到坐在后排的他们，居然手拉着手。两只满是老年斑的手彼此扣着，像盘根错节的枯树根咬合在一起。车里有股老年人身上特有的怪味儿。这气味还带着颜色，青灰，又泛着点儿苔藓长着毛的墨绿。没错，你也可以说那就是死亡的味道。

到了地方，老奎却不想进去了。老郭也不劝他，让我跟他在院门口等着，自己蹒跚着进去找人办手续。老奎的包袱扔在地上，他一屁股坐了上去，从口袋里拿出只铝烟盒。这只铝烟盒我太熟悉了，现在竟然到了他的手里。铝烟盒里装着烟丝，估计不够他抽几回的。也就是说，用这只铝烟盒来装烟丝，实用性不大。它更像是个装饰品或者是纪念物。不知为什么，我还觉得拿在老奎手里，它也像是个女人用的粉饼盒。尽管它也算不上太讲究，但对于老奎来说，还是精致了点儿。

他开始卷烟。我跟他说这家养老院有多好。我的话他压根没往耳朵里进。他抽着烟，眼睛空洞地望出去，像是曾经望着滔滔的江水。最后我还是忍不住又问了那个问题。它挺困扰我的，我当时想的是，我要是再不问一下，可能就永远不会得到答案了。我装作漫不经心地问老奎——为啥要在一把年纪了的时候想到来自首？老奎不搭理我，抽他的烟，望他的水。问完我才明白，其实我也没那么想得到个答案。这世界上说不清的东西太多了，而有答案的东西却太少。法律写得倒是清楚，那也可能是一部分答案，但如果世界的问题犹如滔滔江水，法律的答案扔进去，顶多是颗微不足道的石子。明白了这点，你大概才能当好一个警察。

"就是孤单么,想跟人说话。"冷不丁,老奎来了这么一句。

我听见了。但当时像没听见一样。随后我才意识到,"孤单"这个说法,我压根就没跟他挂上过钩。这个词不该在他老奎的词库里。我认为有些情感是他无从觉醒到的。哪怕它们已经实实在在地攫紧了他的心,疯狂地荼毒他。就好比如果他真的被"孤单"所煎熬,恐怕他也只会本能地有所不适而已——那情形完全是生理上的,在他,可能就像是嗅到了一股令人反胃的恶臭。他没法将之上升为一种情感。所以,我以为听见了另外一个人说话。

他还是不看我。但我没看错的话,他的眼角有混浊的老泪。你见过人的眼泪像洗过抹布的脏水吗?当时我就见识了。他还能流出脏水一样的眼泪,这算是上帝对他的一个优待。你知道,动物们只能干瞪着眼睛默默承受。不过这可不像一辈子都让上帝头疼的那个老恶棍。他敢杀人,敢卖闺女,敢当钉子户,可是不敢承受老了的"孤单"。

他坐在那儿,整个人蜷缩着,像是被人扔出去时还揉成了团的废纸,你要是想重新弄平整,得用熨斗使劲熨才行。报纸卷出的烟卷都快烧到他指头上了。有一阵,我甚至动念,是不是想办法帮他把闺女给找回来。但这念头立刻打消了。还是算了吧。有什么好说的呢?你要是也被自己的亲爹卖过一回,你就会明白我的意思。

"从上海回来,咋就觉得屋里更空了。"他说,"我都后悔为啥非要那么大的房子,不如回监狱去待着。"

那房子并不大,一居室而已,凑合着住倒是够了,可已经放不下一个老混蛋的"孤单"——这玩意儿好像有体量,而且呈弥漫状,随物赋形,无孔不入,能把整个世界都塞得满满当当的。

老郭在院子里朝我们招手。我把老奎拎起来,还替他拎起了包袱。这两样都不重,轻飘飘的。不是的,我没有同情他的感觉。或者说,仅仅光是同情他并不足以说明我的情绪。我只是被更加虚无的东西给裹住了。就像是掉进了云堆里。怎么说呢,嗯,我是有点儿伤感。

我师父老郭站在不远处。几个统一穿着橘红色马甲的老人在窗口探头探脑。条件再好,在我眼里,这里也是生老病死的所在,是荒凉之地。但你无能为力。可能最后我也得把我妈送进来。可能最后我自己也得被人送进来。我们向老郭走过去,我突然觉得我师父也是轻飘飘的,大概也已经瘦到了能被我一只手就拎起来的地步。时值仲秋,天高云淡,但那一刻,我的感觉并不比待在六十年未遇的酷暑中好受多少。那是浩渺的炽灼跟微茫的薄凉交织在一起的滋味。

本来小吕是要求睡上铺的,他觉得下铺是我应该享受的待遇。但我还是坚持睡了上铺。我觉得在那样一个上不着天、下不着地的高度躺着,人像是躺在了另外的一个维度里。这能让我有种无从说明的平静之感。我说过,我是个内心戏比较多的人。我睡在上面,看不到下面的情况,说话就像是自言自语了。说完这些后,下面半天都没声音。我以为小吕已经睡着了。

"孤单。"他突然发出了一声叹息般的回味。

我探出头,看到小吕的头枕在自己胳膊上,一脸若有所思的样子。又过了一会儿,小吕就跳了起来。临出门他还没忘记戴上帽子。他就是这样,注重警容,比我强,是个当警察的好苗子。他没跟我说要去干吗,但我大致能猜出来。我从窗子望出去,看见他跑进夜色里,于是开始将他想象成一只在六十度的水温里畅游着的青蛙。

我想睡,但是却不怎么能睡得着了。夜深人静,万籁俱寂,连值班室的电话都不再响了,对面超市门前的木马却还在唱着儿歌。我也想过要提醒超市的老板夜里就把它给关了,费电,也有点扰民。但我没那么做。我想,这世上的人干世上的事,恐怕都有他的理由。如果对别人妨碍不大,就由他们去吧。儿歌里唱到"天上的眼睛眨呀眨,妈妈的心呀鲁冰花",我开始想我妈。我想,她老人家现在孤单吗?

小吕出门时替我关了灯。外面旋转着的警灯把斑斓的光投射在天花板上。我举起手,光着的胳膊被照进的彩光裹缠,红红绿绿,像是文了身。这一刻,我又想到了我们农大"解民生之多艰"的校训。随后,我也感到了那大水一般漫卷着的孤单。

天边露出鱼肚白的时候小吕才回来。我迷迷糊糊地被他吵醒,看见他兴奋地趴在我床沿上,腋窝下全是汗渍。

"没错,老校长承认是报假案了。"他说:"本来问清楚我就打算回来,可老头硬是拽着我说了一宿的话。他儿子去美国三年了,平时连个说话的人都没有。"小吕的眼睛里有血丝,不像青蛙,着实像兔子了。

"他那是诬陷,"我说,"涉嫌犯罪了。"

我当然早料到了,否则干吗半夜跟他聊老奎?

"我教育过他了。"他说,"老头就是见不得邻居一家三口其乐融融,说是看了堵心。"

小吕的口气里有着替人辩护的味道。我想我没看错人,这小伙子没铝烟盒,也能当个好警察。

我翻下床准备洗漱。洗澡间在对面食堂的楼上,从宿舍走过去,盛夏清晨的空气都开始隐隐发烫。冲澡的时候小吕一直围在我身边说东说西。这个晚上,可能让他有了不少感触。为了让他更高兴些,我在水花中拍了拍他肩膀。

再有半个小时,五点半,就得在值班室里就位了。但愿八点半交班前不用出警。不是厌战畏难,是天太热,都破了六十年的纪录了。人活着已经是在苦熬。

(原载《人民文学》第 7 期)

九 眼 石

次仁罗布

李国庆

李国庆是一名商人,近几年生意做得很红火,接连开设了两家文化公司,事业上真可谓是春风得意。只是最近,他发现身体似乎出了问题,而且每况愈下。这不,他现在正躺靠在席梦思床上,眼睁睁地看着高挑白净的女人裸身走向洗手间,却无法与其翻云覆雨。女人光溜溜的身子一下闪没了,接着是重重的关门,那咣当声里蕴含着怨怨,扑面向他砸来。

李国庆觉得真丢脸。

两人一下午都躺在这张宽大的床上。搂着绸缎般光滑的女人身子,他却什么都做不了。这个比他小二十岁的女人虽然没有责怪一句,但她的眼睛里分明透露出失望、沮丧、怨恨等错综的情绪,这使他的自尊心受到了极大的伤害。他听到女人冲马桶的声音,这声音凛冽得令他全身霜冻了般寒战。他抬起胳膊,双手抱住脑袋。哗哗的水流声响了起来,他想象洗手间里开始有热气蒸腾,晶亮的水珠敲打女人雪白的身体,纤长的手指在胸口游动,黑发油亮亮地在肩头垂落……

李国庆的脑子里闪过女人在洗手间的很多个画面,可身体依旧沉沉的没有一点反应。他想接下来该跟女人怎么相处?想到这,他就为下午跟女人约会感到了后悔。他把抱住脑袋的手放下来,从床头柜上的烟盒里抽出一根点燃。烟雾在他头顶上缭绕。他想自己是否太累了身体出现了什么症状,抑或这女人已不能引起自己的兴趣?答案却很清晰:他知道自己依然喜爱这个女人,而最近的体检结果也证明自己的身体一切正常。

那么问题到底出在了哪里?

他把烟蒂掐灭在烟灰缸里。

里面的哗哗水流声一直不断。以往女人冲一下就会出来,顶多两三分钟,可是这次用了很长的时间。她是否故意避开自己,以这样的方式表达她的不满?李国庆认定女人有这个用意后,心灰意冷地开始穿起了衣服。

李国庆撩开窗帘的一角往外望,太阳红彤彤地从林立的大楼末端正坠落下去,天空灰蒙蒙的,下面的马路上汽车川流不息。

洗手间里的水流声停止了,传来轻微的窸窣声。他回坐到窗台下的沙发上,又点燃一根烟。烟抽到半截时,女人头上裹个白毛巾,趿拉着拖鞋走了出来。她看到李国庆坐在沙发上时,先是惊了一下,之后咧开嘴将那排皓齿展现给他。李国庆望着曲线优美的身体,心里一点都不好受。

女人取下头上的毛巾,往身上套衣服。

"你为什么不躺一会儿?"女人的声音清脆而利落。

"时候不早了,该起来了。"李国庆用这句话搪塞过去。想想一下午如此狼狈地待着,他感到窝火。

"穿好衣服我们就离开。"女人头都没扭过来,背对着他气恼地说。

李国庆觉得这句话正契合他的想法,趁早离开这尴尬的地方,免得让自己再次难堪。

"行啊!你慢慢收拾。"李国庆接完茬,起身向洗手间走去。

女人愣了片刻,扣扣子的手僵在胸口上。直到洗手间的门轻轻地咔嗒一声关上,她闭上眼睛,长长地叹出一口气来。这声长气叹完,女人又很自如地扣起了衣扣。

李国庆从洗手间出来时,女人拎着红色的皮包,倚窗而立。

微暗的灯光下,女人楚楚动人,只是脸上没有了往昔那种娇媚的神情,多了一层焦虑与郁闷。李国庆佯装什么也没有发现,像往常一样把一只手搭到女人的肩头,顺势往自己的胸口上拉,女人顺从地依偎着,两人出了房门。

他们开车出了小区的门,外面马路上灯光已经亮起,来往的车辆挤满了道路。

"今天你是怎么了?"女人盯着前方那辆白色的轿车愤愤地问。

"是太累的缘故吧。"李国庆根本不想谈下午的事,不回答又没法蒙混过去,就轻描淡写地找了个借口。

"是对我厌烦了吗?"女人的眼睛里淌落下泪水。

"不是这样的。"李国庆马上表白。"你是我最爱的人。"他又补了这么一句话。

女人没有再吭声,低下头从衣兜里取出纸巾擦拭眼睛。

李国庆转头看一眼副驾驶座上的女人,心里泛起了无限的怜惜。可他能跟女人说什么呢,十多天前也跟现在一样的状况,何况女人看过医院的检查单子。车子里刹那间变得很安静,两人默契地保持着沉默,各自想自己的心事。在这种安静的气氛中汽车快速向前。

很快,汽车上到高架桥上,在这里遇到了堵车,车子走走停停像蜗牛般爬行。两旁的大楼灯火璀璨。

"如果你觉得我是个累赘的话,尽早告诉我,这样我也有个心理准备。"女人侧过脸去说。

"你这是怎么了?犯什么神经啊!"李国庆觉得女人刚才说的话不可理喻,开始烦躁起来,嗓门也提高了几度。

"我说的是实话。"女人斩钉截铁地回答。

李国庆被这句话弄得心绪不宁,胸口被一股恶气堵得滞胀。他心里骂自己今天根本就不该把女人给约出来,这是他犯的最愚蠢的一个错误。他跟女人已相处了三年多,她给他留下的印象是腼腆、文静、内敛,他甚至有过后半生跟这女人一起相守的念头。偏偏这身体最近出现了问题,让女人误以为自己对她不再爱恋了。利用堵车的机会,李国庆点了一根烟,换到平时他在车里是不吸烟的。女人注意到了他这不寻常的举动。

"我不会责怪你的。"女人声音低沉地说。

"没法跟你解释了,这身体……"李国庆真是有口难言。

"我希望像你曾经保证的那样,两人生生世世……"女人眼睛望着他,满是期盼。

这女人跟他女儿年龄相仿,只是少了一些稚气,多了一些沉稳。每次看到这张脸蛋,他都能莫名地兴奋。她能让他找回已经失去的那种激情与冲动。

"我是特别爱你的,你要确信这一点。"他吐出一口烟雾,把右手搭到了女人的膝盖上。

令李国庆没有想到的是,女人轻轻推开他的手,用更低的声音说:"看路!"

开始消下去的那口气,又硬硬地堵在了他的胸口上。"该死的身体!"他心里又这样骂了一句。沮丧的情绪悄然弥漫在他头脑里,对副驾驶座上的女人也生出一丝怨恨来。

李国庆把烟掐灭掉,车子开到了辅路上。辅路上顺畅了很多,几十分钟后车子停在了路边。女人打开车门下去,甩手关掉车门,钻入人流中,从他的视线里消失掉。

李国庆心里更加气愤。要是往常她会探过身来,跟他来个接吻,然后依依不舍地走下车,站在路边向他挥手,直到车子走远。李国庆呆呆地望着前方,除了匆匆涌动的人流外,女人的踪影早已没有了。哎,她应该理解自己啊,现在只是身体出现了状况,可这并不能证明自己不再爱她了,何况这种事情让一个男人怎么好启齿呢。李国庆想到这里恼怒地敲打了几下方向盘,叹口长气,缓缓地开动了车子。

回家的路上他的情绪一直很低落,他在想自己为什么要找这个女人,还为她付出真情。假若有一天真的跟这个女人结婚的话,他的女儿又会怎么说……

这样思来想去的过程中,他已经来到了东湖边,车子飞速地沿湖边奔跑,两旁的树木纷纷倒向后面。几分钟后,他能看到山坡下层层叠叠耸立着的别墅轮廓。李国庆调整情绪尽量表现出轻松的状态来,车子驶入了绿地山庄的大门。

李国庆透过车灯看到自家别墅前的停车位上空空荡荡的,这预示着他的老婆还没有回家。这样倒也好,他无须把不愉快的情绪掩藏起来。

李国庆打开房门,换上拖鞋,拎着包直接上了楼。

洗漱完躺在床上,李国庆感到无比的孤独,窗外传来的虫鸣声又加重了这种愁绪。如今他和老婆之间就是在维持着一种契约关系,至于爱情,随着日复一日的琐碎生活,已经一点一点地消磨掉了。李国庆想着家里的状况,又想着女人今天的表现,心情糟糕到了极点。为了驱散这种糟糕的情绪,他从床上爬起来,打开了电视机。随着一曲《青藏高原》,荧屏上出现了蓝天、白云、雪山、湖泊、草原、经幡,这样纯净的景色他未曾领略过。"真是个仙境!"李国庆刚感叹完,屏幕上接着出现了一位鹤发银须的老者,他慈眉善目,手里托着一个纸盒,上面醒目地写有"九眼石"三个字,同时一个低沉而带着磁性的男声传了过来:"九眼石——采撷雪山珍贵药材,传承藏医古老秘方,真金火炼,让男人重振雄风。"

李国庆听完这段广告词,回想着老者那慈祥的面容,他的心里产生出要去西藏的念头。他想踏上那片圣洁的土地,让自己从这种繁忙和纠结中走出来,让身心得到一次休息,更是为了让自己的生活恢复到原来的样子,他一定要寻找到"九眼石"。

旦增达瓦

九眼石要被卖掉。

旦增达瓦望着父亲从佛龛上取下穿着根红丝线的九眼石,放进手帕大小的黄绸缎里,小心翼翼地将它裹了起来。父亲的几根手指关节有些变形,手背的皮肤松弛、褶皱。他把黄绸缎装进衬衣的口袋里,再把外套的拉锁拉到了脖颈处。

"准备走吧。"旦增达瓦的父亲说。

旦增达瓦把装钱的橘黄色背包背在了身上。

"跟人家好好谈价,今天一定得卖掉。"旦增达瓦的母亲念叨。

"谈个屁,过去就是把东西交给人家,然后拿钱走人。"旦增达瓦的父亲不快地回答。

旦增达瓦知道父亲其实一点都不想卖掉这颗九眼石,因为它是曾祖父留下来的。这一切全怪旦增达瓦,他高中毕业后没有考上大学,接着复读又没有考上,从此他对学习产生不出任何兴趣,只想到社会上去找份活干。他替人当过伙计,也当过娱乐场所的保安,安利的推销员,这些活儿都干的时间不长,领的薪水也很低。他的父母觉得这样不是个长久之计,就从省吃俭用攒的钱里拿出两千块钱来,让他到驾校去学车。领到驾驶证后托人找了一个雇主,帮人家跑出租车。几年之后,又寻到了现在的这个雇主,帮他开旅游车往西藏各地跑。十天前雇主说要把车给卖了,让旦增达瓦事先有个心理准备。旦增达瓦问雇主车能否卖给他,雇主说只要付得起十八万六千块钱,车子现在就可以归你。旦增达瓦请雇主给他十天的筹钱时间,雇主说既然你要买,那我给你减去那六千,给我个整数。旦增达瓦把想买下车的想法告诉父母时,他的父亲气咻咻地说,那把房子给卖了,我们一家人睡到马路上去。他的母亲也劝他打消这个念头,说父母都是企业下来的,工资将将够维持生活开销,哪能拿得出这么一大笔钱来。几十年积攒下来,也就攒了个五万多。旦增达瓦知道家里的经济状况,就动员父母到亲戚朋友那里去借钱,可是父母坚决不同意,说两人都快要上天葬台了,临死前不想背负债务和欠人情,他们还拿藏族谚语"没有债务就是富人"来训导他。

旦增达瓦虽然遇到了挫折但没有气馁,第二天趁父亲不在给母亲讲旅游旺季时,跑一趟远路,收入就可上万,除去油料费和车子维修费,几个月下来可以净赚五六万。母亲对他说我们两个老人要那么多钱干什么,死了也带不走,可是你的日子还长着呢,我就跟你父亲再商量一下。旦增达瓦的母亲不知道跟父亲是怎么商量的,倔强的父亲同意他买下那辆车,但前提是不能跟亲戚朋友借钱。旦增达瓦纳闷那钱怎么筹?母亲偷偷告诉他,父亲为了这笔钱,正在外面找九眼石的买家。几天之后,旦增达瓦的父亲果然找到了一个买家,并敲定了交易的日子。

旦增达瓦和他的母亲没有吭声,等着父亲先出房门。

父亲和旦增达瓦出了四合院大门,走在人流涌动的巷子里。

走了半个多小时后,他们来到一个带着院子的三层小楼前。敲门进去,买家把他们引到了正中的客厅里。经过几个人的再次细心查看、上手把玩、反复讨论,买家这才打开保险柜,从里面取出了一摞摞的人民币,放到桌子上让他们点钱。

"三十一万整。"买家说。

旦增达瓦数钱的过程中,他父亲的眼睛不时地投到桌子上,去看那颗九眼石。他把钱装进橘黄色的背包里,跟买家道了别。

旦增达瓦和他父亲走在闹腾的人行道上,相互间很少说话。旦增达瓦侧过头偷窥父亲,父亲的脸绷得紧紧的,鬓角的发丝已经花白,身上的衣服褪色后有些发灰。旦增达瓦有些愧疚,他要是能考上大学有个固定工作的话,也不至于让父亲把几代传下来的九眼石给卖掉。以前旦增达瓦父亲一直在说,要把这颗九眼石作为家族的福物留给他,保他的子孙们吉祥如意。现如今,却因为他的这一计划,把他父亲的美好愿望给破碎了,父亲肯定心里不好受。

"我们先回去吗?"旦增达瓦问他父亲。

"先把多余的钱存到银行里去。"说这话时,他父亲的表情还是硬邦邦的。

旦增达瓦心里有些愧疚,但想着买下那辆车,辛苦地工作几年,攒足钱后给父母买座面朝阳光的房子,让他们整天暖暖地晒太阳。这么一想这种歉疚感就消散了,涌来的是对未来的希望。

在银行他的父亲从第一沓钱里,抽出三百块装进了衣兜里,再留下十八万车钱,其余的钱全部存了定期。

"我给车主打个电话,说我们送钱过去。"旦增达瓦对父亲说。

"现在别打,我们先到大昭寺去,用这三百块钱给佛祖前点个金灯,祈求你和车子今后吉祥如意。"旦增达瓦的父亲说。

他们排队进入寺院,点了供灯捐了钱,从释迦牟尼佛像前迎请了一条打结的哈达。这些事做完,旦增达瓦父亲的脸才舒缓了一些。

"九眼石怎么只卖了这么点钱?"旦增达瓦瞅准时机跟父亲问。

"你嫌少啊?"旦增达瓦的父亲嗔怪他。

旦增达瓦不敢再问什么了,低着头顺着寺庙的墙根往前走。

"做人做事,都要讲良心,佛时刻都在看着你。"旦增达瓦的父亲站在大昭寺门前跟他说。

旦增达瓦应诺了一声。周围磕头诵经的人很多,很嘈杂。

"我一定好好跑车,挣钱让你们过上好日子。"旦增达瓦向父亲承诺。

"你有这份心我们就知足了!"旦增达瓦父亲停顿一下,接着又说,"人可不能成了钱的奴隶,那样会利欲熏心,什么坏事都干得出来。"

"没钱的话日子也过不下去,看我这几年没少折腾。"旦增达瓦说。

旦增达瓦的父亲没有接他的话,而是向坐在路边乞讨的乞丐施舍零钱。他的父亲弯下身子时,那种老态表露无遗。旦增达瓦的心里有些伤感,他都长成大人了,可却没有个正当的职业,这让年老的父母多操心啊。他跟着父亲走,觉得父亲的身子越发地矮小和孱弱。此刻,他没有了即将成为车主的那份喜悦,更多的是为岁月的无情和无力孝敬父母而喟叹。

回家吃过中午饭后,旦增达瓦和父亲去接车。路上他们特意买了一箱啤酒和水果,走到雇主家里恭敬地递上去,一并给家里的每个人都献了哈达。

买卖是在一种和谐融洽的气氛中进行的,旦增达瓦的父亲和雇主边喝酒边聊天,一旁旦增达瓦和雇主的媳妇在数钱。

酒过几巡,雇主的手机铃声响了起来,他接电话聊了几句之后,告诉对方说他的车子已经卖给旦增达瓦,今后旅行社有什么事,就直接跟旦增达瓦联系。手机挂断后,雇主让旦增达瓦明天去趟"雪域旅行社",说有个内地老板来拉萨要包车去珠峰。

旦增达瓦和他父亲觉得很庆幸,刚接手就要接游客了。

旦增达瓦拿上雇主交给他的所有证件,带着父亲开着从今往后属于自己的沙漠王越野车离开了。他心里在祈祷即将到来的远行能一路顺畅平安。

旦增达瓦的父亲从衣兜里取出大昭寺里迎请的哈达,挂在车里的后视镜柄上,说:"我们卖掉的这颗九眼石品相不是很好,边上还被挂烂了。"

"哦,是这样啊!"旦增达瓦看着前方的道路,这样应了一声。

旦增达瓦的父亲再没有开口,车里变得静悄悄的。

旦增达瓦转头看父亲,见父亲的颧骨上有了红晕,靠在后背上瘫软着,眼睛闭得紧紧的,鼻孔里发出轻轻的鼾声来。

旦增达瓦看到父亲已经坠入到梦乡里,嘴角漾起了微笑。

当他望着前方平整延伸过去的道路,心里开始憧憬起美好的日子来。

尼玛贵吉

飞机缓缓地降落在拉萨贡嘎机场,从机舱里往外望去,天蓝得透明,云白得令人心颤,四周的山光秃秃的。飞机上的旅客开始打开行李架取行李,机舱里顿时充斥着嘈杂声。

李国庆坐在座椅上,想着这趟旅行能给他带来什么心灵或身体上的变化。

机舱里的人流往舱门口涌动过去,李国庆起身从行李架上取下箱子背包,往飞机的舱门口走去。

李国庆走出空港时,看到一个头发卷曲、身材瘦高的年轻人,两手捧着一张写有他名字的白纸。他向这人走过去,说他就是李国庆。那人很高兴的样子,折叠好写有他名字的纸,装进裤兜里,伸手把箱子给抓了过去。

年轻人走在前面,李国庆跟在后面,他们走到了车前。年轻人把箱子放好,问李国庆:"老板,您坐前面还是后面?"

"前面吧。"李国庆想了想才回答。

年轻人赶紧跑去给他开车门,等他上车后轻轻关上门,这才自己上车。

汽车刚驶离贡嘎机场年轻人就自我介绍:"我叫旦增达瓦,这次由我送您去珠峰。"

"我叫李国庆。你的汉话说得不错嘛。"李国庆说完掏出手机给女人打电话,接着又给家里人发了个短信。

"老板,我把您直接送到酒店去吗?"旦增达瓦问李国庆。

"你知道'九眼石'吗?"李国庆侧过脸来问旦增达瓦。

"知道。那可是珍宝啊,价格很贵的。"旦增达瓦回答。

"贵到什么程度?"李国庆接着又问。

"几十万到上百万吧。"旦增达瓦不太肯定地回答。

"一盒药值不了这么多钱吧?"李国庆有些咋舌地说。

"我说的不是药,是戴在身上的珍宝。"旦增达瓦解释。

"我问的是'九眼石'藏药。"李国庆看到一列火车从他们的右边驶过去。

"哦,到了城里,药店都有卖的。"旦增达瓦对他说。

旦增达瓦把车停在了酒店门口,取下行李让李国庆好好休息,说明早八点他准时到酒店来接。

李国庆拖着箱子到前台去领房卡,然后走向了电梯口。

太阳的金光镀在酒店窗台上时,旦增达瓦的车子已停在了酒店门口。

李国庆拖着箱子出来,看样子他没有什么高原反应。旦增达瓦把箱子放进后备厢里,车子驶出了酒店。

"老板,看样子昨天您没有什么反应!"旦增达瓦说。

"问题不大,还上街买了几盒'九眼石'藏药。"李国庆的身子倒在靠背上说。

"您适合在高原上生活。"旦增达瓦说。

李国庆嘿嘿地笑出声来。他们一路交谈着,汽车匀速地驶往日喀则,道路两旁岩石突兀,一条清澈的河水在深渊里流淌。

闲聊中李国庆大致了解了旦增达瓦的家庭情况,也知道这辆车是卖九眼石的钱买的,他开始对九眼石产生了一些兴趣。

"内地人好像叫天珠,我们喊'斯',以它身上有多少只眼睛来称呼它,三个眼睛的叫'三眼石',九个的叫'九眼石'……"旦增达瓦解释着。

李国庆边听他讲边注视着外面那种苍凉的景色。这种幽闭的山间道路,让李国庆恍如走进了美国西部的电影里,除了裸露的岩石,还能看到一些金黄的枯草,偶尔也能看到几只羊行进在岩石中。李国庆感叹这样贫瘠的地方,还有人生存着。

旦增达瓦只顾开车,对外面的景色提不起一点兴趣来。路上李国庆让旦增达瓦停了四五次车,跑下去把这种苍凉的美凝固在手机镜头里。

这一路下来,李国庆还是拍下了不少的好照片,他通过微信发出去,得到了很多人的点赞,但他最渴望的是女人给他点赞。他想着"九眼石",心里确信身体会恢复过来的。

一声短信铃响了起来,李国庆拿出手机看:你要照顾好自己,我在等着你。这短信让他的心暖暖的。

天擦黑时,车子停在了一个县城宾馆里。

李国庆和旦增达瓦吃完饭各自回房休息,定好明天天不亮就出发。

半夜,旦增达瓦被冻醒了,他去找被子时看到外面在飘雪,地上白花花一片。他担心明早要是雪不停的话,去了珠峰也是白搭,那里云雾缭绕着什么也看不到。旦增达瓦钻进被窝里,不一会儿又睡着了。

他们出发的时候,雪已经停了下来,但外面黑漆漆的什么也看不到,借助汽车的灯光,小心地择路前行。

天放亮的时候,车子已经上到了山顶,从这里可以远远地望见珠峰。晴空万里,白雪皑皑,几朵旗云飘浮在半山腰,旦增达瓦说这是珠峰在献哈达,见到的都是有福气的人,这让李国庆激动不已。

旦增达瓦劝他赶紧上车,说前面珠峰大本营看到的景色比这里还漂亮。汽车顺着盘山路往谷底走去。

从珠峰大本营回来的时候,已经是中午时分。烈日已经把地上的雪全部融化掉,可以看到透着黛色的高原草甸了。

李国庆实在是太疲惫了,坐在副驾驶座上打起了盹。旦增达瓦嘴里哼着歌,让汽车快速飞驶。在一片开阔的草甸上,柏油路歪歪扭扭地向远方延伸了过去。

路的那一头有个黑点一耸一耸的,汽车靠近时,才看清是一个踽踽独行的人。旦增达瓦脚踩刹车,让车速放慢了下来。

临近了才看清徒步的这个人腿好像受了伤,走路一瘸一拐的,手里拿根树枝当拐杖用,身上沾满了泥土和草屑。汽车经过他身边时,那人有意地把头扭了过去。旦增达瓦看前方一望无际,想着这个人什么时候才能走到头,还是顺路搭带一程吧。旦增达瓦把车靠在路边停下来,下车时的关门声把李国庆给弄醒了。

那个人见旦增达瓦下车往他这边走过来时,转身从公路上向草甸那儿跑去,可是跑了几步就摔倒在地。旦增达瓦跑过去将他搀扶了起来。

"是我杀的人。"他用藏语说,眼泪在那张脏兮兮的脸上滑出两道线来,颤抖着把手给伸了过来。

旦增达瓦惊了一下,松开手往前走了几步,又停下来转身走回去。

"腿怎么了?"旦增达瓦用藏语问。

"逃跑时从山上滚下来,腿给摔坏了。"这人害怕得全身在打颤。

"先上车吧。"旦增达瓦扶着他向车子走去。

李国庆也从车子上下来了,隔了十多步望着他们。"这人怎么回事?"他问。

"他的腿摔坏了。"旦增达瓦回答。

"你们要把我抓起来了吗?"这人看到李国庆戴个墨镜,两手插在裤兜里看着他,便紧张不安地说。边说边试着挣脱。

旦增达瓦把他拽得很紧,让他无法挣脱开,只能顺从地向前走。

这个人的左腿肿得很厉害,把牛仔裤子都要快撑破了,可能伤到骨头了。他们俩搭手把他扶到汽车的后座上去。

"他家在哪里?是这边的居民吗?怎么把腿给弄伤的?"李国庆连着问了几个问题。

旦增达瓦没法回答他的问题,眼前的这个人他连名字都不知道,只从他的话里大致知道了他杀了人,正在出逃。

"你叫什么名字?"旦增达瓦手扶在车门上问这个人。

"尼玛贵吉。"

"是这边的人吗?"

"是在山的那一头,叫夏钦村。"尼玛贵吉说这话时疼痛得嘴咧到了一边去。

"你真杀人了?"旦增达瓦问。

"杀了一个老太婆。"尼玛贵吉腿伸直在后座上回答。

"为什么杀她呢?"旦增达瓦问。

"为了得到九眼石。"尼玛贵吉说。

李国庆听不懂他们在说什么,站在一边抽烟,观察着他们的表情变化。

太阳很晒,草甸上有白色的雾气在蒸腾。

"要不让他吃粒镇痛的药。"李国庆跟旦增达瓦提议。

他们让尼玛贵吉吃了两粒芬必得,还给了饼干和矿泉水。

车子重新启动,向前缓慢行驶过去。

检查站

汽车已经驶过这片广袤的草甸,开始爬行在盘山公路上。

"走了这么久,没有见一户人家,他瘸着腿是要去哪里?"李国庆还是忍不住问旦增达瓦。

"他杀人了,现在在出逃。"旦增达瓦回答。

李国庆被吓了一跳,转身看后座上的尼玛贵吉。尼玛贵吉闭着眼好像睡着了,那张脸仔细观察的话,是一张年轻、清秀的脸。

"看他年龄跟你差不多,怎么会去杀人。"李国庆把旦增达瓦的话当成了调侃。

"他跟我说他杀了个老太婆。"旦增达瓦说。

李国庆犹豫了一下,他从旦增达瓦的脸上看不到任何开玩笑的痕迹,难道尼玛贵吉真的是在逃的杀人犯?"你可不能开玩笑,这是要负法律责任的。"李国庆一字一句地说。

"他自己给我是这么说的。"旦增达瓦这样回答。

李国庆觉得问题严重了,他们这是在包庇罪犯,要是被抓住的话要负法律责任的。

"你明明知道他是个杀人犯,为什么还要搭他上车?"李国庆的情绪很激动。

"难道要让他冻死饿死在旷野里吗?你没有看到他已经受到惩罚了?"旦增达瓦不服气地说。

"你把车给我停下来,我们得好好谈一下。"李国庆因激动开始有些喘气。

"到了山顶我会停下来的。"旦增达瓦说。

车到山顶时,太阳正往西边移动,经幡被风吹得哗哗猎响,煨桑的炉子张着空洞的嘴巴。

李国庆点着一根烟,下车来回地踱步,风把他的头发吹得乱蓬蓬的。旦增达瓦从车窗里望着他焦急的样子,心情也开始变得复杂了起来。

尼玛贵吉躺在后座上睡得很香,不时发出均匀的鼾声。

车门被打开了,李国庆坐了进来。

"我们得把他给弄醒,问清楚到底杀没杀人。要是杀了人的话,一定要劝他去自首。"李国庆命令旦增达瓦。

旦增达瓦探过身子,把尼玛贵吉给捅醒。尼玛贵吉睁大眼看到他们神色凝重地望着自己。

"你真的杀人了没有?"旦增达瓦问。

"我往她的脑袋上敲了一棍棒,灯光下看到她满脸是血,然后倒在地上死了。"尼玛贵吉说。

"确定她死了吗?"旦增达瓦又问。

"可能死了。"尼玛贵吉说。

旦增达瓦把意思复述给李国庆听。李国庆又续上了一根烟。

"问他为什么要对一个老人下手。"李国庆的脸变得有些发紫。

"刚才他说,是为了得到老太婆的九眼石。"旦增达瓦直接告诉了他。

几辆货车载着满满的货物,轰隆隆地驶了过去。

"我再也回不了家了,这辈子只能在外面流浪。"尼玛贵吉叹着气说。

"再告诉他,杀了人要进监狱的!"李国庆简直是在咆哮了。

"跟他说这些已经没有意义了,他的心里很清楚,现在愧疚都来不及呢,我们还是先带他去医院看病吧。"旦增达瓦提议道。

"绝对不行,一定要先让他去自首。"李国庆以不容置疑的口气说。

"你能不能慈悲一点,先让他到医院,要不这条腿就给废掉了。"旦增达瓦跟李国庆说。

"绝没有退让的余地。"李国庆拿出手机看,这里一点信号都没有。

"最近的检查站也要两个多小时,可那里是没有医院的。"旦增达瓦解释着。

"这跟我无关。"李国庆气急败坏地说。

旦增达瓦望着他,脸上显出失望来。

远方的云被落日染红了,风也收起了飞翔的翅膀,让经幡垂落下脑袋休息。

"我们走!"李国庆跟旦增达瓦说。

"为什么我要听你的?"旦增达瓦不悦地说。

"这车是我包的,是我出的钱。"李国庆也很愤怒。

"这车是我的,请你下去,你的钱一分不差地会还给你的。"旦增达瓦怒冲冲地叫喊。

李国庆被气得直咽气,心想这人简直不可理喻,这样人命关天的事岂能感情用事。旦增达瓦却觉得李国庆的身上少了人情味,只想自己不被牵涉进去。这时尼玛贵吉又轻轻哼了一声,他们扭头往后看去,见尼玛贵吉的嘴张开着,脸被扭曲得变了形。

旦增达瓦启动车子飞快地向山下冲去。

汽车到山脚下时,天色已经暗下来,周围的景色变得模糊不清。

车厢里很沉闷,他们相互之间谁都不说话,眼睛盯着黑漆漆的前方。不时地,他们还能听到尼玛贵吉的凄惨叫声。

远方最先出现了几盏灯光,慢慢地又看到了很多的灯。前方就有一个检查站,车子必须登记通行。

旦增达瓦准备拿着证件去登记时,李国庆一把抢了过去,推门向警务室走去。旦增达瓦有一种不祥的预感,但他没有勇气开动车子往前冲。

几十个人打着手电往车子靠过来,他们打开车门把尼玛贵吉给抱下去。旦增达瓦坐在车座椅上,想着尼玛贵吉肿胀的腿。

有人开了车门,旦增达瓦扭头看到一名警官。警官向他敬个礼,说:"感谢你们帮我们抓到了嫌疑犯。"

旦增达瓦的眼泪无法抑制地淌落了下来。

李国庆和旦增达瓦坐上车往日喀则飞奔。

旦增达瓦能猜想到李国庆是怎么跟警察说的,假如他准备蒙混过关而被抓了的话,不但车开不了,人也得进去。他应该要感谢李国庆吗?尼玛贵吉的腿今后会残废吗?六七年之后他会否拄根拐棍在八廓街里行乞?

李国庆也是疲惫不堪,至于旦增达瓦怎么想他不愿多管了,至少他的这一抉择是最明智的。李国庆听很多朋友说,西藏是片圣地,但他在这么偏远的地方看到了欲望和挣扎。

几个小时的奔波后,他们来到了日喀则的酒店。

旦增达瓦从后备厢取下行李,再拿个鸡毛掸去拾掇后座时,不由得发出一声惊叫。

李国庆赶紧跑过来看时,车灯映照下,一枚黑底白眼、形状纤长的九眼石正安静地躺在后座上,发出幽亮的光泽。面朝他的那颗眼深不见底。

(原载《民族文学》第7期)

深度安静

林　秀　赫

谕明一早醒来,身旁的妻子已经过世。

依庭整个人就像睡着一样,但又有所不同,苍白的脸孔如同被冻结了,身体特别冰凉,只剩额头还残留一点体温。怎么叫她都没有反应。谕明立刻下床,奔赴客厅拿出自动去颤器,并敲打柯先生房门,要岳丈赶紧叫救护车。他快速回到妻子身旁进行急救,柯先生拨完电话后,也赶至女儿和女婿的房间。直到把依庭送入医院,谕明仍在反复确认妻子额头的温度。

火光在他们眼前一热,天空开始落下大雨。谕明手捧依庭的骨灰坛,柯先生在一旁撑伞。雨滴仍不时打在他们肩上,两人仿佛身处在一个集中雨水的坑洞。谕明觉得双手很沉,以前抱起依庭,也没有现在这么重过。

他们为依庭选择宝塔中一个最安静的角落,合力将她埋进夏日深处。

葬礼结束后,宾客们移师餐厅用餐。谕明与爸妈、柯先生同桌。摆满素菜的餐桌前,谕明拿出手机,将葬仪社安排的流程一一确认办妥后划掉。当他划到最后一项的时候,不由得多看了柯先生几眼。

"接下来我该做什么?"

用餐时,这句话他差点就脱口而出,但这么直接的话,说出来只怕相当不得体。虽然同住一个屋檐下,但他跟柯先生并不熟悉,即使两人并列为丧家,只怕前来致奠的礼宾,都比他更认识柯先生。仔细回想起来,他鲜少私下跟柯先生说话。两人每次交谈,总有妻子在场。

"待会儿客人离开,别跟他们说再见,礼俗上不可以这么讲。"

柯先生耳提面命说道。平日总是穿白色长袖衬衫的柯先生,今天穿了整套的黑色西装,并打上黑色领带。面对丧事,他沉稳看似很有经验,相较之下,谕明却是第一次。谕明的爸妈不忍心,时时安慰谕明。不过更让谕明悬在心上的是,他跟柯先生的亲缘关系,是否也在这一餐之后,等于结束了?

依庭是独生女。她的母亲在她很小的时候就离开了他们父女。和依庭一样的病,应该说,她的病就是柯太太留给她的。治丧期间,谕明就不断听到礼宾将母女俩一块儿比较,这些人都是柯先生的亲戚。依庭母亲一方,则始终没有人到场,以往谕明在家也很少听他们父女提起柯太太。他曾见过柯太太的相片,母女俩长得并不像。依庭略方的脸型,其实更像柯先生。

柯太太过世时,依庭已有五岁。就这点而言,谕明是嫉妒柯先生的,他们在一起的时光不仅较他们夫妻长,更拥有了爱的结晶。依庭由于心搏过快,体重一直过轻,皮肤也白皙得毫无血色。心脏科和妇产科医师,都认为怀孕会导致她病症加剧,危及母子性命。因此谕明没有很积极地想要有孩子,但依庭想要有孩子吗?她只说过不希望生出来的孩子体质像她。

突然柯先生拍了拍谕明肩膀:
"我去公司一趟。你先回家吧。"并向谕明的父母致意。
"好,再见。"他还是和柯先生说了再见,柯先生只是又拍了他肩膀两下。

谕明回到家,第一件事是洗澡。火葬场的味道,都粘黏在毛发和衣服上。他蹲在莲蓬头前,低头看着左脚。不知道从何时开始，他左脚大拇指的趾甲，就是裂的。剪掉之后，也是长成裂开的样子。依庭曾问过他，"是天生就裂的吗？"他没回话，不知道怎么回。"天生不是这样的，趾甲天生不是裂的。"他说。然后他在浴室哭了起来。

离开浴室，他躺到两人的床上。现在只剩他一个人了。

他看向依庭平时阅读的书桌。每晚睡前，依庭都会将家里的每样东西收拾整齐，更列好每件物品的明细。所以依庭过世后，几乎没有一件事需要谕明操心，没有什么东西，是妻子去世后就找不到的，更没有什么是被妻子藏起来，而被他意外发现的。妻子所拥有的一切他都毫无遗漏地继承下来。所以这些被安顿好的东西，知道有一天会失去它们的主人吗？是主人离开了它们，而不是主人不要它们。东西是不是被丢掉的，有很大的差别。

谕明甚至觉得，被依庭丢掉的只有他而已。

依庭过世的前两天，他们刚从北海道旅游回来。按公司规定，年资三年以内，年休假一律七天，三年以上则按年资累积。谕明目前十一职等，刚考过襄理（编者注：接近经理的职位），从大学毕业那年算起，已经进公司九年了。为了纪念结婚三周年，今年他特别安排十天的假期出国旅游。

八月的第一天，两人搭机从台湾直飞札幌的新千岁机场。由于谕明考量到依庭身体的负荷程度，参观的景点不多，无论是小樽、洞爷湖、富良野，他们尽量在同一个地方待久一点，享受缓慢的旅程。

回国前一天早上，他们在星野度假村的森林餐厅用餐，一旁的巨型落地窗可望见整片青绿的杉树林。出国前，医生评估过依庭的情况，告诉他们不用担心，没有任何问题。这时他见依庭只吃了一点就放下汤匙侧脸看向窗外。

"还好吗？"他徒手剥着蓬松却又绵密的北海道马铃薯。他知道依庭想冬天来，可是夏天的温度比较舒服。冬天虽然有雪，但是太冷了，尤其还是北海道。他怕她的身体会受不了。

"为什么不冬天来？"虽然她并没有这么说。

眼见妻子一直不说话，谕明循着她凝视的方向看去。"哦，啄木鸟啊。这样子敲，头还不会晕，蛮有趣的。"

他们在里面用餐，其实听不见外面的声音。不管啄木鸟如何奋力敲击，或是窗外风动的树鸣，以及森林里各式各样应有尽有的声音，于他们所在的位子上，一概都不存在了。窗外就像一部绿色的默片。

"等冬天一到，动物就都躲起来了。"依庭终于动了餐具，看向谕明说，"昨晚睡在饭店，我梦见自己被关在动物园，可是不知道自己是什么动物。"

这是依庭告诉他的最后一个梦。

谕明起身来到书桌前，抽出依庭生前常阅读的一本唐诗读本。偶尔睡前，他会看到依庭在书桌前备课。他记得依庭曾经看着某一首诗入神。她在一间家扶基金会工作，常带小朋友读书。谕明把书拿到床上翻阅，心里试着念出诗句，终于翻到了那一首，只见依庭在书上，圈出每句的头一个字：

千山鸟飞绝，
万径人踪灭。
孤舟蓑笠翁，
独钓寒江雪。

谕明可以想象一名老渔翁头戴斗笠，独钓寒江的画面，甚至将那画面中的渔翁和自己的形象重叠。体会这首诗对他而言并不困难。只是依庭为什么会对这首诗特别有感触？想象的过程中，他完全无法将依庭和那名老渔翁的模样相互替换。不论如何，他很快就睡着。丧礼太令他疲惫了。

夏夜最为短暂。连续几个早晨，谕明醒来，都会惊觉妻子不在身旁这件事。或许是在厨房煎着荷包蛋吧。可是当他走到厨房，再走到客厅，都找不到依庭。又或者是先上班去了，手机里应该有她留给他的讯息。不过几天下来,都不是他想的这样,依庭再也没有回来过。这是当然的,他已经亲自送走依庭,往后的生活,肯定是跟从前不一样了。

有时他坐在冰箱前的地板上,望向大门,等依庭回来。柯先生走过,见谕明难过地坐在那儿,也只是不发一语地从冰箱拿出食物。他一向不太过问他们夫妻的事,即使都这种时候了,他仍是如此。这让谕明的情绪有些别扭。慢慢地,只有当柯先生不在家,他才能正视自己对依庭的思念。偶尔,柯先生一早会过来敲门说道:"早餐我放在桌上。先出门去公司,晚上才回来。"

柯先生请丧假的时间很短,仅五天。这几天更是早出晚归。谕明在家用餐的时候想,柯先生或许是要给他,也给自己,更多的私人空间吧。尽管柯先生表现得很正常,但谕明还是能从生活的细节,看出柯先生沉浸在悲伤里。比如因为过分压抑,以至于对周遭的敏感度大幅降低。柯先生将电视开得比以往还大声,几次也见他陷在客厅的沙发上沉思,没注意到谕明。

原本由依庭包办的家务,在停摆半个月后,重新由两个男人各自打理。谕明与岳父,自然而然地清洗起自己的衣物。家中逐渐划分成两个区块,客厅跟前阳台的花圃归柯先生管,厨房跟后阳台则由谕明负责,两人也有各自的房间和洗手间。唯有依庭的更衣室不属于他们之中的谁。

尽管有时也会帮对方接电话,或是帮对方带份餐点回来,但他们更像是合租房子的室友。生活上各自独立,既不分享悲伤,也不相互安慰,虽然共处一室,却一点依赖彼此的感觉也没有。

谕明提着洗衣篮到后阳台晒衣服,他第一次注意起柯先生的袜子。黑色、蓝色、绿色、红色,基本上都是长版素面,都没有Logo,不像他的袜子拼色丰富。这些袜子是柯先生自己买的,还是依庭买给柯先生的?

"你跟同事上班都穿西装,没有什么区别。但坐下来的时候,裤管会被拉高,就会露出袜子。好袜子能显现一个人的品位,即使衣服、裤子不是很好,只要穿上一双好袜子,其余反而让人觉得不重要了。"

依庭曾叮咛他说。她总是买给他最好的袜子,让他穿到公司上班。虽然袜子并非依庭的物品,但他仍旧把袜子视为依庭的遗物。他猜测,依庭买袜子的习惯,会不会是受柯先生的影响?

晒完衣服,他回到房间,将公司的业务报表拿出来看。能在家处理的文件和写件,休假前都已经处理完了,好像除了打电话向几名客户联络一下外,没有什么可以在家做的事。他有点想回公司了。旅游假和丧假,已经让他将近三个礼拜没去上班,眼看还有两个礼拜的假,想到自己出社会以来,从来没有放过这么长的假期。何况在家还要面对柯先生。

整整休息一个多月后,谕明重新回到银行上班,但此时公司的气氛已经与他休假之前大为不同。为了减少营运成本,总行有意裁撤谕明所在的金山分行,但是员工们的去留仍然悬置,究竟是调到其他分行,还是支遣,公司始终没有明确宣布。许多年资较长的行员,纷纷考虑要不要申请退休。虽然谕明之前就从同事的网络社群上,得知了这项消息,但那时正值丧妻,也就没有继续关注公司的情况。

下班后几位同事邀他到长安东路吃热炒。

"总之吴襄理你不用担心,就是被调到其他分行罢了。像我们这些办事员,开玩笑讲,真的就要上人力银行打卡啦。"在公司一直跟着他学习的立夏说。他前阵子刚结婚,谕明拿起小酒杯,不免多估量他一番。

"可未必喔。调到其他分行,也只是温水煮青蛙,之后又会找其他理由裁员啰。"负责存汇的老专员耀昌说,"没发现吗?现在客户到银行,连号码牌都不必抽了,临柜的行员比客户还多。以前单看分行,就能看出一家银行的实力,挑最好的地点、用最好的装潢,现在反而成为烧钱的单位。"耀叔厚重的眼镜底下,视线正盯着谕明,"所以调到哪间分行,不都一样。"

"几年前,公司就开始裁撤中南部的分行,没想到现在连台北的分行也要裁撤。"谕明觉得自己也得说些话,才不至于冷场。

"哎呀,麦当劳都撤出台湾了。"晏仪无奈地说。她是公司最年轻的一批新进职员,刚到分行不满一年,就遇上这种事。

"我们是外商银行,待遇跟公股银行差不多,所以也不是外不外资的问题。"耀叔推了眼镜一把,"最先就是从欧美开始人事精简,高阶主管也逃不掉。说是要削减开支,实际上,你们也知道的。"

"知道?知道什么?"立夏嚼着辣炒鱿鱼说。

"公司这几年结算盈余根本就获利啊!赚钱却还要裁员。这是大势所趋。"

"什么趋势?"晏仪抬起头说。

谕明看向木桌旁的杂志架。两三年前,财经杂志预测未来十年最不被看好的职业,都没有提到银行员,反而当时那些趋势专家不看好的农夫、房屋中介、快递、空服员,都逆势翻涨。没想到冲击最大的竟是他所在的金融业。

他也注意到,大家刻意不提他丧偶的事,又或许是不放心上,话题总围绕在分行的存与废。当初他和依庭结婚,就是在分行同一栋大楼的高级餐厅宴客,多位上司跟同事也是在这里完成终身大事。可惜餐厅一年前已吹熄灯号,没想到现在连分行也要收起来了。

某家跨国银行又裁撤了 8000 名雇员,
2000 名派遣人员,
400 名总经理,
150 间分行,
员工总人数减少了 35%。

这些数字,现在都已经听到麻木。

谕明因喝了点酒,跟司机说错了地址。太早从出租车下来,走在路上,好几次要偏离家的方向,却再次走回应走的道路。口袋里一阵晃动。他接起手机,母亲打来说:"你也就别再打扰人家了。"问他何时搬出柯家。

这件事在他看来,就像办公桌上被放在"未决行"篮子里最底下的 case。突然他想到这比喻不对,现在大都是电子报表,在线签结了。

考量到工作,他说就算搬走也是留在台北。"在台北比较有轮调和升迁的机会,中南部就很慢了。"说完自己也笑了,届时还有那么多分行吗?

柯先生在一家大型货运公司担任课长,工作近四十年,但还没有要退休的意思。相反地,他们公司这些年对柯先生更加器重。当初许多运输业者以为网络时代来临,人们上网的时间增加,减少了出门活动的时间,也改寄电子邮件,因而纷纷缩减业务,但他们公司却在那时决定扩张营业项目,增加服务据点。之后网络购物兴起,社群上的自拍分享,更带动旅游的风潮,运输业也因此赚进大把大把的钞票。即便柯先生只是一名中阶员工,不是决策阶层,但在听从上司的安排下,稳健地工作到现在。

他们都朝九晚五,即使假日在家也是各自静静地读报、上网、看电视,极少交谈。当然两人每天见面还是会客气地问候彼此,或者是聊一两句天气或工作的话题。但他们慢慢不太聊一些事,像是过去的生活,包括已逝的依庭。

"我回来了。"他开门进来,以为柯先生在客厅。不过柯先生还未回来。

隔天,谕明并未跟柯先生提起裁撤分行的事。

偶尔下班回家,谕明会坐到妻子的书桌前,阅读她读过的书。多半是一些心灵励志以及亲子教养的读物。依庭需要这些书,她指导的孩子也需要。谕明翻到一本白色簿子,以前他就看过,是妻子画的素描。那时候在学校图书馆,他就知道她喜欢用原子笔画素描。

大学图书馆的自习室整整有一层楼,共分为四区。

进门的第一区,允许偶尔轻声交谈。往前进入到第二区,则禁止任何交谈。再往里头走到第三区,允许使用笔记本电脑,但严格禁止手机。走到最里头的第四区,被一扇玻璃门隔开,门外上方贴了一条蓝色的标语，写着："Deep Quiet Room"。谕明推开门，走进了这个深度安静区。那里是绝对的安静，他从未到过比那还安静的地方。里面仅有十个位子。除了基本的禁止交谈，也禁止包括笔电、手机在内的所有电器用品，都必须放在外头的置物柜。翻书的声音也不可以过大，不然会被请出去。当然更不允许睡觉和吃东西。

谕明就是在这里第一次见到依庭。她总是一身素净的衣服，不论何时都穿长袖衬衫，两侧的长发盖在胸口，一个人坐在一张大桌子前，鲜少有人与她共桌。于是他坐到她斜对面。依庭身体清瘦，却有一双非常美的眼睛，她更喜欢把眉毛画粗，那能使她苍白的脸孔炯炯有神起来。在她身旁就像进入永恒的安静之中，他突然觉得自己人生所有的时间，已经被这个女孩子给占据。不过这些内心的感觉，他并未跟任何人说，包括依庭。更不用说是柯先生了。

如果跟柯先生说自己可能会被裁员，他会怎么想？谕明知道，柯先生从未对依庭选择他有过什么意见。究竟柯先生是否认同他这名女婿，或只是勉强顺从女儿的选择罢了？不过现在哪个答案似乎都不重要了。对他们而言，这些问题只有依庭还在的时候，能够成立。

刚进大学时，他想过一件事，就是他人生的高峰会是在什么时候？当初考上第一志愿的高中，自己和家人都欣喜若狂。三年后，他更顺利考上第一志愿的大学，这比考上一间好高中更加荣耀。只是就好比现在每天下午一点收盘之前，他和同事们在银行看盘，关注成交量、买的价位，还有整体上涨的指数，那么到底什么时候，他人生的K线会开始往下探？他本以为大学就是他人生的巅峰了，怎知出社会后，第一年就顺利进入人人称羡的外商银行。俨然他将更进一步，踏上迈向下一座巅峰的旅程。这条事业之路他正走在路上。

然而当初在大学里，他还不确定自己将来要做什么。每个系每个社团，总有数不清的期初、期中跟期末活动，年复一年周而复始。课堂所学的内容，他也没把握是自己喜欢的兴趣。谕明在自己最迷惘的时候遇见依庭。他开始固定到那间自习室读书，大约持续一个月后，依庭终于注意到他。他总是坐在她的斜对面，即使依庭再怎么不理人，也不可能不多看他一眼。

"你什么系？"依庭用原子笔，写在白纸的空白处问他。

"财金系。"他不小心开口说。

谕明进入银行工作，从最基层的柜员做起。不久放款部刚好缺人，谕明被调去担任企业金融专员，经手的贷款金额动辄数十亿元。银行内部自然最看重企金专员，升迁也是最快。每当贷款金额愈大，银行通常会采取联贷，透过数家银行的合作来放款给企业户。谕明也因此结识不少欣赏他能力的业界主管。

裁撤分行的传闻一出来，就有其他家银行联络他。不过谕明还在观望。有些人会在裁员前先选择跳槽，不过他并不在意自己的人生是否有过那些不良记录。希望等消息确定之后再想下一步。

一个月过去，总行终于决定裁撤包括金山分行在内，大台北地区的十家分行。看似经营规模逐年萎缩，然而公司的获利却逐年提高，这多仰赖信息处所领导的数位以及行动服务，也加强公司调整经营方向的决心。

在调职与支遣的名单公告出来之前，由于谕明的职等较高，因此去留须由分行经理直接口头告知。

中午收盘之后，谕明走进经理室。只见陈经理坐在位子上滑着平板，背后是直立式的白色百叶窗。窗帘并未拉开，室内却一点也不显得阴暗。他见谕明坐定后，将平板放一旁，双手交握说：

"谕明恭喜你。"陈经理清了喉咙，"你要调到信息处了。"

"是网络银行吗？"他诧异地说。

"当然。这是我向总公司提议的，我们一块儿过去。现在是大数据时代，当初总公司提出'数位转型计划'，我们整个分行的专员，竟然只有你一个人报名参加研习。"陈经理看向谕明说，"在未来，银行是一种行为，而不是一个地方。这趋势，你是最了解的。我相信你能够胜任。"

突然谕明的手机振动了一下。他拿起来一看,是陈经理给了他一个赞。

"或许同事还是比较习惯直接和客户见面,了解客户的问题吧。尤其是……"谕明不知道自己该不该说下去。

"你直说。"陈经理示意,"我想听。"

"其实数字化,有些人工被计算机取代,相对的一些业务就不是这么好推展,人和人之间也就相对显得冷漠,没有所谓见面三分情。"

"对,当然。但也不是每件事都要见面。"陈经理将身体靠回椅背说,"以前开户都需要人工,现在根本不需要一位银行员坐着告诉客户,这要怎么填、那要怎么写。长久以来,行员都只是存款放款的机器。你想想,你要在柜台这样子过一生吗?数字化也是我们的机会,我们可以去做更多创新的事。琐碎的、枯燥乏味的、一成不变的工作,交给计算机就好。将人力更大效用地释放出来。"

"陈经理,我……"谕明将手机放回口袋。

"唉,我知道。你太太刚过世,这段期间你一定很不好受。详细的人事异动,会再发正式公文通知。到新单位赴任前,我会多放你几天假,以免那情绪压在心口喘不过气了。"说完陈经理又传了贴图过来,帮他加油打气,"你的私领域,我不多问。但你要尽快振作,以后我们多吃饭聚聚。"

谕明走出经理室,同事们纷纷瞧向他。大家知道他升迁了吗?肯定知道了,好几个人都正拿着手机。他不但没有被裁员,还被公司调到最新兴的部门。他走回座位,内心确实有股雀跃。他想自己难道再次往上攀爬了?还没到巅峰吗?他以为依庭过世后,自己已经是个跌停的人。

他拿出平板,看着股市起起伏伏的 K 线。下班后他想去一个地方。

依庭一直很喜欢动物,或许她觉得动物比人更有生命力也不一定,那正是她所欠缺的。她和同事常带基金会的小朋友到木栅动物园,偶尔也会和谕明两人单独约会。虽然谕明看到许多年轻爸妈带孩子一块来游玩,心里有些许羡慕,但马上就被依庭的笑容给安慰了。他没有一定要孩子,况且步行对依庭的病情也有好处。逛完动物园,两人都会走去搭猫空缆车。

"傍晚搭缆车最好了。上山可以看夕阳,下山可以看夜景。"

眺望远方的林口台地,谕明想起依庭说过的话。他一个人搭缆车上山,粉红色的晚霞如同一层薄雾,相较于猫空清新的空气,即使相隔这么远,仍旧看得见平坦的台地上冒烟的烟囱。

"如果哪天我离开了,到南极帮我找一种新品种的企鹅,用我的名字命名好吗?"水晶车厢的厚玻璃,让他们联想到刚才动物园内四面都是玻璃的企鹅馆。"我开玩笑的。"依庭说。谕明也不以为意。

可是依庭过世之后,他常梦见自己在冰封的南极大陆寻找企鹅。就他一个人,穿着探险家的衣服,面对整座白色的荒原。依庭并不在那里。后来在梦里,谕明才发觉企鹅的眼神其实很无情,不管是化了白色眼妆的阿德利企鹅、身材高大的皇帝企鹅,还是脖子有黑色帽带的南极企鹅,它们的眼神都很冰冷。醒来后,他确实埋怨过依庭,为什么要把他带去那么寒冷的地方。

回想自己第一次进入依庭的身体,他能感觉,冰封在她体内一直被压抑的欲望,仿佛被融化被唤醒。由于顾虑到依庭的病情,他的动作反而放不开,但依庭却希望从他那儿得到更多的感觉。他意识到,她其实盼望往后能有更多幸福甜蜜的生活。这是谕明从依庭的身上确切感受到的。尽管她安静得像一行文字,但他知道她不想这么早就离开这个世界。然而她来了,又走了。

抵达山上的猫空站,谕明没有像其他游客找间店用餐,而是留在站内。不会太久,半小时后等夜色暗到星星都出来了,便搭缆车下山。

他的脚下是一片黑暗。

当缆车越过指南宫旁的棱线,缓慢往下移动,这一段是他跟依庭一致认为最美的台北夜景。黑暗中他看向窗前一个人的倒影。

"这里距离台北的位置刚好。阳明山离城市太远,夜景只是点缀而已。不像这儿,光点几乎布满了整个夜晚,每个光点都那么清楚。"依庭说完,看他拿出相机,急忙制止他。

"不拍起来吗?"他问。

"不用拍了。这些画面,手机跟相机,都拍不出来的。"依庭看向台北说,"有些东西只能记在眼睛里。"

现在悬浮的车厢外头是这么的美,而车厢内是这么的安静。也许世界上有其他更美的地方,但谕明见过的却只有这个地方。

晚上谕明回到家,依庭的父亲正坐在沙发上看电视。柯先生头顶光亮,只剩耳朵旁白色的鬓毛,后脑勺整个露了出来。谕明简单打声招呼,并未说自己刚刚去哪了,但在柯先生面前,他觉得自己的表情说明了一切,涉世未深的人都有这种表情。连续两三个礼拜,都是如此。

他开始到新单位工作,由于总行位在内湖,他回家的时间,慢慢比柯先生晚。不过柯先生似乎游刃有余地应付这一切,即使他一时忘了出声问候柯先生,柯先生也会照例从沙发上转过头来应诺说:

"噢,你回来啦。"

这都让谕明有些受不了。

被调到信息处后,谕明越来越在意自己与岳父同居这件事。他想岳父应该也有自己的想法,会希望他搬出去吗?还是觉得他忘记依庭了,又或者是想展开什么新生活,才打算要搬离?搬家之后他跟岳父是不是就毫无瓜葛了呢?这个家究竟要不要拆伙?分开不分开又要如何启齿?

婚前,他就有工作,有固定的薪水与存款。打从一开始,就没有一定要跟长辈住一起。柯先生也表示过,依庭搬出去住,他不会说什么,也觉得蛮好的。但偏偏依庭说:"我搬出去之后,就剩我爸一个人在家了。"反而希望谕明能够住进来。她像是以自己瘦弱的身躯打了个结,将夫婿与岳父绑在一块。是依庭凑合了他们两个男人。但现在依庭不在了,这些无形的契约,还存在吗?

或者说,还有必要遵守吗?

回到住处楼下,他抬头看向自家公寓阳台的小灯,不时可见到柯先生高瘦的身影,提着洒水壶在阳台与客厅之间来回穿梭。这几年他从没见过岳父在夜里浇花,那是一早上班前才有的例行公事。柯先生是在等他吗?

他重新想起第一次到妻子家拜访的情景。他们父女俩住在瑞安街一栋雅致的公寓四楼。谕明穿着比上班还要正式的服装,按下电铃,是依庭过来开门,随后柯先生也从那白色的沙发起身和他握手。他们家的摆设大多是白色的,像是窗帘、踏垫、系统橱柜,那时谕明尚不知道,自己将逐渐融入这间房子,成为这个家众多白色当中的一种白色。他弯腰将伴手礼——一间知名蛋糕店的圆形长筒蛋糕,放在客厅桌上。只见依庭突然开口说:

"爸,谕明说他会搬过来跟我们一起住。"

当时他为何会接受这项要求,又那么理所当然地就搬进了岳父家,难道都不害臊?他想再两个月就过年了,是最好的机会。回云林老家过完年之后,他还要回来吗?现在他也开始留意起房价,规划在台北购买一户新房。虽然舍不得这间和依庭有过回忆的房子,但他想,即使搬出去了,他还是一样爱着依庭,也能跟柯先生保持不错的友谊,说不定比现在两人的关系还要好。他甚至开始相信,最颠簸的时刻已经过去,将来到一个平稳的轨道上。

自从晋升为网络客服部的主管,现在谕明只要盯着下面的人做事就好。有天他坐在总行对面一家每天中午都会去的便利商店,悠闲地喝美式咖啡,脖子上还挂了识别证,等半小时后回到公司。

他瞧见窗外的邮筒,不免想到现在还有人寄信吗?回头他从座位,看到了一个奇景。虽然这也是他平时都会看到的景象,可是今天这景象有点不一样。过去要存款,都是面对一个有行员的窗口在排队,但今天人手一台智能型手机,排队等着他们公司的自动柜员机存款。这是他们公司新推出的服务。

如今各家银行的行动服务项目,包山包海,从申请开户、申请信用卡、转账、缴费、定存、外汇兑换,到购买基金、购买黄金。客户只剩下"操作性问题",而网页都设有 Q&A,解答客户的疑问。如果问题还是没有解决,可以拨打二十四小时客服专线,将有人亲自为您服务。但在电话那头发出亲切声音的人并不是银行员,取而代之的是一群毫无金融背景的客服人员。虽然这些客服人员,也严格培训了两个多月,但与他大学四年,出社会后在分行磨炼十年的实务经验相比,实在是短太多了。而现在这些客服人员是他的下属,受他管辖。

"花大量时间去培养一名员工,对公司而言就是浪费。"已经是市场推广执行长的陈经理,几天前才这么告诉过他。

正因为他们是大公司,反而有资金比小公司率先全面数字化,抢得产业升级的头筹。从公司取消信用卡,改以云端账户支付之后,谕明就有警觉。接着是纸质存折的消失、下载银行的APP 到用户端,他都认为这是一种进步,并支持公司的改革。然而兴奋之余,他还是会有所怀疑,毕竟行动银行的概念,就是要淘汰银行员。谕明也发现,手机的功能越多,他在银行能做的事情就越少。

像是望见冰山一角所透露出的寒冷。他不禁打了一个哆嗦,随手喝了一大口咖啡,却被苦涩的味道给呛到。

当初他会报名参加数位银行的研修课程,来自依庭的建议。

"你就去听听看嘛,别犹豫了。像我们基金会,平常也会用平板计算机教小朋友,很方便啊。现在小朋友整天上网、玩游戏的。你别小看玩游戏,这也是人类的天性不是吗?"依庭专注地煎着荷包蛋,"好了,吃饭了。"她拿起酱油,淋了一点到盘子上。那时候柯先生也在一旁用餐,他习惯让很多事情轻易地在他眼前过去。

没有多久，谕明就在信息处遭遇真正的挫败。

由于这几年分行的使用率快速下滑，只剩两成不到，而使用数位银行的客户则上升到八成二。公司越来越重视网络平台，也因此对信息处看管得最紧。不但每个月要提出新的优惠方案，更得开发出更新颖、更便利的行动 APP。

谕明越来越有危机感。过去他以优异的成绩考进顶尖的商学院，多年所学的统计、经济、货币银行学、授信实务，现在都不再有发挥之处。虽然领了更多薪水，拥有更高的职位，但每天面对的无非是软件工程师、客服小姐，以及网页美术编辑。这些人完全不懂金融、股票、期货、债券，都让他不免怀念起以前在分行和同事们看盘的日子。

这天距离五点下班只剩四分钟。公司的网络平台突然大宕机，包括银行网页、APP、ATM 等全部停摆。客服瞬间满线，几位正准备打卡踏出总行的工程师，也都被叫了回来。

他站在玻璃隔间的主管办公室内，看向外面。现场四五十名员工，左边的客服人员忙着接电话、右边的工程师忙着抢修网站，唯有他在接完上级的关切电话后晾在一旁无事可做。他不知道接下来该做什么，只因为他是这些人的主管，所以还是得留在这儿领导大家，却什么也使不上力。

刚好那天又是所谓的大日子——各家公司的发薪日。客诉的电话此起彼落，从未停止过，原本坐在最外围的派遣人员，也加入接电话的行列。他害怕众人的忙碌反而衬出他的悠闲。他必须为自己找点事情做才行，什么事都好，不然大家会看穿他。连工读生都可以接电话了，都还比他有用处。到了七点，他终于想到他能做的事。他自掏腰包，一个个统计，帮大家订购便当和饮料，并亲自到大门口搬运上来，陪大家留守在公司。

直到最后由他打了一通电话，回报上级说："可以连线了。"他才擦掉额头上的汗，事必躬亲的态度，得到部属们一致鼓掌肯定。

然而他真的做了什么吗?掌声中他这么怀疑着。

这时谕明看墙上的钟,已经十一点半。想到自己还没回家,马上拨了电话,是柯先生接的。他急忙向柯先生解释,因为公司发生了怎样的状况,所以才会拖到这么晚还没回去。说完他才意识到,其实可以不用打这通电话。只听电话那头,柯先生十分体谅地说:

"你不方便的话,在外面过夜也没关系,无须这么拘谨。你不必一直挂记什么,你还年轻,这样对你也不好。"他觉得柯先生口气上并无恶意,但柯先生肯定误会什么了。

"喂,爸,喂?"

凌晨一点,谕明独自走在回家路上,越走越冷。黑暗的城市中心,人车已经很少。紧闭的铁门与熄灯的招牌,熟悉的骑楼转为陌生、不安与危险。今夜因为临时加班而格外焦躁且疲倦的谕明,走了好久,心情都无法平静。好不容易,他终于看见尽头有一间点亮灯光的小店。他的注意力全被吸引过去。他加紧脚步,想从那光芒中取得一丝安慰。

直到看清楚那光的来源,他停下脚步,伫立在玻璃门前,又是疑惑又是愤怒地盯着一台在深夜中发光的自动柜员机——是他们公司的自动柜员机,一台该死的机器。不对,现在它是公司的员工,是他的同事。

右上方的监视器开始盯着谕明。几名在街头打发时间的年轻人,也瞥见一名身穿黑色西装的上班族,手中紧抓着黑色的公文包,僵硬地站在骑楼下十几分钟。他们停止嬉闹,看向了这个方向。

只见他突然用力推开玻璃门,跨步走进提款间,右手高高举起那台公司送给他的顶级商务型笔电。正当他要砸向自动柜员机的时候,在这一坪不到的空间,他感觉到一种异常的气氛。

已经多少年没有感觉过这股令人快要窒息的安静了。

外边嘈杂的马路,被玻璃门完全阻隔。意外的是,里头明亮的灯光非常适合阅读,就像回到多年前,他第一次见到依庭的那间 Deep Quiet Room。

(原载《上海文学》第 9 期)

枪　手

韩少功

　　油印工序大体是这样：先用尖头铁笔在钢质垫板上刻写蜡纸，然后把蜡纸挂上墨网，用滚筒蘸上油墨碾印，于是油墨透过诸多刻痕，一张张传单或小报便大功告成。这种活很奇妙，干得多了，少年们免不了别出心裁再干出一些花活，比如用多机实现多色套印，或在蜡纸上下足功夫，时琢时磨，时剔时刮，居然能捣腾出木刻、工笔线描一类图像，甚至印制出深浅不同的水墨层次，与铅印的正规报刊相比，效果难分高下。可以想象，要是红卫兵"停课闹革命"再闹上几年，一代铁笔艺术家茁壮成长，就靠那些侏罗纪风格的老装备，蜡刻印象主义或蜡刻浪漫主义也许要流派纷呈的。

　　多年后，徐冰说起当年，出示自己的一些油印插图，我一见就会心。想必这位大腕当年也是脸上常有油污，指头磨出硬茧，上街只看墙头张贴的小报，看小报又全然不在乎内容，目光直勾勾的，只是留心标题、版式、配图的艺术高招和创作心机。惺惺惜惺惺。他肯定注意到街头最精美的那几家小报，隔空神交了许多同道好汉，恨不能千里相会聚首把臂一吐衷肠。

　　我也在这个江湖里混过。

　　其时年满十四。

　　本人最大的从业污点是伪造印章。说实话，既然铁笔下能有艺术流派，刻出印章效果就只是小菜一碟。全国学生免费大串联历时约半年，终于被叫停，但同学们心痒痒的还想出去逛，于是盯上了铁路系统的内部车票。在他们怂恿之下,我借助一把放大镜,在蜡纸上精雕细刻,再用抹布蘸上油墨轻轻涂抹,很快就制作出铁路局的什么函件,其大红印章看来看去,几可乱真。有同学一见就乐坏了,"你索性再刻一个中央军委的公章,我们坐上轰炸机出去耍耍呵。"

以这种假印章骗车票居然多次成功。就这样,这一年夏天,好友们一伙去了广州,另一伙去了北京,再不济的也去畅游岳阳或衡阳,校园里变得异常安静,只有绿树深处蝉声不息。他们去的那些地方我早已去过了,便留校守家。我所在的长沙市七中与烈士公园为邻,校园北部的山坡外就是浏阳河。如果同学们都在,我们常去河里骚扰民船,以满船的西瓜或菜瓜为目标,讨不成就偷,偷不成就抢,图的是一个快活。后来还有更神通的战法,那就是一齐对船老板大喊"陈老板——"或"樊老板——"。"陈"谐音"沉(船)","樊"谐音"翻(船)",都是美丽江面上最狗血的咒语。有些船民一脑子迷信,一听到这种叫喊就叫苦不迭,就急得跳脚,实在招架不住,只好往船下丢几个瓜,算是堵上小祖宗们的臭嘴。

可惜我眼下孤身一人,构不成声势,没有预言"沉船"或"翻船"的威慑力,只好怏怏地提一条游泳裤提早回家。

事情就这样发生了。1967年这一天的回家之路实在落寞得很,无聊得很,一路走得郎里咯郎。我走过飘飘忽忽的体育馆,摇摇晃晃的公交牌和米粉店,在白铁作坊前还没把弧线剪材看出个门道,忽听身后一声爆响。

事后依稀分辨出来了:枪声!

事后我还回忆起来了,街面顿时大乱,人们像一群无头苍蝇惊慌四散夺路而逃。如果我拍拍脑子,掐一把皮肉,还能回忆起一个老太婆摔跤了,另一个汉子盯住我的左腿大惊失色,于是我看见自己裸露的大腿上,有一个扣子般大小的血洞,开始往外冒血。这是什么意思?这红红的液体不就是血吗?我的天,刚才那一枪是打中了我?世界上这么多人影,我招谁了惹谁了,竟然如此背运,早不回晚不回偏偏要在这一刻回什么家,千辛万苦把自己往那个黑洞洞的枪口上凑?

我没感觉到痛,而且发现自己还能行走,便用游泳裤紧紧捂住了伤口,跟随人们闪避到路旁。我撞开了一张门,有用没用先求上一句:"我受伤了,请帮帮我!"说完才看清面前是一老一少两个惊呆了的女人。后来我才知道,这是我一位女同学的家。她比我高一届。她肯定没想到,我们日后还有机会在同一个知青点共事多年。她肯定更没想到,她再后来移民美国,经商成功,与伙伴们天各一方,只是一份音信渺茫的模糊。

她是否还记得,她外婆找来草纸烧灰要给我的伤口止血时,两只手颤个不停,好几次都划不燃火柴?是否还记得包扎伤口时,她俩全身都软塌塌的使不上气力?……好容易,门外消停了,枪声和狂喊乱叫没有了。一个男声由远而近:"刚才那个伢子呢?那个受伤的……"大概是受邻居们指引,一个人敲开了房门。他瘦个头,还有点驼背,手里提一把驳壳枪,冲着我们裂开生硬的笑纹,"不好意思,刚才我们是在抓公检法那些王八蛋,妈妈的,一时枪走火,枪走火。"

他说的"公检法",是司法系统某个群众组织,大概是他们的对头。那时正是"文攻武卫"高烧期,每个城市都闹成山头林立,你争我斗,一旦红了眼便兵戈相向。连中学生手里也少不了苏式骑53、汉阳造79、转盘帕帕夏……说实话,多是些民兵训练用的破铜烂铁,子弹也不好找。谁要是扛上一支56式半自动,那才有几分正规军模样,有脸挎出去招摇过市。大家对此其实意见不小:北京那边说"武装左派"看来也是半心半意呵,要不然好枪都去哪里了?不是被一脸又一脸假笑的解放军早早藏起来了?

接下来的事较为简单。小驼背抱上我出门,送上一辆货卡,是他和同伙刚从大街上截来的,然后一路驶向湘雅医学院附属二院。看着呼啦啦的梧桐枝叶在天空中刷过,我已开始感觉到伤口裂痛,而且知道自己还有一个弹孔,在大腿侧后,是子弹的入口。进入医院后,痛感更加猛烈的狂暴。不知什么时候,白大褂晃来晃去,一位女护士问我一些问题,爱吃什么菜,爱唱什么歌,爱玩什么游戏,是不是放过风筝或做过航模,诸如此类,莫名其妙。事后才知道她这是分散我的注意力,不让我瞥见手术台上那一大盆一大盆的血纱布,防止我大叫一声吓晕过去。据她说,手术时间稍长,是因伤口离枪口太近,火药残毒重,必须切开皮肉全面清创——这话说白了吧,"清创"就是用药纱条在一道肉沟里拉锯式的拉来扯去,就是用钳子夹上药棉团这里那里猛戳一通。

我哥来到医院,在病房走廊里找到了我——这里已人满为患,加床都差点加到厕所里去了。我哥对小驼背怒不可遏地喊:"你什么人?干什么的你?你会用枪吗?你也配拿枪?你的枪口再提高一点点,他就没命了你知道吗?你今天实际上就是个未遂的杀人犯,杀人犯!谁在乎你那点水果罐头?医药费算个屁呵。他要是留下个什么,你这个家伙必须一辈子负责到底我告诉你……"

小驼背脸上红一阵白一阵,把手枪哗啦一声推上膛,狠狠地塞给对方,"那怎么办?大哥,你打我一枪。"

我哥愣住了。

"你要是还觉得亏,那就打我两枪。不过话讲在前面,我没打死他,你也不能打死我。"

大学生最终没敢接下盒子炮。

"你打呀,打呀。没关系,老子这条命反正不值钱,就是一条狗。大哥你要是不会打,来,小弟我教你打……"

现在轮到我哥脸上红一阵白一阵了。其实,从后来的情况看,这家伙长得未老先衰,虾米背和猿猴嘴不怎么周正,倒也不像个小土匪。无所事事的时候,见邻床一个老头上厕所困难,他就扶来扶去好几趟,还帮忙打饭。见病房里太燥热,他后来带上一个兄弟,不知从哪里弄来一台工厂里常见的大型排风扇,拉上临时的电线,呼呼呼送风,赢得众多大拇指。大概是同医生们混熟了,还不时有白大褂来找他,求他去救个急,帮个忙。他们都叫他"小夏"或"夏同志"或"夏如海同志"。据说他总是在脖子上挂两串手榴弹,把其中一个拧开盖拉上弦,冲到手术室那一类地方,大吼一声,两眼圆瞪,喝令小杂种们统统闭嘴,统统一边去。那些"小杂种"其实也是荷枪实弹凶巴巴的,大多比他雄壮比他伟岸,无非是看见战友伤情重,正急得抓狂,用枪口指着白大褂们,强求手术插队,强求最好的大夫出来主刀什么的。在这种场合,穿鞋的怕光脚的,光脚的怕玩命的。突然冒出一个比谁都不要命的王八蛋,其他人不敢同归于尽,就只得让他三分。

好几次混乱就是这样平息了。我后来怀疑,院方让我足足住院二十多天,迟迟不放我走,其实是想把他这个维稳积极因素多留下几天。想想也好笑,要放在平时,就凭他的虾米背,满嘴"鳖"呀"卵"的流子腔,大夫们哪能拿正眼瞧他?科班出身的正人君子们,餐前都要肥皂洗手的,周末都要上公园赏花的,笔下总是拉丁字母龙飞凤舞的,别说没工夫对他和颜悦色,恐怕还要严加提防。不过此一时也彼一时也,鸡毛飞上天了。既然只有他愿意平乱,能够平乱,那就成了革命医务人员的主心骨,德才兼备的好同志。即便一条颈根总是没洗清爽似的,能算事么。

肯定是饱吸了太多热情信任的目光,听取过白大褂的诉苦和建议,小驼背同志心情大好,索性再叫来几个兄弟,统一挂上"青年近卫军"的红袖章,在大门口吆三喝四地设岗值勤。他指挥就医者们排队,顺便督察一下环境卫生工作,教训一下叫卖的小贩,忙得浑身汗臭。如果让他再忙下去,人民英雄人民爱,人民军队爱人民,他可能就得问寒问暖成天说上普通话了。

这些日子里,我的心情却一直坍塌式消沉。文艺界男女们常来慰问战斗英雄,又唱又跳,又献花又鼓掌。其实英雄在哪里?在这个被临时征用为专收武斗伤员的医院,一个弹片削去鼻子的菜农户,一个腹中四枪的小学生,一个炸飞了双腿的还俗和尚,一个脑袋被铁棍开了瓢的搬运工,还有太平间蒙白布下露出的一缕黑发或一双赤脚……看得我心惊肉跳。这就是"路线斗争"呵?明明是开屠坊、摆肉摊么。手术室里日夜灯火通明,白大褂们匆匆来去,那么多人被呼啸防不胜防的钢铁剪裁成模糊血肉,号叫的号叫,失禁的失禁,完全是一片战祸景象——这就是"继续革命"的丰硕成果?邻床的一个眼镜鬼,参加过省会长沙三十多个造反派组织的聚义兴兵,前去"解放湘潭"什么的。但大家一窝蜂真到了前线,一个叫易家湾的地方,没人指挥,连饭也没人管,各人自己找地方趴着和躺着。几个首长模样的人挂上望远镜,带上随员和步话机,乘坐军用吉普窜来窜去,雄才大略胸有成竹的范儿,让大家眼巴巴引颈期待,但等到天黑也没见下文……只好一窝蜂又纷纷散了。"贼养的,就算是耍猴戏也不能饿肚子吧,去地里挖红薯算什么事?"

我这才看到了报纸和庆典以外的世界。

一年多后,全国的无政府状态终于大体结束。我离开学校和城市,成了湖南省汨罗县某茶场的一名下乡知青。新生活倒是太安静了,只有日复一日的腰酸背痛,两头不见天的摸黑出工和摸黑收工。无穷无尽的垦荒、耕耘、除草、下肥、收割、排渍、焚烧秸秆,让我们体力严重透支,被岁月抽空了和熬干了,只剩一个个影子在地上晃荡。就像我多年后在一本小说里说过的,"烈日当空之际,人们都是烧烤状态,半灼伤状态,汗流滚滚越过眉毛直刺眼球,很快就淹没黑溜溜的全身,在裤脚和衣角那些地方下泻如注,在风吹和日晒之下凝成一层层盐粉,给衣服绘出里三圈外三圈的各种白色图案。"

对于我们这些产盐大户来说,"文革"已恍若隔世,同汉武帝、武则天、北洋军阀那些故事差不多。如果说它还略有遗迹,还略有余温,那也不过是断断续续的小麻烦偶尔来扰,让人一点也爽不起来。有干部从城里来,调查是否有知青还私藏什么军品,谢天谢地,与我没关系。又有干部从城里来,调查是否有知青离校前顺走了公家的篮球、哑铃、球衣、手风琴,谢天谢地,还是与我没关系。更多的调查和清算与全国大串联有关。比如在各地红卫兵接待站借过钱的,借过棉衣的,眼下都得秋后算账。我的室友黄某,早就丢失了学生证,但眼下无论他如何强辩,那个别人冒用了的学生证,牵涉到三笔共十五元巨款,最终得由他全数补缴,一点折扣也不给。好在他也揩过国家的油,算是没输光,不至于冤屈得撞墙和喷血。据他说,他的骗乘术很简单,想到什么地方去耍,就先学几句那里的方言,然后求告火车站长一类,伪装成途中惨遇小偷的苦命游子,求一个回家的机会。对方听他的外地方言,有时信以为真,心一软,就放过了。只是有一次他撞上克星。对方居然心细如发,硬是找来了一个上海乘客,核查他的上海话,哪怕他紧急改口称自己是上海郊区的,是郊区的外来户,也没法骗过人家那一对高精度的上海原装耳朵。

人们没把他一把揪去派出所,已是他后来的大幸。

这一天,又一位警察从长途大巴下来走进了茶场。接下来,场长阴沉着一张脸,不找张三也不找李四,径直走向我,吓得我胸口乱跳,暗想出来混终归是要还的,肯定是伪造印章那些事败露了。

"你认识海司令?"警察问。

"谁?"

"夏如海,就是开枪打过你的人。"

我松了口气,这才想起是有过这么回事,是有过这样一个人,只是去年已经太遥远,好几个朝代都过去了吧。

接下来的询问大概有这些:

他同你有什么仇?或者同你家人有什么仇?是什么原因,他要在大街上对你横加伤害?

他打伤你以后没有逃逸吗?没有推诿吗?你后来是怎样找到他的?

你的伤情怎样?骨骼、神经、脏器有过什么问题?对现在的劳动和生活有什么影响?你做过全面体检吗?

作为受害者,你为什么到现在也没求助政府?没有追究这种人身伤害的犯罪?他是否对你或者对你家人有过恐吓和威胁?

在你与他接触的过程中,你是否发现他还做过别的坏事?比方是否还有过其他开枪致伤、致命的情节?是否有过持枪抢劫、勒索、报复、耍流氓的行为?你仔细想想,他是否穿戴过来历不明的手表、皮鞋、金戒指?

……

感谢警察叔叔,一旦重返岗位,重整天下山河,就对我如此关心。不过事情是这样……这么说吧,这么说吧,当时世道很乱,坏人不少,但大多不像是他说的那种坏法。即便是在收枪禁令之前,弟兄们舞枪弄棒,但除了一个图书馆被盗,学校附近的银行、邮局、粮店、商店、饭店、肉店、冷饮店等倒是一直安然无恙,连捡个钱包也是要争相上交的,谁窝藏谁找死呵,是不是?也许小蟊贼都死绝了。更可能的原因是,他们怕警察,更怕业余警察,无非是怕那些革命群众管起闲事来不讲规矩,动不动就拳脚相加,枪口一下子顶到你脑门上。枪手们还到火车站义务搬运过援越物资呢。

我这样说的意思不是要隐瞒什么,只是觉得对方有点想当然,调查方向有点偏。看来,他在小本上记录下一堆困惑,在这里只看到一条不甚给力的伤疤,没发现轮椅或拐杖,更没发现导尿瓶,大概觉得这一次长途奔波有些不值。在他一再启发之下,我搜肠刮肚,努力配合,总算梳理出小驼背的一些劣迹,比如用手榴弹炸过鱼,用扑克牌赢过散装烟,还居然要让我享受美好人生,哄着我抽下了此生第一支烟,结果半支下来我就天旋地转,差一点栽倒在厕所……但我没法说下去,因为我发现胖警察脚下已有真真切切三四个烟头,手指头上还有焦黄的熏痕。

"大叔,对不起,我不是说你抽烟不好……"

"没关系,没关系。"

"你平时……不打扑克吧?"

"打又怎么啦?中央文件规定了不准打扑克吗?正常娱乐生活还是要的吧,年轻人要活泼一点,快乐一点,率性一点嘛,也没什么不对呵。"

"那是,那是。"

警察当天就返程了。知青们发现我这一次轻松过堂,既没缴钱也没被扣粮,多少有些嫉妒。

我没料到的是,这事还远未结束。如果我没记错的话,大概是四年后,我被调去全县围湖造堤会战指挥部刻印工地小报,有一天去食堂吃饭,见一个陌生女子守在食堂大棚的门口,一见小伙子模样的,就上前欠身盘问,是不是知青,有没有人姓韩。她眼睛大大的,鼻尖冻得透红,一件红花棉袄裹住了丰丰满满的少女青春,但辫梢和袖口都积有泥点,大概在哪里摔倒过。

她最后筛出了我,冲着我两眼睁大,上上下下好一阵打量,捂住嘴突然哭了。"天呵,天呵你就是……"

出入大棚的民工们吓了一跳,一个个探头探脑的,交头接耳,看看她又看看我,大概在猜想这里的故事,猜想我在故事里的勾当。

我做什么了?

我没被她认错吧?

(如果是电影,此处应该有音乐,大提琴声轰然迸发弦惊天外狂泻如瀑的那种。)事后才知道,她就是夏如海的妹妹,一个多月来她找我实在找得太苦了,太苦了。她大海捞针般地要找到一个毕业于"长沙市第七中学"的"韩"姓学生,是因为法院军管会判决书上只留下了这一点信息。她先找到学校,找到毕业生下乡的去向(有南北共三个县),又找遍了这个县的七个公社(若干韩姓学生如此分布),但知青情况变化很大,招工的、升学的、病退的、流浪出走的、转点投亲靠友的……有时一动就跨县和跨省,造成线索七零八落,忽断忽续,常常是似有却无。现在,老天爷呀老天爷呀总算开眼了,她死死揪住我这最后一线光明,再也不能松手,再也不能遗失。她发现这个"韩"果然活得好端端的,就像她哥说的一样,不可能"残废"——这是判决书的关键词之一,所列罪状的重要一条。

她苦命的哥就是因这一纸判决,入狱服刑二十年。这事显然与他的"劳教"前科有关,与他后来公然报复"公检法"人员有关。仇恨激发仇恨。碰到这种竟敢反攻倒算的人渣,警方岂能不重拳打击?不难想象,如果当时有法律体系,有律师、公开庭审、辩护制度什么的,案情的夸张现象也许能得到较多避免,但可惜事情不是那样。一个新的未来还相当遥远——以致数年后"律师"还是一个颇为陌生的新词。在我所在的那个县,谁都不愿当"律师",不愿同嫌犯们共裤连裆。据说无奈之下,第一个"律师"还是县长强令指派的,不过那大学生的出庭辩护竟然通篇是骂,完全是针对被告的大批判,比检控一方还骂得振振有词,让很多人哭笑不得。这是后话。

当然,若往细里说,夏如海一案还与他的家庭有关。据他妹后来说,她与他其实既不同父,也不同母,是因父母再婚才有了兄妹关系的。不知为什么,后母与夏家哥哥总是隔,总是犯冲,总是闹成斗鸡眼,只有小妹觉得新添一个哥哥的日子倒也不错。她喜欢夏家哥哥爬树和翻墙的身手,喜欢他的弹弓枪和蟋蟀罐,更享受出门在外时一个男孩的保护。她哥对后母直呼其名"周秀娟""周秀娟",甚至让她觉得有趣。上学以后,妈只给她的白面糖包子,她总是偷偷给哥留一半。妈只给她送来的雨伞,她也总是撑到哥的教室前,等哥放学后一同遮雨回家。有一天大风大雨,哥一整天没回来。她撑开雨伞出门寻找,找呵找,最后才在垃圾站找到了一个熟悉人影,跪在蚊蝇乱飞的垃圾堆里,怀中紧抱一团什么。她一看就明白,肯定是妈又同哥吵了,肯定是妈把哥轰出门以后,气得摔东打西,把所有戳眼的东西都扔了出去——其中有一只旧枕头。这是另一个母亲的枕头,是她儿子最后一件偷偷摸摸的收藏。他可以不要弹弓枪和蟋蟀罐,不要课本和书包,但他就是舍不下这只枕头,枕头上一点点熟悉的气息。

她看见哥手上有一些血口子。他在恶臭熏天的垃圾坑里扒开烂菜叶,扒开西瓜皮,扒开血淋淋的鱼鳃片,扒开破罐子和碎玻璃,扒开了五光十色的尿片药渣煤灰废纸死老鼠,最后抱紧一只脏兮兮的枕头泪流满面。

她也哭了。

"哥……回家吧。"

"扣子婆,我不是你哥。"

"你背过我了,你背过我的……"这意思是她要证明哥哥的身份。

就是在这个夜晚,她哥抹干泪水,咬咬牙,说他爸是个酒鬼,早就不要他了。后母更是把他当眼中刺。其实他早就要远走高飞,闯荡江湖,去武当山或南华山,但他怕自己一旦离开,哪一天他亲妈回来了,就找不到他了。他没有办法,只能赖在这里等。

他狠狠地说,妈还会来看他的,来接他的。事实上,他不久前就听到过她的咳嗽声,等他跳下床,冲出门去,深夜的小巷里已寂静无人。但他伸出鼻子嗅一嗅,路灯下分明有一丝熟悉的气息,正是旧枕头上的那种。

扣子婆听不大懂,也不愿听懂,只是哭。

现在我已知道她的大名叫夏小梅。她后来在来信中说,这些年她深深自责的是,她的同情不但于事无补,反而加重了母亲对她哥的愤怒,甚至恐惧和狂乱。"这个吃枪弹的,挨千刀的,果然是人小鬼大,花招诡计还不少呢,敢在我家扣子婆身上动心思了。你一只癞蛤蟆也不自己照一照尿桶?……"想象丰富的后母决不相信自己保护不了女儿,最终使出杀手锏。这时,街道上正巧发生了脚踏车连环盗窃案,被查出来是几个小屁孩所为。后母居然逼着酒鬼丈夫随行,一同去了派出所,给所长送了两瓶酒,不知如何交涉了一番,终于举报成功,把夏如海做进了这个案子——而且是主犯之一。"劳教"三年的胜利成果一举搞定。派出所还把一面"大义灭亲"的大红锦旗送来了夏家。

那个派出所所长,就是小驼背后来在大街上提着驳壳枪要抓捕的"公检法"一员。夏小梅为申诉取证,当然也找过他。那所长似乎也另有苦水,比如曾被"青年近卫军"那些家伙拘禁,在批斗会上一头扎下台子,摔出了一个严重腰脊损伤,后来走到哪里都要带上一个垫腰的大枕头。他承认,当初的"运动式"办案么,可能有点匆忙,但他面对的是嫌犯父母,是人家气壮如牛的大义灭亲疾恶如仇赤胆忠心,他能怎么样?如果说他们是做了伪证,世上哪见过这种虎毒偏要食子的天方夜谭?他怎么知道对方提供的赃物、赃款、证词后面,还有什么家庭恩怨的狗屁隐情?……更可笑的是那个老酒鬼,当初把儿子往死里整的是他,一转身鸣冤叫屈找政府要儿子的也是他,他把人民公安当猴耍呵?

大体情况就是这样。

其实这不过是依托夏小梅的述说,一种情境化还原的大体想象。很抱歉,我不能保证一个老文青的想象有多靠谱,不能保证上述细节和引言都是还原如实。由于所知有限,我也不能保证这些就是情境的全部,比如这里未能涉及小驼背的其他案情,也没留下他父亲和后母的视角——这就像古往今来太多大义凛然的叙事,一些有控无辩的隐形法庭,没给所有当事人开口的机会。

但无论如何,我从未"残废"——这毕竟是事实。举手要求证明这一点至少是我该做的。

奇怪的是,自最后一封来信告知申诉得到受理的喜讯之后,夏小梅却突然失联。我给她提供过书面证词,承诺自己可随时出庭作证,而且一直关心她申诉的进展。她似乎没有任何理由消失无踪。一年后的某日,我路过长沙一家国营棉纺厂,被厂牌扎了一下眼,突然想到哎哎哎这不正是夏小梅的通信地址吗?架不住往事涌上心头,我决意进去试试。车间不让外人进入。经传达室一位老头通报,一个工帽和工装上都粘有棉絮的女工,戴着大口罩迟迟才出来见我。她说夏小梅数月前已经辞职,去了哪里大家都不知道。

我只得怏怏地离开。

到底发生了什么?为什么她千辛万苦找到我以后却不辞而别,如同从未出现过,连一句半句的解释都不给?……这个没有结局的故事,本身就是结局了。生活中充满太多有头无尾或有尾无头的碎片,不像小说那样完整。

在这里,我很不愿意说起另一个故事,不愿意尝试一次次心中闪过的猜测和链接。当然,说也无妨,没什么大不了的。事情是这样,1978年前后,我的一些朋友陆续获得平反,走出了大墙,不免有时会说起一些墙那边的见闻。忘了是谁说过的一次袭警风波,让我一直没法忘记,忍不住一次次进入情境还原:一件313号囚衣。一个身穿313号囚衣的瘦小个子。一个身穿313号囚衣的瘦小个子缓缓捡起地上一块小瓷片。有人说这家伙一直不服判,不知被狱警罚晒多少次,在烈日下晒晕过多少次,结下了梁子。又有人说某狱警调戏和辱骂过他妹,一位前来探视的姑娘,让他两眼充血怒不可遏,口口声声要杀人。这些说法都闪闪烁烁难辨虚实。但不管怎么说,狱警们嗅出了危险,对他一度大镣重铐,严加管控,看这只死老鼠还能翻天。果然,死老鼠服软了,好一段活得蔫头蔫脑无声无息,直到那一天去审讯室。他惺惺松松地走到半途突然不动了,只是低头看脚,原来脚踝不知何时破皮流血,染红了脚镣和破胶鞋。值班狱警骂不动他,也没找到什么帮手,大概觉得血淋淋的画面也刺眼,便去给他开锁解镣,准备带他先去医务室。没料到就在那一刻,当事人后来无法回忆清楚的那一刻,一块沉睡的石头醒了,醒过来了,于眼缝间偷偷泄出一线凶光,突然哗啦啦集聚全身每一个细胞每一根毛发的力量,以泰山压顶之势高举重铐,朝下方那一个后脑勺去你妈的——恰好砸中他平时最恨的那个脑袋。

事情很明显,血迹不过是他的一个圈套,一个诱饵,是他精密计划的关键环节。一块小瓷片造成的流血,足以让他实现最佳角度和最佳距离的打击。

"发癫子——你也有今天呵——"他大声爆出对手的绰号。

"发癫子你这坨臭狗屎——"

"你只配给老子舔胯!你舔呵,舔呵,舔呵!今天你舔过瘾了吧哈哈哈哈——"

……

他是一个得胜回朝的大王,扯歪了一张脸,把狂喜和骄傲宣告四面八方,等待臣民们欢呼的排浪。但四周的监房只是死一般冷寂,好半天还是这样,连一片枯叶飘落的声音仿佛也能听到。

可惜,当天有陌生面孔在审讯室等待他。两位奉命前来的法院干部,正准备对他的案情重新审理。人们后来说,如果法院的人早来那么一天,如果当班警员不是他那个对头,如果他戴的也不是那种重铐,如果他忍过初一再忍忍十五,下手不那么狠,或下手适可而止,没在后脑勺上砸出白浆子……事情就可能是另外一篇了。眼下,白浆子已经出来了,不可能在镜头回放时收缩回去,再多的"如果"都变得毫无意义。

他最终被加刑重判,死刑。

食堂照例是下半夜提早做饭,黑暗中传来嘀嘀嗒嗒的切菜声。为了尽可能避免扰邻生乱,武装警察总是谨慎行事,确保在天亮前悄悄提人,还得安排死囚"上路"前的一顿稍微吃得好点。这样,下半夜的监狱食堂总是让人不安,一有动静就让很多囚犯竖起双耳。一群鼹鼠捕捉风声时就是这样子。

我前面说过,我不太愿意想象这一个情境,不愿意说到这一个早晨。尽管两个故事之间有几分暗合,我说的夏如海却不应该也不至于这样倒霉。恰恰相反,几十年过去,他可能眼下还活得好好的,比如在某个工厂退了休,鼻梁上架一副深度老花镜,背着手的小驼背在街上闲逛,看老街坊下棋或打牌,跟在那些广场舞大妈们后面,耸肩撅臀地比画两下子。他身边应该有一条狗,有一个总是泡上浓茶的保温壶,还有夕阳里江面上一片灿烂的光波,南方深广无际的秋天。

很可能的是,他仍住在那条小巷,那个电线杆旁边的红墙小屋。大概是把一个地址住久了,习惯了,就不想离开了。儿子去年给他一沓票子,说什么年月了,把房子翻修一下吧,他也支支吾吾一直没动手。

夏小梅,事情是这样吗?夏小梅,如果你看到我这一篇文章,请理解我没有采用你和你家人的实名,但相信你不难从中读出熟悉的往事,不难知道我在说什么。你肯定没有忘记那一切。如果你愿意,如果你没有特别的障碍,你可以通过杂志编辑部联系我,告诉我你失联后的故事,告诉我你哥眼下或许就是我说的这样。

你是否还会继续保持沉默?

(原载《收获》第4期)

朋霍费尔从五楼纵身一跃

蔡 东

"海德格尔行动"筹划了已有半年,总是快成了,到底又没成。周素格透过玻璃窗往外看,大晴天,阳光从无云的天上浩浩荡荡地涌过来,阳台,花坛,泳池,到处积着白亮的光,看得她一阵眩晕,转回头来向着室内,眼睛里似蒙上了一层雾翳。

钟点阿姨负责清洁的最后一个地方是厨房,眼看阿姨晾抹布摘围裙了,周素格才下定决心,还是张嘴吧。

她把阿姨拉到卧室里,问,你再待两个钟头行吗?

阿姨警觉地扬起下巴,说,活儿干完了,瓷砖缝儿都用牙刷来回刷了。

再待两个钟头,不干活儿,看电视。

对方正犹豫着,她补上一句,这两个钟头也付给你酬劳。

阿姨朝门外努嘴,他呢?

他不跟我出去,你俩一起看电视吧。

你出门办重要的事情?

周素格点点头,是,有重要的事情紧着办。

她走到电梯口,盯着楼层显示器,电梯在十七楼停了一会儿,动了,每层一顿,她没再等,转身沿楼梯走下来。她步子急促地走出小区,穿过斑马线,进入路对面的公园,找到一张长椅,坐下来。

眼前是一块草地,网球场那么大。她望着草地,心里只有一种感觉,辽阔,太辽阔了。她塌陷进椅子里,身体本来像一把扎紧的线穗,这会儿,倏地全松开了。风是暖润的,阳光从树叶间漏下来,碎碎地落在身上。她向后仰着头,眯起眼睛,看到无云的天空像一张干净的没有皱纹的脸。

头顶的树叶,被阳光照耀成半透明的片片琉璃。她呼出一大口浊气,顿觉全身一轻,眼目也清明起来,目之所及,往常混沌沉闷的那一整块绿,活泛跳闪起来了,在初夏澄净的阳光里,各有各的意态。凤凰木、鸡蛋花、垂榕、香樟,她一一辨识了出来。

还有更多的树,绿得深浅不一,叶片形状各异。她有些惭愧,此前,她一直以为它们是同一种树。她沿着被树荫覆盖的小路往公园深处走,细细地看树干上的标识牌,绢柏、大叶紫薇、菩提、黄缅桂、木莲……远处的斜坡上,孤零零长着一棵树,正开着蓝色的花,一种恍恍惚惚的蓝色,花朵聚集在树梢,如一场场梦境般,浮在空气里。她走近了看,这棵树叫蓝花楹,它还有一个更美的名字,蓝雾树。

她倚着蓝雾树坐下,身下的草,在这背阴的地方,绿意更加凛冽鲜明。不远处,一个老太太领着一个三四岁模样的小女孩玩耍,小女孩看起来很不高兴,她一做状要哭,老太太就慌了,把她抱起来轻轻摇晃着。晃一会儿,老太太试探着把小女孩放下,小女孩不依,老太太就蹲下身子藏在灌木丛后,然后猛然露出头来,嘴里发出"叭、叭"的声音,小女孩嘻嘻笑了。周素格看到,孩子暂时得到安抚后,老太太转过身去疲倦地闭上眼睛,很快又睁开,眼皮奋力往上一抬。她挤眉弄目,不断露出夸张的表演性的神情。周素格望着老太太,只觉得累,觉得伤心。再远处的花墙下,聚集着成堆的老人和孩子,好像大家聚在一起,度过一个下午就不那么艰难了。照看孙辈的老人大多是胖子,不是源自于单纯享乐的胖,是终日劳累精神紧张暴吃出来的那种胖,她们穿超市开架的廉价服装,兼之头发稀疏一脸横肉,看起来总有些不堪。周素格知道,她们本来不是这个样子的,她感叹着,把目光从花墙处收回来。

老太太又神秘地消失在灌木丛后,露出头来时,小女孩没有笑。她只好抱起女孩,去了花墙那面。过了一会儿,一个年轻女人走过来,坐在蓝花楹树冠的阴影里,她看起来有些心神不定。很快,她的手机响了。她受了惊吓般从包里翻找出手机,她说,怎么了,我还在商场,衣服没挑好呢,回不去。她有些急,到底怎么了,你说呀。她说,你别把孩子送过来了,我回去吧。

周素格同情地看着年轻女人,电话那边儿应该是她丈夫,周素格猜测着,又是一个无比重要的女人,刚出来不到半个钟头,丈夫就通知她,孩子哭了闹了,也可能,没说孩子想妈妈掉眼泪了,就一句话,"你回来看看就知道了。"不祥的气息从电话里透出,女人心往下一沉,然而又觉得这情境甚是熟悉,未及辨认清楚嘴里已答应回去了。

年轻女人没有马上回家,女人把自己摊平躺倒在草地上,躺了一会儿才起身离开。

周素格看看表,她也是时候回家了。她走出浓荫,置身于夏日阳光的明亮中,明亮得像歌剧女演员的一长串高音。

路上,她想着美好的蓝雾树,想着发生在蓝雾树旁的两幕小小的悲剧,一步一步地往家里挪。

昨天晚上,她想出去散散步,没什么,就是出去散个步而已。她刚站起身来,他马上也跟着站起来。她看一眼他脸上的表情,即刻判断出,这会儿他不是成年人。她说,你先坐下,别动。她边往储藏间走,边回头看他,他动作迟缓地坐下了。

储藏间里放着一把椅子,楸木框架,布艺软包的靠背和坐垫,可折叠,最大角度一百二十度,真是一把宽大舒适的座椅。半年前,她找遍家具卖场才寻获到这样一把椅子,她掩饰不住自己的满意,以至于连九五折的折扣都没有要到。她以为自己早就准备好了,准备好做那件事了,工具齐备,具体实施时动作的步骤和要领也烂熟于心,或者说,她在意念中已完成过很多次。她甚至专门为那件事起了个代号,就叫"海德格尔行动"。

她坐在椅子上,椅子含着她,储藏间的杂物含着她。每次在储藏间待久了,看着木架上一层层放好的生活物品,就好像看到了一层层时间,云母片岩一般的时间。小小的储藏间盛放着过往那些有密度有兴致的生活,分类放置的用品,代表着过去某段时期在某个领域的阶段性狂热。她时常在清晨午后的某些时刻讲究仪式感和器具之美:生活中需要这样的时刻,哪怕有些做作,哪怕心知肚明这不是常态。储物格里是软布覆盖的茶具,抽屉里是闲置的烤盘,角落里是蒙尘的长方形塑料盆——她喝茶、烘焙和种菜的残留,那些曾经热烈的过日子的兴头。

实施"海德格尔行动"所必需的工具,被她藏在储藏间最隐秘的地方,一个暗格里,跟她的白玉吊坠、珍珠手串和金饰放在一起。工具说平常也平常,但毕竟不是常见的家庭日用品,托老家的亲戚专门找了寄过来,颇费了番周折。

她抠开木板,往里头看,先看见的不是黄金珠玉,不是发光的黄金珠玉,是那件颜色暗沉的工具,一下子就扑到眼睛里。

她已经很久不佩戴首饰了,但始终记得首饰接触身体时的感觉。夏天戴上珍珠时那一瞬间的微凉,冬天热热的白玉坠子从毛衣里拉出来时胸口的虚空。

她抬起手来,准备取出工具。手缓缓地接近柜门时,她看见自己手上的皮肤变柔润了。有光透过玻璃窗,照进幽暗的储藏间,月亮出来了。

她挽起窗帘,重新坐回到椅子上。月光顺着黑暗淌过去,跟那天晚上的月光一样,柔软,轻逸,静静地在房间里漾着。得有十年了吧,那个夜晚,依然清澈地浮在无数个模糊晦暗的日子上面。

那晚,她走进卧房,摁下吸顶灯的开关,灯管沙沙两声还是熄灭了,房里却有光。她走到窗前,发现了天空中的月亮,月光沿着她散开的头发披拂而下。看到手臂上的光,她蓦地愣住了,仿佛是多年来第一次意识到夜晚还有月亮。清光湛湛,融掉了一大片黑夜,月亮周围,是冰环一般莹白的清朗,接着,才是灰蓝色的夜空。他也走进来,跟她并排站着。她说,我想起来了,以前读过的古诗都活了,有自己的气息和体态了,我好像一下子能回到古时候,亲眼看见写诗的那些人了。你看看,唐朝的月亮,不也是这一个吗?他说,我知道,不用多说了。他们两人,心领神会,他们两人和月亮,也心领神会。久远古老的月光,雪一样轻盈地落在他们的身体上,又化成了水般流向地面。月亮是痴的,多少年它都没变。他们在月光下并排坐着。她全身松弛,只觉得安详,她在他脸上也看到了踏实和平静。那一刻,她确信,他们抓住了一点儿不变的东西。那是个安全和确定的晚上,每次世界又让她惊惶难安时,只要一想起有过那样一个晚上,她就觉得心里踏实了。总有一些不变的东西。

此刻,她坐在椅子上,为明明没做成的事歉疚着:你想做什么?你想对他做什么?她合上暗格的门板,使劲儿摁了摁,像是要把那个邪恶险峻的念头关在里面,关严了,封死了,直至化成时间的灰。

她走出储藏间,把他从沙发上拉起来,说,走吧,我们一起散步去。

他们沿着人工湖的步道散步,月光在湖面的开阔处随水波潋潋地晃荡。他跟在她身后,不像影子,像是长在她身上了,硬石头一般,磨着她,坠着她。

夜里躺在床上,他抓着她的手才能入睡。自从朋霍费尔被发现摔死在小区天井后,他的情况就更糟糕了,清醒的时候越来越少。熟睡时,他依然花着一部分力气攥住她的手,甚至嘟嘟哝哝地,抓起她的手指头来用力吮吸。她夜梦很多。有时候会梦见朋霍费尔,被他揽在怀中,直直向上的尖长耳朵,全蓝的圆睁的眼睛,使得它保持住一副惊奇的表情,相较于雪白细滑的长毛和秀丽的尖脸,他更喜爱它这副惊奇的表情,好像时刻对世界有所发现。还有的时候,她梦见自己坐在飞机上,看到绵延的山向着一条河倾倒下去,流水被压扁,渐渐停驻在河道里,不动了。

第二天,周素格请钟点阿姨在家里多待了两个钟头,她独自一人来到公园,认识了一种叫蓝花楹的树。

我出门有紧急的事情要办。周素格眼巴巴地看着钟点阿姨。

钟点阿姨在家里做了三年,名字她总记不住,只记得是姓张。试用的那次,张阿姨做完清洁,和扫帚、拖布一起并立在房间一角,喊准雇主出来检查。当着人家的面,周素格只随意扫了一眼,点头说好。等阿姨走了,她才蹲下去,伸长胳膊往电视柜里头摸,摸到最里面,看不到的地方,还是湿漉漉的,擦过了。谢天谢地,她在心里叫道。她俩年纪应该差不多,但周素格一直叫她阿姨。

阿姨说,你怎么又要出去办事?是上个月还是上上个月,不是办过了吗?

哪能是一桩事呀。你不用干活儿,就坐在沙发上看电视。咖啡,茶,想喝什么就喝什么。水果,鸡蛋卷,核桃酥,饿了就吃。

你出去多久?

三四个小时吧!

是三个还是四个?

四个。

那不行,待四个钟头就六点多了,我还要赶回家做晚饭,我男人——

这次酬劳加倍。是急事,阿姨,你当帮我个忙吧。

张阿姨用百洁布猛搓几下人造石台面,抬起头来说,去吧,你去吧。

为了节省时间,周素格选择乘坐地铁,转一条线再坐三站,就是博物馆了。

几天前的傍晚,潦草的饭菜又被端到油腻的茶几上,她招呼他过来吃饭。两人一边看电视,一边把食物塞进嘴里。就是填饱肚子而已,他们已很久没有坐在餐桌前,好好吃一顿晚饭了。

本地新闻依旧是高空坠物、涵洞抢劫、孩童出走,节目快结束时才播报了一条文化新闻,她听着听着,猛地抬起头来,盯住了电视画面。屏幕里像透出一道光,另一个世界的新异的光,一下子照亮了接下来暗淡的一日。她站起来在屋里走来走去,越想越兴奋。兰森,她脱口叫出了他的名字。

随即,她意识到了什么,脚步放慢了。暮色在这一刻步入房间,她沉默地坐下来,夕照的光犹疑无力地浮动,屋里明明暗暗,抖颤着,悬垂在白日的边缘,不知道什么时候,黄昏转了个身,不见了。天黑了下来。

夜里她睡不着,照例是精骛八极心游万仞,头脑变得机敏异常。石器时代文物特展,石器时代,石器时代,她在心里默念着这四个字。她已经五十多岁了,却突然想到该去博物馆看看了,突然对石器时代的人怎么生活发生了兴趣。她也想跟他说说,像以前那样,无论多么复杂幽微的感受,也无论这复杂幽微是用多么破碎的语言表述出来的,彼此总是会意,不住地点头,并用欣赏的眼神看着对方。现在,她的高兴或悲伤,都没法邀请他品鉴了。

到底该怎样摆脱他呢?无数个想法像透明的汽水泡成串地升腾。第二天一大早,她下定决心,实施"海德格尔行动"。当然,上午一定要对他和善些,要忍住脾气少训斥他。她打算吃过午饭就取出木椅子和粗麻绳,捆住她的丈夫,确保他待在家里不会乱动煤气,也不会跑出去走丢了。她将拥有完整的一下午时间,想着想着,她就笑出声来了。

午饭是精心烹制的,红烧排骨,小白菜炒豆皮,西葫芦鸡蛋饼,海带汤,一一端上餐桌。吃饭的时候,因为知道"海德格尔行动"已矢在弦上,她对他就格外耐心,一脸笑模样,往他碗里夹排骨,轻声细语地让他多吃。落地镜映出餐桌和餐桌旁的两个人,她瞥了一眼,见镜中的自己正在微笑,只觉得别扭,镜中笑容蓦地消失了。她夹起几块豆皮,掉了一块,又瞥一眼镜子,心里有点发毛,怎么越来越不认识自己了,越来越拿不准自己了。说不清楚,真说不清楚。

他好像知道她是谁,眼神里没有茫茫的不安。她收拾碗筷时,他突然拉住她的胳膊,让她坐下。

她只好坐下,他慢慢从裤兜里掏出来一个什么东西,放在她手心里,郑重地压了压。她低头一看,竟然是一张皱巴巴的五十元钞票。

丈夫脸上带着讨好的笑,像献宝一样,给了她五十块钱。她想起了自己的母亲,母亲去世前的几年已不能走路,隔一阵子,歪在床上的母亲就跟犯了错一样地往外掏钱,她又急又气不知道该说什么好,母亲就讪讪地,把钱重新放回到枕头下面。

她把钱塞回到他手里,说,你是不是害怕什么?害怕我不管你?钱你自己收着吧。

他说,给你的。

她小心翼翼地问他,给我的,你知道我是谁吧?他低下头,攥紧了钱。

她叹了口气,说,我是周素格,你爱人周素格。你叫乔兰森,科大的哲学老师。咱家还养过一只猫,白色的安哥拉猫,你起的名字,朋霍费尔。

他认真听着,过了一会儿,他说,知道,我都知道。

周素格心里已然后悔,怎么又提起朋霍费尔了,万一他像上次那样拉着她到处找猫怎么办?她记得他遍寻不获的失魂样子。再度提起朋霍费尔,她心里是咯噔一下的,她忽然觉得有点不对劲,朋霍费尔是一只年届中年的猫,身手还算敏捷,经常上上下下地攀爬,五楼也不算高,它怎会落得如此下场呢?

不论如何,她都知道,博物馆是去不成了。一天天等着盼着,终于到了保洁日,她抓住钟点工来家里做清洁的机会,独自一人来到市博物馆。

一步就跨进了三百万年前。这里是另一个世界了,离她的生活足够遥远。她从没像现在这样渴望遁世,一瞥见几个中老年妇女在屏幕里晃动,她就烦躁不安,她对所有的时装剧都过敏。

第一眼看到石核、石球、刮削器,她呆住了。跟精巧无缘,但也绝不粗陋,她观察着小小的石球,一侧是毛糙的岩石粒,一侧光滑。它起起落落,砸开过多少颗坚硬的果实,她想象着那个场景。刮削器更让她惊叹,那磨过的一溜薄石片边儿,那一点儿非天然的弧度,现在这样看着,既叫人心生谦卑,又不禁后怕,那惊心动魄的一磨,到底是怎么发生的,要是没有那道灵光闪过,此刻我又在哪里?

旁边的展柜陈列着蚌饰和牙饰。她仔细一看年代,石球和蚌饰,竟然相距了两百万年,现在,它们只隔了一面玻璃。

她来到展厅中间的独立展柜前,里头是一块赭色的化石,它曾经是一只披毛犀的头骨。化石后面的背板上贴着披毛犀的复原图,还有一小段文字介绍。披毛犀是独来独往的猛兽,体长四米,鼻上一根长角,长毛垂地,皮厚得像铠甲。

石镞,陶鼎,纺轮,玉琮,每一样她都看得入了迷。最让她心动的是一支骨笛,用鹤的骨头制成的笛子,笛子的一头已有些残破。她久久地盯着这根被制成笛子的鹤骨,鹤骨娉婷,担在两块肥圆的石头上。笛声如一缕轻烟从笛孔里飘出来,淡青色的烟,淡青色的笛声,升到穹顶处,顿了下,散开了。她的身体猛然一抖,灵魂归窍。

展厅里渐渐暗下来。最后,她重新回到披毛犀的化石前,她把手放在玻璃上,轻轻摩挲着。她真想骑着这头长毛垂地的猛兽,穿过一片空阔的草原,进入密林深处。

走出博物馆时,傍晚的光线,像一声声叹息,拉得长长的落在红砖地面上。

在地铁上,她看到一个小女孩,嘴贴住芭比娃娃的耳朵说着什么,女孩不时地觑看父亲,警惕,防备。周素格暗自揣度着女孩的心思,觉得很有趣。父女俩下车后,她也快到站了,蓦地,想起家里的他来。

他会不会也需要一个人独自待一会儿呢?就像小女孩偷偷跟芭比娃娃说话,其实并不想被大人听到。她胸口一热,是悲哀涌上来了,微微的灼烧感。他出神想事的时候,她总是在他身边走来走去,就算他真需要一个人待着,她也绝不敢再给他独处的机会。

她在小区门口就见到了张阿姨,张阿姨手里攥着个布兜,焦急地站在门口张望。一看见雇主,她就快步迎上去,说,你可回来了,以后我可不给你看家了。你家老乔总问我是谁,告诉他了也没用,五分钟一问,他还,他还,你快上去看看吧。张阿姨一脸上当受骗的表情。

周素格问,你出来多久了?他跌倒了?张阿姨说,不是,你自己上去看吧。

她没再多问,一路小跑上去,慌慌张张地把钥匙捅进锁眼,推门一看,他坐在沙发上,坐的位置跟她出门时一样。没有摔伤,不是脑溢血,这场景远没有她想象的那么可怕,她暗自舒了一口气。再走近看,她"啊"了一声,知道张阿姨为什么忸忸怩怩了。原来他尿裤子了,尿液顺着沙发淌,淌到地板上,汪着一摊。

　　她皱皱眉头,埋怨道,你傻啊,怎么不去卫生间呢?

　　他气鼓鼓地看着她。沉了一会儿,他抬起手来指着她骂,第一句叫骂甚是响亮,接下来的几句却断续低弱,莫名地泄了气,很快没了声息。

　　她继续说,你会用马桶呀,你不会连这个都忘了吧?

　　她看到他半闭着眼睛,两只手掌放在大腿根处缓缓收拢成拳头。坏了,他开始运气了,他已经在运气了。她心里暗暗叫苦,根据以往经验,他这是在酝酿下一波疯闹。她说,不要,不要,求求你乔兰森,你千万别闹。

　　忽地急中生智,她大叫一声,先于他躺倒在地上,开始翻滚。她抢占了客厅中心的空地,一边翻滚,一边念念有词。她辨认不出自己到底在念诵什么,形势所迫不及深思,任由喉咙里滑出念咒般富有紧迫感的一串叠声词。

　　她翻滚之余,密切观察着他的表情,果然奏效,他痴傻地张着嘴,木偶一般,已不是蓄势大闹的模样。她这才感觉到地板硌得肋骨疼,又不敢马上停下来,她的气息逐渐变粗,滚动得也越来越慢,终致仰面瘫软在地板上。

　　完全虚脱了,身子一直往下掉,往下掉,掉了半天,掉进一大片棉花般暄和的黑暗里,睡意袭来,但没有就此睡去,地板,沙发,他,都处在紧急状态中等她前去解救,理性悄然滋长逐渐主宰了她的世界。她不是真傻了,真什么都不知道了,翻滚完明确了这一点,第一个感觉是想哭。此刻滑畅地通往了彼刻,她看到自己站在讲台上讲庄周梦蝶的故事,初中语文课本里唯一的哲学寓言,讲过很多遍,从来不动情,直到现在,她才体会到那种深切的悲哀和无力,庄周与蝴蝶必有界限,庄周醒来后的第一个感觉,会不会也是想哭呢。

她侧过身子,鼻尖几乎贴上了茶几旁的书报架。她略支起身体,从书报架上拿出一本书,翻开来找扉页上的一段话。不用找,其实这段话她早就背过了:"林乃树林的古名。林中有路。这些路多半突然断绝在杳无人迹处。"大概是一年前吧,阿姨清洁书报架,她见抹布拧得不干就先把书拿下来,摞在沙发上,她偶然翻开一本书读到了这句话,愣怔了半天,心里有股说不出的惆怅。架上的书都是他曾经频繁取阅的,尼采的《论道德的谱系》,福柯的《疯癫与文明》,这些让她畏惧的书如今他也看不成了,但她始终没有把书收走,就陈列在架子上,常不等阿姨动手她自己就会细细掸去书上的薄尘,她幻想着,说不定哪天早晨醒来,就又见到他拿着铅笔在书上写写画画呢。

总算调匀了呼吸,她站起身来,挨着他坐下,轻声说,屁股湿得难受吧,走,换条干净裤子去。

他神情呆滞,没理睬她。她看看窗外,自言自语道,那我先来拖地吧。

她先用报纸把尿吸了吸,吸得差不多了,就去阳台上接了半桶水,一手提着水桶一手拿着拖把走进屋。他抬起脚来,她赶紧来回拖,然后涮拖把,换一次水,再拖两遍。

她使劲儿闻闻,确实没什么味道了,便直起腰来,走上阳台归置拖把。放好拖把,她反手扶住身体站了一会儿,看到对面的楼上,灯一家一家地亮了,一群麻雀像树叶一样从半空中落下来。

以前,周末的时候,乔兰森喜欢坐在阳台的藤椅上跟学生聊哲学,他说话不紧不慢,很随意地引述原典,一派闲逸迷人的风度。恩培多克勒,休谟,老子,陆象山,维特根斯坦,人,独立,道德,自由,辩证法,绝对精神,全是高级话题。她在屋里准备茶水和糕点,听到这些宏大高深的词就摇头咧嘴。现在,她忽然能理解了,这些词一点儿都不大不深,对尘世生活来说,也一点儿都不隔。到底要不要把自己的丈夫绑起来?这也是一个哲学问题。

她记得很多美妙的瞬间。那会儿,他才四十出头,圆寸发型很精神,身材又瘦高,站起来在阳台上踱步时,一步一步,像风吹动起铜管风铃,连脚步声都是清脆的。即使当着学生的面,她看他的眼神里也掩藏不住爱意。他的爱徒是一个从西北来深圳读研的男孩,他们共同爱好着哲学和围棋,两样都是考验智商的东西。别的学生谈谈天就走了,西北男孩会留下来吃晚饭,再陪他下盘棋。她始终记得,丈夫食指在下,中指在上拈起一颗棋子的模样,还有棋子落在楠木棋盘上的声音,玎玲落子的一瞬,忽然生出寂静来。让她想起,半夜下起绵绵小雨时天地间的空明寂然,半夜醒来,听到雨声,只觉得寂静,听着听着又睡着了,睡得很沉很沉,再醒来时,心里全是满足。

他在屋里喊了一句,她听不清,含混答应着。转身进屋时,她又想起了博物馆里的披毛犀化石。她遐想着自己的结局:骑一头披毛犀,无声无息地,从五楼阳台走上天空,消失在淡金色的天边。

看着饭菜,周素格有些心虚,切成粗条的黄瓜码在盘中,木耳炒鸡蛋,六个脆皮肠,虽然脆皮肠仿照《深夜食堂》的做法,颇为花巧地煎成章鱼须的形状,但明眼人一看就知,这是一顿风格敷衍、只图省事的饭。她盼着能把这顿饭蒙混过去。他对菜肴的鉴赏力时高时低,有时什么都不挑,有时却是老辣的评鉴家,三言两语正中要害。

他嚼了一口脆皮肠,她感觉空气很紧张,像一面鼓,绷得紧紧的。

他说,没有肉,吃不饱啊。她说,脆皮肠不是肉呀。他说,要炒的荤菜,荤菜。

她翻翻眼睛,说,吃吧。她知道他想吃炒的猪肉片,青椒炒蘑菇炒土豆炒什么都可以,如果他还是他,她多想对他尽情宣泄,她对生猪肉的痛恨,她再也不想切生猪肉了,死去多时的肉,冰凉,滑腻,淡淡的腥气,会让人生出细小而具体的绝望感。

他又说,菜太少了。她说,三个菜呢。他说,炒鸡蛋不能算一个菜。

她很想闭着眼大叫,发脾气,话冲到嘴边却觉得没意思,吵架也要势均力敌才痛快,他理解力和反应力都跟不上了,哪里吵得起来。她只能生闷气,挑衅地问自己,人为什么每顿饭都必吃?她总是被自己到点就来的动物般的饥饿感羞辱到。他肯定不知道,这两年,一日三餐带给她多大困扰,她把冰箱冷冻室里塞满各种半成品食物、速冻包子饺子,以便特别不想做饭时应个急,她也叫过一阵快餐,吃快餐竟吃得轻微厌食,又承受不了经常出去吃大餐的罪恶感,一看信用卡账单,钱基本都吃了,一顿饭连着一顿饭,难以置信,心如刀割,最可恨还吃胖了,接下来就开始处处俭省。为了省钱,也为口味计,她盘算好一周吃什么菜,带着他,拉着折叠车,跑农批市场。

说起来,她也算个热衷于家事的女人,兴头上跑几个超市买材料就为做一道程序烦琐的新菜。但现在大部分时候,她提不起兴致来,日子一天一天失去了柔韧性,心绪没来由就是恶劣无比。她听到了日子发出的声音,规律得让人听久了会发狂的声音。如果是她一个人,她更愿意将就,饿就饿,不严格按照饭时吃,而且,用馒头夹一块豆腐乳也可以是一顿饭。幸好还有桂格麦片,用水泡泡,早晨就不用开火了。她煞有介事地说,高纤维、降低胆固醇,健康食品,糊弄着他喝一碗。她暗暗感激着麦片罐子上的那个老头,他看起来真亲切,红润的好气色,微卷的银发在脸侧蓬蓬着。

虽然他指责这一桌"不算菜",但这顿饭吃得还算顺利。她在心里默默感谢着各路神仙,并随即生出奇妙的预感,晚上的演唱会,她能成行。

一进门,张阿姨就强调,我是来打扫卫生的,半个月一次,合同上写得很清楚。

周素格心里一凉,本来还想诱之以利,看阿姨的样子,是早有防备的坚决。

她只好说,我那不是有事要办吗,不然不会麻烦你的。

阿姨眨着眼睛,说,办什么事,神神秘秘的?办事也可以带上他呀,他又不是小孩,也不会拖累你。

她也眨着眼睛,一字一顿地说,就是不方便。

阿姨没往下争辩,说,我在你家做了三年,也没见过你家的孩子,让孩子周末回来,你不就能出去、能出去办事了吗?

她说,孩子在加拿大,做飞机维修工程师。

阿姨拖着长音,"哦"了一声,说,孩子嘛,孩子嘛。

周素格想起,每次电话里,亲耳听着儿子说话,也还是觉得那么远漠,儿子的呼吸声很粗重,他生活在一个严寒的、空气稀薄的地方。她越想越觉得黯然,真想摸起电话来,对儿子说,你回来吧,不指望你什么,就回来住上几天。

她到底没有摸起电话,而是摸起遥控器打开了电视。

阿姨俯低身子擦踢脚线,嘴里还跟她闲扯着,问她护工请到第几个死心的。她说,请过两个就断了心思。阿姨又问,老乔认家吗?她说,橱板上的小物件该擦擦了。

阿姨不再说话,默默地干完客厅的活计,进了厨房。

周素格偷偷看了他一眼,他在家里呢,好好地坐着呢。她时常会吓出一身冷汗,他明明就在身边,她却担心他终有一日会失踪,在一个她不可能找到的地方流浪。

阿姨在厨房里喊,周老师,你过来检查检查,行了吗?

阿姨叫她进去看,多半是这次做得彻底想展示保洁的成果,烟机锃亮,锅具焕然一新,连盛放香料的玻璃瓶都挨个儿擦了一遍。她在客厅里说,肯定行,不看了。

送走了阿姨,周素格准备陪着丈夫,在回放里一集一集地找《天天饮食》看,看烦了就换成《西游记》。感谢电视,要是没有电视,这几年她真不知道该怎么熬下去。谁知他说不看,没什么好看的。

她说,要不,就睡会儿觉去?他茫然地摇摇头,说,我想做个木匠。

得病后,他说话就没头没脑地,但今天这句话还是让她愣住了。木匠?草青草黄做了三十年夫妻,她还是第一次听他说起,他想做个木匠。

她说,不对,你是学哲学的,你从小就喜欢哲学。

他说,我从小就喜欢做木工。

她看着丈夫,此刻的他,是裸露的,诚实的。借由脑部的萎缩退化,他再度成为十几岁的少年,那段幽秘的记忆突然开始放光,纤毫毕现。

她点点头,我知道了,知道了,原来你是想做个木匠。

她看看表,已经五点多了。这些天,她的脑海里,总是时不时地浮现出公园花墙下的画面。老太太们把哭闹的孩子抱在怀里,"噢、噢"地哄着,声音里有一种不过脑子的机械感,表情是老猫般的漠然,还有一丝属于人的被理性管理着的情绪,管理后剩下的,至多算是无奈了。她们跟她一样,服着天地间古老而平凡的役,平淡无奇的劳累,理当如此的安排,没人觉得这其中有何难以忍受之处,更不会察觉到她们可能正身处绝境。她们活了这么久,铁打的一样,哪还有什么细致幽邃的感情呢?

她从来不敢细细地算,沦入这样的生活里,得有一千天了吧,还是更久?

她说,兰森,我等着给你买点儿做木工活的材料,眼下,我也——她犹豫着,到底要不要说出口。他一次次地回到过去并停驻在某个特定的场景中,他并不真正在这个房间里。

不管他是不是真正在房间里,能不能听明白,她还是说了。眼下,我也有自己想做的事,我想一个人出去待一待,放个假,放几个小时的假,你能听懂吧?

乔兰森点点头,他说,马颊河的木匠最好。

演唱会八点开始,她第一次看演唱会不熟悉情况,想着还是早去为好。她从暗格里取出麻绳,将几圈挂在胳膊上,又搬出木椅子,跟沙发并排放好,确保椅子跟电视机之间的距离合适。

他看到崭新的木椅子,很欢快地坐上去。她赶紧抻着麻绳,把他拦在椅子上,先系上一道。接着捆胳膊,木椅子棱多,很容易穿梭打结,最后是绑住两只脚踝。打结的扣是死扣,但绳子绑得松,怕勒疼了他。

熟练,迅捷,闪电行动。她半张着嘴,脑子里一片空白。所有的动作似乎都带着肌肉的记忆,所有的动作无须大脑参与,自己完成了自己。

看着她忙活,他一直笑,说,你先绑我,一会儿我还要绑你。什么时候换?

乔兰森终于被她绑在了椅子上。"海德格尔行动",筹谋多时,大功告成。

她低声说,我寸步不离地看护你,时刻提着心,在超市里买袋盐也担心,往购物车里放完东西,一回身你已经不见了。

我真的受不了,受不了了,让我坐下,再找个小房间告解吧。

她拿起皮包,检查了一下演唱会门票。挎上包,换鞋,开门,她听见他的声音从身后传过来,你要走?

她说,我出去一下。他继续问,去哪里?她背对着他,说,你看电视吧,《猫和老鼠》。

她迅速关上门,乘电梯来到楼下。经过天井时,她的步子慢了下来。她控制不住地想象家里的画面。也许,乔兰森正低着头,身子往前挣,想从木椅子上挣脱出来。就算他从麻绳里挣脱出来又如何,他被幽闭在一个奇怪的地方,脸上是智识诡异消失的蠢样子,不能思考,不能独立完成任何一件小事,经历过的往事也逐片剥离,弃他而去。

她猛然睁开眼睛,白猫侵入了她的行程,这次白猫出现的方式跟以往不同,它不是被抱在怀中的,也没有躺在地上的光斑里。白猫朋霍费尔从五楼纵身一跳,摔死在小区的天井内。这幅画面如此真切,就像她亲眼看到过一样,画面里,白猫没有回头,一跃而下。

上楼,打开防盗门,冲进客厅,站在椅子前面。她惶惑地站着,根本不知道自己怎么会出现在家里。他笑了,说,这么快就回来了?

她愣了一下,忽然想到什么似的。她回答道,好玩儿吧?今天就到这里,先不玩儿了,晚上我带你去看演唱会。

她俯下身子先解他脚踝的绳扣,解了一会儿,麻绳磨得手指热热地疼。她从茶几抽屉里扒拉出剪刀,冲着绳子剪下去,剪刀刚一接触到绳子,她突然停住,放下了剪刀。

她坐在地板上,把牙和指甲都用上了才把绳扣一个个解开来,解完呼哧呼哧喘了半天气。休整片刻,她捡起地上的绳子,团起来,放回到储藏间的暗格里。

在体育场前的广场上,周素格把手里的票贱卖给黄牛,又从同一个黄牛手里买到两张奇贵的连号票。她牵住乔兰森的手,两人一起安检、进场、找座位。

钴蓝色的光笼罩舞台,拱形金属灯光架在夜色中发酵出浓浓的科幻感。体育场上方敞着口,露出一块椭圆的天,月亮靠过来,倚在树枝般的钢架旁,越发温软了。舞台上表演的是一个外国乐队,她听不懂唱词,但她明白了一点,在演唱会上,亲吻是一件容易的事。大屏幕不断闪现着情侣亲吻的镜头,那么自然,那么动人。主唱忘情,观众也就忘情,蹦跳、拥抱、喊叫,欢呼声涌潮般赶着,赶着赶着就从开口处飞升上夜空。她伸手搂着身边的人,云遮住了眉月,夜色渐深,恍然间,她有点儿怀疑了,是他吗,你把他放出来了吗?

主唱的声音不是从低到高慢慢攀升的,而是突然炸响,带着暴烈的毁灭感直达顶点,并不破不裂地停留在那里,高亮而宽广。她感觉自己被声音托起,在空中悠悠荡荡。此后的几天里,这种感觉始终不曾消失。

她记得她亲吻了丈夫,她记得亲吻时,半是沉醉半是痛楚地闭上了眼睛,那一刻,万人体育场空旷无比,仿佛就剩下她一个人了。

(原载《十月》第4期)

去宽窄巷跑步

周 李 立

晚饭后,她换上宽松的白色汗衫和黑色速干裤,又从行李箱里取出黑色的跑步鞋。跑步鞋还很新,她从北京大费周章地带回成都来。鞋子先装进一个白色防尘袋,再放到箱子里,立刻就显得格格不入。跑步鞋太大,显得20寸的行李箱像个豪华版的鞋盒子。那时她想,也许该换成阳台上那只28寸的行李箱——一直压在一堆杂志下面,已经很久没有用过了。她很快又对自己摇头,再大一些的行李箱,是需要托运的,她不想在机场为等行李耽误太多时间。这次她一个人回成都,如果拖只大箱子,兴师动众,倒像是一种讽刺。母亲也许还会因此认定,她这次回成都来是要长住的。她不希望给母亲造成这种错觉。哪怕她明明知道这种错觉会让母亲高兴一点——她不需要给母亲这种虚假的快乐。她打定主意,回成都母亲家里,就待三天。往返机票已经订好,事情不会有什么变动。三天,其实是不需要太多行李的,她对自己妥协了。当然,也有没能妥协的部分,就是跑步鞋必须带上,连同跑步时穿的衣服和棉袜,哪怕她要因为它们放弃本来也想塞进行李里的那几本书,还有可以让她在飞机上睡个舒服觉的U形枕。回成都去,她就没想过要让自己舒服。

她就这样删繁就简回到成都。第一天,一直在母亲家里。其实曾经也是她的家,或许现在还是,因为房产证上写着她的名字——沈媛媛。当初母亲一心认定,她大学毕业就会回成都工作,所以提前为她预备下一套房子,倒像是一种急于撇清干系的交代——该给你的我都提前给你了,所以别再觉得我还欠你什么。母亲急于告别。她不怕告别。其实她根本就没想过回成都来,那时母亲不过是习惯性地自以为是。然后母亲的第二任丈夫死了,母亲就理所当然住进这套房子里了,那本来就是母亲买的。

她对成都这城市没太多好感,这里到处都是昏昏欲睡的人。何况,这里还是母亲的城市,不是她的。所以她一直留在北京,哪怕北京跟成都一样,也没有格外善待她。母亲一直住在这里,先前还有其他男人,后来只是一个人。她也一样,一直住在北京,先前还有其他男人,后来只是一个人。

她拎着跑步鞋,打算到门口再换上。母亲在客厅看电视,可能也没有。因为电视里正放着猪饲料的广告——美好猪饲料,生活更美好。她想起很小的时候,电视上就在放这个广告,顿时有种都是徒劳的感觉,因为她又回家了,她离开母亲很多年,其实一切都没什么转变。

"你要出去?"母亲说,显得很惊讶。

"出去转转。"她没说自己要去跑步。她知道自己不一定非要去跑步的,她甚至都不记得上次跑步是什么时候了。北京的空气太任性,几乎所有的日子都不适合跑步。在得知必须回成都一趟的时候,她用跑步做借口说服自己,就当是去成都跑步,不是吗? 五月,成都正是湿润愉悦、适合跑步的好天气呐。在北京十年,她学会的最有用的本事有两样,一是她懂得好天气多么难得,而差不多所有的好东西也都太难得,如果不抓住,它们就像这一年跌落的股票大盘一样,转瞬即逝。二是必要的自欺欺人有多么重要,为的是度过那些糟糕透顶的日子,毕竟大部分日子都是这样的,雾霾重重,风霜刀剑严相逼,糟糕透了。

"现在出去? 你自己?"母亲追问道。她蹲下换鞋,回过头来,看见母亲在沙发上坐成一种永恒的样子。遥控器在母亲手里舞动,像什么武器。母亲把遥控器抓得很紧,母亲一贯如此,恨不能把所有东西都紧抓在手里,可是母亲没能做到。母亲现在,只是抓着遥控器——但在连播三遍猪饲料广告的时候,却没想起来换个频道。

她嗯了两声,算是回答。她下午两点到家,用了半个小时就把自己能给母亲说的话都说完了。她不能应付接下来的沉默。整个下午,她过一会儿就去上一次卫生间,坐在马桶上长久发呆,想着吃完晚饭就出去,跑步去,可是该死的天,为什么老也不黑?

"你是,要去跑步?"母亲竟然站了起来,十分警觉的样子。好像她不是去跑步,而是要去抢银行。

她已经穿好了跑步鞋,直直地站在门口,理直气壮接受母亲的审视。她轻巧地说了声是,假装自己是那种每天都会跑步的人。她想,又没瞒着她什么,该可以理直气壮的。

母亲似乎放心了一些,又坐回沙发上那个深陷的洞里,但母亲在她打开门的时候又叮嘱,早点回来。她想,母亲在担心什么呢?担心她会去找那个人么?就这么一会儿的工夫,怎么可能。

母亲住在同仁路。这样的路,在成都有无数条,每一条都不是太直,又没有太不直,总之,如果你在北京横平竖直的城区里生活了十年,你会很容易在这种路上迷失方向。

她沿着同仁路往南走,说是往南,也只是一个大概的方向。路两边都是餐馆,火锅店把矮桌摆到店外,就在路边那些茂盛的泡桐树下。人们坐在低矮的小凳子上。在树叶遮挡的路灯稀薄的光线下,只看见一片密密麻麻的人头。不时出现一些卖冰粉或者凉面的流动商贩,三轮车整个用玻璃罩起来,变成一个个流动的玻璃橱窗。她小心翼翼避开地上散乱的串串香的竹扦子、一些变色的西瓜皮。在一家药店关上铝合金卷帘门发出的撕心裂肺的噪音中,快走了几步。她始终没能跑起来,因为同仁路并不适合跑步。她的目的地,是宽窄巷。

五年前么,也许是六年前,她上一次回成都的时候,总在宽窄巷跑步,几乎每晚都是。那是她对成都的记忆中最美好的部分,虽然那一年,母亲打算第三次结婚。她回成都参加母亲的婚礼,她觉得自己已经习惯了,反正母亲第二次婚礼的时候,她也参加了。但事到临头,她才知道那有多么难。母亲第二次结婚的时候,她只有九岁。而母亲的心思里,那时又总像顾不上她,她为自己的第三次婚姻欣喜。好在,那时那个人还在。晚上,那个人就带她去宽窄巷跑步。他一般在楼下等她,每天准时,七点半。然后两个人沿着同仁路走过去,在窄巷子的西头就开始慢跑。他是跑步爱好者,对这件事上瘾。她不是,她只是想要跟他在一起。他也是。她知道,他总是故意跑得慢一些,如果她还是跟不上,他就在窄巷子东口,等着她。他会从那个永远坐在竹椅上的老太太那里,买一瓶汽水和一包白盒的骄子烟。汽水和骄子烟,都是橘子味的。骄子烟过滤嘴的海绵正中央,有一个橙色圆点,像联系着她和他之间的那条纤弱的线索。老太太的摊子,其实只是一个小小的圆形簸箕。她一直觉得,他可能是老太太整晚唯一的顾客。

天啊,太想抽支烟了。她已经快走到宽窄巷了。从母亲家里走过去,并不远。于是她抽了支烟,不是骄子。她很久都不抽骄子了。橘子的味道,让她受不了,那是过时的味道了。她这天回母亲家后,就没抽过烟。她不想让母亲知道她抽烟,很多事她都不想让母亲知道。母亲的生活一塌糊涂,结婚三次,前两任丈夫都死掉了。她的生活也差不多,好一点,但好不到哪儿去。于是她觉得还不如彼此忽略,免得她们都为对方生活里那些麻烦事心焦。她从来不告诉母亲自己的事,也不想听母亲说那些事,死掉的前两任丈夫,还有后来这个,是个做玻璃生意的,把家里所有碗碟都换成透明的玻璃,那个人也长得像一块透明的玻璃,让人疑心大声一点讲话,他都会自行碎掉。但他却有着"坚韧的精神",母亲是这么说的,母亲的第三任丈夫加入了邪教。"是精神教,不是邪教。"母亲徒劳地为他解释,他在一座山上修炼,给自己的前妻留了一座小玻璃厂,但什么也没给母亲留下,母亲说,"他告诉我,我是精神。"她希望母亲没有告诉自己,母亲还认为他修炼好了就会回来的,执迷不悟。"她才是需要修炼的那一个。"她恶毒地这样想着母亲。

窄巷子入口处,灯火通明,跟她预料中完全不一样。她有些惊讶,不自觉丢掉了烟头。她看见成排的出租车,堵住巷子入口。入口正对面,是一座巨大的停车场。她想不起来停车场的位置原来的样子了,难道这里凭空出现了一大片空地吗?载客出租车不断抵达,从车上下来一些人,很多都像是游客,有的也不像。大部分女人都衣着单薄,但长裙扫地。她们的首饰或者手包,在四面八方闪动出星星一般的光。她往窄巷子里望去,看见人头攒动的一条银河,两边商铺的霓虹招牌,像五颜六色的琴键。

她迟疑了,但终于还是走了进去。她没有太多自信,因为想起身上的速干衣裤和跑步鞋——这不是她惯常出现在人前的样子。不知何处传来各色的香水气息,让她感到自己的样子太不合时宜。

她其实早该知道的,宽窄巷子已经被旅游开发,现在是成都最火热的步行街。但她还是自欺欺人地想来这里跑步。她总是这样,明明知道事情是不对的,还是会那么做,怪谁呢。她对自己不满。但还是硬着头皮往前走。既然都已经来了,不是么。

人越来越多。到后来,连走路都不可能太快。她想,是否是周末,但又不太确定。

一张张脸从她身边游过,像一个个切碎的镜头。那些好奇的、木讷的、自得的以及醉醺醺的神情,像存在于另一个时空里。她假装自己置身事外,或许,她早已经置身事外了。

她猜想宽巷子的情形,该也差不多。这两条巷子平行,相隔大概十米远,曾经住着老成都的居民。他们去了哪里?快到窄巷子中间的地方,她记得还有一条井巷子,穿过井巷子,可以到宽巷子去。但后来她发现,曾经的井巷子,现在是供游人休憩的街心花园。

她在一处清静的花坛边坐下来,打算再抽支烟。好像这晚她出门来,只是为了抽烟。在她正对面、窄巷子临街的一家咖啡店里,一些衣着艳丽的年轻人,为着什么事情在举杯,吼着一些她听不见的话。

一个年轻的女孩从咖啡店里走出来。齐耳短发和刘海的边缘,笔直得像是刚用刀切过的黑色橡皮。女孩黄色荧光的衣服太抢眼,她不得不注意到她。但女孩又穿着闪光的黑色短裤,两条藕色的腿胖乎乎的。她转过脸又去看别的什么地方,哪里都是一样,刺眼的热闹。

"不好意思,姐姐,我想……"女孩在跟她说话。她愣了片刻,才确定她的确是在跟自己说话。她下意识把右手从嘴唇边放下,半口没有吐出的烟,从鼻孔里缓缓流出。她不希望说话,在这样的时候,跟上个这样的女孩——一片黄色的荧光,晃得她难受。她知道,自己在她眼里,只是一个堕落到不堪的老女人。于是她有些木讷地看着女孩。在一片荧黄的光晕之上,她看见一张年轻得可怕的脸。荧光色的衣服也没让女孩的脸色显得泛黄,那么粉白的脸色,也许并不是因为那上面扑着一层雪白的粉。

"姐姐,姐姐……"女孩执拗地叫着。一只手在她眼前来回晃动。她回过神来,感到香烟夹在手指间发烫的温度。她不好意思地笑了笑,算是回应。

但她实在懒得理她。"嗯?"于是她让自己干脆像个真正的老女人一样,傲慢地从鼻子里哼了一声。

"能给我一支烟吗?"女孩说。

"什么?"

"我想抽支烟,我看见你在抽烟。"她又重复了一遍。

她从裤子口袋里掏出中南海,里面还有两支烟。女孩自己抽了一支出来,又从她手里接过打火机,点烟。

女孩说,"我会付钱的。"

"不用了。"她说。

"姐姐,你真好,那谢谢了。"女孩在她身边坐下来。花坛不大,两个人坐着有些挤。她感到女孩身上一种热烘烘的气息,于是又往旁边挪了些位置出来。她不想这么干,开始想要不要起身离开。

可是,女孩说,"你也只剩一支烟了。"听起来很抱歉的样子。

她想说这真没什么,她可以再去买一包,只是当年那个卖骄子的老太太肯定已经不在了。但她不想说话,一点也不想,干脆把最后一支烟也点燃了。

"你也是来成都玩儿吗?"女孩又问。

她不耐烦地看了女孩一眼,女孩正望着天上一个什么方向,并没有注意到她的反应。于是她简单地答道,"不是的。"

"那,你是成都人?"女孩似乎不甘心,非要问出什么来。

"我?其实也不是。"她停了停,心想自己并没有撒谎,因为她从来就不觉得自己是成都人,她来成都是因为母亲在成都,而母亲在成都只是因为母亲的第二任丈夫生前生活在成都,还有母亲的第三任丈夫也在成都,可能也不在了,玻璃人现在在川西某座山上。

她说,"你是来成都玩儿的?"她想转移话题。

"是的!成都太好了,东西好吃,人也好,成都人说话软绵绵的,可好听了!"女孩很兴奋地说着。

"哦,你都吃什么了?"

"火锅,甜水面,钟水饺,哎,姐姐,明明是'甜'水面呀,为什么还么辣呢,你看,我一天就长了这么多痘痘出来。"女孩转过脸来,头微微上扬,指着下巴的地方给她看。她看见几个不明显的粉红色圆点,觉得很性感,但她没这么说。她只是假装很配合地笑了起来。

"我们好几个人一起来的。"女孩指着咖啡店里。她看见那些年轻人,每人都抱着一个大相机,正专注地看上面的照片。"我们明天的飞机,去九寨。"女孩很得意,问她,"你去过九寨吗?"

她没去过,于是摇头。

女孩又突然想起了什么,她说,"姐姐,能再帮我一个忙吗?"

"什么?"

"帮我买包烟,我付钱,我这次一定付钱。"她央求着。

最后的两支烟也已经抽完了。她其实也需要去买烟的,但

297

不是非得帮这个女孩买,开什么玩笑,一个陌生的未成年人。

她说,"小小年纪,烟瘾还挺大。"

女孩笑起来,像在跟长辈撒娇,"姐姐,你最好了,我刚看见你在这里坐下来,我就知道,你一定会帮我的。你也一定会理解我的。"

"你可以自己去买啊?"她说,其实她已经决定去买烟了。

"我,我不好意思嘛……"女孩说。

她假装有些生气,"抽烟就好意思啦?"

女孩厚着脸皮连连点头,"好意思,好意思。"

她叹口气,站起来,说,"等着我啊!"

"姐姐我给你钱……"女孩大声说。

"不用了。"她也大声说。

她在一家不远的小便利店买了两盒骄子烟、两罐百威啤酒,她本来应该多买一些啤酒的,只是她没有在速干裤的口袋里掏出更多的零钱。

女孩看见她回来,激动得像要跳起来。"还有啤酒,我爱死姐姐了!"女孩夸张地嚷着。

"你,叫什么名字?"她问了一个最没意思的问题。

"姐姐可以叫我小南瓜,我的朋友们都叫我小南瓜。"女孩很有意思地回答着这个没意思的问题。

"小南瓜。"她看着女孩胖乎乎的身体,在心里笑了笑。

她们各自打开一罐啤酒,她觉得很渴,虽然她还没有开始跑步。

小南瓜喜欢说话,她的嘴不是在喝酒,就是在抽烟,要不就在说话,"姐姐,你妈妈知道你抽烟吗?"

她愣了一下,说,"不知道。"

"我妈妈也不知道,不能让她知道,你用什么办法?"小南瓜问。

"什么什么办法?"她不明白。

"不让她知道啊,我晚自习放学,会一连抽好几支烟,在操场上,然后要跑一圈,才能散掉头发里的烟味儿,你用什么办法?

不让你妈妈闻到烟味,对了,你穿成这样,是要跑步吗?"小南瓜语速很快,有些北方口音。

"我?我跟我妈妈,我们不住在一起。"她说,心想难道小南瓜还认为她和妈妈住在一起吗?她竟然想跟自己探讨这些事,这些小孩儿们的把戏?

"哦,也是,真好,我也不想跟他们住在一起,太不自由了,等上大学就好了!"小南瓜说着。

"你还是高中生?"她看着小南瓜荧光色上衣里起伏的胸脯,觉得不可思议。

小南瓜不好意思起来,说,"我马上就毕业了,高二。"

她默默算着她们的年龄差距,十五年?还是十七年?

"抽烟几年了?"她问。

"三年,不,四年。"小南瓜说。她觉得她并没有隐瞒什么。

"少抽烟,对身体不好。"她不知道自己为什么会这么说,可能因为小南瓜太年轻了。她不喜欢自己这样说话的口气。

小南瓜说,"那你为什么抽烟?"

她不知道,没人问过她这个问题。父亲早死,母亲又嫁人,继父死了,又来一个继父——她不愿这么称呼玻璃人——加入了邪教,谁还会管她抽不抽烟这种小事?她答非所问地说,"可以用毛巾。"

"毛巾?什么毛巾?"

"如果你不想头发上有烟味儿的话,可以再用毛巾把头发包起来。"她从来没告诉过任何人,她从前就这么干,虽然没人在乎她的头发里是不是有烟味。高中的时候,她把头发包起来,然后放肆地抽烟,假装自己很聪明。那是很多年以前了。她自顾自笑起来。

小南瓜也心照不宣地笑着,"哦,好主意!我会试试的。"

"你又为什么要抽烟呢?"又过了片刻,她这样反问小南瓜。

小南瓜说,"因为不可以,因为这是不可以的事啊……"她咯咯笑着,眯起来的眼睛好像在说,"没有什么是不可以的。"

"哦,也是,你这年龄,是没什么不可以的。"她自言自语。

"看你说的,姐姐,好像你这年龄就不可以了一样,我多想到你这样的年龄啊。"小南瓜的语气里有点不屑。

她踩灭烟头,打起精神来,"我再教你一招,不,是两招。"

"快说,快说!"小南瓜的眼睛亮闪闪的,睫毛上沾着一些亮片。

"第一招,你永远用不着代数里那些你不懂的东西,所以千万别为数学烦恼。"

"哈哈,有道理。"

"第二招,你得知道,其实,什么事都很平常的。"

"什么意思?我听不懂。"

"你以后会明白的。"她希望从前也能有人这样告诉自己,没什么事是大不了的,其实都很平常,人们都是这样过来的。

小南瓜似乎失去了兴趣,安静了一会儿,突然又莫名其妙地激动起来,问,"姐姐,你还没说呢,你是要跑步吗?"

"我?"她看着自己的跑步鞋,觉得不知道该怎么回答。

好在小南瓜立刻又发现了别的话题,"姐姐,我觉得你长得有点像 Maggie Q……"她没听清,"像谁?"

"Maggie Q 啊,这你都不知道,你太落伍了。"小南瓜显得很轻蔑她。

她很不服气,说,"我为什么要知道?"

小南瓜似乎也有点生气,但又马上原谅了她,她说,"姐姐,你看我像谁?"

"你?你像,梁静茹?"她费力地从脑海里拣出一个年轻的名字。

"梁静茹是谁?"小南瓜无辜地眨眼睛。她觉得很崩溃。

"梁静茹,马来西亚的吧,唱歌的。"她回答。

"不知道,算了,告诉你吧,我像 Lord,你也不知道吧,新西兰的,刚拿了金曲奖的……"小南瓜说。

她默默地把啤酒喝光,心知她们无法再继续聊天了,但又觉得不是那么甘心,她希望证明一些什么,她突然明白,就连这晚来宽窄巷跑步,其实也不过是为了证明一些什么。

小南瓜说,"我男朋友一直说我像她呀,的确很像呀,我觉得。"似乎在怪罪她,这么明显都看不出来。

她只好没脾气地笑了笑,打开骄子烟,抽了第一口,一股甜腻的橘子味儿。她觉得自己快被呛到哭出来了。"白盒骄子,适合你抽。"那个人总是这么说。但这么多年没抽了,她也会不习惯的。她曾经觉得他们是适合的,但他却不这么想,看来他们在很多事情上都无法一致,也难免会分开。

小南瓜的手机响了,接通之前,她说,"姐姐你别走啊,你等我接电话。"好像她们真的有很多话要说一样。她轻点了下头,算是答应了。后来小南瓜走开去接电话。她看着她手舞足蹈讲电话的样子,觉得电话那头可能正是那个说她长得像新西兰人的男朋友。

那一年他们在这里跑步的时候,两条巷子里,连路灯都罕见,巷子两边青色的墙面之间,偶尔闪过一扇虚掩的门。一些竹制的茶几和竹椅子,像是被人遗忘一般,永远摆在同一个地方。他们从黑漆漆的窄巷子跑过去,又从宽巷子跑回来,根本就不会累,甚至还有力气在黑暗中拥吻。他们的相见似乎永远在黑暗中,于是现在回想他的样子,她觉得已经不是太记得了。她能想起来的唯一一次,他们在大白天见面,是那一年母亲婚礼当天。母亲第三次结婚,却依然大事操办。她在母亲的婚礼上喝多了些,中途从酒席上逃了出来,给他打电话。但她没在电话里说那些事,那个卖玻璃的商人,在跟母亲结婚的前一天晚上还骚扰母亲的女儿,假装梦游,站在她面前露出阳具。那样的时候,她不知道自己还能给谁打电话,她说你快来,我一定要见你。他说宝贝,我在开会。他来成都,是出差,顺便陪她回成都,参加她母亲的婚礼。她哭了。然后他真的马上来了。他们站在酒店外的一棵泡桐树底下,像两个准备开战的角斗士。她觉得自己马上会死掉,她最受不了婚礼这种事,何况还是自己母亲的婚礼。他说,你喝多了。她知道他只是在逃避,他不想谈论婚礼的事情。母亲穿着大红的旗袍正好走出来,看见了他们,什么话也没说。一次难堪的见面。然后母亲知道了,他也是从北京来的。母亲招呼他们进去敬酒。但他们都没动。她似乎还有力气冲母亲吼着什么,一些不合适的怨言。她没说那些梦游的事,那其实都是没必要的。

现在,他如果知道她一个人来现在的宽窄巷跑步,会怎么想。或许他只是会笑笑,暗示她的无知。他们只应该在黑暗中牵手跑步,现在,这个明晃晃的地方,不属于他们了。他永远比她理智,想问题比她多几个层面。他也永远比她跑得快,如果他不等等她,她不可能追上他的。而她很早之前,就远远落后了。

"姐姐,你在想什么呢?"小南瓜不知道什么时候已经打完了电话,又坐回她旁边。

"没想什么。"她说,"男朋友的电话?"

小南瓜羞涩起来,"是的,他每天这个时候给我打电话,不然就活不下去。"

"真好!"她觉得这是这个夜晚自己讲得最真诚的一句话。她从前也是这样,在每天一个固定的时间,等他打来电话。他不愿意她主动打电话过去,她只能等他的电话。后来,电话也少了,最终干脆没了联络。不知道当时为什么还为哪天没有打电话这样的事斤斤计较呢,如果早知道会是现在这样的话?

"他对我特别好!"小南瓜似乎还嫌不满意,"不过,我不喜欢他开车的时候给我打电话,不安全,他开路虎,姐姐,那车太大了,我老觉得会蹭到旁边的车,我每次上车,都要跳上去,真的,是跳上去,但是他说没事,说大车才安全……"

她不明白小南瓜为什么会有一个开路虎车的男朋友。但她不想问。

小南瓜大概也感到说漏了嘴,突然又不说了。

她没劲地笑着,心想自己还没必要为一个陌生的女孩操心。何况她早就对小南瓜说过,"什么事都是很平常的。"只是她当时不知道,她以为自己是不平常的那一个,就像小南瓜现在一样,兴高采烈地生活着,以为世界终将为自己网开一面。但事实却相反,世界会一面一面地把窗户都关起来,终于有一天,你会发现自己再也出不去了。

她带着一种幸灾乐祸的神情看着小南瓜。商铺的霓虹灯在小南瓜绸缎一般光亮的黑色短发上,洒下一些斑驳的色块,像头发上的彩色泡沫。只是,没人会发现这些的,除非像她一样,离小南瓜坐得那么近,才能看见她头发上五颜六色的诡异光晕。她不知道小南瓜是否看出了此刻自己眼神里的东西,那略微有些阴暗的东西,就像眼睁睁看着什么东西在眼前碎掉,没有惋惜和遗憾,因为那本就是不属于你的。

她问小南瓜,"你男朋友,是你的同学?"她没期待得到肯定的答案。她想自己不是个善良的女人,有窥探的好奇。就像当年,她急于了解那个人的一切,动用了各种不堪的手段,宛如完成一项精密设计的工程,她从未如此投入。她的确获悉了一切,通过录音,还有拷贝他电脑里的文档。但这些东西,却背离了她,她希望它们能永远把他留在她身边,但是没有。从古到今,愿望与事实本身,简直是毫不相干的两码事——她用这句话,打发了在监狱的那一年时间,倒也过得很快。

"不是的。"小南瓜轻巧地答道,"姐姐,我只告诉你,这是个秘密。"

她握着啤酒的手微微用力,一种很难抑制的激动,像电流一般击中她的手。果然是个秘密,其实她一开始就知道,经历了那些事,她早就有了足够的敏锐,还有直觉。女人依赖着直觉,甚至盲目崇拜。当初就是直觉告诉她,他有事,她才想方设法去证明。那时她太年轻,喜欢让一切都清晰可辨。但现在她已经不这样了,从入狱的那天开始。她告诉狱友,她被男朋友亲手送到这里来的,罪名是敲诈。这不奇怪,他有这个权力。她们都同情她,但又鄙视她。她们看她的眼神里,总显出她是那种为情所困的傻帽婊子。她不管她们,随它去吧。她开始让一切都混沌起来,反正只有一年。她自己很清楚,她没有敲诈过他,她不可能敲诈他,她那么爱他,只是,她从来没说过这个。

"我跟谁说去啊,你不想说就不说。"她这样说着,其实她知道,小南瓜终究会说的,小南瓜的秘密。这世界上的所有秘密,都必将被揭穿,被说给什么人听,然后才成立,根本就不存在永不公开的秘密。当然,也一定会有人,为那些揭穿的秘密付出代价。

"他是我同学的爸爸。"

"哦,年纪很大么。"

"这不重要,"小南瓜严肃起来,"我只是,想让自己开心一点儿。"

"哦。"她沉默着,感到小南瓜的话,根本无法反驳。

"我,活不长。"小南瓜小声嘀咕。

"什么意思?"

"我会死。"

"人都会死。"她母亲的前两任丈夫都死掉了,第三任丈夫没有死,但也是会死的。玻璃人不想死,才会去修炼。

"有个东西,长在我这里。"小南瓜指着自己肚子上一个什么地方。她不知道那是哪个器官的位置,胃?肝?"这个东西,还在长,就这样。"

她没有说话。她想,如果一个陌生女孩告诉你她随时会死掉,你该说些什么呢?

"我不骗你。"小南瓜认真地说。

她点头,轻声说,"我知道。"然后,她不知道自己怎么回事,说,"我坐了一年牢。"

"姐姐,"小南瓜的声音听起来有些内疚,"你知道,你不用说这些的,我们,我是说,我只是想找个人说话。"

"不是的,我真的坐过一年牢。"

"为什么?"小南瓜远远看着咖啡店里面那些年轻人,好像她根本就不认识她那些同伴。

"敲诈罪。我男朋友,他结婚了,有老婆,我知道,我怕他离开我,我拿着他贪污的证据,敲诈他,让他别离开我,哈哈,然后,他把我关进监狱,一年。"她觉得这件事被这样说出来,就是个笑话,说到后面,她真的大笑起来。

"哦,姐姐。"

"不,没关系的,真的,我出来好几年了,没事了,本来就没事嘛。"她说,然后又大笑。

"天啊。"小南瓜长出一口气,也没来由地笑起来,"他现在在哪里?"

"在北京,我们没联系了,但是我知道他的所有事,他升职了,在郊区有专门度假的房子,前年他给老婆买了一辆捷豹,他的孩子今年上高中,他胖了几斤,他不是胖子,虽然他每周一三五晚上九点都去健身房跑步,我还知道,他现在有两个女朋友,一个在广播学院,上大三,另外一个是个什么肚皮舞教练,他给她们在新天地买礼物,一模一样的两条项链,他带老婆在国贸吃饭,过结婚纪念日,我知道他的所有事,我跟踪他,调查他,不为什么,就是想……"她一口气说完,好像在说自己的事,这些年,她的时间和事业,都被她一股脑儿告诉了小南瓜——一个年轻的、有秘密的、活不长的孩子。

小南瓜似乎被吓住了,她看见小南瓜的嘴一开一合,像溺水的人在水里拼命呼吸,然后小南瓜终于讲出这样的话,"都是真的?"

"都是真的,"她轻松地说,"你是不是觉得我是个疯子。我自己都觉得我是疯子。但是我没办法,我从十八岁开始,就为着这些事忙来忙去,我不知道还有别的什么事别的什么人可以让我感兴趣。十八岁,你还不够十八岁呢,你没法了解,十八岁的时候做的事情,很容易就成习惯了。"

她看着小南瓜点烟,"说出来好多了,不是吗?"她说。

"姐姐。"小南瓜叫着。

"我是说,你的秘密,男朋友,还有快死了,这些事说出来,是不是好多了。"

"是的,我想,是的。"小南瓜回答,一边踩灭了烟头。

"小南瓜,你怎么又抽烟了。"一个高大的男孩突然出现在她们面前。男孩的衣服上有一只巨大的阿童木,跟小南瓜衣服上的阿童木一模一样,是情侣装。她正好看见男孩衣服上,阿童木高举着一只手臂,是预备一冲上天的姿势。

小南瓜抱歉地对男孩笑着,又下意识地低头,把头抵在男孩身上那只阿童木上,像是刚刚长跑了一场。男孩抱着小南瓜,轻拍着她的背,眼神透露出不解。后来,她看着他们牵着手——两只阿童木高举的胳臂碰到一起,像是两颗彗星要火并——往咖啡馆去了。

她也准备回去了,站起来的时候,男孩又静悄悄地突然出现了,他面孔雪白,皮肤几乎透明,像一个玻璃做的娃娃,他用稚嫩的声音说,"对不起,我女朋友,她不能抽烟,她生病了。"

"生病了?"她假装惊讶。

"是的,挺严重的,抑郁症,老是幻想,没来由的事情,不过没事,我们陪她出来玩。"

"哦,这样,我不知道,是我不好,那,你们好好玩。"她觉得有点头晕。

"姐姐再见!"他几乎蹦跳着走开。

她又叫住他,"喂,你开路虎吗?"

"什么路虎?"他问,不知道是没听清,还是没听懂。

"算了,没事,再见啊!"她一边说着,一边挤进人群里。

走出窄巷子后,她继续往南,往宽巷子的方向走去,人渐渐少了,她不自觉地越走越快,到后来几乎是跑起来。然后,就有风了,四川盆地的风,只在你奔跑的时候才翩翩而至。在右转进入宽巷子东口的时候,她突然想起来,小南瓜在这个时候走出咖啡馆,不是为抽烟,也不是为聊天,她只是在等一个电话、一个不被提及的电话、一个每天固定时间打来的电话,或者,那根本就是一个不存在的电话。但是,女人们总是要靠这些不存在的东西过活的,不是么?就像母亲仍然相信加入邪教的玻璃人会回来,她仍然相信自己与那个人生活中的一切都有关一样。她把所有的时间都用来琢磨这些事情了,其实,都是不必要的,只是从来没人告诉过她。她多么希望十八岁的时候,有人这样告诉过她。于是,她仇恨着那个十八岁的自己,化浓妆,穿半透明的长裙,羡慕其他女孩的长睫毛、细腰和名牌化妆品,为这些根本留不住的东西,牵肠挂肚。

宽巷子的景象仍是灯火明亮、人潮涌动,一切都和窄巷子没什么不同。她停下脚步,慢慢地从人群中挤出一条路来。她全身都开始发烫,一些汗水黏住了额头的头发。在一片晃动的光影中,她看见了过去的自己,在这条夜晚的巷子里跑步。那个跑步的身影,那是她最喜欢的自己,利落的装扮,脸上的粉红颜色,加速的心跳,这所有的一切,让她误以为自己无往而不胜,以为再没什么力量可以阻碍她穿越沉淀已久的黑暗、抵达那个终将出现的出口。

她回家的时候,母亲仍在沙发上看电视,一部古装电视剧,对白里的"老爷""娘娘"一声声传来。母亲眼巴巴地看她慢吞吞换鞋,像是很希望她能说些什么。

她坐在另一侧的沙发上,没有看母亲一眼,她觉得疲惫不堪,一句话也不想说。

"跑步去了?"母亲问。

"嗯,"她点头,又说,"只是跑步,我没见那个人。"

"什么?"

"我们早分手了,我知道,那一年我总是趁跑步的时候去见他,但现在不会了,我们早分开了,他在北京,还有,他本来就有老婆。"她一口气说完。其实她明白,这些事母亲早都知道。

"我知道,我也没觉得你是去见他了。"母亲似乎在为自己解释。

"嗯。"她一下觉得所有话都说完了。

"我真的只是以为你去跑步了。"母亲又毫无必要地说了一句。

她没搭话,而是慢慢地掏出烟来,是白盒的骄子,又慢慢地点燃,像进行着一种古怪的仪式。"有玻璃人的消息吗?"她第一次主动问母亲玻璃人的事。而母亲,也几乎快要哭出来了,她听见母亲仓促地答着,"没有,要有他的消息,就不会叫你回来了。"母亲又说,"你抽烟多久了?"

"二十年。"她平静地答道,她刚刚认真算过,的确是二十年。

"哦，"母亲只是平静地哦了一声，看她把烟灰弹进茶几上的一只茶杯里。

又过了一会儿，仿佛只是为了打破这难堪的沉默，她听见母亲说，"少抽点，对身体不好。"

她觉得如释重负，似乎一整个夜晚的紧张和努力，不过是为了等来这样一句话——她刚刚也是这样说的，对小南瓜。

"我明天陪你去医院。"她把抽了一半的烟扔进茶杯，茶杯里还有些水，烟头在茶杯里熄灭，发出噗的一声。"还有，别想他了，他不会回来了，我也不想他了，他不会回来了。"

"嗯，好。"母亲慢吞吞地搭话，开始专注地看电视剧，正是武打场面，母亲喜欢看武打戏。她看着母亲，这个女人，在她刻意地忽略中，变得前所未有地脆弱而苍老。她不知道母亲和玻璃人曾经的生活，但她能想象出来，母亲如何低声下气地对他讲话，那个不允许别人高声说话的男人。母亲一辈子都没有工作过，她的工作就是不断地找一个能养活自己的丈夫，然后各种方式讨好他们。

"你不知道，他说我克夫，我克死了两个丈夫，所以他才走了，去修炼，都怪我，现在，我自己也遭了报应了……"母亲幽怨地说。

她从来没听母亲说过这个，"嗯，你没告诉我这个，"她假装很轻松的样子，"没事，他修炼好了，就会回来的。"她想，母亲和自己一样，她们不过都是需要一些虚假的承诺和希望而已，现在，她们能给彼此的，其实，也只有这个了。

"他们经常做这样的手术，是吗？"她又说，尽力让自己的声音，听起来足够平静，尽管她其实一点也不知道该怎么应付明天的事，陪母亲去做手术，一个小手术。她没有做过手术，连医院都少去，但母亲让她回来，母亲说没人陪她去做手术了，除了你。母亲有三任丈夫，只有她一个女儿，她曾经坚信母亲把所有时间都花在男人们身上了，她也是，所以母亲连一句话也不舍得对她讲。比如，没什么事是大不了的，没什么事是过不去的。我们不都是这样过来的么?

"是的,子宫肌瘤,不算大手术。"母亲的声音听起来,有些犹豫,或许是胆怯,她从来没有听出过的胆怯。

"我想也是,很平常的,没什么大不了,是吗?"她说。

"是的,没什么大不了。"母亲停了很久,才慢慢地重复着她的话。

(原载《文学港》第 9 期)

手 肴

房 伟

"当日军向长江三角洲地区进犯时,一些中国人在抵抗,更多的人逃离,大多数人留在原地,设法应付所处的环境。"

——选自卜正民(加)《秩序的沦陷——抗战初期的江南五城》

一

我还没有死。

我从昏迷中醒来,全身疼痛,特别是下身,疼得站不住,但我还是屏住呼吸,尽量不触碰任何东西,引发响动。街道一片狼藉,散落的鞋,箱子和日用品到处都是,还有四散的军用物资。最多的还是尸体,军人,也有平民。我刚走几步,就摔倒在一具尸体上。尸体腹部干涸着红褐色的肠子。我惊恐地爬起,却发现身体压在截断手上。

我猛地挣脱,那只断手却紧紧地扯着我。断手来自女人,指节纤长优雅,但腕骨像被军刀生生地砍下,苍白失血的断茬,还露着青紫经络。我撕下它,丢在地上,但转过脸,却又被它扯住了,仿佛活了一般。我惊恐至极,使劲地掰开一节节手指。我把断手丢在地上,干呕了几声,但没任何内容,我一整天没吃什么了。

我从一具男尸身上扒下衣服,瑟瑟地换上。我还捡到一把残缺的中国军刺,毫不犹豫地割掉长发,并把污泥涂在脸上。几小时前,四个日本兵强暴了我,他们把我按在冰冷的马路上。我昏过去,只能隐约感受到日本兵在我身上活动。他们带着汗臭和血腥味,及浓重的体液味道。他们黑硬粗野的手,紧紧地按住我……

我穿过一条小巷,转到江苏路转盘口,那里有日本兵的检查站,正在盘查一批批青壮年。他们都被绳子拴着,有的被穿了锁骨,都默默地排着队,等待检查。路口安排了路障和厚厚的铁丝网,一张不知何处拖来的条桌,两个日本兵坐在桌后登记,旁边还有个穿棉布袍的中国老人。老人面无表情地验看着那些男青年,只见他低声问两句,就挥挥手,旁边的日本士兵,就会把那个青年拖到军用卡车上。距离太远,我听不清老人讲什么话,大致是查找混入人群的外地军人。老人中等身材,留着整洁的胡子,穿着气度,似乎是有文化的南京本地人。他只是挥手,不断地挥手,就不断地有中国男人被拖上车,我恍惚了,那是一双干枯的手,却仿佛有无尽魔力,牵引着无数健康生命走向地狱。我眯起眼,只见那瘦削的肢体,在灰暗的天空下,还在轻轻地挥动着,一下又一下,好似在火海跳舞的青鱼。

我的泪涌了出来,也不知为何。我小心地躲避日军,终于在快天黑时,摸到了表哥在玄武湖与苏州路交界处石榴巷的住宅。表哥毕业于东吴大学国文系,但毕业后,却在几家古董行当掮客,和三教九流都有交集。

从金陵女子学院逃出来,我无处可去。

二

门虚掩着,四下无人,天井倒映着一株被斩断的扶芳藤。我突然发现,表哥在院子的青石板上爬着。他爬到井旁,把头垂在井边,一身淡蓝色厚长衫浸着暗色血污。枯藤缠着他,我低声呼唤,他不理,只呆呆地靠着井口。天空中,厚厚的灰,黯淡地飘荡着。

我向正厅望去,那里也暗着,正对着天井的,是厅口一排排黄泥封的老酒,上面细致地标定年份。黑亮亮的酒瓮,散发着淡淡的酒糟香气。再往里看去,黑洞洞的,似乎看到有个人影悬在梁下。我吃了一吓,跌倒在地上。表哥的声音,幽幽地传过来,仿佛来自地狱,不带一丝情感气息。

那是你表嫂。见老祖宗去了。

冬日惨阳的光线之中,我看到表哥的双手不断变换着各种姿势。老屋正厅透着股老檀香木的霉味,城中不断响起的枪声、喊杀声和持续的爆炸声,似乎是另一个世界的事了。那双男人的手,有时一起抡转,有时又快乐舞蹈,有时像佛教手印,有时又好似拿着刀。激烈、优雅、迟缓悲伤,或活跃亢奋。光线仿佛缕缕透着亮的蚕丝,表哥细长白皙的手指,根根都系在丝线上,他像一个陶醉在演出的演奏家,又好像一个水平高超的医生。

"表哥,你干什么?"我嘶哑着嗓子问。

表哥缓缓地从井旁爬起。我这才看清,他的半边脸肿了,眼镜也不知丢到何处,头皮被削掉了一块,眉毛挂着涔涔渗出的血迹。他的眼神,好似碎了的松子,硬茬茬的,但狼狈地碎了,在这个充满血腥气的冬天格外令人不安。

表哥喃喃地说:"这双手现在能干什么?唱戏?杀人?救人?"

"我不过是个算账的。"表哥落寞地说,"我连老婆都救不了。"

"我们要报仇!"我流着眼泪说。

"报仇?"表哥站起来,扶着我,脸色茫然,"南京城现在有无数日军,怎么报仇?"

我坚定地说:"老师说了,只要中国人都反抗,我们就有希望。"

表哥想了想,又说,他要走出去,参加日本人的自治会。

"你有没有良心!"我嘶喊着,"表嫂尸骨未寒,你要当汉奸?"

表哥那天的分辩,我不理解。他告诉我,人总是要死的,我们作为舞台的演员,生逢灭国末世,太过执着喜怒哀乐,应当看透这些东西,为活人多留些"活下去"的机会。这就是大功德。表哥的脸色灰暗,血污涂满嘴唇,渗透入他细密的牙缝,好像钻入了异样的光芒。很多次了,只要我想起表哥古怪的念头,总怀疑是那光芒作祟。

"我不听!"我堵着耳朵,颤抖着缩在屋角。

不过一天,我的世界坍塌了。城破的时候,我和同学们在给守城将士赶制棉衣。日本人闯进教室,他们抓母鸡一样,挨个将我们掳走。我拼命逃,但依然不能摆脱受侮辱的处境。谁料,我九死一生逃出来,表哥竟要做汉奸……

表哥将表嫂从房梁放下,给我丢下两块面包。

飘满建筑物灰烬和尸灰的天空,愈发沉重郁黑。表哥将表嫂轻轻地抱到院里,打来井水,系紧她松开的裤带,将污浊的脸擦净。他还用梳子仔细梳好表嫂的发髻。

突然,点点白亮的雨滴,偷袭了表哥的工作。它们强暴着大地所有的事物。它们由小变大,先是小米粒,后来变成黄豆大小,再后来简直像一坨又一坨的口水,恶心地洗劫着世界最后的体面。表嫂再次恢复了衣衫不整的狼狈模样。

表哥仰起头,立于冬夜的暴雨,高高地举起双手。

三

我在表哥家昏睡了三天,折磨、饥饿、寒冷,我发起了高烧。安葬了表嫂,表哥似乎又恢复了往昔八面玲珑,笑嘻嘻的模样。他参加了自治会。那里有失意的北洋政客,南京有名望的士绅,也被逼着出来做事,还有在日本留学的亲日分子。当然,还有些地痞流氓。表哥属于哪种情况?我不太清楚。他不属于名望士绅,也不是政客,心狠手辣的流氓,严格说来,他只是一个商人,一个好脾气的掮客。

我不敢出门。日军设立了关卡,羞辱每个经过的中国百姓。

为什么这些二十出头的日本青年,在中国变成了恶魔?他们让每个人鞠躬,不鞠躬的被活活打死。他们摸每个人裤裆,只要发现是女人就拖走。他们抓住女人,在她们的下体塞入黄瓜,并令男人们吃掉。

我还是发噩梦。我恐惧黑夜。我尖叫,我疼,我不断清洗下身。睡梦中,我似乎都能感到有东西插在我的身体里。它们像锋利的刺刀,沉重的石条。它们让我变成了耻辱。但更多的,我梦到的是手,日本兵的手,它们像老虎,豹子,饿狼,它们紧紧地抓住我,蹂躏我……梦醒的时候,我的手上都是冷汗。我拼命地洗手,似乎总也洗不干净。

表哥常不在家,他来去匆匆,胳膊戴着日本国旗做成的袖箍。他给我带来了充足的食物,有大米,粽子,还有珍贵的蔬菜。他甚至用几十面日本旗保护了巷子数十户人家。但还有日本兵上门骚扰,家里又被抢了几次,但因有日本国旗和自治会日语告示,总算没遭到太大破坏。每当听到叽里咕噜的日本话,日本兵沉重的猪皮靴声音,还有那嚣张的砸门声,我都会躲到表哥家的夹壁墙,紧张得浑身冒冷汗。表哥为防不测,在正屋通外修建了一个夹壁墙。我就躲在夹壁墙里,听日本人翻箱倒柜找东西。

表哥也会领人回家吃饭,大多是各式汉奸。看到他们大呼小叫,划拳斗酒,我恨不得毒死他们。这里有青红帮的高胖子,菜市口的荣三,翻译官冯介民。高胖子是人贩子,荣三是菜霸,冯介民有文化,曾就读日本的大学。这些人喝酒时很奇怪,开始小心谨慎,后来热烈奔放,最后总有人痛哭流涕,也不知他们为何流泪。他们有的小声啜泣,有的号啕大哭,状如疯魔。我躲在夹壁墙,能在墙缝看到他们。他们舞动着手,又捂住自己的嘴表示谨慎。他们还连连摆手,否认自己说过的话。他们的手有的粗短胖黑,好似干瘪的萝卜;有的瘦骨嶙峋,像鸡爪或鸟足;有的白白胖胖,却透着邪恶的潮红,仿佛酒精泡着的动物残肢。

通过表哥,我也了解了汉奸们的倒霉事。高胖子的老婆被参谋部的小野少佐看上了。当着高胖子的面,她就被强暴了。荣三年逾八旬的老父,站在墙头看日军入城式,愣是被日本军揪光胡子,打成重伤。冯介民更惨,他到处领着日本人搜残败兵,谁料,一个国民党伤兵躲到他家,日本兵不由分说,烧光了他家。家里几口人,一个都没跑出来。一次,冯介民喝醉了,在表哥家里的书桌写下这样的句子:"上悲华夏,内恸友于,旁惨素友,痛当奈何!痛当奈何!苟且亦复何赖?"

第二天,冯介民酒醒了,赶紧央求表哥销毁字迹。表哥照办了,算卖了他一个人情,冯吓得浑身冒冷汗。这些口是心非的胆小鬼,被日本人吓破了胆。他们找出北洋政府的旗子,在鼓楼公园举行自治会成立仪式,还强令居民们参加。汉奸被要求搜寻资源,维持南京基本秩序,但在横暴的日本兵面前,这两项工作,都不可能完成。自治会多次要求德国人拉贝等人建立的安全区,将管理权交给他们,但遭到了拒绝。日本人将安全区的粮食供应等事宜交给自治会。几个主要管事人,立刻开始争夺资源。当然,他们做得最多的事,还是收尸,帮日本人抓中国青壮,还有,就是给日本兵找女人。

这群汉奸印证了"亡国奴"三个字,不过是行尸走肉罢了。表哥又比他们好到哪里去呢?他巧妙地推却了派发良民证,指认非南京居民的勾当,却选择了最"恶心卑贱"的活儿。他每天领着红卍字会、崇善堂等机构登记收尸,清理街道,清洗血污,掩盖飘散不尽的尸臭,雇佣工人将废墟杂物拉走。他工作认真负责,得到了日军宣抚班的好评,据说这些工作减少了瘟疫。但往往刚掩埋了尸体,又有了新尸体出现在原来的地方。表哥身上也总带着伤痕,原因是他没按某些日本人的要求,找到足够的"花姑娘"。每当他浑身尸臭地回家,我对他不理不睬。他也只苦笑几声,独自一人饮酒。

四

我很多天没有出门了。零星枪声,还是不断响起,日军挨家挨户打砸抢。他们有时成群结队,有时三三两两。我闷得无聊。

有时就趴在阁楼窗户边,看着这些恶魔士兵的举动。我趴在阁楼观察,非常危险,如果日本兵破门而入,我必须飞快地躲入楼下夹壁墙,但我顾不上许多了。我看到很多日本兵,骑着自行车,满载抢劫来的东西,兴高采烈地回驻地。他们唱着歌,喝着酒,身上却大包小包,什么都有,有丝绸,座钟,古玩,一个日本兵头上戴了好几顶呢子礼帽,身上插了数十支钢笔,仿佛金光闪闪的勋章。他还拖着一辆婴儿车,上面满载孩子用的衣物和玩具。想来这些日本兵刚抢劫了一家育婴机构。日本兵要这些干什么?难道回日本开幼稚园?我不禁对这些卑劣的家伙无穷无尽的贪婪,感到又好气又好笑。

接着,我笑不出声了。寒冬日头,我看到阳光像薄薄的血迹,飘散在空旷的废墟之间,让一切事物都变得稠密,可疑,有着不真实的腥味。婴儿车的后面,是一个东倒西歪的日本兵。他开心极了,滑稽地跳着不知名的舞蹈,嘴里还伴随着轻快的节奏。他没穿军装,军装反搭在前面的婴儿车上,但他的胸前,有一个黑铁丝编的铁环。铁环上赫然是一串小小的手!想来是中国孩子的手,刚被砍下不久,就被穿在铁环上,大一点的像大块红枫叶,愤怒地伸展着,小一点的还带着婴儿肥白,但也有些枯萎蜷缩。它们一朵又一朵,在灰红色的天空下迎风招展。手的血迹,"吧嗒吧嗒"地滴在日本兵前胸,竟已染红了……

中午,我独自在家,听到有人讲话,又似是"呜呜"风声。我翻身起来,走到门口,却见门闩一点点地拨动,"哗啦"一下,掉了下来,先是伸出一只黑硬的脏手,一把推开门,随后是一个穿日本军装的矮个子男人,站在了我面前。我待要躲避,竟来不及了。

日本军人又瘦又矮,只有不到一米六的样子。他走路摇晃,有些醉态,手里倒提着一把军刀。见到我,他眉开眼笑地用生硬的汉语说,女人,屁来摸摸!

我的心"怦怦"地跳得厉害,强忍恐惧和怒火。我的身体不太抖动了,但还装出恐惧的样子。我缓缓地蹲下,假装害怕地哭泣,但慢慢向里屋退,直到退到床脚。

日本兵有些迟疑。他跟着我进了里屋,先四处张望,看有没有人。我趴在床上不动,他还是不敢近前,而是慢慢地说起日本话,像劝慰,又像倾诉。

　　我只是不动。许久,只听到长吁短叹的声音,回头看去,只见他跌坐床下,打着酒嗝,擎着刺刀的手,慢慢地垂下。他竟在我家的青砖地面,用刺刀比比画画起来,样子有些顽皮,又格外认真,好像中学生在记录老师笔记。他似乎忘记了躺在床上的"支那花姑娘"。

　　不能再等了。我再次发出哭泣声。日本兵看了看捂着脸假哭的我。他站起身,想了想,放下军刀,开始脱衣服。他从后面把我抱住,我能感到他黑硬,且瘦小的手,在我的乳房慢慢地抚摸起来,并不凶狠,倒有些孤独动情的意思。一时间,我竟忘了反抗。我的心思有些乱了。我这是怎么了?我难道忘记这些恶魔做的恶事?

　　我定了定心神,从枕头下抽出街上捡的刺刀,很顺畅地捅进那瘦小的身体。他抽搐几下,血从身体逃出来,逃进床褥子,床下,逃得兵荒马乱,惊心动魄。但日本兵没喊,因为第二刀已割开了他的喉咙。我亲眼见过,一个日本兵就这样弄死了我的女同学。她像洁白的羊羔,无声无息地死去了。如今,我要把这复仇,同样还给日本人。

　　我猛烈地呕吐起来。

五

　　天气越来越寒冷,表哥又接了新差事,帮日本人配发粮食给安全区。前任发粮食的自治会委员,由于贪污,被日本人撤了职。日本人欣赏奉公勤勉的表哥。特别是表哥劝说安全区的几十名妓女,主动给日本人做慰安妇,更得到了日本人的信任。宣抚官岩佐信介中尉,来自大阪,也是自治会顾问,但从前只是满铁下属中学的一名教师。七七事变后,才被临时应征入伍。他信任表哥,就把"有油水"的活儿交给了表哥。

表哥为何甘愿受日本人的驱使？对此,我十分不理解。表哥是个生意人,但生性善良温和,虽然有时有些狡猾,但从不伤害别人。一次,我看到表哥在练书法的宣纸上写着:"**君子饿死而节不见,舍身而义不获,将若何？盖君子不能枉义而生,亦不能枉义而死,惟有存生以求节,忍辱以待义。**"这是什么混账逻辑？国民政府也不用抵抗日本了,岳飞成了蠢人,秦桧倒成了悲情英雄,这世界还有没有天理？

但安全区的琼特博士和马修牧师,经常夸赞表哥,说他是"中国好人"。他们也来家里找表哥。琼特博士是矮壮的美国人。他原是发电厂工程师,现在每天为安全区少死一个人忧心忡忡。马修牧师是德国人,在安全区主席拉贝先生安排下,负责难民生计。这些安全区管理人员,不愿找日本人交涉,倒喜欢和表哥这个汉奸打交道。安全区需要粮食,被服,医药,表哥总有门道弄到。

日军占领南京大半个月,形势没有好转,却继续恶化。由于安全区集中大量难民,那里成了日军骚扰的重点。深夜,我被一阵急促敲门声吵醒。我迅速躲进夹壁墙,表哥出门去看,却是琼特和马修来了。他们焦虑地拉着表哥的手,恳求他再弄些粮食。表哥面露难色。

"你不能这样,你是在帮助你的国民。"琼特博士很愤怒。

"我的确无能为力。"表哥叹息着,垂着头。

"每天都在死人,上帝,救救他们吧。"马修牧师带着哭腔。

"我必须说服日本人,"表哥耐心地说,"说服他们拿出更多的粮食。"

琼特和马修面面相觑。他们无奈地拿出了银元,金笔,贵重首饰。这些都是难民身上的。他们只能通过中国人,贿赂个别占领者,希望这些恶魔大发慈悲。我冲动地跑出来,希望帮助外国人说服表哥。

"这是你的妹妹？"马修看到我,情绪更激动,"你把她藏在家里,躲过日本人,但安全区有成千上万的中国女孩。如果她们不能躲避强暴,至少她们应避免被饿死。"

我惭愧地低下头,为接受汉奸的庇护感到耻辱。表哥终于答应多给安全区搞些粮食。外国人千恩万谢地走了。临走,马修牧师拥抱了我,哭泣着说:"孩子,原谅我出言不逊。我要那些中国女孩活着。"我也哭着拥抱了他。马修是善良、有正义感的西方人。

我怒斥了表哥,因为发现他悄悄把几块金表放进存钱柜。

他平静地说,他要通过冯介民这些人办事,也不容易。我还要为你的将来打算。日本兵总会安顿,日子还要过,你也要嫁人。

嫁人?我吗……

活着,你必须活。

为了活着,你就当汉奸?就出卖同胞?

我愤怒地打了表哥的耳光。我要走出这个肮脏的家,去安全区和受苦的姐妹在一起。

表哥凶狠地抱住了我,把我弄到阁楼,绑在了床上。我大声咒骂。

表哥落寞地看着我,等我骂累了,他缓缓地说:"我会让更多的人活。我必须用各种手段,让日军多拨些粮食。哪怕是一条狗,一只蚂蚁,哪怕再屈辱卑贱,都要活下去。"

很快,日本人知道了表哥的事。一个漆黑的夜晚,日本士兵包围了我们的住宅,带头的正是岩佐中尉。他是一个体态瘦削精干,但面貌温和的日本军官。告密的是荣三。他嫉妒表哥的差事。这个常在我们家吃吃喝喝的汉奸,早忘记了老父亲被日本人打成重伤的仇恨,他领着日本人,抄了我的家,并从阁楼搜出来不及躲藏的我。他肆意撕扯我的衣服,并将阻拦的表哥,打得满脸是血。翻译官冯介民也跟着来了,他很尴尬,看样子很怕表哥捅破粮食的事,但又不敢上前劝阻。

宣抚官岩佐中尉阻止了荣三。我一直不能忘记,他冷静平和的语气,略带着懒洋洋的冷淡,似乎这一切都与他无关。天色黑沉沉的,院子里站满了荷枪实弹的日本军人,他们面无表情地举着枪,或熊熊的火把,似乎这小小的庭院,就是即将血流满地的修罗场。岩佐中尉的脸,在火光下摇曳不定。但他终于脱下手套,用纸擦拭着表哥脸上的血。他说,他以为表哥和那些贪污犯不一样,表哥是有尊严的支那人。

"尊严?"表哥迎着岩佐的目光,"妻子死后,我就没什么尊严了,不过苟活罢了。"

岩佐命令士兵放开了我和表哥。表哥与岩佐进行了一番意味深长的交谈。接下来的结果,非常出乎大家的意料。岩佐非但没有追求表哥的失责,反而增加了对安全区粮食的配给。我也并没有被抓走做慰安妇。相反,告密的荣三,却被岩佐斥责了一番,灰溜溜地走了。

事情过后,冯介民来到我家,安慰表哥,也提出了疑问。表哥笑着说,他只是告诉岩佐,他的确多领了粮食,但那只是为了救更多的人。仅仅是这样?冯介民表示不相信,我也半信半疑。表哥没有看我们,而是把目光投向了远方。他说,那天夜里,他告诉岩佐中尉,如果不相信,就请杀了他。

六

岩佐和表哥的关系日渐亲密。他们谈论文学与艺术,苏州园林,江南的茶叶。岩佐有时不穿军装,而是藏青色和服。他和表哥喝茶,饮酒,也讲满铁的经历,慨叹战争残酷。天气一天天地转暖,街道被清理得差不多了,安全区慢慢解散,日本兵也收敛了很多。街道的店铺开始重新开张,人们拿着良民证出来找工作。似乎残忍的屠杀正远离我们,被我们忘却。

然而,我没告诉表哥,这个亲善的岩佐,就是强暴并杀死我同学的凶手之一。我亲眼看着他带领着一队日军士兵,打入我们学校。他微笑着,杀死一个又一个可爱的花季女孩。他竟然还吹着口哨。他的模样我一辈子也不会忘。我要杀死这个日本军官。如果一个女人下决心杀人,不会有什么阻挡她的意志,就像水注定要流向地缝,火注定要熄灭在灰烬旁。

黄昏之时,春雨悄悄地飘过南京街头巷尾,滋润大地万物,有着莫名的欢欣。表哥在院子里种下很多灌木花草,有紫露草、刺果毛茛、虎耳草、凹叶景天和矮山麦冬,还有开蓝花的二月兰,是岩佐从日本带来的,生命力很强,也漫漫地爬满院子。我搬来一把竹椅,看着牛毛般雨丝,无声地绽放在青石板。黄昏的天边还带着灰红余烬,不很亮,但染在这雨水里,又仿佛带着些柔情,照得古朴典雅小院的水井,亭台,还有欣欣向荣的植物,都如映在深海底的版画。有一瞬间,我有种错觉,似乎战争从没来,似乎时光倒流,我又回到安静祥和的南京。我来表哥家玩,也常坐在天井旁发呆,看黄昏,想心事,听雨点打在井台沿发出"噼噼啪啪"的脆响,升腾起点点尘雾。表嫂一定在厨房,为我和还未归家的表哥,做一桌可口饭菜,有我喜欢的鸭血粉丝汤,清蒸鳜鱼,还有表哥百吃不厌的鲜荠菜小馄饨……

永远不可能了。我们都是亡国之人。表嫂化为灰烬,表哥不过是行尸走肉,而我也只剩一具躯壳。我忙了一个下午,为招待岩佐精心准备。一会儿,表哥陪着岩佐回来了。岩佐穿着和服,青亮亮的木屐,敲打在我家的石门沿,发出"咔嗒""咔嗒"的声音,非常好听。岩佐戴着圆眼镜,面貌儒雅,如果没人看到他穿军装的样子,定会把他看作是学者。

中厅的梨花木桌前,表哥和岩佐小声交谈,喝着龙井茶。岩佐还拿来一张古琴,让表哥品鉴。表哥从前是古董行中间商,对古琴有些研究。俩人说着说着,又轻轻地笑起来,淡雅的茶清香飘散在空中。他们神情惬意,好像多年故交。岩佐的手不时抚弄过琴弦,发出低沉的琴声,在静谧的院子里扩散,浸润,渲染着磁性的魔力。这些日子,表哥的气色日渐滋润,我还听说,岩佐介绍故交的女儿给表哥续弦。也许,表哥现在早忘了惨死的表嫂。

我催促表哥和岩佐入席。岩佐和表哥来到饭厅。他认真地打量我,好像若有所思。表哥打趣地说,中尉,是不是看到小妹如花美颜,有些走神啦。岩佐失笑,有些尴尬,我猜他肯定是在怀疑我是不是从他枪下逃走的女学生,不过不肯定罢了。

饭菜很快端了上来,有清蒸桂花鸭,红烧猪耳,清炖甲鱼,鸡汁煮干丝,太湖银鱼,枣泥糕甜品。岩佐吃得不亦乐乎,表哥在旁边给他斟着黄酒,岩佐喝了几口,放下酒杯,感慨地说,日支战争旷日持久,很难吃到这么精美的淮扬菜了。

表哥也说,是呀,如果没有战争,该有多好。

我看冷了场,连忙端上碗说:"感谢岩佐先生的救命之恩,先生再尝尝这道'水晶肴蹄',正宗徐州做法,用硝腌制,我又用陈年绍兴黄酒浸泡,味道不同呢。"

岩佐有了兴趣,我打开碗,岩佐忙不迭地夹上一块,送到嘴里,显出享受的样子。他点头说,松嫩,筋道,还有酒香气,小姐果然是厨艺高手。我笑着问,中尉大人再尝尝,还有什么味道?岩佐疑惑,他又扒了几下菜肴,那掌被炖得松烂,森森的骨露在外面,发出阵阵奇特的香气。岩佐用筷子夹起一物,仔细辨认,叫着丢到地上,赫然是一节人的手指!表哥也大惊,忙问我到底做的什么菜。我不紧不慢地靠近岩佐。

那个跑到家的日本兵,我把他的尸体用白布扎紧,砌在了夹壁墙里。我还剁下了他的手,浸泡在黄酒坛子里,如今这道水晶肴蹄总算派上了用场。岩佐怒骂着,奋力爬起,但终于抽搐躺在地上。我已在给他的汤里下毒。我不会让他活着离开这里。我从饭桌后抽出军刀,一点点地逼近岩佐。表哥却挡在岩佐身边,苦苦哀求我,岩佐死了,咱们石榴巷一条街的人都要给他陪葬!战争结束了,我们失败了,但我们要活下去,岩佐对中国人很友善。

友善?我冷冷地说,就是他带人杀死了我的同学,我不会忘记他。

"我什么时候杀死了你的同学?"岩佐显出迷茫的样子,"我在南京没杀过人!"

我管不了许多了。也许,真的不是他,但这还有什么分别吗?战争让我们一起疯狂。我向岩佐砍去,一刀劈中他的前胸,一刀却劈在了表哥的手腕上。表哥的左手顿时耷拉下来,血喷溅而出,染红了我的脸,那只手也迅速失去血色,灰死,连指甲都变得黑硬了。

表哥握着手腕,躺倒在地。岩佐也慢慢平静下来,没有了气息。我丢掉刀,紧紧地抱着表哥,号啕大哭。表哥是我在世界上唯一的亲人了,虽然他是让我痛恨的汉奸。我的世界即将沉入地狱般的黑暗。然而,在这之前,我希望能拖着日本军官岩佐一起沉沦。并不是光,而是对于一种更深刻的黑暗的冲击,才引诱着人们放弃道德,屈从于内心的邪恶。这一刻,我也是邪恶的。我恍惚间,仿佛看到无数亡灵的手掌,好似立于血海之中的怪石,乞求似的伸向我,我屹立在其间,冷酷而绝望。

表哥平静地拒绝了。他央求我放下他,赶紧逃命。我哭泣着摇头,将表哥抱得更紧。表哥举着沾满血迹的空袖管说:"可惜,有手时应多弹奏几曲《哀郢》,不知为何,我觉得没手的人,临死的刹那,头脑都会有这样悲凉的旋律。"

(原载《大家》第5期)

革 命 者

朱 山 坡

一

黄昏,家门外突然传来马的嘶鸣。我打开门,看见一匹枣红色的高头大马,朝着我家张望。只有一匹马。没见人影。我兴奋地往屋子里喊:

"祖父回来了。"

祖母几乎是小跑着从屋子里走出来,欣喜得像一匹刚挣脱缰绳的小马驹。我们对这匹马都很陌生。而马却像一匹对我家熟门熟路的老马,用嘴巴亲热地舔我们的脸。虽然浑身是泥水,却无法遮掩它的健硕和姣美。是一匹年轻的母马。马背上驮着两袋子沉重的物品,快要把马压垮了。仔细一瞧,两个袋子上都用炭黑墨水写着一个人的名字:银兴邦。尽管字迹模糊,但也足以让我们知道是大伯回来了,而非祖父。

他在井那边给马打水,向我们招手。井太深了,大伯够不着。其实是大伯太矮小了,连提一桶水的力气都凑不够。我跑过去帮他。折腾了半天终于打上来半桶水。

"这不是你的功劳。"大伯提着水对我说,"你还小,革命,你不配。"

马一口气便把半桶水吸干。大伯要祖母帮忙把物件卸下来。祖母警惕地问,这是什么?

"你放心,不是军火,是书。"大伯说。马比他高出一大截。他拍拍马背上的鞍子,意思是说他是骑马从省城回来的。我不知道他是如何骑上去的。平时,去往省城,人们都是乘船。

祖母说:"书比军火更危险,让它离家远一点。"

祖母从没出过远门,近年患胃疾,更是足不出户,但她似乎知道世界上所有的事情。比如,每隔一段时间,省城里总要枪杀一些不听话的读书人。那些读书人被押到大学的北面,一堵著名的"南墙"前,面朝墙壁,士兵们端起枪,朝他们的脑袋开枪。血就顺着排水沟绕过孔庙,往东流过灯笼巷、潘家祠、旧戏院,最后跟江水汇集在一起。枪决前,那些读书人可以提一个要求,但几年来他们只有一个要求,就是不要让他们跟土匪、杀人犯、盗窃犯、贩夫走卒一起共赴黄泉。如果不是枪决而是斩首示众,请政府同意将他们的下半身都标贴上名字,好让亲友辨认收一个全尸,而不至于张冠李戴……这些传闻祖母都知道。祖父每半月一信,核心内容便是让祖母提防大伯,不要让他跟那些所谓的革命者有染。祖父在广州做生意,很少回来。这个家由祖母做主,事无巨细,她都打理得井井有条,却无法掌控大伯。

大伯在省立大学里教政治学,三年前竟然也开始迷醉上画画,是西洋画,人体肖像,而且竟然在政治课上讲授西洋美术,教学生画油画。学校无法容忍他教授学生画男女裸体,三番五次警告他,并以开除教职相威胁。大伯说,政治学并不能救国,画裸体也是革命。还没等学校开除,他自己便辞了职,很快便在一家报社谋到了一份差事。但他激愤的文风不适合继续待在那里,而且,他经常出现在某些游行、集会上,用夹杂着浓郁客家口音的国语发表慷慨激昂的演说。演说的时候,摇头晃脑、手舞足蹈、疯疯癫癫的,却文采飞扬、排山倒海、气势如虹。小个子大伯是天生的演说家。本来,这些举止尚不足以让他被驱逐出校门,但是有一次他咬牙切齿地对着莅临学校视察的省政府主席大声说:

"你们得意不了多长时间了,革命的烈火将把你们化为灰烬。"

喊完这话的第二天,学校便将他驱逐。有一千条理由让人相信,他被警察局的人盯上了,没有人敢收留他。善意的朋友劝他离开省城,躲避一阵子。但固执的大伯哪儿也不去,就留在省城。他被禁止在公众场合演讲。有人恶狠狠地警告他了,再妖言惑众,煽动民意,便割下他的舌头。后改写文章,很快连文章也不写了,他的文章写得不好,激烈有余理据不足,满嘴跑火车,招人厌烦。那就改行画画。画得也不好,充其量,就一个三四流画家。但有人从他的画里看到了反意,告他的密。警察一次又一次上门,将他的画当场付之一炬,并将他驱逐。大伯露面的次数便越来越少,越来越隐蔽。他不断地换地方,最后连祖母也搞不清楚他到底在干什么,究竟要干什么。有一次,祖母让我父亲去找他,让他回来跟伯母圆房,做一个正常的人。伯母是高州一个药商的女儿,八岁就跟大伯订了婚,进我们家门已经有五年了,结婚时,是按大伯的要求,只搞了一个简单的新式婚礼。然而,大伯从来就没有要跟伯母圆房的意思。结婚仪式一结束,便趁祖母不注意,一个人乘船离开了,留下伯母一个人张灯结彩。从此,大伯和伯母再也没有见面。伯母孤独地守着婚房,还帮着祖母经营这个家。她最大的愿望便是跟大伯圆一次房,生一个儿子,把大伯这一脉香火传下去。伯母长得白净,不胖不瘦,眉清目秀,知情达理,从不抱怨,不发脾气,深得祖母喜欢。伯母也喜欢我。五年前,我母亲突然染上恶疾去世,伯母几乎代替了我的母亲。她每晚都从祖母怀里"抢"过我,让我睡在她的怀里。直到有一天,她察觉我长大了,才让我回到祖母的身边。一年前,祖母曾让伯母去省城找大伯,但伯母坚决不去。她不愿意给大伯增添任何不快。

我父亲在城北离大学不远的一家破落妓院找到了大伯。正值黄昏,妓院门前冷落鞍马稀。在昏暗的灯光中,大伯正在给七个妓女画裸体画,以此抵偿嫖资。父亲抬头便看到七个妓女一丝不挂地坐在各自的躺椅上,错落有致,神态慵懒、闲散而淫荡。她们应该是刚刚吃过晚饭,每一个肚子都微微鼓着,腰身上多余的肉无处安放,要挣脱她们往躺椅两边逃逸。毫无疑问,这是父亲生平第一次看到如此不堪入目的一幕。父亲不敢抬头,侧着身,压着声音对大伯说:"母亲令你回家……"七个妓女若无其事,只是眼皮轻轻地动了一下,身子依然牢牢地保持原来的姿态——那是最合适的姿态。她们不愿意为了招揽客人而错过成为画布上最美的风景。

大伯根本不抬眼看一下他的弟弟,背对着我父亲,责备道:"你没看见我正忙吗?"

父亲回来向祖母汇报,说大伯虽然声名狼藉,身无分文,走投无路,但不可能回家了,因为他满脑子都是革命,连妓女都相信了他,要加入他的革命队伍。

"妓女造反不是什么稀奇事,历朝历代都有。"我父亲补充说。

祖母满脸不屑,但很紧张,她意识到了危险,让我父亲再次进省城催促大伯:"母亲病危,速归。"我父亲对自己的谎言没有一点底,知道肯定欺骗不了大伯,对大伯的回家也不抱任何希望。大伯仍然热衷于跟政府对着干,他的画张贴到大街小巷,他的美名或臭名随着车流和人流带向了每一个角落,他放荡不羁的照片和不堪入目的画作上了各种小报的八卦新闻。我父亲恨不得马上离开让他丢脸的省城。大伯对他说:"我是随时准备死于南墙的。我的背上写上了我的名字。"大伯脱掉上衣,果然看到他的背上文着"银兴邦"三个字,当他身首异处时,凭此三字便可以将他重新组合成一个原来的模样。

我父亲再次从省城里回来对祖母说:"你当他死了吧。"

祖母对大伯的归来越来越不抱希望,在给祖父的去信中,她甚至激愤地写道:"兴邦或许已经死了吧,我们就认命吧。"

伯母经常对着大伯睡过的床哭泣。祖母劝慰她,如果他真死了,我替你张罗改嫁。但伯母是不会离开我们银家的,哪怕守寡一辈子。即便是为了我,她也会留下来。

然而,四个月后,大伯回来了。身上散发着西洋画颜料的气味,似乎还有廉价胭脂的残香。他回家唯一的理由可能是:要跟伯母圆房。

伯母远远地躲在屋子里,从窗户眺望。高头大马挡住了她的视线。她还像新婚姑娘那样羞涩、胆怯。

大伯搬不动书,只好央求我帮忙。我和他合力把两袋子书从马背上卸下来。祖母仿佛闻到了那些书散发出来的邪气和危险,坚决不让这些书进家门。我们只好把书抬进小粉河畔一间废弃的猪舍。马也安顿在那里。

猪舍是草房子,长满了荒草,屋顶上的蘑菇和野花生机勃勃,干稻草散发出来的霉臭夹带着残留猪粪的气味。猪舍坐落在山坡上,对着弯曲的河流。时值汛期,河面开阔,停靠的唯一的一条船好久没有离开过码头了,它肯定已经长出了根,稳稳地扎在河里。

"母亲病危"这个幌子的虚假性果然已经被大伯看穿。因此他一点也不慌张,更犯不着担心,也不准备郑重地向他母亲请安。伯母刻意躲开大伯,亲自下厨和下人一起重新准备了一桌丰盛而精致的饭菜,准备一家人坐下来好好地吃一顿晚饭。但大伯在院子里转了一圈,对着厨房里的人说:"把晚饭送到猪舍来,顺便把被褥也搬过来。"他要在猪舍生活。

大伯没有为自己的行为给出一个合适的理由。祖母好像受到了天大的冒犯,很生气,也对着厨房发泄愤怒:什么也别给他吃,让他吃猪屎去。院子里弥漫一股剑拔弩张之气,下人们无所适从,战战兢兢。大伯让伯母转告祖母,如果他自由选择的权利受到干扰和阻挠,他将连夜返回省城。

我父亲脸有惊慌之色,赶紧调和一触即发的战争,一面让我把饭和被褥送到猪舍去,一面悄声告诉祖母一个惊天秘密:"省城里的刽子手已经磨好刀等着他。"

二

关于游击队的传闻由来已久。但我们从来就没有见过游击队。听说就在附近,最远也就隔着一两座山,也许涉过小粉河,穿过一大片树林,越过一个山坳,就能找到游击队。村里有人说在乌鸦岭见过游击队,个个蒙着面,肩扛长枪,背驮大刀,行走如飞,像传说中的土匪。他们不扰民,只打官府,去年趁着洪水袭击了县衙,取走了县长张仁和的首级,轰动全省。他们还扬言要占领省衙门,解放全中国。尽管这支游击队行踪不定,神秘莫测,没有谁见过他们的真面目,但还是不时传来游击队员被捕杀的噩耗。好几次官方刚说游击队全部被剿灭,可马上又传来游击队袭击衙门的消息。外村有憎恶我们的人,尤其是那些赖租的佃户,谣传我们银村有游击队员,指望有一天官府来围剿。这是不可能的,银村只有两百来口人,人人安分守己,连抗捐税的事情都没有发生过,更没有人参与暴力活动。但有人坚称,他们亲眼看见过有游击队员走进银村。这是危言耸听。对银村的恶意揣测和诬蔑,使祖母怒火中烧,令我父亲加紧催促那些有意拖欠田租的佃户交租,给他们最后通牒。

"这世道越来越不像话了!"祖母说,"难道地主就不用吃饭了?"

在我父亲的帮忙下,大伯很快将猪舍修葺得焕然一新。除了屋顶加了一层稻草,将四周封闭起来,还清理杂草,地面填上了沙土,平整干净,看上去不再像是猪舍。大伯把那些书摆到用木板临时搭起来的书架上。都是一些西方哲学书,也有美术和建筑方面的书籍,还有一些没有完成的画作。依然是裸体女人,有的才画了半边乳房,有的已经画到了下半身。有的画的是年轻女人,也有的画的是老妇。大伯开始架起支架,调配颜料,继续完成他的作品。大伯并不忌讳,专心致志地作他的画,不刻意让我躲避。我父亲说那些粗陋之作低级下流,有损斯文,呵斥我不要窥视,把饭菜送到门外便离开。开始时,我不敢直视那些画作,后来有意无意地观看,最后习以为常了。每次送饭菜时,我都趁机远远地驻足张望,偷看大伯作画。我父亲也懒得阻拦。画累了,大伯便坐在门槛之内,看书,或对着小粉河发呆,心事重重的样子。有时候,我想恳求他说说省城的新鲜事,比如说"南墙"杀头的事,但我脑子里马上涌现出来的无非是他在集会上声嘶力竭的演讲,或在妓院里乱七八糟的画面,除了这些,他还能给我说什么呢？罢了。有一次,他竟然向我提出了一个过分的要求:"去把你伯母请过来,我要她给我当模特——即使是画一头母猪,我也不能凭空想象。"

一想到要画伯母的裸体,我断然拒绝了他的要求,并将他的一顿饭菜倒进了水沟以示惩罚。我想这个我称之为大伯的人,真的是一个疯子,读书读坏了脑子。

有一次,伯母来到大伯的猪舍,要把他的衣服拿去河里洗。大伯却紧张而尖刻地说,你不要碰我的衣服,你不要管我。他粗野地扔掉手中的画笔,脸上有愠色,是认真的,不容抗拒的。伯母并不觉得受到了伤害,眼里依然充满了温柔和羞涩之色。伯母要离开,大伯突然用恳求的语气对伯母说:"你应该给我当一次模特。"

伯母听明白了,脸红得像火,犹豫了一下说,我没有空,我得回去做饭了。实际上,婉拒了大伯的无理要求。

我不能白白每天给他送饭。我请他给我画一笔画像,当然不是裸体画,是肖像。祖父有一幅碳素肖像,挂在祖母的房间里,很好看。大伯抬眼瞧了我一眼:"你还不配。"

我顿时有些生气。但当他每隔一段时间便把寄往省城的信件交到我的手上时,我愿意替他效劳,踏着泥泞的道路跑一趟镇邮政局。尽管我知道,信封里装的并不是什么信函,而是他刚好完成的裸体女人。一路上,我觉得手里的东西有点脏,有点龌龊,且毫无价值,甚至觉得手上拿的不是什么画,而是下流的女人,玷污了我的手。但有时候也想着拆开信封,仔细看看女人的每一个部位。

祖母牢牢地控制着这个家。她要对家里的一切明察秋毫,了如指掌。连千里之外的祖父,她也自认为了然于胸。家里的三百多亩良田,佃户的一举一动,甚至每一个短工的言行,她都掌握。祖母对我父亲一直不满意,认为他胆小如鼠、畏首畏尾,对人唯唯诺诺,好行妇人之仁,在佃户面前一副奴颜,颠倒了位置,经常无法把田租收上来。此等性情难以继承祖业,幸好,有大伯垫底,祖母对我父亲的窝囊、懦弱才无比宽容。我父亲除了外出去催收田租,几乎什么也干不了,聪颖肯干的伯母逐渐成了祖母的左膀右臂。

祖母常常向我打听大伯的动静。当她知道大伯还在画裸体,特别是提出要伯母给他当模特时,气得直跺脚:

"背经离道,伤风败俗,他永远不要踏进银府半步!"祖母骂道,"允许他待在猪舍都纵容了他。他父亲不在,我能拿他怎么样呢?"

祖母是不会靠近猪舍半步的。似乎是,她对大伯的恨超出了对他的爱。但只要大伯在,她便放心了。令祖母担心的是祖父。

已经一个月不见祖父的信了。

三

大伯瘦小单薄的身躯很不显眼,以致过了不短的一段时间了,银村的乡亲还没有注意到他的存在。倒是那匹马,引起了人们的惊奇。他们纷纷围观,并不吝用最好的言辞表达了对马的赞美。伯母对那匹高头大马也颇感兴趣。她每天都要把马喂得饱饱的,把马的身子洗刷得干干净净,皮毛闪烁着柔和的光泽。我想骑马,伯母俯下身子,让我踩着她的肩膀跨上马背,然后小心地牵着马的缰绳,抚慰着马,让它缓缓地行走在路上。我父亲看到我在马背上会骂我。我知道他是假骂。伯母反复向他保证,我是不会从马背上摔下来的。但远远看到祖母,伯母会紧张地把我从马背上劝下来。然而,过了不到半月的时间,我能熟练地单独驾驭这匹马了。骑在马背上看大伯,他显得更矮小。

我父亲去见大伯的次数越来越多。每次从猪舍走出来,我父亲的脸色都很凝重。有时候,我能听到他们的争吵。有一次,他们的争吵与伯母有关。

"我早就预想到你们总有一天会睡到同一张床上。但应该是我死后。我没想到你们那么迫不及待。"大伯用嘲笑的语调怒斥我父亲。

我父亲当然不接受大伯的指责。村里早有过关于我父亲和伯母的风言风语,甚至祖母对此也没有激烈的抗拒。然而,我敢担保,所有的猜测都是空穴来风,毫无实据。伯母和我父亲向来规规矩矩,从无半点越礼之举。

我父亲不知道用什么语言来表达自己的委屈和愤怒,只是用足够响亮的吼叫回应了大伯:"你就是一头猪!"

大伯一拳头将画架上的裸女砸成两半。

我以为他们从此分道扬镳,反目成仇,至少冷战上半个月。但他们并没有因此翻脸,第二天又在一起聊天了,好像争吵从没有发生过。他们有时候坐在一起,各看各的书,半天也不说一句话。大伯嫌猪舍夜里诸多蚊虫侵扰,我父亲找来好几种草药制作一种香囊放在他的床头。没有了蚊虫,大伯对夜晚山野里传来的蛙叫鸟鸣甚为烦恼,难以入睡。我父亲对此一筹莫展。伯母却想出了一个好办法。她让我父亲在猪舍屋顶上放一桶水,屋檐下放一个铜盆。有了水滴的声音,大伯便可以安然入睡了。后来,我看见我父亲带着不同的人穿过夜色涉过小粉桥来见大伯。我看不清楚他们的面容,有胖的,有瘦的,有高的,有矮的,戴着大草帽,来去匆匆,鬼鬼祟祟,神神秘秘的。有时候大伯对他们的大声呵斥引发一阵阵犬吠。

四

有一天,一个陌生男人急匆匆闪进我家,拔掉嘴上的假胡子,露出一张年轻而白净的脸。他从广州带回来一条让我们震惊的消息:祖父被杀头了!

那人说,祖父是共产党,跟他一起被杀头的有十六人,他是年纪最大、官阶最高的一个。祖母惊愕地张开嘴巴,断然否认来人所言,恨不得马上赶到广州为祖父申辩,并且怀疑来人是来欺骗的,但那人从怀里掏出一封祖父留下的亲笔信,祖母看后才慢慢安静下来。

"一个老傻瓜!"祖母将信揉成一团塞进口袋里,朝着我父亲和大伯说，"你们告诉我，天底下究竟有多少我不知道的秘密！"

伯母在低声哭泣。那些不明真相的下人也跟着伯母啜泣。祖母瞪了我父亲和大伯一眼，转身回房间里去了。

当天夜里下了一场大暴雨，我能感觉得到屋顶上水流成河。有雷鸣声滚过天际，彻夜不绝。下人们在外面喧嚷着收拾东西，疏浚下水道。祖母房间灯火通明，人来人往。祖母苍老的怒骂声和悲叹声穿透窗户和雨幕震动着我的耳膜。我家从没有过如此紧张得让人揪心的气氛，仿佛祖父的头颅挂在大门外。

天还没有亮，伯母将我从床上拎起来，令我马上到大伯那里去，帮他办一件大事。

"马上，来不及穿鞋了。"这是伯母第一次如此粗暴地对我。

我有点迷糊，我要找我父亲，因为我昨晚梦见他远走高飞了。我父亲不在。伯母悄声告诉我，他昨晚连夜过小粉河逃跑去了。

为什么要逃跑？我睁大眼睛。

"你爸爸是共产党游击队队长！"伯母说，"贪官县长就是他们杀的……事情败露了，宪兵马上就要到了！"

这是天下最不可思议的事情。没有任何蛛丝马迹表明，我父亲跟游击队有瓜葛。但伯母这时候不可能说假话。她从不会说谎。

"你大伯也是共产党。还是一个大官……像你祖父那样。"伯母此时倒显得很平静，"如果他真是共产党，我也愿意加入。"

我蒙了。伯母摸了摸我的头。我推开她的手："革命是要杀头的！"

"一定不要告诉祖母！"伯母叮嘱我，"她什么都不知道，不能连累她。"

外面雨停了。黑暗中有了曙光。一切都安静下来。小粉河涨水。那条船高出了河面，颠簸着。迅猛而慌乱的河水冲击河床发出"轰轰"的声响。

大伯在猪舍里淡定地收拾东西，烧毁书籍和信笺，还有没完成的裸体画,屋子里弥漫着呛人的气味。

我咳嗽一声,让大伯知道我在静候他的吩咐。他直起身,拍掉身上的尘土,命令我去一趟省城,十万火急。

"把画送给'南墙'对面的宏远火锅店老板,一个叫屠三的人。"大伯说。

画还在架上,还没完全干,还是一幅裸体画。尽管脸部面目模糊,但一眼便能看出,画布上的主人是伯母。很小的时候,我看见过她的裸体,跟画布上的一模一样。

"四十八个人的安危全靠这幅画了。"大伯说,"我所有的画都隐藏着生死攸关的秘密。"

大伯将画布卷起来,装进一只信封里,郑重地交给我说:"这是四十八条革命者的命。"

伯母牵马在门外等候了。

乘船和乘车都来不及了。大伯让我骑马去。马上就走。

"你怎么办?"我问。

大伯遥指小粉河上那条船:"我跟你伯母一起从水路逃跑。"

但那条船多少年没有离开过河湾了!小粉河多少年不行船了!又遇上洪水,连鱼都无法逃跑,何况一条废弃多年的船?

伯母含着惶恐的泪慈爱地拥抱了我一下,在我耳边轻声说:"你的骑术比你大伯好太多了。"

我既兴奋,又害怕。天色越来越明亮。远处的群山像刚睡醒的巨人艰难地蠕动,那里好像藏着千军万马。

"不能走大道,宪兵已经沿着大道朝这里来了。"大伯说,"我已经听得见他们杀气腾腾的马蹄声——你尽管跑,不要管那些蠢驴。"

我从没有出过远门,不知道省城离此有多远,甚至搞不清楚省城到底往哪个方向走。

"朝着血腥味最浓的方向走!"大伯厉声提醒我。

我记住了。我拼命张开鼻子,仿佛闻到了从遥远的"南墙"飘过来的血腥味,那是来给我引路的。

"你已经配得上革命了,现在你已经是一个革命者,好好干!"大伯鼓励我说。他眼里满是哀求。现在他真的需要我。

伯母和大伯合力将我扶到马背上。我抬头看到祖母远远地站在家门口,拄着拐杖朝这边张望。一宿未眠,她突然臃肿、衰老了许多。我要沿着河畔泥泞的小道,出发往省城去了。在离开前,我希望祖母能跟我说些什么。至少,我得向她告别。她是世界上最善良最疼爱我的人。

像生离死别,我朝她招了招手。晨光中,祖母一手扶着墙,一手举起了拐杖,颤巍巍地朝我做出了一个果断的"快走"的动作。

我双腿一夹,缰绳一拉,这匹枣红色的高头大马扬起蹄脚,驯顺地奔跑起来。

(原载《芙蓉》第5期)

亲自遗忘

杨少衡

现在咱们聊聊,或称亲自聊聊。眼下"亲自"一词使用频率很高,即使进不了汉语之最,至少总跟着我,像我脚边晃来晃去的影子。我常"亲自出席""亲自前往",也常"亲自喝茶""亲自解手",那是形而下,开玩笑,调侃,亲自调侃。

那天我接到一个电话,一听就知道是诈骗电话,这叫作"亲自遇骗"。你知道我是什么人,电话诈我好比老鼠戏猫,甚不靠谱。行骗者性别女,自认是我侄女,开口叫我"叔叔",求我救她,随即在电话里放声大哭。我问她是谁?她说她是"小兰"。我知道接下来她会讲一个悲惨故事,甚至是我与她的性爱故事,然后当是汇款事宜。该骗术前些时候颇流行,目前亦偶有发生,我多有耳闻却无缘亲自邂逅,因此略有惊喜,很愿意抓住机会与贤侄女好好一聊,问她行骗若干次?得手若干?知道今天骗到哪位了?我相信聊起来会有点意思,至少会让她吓出一身冷汗。只可惜当时我的办公室坐了一圈人,暂无他顾之暇,只能把电话一关了之。

却不料那天我碰上一个执着者,贤侄女小兰有如一块嚼过的口香糖,吐到哪儿就粘在哪儿。也就过了大约半小时,电话铃响,又是她。

"叔叔,是我,小兰。"

诈骗电话多是一锤子买卖,少见有回头客。我知道有一种以故事性见长的长线电话诈骗手段,可以从故人相认约见开始,到忽然因事被拘告急,再到汇款账号等等,持续数日耐心诈骗不止。这种诈骗之耐心,前提是有人上当了,可以一步步请君入瓮。如果接电话者在第一时间识破骗局,那么也是一锤子买卖,电话中忽然冒出来的故人就此烟消云散,再也不来殷勤问候。当然通常之余总有例外,我自己就曾遭遇过接踵而至的诈骗问候,前一个刚被拒听,后一个电话铃紧随而至,打开一听还是那个甜腻声音:"朋友,你的福气到了。"听来令人实在恼火。那一回诈骗者也是找骂,刚好碰上我烦,当时就吼他一声:"给我滚。"于是骗局骤止,福气不再降临。

这一回却不好对贤侄女报之以吼,因为正在讨论工作,当天讨论的是社会治安综合治理相关问题,办公室里一圈人物多为各部门领导,我位居首席主持讨论,自当注意个人形象。我没跟电话机过不去,只是不紧不慢重重训斥一句:"不许再打这个电话。小心我收拾你。"

放了电话后,办公室里一圈下属个个都笑,讨论顿变活跃。大家说,政法委陈章书记于主持重要会议期间亲自被当众诈骗,可见确实需要加强综合治理。

此后电话略显平静,可能是训斥有效,贤侄女怕被收拾,就此烟消云散。

这天也巧,除了这位"小兰",我还遇上了一朵花,是桂花,由董桥带到我的办公室。董桥为市公安局副局长,局长去省里学习,他在家管事,这天下午来到政法委,找到书记办公室,向我报告他们近期一些工作。他提到了一次治安整治行动,行动中抓获十数位涉赌人员,其中有一个女子叫王桂花,等等。

我注意到董桥报告的这一起治安案件并不特别重大,但是董桥两次提到王桂花,突出介绍其姓名,谈及其事迹却隐隐约约,闪闪烁烁,言辞含糊,语焉不详。

我直截了当问:"董桥,这朵花怎么啦?是赌头?"

他报称赌头另有其人,王桂花只是涉赌人员。她好像有点情况,领导听说过她吗?

不由我笑:"是我小姨子还是表妹?"

董桥也笑:"领导不知道这个人?"

我告诉他,我从未认识一个王桂花,如果是个赌棍暗娼那就更不认识了。哪怕我亲自认识,甚至是我的小姨子表妹又怎么样?无论王桂花还是李桂花,无论她声称认识张三还是李四,不必管她,执法部门只需要依法办事,该怎么办就怎么办。

"领导说得对,对。"

我发觉他表达略有迟疑。我让他无须顾虑,我肯定不知道什么王桂花。如果这朵花公然拿我为赌博增光添彩,那么尤其不能放过,务必重重处罚。董桥这才放心了。

我明白董桥可能是来探口风,估计是那位王桂花涉案后提到跟我认识甚至有染什么的,事涉上级主管领导,让办案人员感觉棘手。我对自己的表态很有把握,因为我记性极好,年富力强,远未亲自痴呆,不会把什么桂花兰花搞错。我是外地人,数年前调到本市任职,在这里举目无亲,同学旧部也少,其中确实没有谁芳名桂花。以我的情况,哪怕企图征用个把街头破屋男女赌徒亲自认识认识,条件也不太具备,因此不会有谁给我找此类好事,对此我很自信。我在本市管政法,此地认识我的人比我认识的多得多,因此偶尔会被人强行借用名字头衔,在犯案情急之际把我抬出去抵挡,有如抬出一具稻草人。这些人冒我之名,只能心存侥幸,通常不能把关系说得太清楚,以免露出马脚,得尽量闪烁含糊,止于暗示,让办案者心生顾忌。类似情况我曾有幸领教过,因而对眼下所谓王桂花心里有数,知道不需太当回事。如果该桂花跟我真有瓜葛,在出事的第一时间自会有消息如蝴蝶翩然而至,不必坐等董副局长亲自报告。

第二天上午,市一中林新校长到我办公室,专程汇报一件事情。市一中为本市唯一省级重点学校,林新校长文质彬彬,教书育人,于我算是稀客。林新校长的主管部门是宣传部和教育局,上边有宣传部长,还有分管副市长过问,他的工作除校园治安外,一般不劳我亲自关心,因此他到我这里谈事的机会不多。所谓无事不登三宝殿,他上门必定有事,该事项应当比较重要,至少比较特殊,需要我特事特办。

他一见面就向我检讨:"陈书记,这件事没有办好,我很痛心。"

我开玩笑说他是"亲自痛心",他没听明白,一时口吃:"这是,这是……"

不由我笑。我让他不急,不必这么痛心,好好说,没关系。

"那孩子很努力,可能压力过大了,适得其反。"他说。

原来没什么大事,不过是一个中学生中考考砸了而已。大家都知道中考怎么回事,时下很多地方中考竞争比之高考绝不逊色。本市优质教育资源集中于市一中,众多学生及家长以拼命挤入该校高中部为人生重要目标,一旦进入则基本可保来日进入重点大学。今年林校长那里有一位初三女生学习非常努力,按照平时情况,进入本校高中线应当没问题,却不料她在中考时发挥失常,离上线差一分,错失机会。类似情况每年都大量发生,并非仅有该女孩,为什么会让林校长亲自痛心,要亲自来向我说明?因为这女孩与我有关,贵为本市政法委书记陈章,也就是我本人的挂钩帮扶学生。女孩备战中考时,林校长亲自与之交谈,勉励她考出好成绩,一旦上线,他要亲自带她来向我报喜。却不料女孩缺点福气,承受不住压力,发挥失常,让林校长痛心之至,特意前来亲自说明。

不由我惋惜:"这孩子原本成绩不错,我一直挺喜欢的,怎么会弄成这样?"

"本来是很有把握的,没想到啊。"

"她现在怎么样?"

她很伤心,但是情绪基本稳定。毕竟是自己没有发挥好,不能怪别人。遇上失利也要想得开。校长老师们都一再劝导她,说她还年轻,还有机会,虽然中考失败,太阳照常升起。

我表态:"一分之差确实可惜,碰上了也真没办法。"

林新感叹:"考试就是这样,很残酷。"

这个女孩很不容易,出自本市城乡接合部一个困难家庭,刚上中学时就曾因家里拿不出课本费几乎辍学。女孩本人很懂事,心怀梦想,热爱学习,想了很多办法,课余时间干各种活,自己解决学习费用,以此坚持就学。学校老师同情她,给她提供帮助,推荐她成为市领导的挂钩帮扶学生。女孩一心争光,不辱使命,视读书为改变命运的关键机会,学习特别努力。她的学习成绩不错,只是偏科,作文在班里数一数二,数学基础差一些。她这一次中考作文几乎满分,如果数学能维持平时水平,上线绝无问题,却不料以一分之差,功败垂成。

林新从公文包里取出一份材料,递给我过目。却是该女孩在本次中考中几乎得到满分的作文,林新校长特地让人抄录下来带给我。这篇作文的话题与"梦"相关,女孩从自己的家庭写起,称从小怀有一个读书之梦,因为家境困难曾几度接近辍学,梦断中途。幸运的是总是有人向她伸出援手,让她战胜各种困难,坚持在寻梦路上。她认为实现自己渺小的读书梦,有助于更好地跟大家一起为实现伟大的中国梦努力,等等。

"她还提到您。"林新说。

她并没有提到我的名字,但是确实提到了一项教育帮扶活动,称自己被一位领导列为帮扶对象,这让她获得了温暖和动力。

可惜该女孩终以一分之差落败,因之受到了特别大的打击。林新校长分析,她之所以发挥失常,主要是因为压力大。老师和校长跟她谈话时,一再强调她是领导帮扶对象,考好了才能为领导争光,这给她造成了很大压力。她的家长也起了相当大的影响,考前其家长跟她约定,考得好,可以砸锅卖铁支持她拼前途,但是如果考不好,上不了一中高中,其他学校读了没啥出息,那就算了,出来挣钱养家吧。

"这不好。"我明确反对,"她才多大?初中毕业也就十四五岁吧。她应当继续学习,上不了一中高中,也还有其他学校。"

"我们也是这个意见。"

我交代林新务必做好孩子和家长的工作。替我慰问他们,鼓励他们向前看。

"您这么关心,她会非常感激的。"林新说。

他把女孩的作文留给我,称他们留有副本,自己起身告辞。

我把他送出门,在办公室门外握手道别。

"一定帮我转告这孩子,"我说,"她叫这个什么……"

"小兰。"

"对,小兰。告诉她我会继续关心的。"

林新离开,我没有一丝耽搁,立刻翻查通话记录,查的是昨天上午开会时打给我的那两个电话。我这才注意到该号码为本市区号,不像通常诈骗电话多显示来自天南海北。我之所以急查通话记录,是因为林新刚刚提到女孩名叫小兰,我蓦然感觉不对头,即想起昨天在电话里哭泣的贤侄女似也自称此名。我本认定那是个转眼就换名字的小骗子,现在忽然意识可能并非所料,其名或许还是真的,很可能就是林新说的中考败北女孩,我的挂钩帮扶学生。我一向自命记性极好,怎么会听不出来打电话的是谁?连挂在本人名下帮扶学生的名字也不记得?说来比较尴尬。事实上我根本不知道这什么小兰,从来没有见过,也没电话联系过,只是隐隐约约记得似乎有这么个事。林新校长专程找我报告该中学女生的情况,我又是说她不错我一直挺喜欢,又是表示惋惜又是交代问候,关心亲切有加,还"这个什么",做一时叫不出该女孩名字状,其实只是在人家校长面前不得不着意掩饰,有如突然发现裤裆拉链敞开,得赶紧拉衣襟遮挡,否则真是不好意思,有损个人光辉形象。

我立刻打电话把小刘叫过来询问。小刘是政法委办公室副主任,平时跟随我,相当于秘书。小刘证实说,两年前,本市开展教育扶助活动,要求每位领导挂钩帮扶一位困难学生,市教育局筛选出若干合适人选提交领导们帮扶,其中有这位小兰,她归我了。该活动规定的帮扶内容有若干条,包括定期资助等等。由于我的大事情多,难以亲自料理这类杂事,这两年都是小刘以我的名义代办。所需定期帮扶经费数额不大,他们没从我工资里扣,用办公室卖旧杂志废报纸的杂收报支了。仅以此论,本陈章书记似不够地道,太占便宜,钱不用出,名还有了。

"这怎么可以?"我对小刘表示不快,"为什么以前没报告我?"

其实他曾报告过,相关材料当时已呈我审阅。两年多帮扶不是一锤子买卖,其间相关部门还曾组织过若干次探望活动,不巧我都遇上这个事那个事,因此都由小刘代为探望、关心。小刘检讨说,本以为小事他们能处理就处理了,不知道领导这么重视,以后他会及时报告。

我得承认自己其实没太当回事,否则不至于把电话里哭泣的女孩当成小骗子。该疑似骗子竟是本人名下挂钩帮扶了两年多的学生,想来滑稽,感觉有如自己冒领了一笔奖金。这么些年我从未见过这女孩,确实未曾亲自重视,难以自我表扬。她本人以往没有主动跟我联系过,也许是有人要求她不得随意惊动我,以免影响领导工作。为什么忽然间她冒昧来电哭泣?显然因为中考失败,这女孩为了读书付出很多努力,失去机会后无路可走,只能寄希望于我"救救她"。既然我挂名帮扶,她有权请求帮助,在她看来我的官足够大,只要愿意我就能救她。这是她一厢情愿,不说我无权改变中考规则,哪怕有权也不可能为她随意行事,无论名义如何,事实上她与我基本不相干。

小刘从我的文件柜里找出一个卷宗,里边果然存有一份当年挂钩帮扶的登记表,表上有我自己的签名。我得承认该签名非假冒,白纸黑字,铁证如山,只是被我亲自遗忘。登记表贴有照片,照片上的女孩睁着一双大眼睛,表情显得紧张,看上去似乎还像受到一点惊吓,让我联想起电话里她的哭声。我心里不禁有一丝狐疑,如果只因为中考落败,至于一下子哭成那样吗?不会有别的事吧?

我仔细察看登记表,发觉这位小兰姓黄,其父亲已经过世,她与母亲相依为命,下边还有一个弟弟。其家庭缺乏稳定经济来源,靠母亲摆摊为生,其母名叫王桂花。

真是"蓦然回首,那人却在灯火阑珊处",相关信息碎片至此终于拼凑成型:原来桂花兰花是一对母女,王桂花参赌被警察捕获后,一定曾表示她们与我有关系以求脱身,所以董桥才会找我探口风。黄小兰给我打电话哭诉求救,看来不是因为中考,而是因为其母被抓,想求我这个政法委书记出面干预。她年纪还小,或许并不清楚政法委是干什么的,其中有何道道通向赌场,但是她身边会有人知道,他们鼓动她打电话,鼓动者或许还是其母的街头赌伴。

这种时候遗忘并非坏事,我压根儿没想起什么小兰,她的两次电话均被我疑为诈骗,一挂了之,这就无须额外多费口舌,未曾影响我对其母案件的表态。问题是她母亲这种事怎么可以找我?即使换个情形,即使我像记住自己名字一样亲自牢记该小兰,我可以要求警察违法违规放走犯案赌徒吗?显然不是我应该做的。因此我有理由就此表示强烈不爽:当年是谁为我挑选学生?为什么不做更深入细致的审查筛选?难道找不出一个家人长得清楚一点的孩子吗?政法委书记亲自挂钩帮扶,帮出个案犯赌徒,这算什么丰硕成果,有何美好影响?日后王桂花有可能继续涉赌,甚至犯更大的事,能允许她继续抬出本书记当稻草人用吗?显然亲自遗忘已经不够,相关名义应予撤销,黄小兰不可以算是我的挂钩帮扶学生,她与我从来都无瓜葛,所谓"风马牛不相及也"。

但是不幸我难以释怀,因为那张照片,以及她的作文。照片中的女孩有一种受惊吓的表情,让我想起她的哭泣和求救。我能感觉到她哭声里的绝望,意识到她除了哭中考失败,哭母亲犯案,更哭自己的未来。女孩中考少得一分,命运为之改写,她还有未来吗?还能怀揣她在作文里述说过的梦想吗?或许她注定就是这个命运,如何努力都无以摆脱?以我的工作和阅历,我知道若干相似的女孩和故事,我很不愿意她们的故事在这位小兰的未来重现。无论其母亲涉案如何令我不快,她本人确实名为我所挂钩帮扶,我不能吞口水般轻易否认。在把她亲自遗忘之后,我确实难以亲自释怀。尤其让我难以释怀的是我与自己名下这个帮扶孩子的唯一一次亲自接触:她打电话求救,却被我疑为小骗子,招我一番训斥,命她不许再找,小心我收拾她。虽出于误会,情有可原,于一个无辜无助女孩却显得过于生猛。这女孩几天前刚把本领导写进她的中考作文,感激有加,让我自己想来也觉不忍。

我把董桥找来,把两年多前我签字已阅的那张登记表交他阅读,他看毕一时无语。

我问:"王桂花最后怎么处理?"

经查王桂花并非初次涉赌。据供称以往屡赌屡输,曾决心痛改前非。这一次参赌,她自称是想托人帮女儿圆读书梦,得用大笔钱,家中没钱,只能铤而走险再赌,没想到钱赌光了,人也给抓了。根据相关规定,她被处行政拘留七天及相应罚款。

"陈书记有什么指示?"董桥问,"或者想办法给她改一改?"

我还是那个意见,依法依规,该怎么办就怎么办。

"明白。"

现在需要商量的不是母亲,是女儿。这孩子很不容易,学习特别努力,作文特别好,心怀梦想,我感觉不忍,不能将她置之不顾。

董桥问:"需要我做什么?"

"要用你的共建名单。"

他顿时张嘴结舌:"这,这可以吗?"

我请他想点办法,特殊处理。

我知道市一中与公安局是共建单位,两家有多方面共建内容,其中有一项比较实惠:每年学校都会提供若干名额,供该局需要人员的子女以寄读方式进入一中高中学习,这就是所谓"共建名额",该名额为稀缺资源,条件多样,收费不低,却一名难求。近年这一安排受到外界质疑,规模逐渐缩小,但未完全废除。由于共建是他们两家内部事务,以往我从不干预,这一次例外。我提出能否考虑以相关部门挂靠解决的方式,把黄小兰纳进共建名单中,用董桥的项目,但是不占其名额,不影响原定干警子女照顾人员。增加的这个名额可以请一中林校长调剂,以我的名义请他支持,我本人会就此与林沟通。如果要学校拿出一个名额特殊关照黄小兰,那是不可能的,给共建单位调剂一个名额可能还做得到。当然能解决也是极个别的,多了谁都办不了。总之我希望在可能的范围内尽量想办法,用大体说得过去的方式,给女孩一个机会,同时只做不说,不要造成影响,以免节外生枝,弄出一片哗然,任谁都承受不了。我还必须表明态度,如此处置如果产生什么问题,我会做出解释并亲自处理,有责任我来承担。

我把这些话拿来与董桥商量,其实并没给他多少选择余地。

他请示:"赞助费呢?我们来想想办法?"

"我来解决。"

"这怎么好?"

"只能这样。"

董桥走后,我给林新校长打了电话。他一听是我,忙解释因学校有事,暂未去看望女孩及其家长。准备忙完就去传达我的慰问,情况如何会立刻反馈给我。

我说:"不急。她母亲出了事,过两天才能出来。"

"是吗?"

我把情况告诉他,重点不在王桂花涉赌,而在黄小兰升学。我还是用"商量"的方式,告知了我的想法。

"你感觉怎么样?"我问。

他沉吟片刻,说:"听领导的。"

"有什么问题吗?"

他还是那句话:"听领导的。"

其实无须他说,我清楚可能会有什么问题。如此行事当然有风险,不过应当还在可控范围之内。我帮助的女孩不是我的亲属,我没有利用职权徇私,未曾在本项目中谋利,反而要自掏腰包替该女孩出一笔赞助费,这就比较好说。我感觉自己必须这样做,以往帮扶似乎不甚到位,不算欺世盗名,也是名不副实,权以此做一次特殊帮扶,也算有所弥补。我不可能解决更多孩子的问题,能顾及一个就顾一个吧。这个女孩应当破涕为笑,她应当能够圆梦,应当有一个未来,她的未来应当能如所愿,比较而言这更为重要。

我命小刘负责协调此事,包括董桥那里、学校和学生各方。盼咐他悄悄办,不要搞出动静。小刘行事细致缜密,嘴上常挂着一把锁,可堪托付。此前他曾以我的名义静悄悄处理帮扶这位女孩相关事宜,未料这一次却未能让他继续施展,他刚刚开始听命行事,事情刚在运作之中,却意外突告中止。

女孩不见了。

她在其母王桂花出拘留所的第二天离家出走。走之前留了一张纸条,说不必找她,她会照料自己。王桂花推测她可能是去深圳,她有个表姐在那里打工挣钱。

女孩并不知道在电话里训斥过她的"叔叔"正在试图为她安排一个特殊帮扶。这种事需要经过若干环节,每个环节都需要时间,她没能等及机会到来。在中考失利和母亲被拘双重打击之下,她已经倍觉失望与羞耻。试图向我求助又被呵斥:"小心我收拾你。"她一定感到绝望,或许还很害怕。因此横下一条心,选择出走。

小刘经我同意,直接上门去见女孩的母亲王桂花,要她想办法尽快找到孩子,无论她是在深圳表姐那儿,还是投奔了其他什么亲友。告诉这孩子,上学的事领导已经想办法帮她解决了,让她赶紧回家。

王桂花说:"这个臭丫头,也不知道死到哪里去了。"

她并没有到派出所报告人员死亡或失踪,即便是我也不能要求警察侦查找人。有迹象表明王桂花似乎知道女儿的下落。显然她对女儿上学的事另有想法,相关信息未曾传递出去。直到秋季开学,女孩没有回来,为她所做的各种努力全部报废。

我感到遗憾,偶尔想起还觉痛心。忍不住要跟你亲自聊聊,你能理解吧?

你懂的。

(原载《湖南文学》第10期)

AI

李 静 睿

> 我的妻子正在做左乳房切除手术,而唯一一个对她表达关切的人,是我的情人。

"你要不要再摸一下?"小叶问我。她已经换好手术服,栗色卷发梳成髻,等会儿再塞进帽子里。染发烫发的时候还不知道生病,染完她回到家中,我没有注意到这件事,我没有注意到很多事。

我摸了一下。右手从衣服下摆伸进去,握住她左边乳房,我刚洗了手,乳头被凉意激得站起来,像以前真正的抚摸之后。我们都有点尴尬,毕竟好一段时间没有性生活,开始是因为不想,后来她体检,又去做了复查,最后切片报告出来,我巧妙地躲开了整个确诊流程。

"另外一边呢?"小叶看我把手收了回去。

"那边就不用了吧……"她点点头,知道我下面想说什么,另一边以后毕竟还在,不用急在这一时。就我们在病房里,她坐床上,我坐床边,沉默像癌细胞一般扩散开来。窗外有株老槐树,十一月底,徒留灰色枝干,在灰色雾霾里显出轮廓,我想到以前跟小叶说过,房子边上不要种槐树,因为槐树里有一个鬼。

医生来看了一眼,神态轻松,手持肯德基法风烧饼。医生一直神态轻松,毕竟我们只是一期患者及其家属,"没问题,割掉就是了,真的没问题",好像是割一茬韭菜,但小叶的胸长不出第二茬。大学时我们首次突破棉毛衫这一层,我先握住左边,再移到右边,小叶不到十九岁,一切都没有真正定型,在我手中有一种犹豫不决的形状。后来我和它们很熟,右边那只稍大一点,但左边的乳晕边有颗红痣,开始几年我经常含住那颗痣,后来几年频率降了下来,最近几年,小叶总穿着内衣睡觉,我们没有讨论过这件事为什么发生,毕竟更多发生的事情,我们也没有讨论过。

我陪小叶下楼,看她进了手术室。场景配不上应有的心情,她自己走进去,双手插袋,看起来很健康,我一直以为她很健康。手术前不能化妆,我给她带了一瓶面霜,她细细涂上一层,我在边上看她,这么近的距离,我发现她的皮肤有点变化,这也没有什么值得感慨,时间意味着变化,在所有领域,无一例外。

我本来打算一直在手术室外等着,丈夫好像应该这么做。但两个小时后我就下楼抽烟,只要在结束前回去就行,我想,没有人会知道。协和医院门口有一种丧气的繁华,号贩子们行为鬼祟,大概以前也在中关村卖盗版光盘,神色阴鸷的男人在狭隘人行道上铺开塑料布,卖"中药抗癌,无副作用,一周起效",身体残缺的人缓慢爬行,向每个人伸出污脏的手。在这种背景下,我觉得饿了,走到马路对面的云南米线店,点了最贵的一套过桥米线。

林夏给我打电话:"手术结束没有?"

"还没有,得到下午。"

"她情绪怎么样?"

"还可以,她一直都还可以。"

米线很烫,我先吃鱼片和鹌鹑蛋。林夏在电话那边沉默了一会儿,又说:"你什么时候去东京?"

我略加迟疑,还是回答了:"后天早上的飞机。"

"你知道吧,我有日本的五年签证。"

"你不能去,等我回来再说。"

"不等了,我们东京说。"她挂了电话。

小叶生病的事情我们没有往外说,解释一切是个麻烦,也会让这件事显得不可回转。我和小叶都相信这件事,坏消息没有被说出口,就没有真正发生,就像过去几年,我们从来没有跟任何人说过,婚姻生活有了问题,我们连对方都没有说过,因为谈论意味着确认。

没有人知道她今天手术,除了林夏,她不认识小叶,她是我的……情人。汤渐渐凉下来,肉片的腥味变得明确,我想另外寻找一个词语来定义我们的关系,但没有找到,我寻找不到词语否认这件事,林夏是我的情人。我的妻子正在做左乳房切除手术,而唯一一个对她表达关切的人,是我的情人。

飞机上我睡了一觉,醒过来一边看机载电视里的《老友记》,一边又浏览了一遍赫赛汀的资料。

> 赫赛汀(注射用曲妥珠单抗),适应症为转移性乳腺癌:本品适用于 HER2 过度表达的转移性乳腺癌:作为单一药物治疗已接受过一个或多个化疗方案的转移性乳腺癌;与紫杉醇或者多西他赛联合,用于未接受化疗的转移性乳腺癌患者。乳腺癌辅助治疗:本品单药适用于接受了手术、含蒽环类抗生素辅助化疗和放疗(如果适用)后的 HER2 过度表达乳腺癌的辅助治疗。

这段话我读过多遍,每个令人费解的词都搜过维基百科,但组合在一起还是令人费解。总之这是小叶需要用的药物,一年40万,不纳入医保,我们拿得出第一年的40万,但万一还需要一年,就得借钱。我们都不想借钱,日本的赫赛汀要便宜三分之一到二分之一,所以我来到东京。我也可以去香港或者印度,但我想来东京。我还可以找人代购,有点麻烦,但并非不能实现,可我想出来几天。从林夏是我的情人,到妻子刚做完手术我却想出来几天,我试图一一否认的事情,都一一变得不可辩驳。

我住在涩谷东急酒店,林夏坐在大堂沙发上等我,她坐另外一个航班,因为我们需要从不同航站楼出发。林夏穿姜黄色风衣,深灰丝袜,平跟绑带黑皮鞋,头发乱蓬蓬梳上去,像不知道哪部电影里的汤唯。她化了淡妆,口红很艳,衬得脸色更差。我们有一个月没见,骤然见到,我只觉她比小叶更像病人。林夏只拿了一个黑色手袋,好像她是从通州赶到东二环,我们在日坛公园里那家小王府约会,坐在露台上,开始两个人面对面坐着,后来天色暗了,露台下有人跳广场舞,在喇叭式音响的掩盖下,她坐到我边上来,我们并不敢公开有什么举动,但她喜欢坐在我边上。

我们断断续续也有好多年。最早我们都还在做记者,汶川地震时大家都去绵阳,住同一家宾馆,记者们都住在那里,因为就那家还能上网。晚上十点之后,陆续有交完稿的记者在走廊里招呼饭局,凑够四个人就去楼下吃肥肠锅,我和林夏总是赶上最后一拨。在震区待了十几天,每个人都面目可憎,林夏晒得漆黑,简直看不出五官,又总穿橘红色T恤,大概是过来的时候皮肤尚白,她垂死挣扎,在楼下杂货店里买了一支三块钱的口红,颜色非常可怕,印在本就不怎么干净的茶杯沿上。

经历了地震初期见到的尸体、残破和分离,我们都觉劫后余生,胃口极好,人人吃三碗饭,吃完肥肠锅再去找小龙虾,宵夜摊绵绵排开,有小龙虾、香辣蟹、串串香、冷淡杯和烧烤。这个城市以惊人的冷静在恢复原状,起码它试图让我们看起来是这样。有两天说唐家山堰塞湖有险情,绵阳撤离了二十万人,我们都去山上的撤离点采访,很多人带上扑克牌和麻将,没带的就里三层外三层围着看。第二天再去,灼灼烈日下,斗地主的人增加了两倍,因为居委会给每家发了一副扑克。我们回到市区,各自进房间写稿,到了半夜,我听到林夏在走廊里扯着嗓子喊:"有没有人打牌啊!"

于是大家打拖拉机,我和林夏一边,开始很顺,后来一直打不过10,眼睁睁看着对手打到鬼,最后一盘输得惨烈,我们只拿了五分。只是消遣,但我们都介意起来,半个月的挫败和愤怒,突然投射到一场牌局中。林夏扔掉牌,点了一支烟,说:"妈的,什么屁牌。"女记者都这样,出差时故意显得粗鲁,以防别人觉得她娇气。

我也扔了手里的最后一个梅花8,说:"要抽下去抽,这是我房间,别抽得跟烧纸钱似的。"

没人接话,这段时间大家都闻够了纸钱。林夏摁掉那支娇子,说了声"对不起"。我注意到她声音很轻,和平时不一样。我意外发现,我留意到了她平时是什么样。

我们第二天都睡过头,在门口遇到时才意识到大家都走了,我和林夏只好一起去擂鼓镇,三百块包了一辆长安。车和路都极破,一路地震式颠簸,那条时不时被巨石截断的小路看起来不会有终点,气压越走越低,我们都清晰闻到对方的汗味。林夏那天换了一件崭新的蓝白条纹T恤,我看到鸿星尔克的牌子,肥肠锅边上有一家鸿星尔克,记者们都去那里买换洗衣服。蓝白色很适合林夏,我装作第一次注意到,除开肤色,她算得上好看,哪怕现在汗水让头发和皮肤都显油腻,她还是好看。

我中间接了小叶的电话,她是另外一家报社的文化版编辑,平日都上白班,这段时间也被调来编地震特刊,凌晨四点才能下班回家,醒过来先给我打电话。我们说了几句话,她照例让我注意安全,我则竭力让自己的语气平常,也不知道为什么,我不想让林夏听到我和小叶之间的亲密。

过了一会儿,我为自己的掩饰越发不安,好像这已经意味着背叛和出轨。我对林夏说:"刚才是我老婆给我打电话。"

她点点头:"听出来了,家里人很担心是吧?"

"嗯,你家里人没有每天给你打?"

"我每天晚上给爸妈打。"

这意味着她没有结婚,大概也没有稳定的男友。我不喜欢这个答案,我希望她结了婚,且和我一般婚姻幸福,这样我才能显得正常和正当:一个人在幸福的婚姻生活中,还是会对另一个人生出想法。我拿不准林夏的想法,但我确定她并没有把我看得和别人一样,我们都经历过一些事情,知道很多事情的开始,都源于一点点不一样。

擂鼓镇里搭连绵不断的帐篷,另一边有几架直升机,往返于唐家山和擂鼓镇之间,山上一直说堰塞湖可能溃坝。有人在空地上发盒饭,我们凭记者证一人领了一盒,站在路边吃。菜是莴笋烧肉,混了一点泡酸菜,有一点不合理的香,吃完我们又去领一盒,这场地震好像打开了每个人的每种欲望。相熟的一个军队宣传干部也站在边上,也正在吃第二个盒饭,今天来擂鼓镇的记者不多,大概大家都去了江油,那边有个镇长最近出了名,我们有一搭没一搭说话,他突然问:"你们要不要上山?"

我吃完最后一块莴笋:"上什么山?"

他指指直升机:"唐家山啊,等会儿要送水文局的人上去,装水文自动测报设施,机上还能坐两三个人,你们要不要去?"

为了工作我们当然应该去,但我和林夏都看了看对方。

又过了十秒,他继续说:"……不过今晚回不来,你们看这天气。"

乌云死死压下来,狂风卷起沙石,林夏本来扎一个马尾,现在头发被吹散开来,遮住她略显刚硬的脸。谁都可以清晰看到,马上会有一场暴雨,上山的每个人今晚都回不来。

我订了一个标准间,两张一米二单人床,我们进房间后发现没有沙发,就一人占住一张床。我拉开窗帘,窗外是涩谷的十字路口,几百人像军队一样排列整齐,在红灯结束后列队过马路。

我和林夏没有开过房,总是我去她家。她住在通州一个不大好的小区,每天从郎家园坐930回来,下车后要穿过一条狭小巷道,沿途有兰州拉面和成都小吃,并没有下雨,地上却总有泥泞,走五百米才有一家京客隆,小区只有两栋楼,楼下三个巨大的垃圾桶,谈不上绿化。她自己在阳台上放了几盆花,每次去花都不一样,她说,死了就换一批,这边离八里桥市场近,一盆茉莉只卖二十。

我问过林夏,为什么要把房子买在这里。她说:"刚来北京就在这里租的房子,后来房东要卖,我正好够首付,就买了。"

还是不懂她为什么买这套房子。客厅采光不好,卫生间极小,露台几乎比客卧还大,除了上床,我们大部分时间坐在露台上,聊天、喝水和抽烟,看京通快速上的车流。过半个小时,我也打车上了京通快速,一次三个小时,一周后再来一次。我没有跟小叶说这三个小时去了哪里,三个小时并不是一个需要解释的时间。

后来我知道,虽然一直处于剧烈变动之中,但林夏不喜欢变动,她艰难地适应了一切,并不想改变,哪怕这一切很糟。很糟的房子,很糟的感情生活。我们没有一直维持关系,中间有几次,她和前男友和好,我们就断了,她和前男友分手,我们又恢复,目前正处于她和前男友的分手期。事情就是这样慢慢拖到了第七年,拖成一片我们自己都无法解释的泥沼。

林夏去洗手间卸了妆,黄着一张脸出来。每次我们断开又续上,中间照例隔大半年,再重见时我都知道她又变了一点,像镜头渐渐虚下去,五官有混沌边界,整个画面一点点变暗,我就这么眼睁睁地,看着她到了三十五岁。

我和二十八岁的林夏一起去唐家山,货运直升机上没有座位,我们都坐地上,一人靠住一纸箱双汇火腿肠。机噪声让人无法交谈,我们大概都松了一口气。直升机在空中盘旋了好一阵才降落,反复掠过北川县城,废墟中升腾白烟,那是有人偷偷回去给家人烧纸钱。

降落后我们也没有交谈,轮流采访水文专家、武警领导以及普通战士,采访中开始下雨,我们就排队领雨衣,披上去继续采访。

四川省水文局专家林一彬说:"现在蓄水已超过1.6亿立方米,之前每天都在增加一千万立方米,如果来水继续增加,危险程度就会加剧。"

一位工作人员表示,为解决大型物资难以运达的难题,目前指挥部正在试验便于携带的软体油袋和小型油罐,"一方面在天气恶化时可以让官兵人力背负上去,另一方面也可以低空空投给施工人员。"

武警水电部队政委方跃进介绍,为解决供给问题,大型直升机米-26昨日已用吊装大集装箱的方式运输了大量食品,"米-26今天(29日)一共吊了一个集装箱的食物和三个大型油罐,现在上面的油料可以维持两天,食品也没有问题"。

我把这些一字一句写到笔记本上,她记下的应该也差不多,我们大概都希望采访能一直持续下去,熬过这个必然带来混乱的夜晚。唐家山上没有一棵树,我们各自躲在一块巨石后面和编辑打电话,试图逃避命运和欲望的召唤。但雨终于大到我们只能躲进帐篷,军队给记者专门留了一个帐篷,今天只有我们两个记者,政委咬着火腿肠说:"将就一下,特殊时期,大家不分男女,都是同志。"

同志们没有在那个晚上做爱,这很难操作,防潮睡袋里只能装下一个人,如果离开睡袋,外面很冷,何况震动声和其他音效难以控制。我们应该把这些问题都周密思考过一遍,最后选择了通宵聊天,黑暗和雨声盖住了这件事的伦理与道德,只余下毫无意义的话语,以及从中生出的、毫无道理的快乐。第二天走出帐篷,天已经放晴,有直升机正在低空空投小型油罐,但我忘记了去查实工作人员的名字,那篇稿子我后来没有写出来。

回到绵阳,林夏在半夜两点偷偷溜进我房间,又在下午两点溜回自己房间。九点前后走廊吵了一阵,后来整个宾馆静下来,林夏进来时随手挂上了"请勿打扰"。

我们郑重其事互相保证,就这么一次。然后轮流去洗澡。

林夏的身体完全符合我的想象,进入后我才意识到我为此已经想象多时。做了一次后,她起身拉开窗帘,月光照进来,于是我们又做了一次。她问:"我们说的就一次,是指就这个晚上吧?不是……不是真的就一次吧?"

我说:"嗯,包夜都不算次数。"

其实也就三次。我有点累,这十几天工作强度很大,但第三次我故意拖得很长,猥琐、伤感以及精液味一起在房间里弥漫开来。我略略抬身,看着眼前这个姑娘,我问她:"喂,你今年几岁?"

"二十八啊。"

"看着不像。"

"都说我显小。"

林夏现在还是显小,但实打实看得出上了三十。她往脸上拍爽肤水,问我:"你要不要上来睡一会儿?"

我摇摇头。我很困,但上来睡一会儿意味着先要做一次爱。

她躺下去,把被子盖住头:"那你晚饭再叫我。"断续偷了七年情,两个人渐渐也像夫妻,性对大家都不再重要,但如果没有性,会比夫妻更显尴尬,所以总要有一个人率先睡着。

生活并不是一步走到今天,但当中的逻辑的确让人费解。包夜过后,我们甚至没有加对方的MSN,穿好衣服,两个人交换了名片,那张名片我在回北京的飞机上撕掉,冲进马桶,不知道怎么回事,我记住了林夏的手机号码。

地震第二年,我离开报社,去了一家门户网站做小中层,收入是涨了一点,但并没有多到让我振奋。我去网站只是因为大家都去了,每个人都在焦急地挪动位置,停留原地似乎意味着失败,我才三十一岁,不知道怎么成功,却也没有准备好在任何领域失败。

每日坐班的工作很枯燥,但在家看久了美剧也一样会觉得枯燥。我完全接受了这件事,反正我也没有特别想做的事,我又不可能成为作家、画家、音乐家、科学家,如果一路要命地顺遂,我大概能当上公司高层,年薪百万,分一些期权,偶尔能上别家门户的财经版。我也憧憬那一天,起码我和小叶能换一套房子。现在的房子在四惠,小区在一号线头上,坐地铁要经过一条错综复杂的小路,如果懒得走,可以坐十块钱的黑车或者五块钱的蹦蹦。我们都想住在朝阳公园边上,晚上去蓝色港湾散步,坐在湖边喝杯啤酒——那种我们想象中更为正宗的中产阶级生活,早餐吃711的包子而非老家肉饼,不需要坐黑车和蹦蹦,出地铁可以沿着一条有树的路,步行回家。

公司每天在国贸有班车开往中关村,我总准时赶上,四环永远堵车,我能在车上舒舒服服睡一觉。往返班车渐渐成为我最喜欢的地方,它把我困在当下,耽误上班,延迟回家,手机电池耗尽接不到电话,二十封邮件没有及时回复,一切都不能归咎于我。那辆车缓慢而准确地带领我,往未来去,那个时候,我对未来并无其他想象。

我只管十个人,却忽然变得重要,总有企业公关请我参加活动,签到之后,能领到一个纸袋,里面有现金信封、礼品和材料,有一些人会领完纸袋就走,我稍有节操,总坐到最后。生活有些变化,但这种变化太容易适应,毕竟多了不少零花钱,我拿这些钱买了更好的西服、领带和皮鞋,我甚至用上了男士香水和面霜,人生是这样顺理成章往前流动,直到有一天,递给我纸袋的人是林夏。

她白了起码三层,化没有眼影的淡妆,穿黑色小礼服裙,细跟鞋,头发似卷非卷,拨在一边肩膀上。当然比在绵阳时美,但我不认识她,我也希望她不认识我,我从来没有这么不想从一个人手里接过装着红包的纸袋。然而我们都是专业人士,得走完这套流程——签到,写上身份证号码(为防冒领),交换名片——这个场景让我比和她做爱时更觉赤裸,我们此时都失去了遮蔽。我想到在唐家山的帐篷里,两个人聊的话题,是彼此最喜欢的导演。林夏喜欢小津安二郎,我没看过,沉默中想寻找一个更拗口的名字,但只能想到李安。李安很好,李安永远是一个得体的答案,就像聊到俄罗斯文学,我们只需要说,我喜欢普希金。

我们又一次交换了名片,这次我没撕掉。过了几天,我给林夏打电话,没有借助名片,我背出了她的号码。

我为什么要给林夏打电话?我和小叶的婚姻那时还没有问题,大部分时间我坐班车转地铁,七点半总能到家,下地铁就给小叶打电话,她开始炒绿叶菜。晚餐总是一荤一素一汤,小叶的剁椒鱼头在朋友中是有名的,有时候我们两个人吃一份三斤鱼头,可以任性地只吃好的部位,两块鳃边肉小叶都夹给我,我则为她从汤中翻出鱼鳔。

我为什么给林夏打电话?不知道为什么。毫无理由的冲动。就像肝部长了肿瘤,我却一狠心,把好端端的胃切了三分之一。在应该对生活下手的时候,我们总是懦弱地选择最好下手的那部分。

电话那边林夏犹豫了一会儿,还是答应来和我吃饭,后来我才知道,那段时间她和前男友又分手了。

我们在荷花市场那条美食街来回走了两次,最后选中一家江浙饭馆,露台有一块没有被灯光覆盖,又能看到一角水面,残荷留梗,样子俗艳的舫船慢慢开过,船头亮着红灯笼。秋天快到尽头,长时间坐在户外会冷,但我们宁愿裹紧外套。

一人吃了几个醉血蛤,我终于开口说话:"你怎么也离开报社了?"

"大家不是都走了……你不也是。"

"但我还是在做新闻,只是换了个平台。"

"你是男人啊……都是这样的,男记者去网站当领导,女记者去企业做公关。"林夏满不在乎地喝了小半杯啤酒,我知道她并不是不在乎。

她喜欢做记者,地震时一天写三个版,我已经回到北京,她又待了一周,写了两篇特稿。和林夏上床后,有大半年时间,我每天看她工作的报纸。2008年年底,她有篇报道得了一个网站评选的小奖,我反复点进那个页面,看一眼她的照片又关掉。她穿牛仔裤和蓝白色条纹T恤,手里拿一份盒饭,那是在擂鼓镇我用手机给她拍的,拍得不好,完全糊掉,但看得到背景是我们坐去唐家山的那架直升机。

"说是都这么说,但是……但是好像有点可惜?你以前做得那么好,你应该去杂志,真正做深度报道。"

林夏低头又喝了一会儿酒,才说:"本来我是要去的,有几家杂志找过我,但是……但是他们都说,女记者这么做下去总不是办法,我都要三十了……他们都说,我换地方也写不了几年……"

我不知道他们是谁,但我完全熟悉这种语调。他们都说,女记者这么做下去总不是办法,男记者一直做记者总不是办法。他们都说,应该转型,应该顺应时代。

时代意味着变动,意味着你有能力变动。

风真的冷起来,林夏又点了热黄酒。话语渐渐增多,我和林夏都意识到,我们是同一种人,那种看起来一路顺流而上、事实上失却真正勇气的人。我们本来只是在极尽无聊中想再偷一次情,但谁能猜到呢,性不过是最让人信服的理由,我们最后成了朋友。

林夏睡过去后,我出门见人。赫赛汀是处方药,我在网上找到一个人,允诺能帮我买到药,收五万日元,我不知道他用了什么办法,但中国人总有中国人的办法。

我们就约在涩谷车站的忠犬八公像。出酒店我找了一会儿,那只狗比我想象中要小,蹲在人群中。不远是抽烟处,挤不进去的人在门口匆匆抽两口。对面有一个不知所起的绿皮火车厢,敞开车门,我约的那个人——网名叫"林老板"——就坐在车里刷手机,边上坐着几个老太太,她们看起来也没有等人,就是打扮妥当,化着浓妆,坐在那里。

林老板不会超过二十五岁,染了黄发,戴三个耳钉,却和日本人一样见面就鞠躬,客客气气叫我"方先生"。他已经拿到了处方(我并没有关心用什么办法),带我去池袋一家药房拿药,"涩谷也有,但池袋那边是中国人开的。"他说。

池袋给人一种无秩序的安全感,尚未走出地铁口,已经有人大声使用手机,地面明明没有垃圾,却让人觉得脏。我们经过一家极小的中华物产店,门口有一盒盒凉菜,路过时我迅速看了一眼,似乎有鸭脖子和猪耳朵。

药房里沉默地坐着不少人,林老板说:"都是中国过来的,和你情况差不多。"有人边上垒着几个纸箱,看起来要赶去机场。电饭煲、马桶盖,大概箱子里还有药妆,林老板又说:"很多人这样,来都来了,顺便买点回去。"

我也开始思考应该买点什么,说得没错,来都来了。也许可以给小叶买几套雪肌精?我只记得这个牌子。大学刚毕业,我们在南四环租了一个小房子,小叶那时候是见习记者,要跑突发,出入各类跳楼、车祸以及火灾场所。有一次有人说要跳北京饭店,她和摄影记者站在长安街上等了两个小时,"中间我想办法去买了一把伞。"小叶说,但那个人后来坐电梯下来了。她晒得很黑,做爱时坚持要关灯,说白回来再给我细看,"等转正了我就去买两瓶雪肌精",我都快射了,小叶还在想这件事。

我忘记她后来有没有用雪肌精,也许她用了更好的牌子。转正后小叶做了文化编辑,一直做到现在,很少去户外,她又变得太白。小叶是我们身边唯一一个十年没有换工作的人,挣得不多,圈内也没什么人知道她,奇怪的是,她从来不给人失败感。每天早上她洗澡吹头发,精神抖擞挤一号线上班,晚上又精神抖擞挤一号线回家给我做饭,晚上她读书、看美剧、敷面膜、写博客。我从来不知道她的博客地址,小叶说,我们不需要事事告诉对方,我同意,所以我没有告诉她有林夏这回事。这两年我们不大以夫妻的方式相处,隔着距离,我对小叶有一种莫名的敬重,因为她对生活从无怨气,而我们,我们都是有的,有时候看起来是积极上进,其实不过是怨气。

林老板替我取了号,前面有二十个人。我们出门去抽烟,马路对面有中年女人拉住人叨叨传教,从"神爱世人"到"赦免你的罪",我听到她拉住一个男人许久,说:"就是你们的头发也都被数过了。不要惧怕,你们比许多麻雀还贵重。"但那个男人几乎秃了顶。

一支烟可以很长,我和林老板居然聊了起来。

"做这个能挣到钱吗?"

"还可以吧,国内得癌症的人挺多的……这两年越来越多。"

"所以你没有别的工作?"

"没有,我还在读书。"

"哪个学校?"

"东大。"

我吃了一惊,但直接表达吃惊好像不礼貌,只好问他:"你学什么?"

"日本文学。"

"研究生?"

"博士。"

话题在这里断了,聊天的方向出现混乱,我不知道和一个代购癌症药且网名叫林老板的人说什么,我也不知道和一个日本文学博士说什么。日本文学,我只读过两本村上春树和东野圭吾,以前刚和小叶恋爱,我也给她写信,因为并没有什么话想写,只能抄书,"迷失的人迷失了,相逢的人会再相逢",小叶说,那本书不怎么吉利。和林夏第二次上床后,她去洗澡,我穿戴整齐坐沙发上,好像初来乍到,正在等主人给我倒水,茶几上摆着一本《挪威的森林》。后来我渐渐发现,林夏的艺术修养大概和我差不多,她的确看过小津安二郎,但也就看了那么两部,《东京物语》和《秋刀鱼之味》。她跟我一样,认为自己应当对人生有点野心,却并未找到野心的指向,我们在一起,上床之余总是聊圈内动态,谁去了哪里拿到什么职务,谁辞职创业,现在已经拿到第几轮风投,我们不停给对方分享资讯,好像这样就可以让自己的焦虑离家出走,其实两个人的焦虑都加倍。我们还是每周见一面,有时候做爱非常慌张,因为大家都着急回邮件。

去年林夏又辞了职,现在在阿里巴巴刚收购的一家小公司做公关总监,而我加入了一个创业公司,名片上印着"联合创始人",CEO是我在网站的领导。我们公司半年中换了四个项目,分别是上门做美容的APP、上门做饭的APP、上门修煤气灶热水器的APP以及白事一条龙APP,我们都盼着某一个项目会被马云看中。有一次报社的老同事吃饭,发现在场的人中有四分之三的人的大老板变成了马云,剩下四分之一正在争取把大老板变成马云,比如我。

赫赛汀拿到了,整整齐齐一排白底绿字纸盒,装在一个巨大塑料袋里。我和林老板在地铁口分别,"还得去学校见导师。"他说,把我给的五万日元现金放进钱包里。我又去那家中华物产店看了看,买了一盒卤猪尾巴,附一包辣椒面,林夏应该醒了,我们可以啃着猪尾巴,把那些要说的话说完。

"你老婆知道我们的事吗?"林夏问我,挑了一截肥肉较少的猪尾巴,蘸上大量辣椒面。

这句话她问过好几次,第一年,第三年,第五年,第六和第七年。

开始我很确定,"不知道",后来我也变得疑惑。小叶非常聪明,我们一起做门萨智商测试,她有135,我是121,据说超过140就是天才,"那五分跨不过去的,"小叶说,"我们都是普通人,一进入普通人的大分类,这十几分没什么区别,真的,可能就是背单词速度要快一点,哦,也可能是看悬疑片比较早猜出凶手。"我没有见过哪个智商135的人,比小叶更坦然接受普通人这一身份,智商121而不甘于此的人我却认识很多。不是说我羡慕小叶的人生,前面说了,我只是敬重她,再给我两百次机会,我还是会试试看能不能往上走,我知道成功的几率不高,但除此之外,我找不到人生有第二条路值得一走。我非常焦虑,但小叶,我也不觉得她有多快乐,她只是让平静成为惯性,她的平静渐渐吞掉她,开始她不想选择,后来她失去了选择。

这两年,我几次认真想过小叶知道些什么,一个看《第六感》半个小时就看出主角已经死去的人,是不是真的看不出丈夫有个情人?2011年前后,小叶想过要孩子,问我的意见,"要了也好,反正最后都会要的,不过我们都没有北京户口,以后上学有点麻烦。"这就是我的意见。

小叶没考虑北京户口,她开始算排卵期,期望我在那三四天内认真配合。我刚升了职,从管十个人升为管一百个人,老板要求我三十秒内必须接电话,我就把手机用塑料袋包好,拿进浴室。因为总赶不上班车,我也买了车,有时候在四惠地铁口顺道接上林夏,她的公司在朝外SOHO,我再往中关村走,路上两个人互相关心工作进展,交流哪种褪黑素副作用小,叮嘱对方中午一定要吃饭。

就这样,小叶的排卵期我配合得不好,试了半年也没有怀上,后来她就说,"还是歇一歇吧。"就一直歇下去了,我们再没有讨论过生育问题。

"她是不是其实也有别的人?"这句话林夏也问过几次。她倒没有挑拨离间的意思,我们这种混沌关系里唯一清晰的就是定位:我不会和小叶离婚,林夏不会和我结婚。我们偶尔会替对方分析情感生活,她分析我和小叶,我分析她和前男友,她劝我,"小叶挺好的,现在哪里还有这种女孩子,你再不注意她就会被人追走",我劝她,"这个男人不会跟你结婚的,你真的应该跟他彻底断了,真不知道你这些年在搞什么鬼"。

这种劝告当然没有鬼用,林夏这次赶到东京来,是要在第一时间且当面跟我说,前男友又回来了。几年这样下来,我们的分手流程已经趋于固定,我说:"哦,那我们明天去吃顿饭。"

至于小叶有没有别的人,"有可能,不然她这几年怎么过的?"辣椒面有后劲,我用半瓶冰淇淋才勉强压下去。

"你就一点不在乎?"

"在乎?……没立场在乎。"

当然在乎。我偷看小叶手机,用她所有用过的网名搜寻她的博客地址。手机上什么都没有,我连存为中国移动的联系人都点进去看了,真的是10086。博客没有找到,有一个疑似,博主大部分写书评影评,隐约有个叫"X"的男人,我就又回头去偷看小叶的手机,把所有 X 开头的名字号码抄下来,当然我还没有一一打过去,我没有疯到那个地步。我订阅了那个博客,但它渐渐不再更新,大概是挪到微信公众号上,这下我失去了所有线索,社交媒体每更新一次,我就会丢失一批朋友,万万没想到,这次丢的是自己老婆,疑似自己的老婆。

到了今年,在创业的百忙之中,我渐渐在内心确认小叶爱上了别人。有一天小叶让我早点回家,"我们得谈一谈。"电话里她说。小叶已经很久没有给我打过电话,现在谁需要打电话,但声音让一切更加确凿。

我以为她要跟我说离婚,磨蹭到十一点才开车往家走。四环上挤满运煤卡车,堵住出口,我熄了火,打开天窗抽烟,那天有深灰色的雾霾,不开灯根本看不到前方有车。有那么一个瞬间,我盼望后头的车冲上来,终结这一切,但下任何一种决心都是难的,我又打开了双闪。

小叶一直没有睡,坐在沙发上看电视,穿一套深蓝星星睡衣,头发扎马尾,是我熟悉的她。她等我坐下来,关掉电视,握住我的手,又愣了一会儿才说:"你听我说……我得了癌症……乳腺癌,还没有最后确诊,但应该差不多就是这样……不要担心,是第一期的,都说很好治。"

我也愣了一会儿,然后渐渐高兴起来。真的,没有办法寻找到另外的词语,我高兴起来。我把小叶抱过来,说:"没关系,我们明天就去医院……哪个医院?"

那盒猪尾巴吃完了,林夏站起来洗手,她在洗手间里大声说:"你回去要和小叶好好过。"

"好的。"我回答她,水声太响,我又提高了音量,"好的。"

小叶恢复得很好,半年后复查已经没有癌细胞。我的创业在又换了两个项目后宣布失败,现在我替另一家创业公司打工,拿过得去的薪水,和鬼知道什么时候能兑现的期权。我们又开始讨论是不是应该生孩子,但两个人对此都并没有真正的热情,大概我们到了这个阶段,对任何事都没有真正的热情了。

到了八月,在一场暴雨之后,林夏从微信中冒了出来。我开车去了通州,快开到她家楼下的时候我迷路了,这附近又拆又建,我停在一个巨大的工地坑前面。抽支烟再说吧,我想,前头是探照灯的灼灼白光,照出一条并不存在的前路。

就是这样,什么都没有改变,癌没有改变什么,爱也没有。

(原载《单读》第13期)

棋语·搏杀

储福金

队里派彭星去挑泥炭,队长说是照顾知青。彭星在队里做不得全工,到泥炭工地上,干多干少都是一样的工分。彭星不想去,他知道挑泥炭和挑河工一样,都是要从越挖越深的河床下一担一担地挑上来。彭星下乡一年多了,依然一挑上担,脚下就像在走钢丝。彭星想来想去,是在痛苦上表现,还是避开痛苦?最后他决定跳开来搏一搏,去县城找那个围棋高手。

乡下没人会下围棋,彭星是听镇上卫老师提到这个围棋高手,说是打败过许多外地来求战的棋手。

听说找下围棋的高手查淡,思古街上的人带着笑,指向一个小门面的饮食店。思古街是县街中心的一条支街,窄窄的街头上连着好多家的铺面。

彭星走在思古街上的感觉,仿佛走进了一条梦中的街路。街面上牵连着的都是高高低低的两层旧楼,木门木窗,飞檐之上是道道瓦楞。彭星想到了生长了十多年的海城中的小巷仁义里。

饮食店门前放着一只烤烧饼的炉,炉上围着铁皮,炉下摊着煤灰。

查淡坐在一张像是课桌似的收款桌边,桌面有点油乎乎的。他嘴里叼着一支烟,灰白的烟灰拖得长长。

查淡一动不动地坐着,半抬眼看着彭星,"你下棋?"

彭星听卫老师说过,查淡对下棋的人很热情,还招待吃饭住宿。这可是乡下吃饭定口粮、城里吃饭要粮票的年代。

"是。"彭星站在查淡面前,浮着笑。

烟头在查淡嘴里含着,如贴在他的上嘴唇,说话时也不掉下。

"你下过多少盘棋?"

彭星说:"我看过吴清源的《白布局》与《黑布局》。"

查淡像是愣了一下,接着眨了几下眼,说:"棋还是要下出来的,实践出真知。"

"那就搏一下!"

"你跟我走吧。"查淡起身就走,没和任何人打招呼,好像上下班是他自己定的时间。这个年月里没有个体户,县城里的小商铺都是集体性质。

路上,查淡只顾自己往前走,嘴里说:"八县四城都有人找我下棋,一般找来的都是高手……我是要选人下的。因为你是海城的知青。海城嘛大城市……"

"我在海城结交过不少棋友。"彭星跟上他的脚步说。

"哦……哦。"查淡停下来,看看彭星。

彭星感觉自己话多了,他先是怕查淡自恃身份不愿意与他下,此时又怕查淡退缩不下了。毕竟他是抗命不去泥炭工地,又远路搭了车来县城的。

查淡家在一个小巷里,连排的旧楼中的一间。走进楼里,那环境,那摆设,那气息,彭星仿佛一下子回到了海城人家。海城棋手却少有这样安静与宽敞的所在。

查淡一个人生活。看他的脸色黄中带黑,彭星感觉像海城一位有肝炎的邻居大叔。旧楼的下层房里,有点暗蒙蒙的,摆设简单,收拾得干干净净,很合彭星的胃口。

"过来过来,坐下坐下。"查淡面前是一张特制的围棋桌,木板棋盘上放着两盒围棋。围棋桌不高,查淡坐在一张竹靠椅上,棋桌的另一头放着一张竹凳。彭星许多日子没见围棋了,心像跳高了一下,一屁股坐到竹凳上,伸手就去拿棋盒,想尽快将棋子放到棋盘上去。查淡只是静静地看着他的动作。

"你真的是来下围棋的吗?"

"是,是。"彭星答。

查淡站起来,伸过手来,像这才承认对方棋手的身份。彭星跟着站起来,握着对方薄而暖的手掌。握手仪式确定了他们的棋友关系。

"你知道,我下棋是有规矩的。和我下棋,一盘两盘是不下的,要下就得下十盘。你不是下过一盘就走的吧……十盘看输赢,显实实在在的水平,才不是野路子……一盘两盘都有运气。"

十盘!彭星没想到会如此大过棋瘾。

"下五天,每天两盘……快棋无好棋。

"一般人到我这里来,我是不下的……本县里的,我也是不下的。你虽然是本县的,但是从大城市里下放来,我就与你下……不过与我下,要从我的规矩。

"你可以住在我楼上,和我一起住……楼上有两张床……在我家里你可以很随便,我不喜欢太认真……不过我下棋是认真的。"

彭星只顾点头,这里有棋下,有地方住,其他什么都可以不管了。彭星感觉这个查淡看上去冷冷的,内心如同他的薄手掌一样暖和。

彭星大喜过望。这一刻他是最幸福的,是他的梦境中也从来没遇到过的情景。能痛痛快快下五天的棋,对手接待过许多棋友,棋艺不可能太差。就是水平不高,也可以接受,不过是做几天下棋的老师吧。

查淡伸手往棋桌下摸索,棋桌是自制的,下面是个柜子。查淡开了锁,从柜里拿出了几张纸来,上面排着油印的字。

"下棋要下慢棋,就像比赛……和我下每一盘都应该是比赛……"查淡口音很重,是那种夹杂乡音的县城官话,"成绩要记录下来的……你大概没比赛过……什么时候下的,谁输谁赢,输多少赢多少,都要记下来,要两个人签名。这就是比赛的规矩……"

彭星对眼前的查淡肃然起敬,心里有一种激动。他学棋以后,想报名比赛时,运动开始了,一切体育比赛也停止了。对下棋如此的认真,彭星还从来没经历过。

查淡把油印纸向彭星推过来。纸上第一行中间写着:下棋公约。下面写着友谊比赛、不从事赌博、不纠结胜负、共同提高棋艺等等的字样,接下来空着两条下划线,是给签名准备的。再下面写着第一盘,第二盘,一直到第十盘。每一盘占一行,每一盘的后面是两条下划线。

彭星突然笑了一下说:"我还是第一次下棋签字。有点像卖身契。"

"什么话!我也在上面签字呢……十分平等。……又不是赌博,不涉及任何彩头。"查淡很严肃地说,手伸过来,像是要把纸收回去。

"好好好。当然签。现在签,输赢都签。"彭星赶忙在纸上签了字。

查淡又递过一张纸,上面一样是油印的字,纸上第一行中间写着:下棋规则。下面写着几行字,如落子无悔、黑棋先行等等。

彭星正在看,查淡伸头过来说:"下十盘,你只要赢一盘,就算你赢了。"

彭星认为查淡的口气太大了,生出了一种被侮辱的感觉。

"这里我都写着的……你要让我一子,怎么让由我。"

彭星心绪就像过山车,一下子要抬眼望高,一下子又要俯眼看低。只有棋力悬殊,才有把握盘盘都胜;而让一子也就是让一先。先下黑棋的,棋下完后,数子时要贴回对手五目半。棋力相差大时,输赢都在五目半之上。棋力相当的,五目半分量就大了。

彭星在心里对查淡棋力的估猜变了几变,先想到他擅长布局走细棋的,只要相差五目半,他就有把握盘盘胜。然而却见查淡指着纸上说:"你看这儿……你让我一子,我会贴回你十一目。"

彭星心里又是一颤。倒贴十一目,这么沉重的贴目负担,不是白棋让黑棋一子,而是黑棋让白棋一子了。想查淡不过就是要占黑棋先行,竟不惜倒贴十一目,肯定是行大杀大砍的棋,这样的输赢才不会在十目之间,说明他是个搏杀高手。还没下棋,彭星的心七上八下颠了多少次了。

开始下棋。查淡捏了一颗黑子,悬在棋盘上,迟迟没放入棋盘。接下去他收了手,又去拿来一块布,把棋盘擦了擦,似乎画在棋盘上的黄色经纬线更分明了。查淡又捏子凝定了一会儿,将黑子放到了棋盘的正中,围棋盘横竖有十九道经纬线,正中间的那个点,称之为天元。查淡落下棋后,又伸手用拇指与食指捏着棋,轻轻地转一下,像是摆了摆正。以后他每下一步都会这么把棋摆正了,有时他还会伸手把彭星的棋子摆一摆正。

当查淡在天元一落子,彭星便想到,查淡不惜贴十一目棋,就是为了先行争一个天元。凭彭星多年下棋的经验,能断定这是一盘搏杀的棋。简单把围棋分作两种战术,便是搏杀与围空。黑棋天元放了一子,白棋想围中间的空就难了。彭星知道这是一盘难下的棋,彭星初始学棋,与同龄棋伴间进行的便是搏杀,直到投师以后才懂得空的重要。彭星开始喜欢空,但搏杀也许让他更有感觉,下得更有劲。

冬天的天色黑得早,很快旧楼房里的光线昏暗下来。下棋的两位根本没在意光影,查淡每一步都走得不紧不慢的,彭星摸不准查淡的棋路,也尽量把棋走得很均匀。看得出来,查淡也是很懂棋势的,双方可谓步步为营,各自走得平稳。彭星心想有十一目的贴目,如此下下去便胜定了。

查淡果然求变化了,把棋投到白阵中来,棋一缠上就有搏杀。搏杀争的是气,气紧完了,棋就被杀了。彭星当然不甘示弱,于是黑白棋在盘上搏杀成一团,每一个子都仿佛喊着"杀"。这一团棋就像滚雪球似的越滚越大,终于到紧气吃棋的时候了。长气杀短气,彭星算着一口口的气,算下来自己的棋要多那么一气。彭星看看查淡的脸色,见他依然不动声色,不免有点狐疑,真能把这么大一块棋吃到手?算来算去,应该无误了。接下去,双方一气一气地紧,双方的气越来越少,也越来越清楚。眼见着查淡走了一步,双方都只剩一口气了,该彭星动手了,吃棋总是愉快的,特别是吃一大块棋。彭星心里喊一声"杀",他不紧不慢地从棋盒中去取子。"杀"!此时彭星似乎听到有一声传进耳来,只见查淡突然拿出一颗子,那是一颗比其他的棋子要大的黑棋子,他用劲地把它拍到棋盘上。随后,查淡看了彭星一下,就要动手把彭星整块没有气的白棋子从盘上提掉。

彭星有点瞠目结舌,愣了一会儿,见查淡要动手提子,才想起来叫:"哦哎哎,怎么怎么?"

查淡停了手,把那颗大的黑棋子捏着转一转,放下手来朝彭星望着,眼神似乎不明白地回问着:怎么怎么?

"该到我走,该到我走啊。"彭星带笑说。

"是该我走的。"查淡指着那颗在盘上显得巨大的黑子说。

"确实是该到我走。"彭星说,"你一连走了两步。……要不我们可以复一复盘。"

"是该我走的这一步。……说好了的,你让我一子。这就是你让我的一子。"查淡不动声色地说。

"你先走的黑棋啊……"彭星哭笑不得地望着查淡,似乎心里明白了什么,但还是这么说了一句。他仿佛陷进了一个圈,一下子反应不过来。

"我下围棋当然知道黑棋先行结束数子贴五目半……我贴你十一目半……算起来,是多还你一个子的目数……但我还是说你让我一子……你答应了让的,不信你可以看看签名纸上写好的。"

原来所谓让一子,就是查淡能把这一子在任何时间下出来。似乎他是捏着了一颗大炸弹,在搏杀争气中随时带着呼啸般地扔将下来。

不用看,彭星也记得纸上的油墨字。彭星下过让子棋,让一子、让两子一直到让九子棋都有,让子都让在棋的开局,从来也没有遇到过如此让子的。

彭星觉得不用再下下去了,被吃掉了一大块棋,棋盘上厚厚的一片黑棋。彭星把子往盒里一丢,只顾看着查淡。查淡把那张签了名的纸移到彭星面前,"你可以复一复盘……没错的话,就在纸上签个名……天不早了,我来弄饭吃……你是难得来的棋友,我应该招待你。"

说着查淡起身去。屋后有一间在天井里搭的小厨房,封了的煤炉被打开,立刻飘出只有城市才用的煤球味。

查淡毕竟是在饮食店工作的,做的面条滋味很不错,还伴有酱,那酱不是简单的酱,夹有肉末、花生与香菜,熬制出多种味道。

彭星吃得高兴,对输棋也就没什么感觉了。查淡吃饭时不怎么喜欢说话,埋头吃完了,就去收拾。查淡收拾得不紧不慢,把桌子擦了,又扫了一遍地。看得出他做事很仔细,有条有理的。

彭星在乡村里,农活之外,自己的生活是懒懒的,有时脚也忘了洗。

晚饭后下第二盘棋。这盘棋下得很快,彭星不愿与查淡的棋搏杀,因为他要提防连下两步的那一颗大黑子。他尽量拦出自己的一大块空。最后查淡祭出了那一颗大黑子,把黑白交界的一片白棋吃了。彭星的白棋大空被破了,简单点一下目,虽然输得比第一盘少,但也只好投子了。

第二天,彭星醒来的时候,快到午时了。查淡家上层是个矮矮的阁楼,两边搁两张床,人坐在床上便要挨到房顶了。除楼中间老虎天窗透进一片阳光,四围还是阴阴的。彭星下乡后就好像身心总在疲惫中,没睡足这样的觉。

查淡不在,想已早去饮食店上班了。矮阁楼上多少有点沉闷。彭星在老虎天窗下伸直了身体,深呼吸了一口清新的空气。他似乎还没饿,在乡村里一到吃饭时间就有饿感,总像是吃不饱。一到城市他的胃口也就变化了,也许是昨晚面条太好吃,他吃多了。彭星决定出门在县城里走走。

县城与海城是无法比的,就那么两三条略宽的街,连着一些巷子。街上很少有车,见到一些提篮挑担黑红肤色的乡下人,江南的农民在农闲时也闲不了。彭星心想,五天时间,他可以彻底地放松一下。他对自己说,能下棋,能有地方住,能有做得不错的饭吃,他应该是要高兴的。胜负随查淡去,比如陪他玩,何乐不为。

下午回到查淡家里,查淡已经在棋桌前坐着,叼着一根烟,见彭星也没发问。彭星在他对面坐下来,把下面的竹凳移移正,小竹凳光光滑滑的,很结实。查淡落子,还是在天元上。彭星抓起白子就下,也没有什么布局设计,只顾下子。明知有毛病的棋,心想反正他那个大杀器一出,局面都一样。且不管他,爽性连输十盘棋,就在纸上给他签十个名吧。

彭星的棋下得很快,不作太多考虑,这是他下得太松的一盘棋,反正是要输的嘛。

查淡也很快轻松起来,下昨天两盘棋时,他一直是眼盯着棋盘一声不响的,此刻他一边下棋一边说话:"……棋是有灵魂的,棋是有力量的……"他突然笑了一声,彭星还是第一次听到他的笑,尖尖的,像是从嗓子里咳出来的。接下去,查淡开始哼起了一支童歌,声调是快活的:"……老鹰抓小鸡,哎哟哟,老鹰跑东又跑西……"

"你可有师父教你的?……看得出来是野路子……说来搏一搏,我只须出根小指头……"

彭星不免用了一点心,让查淡多少紧起来,但纠缠之处,料到查淡就要祭出那一颗大黑子的时候,彭星便潇洒地认了输。

查淡眉眼不抬地说:"我还没有遇上那一子没出就认输的棋。"

晚饭烧了一锅的粥。棋局结束得早,查淡有时间慢慢熬粥,熬粥之间,他把家里打扫了一下,彭星坐的小竹凳断了一根竹片,他不知从哪儿取来竹条重新编上,并打磨光滑。想来,这个竹凳便是他编制的。这日常琐事他做得不紧不慢,嘴里哼着,似乎哼得快乐。

粥不稠,桌上放着一盘腌菜,像乡下人吃的伙食。彭星心里不由想着,既然是玩,也得给对手一点难度,不能让他小看了。

晚饭后,下第四盘棋。彭星动了点脑子,只是为了避免查淡的大黑棋落下来吃棋,彭星走了不少加固的棋,也不敢放手搏杀。

查淡又开始哼起小调,是那种带点戏谑的乡村小调。查淡的嗓子不行,调子却哼得准,很有点味道。

眼看着又是输,彭星感觉没意思透了,放下子来,说:"赢棋有意思吗?"

查淡默默地看着彭星。彭星以为他在品味自己的话意,也就微笑着迎着他的眼光。

查淡说:"人活着有意思吗?"

彭星在田里拄着锄头看着日落的时候,倒是想到过:人活着有什么意思?

"你比我有意思吧。城里户口,有工作每月有工资。哪像我们插青,乡下种田的。"

"是吗?"查淡不哼曲了,目光迷离地,"你比我年轻……身体也比我好吧。"

彭星躺下的时候,一时没有睡着,查淡在那边床上像平时一样静无声息,也不知他睡了没有。天花板上有一处裂缝,染着一片印迹,缝中有灰悬着。彭星突然就想到了自己的家,他插队了,妹妹可以留在城里分配工作了吧,留在城里的人生有意思吗?他曾经有过很多理想,还曾经想当一个政治家,成为大人物,那样活着才有意思吧?

既然要下,就下好。第三天下午下第五盘棋,彭星为防查淡的那颗炸弹,尽量与他打小战,不作一口气争的大搏杀,一些小利的损失都不在意。棋重新下得紧了,但还是经不住中盘以后查淡投下的炸弹,那颗大黑子在盘上就像个高出一截的坟头,整个棋子修磨得乌亮亮的,显着杀气,四周是一片白棋的尸体……

彭星把子在盘上一投,说:"输了输了。我们还是正常下吧。不要用你那颗大黑子了,好好下一盘。"

查淡咳了一下,烟头还在嘴唇上叼着。"我每一盘都认真下的……哪一盘没好好下?……这一颗子只是代表你让我的一子,换一颗小的怕你看不清楚。"

"我实在是让不了你这一子啊。"

"说好的,也签好的……男人说得出做得出……无可更改。"

这一天的晚饭,吃的是查淡从饮食店带回来的馒头。馒头干冷了,查淡在炉子上烤了烤,烤得四面黄黄,香喷喷的。他还从包里取出了一小包猪头肉。馒头搭猪头肉,彭星感觉像过节。

彭星想,就当是玩另一种游戏吧,这种游戏的双方是不平等的,庄家手握一个大杀器,在他认为关键的时候,可以杀将下来。

既然进行这种游戏,就得接受这种不平等,这是没有办法的事。彭星身在普通工人家庭,在他的人生中,吃穿玩乐方面他一直无可与人比,只有在学校的学习成绩,他与班上人称"奶油小生"的互为一、二名,他们私下里也铆足了劲,争着比着,眼见着彭星多了一两次第一名,运动来了,成绩没用了。到了毕业时,上山下乡全国山河一片红,他们只有到广阔天地中去比身手了,突然有一天"奶油小生"却到班上宣布,他要参军了。原来,招兵的部队连长与"奶油小生"的父亲在一个班里待过,老战友的孩子啊,一句话,立马换军装。那可真是落下的一颗幸运飞弹。于是,"奶油小生"去部队,有了晋升的前途,就算将来复员,还是回到城市。彭星下了乡,与乡村人比,他有着城里背景,生活上要好过一些,但在农活上根本无法与土生土长的农村青年比。无可比,如何比?依然摆脱不了比一比。

在棋盘上,要有所搏,就要有算计。这种游戏的根本,就是要设法减少那颗炸弹对棋势的影响,不能让它的威力太大。彭星在接下来的棋局中,用足了算计,或是引诱,或是逃避,或是形成厚势,或是拉长战线,算来算去,结果还是逃脱不了那一颗大黑子的力量,这一盘棋,彭星还是输了,但最后不是投子。数子贴目后,输得不是那么难看了。

"如果正常下,我是会胜的。"

"世上没有如果……如果那样,我就不那样下了。"查淡显得兴致勃勃的。

彭星感觉一步步落在查淡的套子里,既陪着他玩,又要玩得认真。彭星只有笑一笑,去睡觉。躺在被子里,这一盘棋又回到脑子里来,他构思着各种方法,心想总要赢这么一盘吧。

这一天早晨,彭星在阁楼上醒来,一时不知自己身在何处,一个念头转过,查淡连着他的那颗大黑棋冒进他的意识中来。他把被子拢拢紧,突然深切地感觉着自己只是一个寄居者,一个浮着的过客,在这里过几天而已。过的这几天也实在没意思,来下棋的,却下的是没意思的棋,他该回头,回哪儿呢?他对生产队长说什么?他对队里人说什么?他还能去泥炭工地吗?他是否就该踩着烂泥,把一担担的泥炭从河底挑上来?

正胡乱想着,就听楼下的大门响了一下,这个时间查淡正忙着做点心,是不会回来的,彭星便穿了衣服下楼来。只见一个肩上扛着扁担的中年农人,扁担头上绕着麻绳,想是挑猪或挑农产品来城里卖的。

农人是查淡父辈老家的,口音相近彭星插队地方的乡音。彭星便充当主人接待他,与他聊天。农人说早些年他也来过查淡家,查淡也去过老家村上,查淡是个耳根软的人,喜欢什么事情都听人家的,后来,他娶了一个四川女人做老婆,就什么都听老婆摆布,与老家人都不来往了。再后来,也不知为什么,听说他老婆带孩子走了,农人这才来看看他。

农人走了,彭星独自坐着没动,有一刻,他感觉自己坐在这个陌生的房子里,有如梦幻。他没想到查淡的生活是如此,而他自己的生活呢,他不甘愿在农村扎根一生,但前面还有什么希望,社会能有什么变化,他看不出来。他的人生是虚着的悬着的,只能听任摆布。他自以为会在棋上一搏,在下棋时却依然受着别人摆布。

下午与查淡对坐下来准备下棋的时候,彭星说到早晨来的农人,说他没去饮食店找你吗?我告诉了他地方的。查淡嗯了一声,没有接下去说什么,彭星也就没有再问。

彭星心里有所解脱,还是按正常下。白棋就与黑棋对杀起来,整个把黑棋围起来,一旦接触的时候,见断就断,黑白棋都分割成了几块。查淡也显得有了精神。直到满盘是棋的时候,他突然拿出那一颗大黑子,把彭星白棋中间的一块棋筋吃掉了。于是,黑棋的几块棋都连通活了,而彭星的几块白棋都活不了了。一来一去,就是大转盘。本来黑棋只有几小块是活的,目数不多,要输大概百来目的,现在反转过来,围着黑棋的白棋大龙反而死了,白棋要输百来目。

彭星一声不响地把子投了。查淡说:"你今天下得来劲。"

彭星说:"是啊,输一子是输,输满盘也是输。"

查淡说:"这也对。……下棋还是要有搏杀劲道的。"

吃过晚饭,又开始下一盘棋,彭星变换了手法,拦起大空来。于是查淡争占边角,彭星根本不在乎下面的得失,白棋中间形成一块巨空,看盘面目数就多于黑棋。然而查淡最后祭出那一颗大黑子,一下子就刺穿了白棋的中空,中空一破如同大气泡泄了气,全瘪了。

彭星投了子说:"这两盘我简单试了一下,要按正常下,你根本无法下。"他的口气里含着嘲讽。

"你又说正常……我就瞄着,让你棋死得多,空破得多。"

彭星说:"那是在你家里,按你的走法。你走出去,到哪儿,大家不是按一种规则走?"

"为什么要按一种规则走?"

"那是公平的,一人一步棋。哪有可以一下子连走两步的?"

"有公平吗?这世界上有什么是公平的?"

"可是你老这样走,你连正常的都不会走了。"

"什么是正常?……我为什么要出去走棋?有本事能来赢一盘……又有多少人会走围棋?所谓正常的围棋规则,还不是什么人制订出来的吗?为什么一定要按人家订出来的走?那样走就是赢了又有什么意思?……正常的棋赛呢?没有了。……

还不都是走了玩玩的？走了玩玩,由谁来订规则又有什么不一样呢？……都以为你一步我一步,赢了一盘棋,脑子就比人家好,水平就比人家高……还不是在别人画的圈里争高低？"

彭星哑口无言。换个人来听查淡所说,也许会认为他是蛮不讲理。偏偏在彭星的意识中,已经存积了相近的想法,只是查淡的话更直白,所触更深切。

一只蛾子围着发着黄亮的灯泡转,偶尔停在灯泡上,在棋盘上投下一大片阴影来。

查淡上午从店里回来一次,带回一副烧饼油条。彭星好长时间没有吃到如此美妙的早点了。查淡说烧饼是他亲自烤的,油条也是他炸的。烧饼烤得松脆,油条炸得金黄。在海城,彭星就喜欢吃烧饼夹油条,但很少有钱去买。再说,海城的烧饼、油条也没查淡做得这么好吃。

余味还在口腔中,憋着的一口气在心里。彭星细想时,觉得这种下棋很可笑,但他却可笑地在这里下到了最后一天。慢慢地他已经习惯了与查淡对局,一旦布局落子,他就有一种紧张感,等待着那一颗特别的大黑子,突然带着呼啸的气势从天而落。每一次查淡祭出这颗炸弹之时,彭星都仿佛听到一声"杀",不知是查淡叫的,还是彭星心里呼应的。彭星下棋的每一刻都带了这种紧张,而紧张形成了一种莫名的期待,就等着那一颗大黑子落下来,他的心仿佛才会落到原处。这种感觉是期待是害怕是折磨是愤恨,仿佛早恋时夹杂着痛苦与不安的期待,不知那个矮矮个圆圆脸的女孩,会在什么时候露出一个怎样的表情,吐出一句怎样的语言。

似乎围棋天生就应该这样下的,似乎围棋天生就有这么一个大黑子的存在,似乎围棋天生就有这么一个不公平的变化。而他憋着的一口气,便是不甘心。

莫名的感受带来莫名的期待,他期待着这种感受的到来,期待着下午的两盘棋,期待着查淡回来。连同查淡的黑黄脸色和形态举动,还有他的房间与摆设,都有着一种陌生的熟悉感,仿佛是缘定的,不知何世何梦,曾经接触过的。

查淡似乎一点没有彭星的急切感。回来后,先把水烧开了,接着开始熬酱,他斩了一点肉末,切了一点碎菜,剁了一点豆角,还配了一点姜葱。他不紧不慢地做那些配料,晚上准备吃面条。他认为面条好吃,一是靠煮,煮的时间要恰到好处;二是靠料,拌面的酱料要有滋味。

两人在棋桌前对坐下来,查淡朝彭星看了一会儿,慢慢地说了句:"你是个有耐心的人。"

彭星觉得奇怪,他正等着查淡落子,感觉中对棋的期待胜于晚上的美餐。想来查淡是指他能下完十盘棋的。那么以往又有多少棋手能遵从查淡的规则,与他下完十盘棋呢?

查淡落子了,他尽量拉长着下棋的时间,正是在享受这最后的两盘棋。彭星开始落实构思好的战略,就是把查淡的棋隔成好几块,这样查淡的那颗大黑子出现时只能吃掉一块白棋。彭星相信自己的棋力要高出查淡很多,下乡后他没有下过棋,现在棋的感觉又回来了,唯一难以适应的是变了规则,但他现在已经熟悉这种规则了。规则归规则,但棋还是棋,规则中的不平等,也就那一个大杀器,其他的,还是不变的一步步棋。本来他觉得这样下棋没意思,现在他又融入在棋中,他需要进行全盘的计算,他需要展现更高的杀力,要赢,要成功,不能顺着走,不能放弃,不能由人宰割,要有自己的奋力。无论怎样他要搏一搏,勇气在盘面上发挥,他觉得自己进一步理解了棋。

查淡也感觉到了棋紧,他也步步用心,尽量把棋连在一起形成大搏杀。反正他不着急,不到大的选择,他就不动大黑子。

"棋是有变化的,怎么变是不同的。"查淡说。

"不同之中自有相同。"彭星说。

最后,查淡在选择后扔出炸弹,吃了白棋一块,黑棋还是胜了,虽然胜得不多。

就剩最后一盘了。晚饭时,查淡拿出了一瓶大曲酒,一包花生米,一包豆腐干。他给两个小盅倒了酒,朝彭星抬手示意一下,便自饮了一口。两人喝着酒,开始谈起下棋的事。查淡说,签名下棋以后还没有人赢过他。有个姓潘的北京高段棋手,老家在县里,回老家时与查淡下了两盘棋,以为两盘中总能胜一盘,但还是查淡胜了。潘棋手称他的那颗大黑子是原子弹。

"你手握原子弹,随时能放的原子弹啊。"彭星说。

查淡突然笑起来,"都说世事如棋……世界上美国最早有原子弹的,打日本就放了原子弹……现在也是很少的国家有原子弹……为什么棋上就不能有原子弹?原子时代嘛。"

查淡说得高兴,又喝了一盅,还给彭星斟了酒。

彭星说:"你自己喝吧,要下棋呢。"

"想赢我吗?……喝酒能影响什么?不能说女人干不了,就认为是酒的原因吧……我只喝一两酒,从不误事。"

查淡说着,又去拿酒瓶,拿到手里,又放下了,"我也不喝了……等最后一盘赢了,等你签了字……十盘功德圆满,再喝……那时你也可以醉一醉。"

"不用废话,下棋吧。"彭星笑着说得狠狠的。

一旦要在棋盘上落子,查淡神情严肃起来,把子在空中举一会儿,照例落在了天元上。白棋落子角上,黑棋就缠上来。彭星毫不迟疑,立刻把查淡投来角上的黑棋包围缠打起来,似乎忘了有原子弹一说。于是,在一个四分之一的棋盘上,缠打到密密实实,眼见着白棋围着黑棋到了一气杀的时候,一旦提了子,原子弹也起不了作用了。查淡高举起那一颗大黑子,再重重地落下来,原子弹周围,整片白棋都死了。查淡把白死子一个一个地提了,放在手里抖一下,说:"有一斤半重。"

彭星默默地看着。盘面上白棋很难看,几乎都是黑子,黑棋形成厚实的一大片的空。彭星反而像是松了一口气,白棋虽然死了很多,但外围多少还残剩着几颗白子,有一定的势,另外四分之三的地方,还是空白可征之地,最根本的是他不用再害怕那颗让人悬心的原子弹了。彭星毫不气馁地在四分之三的空处占角占边,只要查淡投黑子过来,白子就坚决地包围缠斗,有断即断,有杀必杀。查淡的原子弹已经引爆,再无依赖,多少有些退缩。于是白棋越杀越勇,有时明明是无理的,也断下去,也压过去,摆明了想要吃回一大块棋。白棋的走法看上去是无赖的,是搏命的,仿佛要连同那其他九盘中被原子弹弄得无所适从的恶气,一下子都吐出来,一下子都得以报复。查淡好几次抬头看看彭星,像是才认识他。彭星只是一声不哼地看着棋盘,查淡嘴里说了一句:"认得你狠。"于是黑棋尽量往坚实根据地的四分之一处逃生。黑棋逃生确实还是有一套的,最多只丢去个别子,终能安全到达。

毕竟一开始棋盘上黑棋的空太多了,棋厚好下棋,只要不被吃大块,自然还是黑棋有胜的把握。对着白棋恶狠狠的搏命架势,查淡因十盘棋已经有九盘赢到手,不想功亏一篑,缺了倚伏的黑棋气势一落千丈,或者落荒而逃,或者委曲求活。逃的棋形成一条条弯曲的棍子,活的棋也勉强只有两只眼,一处处黑棋都是实实的没有空。而白棋潜伏的力量似乎一下子爆发了,妙手奇发,连同官子上也是到处盘剥,每一步都是赚着。走到最后再细看,发现黑棋在一大半的棋局中只是陪着白棋走的。而白棋在三个角、四条边上处处有空。如此,黑棋想变化也已经无可变化了。

整个一局棋,盘面上还是黑棋好,但黑棋要贴回十一目,数子结束,黑棋竟然输了三目棋。

彭星拿过那张查淡早就准备了的纸,在胜棋的一方,签了自己的名字。上面九行都是查淡一笔一横端端正正的签名。

"好好。这下子,我总算胜了。按规定,整个都算我胜的。前面九盘只是练兵,十局一杀,杀得漂亮啊。"

彭星把纸推到查淡面前。查淡嘴里说着:"不对不对。"不知道是下棋下得不对,还是点棋点得不对,查淡的脸色从黑黄转为苍白。

彭星突然觉得有着一种从来没有过的舒畅,"下棋就是这样,有胜就有败,有得就有失……"

"不对不对……"查淡把那张纸拿起来看一看,突然就一把揉成一团,又展开来,把它对折撕成一半,接着又撕成了一条一条,嘴里还在说着:"不对不对。"

查淡笑起来,一边撕一边笑着。彭星的脸也变了色,许多人生的感觉一下子往上涌,一边涌着,一边变化着,变得那么复杂,变得那么简单,变得那么密,变得那么空。面前只有一张查淡的脸,脸的后面连着五天下棋的生活,本来就悬着一个空,得到与失去也只悬于一线。五天生活的后面,依稀也如虚幻,没有一处落实,没有一处真切,没有一处把握,没有一处获得,以往的人生团成了一团,都涌上大脑,似乎又在这一刻断裂了,撕裂了,落下来的一条一条都沉重地落到深处……

便在那一瞬间中,彭星跳起来,顺手拉过座下的小竹凳往查淡的头上挥去,小竹凳在查淡的头上弹跳了一下,形成一条弧线,落到了厨房门边。

查淡朝彭星看着,一动不动。他的表情凝定着,他的眼光凝定着,从发际流出一条鲜血,到眉毛处也仿佛凝定了。一刻前飞速的动作之后形成了定格的一切。

彭星这才想到要走。他就开了门走进暗黑的巷子里去了。他不停地走,并不知道自己要往哪里去。一直走到城郊,面对着无垠的旷野。他在野风中站着,眼前依然是查淡流着血的脸,和一双定了格的眼睛。

他为什么站在这里?他搏了什么?胜负是什么?如此,获得了什么?不如此,又失去了什么?然而他又觉得,他人生中只有这一次搏杀是实在的,其他所有的事都在他的感觉中虚掉了。

半夜时分,彭星拦下了一辆长途运泥炭车,他给了司机十斤全国粮票,坐在副驾驶座上,搭车往省城去。

(原载《收获》第6期)

暗夜行路

李云雷

一

上初中的时候,我没有住校,每天早上我骑自行车到学校去,到晚上再从学校骑车回家。那时候从我家到县城,大约有七八里路,我们学校在县城的最西边,到学校就更远一点。每天早上,我六点半左右起床,匆匆忙忙吃过早饭,就从家里出发,从村里的大路向北,走到一条破旧的柏油路上,再从这条柏油路一直向西,穿过两个村庄,就到了我们县城边上。在这里,有两条路可以走,一条是继续向西,一直走到百货大楼,那里是我们县城的中心,从那里向南,走到一座小桥,再向西走,就到我们学校了。这条路上人很多,也很嘈杂,我不喜欢走这条路,我喜欢走的是另一条路,从县城东边那条路向南,一直走到河边,再从那里向西走,这一条路紧靠着南边的小河,人很少,很安静。那时路的两边种植着高大的白杨树,浓密的枝条在空中相连,形成一条绿色走廊,白杨树的叶子又大又亮,风一吹,哗啦啦响,我总是能够看到阳光透过枝叶的缝隙,在空中闪耀。在这条路上,我要路过一个兽医站,路过一个文化站,路过一个电影院,在北街的路口,还要穿过熙熙攘攘的人群,以及卖水果、卖肉和卖烧饼的小摊。过了电影院,再向西,还要路过卖羊肉包子的马家铺,路过一个烈士陵园,路过一个图书馆,再向前走,我们学校的大门就在眼前了。

在学校里,我们上午是四节课,下午是三节课,晚自习也是三节课。下了晚自习,到自行车棚里推上自行车,骑上车往家走。回来的时候,我仍然走河边这条路,晚上的时候,这条路上就更加寂静了,几乎没有什么人,我一路骑得飞快,到了路的尽头再向北走,从那里走到那条破旧的柏油路,再一直向东骑,就骑到我们村里了。

那时候出了我们县城,过了那座小桥之后,道路的两边就没有路灯了,路上一片漆黑。一个人骑在路上,总是有点害怕,不停地在心中打鼓。路两边的大树黑黢黢地站在那里,树丛后面是无边无际的庄稼,风吹过原野,带来各种声音与响动,树叶的哗哗声,庄稼的拔节声,虫子的鸣叫声,以及偶尔划过夜空扑棱棱飞去的禽鸟,都让人感到触目惊心。这时候骑车走在路上,以前听过的各种鬼憧憧,都一一复活了,我听我们村里人讲过,一个人在夜里走路,看到前面有一个大姑娘,黑辫子在背后甩来甩去,他赶上去拍了一下她的肩膀,那个姑娘转过脸来,转过来的头上却没有面孔,还是后脑勺和一条长辫子。我还听他们讲过,有的鬼就跟在你后面不出声,这时你不能向后看,你一转身,就可以看到鬼的脸,又细又长像一道锋刃,那时你就倒霉了。这些故事当时听了,吓得我哇哇直叫,晚上不敢一个人去上厕所,现在骑在车上,黑暗中的各种物体看上去都鬼影幢幢,令人胆战心惊。我只有将车子蹬得飞快,像疾风一样飞驰,才能缓解心中的恐惧,才能尽快骑到家里。

可是往往事与愿违,车子骑得飞快,路又坑坑洼洼的,有时骑着骑着,只听嘎登一声,车链子掉了。这是最令人害怕的事情了,但是我也只能忍住惊惧,翻身下车,将车子支起来,蹲在车子后轮那里,摸着黑抖抖索索地安链子,又紧张,又害怕,往往不能顺利安上,这时吹来一阵风,也会让人浑身起鸡皮疙瘩。好不容易安上了,手上也粘了黑乎乎的一层油,可是骑上车,走不了多久,车链子又掉了,只能下车再安。甚至还有更糟糕的情况,车链子不是掉了,而是断了,链子上的一个扣环"啪嗒"一响,我就知道坏了,那就根本安不上,车子也不能骑了,这时候我只能推着车子往家里走。速度一慢下来,周围各种声音听得更加真切,脑子里的鬼影也更加活跃,我只能强迫自己镇定下来,努力去想一些别的,压抑心中的恐惧。这时候我常常想起的,是我们在课本里学到的那些英雄和伟人,我一边推着自行车向前走,一边在脑子里念叨着岳飞、文天祥、戚继光、马克思、恩格斯、列宁、斯大林、孙中山、鲁迅、毛泽东,我念着他们的名字,想着他们的面容,想着他们在历史上的丰功伟绩,心中的恐惧慢慢减少了,自己似乎也变得勇敢了,四周黑魆魆的树林和庄稼也不那么可怕了,我深一脚浅一脚地走着,直到走到我们村的路口,看到谁家亮起的灯光,才长长地舒一口气,加快脚步往家里走,家里我爹娘还点着灯,在等着我呢。后来我慢慢地有了经验,每当我在暗夜里感到恐惧时,我就会想想岳飞,想想马克思,想想毛泽东,想起他们,我的心就慢慢安稳下来了。

在暗夜里行路,也不是只有恐惧,有时候也会让人感到愉悦。我最喜欢的是有月亮的晚上,我每天骑车过了县城边上的小桥,便抬头看天上的月亮,月亮每一天都在变化,我看到月亮从一弯浅眉,慢慢变成了上弦月、凸月、满月,再从满月到凹月、下弦月,最后又是一弯新月,周而复始。满月的清辉洒遍大地,骑车走在路上,周围的一切都看得很清晰,那条颠簸的柏油路在月光下伸向远处,看上去闪着灰茫茫的光亮,那些树丛和庄稼也不让人害怕了,虫儿们的鸣叫也变得温暖和谐,像是在奏着一曲缓慢的乐章,我在路上慢慢骑行着,四周一片静谧,内心也感到欢欣平静。我记得在这条路上,我看到过最圆的月亮,那一天晚上我刚骑过小桥,抬头向天上一望,不禁惊呆了,在左侧树梢的上方是一个又大又圆的月亮,那月亮像是有人用圆规在天上画出来的那么圆,又散发出淡黄色的光辉,月亮上的亭台楼阁似乎也能看得清清楚楚,在月亮的外围,是一圈明晃晃的月晕,环抱着月亮,像环抱着一个婴儿,我盯着这轮最美的月亮,内心充溢着惊喜,不住地盯着它看,一路盯着它,一路骑到家。

有时回家的路上,也会遇到下雨。那时我没有雨衣,也没有雨伞,下雨的时候我就冒雨在路上骑行。有时是小雨,丝丝缕缕地滴在身上,让人感到很凉爽。遇上暴风雨的时候,我也只能低下头猛蹬着车子,奋力向前赶路,那时狂风怒吼着,雨点啪啪啪砸在身上,路边的树拼命地摇摆着,树叶发出哗啦啦的声音,树干也发出吱吱扭扭的声音,像是很快就要折断了。突然一道闪电划过,我能清楚地看到闪电在天空中的线条,白亮地倏忽一闪,就消失了,紧接着传来的是一阵雷声,咔嚓——好像就响在耳边,雨下得更大了,瓢泼一样从天上倒下来,我在暴雨中浑身都淋得湿透了,但这时我却并不害怕,一边蹬着车子,一边往天上看,想把闪电看得更清楚一点,突然又是一闪,我看到了闪电的枝杈和毛细血管一样的小分叉,闪过之后又是黑暗,又是暴雨,但我却更加勇敢,更加兴奋了,我想起了高尔基的《海燕》,一边在暴雨中猛蹬,一边大声呼喊,"让暴风雨来得更猛烈吧!"

二

我一个人在路上骑行了大约有一年。有一天,我们邻村的一个远房亲戚突然找到我家,说他们院里有一个女孩跟我上同一个中学,下了晚自习,她一个人骑车路上很害怕,家里人又没空天天去接她,问我能不能跟她一起走,跟她做个伴。我觉得这也没什么,就答应下来。在那之后,每天下了晚自习,我就到学校的自行车棚,跟这个叫小霞的女孩会合,再从那里骑车走出校门,沿着河边那条路一直向东走,走到尽头向北拐,到小桥那里再向东。出了县城,在黑暗中沿着那条破旧的柏油路,骑五里路就到了她们村,再向东两里路,就到了我们村。最初的时候,到她们村口后,我还跟她一起进村,一直走到她家门口,看她开门进去了,我才又折回去,重新回到那条马路上。后来她跟我说,不用把她送到家,到村口她就不害怕了,一个人敢走了,我听她这么说,就不送她了,每次到她们村口,我就停下来,一只脚点地,看她一个人向南骑去,直到她的身影消失不见了,我才骑车继续向东走。

最开始跟她一起走的时候,我感觉很不习惯,我一个人独来独往,很自由,想什么时候走就什么时候走,想骑多快就骑多快,多了一个人,总是会受到一些限制。再说她还是一个女孩,交往起来总感觉有些别扭,那时候在我们学校里,男生和女生很少说话,很少在一起玩,都是男生和男生玩,女生和女生玩,如果一个男生跟女生说了话,很长时间都会受到别人的嘲笑,让人觉得很没面子,很不好意思。那时候我也是这样,一跟女孩说话就脸红,就会不知所措,不知道把手往哪里放。在跟小霞一起骑车往回走的时候,我们也基本上没有说过话,只是专心致志地骑车,有时我骑在前面,她跟在后面,有时我们两个并排着骑,但中间会隔着很宽的空隙,就这样在黑暗中默默地蹬着车子,一直骑到她们村口。我停下来,她说一声,"走了啊。"就转向了南边的路,我冲她挥挥手,一直看着她的身影消失。

那时我对小霞并不了解,后来才慢慢听说了她的一些事情,原来她并不是在我们这里长大的,她的父亲是我们这里的人,年轻时闯关东,在东北成了家,生了孩子,等年纪大了,他不想再在那里待着,就带着老婆孩子从东北回到了老家。小霞是跟她父母一起回来的,她转学插班,就插到了我们这个年级,在另一个班。我听说小霞在她们班上很活跃,唱歌,出墙报,打扫卫生,都很积极主动,课间休息时,我也能看到她活泼的身影,一会儿和女生打闹,一会儿和男生打斗,她笑起来很爽朗,喊叫的声音也很大,和我们这边的孩子很不同。但是下了晚自习,我们两个一起向回走的时候,她却和我一样沉默着。我想在黑暗中她心里还是害怕,再说我们两个也不熟悉,我的沉默或许也太严肃了。

但是这种局面很快就打破了,那天我们两个骑车走在那条破柏油路上,我在前面,她在后面,走着走着,突然我听到后面传来一个声音,"等等我!"我回头一看,已将她落下了很远,我忙骑车转回来,问她,"怎么啦?"她说,"我的车子好像掉链子了。"我放下车子,来到她的自行车旁,清亮的月光下,她正蹲在自行车旁,已经弄了一手黑油,我说,"让我来。"她闪在一边,我摸清了链条与齿轮,一手挑起链条,扣上齿轮上的一个齿,另一只手转着车蹬,轻轻向前一转,齿轮和链条就扣合在一起了。我说,"好了,走吧!"说着向自己的车子走去,见她还站着不动,我又问,"怎么啦?"她愣愣地看着自己的右手,说,"都是油!"我说,"这儿没法洗手,你去路边拽一把草擦擦,到家再洗吧。"她看了看我,似乎有点不好意思地说,"我不敢去。"我放下车子,走到路边薅了一把草,拿回来递给她,她擦了擦手,这才又骑上了车子。这次怕她的链子再掉,我们并排骑着,我在南边,她在北边,中间的空隙仍然很大,我们默默地向前骑着。又过了一会儿,她突然说,"你这个人其实挺不错的,"顿了一顿,又说,"就是太闷了。平常里你也不说话吗?"

"说什么呀?"

"就是聊天,想说什么就说什么呗。"

"我不知道说什么。"

"说说家里的事呀,学校里的事呀,朋友的事呀,多好玩呀!"

"我不会说。"

"看你这个人,连聊天也不会,"她爽朗地笑了起来,"那我给你唱首歌吧!"说着她就轻声唱了起来,那是一首苏联歌曲《小路》:

> 一条小路曲曲弯弯细又长
> 一直通往迷雾的远方
> 我要沿着这条细长的小路
> 跟着我的爱人上战场
> 纷纷雪花掩盖了他的足迹
> 没有脚步也听不到歌声
> 在那一片宽广银色的原野上
> 只有一条小路孤零零……

我骑着车子向前走,静静地听着她唱歌,她的歌声清亮,悠扬,和着清风,和着虫鸣,飘荡在黑暗的田野上,听起来是那么优美动人,这还是我第一次听到这么好听的歌,她的歌声似乎为我打开了一个新世界,将我的思绪引向了无限寥远的远方。

从此之后,我们两个骑车走出县城之后,在黑暗的道路上,她就开始唱歌。她唱的大多是苏联歌曲,《莫斯科郊外的晚上》《喀秋莎》《三套车》《山楂树》《红莓花儿开》等等,她唱起来是那么熟悉,那么兴奋,她还跟我讲,她在东北的时候见到过苏联人,那时都叫他们老毛子,那些男人都很高大健壮,留一撇小胡子,就跟画上的斯大林一样。那时候我们的小城很闭塞,我们都没有见过外国人,不要说外国人,就是外省人、外县人,在我们的生活中也很难见到。她是我所遇到的第一个见过外国人的中国人,我看着她,觉得她又神秘,又辽远,在她的背后,好像隐藏着一个深不可测的世界。

有时她唱完了歌,就问我:"好听吗?"

我说:"真好听!"

"还想再听吗?"

"再唱一首吧。"

于是她就又唱了起来,在那银色的月光下,她认真唱歌的样子很美,很动人。我想在电视上唱歌的那些演员,都没有她好看。

有一次,她唱完了一首歌,突然转过头来对我说,"这样不对呀?"

我说,"怎么了?"

"总是我唱歌,你听,我还没听过你唱歌呢,你也唱一首吧。"

"可……我不会唱呀。"

"哪儿有不会的,随便唱什么都行。"

"我真不会唱。"

"这不公平,你要不唱,我也不唱了。"

我搔着自己的后脑勺,不知该怎么办才好,我从小就五音不全,我们学校里也不重视音乐教育,也没有学习过唱歌,我左思右想,真想不出会唱什么歌。

她偏过脑袋,像是考验我,又强调了一遍,"你要不唱,我以后就再也不唱了!"

"真的?"

"真的。"

"那你不许笑话我。"

"我不笑话你。"

我转过脸去,不再看她,盯着向远方延伸的灰茫茫的道路,硬着头皮,唱起了那首我们小时候都学过的歌:

> 我们是共产主义接班人
> 继承革命先辈的光荣传统
> 爱祖国,爱人民
> 鲜艳的红领巾飘扬在前胸……

我还没有唱完,她终于忍不住放声大笑起来。我说,"你不是说不笑话我吗?"她又笑了一阵才停下,说,"这是小孩唱的儿歌呀,你都这么大了,还唱这个……"

"我说我不会唱,你非让我唱,唱了你又笑话我……"

"你真的不会唱别的歌了?"

"我还会唱这个:准备好了吗?时刻准备着,我们都是……"

这次她笑的声音更大了,整张脸伏在车把上,车子在马路上到处乱晃,好一阵才恢复了直线,她好不容易喘匀了气,将车子靠近我,摸了一下我的头发,说,"你这个可怜的家伙……"

"那你以后还唱歌吗?"

"唱,以后我教给你唱。"

三

那一段时间,我跟小霞学会了几首歌,她不仅会唱苏联歌曲,还会唱很多流行歌曲,每天晚上下了晚自习,我们向回走的时候,都是边走边唱,也不再觉得道路漫长了。

不过那时候,我跟她放学后一起走,很快引起了同学的注意,也受到了他们的嘲笑。最初我们两个是在学校的自行车棚会合,后来有时她们班下课早,她就到我们班门口来等我,再一起去自行车棚。或者我临时有事,晚上不能一起走了,我也会到她教室门口,跟她说一声。班上的同学见我跟她关系好,一见她在我们班门口出现,就对我挤眉弄眼的,还有人冲着我大喊,"你媳妇来了!"班上的人一阵哄堂大笑,我又羞又急,脸腾的一下就红了。还有关系好的同学把我拉到僻静处,亲昵地问,"老实交代,你跟她是什么关系?"还有的问,"你跟她亲过嘴没有?"我急赤白脸地说没有,可他们就是不信,一见到她就跟我开玩笑。

到最后,我们班主任靳老师也知道了这件事,他把我叫到办公室,笑眯眯地问我,"听说你跟二班的小霞经常来往,是怎么回事呀?"

我紧张地说,"小霞是我一个亲戚家院里的,下了晚自习,她一个人走夜路害怕,我正好路过她们村,就跟她一起走。"

"你们没谈恋爱吧?"

"啥是谈恋爱?"

"就是搞对象……"

"不是大人才能搞对象吗?"

"嗯,行了,你先回去吧,下次注意点。"

"注意什么?……"

"不注意什么,哦,对了,以后再有人问你和小霞,你就说是你亲戚家的孩子,就没人说你了。"

"嗯,好的。"

从班主任那里出来,我满头都是汗,那些同学再拿我跟小霞开玩笑,我就跟他们说我家跟她家是亲戚,果然开玩笑的就少了很多。

现在想起来,我和小霞在黑暗中骑车,我也对她萌生了朦胧的好感,她漂亮的眼睛、爽朗的性格和美妙的歌声,对我很有吸引力,似乎唤起了我心底蠢蠢欲动的情绪,但我那时候什么也不懂,虽然很愿意跟她在一起走,但又时常感到惊惶。老师和同学的关注让我更加紧张,我拼命压制着内心的躁动,在小霞面前也故意表现得很冷淡,跟她在一起骑行,说的话也越来越少,甚至不愿跟她一起向自行车棚那里走,怕同学看见了会笑话。但小霞表现得比我要大方,她并不在意那些人的玩笑,该来找我时就来找我,该一起走就一起走,我想这主要是她并不像我一样心虚,也可能是她在东北长大,要比我们更开朗一些。但是她的活泼遇到我的沉默,也渐渐降了温,我们在一起骑车走,话说得越来越少,她也很少唱歌了,在路上只是匆匆骑行,到了她们村的路口,就直接拐弯,回家了。

在那之后,没有多久,我们那里发生了一个案件,对我们造成了很大的影响。那一天早上,我快要迟到了,骑自行车抄近路从河边走,在那里穿过一片小树林,再绕过一段河堤,就可以直接走到县城那条河边的路。那片小树林很僻静,我们县里不少谈恋爱的人会到那里去。那天我刚走到小树林附近,赫然看到两个警察拦在前面,他们后面还拉起了警戒线。警察拦住我,"做什么的?"

"去上学。"

警察审视了我一下,大约看我确实像个学生,便朝我挥挥手,"这条路被封了,你去走别的路吧。"

"出什么事了?"

"杀了人啦!"

我一听赶紧掉转车头,从另一个路口上了马路,一路向学校狂奔。后来我才听说,在河边那个小树林,确实出了一宗人命案,死者是一个青年女子。那一段时间,在我们附近几个村庄都在流传这个案子,人们议论纷纷,各种说法都有,有的说她是自杀的,有的说是被强奸害命的,有的说是被男朋友报复杀害的,还有的具体描述死者的种种惨状,等等。多年之后,这个案子在我们那里还有回响,不过在这里,我想说的只是,自从发生了这个案子之后,晚上我和小霞一起走夜路,再也不像以前那么轻松愉快了,但也似乎更加亲密了。

那片河边的小树林,就在那条破柏油路的南边,我们从县城出来,走三四里地,在路的不远处就可以看到河堤,河堤下去就是那片小树林。白天还没有什么,一到晚上,我们骑车在路上走,关于女鬼的种种恐怖传说,那些凄厉的尖叫、飘舞的白绫和吐出的红舌头,在黑暗中仿佛就在我们身边,让我们胆战心惊。

那一段时间,小霞骑车骑到她们村的村口,她也不敢一个人走剩下的路了,让我陪她走进村,一直走到她家门口,才匆匆忙忙走进去。有一次她在进门前问我,"你回去一个人害怕不害怕?你要害怕,我让我爸送送你。"

我说,"没事,我猛蹬一阵就到了。"

又有一次,她在路上问我,"你走夜路不害怕吗?"

"刚开始走的时候也害怕,后来才不害怕了。"

"那怎么才能不害怕呢?"

我想起以前被她笑话的事情,不好意思跟她说,我害怕时会不断地想起那些英雄与伟人,召唤他们的英灵,在他们的激励下勇敢前进,我只是说,"当你害怕时,你就想想你心中最厉害的人,就不害怕了。"

"那你想的是谁?"

"保密!"

"不准保密。"

"那你猜?"

"我……猜不出来,你说说吧?"

我无论如何也不说,她一生气,转过脸去不理我了。

"如果我说是岳飞,你不会笑话我吧?"

"不会。"

"马克思呢?"

"也不会。"

"列宁呢?"

"也不会。"

"毛泽东呢?"

"更不会。"

"那……就是这些了。"

"还有呢?"

"还有鲁迅。"

"还有呢?"

"没有了……"

"哦,你怎么想象他们呢?"

我跟她讲我害怕时如何念这些人的名字,如何在脑海中浮现他们的形象,我骑着车子在夜色中飞驰,那些人的形象冲出了我的脑海,浮现在我眼前的道路上,浮现在高高的树梢上,浮现在辽阔的天空中,浮现在圆圆的月亮上,他们好像在微笑着说,"孩子,不用怕。"他们好像在向我招手,鼓励我勇敢前进。这一次,她没有笑话我,很认真地偏转过脑袋,静静地听着,等我讲完了,她也没有说话。我们默默地向前骑着,我不知道她在想什么,问她怎么不说话了,她说,她也要想一想,在最害怕的时候应该想起谁。其实在我心中,还有一个人的名字,但我始终没有说出口,我不知道她想的是否跟我一样。

四

最终我也没有等到小霞的答案,过了没有几天,在一个下雪的晚上,我们一起骑车往家里走,那天晚上天虽然黑,但路上的雪很白,路上很滑,我们都骑得小心翼翼。等出了县城,小霞突然对我说,明天下了晚自习,让我不用再等她了,我说好,在那之前,我们也有类似的情况,谁家里有事跟老师请假,不能去学校了,也会提前跟对方说一声。可是小霞又说,后天也不用等她了,以后都不用等她了,我说,怎么了,家里有什么事吗?她说,没事。我又问她,是她们村里有伴一起走了吗?她也说,没有。我很奇怪,说那怎么不一起走了,你不害怕走夜路了?她没有说话,我转过脸去看,只见她正默默地流着泪,我也不再问她,两个人慢慢地向前骑。这时候我突然心里感到一阵恐慌,过去的大半年,我们天天晚上一起走,也没觉得什么,但想到明天、后天和从此以后,我都见不到她了,只能一个人走了,我心里不禁有点酸楚,有点难过,有点不舍,但她似乎也不想再说什么,我们两个默默地向前走着。

等到了她们村的路口,她停下车,从书包里拿出一样东西,递给我,然后冲我挥挥手,一个人向南骑去了,在雪色的映衬下,我看到她红色的羊毛围巾在风中飘扬着,越走越远,最后消失不见了。借着夜里的雪光,我看清了我手中拿的是一盒磁带,那是一盒《小路——苏联歌曲精选》,在这一刻,我仿佛又听到了她的歌声在雪野上飘荡,那么美丽,那么悠扬,似乎永远也不会消逝。那一晚,我在雪地上站了很久,我仿佛听到了时间断裂的声音,啪嗒一下,只是很轻的一声,但似乎一切都变了。直到多年之后,我才明白那是我人生中最重要的时刻之一,那也是世界历史上最重要的时刻之一,就在那一天,苏联解体了。

"一条小路曲曲弯弯细又长

一直通往迷雾的远方⋯⋯"

从那天之后,我在学校里再也没有见过小霞。她去哪里了?我不好意思向别人打听,只能在心里一遍遍问自己,尤其是下了晚自习之后,一个人在黑暗中骑着自行车飞驰,她的面容总是浮现在我眼前,让我心中充满了甜蜜和酸涩。我不知道她去了哪里,我想她可能是转学了,可能是回东北了,也有可能是嫁人了。那时候我们那个小县城还很落后,一般家长很少重视教育,尤其是女孩子的教育,觉得她们早晚要嫁人,读不读书并不要紧,早结婚也就早安定下来了。我们班就有一个女同学,初一还在跟我们一起上课,初二刚开学不久,她的家长就来把她带走了,把她的课桌板凳也都拉走了,后来我们才听说,她是回家去结婚了。她就嫁在我们县城南边的一个村庄,有时我骑车路过那里,还能够看到她站在树底下跟人说话,她的衣裳服饰已经不像女孩,而像一个年轻的小媳妇了,又过了一年,就可以看到她抱着一个孩子,在墙角树荫下玩耍。我不知道她是否过得幸福,我跟她也不熟识,每次见到她站在那里,我就加快速度飞驰而过,我从来没有跟她说过话,也不知道该说什么好。我不知道小霞是否也像她一样,早早就结婚了,还是转到别的学校去了?我记得有一个周末的下午,我路过她们村的路口,骑着车走进了她们村,按以前的印象找到了她们家,但是她家的大门紧闭,什么也看不见,只有长在门楼上的几株狗尾巴草,在微风中轻轻摇摆着。

那一段时间,我开始锻炼身体,锻炼自己的意志力,我锻炼的方法很简单,那就是不再骑着自行车上下学了,而是跑步,每天早上,我从家里跑步到学校,下了晚自习,再从学校跑步回家,一趟来回大约十公里,每次跑完,都是一身汗,哗啦啦往下淌。早上跑步,我走的是近路,就是沿着河边那条路一直向西走,穿过那片小树林,绕过河堤,进了县城继续沿着河边的路跑,一直跑到学校。清晨,在熹微阳光的照耀下,那件曾带给我们心理阴影的杀人案,并不能再让我害怕,但是到了晚上,一想起那个死去的青年女子,我的内心仍充满恐惧,所以回来时我不再走近路,而是沿着我们平常骑车走的那条路,出了县城,从那条破旧的柏油路上一直向东跑。尽管如此,每当我远远看到那片小树林,仍然禁不住浑身颤抖,在黑暗的夜色中,村里人讲的那些细节如此清晰,仿佛就在我眼前,这个时候我集中全部的注意力,强迫自己什么也不要想,只是盯着眼前那条灰茫茫的道路,跑,跑,一直向前跑!我在心里对自己说,你必须克服恐惧,必须锻炼意志,必须沿着这条路跑!在我向前奔跑的时候,我的脑海中仍会浮现出那些英雄和伟人的面容,也会浮现出小霞的面孔,我看到她在对我微笑,在为我唱着歌,我向她狂奔而去,仿佛我一直跑着,就能够追上她,就能够再回到从前。

很多年之后,在英国小城曼彻斯特,我猝不及防地遇到了小霞。那一年,我跟随中国文化代表团,参加了在那里举行的"中英马克思主义学术论坛",在会上介绍了新世纪以来中国底层文学的发展状况。在茶歇的时候,主持人米切尔教授告诉我,晚上会有一个老朋友来看我,我问是哪一位,她说要保密,但一定将带给我一个惊喜,我想了一下大学和研究生时期的同学,似乎没有听说谁在英国。米切尔教授神秘地一笑,说到时候你就知道了。那天晚上,我见到了一张美丽的中国面孔,但我一下没有认出她来,她微笑着说,"你再猜猜,连我你都不认识了?"在她的微笑中,我似乎辨识出了多年前的密码,不禁惊呼一声,"天哪,你不会是……小霞吧?"她跑上来,给了我一个大大的拥抱。

那天晚上,小霞请我喝咖啡,在大西洋岸边的一家咖啡馆里,我们聊了很久。我没有想到,在异国他乡能见到她,坐在那里如在梦中,现在想起来仍然不敢相信。小霞告诉我,她那年转学回到东北后,在那里一直读完大学,然后就到英国来了,最初她在伯明翰大学著名的当代文化研究中心读书,就在她毕业的那年,这个学术重镇被关闭了,原因至今仍然是个谜。后来她留在英国,在一个大学任教,也参加一些社会活动。她还告诉我,现在她是两个孩子的母亲,这两个孩子来自不同的父亲,她的第一任丈夫是一个特立尼达和多巴哥人,现在的丈夫是一个英国人,是某个社区的工党领袖。她还告诉我,现在她是一个女性主义者,也是一个马克思主义者,在学校里主要研究工人运动史和移民问题,也关注当前的青年学生运动,她说话时中英文夹杂,大概很久没有说汉语了,偶尔会停下来问我,这个词的中文怎么说,也像外国人一样经常耸耸肩膀。

我喝着咖啡,望着坐在我对面的小霞,仍然不能从最初的震惊中清醒过来,她的面貌仍是小霞的轮廓,但这是我认识的小霞吗,是那个怕黑的女孩吗? 在我们分开之后,她的生活和内心都经历了什么?——我简直难以想象。坐在那里,想起我们那个偏僻的小城,想起我们一起骑车穿越黑暗的日子,那似乎已经是很久远的事情了,仿佛是我们的前生前世。

随后的一两天,小霞开车带我在伦敦转了一大圈,我们去了大英博物馆,去了 WATER STONE 书店,还去看了大本钟,去看了 London Eye,最后我们去了海德公园附近的马克思墓。马克思墓在一个公墓的角落里,很不显眼,但墓前竖立着一座青灰色的石碑,上面有马克思的铜像,碑前还有人送的鲜花。那天我们在马克思墓前,想起波澜壮阔的人类史和革命史,想起苏联的命运,想起中国的前途,两个人都很感慨。小霞告诉我,她参加了前几年在伦敦举行的共产主义大会,齐泽克、巴迪欧等人都在重新讨论共产主义问题,她在会场上想起当年我在夜色中唱《我们是共产主义接班人》,一个人在心中偷偷笑了好久,也想了好久。我们又谈到苏联歌曲,说起《小路》,她说,"一个国家在疆域上不存在了,她在歌声中还存在,这就是艺术的魅力吧。"我说,我经常想起我们在黑暗中穿行的时光,很怀念苏联解体以前的那些日子,但我不知道自己究竟想要说什么,也不知道她是否能够听懂。我们两人在树荫下的长椅上静静地坐着,在那一刻,我们可以看到马克思的目光正凝视着远方的天空,阳光洒落在墓碑前的草叶上,白云悠悠,微风轻轻拂过。

那天晚上,从郊区回伦敦,我们又走了一次夜路。跟多年前不同的是,这次是小霞开着车,我坐在她的旁边。有很长时间我们两人都没有说话,我默默地看着车窗外,那是一片广袤无垠的田野,路旁不时闪过村庄、牛羊、树木、尖顶的教堂,看上去那么平静,像是一幅幅风景画。这好像是十八世纪的村庄,是简·奥斯汀笔下的世界,夕阳下一切都是那么安静,朴素,自然,仿佛亘古以来就是如此。天色渐渐暗了下来,车里轻轻流淌着音乐,那熟悉的曲调又一次将我们带往苏联,带往我们那个小城。

"你还记得吗?"小霞突然说,"那时候你曾问过我,走夜路害怕时最想念谁?"

"我当然记得,我一直没有等到你的答案呢。"

"其实那时候我很喜欢你,可又不好意思说……"

"我也是,你要是不转学,说不定我们两个能成为革命伴侣呢……"

"现在呢?"

"现在我们是革命战友!"

"现在你还怕走夜路吗?"

"当然也害怕,不过我学会了一首新歌……"

"你还会唱新歌?唱来听听。"

"你不许笑话我……"

"我不笑话你……"

"那我唱了……"

"唱吧。"

"抬头望见北斗星,心中想念毛泽东,迷路时想你有方向,黑夜里想你照路程……"

"哈哈哈哈……"

我们两人都哈哈大笑起来,气氛一时很活跃,我们跟着音乐唱起了很多歌曲,中文的,英文的,俄文的,日文的,像一首首循环往复的国际歌。我不知道这会不会是我最后一次见到小霞,但在那个时刻,我们好像又回到了那个小县城,回到了历史终结之前。在我们的歌声中,车子穿过了狄更斯的伦敦,穿过了愤怒的青年的伦敦,在车子开到伦敦桥之前,我一直在想,如果我们沿着这条路一直走下去,会不会有一个更好的未来。

(原载《当代》第6期)

我不知道她的名字

东　君

点亮床头灯,点亮房间里所有可以点亮的灯,他仍然不知道此刻是夜晚还是白天。他注视着自己刚刚醒来犹带几分慵懒的身体,恶狠狠地骂了一句:一块臭肉。而这块臭肉就躲在身体的某个角落里。在灯光的映照下,他突然对自己的身体和身体有关的一切感到无比厌憎。眼眵。鼻屎。汗垢。牙垢。内裤上的精斑。以及臭肉。

这辈子最让他羞愧的一件事就是,身无分文回到故乡。回乡的车票还是堂哥帮他买的。这一回,他断然没有颜面去见村中父老,下车之后就在县城里歇一下脚,等着堂哥的召唤。突然置身于车来车往带来的阵阵热浪里,他说不清眼前这地方应该称之为故乡,还是异乡。说故乡,是因为父母已故,田地被征了,老宅也被他卖掉了,回到村中终归是没有一张安稳的老木床等着他了;说异乡,是因为他一直在异地读大学,反倒觉着一切陌生的渐渐变得熟悉,一切熟悉的突然变得陌生。县城变化不大,从前在太阳底下闪闪发光的东西仍在发光,从前在马路上飘扬的灰尘还在飘扬。到了晚上,他跟堂哥见了一面。堂哥在村里有个绰号,叫扁头三。这人头也不扁,可人们就是喜欢叫他扁头三。叫着叫着,他的头好像也就真的扁了。堂哥请他吃饭的地方在一家高档会所。他看着眼前这一番排场,又看着穿戴光鲜、留着莫西干头的堂哥,便可以断定他这些年混得有出息了。

你这些年准是发大财了,看你的气质跟以前大不一样了。

他说这话的时候,注意到堂哥的脖子间还系着一条粉红色的领带。大热天还系领带,在本城是很少见的。堂哥递给他一根烟说,我只是做了点小本生意,谈不上发大财。他拿起桌上的打火机,先给堂哥点燃了烟,然后又给自己那根捏在拇指和食指间的烟点上,深深地吸了一口,默然看着另一只手的灰指甲。堂哥说,你的夹烟姿势很像你爹,三五口就能抽到头,样子闷闷的。他瞥了一眼堂哥,立马更换了抽烟的手势。堂哥说,这年头,你一定要学会优雅。

在吞云吐雾间,堂哥接了一个电话。他跟电话里面的人(可以肯定是一个女人)说完话后,另一只手从口袋里掏出一瓶物什,往胳肢窝里嘶嘶喷了几下,身上随即弥散开一股浓重而又怪异的香水味。冷菜上了,热菜迟迟未上。他问,还要等谁?堂哥跷起兰花指,抖搂烟灰说,我们还要等两个合伙人。合伙人,他问,看样子你今晚又要接一笔单子了。在他眼里,堂哥是越来越有老板派头了,腔调也足,一点儿也不像昔日的扁头三。

堂哥一边抚摸着红木手串,一边漫不经心地问,这些年在外面念书都搞过几个女人了?他依旧低头看着另一只手的灰指甲说,没有,一个都没有。堂哥突然笑了,你不老实,不过,等一会儿,你喝了点酒,就会老实交代的。他是一个有香气的男人,真是一点儿也不像昔日的扁头三了。

空调冷气调得很低,但堂哥依旧嫌热,他把那条领带往下拽了拽说,在我们那个村子里,论长相嘛,我没你三哥英俊,论手艺嘛,我学不会大哥那种做细木的绝活,论学历嘛,我没你高。你们是正派人,说话有分寸,做事讲规矩,而我呢?人家没有的坏习惯我都能沾点边,我刁我懒我贪吃我好色我下流,可是,你晓得不,那些娘儿们就是看中了我这一点。告诉你吧,那些骚娘儿们最讨厌的就是那种装腔作势的男人。堂哥说的一点儿也不假,早些年,他在女人堆里总能玩得转。堂哥平日里喜欢听篱察壁,上一刻在东边打听到的新鲜事,下一刻就在西边抖出来。所以背地里有鬼的女人大都有些怕他,她们知道怎样堵住他的嘴不让他说出去。这么多年来,堂哥的身边从来不会缺少女人,每到晚上,他就会带着自备的草纸去拜访某位女士。她们说扁头三这人性子好,从来不会挑肥拣瘦,就像村上那个高度近视的风流寡妇,从来不会去评说哪个男人俊哪个男人丑。堂哥是在女人堆里滚摸爬打过来的,却从来不谈"爱情"二字;而他懂得爱情的真谛,却从未真正碰过一个女人。在这一点,他认为自己还得向堂哥请教。

拉胡吃?堂哥拿起菜单指着"海鲜大咖"一栏问,这物什可以壮阳的。

堂哥所说的"拉胡",就是城里人所说的跳鱼,但在本地,它又分多种。菜单上这种拉胡,他知道,确切地说叫"花蓝",是最难钓到手的那一类,因为可以补肾壮阳,价格便抬得有些高。他瞥了一眼说,吃了也白吃,我没女人。

我说你这大学四年是怎么过来的?堂哥又把那条领带往下拽了拽,带着责备的口吻问。

包厢里只有空调发出的嘶嘶响,他默默地吸着烟,暂时忘却了屋外的热浪。

大学期间,他是谈过恋爱的,因为半途而废,所以充其量只能算"半次"。之后就是靠自渎过来的——在黑夜里或睡梦中,他的手常常尽可能快地处理掉一件脑袋无法完成的事情。然而,欲望这种东西毕竟不是纽扣,有时候仅仅靠自己的双手是不能解决的。他感觉自己的身体里蹲伏着一只不讲道理的野兽。不设防的时候,它就会跑出来。他痛恨这只野兽,却拿它一点法子都没有。不过,他这番回老家,不是为了找女人解决性欲问题,而是为了找份体面的工作(不然的话,进入社会早点工作的念头怎么会比进入女人体内的欲望还要强烈?)。

他隐约记得,昨天跟他一起喝酒的,除了堂哥,还有两个中年妇女,一胖一瘦。她们的面容在他记忆里早已模糊,就像搅浑的水面呈现的面影。他还记得胖的那一个化了浓妆,白里透红红里透黑的一张脸(一进来她就抱怨天气热,皮肤老出油)。她看起来约莫四十五六的光景,说话的时候嘴角就露出法令纹,笑起来的时候眼角就露出鱼尾纹。从一胖一瘦两个妇人的谈话间,他大致可以断定她们都是本城的富婆。她们对穿着是有讲究的,对天气是不满意的,对食物是挑剔的。她们谈得最多的话题居然是吃什么、怎么吃。胖女人说,这家会所的粤菜做得很地道,就是放油多了点。"扁头三"接过话说,女人到了这个年纪,下面干涩,多吃点油有好处。果然是口舌贱毒,胖女人用筷子的另一头轻轻地敲了一下"扁头三"的脑袋说,怎么可以在小孩子面前乱说这种话?转而就把手搭在他肩膀上轻声细气地问,我这年纪,都可以做你妈了,是不是?他没响,只是微微一笑。那五根肉乎乎的手指,让他突然想起小白虫来。

她们吃得不多,但吃相很优雅。她们像电影里面的贵妇人那样,用三根手指捏着高脚酒杯的细腿,用两根手指夹着女士烟。而堂哥挥杯的动作还是那样潇洒,就像一只水鸟掠过水面。酒喝多了,她们就开始跟堂哥说一些粗俗的话了。他先是喝啤酒,后来就跟红酒混着喝。脑袋里满是液体晃荡的声音。胃里和膀胱里也满是液体晃荡的声音。坐在对面的堂哥仿佛隔着一层什么。有那么一阵子,他只听到堂哥说话的声音,却看不清他的脸。突然,堂哥从烟雾里把脑袋凑了过来,对他说了几句什么。他被一股烟味呛得喉咙发痒,下意识地挥了挥手;烟雾散开,他看见堂哥嘴里正叼着两根烟,仿佛两根直戳戳的象牙。那两个中年妇女跟堂哥搂抱在一起,她们身上也喷着一阵又一阵烟,仿佛要着火了。

烟熏酒泡中,记忆出现了断片。他不记得自己是怎样从会所出来的。外面的风是热的。车厢内塞满了滚烫的欲望的气息。霓虹灯下流淌着夜晚的声色和一些凌乱的线条。梦游般地,他跟随那个胖女人来到一家灯光明亮的酒店。跌跌撞撞进门,一张床迫不及待地朝他扑来。风吹来树叶哗啦哗啦作响的声音。窗外那一排排树像是伸手可及的。他把脸贴在胖女人的双乳间,感觉那棵树就在女人体内哗啦作响。胖女人,是的,就是那个胖女人满怀爱怜地抚摸着他的身体。十根小白虫在他身上蠕动着。他越是恐惧,身体越是膨胀得厉害。

这是他第一次肉贴肉地体味到性事的疯狂与美妙。之前,他在大二期间有过一次不能称之为"第一次"的"第一次"。他"碰"过的第一个女人就是大学里一名比他低一年级的外语系女生,他们是在同一个微信朋友圈里认识的。因为聊得来,他们就常常一起逛公园、轧马路、吃路边摊、看电影。那是五月的某一天,他们肩膀挨着肩膀坐在公园长椅上互发微信图片。他在微信中说,她身上有一股栀子花的清香。她说,栀子花就是在五月绽放的。他又紧跟着发了一条消息:愿意跟我一起滚?滚,就是"滚床单"的省略语。同学微信圈里的高频词,她自然是明白的。不过,她看起来显得比他老练许多,起身时直截了当地问他,平常喜欢哪个牌子的安全套。他说他还是童男子,没做过,随便。她抿嘴一笑,就朝公园大门走去。那天下午,他用自己的身份证第一次在学校附近的小宾馆开了一间房。她躺在床上,他像在梦里那样用手抚摸着她身上的每一寸肌肤。她不算漂亮,但皮肤白得像是可以看到纯净的灵魂。在床上,她像个老师,而他像个笨手笨脚的学生。他把手交给她,一寸寸地深入她的身体。他的一只手不小心打翻一杯水的那一瞬间,另一只手猝然触摸到了一指深的欲望。他迎着滚滚而来的欲望,抱着她在床上翻滚着,仿佛随时都有可能被欲望的波浪淹没。一个浪头接一个浪头涌过来,但船上的桅杆始终没有竖起来。他叹息了一声。她也叹息了一声。一件原本美妙的事就在两声叹息的间隔里草草结束了。把男人身体里面的某一部分放进女人体内,这不是什么高难度动作,他却怎么也办不到。他感觉自己出尽了洋相。颓然坐着。女友一边抚摸着他瘦削的脊背,一边说着安慰的话。从宾馆出来后,他去医院做过检查,医生认为他这是心理紧张所致。为什么会是心理问题?他后来细想,自己喜欢的也许不是女友的身体,而是她的一头秀发,也不是一头秀发,而是一头秀发的式样。这种发式,曾经让他想到母亲。他把自己的头埋在她发间的瞬间,确乎有一阵无名的哀感突然涌了上来。过了一个礼拜,他鼓足勇气再次去找那个女友时,却发现她身边已站着一名高大英俊的男生,她装作没看见他,跟身边的男友搂抱在一起,争舔着一个棉花糖。那一刻,他突然想起父亲说过的一句话:这世上的事总是这样,当你想打开那个箱子,手头却没有钥匙;当你找到了那枚钥匙,却丢失了那个需要开启的箱子。好吧,一切就这样结束了,他对自己说,什么都没干成,也可以称之为"爱情"了。他跟那些失恋者一样把这段情感经历埋在心底,供自己默默咀嚼着。之后两年,他没有找过她,也没有找过别的女人。

大概是酒劲上来的缘故,他眼前黑了一下,又黑了一下。他在那个妇人肥胖多汁的身体里沉浸着,不知不觉就呼呼睡去了。居然,又梦见了母亲。还是那座低矮的楼房,还是那张顺着瓦椽摆放的八仙桌。母亲说,如果有一天你在外面混不下去了,什么都没有了,你就回到我身边,我会给你留一双筷子。事实上,他读初中二年级时,母亲就走了。

母亲走了,他就没有"故乡"了。这一天,在地球的某个角落,他醒来,在一张陌生的床上。眼前刚打开的灯光让他有些不太适应,他像畏光动物那样,合上眼皮,心思倏地往里收束了一下。母亲的面容和往事的碎影在脑子里再次浮现出来。因为内心久久无法平静,他就没再继续往下想。脑子清醒的时刻,他总是害怕自己被突如其来的忧伤灌醉。

那个胖女人究竟去了哪里?四顾无人。那一切也许并没有真正发生,只是一个略显荒唐的春梦罢了。斜对面墙上的挂钟不知道指向几点,看上去像一个白痴的眼睛。他仍然分不清这是黑夜还是白天。他戴上眼镜,总算是看清了那个挂钟(指针正指向下午两点零六)。时间好像只是从钟表里偷偷溜掉,在外面闲逛了一会儿,然后沿着原路返回的。

床头响起了短促的嘀嘀声。他拿起手机,看到堂哥发来的一条短信:实习第一天,老板娘对你这块小鲜肉很满意,特付一千块破处费,放你口袋里,笑纳吧。他一骨碌坐起来,翻了翻裤兜,摸出一个信封。里面果然有一千块钱。他突然有一种不小心吞下一只蟑螂的感觉。没有人不喜欢钱,但这笔钱在这个地方出现,还是让他难以接受。昨晚那一件可称得上舒服的事在那一刻突然变得让他很不舒服。

那个胖女人不仅留下了一股浓重而又怪异的香水味,还在床头柜上留下了一个润滑油瓶子,上面写着几行花体英文字母。他近乎鄙夷地朝裤裆里看了一眼。这块臭肉,曾经在润滑油里面浸泡过一阵子。他觉得有些恶心,就下床来到洗手间,涂上沐浴液,把它搓了又搓。出来时,指针已指向下午三点。

透过茶色的贴膜玻璃,他看到外面的景色蒙上了一层灰黄、凝滞的色彩。远处的树木、建筑物以及水泥路都泛着沉闷的光晕。一缕阳光凝固在眼球上,他的目光是呆滞的。整个下午他的目光一直都是这么呆滞的。天气闷热的时候,他的眼球就会变得异常迟钝、麻木,它们在眼眶里,被纤细的血丝捆绑着,不能动弹,像两只落入蛛网的小青虫。父亲说,人活着就是为了一口气,这口气不能松。有时候,你长长地叹一口气,再好的事也可能变糟糕;有时候,你深深地吸一口气,再坏的事也可能会慢慢变好。他转过身,注视着那个信封。接受吧,他深深地吸了一口气对自己说,就像接受一记耳光那样接受这笔肮脏的钱。

然后就出去了。这笔不属于他的钱还在口袋里,这个不属于他的城市就在太阳底下。而不属于他的太阳照着那些不属于他的女人。这里或那里,到处都是干燥而单调的声音。他在街上晃荡着,竭力忘掉昨晚发生的事,以及这件事带来的不快。阳光晒得皮肉发烫,那里,有虫子般的汗珠正缓缓爬出来。他感觉自己就是一具行尸走肉。

他在一家牛排馆吃了一份牛排,花掉了九十多块。出门拐一个弯,就是一条分布着好几家洗头房的巷子。这时候,他突然想找个地方乘凉。透过玻璃门,可以看见屋子里散坐着一些带着倦意的女人。他知道,这些女人的工作无非是偶尔张开一下双腿(就像鸟张开翅膀)。那些在夏天打着领带的人是不屑于进这种小店。因为热,太阳照在身上是毛茸茸的。空气里发出一种仿佛有什么东西正在融化的沙沙响,他抽了抽鼻子,打了一个响亮的喷嚏。有几个涂着猩红色口红的女人向他招着手,嘴里还嚼着泡泡糖。这年头,你一不小心就会堕落的。这是父亲早些年对他说的。父亲已经死去好多年了。

他不想再走下去,就在一家同样没有人洗头的洗头房前停下。屋里的沙发上横躺着一个女人,电风扇撩动着她的裙子和头发。要做按摩?她欠了欠身问。他低头看着她敞开的领口,点了点头。隔着一块布他也能闻到另一个男人在她身上留下的气味。她略显慵懒地站起来,把头发拢了拢说,随我来吧。他跟在她身后,穿过后面一扇窄门,走进一座小院。一个细瘦的木匠正在用锯子咔哧咔哧地切一根木料。女人不知道跟他说了句什么。他们操持的都是外地口音。

父亲也是个木匠。他这辈子只会做那种直来直去的家什,略微转个弯,他就不会了。他的手艺活是早年在部队里学的,还没学全,就被拉到中越边界打仗了,一条腿还结结实实地挨过一颗子弹,以后每逢阴雨天就会隐隐作疼。这个有点病痛从不哼一声的硬汉,脾气十分暴烈,教育孩子的方式除了喝骂就是动粗,抄起什么物什就打,从不手软。他读小学三年级的时候,一门功课挂红灯,父亲二话不说,就冲他噼里啪啦暴打一通。他退缩到窗口威胁说,你再打,我就跳楼了。父亲冷笑一声说,你有种就跳给我看。他自然是不敢跳。父亲走到他跟前,伸出双手说,如果你想跳的话,我可以把你抱上窗台。他一下子就蔫在那里了。在家里,他跟父亲几乎不说话。他之所以能考上大学,就是想离父亲远一点。越远越好。

父亲教会他的,不是怎样爱这个世界,而是恨,赤裸裸地恨,没理由地恨。他不知道父亲为什么会如此仇恨世界——他连吐一口痰都是夹带仇恨的。

他看了看那个木匠,目光里略带一丝轻蔑。

锯木头的节奏突然慢了下来。他感觉那个男人的目光像木屑一样黏在自己脖子后面。他跟女人穿过陡直木梯上了二楼。房间里散发着清漆的气味,里面只有一床一凳,别无陈设。女人径直走到窗口,关上窗户,合拢百叶窗,继而打开灯和空调。清漆的味道一下子就在昏暗的灯光里弥漫开来。

她十分利索地脱掉衣服。她很白,像四月的栀子花。他们之间没有多余的话。他进入的那一刻,突然感觉自己被什么东西狠狠地插了一下——他仿佛听到了"咔嚓"一声——这种"被插"的感觉随即带来的是体内的异物感。

你叫什么名字？

你为什么要问我的名字？

买一种没吃过的水果时总要先问一下这种水果叫什么吧。

知不知道我的名字又有什么意义呢？

我就是想知道而已。

你就叫我坏女人吧。

坏女人，好吧，我就叫你坏女人。

他把女人的大腿抬起来，放在自己的肩膀上。他觉得这样做可以看到坏女人的面孔。

小时候，他有一次去邻居家找伙伴玩时，推门进去，竟看到他妈妈的双腿挂在一个陌生男人的肩膀上，像钳子那样紧紧夹住对方的脖子。男人喘着粗气，一副呼吸困难的样子。过了一会儿，邻居的妈妈坐起来，骑在男人身上，一边用双手抽打着他的胸脯，一边用硕大的臀部一下一下地撞击着男人的腹部。他第一次发现邻居的妈妈竟是如此凶狠。后来，听大人们说，她是个坏女人。他居然就相信了。

坏女人，坏女人。他从此知道坏女人是什么样子了。他像一块沉甸甸的石头那样把女人压在身体下面的时候，又听到外面传来拉锯的声音。咔哧咔哧咔哧咔哧。他可以想象那个细瘦的木匠锯木头的样子：勾着头，弓着腰，一手持锯，一手摁住切口，左脚踩着板凳上的木板，随着右手拉动木锯，右脚跟弹簧似的，一耸一耸。如果从后面看，他会像一名马背上的骑手，正在风中跌宕起伏。

木匠的女人只有两种：圣女或婊子。

婊子就是坏女人。他嘴里喊着坏女人坏女人坏女人时，身体下面的女人忽然用胯部做出了有力的回应。咔哧咔哧咔哧咔哧。他感觉自己变成了那把锯子，咬进木头里，一上一下地拉动（这年头，你一不小心就会堕落的）。粗重的鼻息喷到他脸上，带着一股烟味。随后，一股热流从脚指头泛起，直贯脑门。他张大了嘴。女人十分平静地躺着,身上泛着薄薄的汗光。他轻轻地退了出来,昨晚带来的全部羞辱仿佛就在那一刻抵消了。

女人从纸巾盒里抽出几张草纸,递给他。他从床上下来,那块臭肉,无力地垂挂在两腿之间。他觉得自己有点脏。

窗外忽然响起了一个妇人诅咒的声音。在他听来,这好像是冲着自己来的。他欣然领受了那个妇人的无名的诅咒。嘎的一声,一辆车停下,外面好像出现了一阵小小的骚动。他出于好奇,拉开百叶窗,朝外瞥上一眼。

没什么好看的,那是个疯女人。

那个疯女人究竟在诅咒什么?

她在诅咒汽车。

她为什么诅咒汽车?

因为她仇恨汽车。

她为什么会无缘无故地仇恨汽车?

因为她的儿子就是在这里被车辗死的。每天这个时辰,她就会坚持站在烈日或暴雨中,对每一辆经过的汽车下咒。

嗯,她仇恨汽车,就是仇恨每一个开车的人。

那一刻,他胸中那一团仇恨的火焰也仿佛点燃了。有那么一阵子,他莫名其妙地觉着,有一个让人恨得牙痒痒的仇人也是一件挺过瘾的事。想到这里,一个仇人的面影就在他脑海中浮现了。在他的想象中,这个仇人的面貌没有特征,易于混淆,他有着阴鸷的目光,他会在雨夜里磨刀,等待着一场痛快淋漓的搏杀。他不知道他是谁,只能称他为"这个人"。他必须通过对"这个人"的歪曲想象,才能达到那种无以复加的仇恨;他还必须把"这个人"想象得十分残忍、强大,才能显示出他作为强者的超乎寻常的力量——他的肌肉应该比现实中更发达,他的双手也应该更强有力。

他回过头来,看到女人已把弄皱的床单铺平。地上的橡胶套,仿佛一枚遗弃的蝉蜕。女人抽了一张纸巾,弯腰去捡,只穿着一条肉色内裤的臀部高高翘着,显得益发浑圆、饱满。那一瞬间,阳光透过百叶窗的缝隙,让条纹状的阴影投在她身上,使她看起来仿佛一只斑斓的母斑马。没法子,那条叫作欲望的野兽又要跑出来了,他想按也按不住了。他什么也没说,突然像一只公豹那样十分迅捷地扑过去,从背后搂住她的腰,把她搋倒在地上。先生你真坏,女人说,你是不是还要来一次?是的,他扼住她的手腕说,再来一次,钱我另付。女人没说什么,就起身关掉百叶窗,打开灯。他趴在她身上,几乎是带着一股子仇恨咬住了她的乳头。

你把我咬疼了,女人推开他,突然惊叫起来,但随即又发出爽朗的笑声说,我儿子饿慌了,下嘴也是这么狠的。他不理会女人的感受,一直埋着头,好像什么都不管不顾了。他听到了骨头碰响骨头的声响,听到了肉拍打肉的声响(我的小鲜肉哎,快把你的手交给我)。此刻,出现在他身上的仇恨和快感一样,叫人一点儿也没法控制。重要的是,它会让他想起来十分过瘾。

先生,你能不能快点结束?

我已经够快了,这可是每小时两百码的速度。

现在,他有点气喘吁吁了,好像要把一具沉重的肉身推到很远很远的地方。他还要把自己推到很远很远的地方。女人缩成一团,发出了急促的呻吟。他分不清这是出于痛苦还是舒服。也许连女人自己也说不清楚。他听着女人近乎无助的呻吟,心底里的仇恨仿佛一点点淡灭了。

慢慢地,他发现她的脸变得有些苍白,五官扭曲成一团,嘴角还吐出了米粒般大小的口沫。你疼?他贴着她的耳朵问。她咬着牙说,不疼。

门外忽然响起了"笃笃笃"的敲门声。

是谁?难道是警察?!

是我家男人。

你怎么知道是你家男人。

他从来只敲三声门。

他为什么敲门?

他见我迟迟不出来,怕我出事。

可我们还没完事呢。

门外又响起了重重的咳嗽声。他的身体突然不动了。女人朝门外回应了一声:知道啦。那人轻轻地"嗯"了一声就走掉了。过道里响起的脚步声,在他脑袋里发出了回响。女人见他神思涣散,便十分利索地骑到他身上。她晃动的样子像是坐在一艘颠簸的船上。他感到自己变成了一艘可以载人的船,桅杆高高耸立着。好了吗好了吗好了吗?这女人好像要急着靠岸了。

咚咚咚咚咚。外面又传来了男人下楼梯的声音。他出神地瞪着天花板上的灯泡,那一刻,它仿佛变成了一只仇视的眼睛。他们在做的时候,那只眼睛一直在空中瞪着他。他翻过身来,把女人压在身下(你怎么啦刚才还好好的这玩意儿怎么见光就死?不不你是可以的我相信你是很棒的你是嫌弃我乳房小还是嫌弃我不是处女?)。他急吼吼地向前拱着,仿佛在追赶着什么,或者像是被什么追赶着。

我怎么感觉你好像是用刀子在捅我。

是吗是吗?

是的,一把肉刀。

一种混合着欲望的仇恨不知道从哪里来,又带他去哪里。哐哐哐哐哐。楼下响起了敲击木头的声音。一种叫人心烦意乱的声音。你的男人又在搞什么鬼?他问。女人说,他在给我儿子做一只摇篮呢。

噢,你又提到你的儿子了。

是呀,我又想起他了。

你的儿子……

死了。

你的儿子?

死了。

死了?

死了。

她的有气无力的声音里夹杂着嘶嘶声,好像随时都有可能昏死过去。哐哐哐哐哐。他猛地低吼了一声,绷紧的身体就松了下来,他重重地呼出一口浊气,喷在她脸上。他从她身体里退出来之后,她好像很害羞似的捂住私处。你把手放开,他说,你为什么这样捂着它?她没有松手。他近乎蛮横地把她的手拿开,发现她的下体出了点血。她立马用纸巾拭掉,说,一点血丝,不碍事的。真的不碍事的。

他把九张钞票递到女人手中,在她紫黑色的乳头上亲了一口。女人在那一瞬间战栗了一下。不用这么多钱,她把三张钞票递还给他说,说好了,两次六百块就够了。她站起来,戴上了胸罩。他从身后搂住了她的腰,把钞票轻轻地塞进她的胸罩,再一次咬着她的耳朵说,我手头还剩下三百块钱,我还要再来一次。女人没有反抗。也无力反抗。他把她推到窗口,抬起她的一条腿,十分轻捷地推了进去。而她像一只逼到墙角、走投无路的老鼠,任由他在摆布(这年头,你一不小心就会堕落的)。哐哐哐哐哐。他的动作幅度尽管不大,女人还是有些暗暗吃力。他在她身上慢慢地消受着。好了吗好了吗先生好了吗?他没吭声。女人抽搐了一下,突然像树枝折断了一般,跪倒在地上,双手紧紧地捂住嘴。

门外又响起了"笃笃笃"的敲门声。声音有点急骤,外面的人好像随时都有可能破门而入。女人赶紧坐起来,穿上衣服,走到门外。在门外的过道里,她跟那个男人不知道嘀咕了几句什么。不过一会儿,她又进来了,再次把门反锁。这一回,她手上多了两根烟。她把一根烟叼在嘴里,另一根烟递给他说,没事,我家男人怕我出意外,问了几句话,我跟他解释过了。他说自己刚才有点鲁莽,所以让我敬你一根烟。他接过烟,放在鼻子下闻了闻,仿佛还能闻到一股木屑味。女人恭恭敬敬地给他点上烟。他用堂哥教他的夹烟姿势抽了一口,然后不缓不急地吐出一个优雅的烟圈。

他照例付了钱。女人关掉了空调。百叶窗打开了,然后是窗户。太阳已经西斜,朝即将告别的事物投去了温热的一瞥。我能在这里再躺片刻?他问。女人点了点头。他感到有一种疲倦自顶至踵湮没了自己。

一阵风把他吹弯了。风是慢慢地吹着,他也是慢慢地弯下腰来。女人离开后,他依旧躺着,等待下一阵风吹走他身上的记忆。

(原载《野草》第6期)